술라의 여자

술탄의 여자 1

초판 1쇄 찍은 날 § 2007년 11월 16일
초판 1쇄 펴낸 날 § 2007년 11월 26일

지은이 § 서희원
펴낸이 § 서경석

편집장 § 문혜영
편집책임 § 이종민
편집 § 한지윤

펴낸곳 § 도서출판 청어람
등록번호 § 제1081-1-89호
등록일자 § 1999. 5. 31
어람번호 § 제5-0170호

주소 § 경기도 부천시 원미구 심곡1동 350-1 남성B/D 3F (우) 420-011
전화 § 032-656-4452 팩스 § 032-656-4453
http://www.chungeoram.com
E-mail § eoram99@chollian.net

ISBN 978-89-251-1028-8 04810
ISBN 978-89-251-1027-1 (SET)

술탄의 여자

술탄의 여자

1

서희원 지음

도서출판
청람

차례

序

*17*56년. 늦은 가을.

한줄기 찬바람이 선창가를 휘몰고 지나갔다. 붉은 아침 해가 솟아올라 어스름했던 새벽 기운을 서서히 몰아내었다. 부두에는 제법 많은 사람들이 북적이고 있다. 몇 대의 배에서 어부들이 서둘러 닻을 올리며 일하고 있는 모습이 운희의 경계 어린 눈에 들어왔다.

운희는 현재 자신이 서 있는 곳이 칭나라의 깅넝부(江寧府)라는 사실을 방금 전에 알게 되어 기가 막혀 도무지 말이 나오지 않았다.

조선에서 이곳까지의 길이 대체 몇 백 리일까를 생각하니 온몸에서 기운이 저절로 빠져나갔다. 돌아갈 길이 막막했다. 머릿기름 발라져 곱게 단장되었던 그녀의 머리칼은 지난 며칠 겪은 풍상으로 온갖 먼지를 뒤집어쓴 탓에 헝클어지고 거칠며 억세졌다.

그녀의 뱃속에서는 꼬르륵 소리가 끊이지 않았다. 운희는 이 빠진 도기 그릇으로 시장 상인들이 공동으로 사용하는 샘에서 물 한 사발을 떠서 거침없이 들이켰다. 허기가 채워질 리 없음을 알지만 당장의 배고픔을 면하고자 그녀는 맹물을 거푸 들이키며 배를 채웠다.

시끄럽고 마치 칭얼거리는 것처럼 들리는 낯선 청나라 사람들의 말투가 사뭇 귀에 거슬렸다. 청나라 해적에게 납치되어 낯선 이국땅까지 오게 된 것에 대한 심한 분노가 그들의 어투 하나까지 거부감을 갖게 한 듯했다.

운희는 보름 전 평양에서 가까운 진남포에 마음을 달래려 바닷바람을 쐬며 모래사장에 섰던 일이 이런 엄청난 일로 이어지리라고는 꿈에도 생각지 못했다.

그래도 해적의 손아귀에서 도망치게 된 것은 거의 기적이나 마찬가지였다. 그녀는 다시금 자신을 쫓고 있을지도 모를 해적을 생각하며 사뭇 경계를 늦추지 않았다. 해안가 민가의 빨랫줄에 널려 있던, 채 마르지 않은 청나라 의복을 훔쳐 내 갈아입은 것은 주인에게는 매우 미안한 일이었지만 운희에게는 다행한 일이었다.

어제 낮에도 그녀를 납치했던 해적 일당 중 한 명이 그녀 곁을 스쳐 지나갔다. 해적 일당들은 운희를 놓치게 되자 해안가에서부터 시장골목 구석구석까지 이 잡듯 그녀를 찾기 위해 들쑤시며 돌아다녔다.

울 기운도, 눈물도 모두 바닥이 난 듯 메말라 버렸다. 그녀의 얼굴에서 생기라고는 전혀 찾아볼 수가 없었다.

시장 골목 후미진 구석에 숨어 앉아 몸을 사리고 있던 운희는 어떻게 하든 조선으로 되돌아가야겠다는 강렬한 열망에 사로잡혀 있었다. 고국을 생각하자 다시금 그리운 정인의 얼굴이 또렷이 떠올랐다. 선 굵은 얼굴과 광채 가득한 뚜렷한 눈동자, 날렵한 콧등까지. 그의 이목구비 하나하나가 마치 지금 그녀의 눈앞에 그가 서 있기라도 한 듯 펼쳐졌다. 그 자신이 바로 조선이며 그녀 삶의 목적이기도 한 사람.

"내 눈이 절로 너를 쫓았느니라."

"그네들 중 네 춤태가 단연 으뜸이로구나. 천상의 선녀가 따로 없도다."

"이제 내 앞이 아니고서는 춤을 추지 마라. 나 아닌 자가 네 춤을 보는 것을 내가 허하지 아니하겠다."

"이리 오너라. 내 사랑, 내 오늘 밤 너의 화초머리를 올려주겠다."

"여인은 음(陰)이고, 한(寒)이고, 북(北)이고, 동(冬)이니라. 너는 여인 중의 여인이니 내 너로 동명월이라 부르겠다."

"동명월, 내 너를 수시일 내 한양으로 부를 터이니 조금만 참고 기다려다오."

"마마……."

운희의 입에서 절로 한숨과 함께 가슴에 맺힌 한 마디가 새어나왔다. 순간 그녀의 눈가는 촉촉이 젖어들었다.

한 달 전, 운희가 평양 기생청의 견습 기생으로 동기들과 군무를 익히고 있을 때 갑작스런 높으신 분의 행차가 있었다. 그분 앞으로 불려갔을 때, 그 슬픈 듯 지친 표정의 미장부가 세자저하인 것을 알게 된 그녀의 심장은 터지는 줄 알았다. 그때의 그 느낌을 심장은 아직도 생생히 기억하고 있었다. 그분은 사흘을 머물며 운희를 여자로 만들어주었고, 그녀의 긴 댕기머리를 틀어 올려 화초머리로 얹어주었다. 사흘 밤낮 동안 그녀를 품고 그녀의 귓가에 사랑의 밀어를 속삭였다. 그렇게 그는 그녀의 곁에 머물며 그녀의 모든 것을 기꺼이 탐했다.

세자저하는 자신을 둘러싸고 있는 궁궐 안의 파벌싸움과 부친이신 주상전하와의 어그러진 관계에 대해 몹시 괴로워했다. 그 괴로운 심정에 무작정 궁궐을 빠져나와 몇몇의 수행원들만을 데리고 평양을 향해 말을 달려왔던 것이다.

"내 너로 인하여 시름을 잊었노라. 너는 나의 기쁨이다."

하지만 그는 수행원들의 성화에 못 이겨 다시 한양으로 돌아가야 했다. 주상전하의 마음이 풀어지면 그때 그녀를 자신의 곁으로 부르겠노라는 언약의 말씀과 함께 옥가락지 한 쌍을 정표로 남겨주고 그는 총총히 한양으로 떠나갔다.

그러기를 보름이 지나도록 한양에서는 아무런 소식이 없었다. 운희의 가슴은 답답함으로 터질 듯 미어졌다. 못내 기다림에 지친 그녀는 기생청의 허락을 얻어 진남포로 하루 동안의 여행을 떠나온 것이다.

하지만 그것이 화근이었다. 서늘한 바닷바람을 맞으며 모래사장을 거닐고 있을 때 벼락같이 달려든 청나라 해적들이 저항하는 관노를 칼로 찌른 채 그녀를 거칠게 낚아채어 더러운 해적선에 내동댕이치듯 태워 버렸던 것이다. 해적선 안에는 이미 여러 명의 조선처녀들이 잡혀 있었다.

'내가 평양에 남아 있었다면 지금쯤 마마께서는 나를 불러주셨을까? 내 소식을 접하시고 너무 놀라셔서 나를 찾기 위해 평양으로 달려오시진 않았을까?'

그녀의 파르르 떨리던 속눈썹 끝에 투명한 눈물방울이 맺히더니 이내 장마철의 굵은 소나기처럼 뚝뚝 떨어지기 시작했다. 운희는 세운 무릎 위로 고개를 파묻은 채 온몸을 가늘게 떨며 깊이 가라앉았다. 눈가에 닿은 차가운 옷감이 뜨거운 물기로 인해 흥건히 적셔졌다.

제 1 장

강녕부(江寧府)의 양쯔강 항구는 매우 번잡했다. 청나라의 손꼽히는 큰 도시이기에 들고 나는 배들이 많았다. 운희의 예리한 눈썰미는 제일 먼저 자신을 납치했던 해적과 해적선을 찾아 빠르게 움직였다. 다행스럽게도 그들의 모습은 그 어디에서도 보이지 않았다.

아마도 그녀를 포기한 모양이라고 생각하며 운희는 안도의 한숨을 내쉬었다. 그녀는 서둘러 조선으로 향하는 상선이 어디에 있는지 확인하기 위해서 열심히 두리번거리며 찾아 나섰다. 하지만 청나라 말을 할 줄도 알아듣지도 못하는 그녀로서는 여간 어려운 일이 아니었다. 어디선가 조선이라는 단 한 마디만 흘러나와도 귀가 번쩍 뜨여 그녀는 득달같이 달려가 그 앞에 놓인 배를 가리키며 '조선? 조선?' 하면서 연신 되묻곤 했다. 하지만 언제나 돌아오는 대답은 절레절레 가로젓는 그들의 고갯짓뿐이었다.

그러한 일이 거의 종일에 가깝도록 반복되자 운희는 너무도 실망하여 어깨를 힘없이 축 늘어뜨리고 고개를 떨구었다. 하지만 그녀는 끝내 포기하지 않고 이를 악물며 차가운 바닷바람을 온몸으로 맞으면서 열심히 들고 나는 배들을 쫓아다녔다.

마침내 '조선?' 하고 묻는 그녀의 질문에 그렇다는 듯 고개를 끄덕이는 한 청나라 상인을 만날 수 있었다. 운희는 너무도 기뻐 들뜬 환호성을 내지르며 감격에 겨워 온몸을 떨었다. 그녀의 작은 주먹이 불끈 쥐어졌다. 온몸에 생기가 번졌다. 운희는 그 앞에 놓인 배를 향하여 다시 한 번 '조선? 조선?' 하며 연신 되물었다. 그러자 상인은 귀찮다는 듯 크게 고개를 한 번 끄덕이고는 그녀에게서 등을 돌려 부두에 쌓여 있는 짐 중에 하나를 들고 어디로인가로 사라져 버렸다.

상인의 말에 기뻐하는 것도 잠시, 그녀는 자신의 수중에 돈이라곤 단 한 푼도 없다는 것을 깨닫고는 입술을 깨물었다. 낯선 땅에 붙잡혀 와 천우신조로 탈출한 터에 요 며칠 동안 당장 먹을 끼니조차도 해결하지 못한 형편이었다. 소중하게 품고 있던 옥가락지 한 쌍도 이미 청나라 해적들의 손에 빼앗긴 지 오래였다.

달리 방법이 없었다. 하지만 조선으로 되돌아가고 싶은 그녀의 열망은 너무도 강하고 깊었기에 앞뒤 가리지 않고 무작정 상인의 배에 올라타기로 결심했다. 뱃사람들의 인적이 없는 틈에 서둘러 배에 올라타려 하자 어느새 나타난 조금 전의 그 상인이 깜짝 놀란 얼굴로 득달같이 달려와 그녀의 팔목을 낚아채어 뒤로 끌어 내치며 황급히 운희의 앞을 가로막았다. 그는 운희에게 속사포같이 빠른 말을 쏟아내며 성난 목소리로 한참을 떠들어댔다. 그리고는 갑자기 손바닥을 펴 내밀었다.

그녀는 상인이 두툼한 손바닥을 펴 내미는 동작으로 뱃삯을 요구하고 있다는 것을 단번에 알아차렸다. 하지만 가진 것 하나 없는 그녀는 멈칫할 수밖에 없었다. 이내 청나라 상인은 머뭇거리는 그녀의 표정을 알아채고는 성난 소리를 고래고래 내지르며 그녀의 상체를 배와 이어진 나무다리 밖으로 거칠게 밀어냈다. 그 반동으로 운희는 비틀거리며 뒤로 서너 걸음 물러나야 했다. 하지만 그녀는 포기할 수가 없었기에 울먹이면서 청나라 상인에게 자비를 구하는 표정으로 끈질기게 매달리며 애원했다. 하지만 완악한 청나라 상인은 매몰차게 운희를 밀쳐 내며 조금의 틈조차 주지 않았다. 그 와중에 운희는 상인의 우악스런 손에 밀려 오물로 더러워진 부두 바닥으로 나둥그러지고 말았다. 쇠약해져 기운이 없던 그녀는 부두가 흔들리는 아찔함을 느꼈다.

그때 쓰러져 있는 그녀를 향해 누군가 친절한 손길을 내밀었다. 그 커다란 손은 운희를 일으켜 세워주며 그녀의 몸에 묻은 더러운 오물을 찬찬히 털어내 주었다.

너무도 놀라 휘둥그레진 눈으로 운희는 낯선 사람을 쳐다보았다. 그를 확인하는 순간 그녀는 더욱 소스라치게 놀라 두어 걸음 뒤로 물러섰다. 낯선 사람은 그녀가 태어나서 단 한 번도 본 적이 없는 희귀하면서도 생경한 모습이었다. 그는 분명 눈, 코, 입을 모두 갖춘 사람이었지만 그의 머리칼은 태어나서 단 한 번도 본 적이 없는 아주 밝은 갈색이었고, 낯선 이의 분홍빛이 도는 아주 흰 피부와 얼굴 중앙에 서 있는 높고 뚜렷한 코는 운희를 더욱 놀라게 했다. 의복 역시도 청나라 의복이 아닌 생전 처음 보는 아주 낯선 형태의 복식이었다. 무엇보다 그녀를 더욱 놀라게 한 것은 그녀를 뚫어질 듯 바라보고 있는 진지한 눈동자가 밝은 청색이라는 것이었다.

'도, 도깨비다!'

하지만 그는 상냥한 미소를 지으며 운희를 향해서 가볍게 목례를 한 뒤, 그녀가 타려고 애를 쓰던 배를 향해 길을 열어주듯 오른팔을 펼쳐 보이며 마치 그녀가 타기를 바라는 것처럼 가만히 서 있었다. 운희는 너무도 놀랐지만 절호의 기회라는 순간의 판단에 앞뒤 가리지 않고 무작정 배와 이어진 다리 위로 서둘러 올라갔다. 그러자 배를 지키고 있던 청나라 상인이 들고 있던 짐을 황급히 내던지고 무서운 얼굴로 황소처럼 달려와 다시 운희의 앞을 가로막아 섰다. 성난 얼굴의 청나라 상인이 험한 욕설과 함께 거칠게 그녀의 손목을 낚아채려고 하자 낯선 이는 청나라 상인을 만류하며 자신과 운희를 가리키면서 손가락 두 개를 펴 보였다. 그리고는 손에 들고 있던 제법 묵직해 보이는 청나라 돈을 상인의 손바닥 안에 가만히 내려놓았다.

너무도 놀란 청나라 상인은 낯선 이와 운희를 얼떨떨한 표정으로 번갈아 바라보았다. 그리고는 빠르게 머릿속으로 손바닥 안의 돈을 계산하더니 슬그머니 자신의 주머니 안으로 밀어 넣으며 마치 아무 일도 없었다는 듯 고개를 크게 끄덕이면서 헛기침을 했다. 그는 그제야 두 사람이 배에 오를 수 있도록 길을 열어주었다. 이에 낯선 이는 운희를 호위하듯 뒤따르며 그녀와 함께 배에 올라탔다. 운희의 가슴은 기대로 터질 듯 부풀어 올랐다.

한 시진 후, 배는 천천히 움직이며 항구를 벗어나기 시작했다.

바람도 좋았고 풍랑도 비교적 잔잔했다. 배는 강을 빠져나가 바다 위를 미끄러지듯 나아갔다. 운희의 마음은 이미 조선으로 앞서 달려가고 있었다. 차가운 바닷바람을 맞으며 그녀의 가슴은 흥분으로 터질 듯 두방망이질쳤다. 이제 모든 것이 잘될 것이라 생각하면서 스스로를 위로하며 격려했다.

운희는 따뜻한 햇살을 등에 진 채 배의 갑판 위에 서 있었다. 그녀를 도와준 도깨비 같은 친절한 외국인은 그녀가 훔쳐볼 때마다 멀지 않은 곳에서 미소를 지으며 그녀를 바라보곤 했다. 눈이 마주칠 때마다 운희도 깊은 감사를 담아 해맑은 미소를 담뿍 지어주었다. 그러자 낯선 이의 더 환한 미소가 되돌아왔다. 운희는 낯선 외국인을 볼 때마다 왜 그가 조선으로 가려는 것인지 잠시 생각해보기도 했지만 자신이 조선으로 돌아간다는 사실만으로도 너무 기뻐 더 이상 아무런 생각도 하지 않았다.

그 친절한 외국인은 자신을 가리키며 '제임스 위클리프'라고 여러 번 반복해서 말했다. 운희는 그가 자신의 이름을 말하고 있음을 알았다. 생김새만큼이나 요상한 이름이라고 생각하며 콧등에 퍼져 있는 그의 옅은 주근깨를 바라보았다. 그런 그가 이번에는 그녀를 손짓으로 가리켰다. 운희도 생긋 웃으며 손으로 자신을 가리키면서 짧게 말했다.

"운희."

그는 운희의 낭랑한 목소리에 환하게 입을 벌려 웃으며 크게 고개를 끄덕였다. 그때부터 제임스라 스스로를 지칭한 사내는 더듬거리는 청나라 말로 운희에게 여러 가지 질문을 쏟아놓았다. 그는 운희에 대해 궁금한 것이 무척 많은 듯 보였다. 그러나 그녀가 청나라 말을 이해하지 못하자 그는 다소 의아한 표정을 지어 보이며 고개를 갸웃했다. 하지만 사람 좋은 눈웃음을 지으며 지치지 않고 온갖 손동작을 해 보이면서 끊임없이 대화를 시도했다. 운희는 그런 제임스에게 최대한 진지한 자세로 손동작을 보이며 그와의 대화에 기꺼이 동참했다.

멀리 보이는 수평선 가까이를 제외하곤 하늘에는 구름 한 점 없었다. 바람은 찼으나 오후의 태양은 따뜻하게 빛나고 있었다. 바닷물에 반사된 햇살은 마치 금박을 물린 치마폭을 펼쳐 놓은 듯 아름답게 반짝이고 있었다.

제임스의 배려로 운희는 배에서 제공된 식사를 먹을 수가 있었다. 그녀의 마음속에는 이 낯선 외국인에 대한 감사가 끊임없이 넘쳐흐르며 조선으로 되돌아가면 반드시 그에 대한 감사를 충분히 표해야겠다고 단단히 결심하게 했다.

그러나 그런 일은 생기지 않았다. 하루가 채 저물지 않아서 운희는 기절할 듯 경악하고 말았다.

"네? 이, 이 배가 조선으로 돌아가는 게 아니라고요?"

운희는 제임스의 손동작을 이해한 순간 그만 입을 딱 벌린 채 온몸을 굳혔다. 그녀의 커다란 검은 눈동자에는 짙은 공포가 서려 있었다. 눈에 가득했던 초롱초롱한 광채가 빠르게 사라지며 흐려진 눈에는 커다란 눈물이 고이면서 후드득 떨어지기 시작했다. 혼이 빠져나간 듯 기력을 상실한 운희는 서 있을 기운조차 없어 그대로 무너지듯 주저앉고 말았다. 바닥에 풀썩 주저앉은 채 그녀는 가녀린 작은 어깨를 거칠게 떨며 북받쳐 오르는 감정을 이기지 못하고 끝내 오열을 터뜨리고 말았다. 곁에 서서 그녀의 모든 변화를 지켜보던 제임스는 크게 놀라며 당황하여 어쩔 줄 몰라 했다.

그랬다.

이 배는 조선에서 돌아와 조선이 아닌 아유타야국의 끄룽텝(지금의 방콕)으로 가는 중이었다. 청나라 상인은 운희가 '조선?'이라고 말하자 '조선에 갔다가 왔다'며 고개를 끄덕였던 것이다.

청명했던 하늘이 샛노래지며 무너져 내렸다. 운희는 힘없는 눈을 억지로 떠보려 했지만 흐려진 시야에는 사물이 좀처럼 잡히질 않은 채 부옇게 흐려 보였다. 그렇게 운희는 오열 중에 그대로 기절해 버렸다. 그동안의 영양 상태도 좋지 않았지만 자신의 모든 것을 경주했던 배가 조선으로 가지 않는다는, 믿고 싶지 않은 사실에 그만 정신을 잃고 말았던 것이다. 그녀는 가물거리는 정신의 끈을 놓으며 그저 어둠 속으로 영원히 사라져 버렸으면 좋겠다고 생각했다. 그것은 지금껏 그녀가 꾸어보지 못했던 악몽 중에 악몽이었다.

다음날, 바다에 닿은 붉은 노을이 장엄한 풍광을 이룬 늦은 오후에 운희는 깊은 잠에서 간신히 깨어났다. 천근 같은 눈꺼풀을 힘겹게 치켜뜬 운희의 시야에 창백한 얼굴의 희디흰 낯선 사내의 얼굴이 초점조차 제대로 잡히지 않은 채 흐릿하게 들어섰다.

그녀는 지독히 앓았다. 그녀의 핏기 없는 무표정한 얼굴에 한줄기 눈물이 소리 없이 주르륵 흘러내렸다. 따뜻한 손길이 그녀의 눈물을 닦아주었다. 그제야 운희의 시야에 제임스의 모습이 뚜렷하게 들어섰다. 근심이 가득한 제임스의 얼굴은 한동안 잠을 제대로 이루지 못했는지 무척 까칠하며 초췌해 보였다. 운희와 시선이 마주친 그는 환한 미소를 짓더니 갑자기 서둘러 사라졌다. 얼마 후 그의 손에는 김이 오르는 묽은 죽사발이 들려 있었다. 그는 운희를 일으켜 앉혀주고 죽을 떠먹여 주려고 했지만 운희는 고개를 돌리며 음식을 거부했다.

한 가닥 남아 있던, 삶의 전부라 여겨졌던 희망이 사라져 버린 그녀는 그 어떤 욕구도 느끼질 못했다. 먹고 싶은 욕구도 없었고, 배고픔조차 전혀 느끼질 못했다. 그렇게 운희는 세상을 향하여 마음의 문을 굳게 닫아버리고 제임스의 간절한 애원에도 불구하고 연 이틀째 물 한 모금 입에 넣지 않았다. 곁에서 이를 지켜보고 있던 제임스는 운희의 비애 가득한 모습에 매우 안타까워하며 어쩔 줄을 몰라 했다.

그녀가 음식을 거부한 지 사흘째가 되던 날, 운희의 참담한 모습을 바라보던 제임스는 갑자기 그녀의 가냘픈 양손을 자신의 손으로 강하게 움켜잡았다. 깜짝 놀란 운희가 제임스를 쳐다보았지만 그는 이에 아랑곳하지 않고 그녀의 침대 곁 바닥에 무릎을 꿇고 앉았다. 그리고는 눈물이 그렁그렁한 수심 어린 청색의 눈동자로 운희를 말없이 쳐다보면서 조용히 눈을 감은 채 정숙한 모습으로 고개를 숙였다.

그의 뜻밖의 행동에 운희는 너무도 놀라 그에게 잡힌 손조차 뿌리치지 않은 채 멍하니 그러한 제임스를 지켜보았다. 운희의 차가운 손 안에 그의 따뜻한 온기가 소리 없이 스며들었다. 제임스는 운희가 처음 듣는 낯선 외국말로 누군가에게 말을 걸듯 강하면서도 애절하게, 그러면서도 단호하게 무엇인가를 절절히 구하는 말을 끊임없이 내뱉었다. 그런 그의 모습을 바라보면서 운희는 그가 자신을 위하여 그 어떤 알 수 없는 강한 신적 존재에게 도움을 구하고 있다는 사실을 직감적으로 알 수가 있었다.

얼마간의 시간이 흘렀다. 신에게 기원하고 있던 그의 입에서 '에이맨!' 하는 짧은 소리가 흘러나왔다. 그것으로 제임스의 기나긴 중얼거림이 끝났다. 고개를 든 제임스의 파란 눈동자와 운희의 검은 눈동자가 서로 마주쳤다. 그는 빙그레, 예의 그 사람 좋은 눈웃음을 지어 보이며 그녀를 바라보았다. 그녀는 그런 제임스를 바라보면서 알 수 없는 강한 충격에 휩싸였다. 그녀의 온몸이 가늘게 떨렸다. 제임스가 보여준 일련의 낯선 행동은 운희에게 왠지 모를 커다란 위안과 평안을 가져다주었다. 생면부지의, 타국의 낯선 이가 그녀를 위해서 어떤 절대적인 강한 존재에게 도움을 간구하는 모습은 너무도 놀랍고 충격적인 일이 아닐 수가 없었다.

그때였다. 운희의 내부 깊숙한 곳에서 알 수 없는 뜨거운 무엇인가가 치밀어 오르며 얼음덩이같이 단단했던 그녀의 냉한 마음을 조금씩 녹이기 시작했다.

그녀는 열 살이 채 되지 않은 어린 나이에 양친 부모를 여의었다. 그 후로는 아버지의 단 하나뿐인 혈육인 작은아버지의 슬하에서 성장하게 되었다. 하지만 대식구에 늘 곤궁한 살림이었기에 운희는 시시때때로 작은어머니의 구박 대상이 되었다. 그렇게 운희의 더부살이는 외로움과 괴로움으로 점철된 나날이었다.

어느 날, 보릿고개가 한창인 열다섯 살이 되던 해에 그녀는 스스로 평양 기생청을 찾아갔다. 그리고 자신을 쌀 한 섬에 기적에 넘겨 버렸고 쌀 한 섬이 집으로 들어오던 날, 작은어머니는 싸리문을 나서는 운희를 보며 옷고름으로 눈물을 찍어댔지만 그녀는 아무런 감정도 느끼질 못했다. 작은아버지는 선비가문을 더럽혔다 하며 대노하여 그녀에게 절연을 선언했고 끝내 사랑채의 문조차 열지 않으셨다.

그렇게 운희는 하늘 아래 어느 한곳 비빌 데 없는 천애고아처럼 지내왔다. 그런 운희를 위하여 누군가가 이렇듯 따뜻한 손길과 진심 어린 마음으로 기원을 해줬다는 사실에 그녀는 너무도 놀랐고 그 사실이 도저히 믿기지가 않았다. 제임스의 사람에 대한 애정 어린 시선은 운희의 냉기 가득했던 마음을 조금씩 녹이며 삶에 대한 긍정적인 생각이 서서히 스며들게 했다.

어느 이른 아침, 안개 가득한 지브롤터 해협을 배가 미끄러지듯 지나가고 있었다. 청나라를 떠난 지 어언 육 개월에 이르렀다. 벌써 계절도 두 번이나 바뀌었다. 육 개월 전 제임스는 운희에게 손짓발짓을 섞어가며 고국인 영국을 방문한 후에 다시 청나라로 돌아가 운희를 조선까지 무사히 데려다 주겠노라고 단단히 약속해 주었다. 이탈리아에서 일행과 조우한 제임스는 그들과 함께 열다 섯 문의 커다란 대포가 장착되어 있는 영국 선박으로 갈아탔다. 군인 출신의 경험 많은 선장과 선원들이 그들을 반겨 맞아주었다.

바다에는 한 치 앞조차 분간하기 어려운 짙은 물안개가 사람들의 시야를 덮고 있었다. 선장과 선원들은 안개 속을 예의 주시하며 잔뜩 긴장한 얼굴로 주위를 경계하였다. 그들 중 한 선원의 입에서 안개를 저주하는 욕설이 뛰어나왔다. 물안개는 해가 뜨는 시점에 점점 그 양이 많아지다가 순식간에 사라지는 게 보통인데 오늘은 해가 떠 있는데도 물안개가 피어오르고 있었다. 마치 바다를 이불처럼 덮고 있어 사람들의 시야에는 온통 김나는 바다만이 보였다.

어느덧 해가 높이 들자 한 치 앞도 분간하기 어려웠던 짙은 안개가 그때서야 빠르게 걷히며 아침 하늘이 맑게 개었다. 하늘은 더없이 청명했다. 그런데 그들의 환해진 시야 속에 웬 낯선 배 한 척이 떡하니 나타났다. 언제 나타났는지 모를 그 배의 은밀한 행동에 배 안의 모든 사람들은 적잖이 놀랐다.

낯선 배는 운희가 타고 있던 영국 선박보다 훨씬 작아 보였으나 매우 민첩해 보였다. 낯선 배의 돛대에 걸린 깃발을 바라보며 배 안의 누군가가 '네덜란드!'를 크게 외쳤다. 그러자 배 안의 모든 사람들은 크게 안도의 한숨을 내쉬었다. 모두가 안도하고 있을 때 낯선 배가 점점 거리를 좁히며 영국 선박을 향하여 접근해 오는 것이 눈에 들어왔다. 어느 정도 사정거리 안으로 들어서자 낯선 배의 선원들이 갑자기 돛대에 걸려 있던 깃발을 황급히 내리더니 다른 깃발 두 개를 연이어 달아 올렸다. 하나는 초록색 바탕에 해골이 그려진 깃발이었고, 또 다른 하나는 초승달 모양의 긴 칼을 휘두르고 있는 팔이 그려져 있었다.

"베르베르 해적이다!"

배 안에는 삽시간에 경악과 공포로 버무려진 외마디 소리가 흘러넘쳤다.

베르베르 해적.

그들은 지브롤터 해협을 종횡무진으로 누비면서 지나가는 모든 선박을 약탈하며 잔혹하기로 악명 높은 무어인 해적이었다. 그들은 마치 먹이를 노리는 거미처럼 후미진 깊은 만에 숨어 있다가 자신들의 사정거리 안으로 들어오는 모든 선박을 향하여 기습과 약탈, 그리고 파괴를 일삼고 그것을 마치 삶의 낙처럼 즐기는 악질적인 해적집단으로 유명했다.

노련한 선장은 침착하게 열다섯 문의 대포에 포탄을 장전하여 적의 배를 향하여 발포하라는 단호한 명령을 내렸다. 선원들은 일사불란하게 움직이며 선장의 명령에 즉각적으로 대응했다.

해적선에는 삭발한 머리와 햇볕에 그을린 구릿빛 피부를 가진 어깨가 띡 벌어진 사내들이 우글거렸다. 그들은 흰결같이 흰 이를 드러내며 태양 아래 번쩍이는 휘어진 칼을 높이 쳐들며 보란 듯이 허공을 가르며 서 있었다. 그들의 입가엔 거만한 미소가 걸려 있었고 마치 먹이를 노리고 있는 들개처럼 탐욕스런 시선으로 영국 선박을 강하게 응시하고 있었다.

곧이어 영국 선박의 열다섯 문의 대포에서 포탄이 연달아 발포되었다. 곧바로 전투에 돌입한 것이다. 하지만 해적선보다 덩치가 크고 높이 솟아 있던 영국 선박의 커다란 대포들은 한결같이 높이만 쏘아댈 뿐 수면 쪽을 향하여 낮게 쏘아대질 못했다. 때문에 쏘아진 포탄은 해적선에서 엉뚱하게 멀리 비켜 나간 채 애꿎은 바닷물만 출렁이게 만들었다. 그러나 해적선에서 쏘아대는 포탄들은 모조리 영국 선박의 곳곳을 명중시키며 배의 이곳저곳을 부숴놓고 파괴했다. 영국 선박은 크게 일렁이는 파도 속에서 곳곳에 뼈아픈 상처를 드러내며 휘청거렸다.

갑자기 해적선에서 튼튼한 밧줄이 달린 금속 갈고리가 영국 선박을 향하여 비 오듯 쏟아져 날아들었다. 해적들은 갈고리와 연결된 밧줄을 해적선에 단단히 묶은 후 줄을 타고 영국 선박으로 우르르 기어오르기 시작했다. 영국 선박으로 넘어온 해적들은 악마와 같은 미소를 흘리며 대항하는 영국선원들을 향하여 휘어진 칼을 살벌하게 휘두르기 시작했다.

운희의 가슴에는 커다란 공포가 밀물처럼 밀려들었다. 예리한 통증과 함께 심장이 강하게 옥죄이며 떨렸다. 청나라 해적의 손에 납치된 것이 불과 엊그제 같은데 또다시 다른 해적의 손에 납치될 상황에 처하게 되자 자신의 운명이 너무도 기구하여 절로 기가 막혔다. 저들은 청나라 해적보다도 더 흉포해 보였다.

그들은 한 영국선원을 첫 희생의 제물로 삼으며 그의 피를 보자마자 미친 듯이 웃어대면서 시끄럽게 떠들어댔다. 운희는 순간적으로 저들이 사람을 죽이고 혹 그 피를 빨아먹는 것은 아닐까 하는 의구심마저 가지며 겁에 질린 채 객실로 향하는 계단 아래의 어두운 구석에 몸을 숨긴 채 오들오들 떨었다.

육중한 배가 흔들리며 갑자기 기울기 시작했다. 이미 배 안에는 징그러울 정도로 많은 해적들이 들어와 있었고, 갑판 위에는 피투성이의 선원들과 승객들이 힘겨운 싸움을 하고 있었다. 싸움은 절대적으로 해적들이 유리했다. 해적들은 싸우면 싸울수록 더욱 힘을 얻는, 피를 좋아하는 악귀처럼 보였고 살의에 불타고 있었다.

결국 선장을 포함한 절반의 선원들이 해적들의 휘어진 칼 아래에 목숨을 잃고 쓰러지자 해적들은 더욱 기고만장하여 쓰러진 선원들의 시신을 거칠게 발로 차거나 짓밟으면서 영국 선박을 유린하기 시작했다. 해적들은 선박 곳곳을 들쑤시고 돌아다니며 약탈을 거듭했다. 객실 내에 숨어 있던 사람들도 모두 찾아내어 갑판 위로 험하게 끌고 나왔다.

결국 계단 아래에 숨어 있던 운희도 번들거리는 빡빡머리의 음흉한 한 해적에게 발각이 되어 갑판 위로 거칠게 끌려 나오고 말았다. 갑판 위에는 이미 많은 선원들이 피를 흘리며 널브러져 있었다. 또한 살아 있는 사람들은 모두 줄에 묶인 채 한곳에 꿇어앉혀져 있었다. 그중에는 제임스도 있었다. 제임스는 팔에 부상을 입있는지 소매를 피로 물들인 채 줄에 묶여 있었다.

운희가 해적의 손에 잡혀 갑판 위로 끌려 나오자 모든 사람들의 시선이 일제히 그녀에게로 쏠렸다. 그녀와 안면이 있던 영국선원들은 안타까운 시선으로 운희를 바라보다 이내 눈길을 돌린 채 고개를 떨어뜨렸다. 해적들이 앞으로 그녀에게 자행할 험악한 일이 예상되었기 때문이다. 제임스도 안타까움과 절망이 가득한 시선으로 겁에 떨고 있는 운희를 바라보았다. 비애가 가득 담긴 제임스의 흐려진 눈에는 그녀를 지켜주지 못했다는 깊은 자괴감이 서려 있었다. 그는 운희를 바라보던 시선을 끝내 유지하지 못하고 시선을 거두어 고개를 푹 숙여 버렸다.

해적들은 운희를 앞에 놓고 큰 수확물을 얻은 것처럼 신이 나서 난리법석을 떨었다. 그녀는 배 위에 있는 단 하나뿐인 여자 포로였다. 더욱이 신비한 동양적인 외모를 갖고 있는 어린 여자였기에 해적들은 마치 귀한 보물이라도 얻은 듯 좋아서 어쩔 줄을 몰라 했다. 해적들은 음탕하며 게슴츠레한 시선을 거둘 생각도 없이 노골적인 시선으로 그녀를 바라보았다. 그 끈적이는 시선은 운희의 얼굴이며 머리카락, 손, 팔, 등 할 것 없이 온몸을 쓸고 지나갔다.

그때 갑자기 배의 주방에서 술병째 술을 들이키며 나온 험상궂고 덩치 큰 한 해적이 운희를 둘러싸고 있는 해적들 곁으로 성큼 다가섰다. 그리고는 그녀 주위의 모든 해적들을 거칠게 힘으로 밀쳐 내더니 그녀에게로 한 걸음 성큼 다가섰다. 해적의 눈은 음흉한 빛으로 가득 차 있었다. 그는 손에 들고 있던 술병의 술을 다시한 번 들이키더니 씨익 웃으며 입가에 흘린 술을 거칠게 닦아내었다. 그리고는 술병을 집어 던진 채 다짜고짜 운희의 옷을 벗기기 시작했다. 기겁한 운희가 새된 비명 소리를 내지르며 사력을 다하여 저항했다. 하지만 강하고 우악스런 해적의 거친 손길은 순식간에 그녀의 옷을 벗겨내었다. 그녀의 하얀 상체가 눈부신 태양 아래에 여지없이 드러났다. 공포와 수치심으로 크게 벌어진 그녀의 눈에서 눈물이 넘쳐흘렀다. 그녀를 둘러싼 해적들은 그런 상황이 즐겁고 유쾌한지 휘파람을 불기도 하고 박장대소를 하면서 덩치 큰 해적의 하는 양을 지켜보며 크게 호응했다.

그때 날카로운 금속이 번쩍 빛을 발하더니 운희의 벗겨낸 옷을 들고 껄껄 웃고 있는 해적의 목을 가르고 지나갔다. 그와 함께 해적은 목에서 선홍빛의 피를 분수 줄기처럼 뿜어내며 신음 소리조차 없이 쿵 소리와 함께 무너지듯 쓰러져 버렸다. 쓰러진 남자의 뒤로 차가운 시선의 무표정한 남자가 서 있었다. 그는 머리엔 단정하게 주름 잡힌 터번을 둘러쓰고 바람결에 물결치는 젤라바를 입은 채 한 손에는 피 묻은 신월도를 들고 있었다.

그는 쓰러진 남자를 향해서 무슨 말인가를 차갑게 내뱉고는 발로 죽은 남자를 세차게 걷어찼다. 그의 행동에 주위의 모든 해적들은 일순간 쥐 죽은 듯 조용해졌다. 그가 가라앉은 싸늘한 어조로 몇 마디를 더 내뱉자 굳어 있던 해적들은 순식간에 일사불란하게 움직이며 포로로 잡은 사람들과 약탈한 물건들을 자신들의 해적선으로 발빠르게 옮겨 싣기 시작했다.

해적들의 움직임을 날카로운 눈으로 예의 주시하고 있던 남자는 그때서야 시선을 돌려 발가벗은 채 겨우 가슴을 가리며 오들오들 떨고 있는 운희를 바라보있다. 그의 햇살 아래 가늘게 벌어진 두 눈이 운희의 얼굴에 머물렀다. 순간 남자의 차갑게만 보였던 흑갈색의 눈동자가 크게 벌어지더니 멍한 표정으로 운희를 뚫어질 듯 바라보았다. 그것은 너무도 짧은 순간의 일이었다. 남자의 흔들리던 시선은 순간을 지나 찰나로 스치며 다시 차가운 표정으로 빠르게 되돌아왔다. 그는 냉랭한 시선으로 운희를 바라보더니 갑자기 앞으로 성큼 다가섰다. 그리고는 피 묻은 칼끝으로 운희의 턱을 치켜들며 차갑게 그녀의 얼굴을 쏘아보았다.

차가운 칼끝이 운희의 턱을 들어 올리자 운희의 두 눈이 공포로 더욱 커다랗게 벌어졌다. 남자는 예리한 시선으로 마치 시장에 내놓인 동물이라도 살피듯 운희의 이모저모를 찬찬히 살피기 시작했다. 순간 그의 눈동자에서 번쩍하는 빛이 빠르게 스치며 지나갔다. 하지만 남자는 아무 일도 없었다는 듯 칼을 내리고 무표정한 얼굴로 시선을 돌리며 죽은 사내의 바지 자락에 자신의 칼에 묻은 피를 슥슥 닦아내었다. 그리고는 그 칼로 바닥에 떨어져 있던 운희의 구겨진 옷을 집어 들어 그녀에게 던져 주었다. 주뼛하며 망설이던 운희가 그 옷을 받아 들고 빠르게 입는 동안에도 남자는 운희에게 조금의 눈길조차 주지 않았다.

이 차갑도록 냉정한 남자를 해적들은 '라이스(선장)', 혹은 '압달라 하켐'이라 부르며 절대적인 복종과 그 이상의 충성을 바치며 따랐다. 운희는 몰랐지만 그는 유명한 해적선의 선장으로 지브롤터 해협을 누비고 있는 악명 높은 해적선장 중에서도 가장 악명이 높은 해적 선장이었다. 지금도 지브롤터 해협의 뱃사람들의 입에는 항상 그의 이름이 오르내리고 있었다.

운희를 포함한 모든 포로들과 약탈된 물건들이 해적선으로 빠르게 옮겨진 뒤, 포탄에 부서진 영국 선박은 부루룩 거품을 일으키며 소용돌이치는 바닷물 속으로 빠르게 가라앉았다.

가라앉는 배의 허망한 모습을 바라보며 운희는 마치 앞으로 펼쳐질 자신의 모습이라도 되는 듯, 절망으로 가득한 그녀의 가슴은 끝없이 무너져 내렸다.

'마마, 이제…… 운희는 어찌하면 좋습니까? 다시는 조선으로 돌아가 마마를 뵐 수가 없을 듯합니다. 이를 대체 어찌하면 좋습니까…….'

운희의 눈에는 어느새 굵은 눈물이 소리 없이 주르륵 흘러내렸다.

해적들은 영국 선박 외에도 두 척의 타국 배를 더 약탈한 뒤 포로로 잡은 사람들을 노예 경매시장에 내다 팔기 위해 대단위 노예 매매 시장이 있는 살레로 왔다.

부연 이른 아침, 납빛 바다에는 비바람이 몰아치고 있었다, 맹렬한 바람에 일렁이는 파도가 작은 배를 삼킬 듯 날신거렸다. 부레그레그강, 강 하구의 모래톱에는 칙칙한 색의 거머리말이 파도에 휩쓸려 와 강변 여기저기에 흩어져 있었다.

미끄러운 경사진 강둑을 사람들은 세찬 비를 맞으며 힘들게 기어올랐다. 둑을 오르는 사람들의 발걸음은 하나같이 무거워 보였다. 그들은 무거운 쇠사슬과 족쇄를 차고 어기적거리며 걷고 있었다. 그 무게 때문인지 발걸음이 늦춰진 사람들은 검은 노예몰이꾼들이 사납게 휘두르는 채찍에 맞아 비틀거리면서 신음 소리를 내뱉었다.

살레 항, 강어귀 양쪽에는 빗물을 먹어 칙칙한 회갈색으로 물든 흙벽이 에워싸고 있었다. 두 개의 성에는 청동 대포들이 빼곡하게 자리 잡고 있었고, 바위투성이 해안에도 발사대들이 빼곡히 자리하고 있었다. 이슬람 제국임을 알리듯 탑과 초록색 광택의 미나레트(이슬람교의 예배당인 모스크의 일부를 이루는 첨탑)가 성벽 위로 뾰족하게 솟아 있었다. 물기에 젖은 초록빛 과수원에는 하얗고 노란 꽃들이 활짝 피어 있어 빗속에도 유혹하듯 흔들리고 있었다.

운희도 몇몇의 백인여자들 틈에 섞여 걸을 때마다 발목을 파고드는 무거운 족쇄를 질질 끌면서 이를 악물고 걸어가고 있었다. 강둑의 질척이는 진흙은 발을 더욱 무겁게 잡아당겼다. 파도와 세찬 비에 젖어 옷은 이미 몸에 착 달라붙어 있었다. 운희는 이런 상황 속에서도 바람에 실려온 낯선 꽃향기가 상당히 매혹적이라는 생각을 했다.

꾸불꾸불한 길을 한참 동안 걸어 올라가자 수크로 이어진 좁은 통로를 지나게 되었다. 해적들과 같은 피부색의 뭇사람들은 연신 내리쏟고 있는 빗속에서도 아랑곳하지 않은 채 북적이며 이리저리 몰리면서 고함치며 시루 속의 콩나물처럼 빽빽하게 길가에 들어차 있었다. 그들은 광기 어린 눈빛을 번득이며 포로로 잡혀온 이교도인 노예들을 흥분으로 들뜬 채 기다리고 있었다.

곳곳의 성벽에는 사람들이 함부로 쏟아놓은 배설물과 쓰레기들이 두엄처럼 쌓여 빗속에서도 뭉클뭉클 김이 오르고 있었다. 또한 근처에 도살장이 있는지 신선한 피에서 풍기는 역한 비린내와 가축 냄새가 한데 뒤섞여 바람에 실려왔다. 그와 함께 낯선 향신료와 박하의 향기가 비바람에 실려 이곳저곳에서 끊임없이 풍겨왔다. 습기와 함께 풍겨오는 후텁지근하고 질식할 것만 같은 낯선 공기에 운희의 속은 순식간에 매스꺼워졌다.

밀집한 군중들 사이를 비집고 가죽이 잔뜩 실린 당나귀와 낙타가 자주 지나갔고, 아직 어린 사내아이들은 헐렁한 상의만 걸친 채 아랫도리를 드러내고 어른들 사이에서 꿋꿋하게 자리를 지키려 안간힘을 쓰면서 잡혀오는 포로들을 또랑또랑한 검은 눈으로 지켜보고 있었다.

이 좁고 구불구불한 길을 지나면서 포로들은 밀려드는 갈색 주먹에 얻어맞고 찔리고 채였다. 운희도 낯선 사람들에게서 쏟아지는 야만적인 고함과 갈색 손의 거친 횡포에 온몸을 떨었다. 순간 앞으로 어떤 두려운 상황에 놓이게 될지 짐작조차 할 수 없는 커다란 공포가 전신을 엄습했다.

잘린 검은 나무 밑동이 몇 개 있고 커다란 대추야자나무 대여섯 그루가 그늘을 드리우고 서 있는 곳에 포로들이 이르자 마침내 걸음을 멈추고 노예몰이꾼의 채찍 아래에 일렬로 서게 되었다. 그 곁에는 작은 샘 하나가 널돌 위로 물을 흘려내고 있었다. 그곳은 살레에 잡혀오는 노예들이 늘 머무는 곳이었다.

얼마 후 운희와 포로 일행은 검은 노예몰이꾼들이 이끄는 대로 채찍 아래에 노예 경매시장을 향해 힘없이 다시 걸어가기 시작했다.

노예 경매시장에는 이미 많은 사람들이 모여 있었고, 각지에서 모여든 노예몰이꾼들은 부유해 보이는 장사꾼들을 향해 호객을 하면서 자신의 노예들을 가장 좋은 값에 팔아넘기기 위해 안간힘을 쓰고 있었다. 경매시장 곳곳에서 노예몰이꾼이 내는 고함 소리와 포로들이 내는 비명 소리가 한데 섞인 채 들려왔다. 노예몰이꾼들은 포로들을 마치 가축이라도 되는 양 험하게 다뤘고, 손님인 장사꾼들에게 그들의 상품가치를 증명하기 위하여 검은 손으로 포로들의 입과 귀를 수시로 헤집고 잡아당겼다.

"자, 이자의 튼실한 이를 보시오. 하나도 썩지 않고 아주 튼튼합니다. 이가 없으면 먹지도 못하고 일도 못하지만 이렇게 튼튼한 이는 당신이 부자가 될 때까지 충분히 봉사하며 이놈의 몸값 열 배를 보상해 주고도 남을 것입니다. 말이든 낙타든 이가 중요한 것은 다들 아시는 바 아닙니까?"

"그놈 팔다리는 튼실하오? 어디 부러진 데는 없는 것이오?"

검은 노예몰이꾼의 호언장담에 관심을 갖고 있던 한 장사치가 빠르게 내뱉었다. 그러자 검은 노예몰이꾼은 잡고 있던 포로의 팔다리를 들어 올려 보이며 그렇다 하고 과장된 말을 늘어놓았다. 하지만 여전히 못미더운지 찜찜한 표정을 짓고 있는 장사치를 보곤 노예몰이꾼은 잡고 있던 포로에게 머스킷(양손으로 조작할 수 있는 구식소총)을 겨누며 멀리 떨어진 곳에 있는 커다란 올리브나무까지 빠르게 뛰어갔다 오도록 명령을 했다. 포로 사내가 무거운 족쇄를 매달고 어기적거리며 달리기 시작한 그때에 혼잡한 틈을 타서 포로로 잡힌 한 백인소년이 몰래 도망을 치려다가 노예몰이꾼에게 발각되는 일이 생겼다. 곧이어 소년의 작은 몸 위로 연이은 수많은 몽둥이질이 쏟아졌고 커다란 신음 소리가 소년의 입에서 터져 나왔다. 그렇게 소년의 몸 위로 힘을 쏟던 검은 노예몰이꾼이 숨을 헐떡거리며 소년을 걷어차더니 씩씩거리면서 외쳐 댔다.

"자, 반액에 넘기겠소! 이 녀석의 아버지는 영국의 귀족이 분명하오. 아직 사리분별을 못해서 이렇게 뜨거운 맛을 봤지만 이렇듯 단단히 혼이 났으니 두 번 다시 도망치거나 하지는 않을 것이오. 몸이 좀 망가진 대신에 이렇게 헐값에 넘기겠소. 이 녀석을 사간다면 분명 이 녀석의 아버지가 수백 배에 달하는 가격으로 이 녀석을 되사갈 것이 분명하오. 자, 그러니 절호의 기회를 놓치지 말고 어서 경매에 붙어보시오. 자자, 어서 오시오!"

그렇게 경매시장 안은 소란스러움과 혼란 속에서 악다구니가 오가기도 하며 인파로 북적거렸다. 미간을 좁히며 꼼꼼한 눈길로 상품으로서의 가치를 살피고 있던 중간 상인들은 각각의 조건을 제시하면서 경매에 놓인 포로들을 놓고 흥정에 바빴다. 상인들에게 낙찰된 포로들은 자신의 의지와는 일절 상관 없이 하루아침에 노예로 전락하여 낯선 주인과 낯선 곳으로 순식간에 팔려갔다.

운희도 자신의 차례를 힘없이 기다리며 경매에 놓인 포로들을 바라보았다. 그때 제임스가 경매에 내놓여진 것이 눈에 들어왔다. 단 위에 선 낯익은 옅은 갈색머리의 남자를 운희는 크게 벌어진 눈으로 뚫어질 듯 바라보았다.

그의 웃옷은 이미 벗겨져 있었고, 몇몇의 상인들이 그의 입을 들여다보기도 하며 이곳저곳을 찌르면서 팔을 돌려보기도 하거나 등을 어루만지기도 했다. 상인들은 미간을 좁히며 진지한 시선으로 그의 이모저모를 살폈다.

문득 고개를 들던 제임스의 힘없는 시선과 운희의 흐려진 시선이 한데 마주치며 서로 얽혔다. 순간 긴장으로 굳어져 있던 제임스가 운희를 향하여 힘없는 미소를 지어 보였다. 그것은 아주 짧은 순간이었고, 제임스의 턱이 낯선 상인에 의해 강제로 잡아 돌려지면서 그의 얼굴에서 사라져 버렸다. 그녀가 절망했을 때 희망을 전해주던 제임스의 얼굴에는 모든 것을 포기한 체념의 빛이 가득했다. 운희는 그런 제임스를 바라보며 어느새 자신도 모르게 뜨거운 눈물을 흘리고 있었다. 그사이 제임스는 어느 부유해 보이는 상인에게 낙찰되어 쇠사슬을 질질 끌면서 어디론가로 끌려갔다. 그런 그의 축 처진 뒷모습을 마지막까지 놓치지 않고 바라보며 운희는 순식간에 표정을 잃었다.

운희 앞의 한 백인여자가 경매에 내놓여졌다. 그녀는 겁에 잔뜩 질린 채 경매단 위에서 부들부들 떨며 비명을 지르고 있었다. 제임스가 눈앞에서 팔려간 이후 운희 역시 모든 것을 포기한 체념의 얼굴을 하고 있었다.

그때 라이스, 압달라 하켐이 노예 경매시장에 수하들을 이끌고 나타났다. 그는 운희가 속한 자신의 경매단이 포로들이 경매에 붙이는 걸 지켜보고 있었다.

두려움이 역력한 표정을 감추지 못하고 떨고 있던 젊은 백인여자는 모여든 상인들과 구경꾼들에 의해 옷이 벗겨진 채 온몸을 구석구석 희롱당하고 있었다. 그러자 백인여자는 악에 가까운 울음을 터뜨리며 자리에 주저앉고 말았다. 하지만 검은 노예몰이꾼의 거친 손길은 그녀를 그대로 놓아두지 않았다. 일말의 동정심도 없이 그녀는 머리채를 거칠게 휘어잡힌 채 곧바로 다시 일으켜 세워졌고 계속해서 희롱을 당했다. 얼마 후 그녀 역시 장사꾼으로 보이는 음흉한 얼굴의 한 늙은 사내에게 팔려갔다.

운희의 차례가 되었다.

운희 또한 앞의 백인처녀처럼 노골적이며 끈적거리는 사내들의 시선 속에 무방비 상태로 내던져졌다. 그녀는 앞의 백인처녀처럼은 절대 울지 않겠다고 생각하며 무표정한 얼굴로 이를 꽉 깨물었다. 그러나 상체가 벗겨진 채 이리저리 만져지고 주물려질 때마다 생전 처음 겪는 수치심에 울컥 눈물이 터져 나올 것만 같았다. 이 상황을 벗어나고 싶은 마음에 눈을 꼭 감고 싶었지만 그녀는 경매단 앞에 모여 있는 상인들을 향해 끝까지 싸늘한 적의의 빛을 감추지 않았다. 하지만 이에 아랑곳없이 그녀를 기다렸다는 듯 시장 안의 제일 많은 상인들이 우르르 몰려들었다. 검은 노예몰이꾼은 자신의 경험상 이 희귀한 어린 동양계집이 부자 상인들의 입맛을 당길 것이란 것을 진작부터 알고 있었다. 그런 이유로 그는 경매의 맨 끝에, 이번 경매의 주요 매물로 그녀를 올려놓았던 것이다.

역시나 경매는 예상대로 처음부터 치열했다. 운희의 몸에는 지금껏 팔려 나간 그 어떤 노예들보다 몇 배나 높은 가격이 매겨지며 불려졌다. 경매는 정점에 다다랐고 그 열기는 자못 뜨거웠다. 최근 몇 년 새 이토록 높은 가격의 매물은 처음이었다.

그러던 중 하얀 비단옷을 입은 부유해 보이는 흑인이 다른 상인들이 내지 못할 비싼 값을 불렀다. 그녀에게 욕심을 내면서도 주머니 사정으로 인해 더는 어찌해 볼 수 없는 상인들은 아쉬움의 한숨을 토해내며 미련을 접지 못한 끈적이는 눈길로 운희의 전신을 다시 한 번 훑었다. 그런데 낙찰자인 흑인이 노예몰이꾼에게 가격을 치를 찰나 이제껏 지켜보기만 했던 라이스, 압달라 하켐이 갑자기 그녀의 경매를 취소하겠다고 선언했다. 너무도 뜻밖인 그의 선언에 그곳에 모여 있던 모든 사람들이 의아한 시선으로 일제히 그를 쳐다보았다.

낙찰자인 흑인은 미간을 좁히며 눈을 가느다랗게 뜨고 못마땅한 얼굴로 압달라 하켐을 매섭게 노려보았다. 그의 얼굴엔 불만이 가득 담겨 있었다. 그는 압달라 하켐의 기세에 지지 않고 곁에 서 있던 노예몰이꾼의 손을 잡아당겨 서둘러 그 손안에 낙찰된 가격이 담긴 비단 돈주머니를 건네주었다. 어떨 결에 돈을 받게 된 노예몰이꾼은 화들짝 놀라며 자신의 주인인 압달라 하켐과 낙찰자를 번갈아 쳐다보며 어쩔 줄을 몰라 했다.

흑인은 입가의 끝을 살짝 말아 올리며 압달라 하켐을 정면으로 바라보면서 입을 열었다.

"함둘라흐(모든 것이 신의 뜻대로이다)."

낙찰자 흑인은 살짝 고개를 숙여 보이고는 운희의 손목을 단단히 움켜쥔 채 경매장을 서둘러 빠져나갔다. 운희의 발목에 채워진 족쇄는 그녀가 걸을 때마다 여전히 여린 살을 후비며 파고들었다.

흑인과 두 명의 흑인 수행원이 막 경매장을 빠져나와 말을 타려 할 때에 갑자기 뒤에서 소란스러운 소리가 일더니 압달라 하켐과 세 명의 검은 노예몰이꾼이 나타났다.

압달라 하켐은 예의 그 날카로운 시선으로 흑인을 차갑게 노려보며 손에 들고 있던 돈 꾸러미를 흑인의 발 앞에 거칠게 내던져 놓았다. 그리고는 곁에 선 노예몰이꾼들에게 손을 들어 신호를 보내자 노예몰이꾼들은 황급히 운희의 곁으로 달려갔다.

그러자 흑인의 두 수행원들이 한 사람은 머스킷을, 다른 한 사람은 허리춤의 칼집에서 신월도를 빼내 들며 노예몰이꾼들의 앞을 가로막았다. 흑인의 수행원들과 압달라 하켐의 검은 노예몰이꾼들은 서로를 적대적인 시선으로 노려보며 살벌하게 대치했다. 그사이에 흑인은 이미 말에 올라탔고, 수행원들 뒤에 서 있던 운희를 번쩍 안아 들어 자신이 타고 있던 말의 앞에 앉혔다. 그와 동시에 말에 박차를 가하며 빠르게 내달리기 시작했다.

"바라크 알라후 피크(신의 ¹⁾바라카가 당신에게 있기를 바란다)!"

말을 마치자 흑인은 커다란 웃음소리를 터뜨리며 말을 힘차게 몰았다. 그 뒤로 누런 흙먼지가 자욱하게 퍼져 나갔다. 말은 곧바로 커다란 건물 모퉁이를 돌아 시야에서 사라져 버렸다.

너무도 순간의 일에 뒤에 남은 압달라 하켐은 손에 잡고 있던 신월도를 꽉 움켜쥔 채 부들부들 떨었다. 생전 처음으로 겪는 수치스런 일에 눈에서는 불똥이 뚝뚝 떨어지고 있었다. 그 여파로 뒤에 남은 두 명의 흑인 수행원들은 라이스, 압달라 하켐에게 붙잡혀 흑인의 행선지를 밝히라는 지독한 고문을 당했다.

말은 누런 흙먼지를 일으키며 살레를 떠나 부레그레그강(江) 하구 좌안에 있는 라바트를 향해 달려갔다. 라바트에 도착하자 제일 먼저 그들을 반긴 것은 대서양 바람에 실려 거리 곳곳에서 울려 퍼지고 있는 꾸란을 읽는 소리였다. 멀리 언덕 위에는 미완성인

---

1)바라카:축복, 거룩함, 영적인 힘

커다란 모스크 첨탑이 눈에 들어왔다. 라바트는 살레와 마찬가지로 정신이 번쩍 들 만큼 어수선했다. 거리는 좁고 복잡했으며, 사람들로 붐볐고, 악취와 오물로 매우 불결했다. 거리 곳곳에는 벤자민 고무나무가 무성하게 가지를 늘어뜨리고 있었다.

흑인은 커다란 종려나무 아래에 이르자 말을 멈추었다. 그곳에는 낯선 백인여자 열한 명이 발목에 족쇄를 매단 채 나무그늘 아래에 줄지어 서 있었다. 여인들을 지키고 있던 흑인 수행원 몇몇이 흑인을 발견하자 매우 반기며 그를 맞았다. 그들은 서로를 얼싸안고 포옹하며 얼마 동안 대화를 나누었다. 흑인이 턱으로 운희를 가리키자 한 흑인 수행원이 운희를 말에서 내려주었다. 그리고는 갓 구운 따끈한 빵과 우유로 만든 음료를 건네주었다. 음식은 다른 여인들에게도 마찬가지로 나누어졌다. 입 안이 버석하고 입맛이 없었지만 운희는 무의식적으로 주어진 음식을 먹기 시작했다.

그들의 식사가 끝나고 얼마의 시간이 흐르자 흑인 수행원들이 운희와 여인들 각자에게 말과 당나귀를 지급했다. 운희도 흑인 수행원의 손에 의해 갈기가 갈색인 말에 올라타게 되었다. 말과 당나귀는 서로 연결이 되어 있었고, 그들은 흑인과 네 명의 수행원들이 이끄는 대로 목적지도 모른 채 무작정 끌려갔다.

운희의 기억에 의하면 그들의 발걸음은 다시 살레로 향하고 있었다. 혹 다시 팔려가는 것인가? 하는 강한 의구심이 들었지만 그녀는 불안한 가슴을 짓누르며 마음을 다스렸다. 다행인지 발걸음은 경매장이 아닌 살레 외곽의 커다란 숲을 지나가고 있었다.

숲은 크고 작은 떡갈나무들과 잎이 넓은 나무들이 빼곡히 들어차 있었다. 숲속은 너무 어두웠다. 간간이 야생동물의 울부짖는 소리가 멀리서 들려왔다. 숲의 짙은 냄새가 습기와 함께 울컥하고 밀려왔다. 숲을 간신히 벗어나자 해가 저물었고 그들은 길 위의 천막에서 잠을 자야 했다.

다음날은 티플리트라 불리는 작은 강을 건너갔고, 그 다음날이 되어서야 그들은 목적지인 제국의 수도, 메크네스가 눈에 들어오는 곳에 도착했다. 흑인 수행원들은 그곳에서 운희와 일행인 백인 여자들을 말과 당나귀에서 내리게 한 후에 앞이 뾰족하고 뒤가 트여 있는 붉은색에 약간의 무늬가 도드라져 있는 제국의 전통 신발을 건네주며 신게 했다. 신발은 신고 벗기엔 편했으나 모래 위를 걸을 때마다 모래가 신발 속으로 푹푹 들어왔다.

얼마를 걷자 메크네스 시의 거대한 성문 앞에 이르게 되었다. 도시의 초입부터 어마어마하게 높이 솟은 성벽과 마치 병풍처럼 펼쳐진 성벽의 긴 자락을 눈으로 쫓으며 운희는 그 웅장함에 절로 벌어진 입을 다물지 못했다. 처음엔 하나둘이던 구경꾼들이 모여들기 시작하더니 소문은 삽시간에 퍼져 나갔고, 도시의 성문으로 구름떼처럼 군중들이 모여들었다. 그들은 남녀노소 할 것 없이 막대기와 채찍을 들고 노예로 팔려온 운희를 비롯한 이교도인 백인 여자들을 때리려고 야단이었다. 그들은 각다귀 떼처럼 달려들어 일행이 좁은 수크를 지나갈 때마다 머리채를 잡아채거나 꼬집고 할퀴기도 하면서 소리를 지르며 아우성이었다.

"카이파 빌라 와 비르 라술(너희는 이교도들이며 신도 무하마드도 모른다)!"

운희 곁의 한 백인여자는 끔찍하고 경멸스런 낯선 사람들의 야
유를 견디지 못하고 끝내 울음을 터뜨리고 말았다. 그 뒤를 이어
몇몇의 백인여자들이 함께 흐느껴 울었다. 그렇게 학대와 폭력에
노출된 시간을 견디며 운희와 백인여자들은 왕궁 단지의 거대한
성문인 밥 엘 만수르 문 앞에 이르게 되었다. 운희는 그 거대하고
아름다운 성문의 모습을 보자 그만 절로 눈이 휘둥그레졌다.

'세, 세상에나…… 이렇게 아름다운 성문이 있다니!'

운희는 낯선 사람들의 폭력 앞에서도 너무도 이국적이며 독특
한 아름다움을 뽐내고 있는 커다란 성문에 순식간에 매혹당하고
말았다. 그것은 백인여자들도 마찬가지인 듯 동작을 멈춘 채 성문
을 뚫어질 듯 바라보았다.

성문은 제국의 위세를 느낄 정도로 매우 높고 거대했으며 그 독
특한 아름다움으로 낯선 방문객들을 순식간에 압도했다. 하지만
광기 어린 군중들의 조롱과 학대 때문에 그녀들은 그 아름다움을
만끽할 틈도 없었다.

그때 왕궁의 성문을 지키고 있던 백마를 탄 수문병들이 군중들
과 노예 사이를 끼어들며 제지에 나섰다. 그들의 손에 운희와 일
행은 낚아채이듯이 성문 안으로 끌려 들어갔다. 그렇게 아우성치
던 군중들은 성문 안으로는 단 한 발짝도 따라 들어오지 못했다.
말에서 내려진 운희와 백인여자들은 수문병들의 지시에 의해 신
발을 벗어 들고 그들을 따라 왕궁 안으로 걸어 들어가게 되었다.
바닥은 아름다운 기하학적인 무늬가 새겨진 타일들이 매끄럽게

깔려 있었다. 티끌 하나 없이 청소가 잘되어 있어 발에 닿는 촉감이 기가 막히게 시원하고 좋았다.

운희와 백인여자들은 아귀와 같은 군중에게서 벗어난 것에 대하여 깊은 안도의 한숨을 내쉬며 병사들이 이끄는 대로 별 저항 없이 그 뒤를 따라갔다.

그렇게 운희는 왕궁 안으로의 첫발을 내딛게 되었다.

나중에야 운희는 이 거대한 성벽으로 둘러싸인 도시의 이름이 메크네스이며 제국의 수도로 성벽의 길이가 자그마치 백여 리가 넘는다는 것을 알게 되었다. 또한 조선의 임금처럼 술탄이라 불리는 왕이 예언자이며 선지자인 무하마드의 후손이라 주장하며 이곳에서 제국을 다스리고 있다는 것도 알게 되었다. 이 제국은 아랍어로 '알 마그리브 알 아크사'라 불리며 '서쪽의 끝' 혹은 '일몰'이란 뜻을 갖고 있었고 유럽에서는 이 제국을 모로코라 불렀다는 것을 운희는 나중이 되어서야 알게 되었다.

바람에 흔들리는 키 큰 종려나무들 위로 톱니바퀴 모양으로 총안을 낸 높은 성벽들이 솟아 있었다. 우렁찬 함성 소리와 함께 먼지가 어지러이 날리고 있었다. 햇빛에 반짝이는 드넓은 안뜰, 은모래 빛 연병장에는 제국의 검은 친위대 병사들이 조금의 흐트러짐도 없이 막 제식 군사훈련을 마친 채 열을 지어 서 있었다. 그들의 손에는 신월도와 창이 빽빽이 들려 있어 장관을 이루었다.

연병장의 한구석에는 상급 장교들이 땅에 엎드려 있었다. 찌걱찌걱, 탁탁탁, 덜커덩덜커덩. 전차가 연병장 안으로 다가오는 소리가 들리자 모두들 더욱 긴장하고 있었다. 그 속도는 일반적인 말이 끄는 속도에 비해 사뭇 느린 듯했다. 안뜰 저 너머에서 찰싹하는 채찍 소리와 함께 신음 소리가 들려왔다.

잠시 후 제국의 술탄, 시디 무하마드가 휘황찬란한 황금빛 전차를 타고 연병장에 모습을 드러냈다. 그의 다부진 몸에서는 젊음의 활력이 넘쳐흐르고 있었다. 뜨거운 태양 아래에서도 흑단의 눈동자는 차갑게 빛나고 있었다. 말의 고삐를 한껏 움켜쥐고 있는 술탄의 어깨에는 힘이 잔뜩 들어가 있었다. 그의 모습은 자못 위풍당당하게 보였다.

올해 스물여섯 살의 한창 혈기 왕성한 술탄의 얼굴에는 상대를 압도하는 강한 분위기와 절대적인 권력을 쥔 자의 냄새가 물씬 풍기고 있었다.

그가 탄 전차는 말이 끄는 전차가 아니라 황금빛 마구를 장착한 백인사내 노예 네 명과 흑인사내 노예 네 명이 피부색 별로 줄을 지어선 채 전차를 끌고 들어온 것이다. 한 백인사내 노예의 어깨와 팔뚝에는 기다랗고 붉은 상처가 여러 개 나 있었고, 그 위로 핏물이 배어나오고 있었다. 전차는 상급 장교들 앞에 이르러서야 삐걱거리며 멈추어 섰다.

술탄이 전차에서 내리자 함께 전차에 타고 있던 반들거리는 검은 피부의 흑인 세 명이 잽싸게 따라붙었다. 한 명은 달려드는 파리와 작은 날벌레들을 쫓으며 술탄에게 부채질을 해주었고, 다른 한 명은 파라솔로 술탄에게 시원한 그늘을 만들어주었다. 마지막 한 명은 술탄의 채찍을 들고 있었다.

이런 광경은 술탄이 참석하는 행사 때마다 관습적이며 전통적으로 벌어지고 있는 모습이었다. 이것은 이미 그의 선대 술탄들이 행했던 일이었다. 시디 무하마드, 신임 술탄은 즉위한 지 채 열흘도 되지 않은 햇병아리 술탄이었다. 운희가 이 제국에 도착한 것은 십칠 세가 되던 1757년 북아프리카의 태양이 뜨거운 한낮의 어느 날이었다.

✳

신임 술탄 시디 무하마드는 화려한 금사와 은사로 수놓인 멋진 비단과 다마스크를 자신의 몸에 두르고 있었다. 잔잔하게 주름이 잡힌 비단 터번의 한가운데는 어린아이 주먹만한 크기의 붉은빛 보석이 박혀 있었다. 승마용 상의는 금과 은으로 세련되게 치장된 옷자락이 넓고 저고리 길이가 무릎까지 내려오는 비단 코트로 목 부분이 트여 있어 안의 헐렁한 정통 의상이 살짝 드러나 보였다. 또한 목 부분과 넓은 소맷부리에는 금박으로 매우 화려하게 수가 놓여 있었고, 짧은 승마용 바지와 적색 가죽으로 만든 굽이 있는 승마용 부츠는 한껏 어우러져 나름의 멋을 풍기고 있었다.

하지만 신임 술탄의 낯빛은 썩 유쾌해 보이지 않았다.

그의 검고 깊은 눈동자는 심술로 꽉 차 있었다. 그는 뙤약볕에 엎드려 있는 신하들은 거들떠 보지도 않은 채 연병장 한쪽 구석에 떼를 지어 서 있는 백인여자들을 쳐다보았다. 백인여자들은 한결같이 온몸이 멍투성이였고, 신발을 신지 않은 발은 더럽고 거칠게 보였다. 발목에는 무거운 쇠사슬이 매달려 있었다. 포로에서 노예로 팔려온 여자들은 몹시 긴장하고 겁에 질려 있었다.

술탄은 호기심 가득한 얼굴로 여자들에게로 다가갔다. 그리고는 일렬로 서 있는 여자노예들을 점검하기 시작했다. 여자노예들을 점검하는 술탄의 구겨졌던 얼굴은 서서히 펴지기 시작했다.

이윽고 '보노, 보노(좋다)' 하는 소리를 터뜨리며 술탄은 운희의 앞에 딱 멈추어 섰다. 그는 매우 깊고 강렬한 시선으로 낯선 동양여자를 호기심 가득한 시선으로 뚫어질 듯 쳐다보았다. 창백하며 무표정한 운희의 외모와 낯선 차림새의 이모저모를 살펴보더니 다소 들뜬 목소리로 운희가 알아들을 수 없는 빠른 말을 쏟아놓기 시작했다.

그녀는 이 낯선 권력자의 들뜬 톤의 목소리가 상당히 귀에 거슬려 미간 사이를 좁히고 말았다.

운희와 함께한 열한 명의 백인여자들 중에는 용모가 빼어난 여성이 제법 여럿 있었다. 하지만 술탄은 그들에겐 관심조차 보이지 않은 채 쌍꺼풀이 없는 눈매가 가늘고 긴 제국의 여인들과는 너무나 다른 외형의 낯선 동양여자에게 온통 신경을 쓰고 있었다. 운희의 귀밑으로 쪽이 진 머리에는 마른 나뭇가지가 비녀 대신 질러 있었다. 그것이 신기했는지 술탄은 그 모양새를 살펴보다 그녀의 머리에서 마른 나뭇가지를 뽑아내 버렸다. 그러자 길게 땋은 운희의 검은머리가 귀밑에서 허리춤까지 한 번에 흘러내렸다. 술탄은 그 모습이 신기한지 들뜬 목소리로 주위의 사람들을 향하여 연신 무엇이라 떠들어댔다. 이어 운희의 턱을 자신의 손끝으로 들어 올려 여러 각도에서 그녀의 얼굴을 이리저리 살펴보던 그는 운희의 핼쑥하며 거칠게 일은 볼살을 꼬집기도 하고 작은 어깨와 빈약한 가슴 선을 훑어 내리기도 하면서 연신 혼자 무어라 중얼거리며 싱글벙글 웃었다.

잠시 후 술탄은 눈을 반짝이며 운희의 무표정한 얼굴을 정면으로 향한 채 입을 열었다.

"슈누 스미테크(이름이 무엇이냐)?"

운희가 말이 없자 술탄은 미간을 좁히며 다시 입을 열었다.

"슈누 스미테크?"

"……."

운희는 술탄의 표정을 정면으로 바라보면서 여전히 무표정한 얼굴로 가만히 있었다. 하지만 그가 무엇을 말하는지 그녀는 대번에 짐작하고 있었다. 그것은 그녀의 이름을 질문할 때 보여주었던 제임스의 표정과 같았기 때문이다. 미간을 좁힌 채 연신 손짓을 해가며 같은 말을 반복하는 술탄을 바라보며 운희의 작은 입술이 열렸다.

"운희……."

순간 그녀의 입술 사이에서 맑은 목소리가 흘러나오자 술탄의 두 눈이 크게 벌어지며 얼굴이 환하게 밝아졌다. 운희를 바라보는 술탄의 눈에는 광채가 뿜어져 나오고 있었다. 그는 운희의 입술 사이에서 나온 독특한 억양에 매우 놀라워하는 눈치였다.

"우니? 우니!"

술탄은 연신 어눌한 발음으로 되뇌며 크게 웃었다. 하지만 운희는 술탄을 바라보며 고개를 가로저었다. 그리고는 다시 한 번 자신의 이름을 천천히, 그리고 또박또박 내뱉었다.

"운. 희. 운희!"

술탄은 의아한 표정을 지으며 최대한 그녀를 따라 했다.

"우. 니. 우니!"

하지만 운희는 아니라는 듯 틀렸다는 표정을 지으며 고개를 가로저은 채 술탄을 향하던 시선을 옆으로 새치름히 비켜 버렸다. 순간 술탄의 얼굴이 검붉어지며 충격을 받은 듯 일그러졌다.

얼굴이 굳어진 술탄이 갑자기 뒤에 서 있던 수행원의 허리춤에서 채찍을 꺼내 들더니 자신의 곁에서 파리를 쫓고 있던 다른 한 명의 수행원을 벼락같이 때리기 시작했다. 술탄으로부터 불시에 채찍을 맞은 흑인 수행원은 비명을 내지르며 땅바닥에 나둥그러진 채 채찍으로부터 몸을 보호하기 위해 최대한 몸을 움츠리며 방어했다. 흑인 수행원의 검은 피부 위에는 붉은 긴 줄과 함께 핏물이 스미어 나왔다.

운희는 너무도 놀라 경악으로 벌어진 눈을 들어 술탄의 난폭한 행동을 두려움에 가득한 시선으로 바라보았다. 숨을 거칠게 몰아쉬며 씩씩거리던 술탄은 날카롭고 차가운 눈으로 운희를 노려보았다. 그리고는 그녀에게서 몸을 돌려 그녀 곁의 다른 백인여자에게로 다가갔다. 그러더니 운희에게 했던 대로 빠르게 질문을 내던졌다.

"슈누 스미테크? 슈누 스미테크?"

하지만 술탄의 난폭한 행동을 목격한 백인여자들은 자신들로서도 도무지 알아들을 수 없는 말을 내뱉고 있는 술탄을 제대로 쳐다보지도 못한 채 사시나무 떨듯 온몸을 떤 채 그 어떤 말도 하지 못했다.

그러자 무엇에 더욱 격분을 했는지 술탄은 차갑고 냉랭한 얼굴로 손에 들고 있던 채찍을 높이 치켜들며 대답을 하지 못하고 있는 백인여자들을 향하여 차례로 채찍을 내려치기 시작했다. 연병장 안에는 백인여자들이 질러대는 비명 소리로 순식간에 가득 찼다.

운희를 제외한 모든 여자들의 몸에는 하나같이 채찍에 맞아 붉고 가늘며 기다란 상처가 여러 개씩 났다. 그 모습을 지켜보던 운희는 충격으로 온몸을 굳힌 채 덜덜 떨었다.

연속 내려친 채찍질에 가슴을 들썩이며 거칠게 숨을 몰아쉬던 술탄은 채찍을 곁에 있던 수행원에게로 내던진 채 하얗게 질려 있는 운희의 턱을 거칠게 들어 올리며 사나운 시선으로 다시 한 번 질문을 던졌다. 그의 입꼬리는 비웃듯 말려 올라가 있었다.

"슈누 스미테크?"

"……."

술탄의 입은 웃고 있는 듯 보였지만 그의 눈초리는 마치 먹이를 노리는 맹수와 같이 사뭇 차가우면서도 날카롭게 빛나고 있었다. 그의 눈빛은 소름이 돋을 정도였다. 술탄은 다시 한 번 질문을 했다.

"슈누 스미테크?"

"운희……."

운희는 스스로를 포기한 채 이를 악물며 나지막이 대답을 했다.

이내 술탄의 눈에서 반짝이며 빛이 스쳤다. 그는 흰 이를 드러내어 미소를 지으며 운희의 말을 다시 따라 했다.

"우니!"

그리고는 사악함이 깃든 미소를 씨익 지어 보이며 그녀를 예리한 시선으로 쏘아보았다. 그의 표정에는 자신이 원하는 대답이 나와야만 한다는 단호한 표정이 담겨 있었다. 주위의 모든 백인여자들은 두려움이 가득한 시선으로 운희를 쳐다보며 마치 애원하듯 지켜보고 있었다.

그녀는 이를 지그시 깨물며 술탄을 바라보던 시선을 아래로 비키면서 가만히 고개를 끄덕였다.

그러자 술탄은 갑자기 호탕한 웃음소리를 터뜨리며 매우 만족한 표정을 지었다. 그리고는 자신만만한 표정으로 운희를 쳐다보면서 그녀의 이름을 소리 높여 크게 외쳐 댔다.

"우니! 우니! 하하하!"

술탄의 웃음소리가 드넓은 연병장 안을 가득 메웠다.

작열하는 태양 아래 흙바닥에 몸을 엎드리고 있는 신하들 앞에 서 있던 신임 술탄이 한 흑인을 불러 세웠다. 그는 운희를 비롯한 백인여자들을 술탄 앞에 데려온 바로 그 사내였다.

흑인은 일어서라는 술탄의 명령을 받자 술탄 앞의 흙바닥에 입을 맞추며 술탄의 부츠 신은 발에 입을 맞추고 다시 술탄의 반지에 입술을 맞춘 후에야 겨우 일어섰다.

술탄은 환한 표정으로 흑인을 포용하며 서로의 뺨에 입술을 맞추었다. 술탄의 따뜻한 인사와 환대를 받은 흑인은 매우 뿌듯한 표정으로 술탄 앞에 상체를 숙였다. 술탄은 곁의 수행원이 건네준 비단 주머니에서 금화 세 줌을 꺼내어 흑인의 손에 건네주었다. 흑인은 황송한 듯 두 손으로 금화를 정중히 받은 후에 다시 금화의 삼 분의 일을 술탄에게 반납했다. 그리고 얼마를 조공으로 바친 후에야 조심스럽게 남은 금화를 자신의 주머니에 갈무리했다. 이러한 흑인의 복종의사 표시에 술탄은 매우 만족스러운 듯한 표정을 지었다.

이어 두 사람은 한참 동안 이야기를 나누더니 술탄이 운희 쪽을 잠시 쳐다본 후에 수행원들에게 손짓을 했다. 그러자 술탄의 지시를 받은 흑인 수행원들은 운희와 백인여자들을 이끌고 다양한 색깔의 정방형 타일들이 아름답게 깔려 있는 넓은 안뜰을 지나 남자들은 출입이 엄격하게 금지된 구역인 술탄의 하렘 중 하나로 데려갔다. 그들이 연병장에서 모습을 감추자 술탄은 엎드려 있던 상급장교들을 일으켜 세우며 그들에게 검은 친위대의 제식 훈련을 다시 하도록 지시했다.

제국의 한낮의 태양은 너무도 뜨거웠다.

건물 안은 의외로 서늘하고 쾌적했다. 건물 안은 외관 못지않게 화려했다. 운희는 앞선 사람을 조심스럽게 따라 걸으며 자신으로서는 처음으로 보는 복잡한 소용돌이 문양과 조각조각 잇대어 깐 반짝이는 대리석 바닥의 기하학적인 무늬에 그녀의 눈과 마음을 모두 빼앗겼다.

운희와 백인여자들이 하렘의 가장 안쪽에 있는 출입문을 통과

해 들어가자 화려한 의상과 장신구로 치장한 여인들이 갑자기 우르르 몰려들었다. 그들의 모양새가 어찌나 섬세하며 화려한지 운희는 크게 벌어진 입을 도무지 다물지 못했다.

여인들은 운희와 백인여자들을 둘러싼 채 복도의 안쪽으로 몰며 화려한 차단막을 지나 본격적인 하렘의 공간이 시작되는 넓은 홀로 이끌고 갔다.

운희와 백인여자들은 자신들의 주위로 몰려든 낯선 여자들의 강한 향수 냄새와 짙은 눈화장이 그려진 낯선 눈매 속에서 쏟아지는 호기심 가득한 시선에 절로 겁을 먹었다.

허리의 맨살을 드러낸 채 요란한 치장을 한 여인들 틈에서도 단연 돋보이는 치장을 한 몇몇의 여인들이 운희의 시선을 단박에 사로잡았다. 그들은 하나같이 금 구슬과 진주, 그리고 세밀히 세공된 붉고 푸른 보석들로 이루어진 장신구들을 머리와 목에 주렁주렁 매달고 있었다. 조선의 가채도 상당히 무거웠지만 여인들의 보석으로 이루어진 겹겹의 목걸이들도 지나치게 화려하여 무거워 보였다.

그때 운희와 백인여자들 앞으로 둘러선 여인들이 좌우로 갈라지며 한 여인이 그 틈에서 나타났다. 그녀의 머리에는 중앙의 뾰족한 부분에 진주를 장식한 티아라가 씌워져 있었고, 팔목에는 금과 은으로 세밀히 꼬아 만든 팔찌가 겹겹으로 물결치듯 흔들렸다.

그녀는 도도한 시선으로 운희와 백인여자들 앞으로 성큼 다가섰다.

"랄라 할리마!"

그녀가 나서자 주위의 모든 여인들이 예의를 갖추어 허리를 굽히며 뒤로 한 발씩 물러섰다.

그녀의 눈가에는 얇고 검은 선으로 눈의 외곽이 검게 그려져 있었다. 짙은 눈화장은 마치 고양이를 연상시켰지만 그것이 그녀의 외모를 더욱 두드러지게 만들어주었다. 여인의 피부는 옅은 갈색이었고, 키는 비교적 작은 편이었다. 하지만 그녀의 가슴은 키에 비해 상당히 풍만하여 볼륨감있는 몸매가 하늘거리는 엷은 옷감 속에서 상당히 자극적으로 느껴졌다.

여인은 운희와 백인여자들의 주위를 몇 번씩 돌며 도도한 시선으로 여인들을 샅샅이 훑기 시작했다. 그리고는 갑자기 발걸음을 멈추고 제법 용모가 빼어난 한 백인여자의 금발머리에 손가락을 깊이 찔러 넣은 채 휘젓더니 이내 코웃음과 함께 못마땅한 표정으로 입술을 삐죽이 내밀었다. 그리고는 자신의 왼쪽 집게손가락의 기다란 손톱을 세워 백인여자의 몸에 꾹 누른 채 아래로 죽 그어 내렸다. 손톱이 지나간 자리마다 붉은 자국이 생기며 부풀어 올랐다. 백인여자는 입술을 꼭 깨물며 긴장한 채 이를 참고 견뎠다. 이어 랄라 할리마라 불린 여인은 갑자기 백인여자의 남루한 옷을 잡아채더니 힘을 주어 위에서 아래로 북 잡아 내렸다. 그러자 옷은 너무도 쉽게 찢어져 버렸다.

너무도 놀란 백인여자는 새된 비명 소리를 지르며 양손으로 가슴을 황급히 가렸다. 그러자 랄라 할리마는 성난 얼굴로 백인여자의 뺨을 거칠게 좌우로 때렸다. 백인여자는 그 힘에 밀려 기우뚱 거리더니 중심을 잡지 못하고 몇 발자국 뒤로 물러나고 말았다.

랄라 할리마는 차갑고 냉혹한 시선으로 백인여자를 쏘아보며 무어라 알아들을 수 없는 낯선 말로 빠르게 지껄여 댔다. 하지만 백인여자는 그 어떤 말도 알아들을 수가 없었다. 하얀 뺨에 빨간 손자국이 난 백인여자는 울음소리를 안으로 삼키며 그저 몸을 벌벌 떨 뿐이었다. 백인여자의 하얗게 드러난 우유빛 나신의 등에는 술탄에게 맞은 채찍 자국이 아직도 선명하게 드러나 있었다. 그것을 본 랄라 할리마의 입가에는 심술궂은 미소가 절로 지어졌다.

랄라 할리마는 눈빛을 빛내며 백인여자에게로 바짝 다가섰다. 그리고는 백인여자의 우아한 곡선을 이룬 어깨에서 등을 따라 손으로 어루만지더니 갑자기 채찍에 맞은 상처를 손톱의 끝으로 지그시 누르며 상처를 따라 깊이 내리그었다. 백인여자의 입에선 '흡' 하는 신음 소리가 절로 새어나왔다. 랄라 할리마의 손의 움직임에 따라 작은 신음 소리는 어느새 점차 큰 소리로 변해갔다.

그렇게 랄라 할리마는 노예가 된 모든 백인여자들의 몸을 일일이 살펴보며 마침내 운희의 앞에 이르렀다. 랄라 할리마 역시 처음 보는 운희의 동양적인 외모에 상당한 호기심을 보이며 한참 동안 운희의 얼굴을 뚫어질 듯 쳐다보았다.

랄라 할리마는 운희의 길게 땋아 내린 검은머리를 신기한 듯 그 꼬임새를 일일이 만져 보더니 운희의 땋은 머리를 거칠게 풀어헤쳐 버렸다. 그러자 그녀의 삼단 같은 머리가 구불구불하게 펴지며 엉덩이까지 흘러내렸다. 랄라 할리마는 두 눈을 가늘게 뜨며 못마땅한 시선으로 운희의 전신을 쏘아보았다. 그리고는 그녀의 남루할 대로 남루해진 옷의 자수와 모양을 유심히 살펴보더니 갑자기 위에서 아래로 북 잡아 찢어버렸다.

금세 운희의 하얀 나신이 랄라 할리마의 앞에 여실히 드러나 버렸다. 그녀의 나신은 티 하나 없이 매끄러웠으며 깨끗해 보였다. 하지만 랄라 할리마는 아직 덜 성숙한 운희의 앳된 가슴을 바라보며 경박스러운 코웃음을 쳤다. 그리고 그 웃음소리는 점점 커다랗게 변해갔다. 운희의 얼굴이 순식간에 새빨갛게 변해 버렸다. 수치심에 온몸이 달아올랐다. 랄라 할리마는 이제 막 피어나고 있는 운희의 작은 가슴을 비웃으며 비쩍 마른 그녀의 몸을 연신 깔보았다.

계속해서 운희의 몸을 샅샅이 살피던 랄라 할리마는 갑자기 그녀의 티 하나 없이 매끄러운 하얀 등을 바라보며 순간적으로 미간을 좁혔다. 그녀의 등에는 다른 모든 백인여자들의 몸에 한결같이 나 있던 빨간 채찍 자국이 전혀 없었기 때문이다.

의아한 듯 운희의 등을 살펴보고 있던 랄라 할리마의 곁에 서 있던 한 흑인시녀가 그 심중을 헤아리고 바짝 다가와 귓속말로 무엇인가를 한참 동안 속삭였다. 그러자 랄라 할리마의 그나마 편안했던 안색이 사납게 굳어지면서 차갑고도 날카로운 눈초리로 운희를 쏘아보았다. 운희는 예사롭지 않은 랄라 할리마의 시선에 잔뜩 긴장하며 마른침을 꿀꺽 삼켰다. 하지만 랄라 할리마는 더 이상 운희에게 그 어떤 해코지도 하지 않은 채 그녀를 비롯하여 벌거벗은 백인여자들을 사나운 시선으로 주르륵 훑어볼 뿐이었다. 그리고는 곁에 있던 흑인시녀에게 무엇이라 빠른 말로 지시를 내렸다.

잠시 후 운희와 백인여자들은 흑인시녀의 뒤를 따라갔다. 그들이 이른 곳은 하맘이라 불리는 목욕탕이었다. 그리 넓지 않은 사각 공간의 한 켠에는 나무로 만든 통이 한쪽 벽면을 차지한 채 차곡차곡히 쌓여 있었다. 탈의실이었다. 목욕탕에는 탈의실 외에도 벽과 마루, 천장에 독특하면서도 다양한 타일을 바른 두세 개의 방이 더 있었다. 각각의 방마다 온도가 달랐다. 맨 안쪽에 있는 방이 가장 뜨거웠으며 그곳에서 나무통을 채울 물이 제공되었다. 보통 두 개의 물탱크가 있어 하나는 뜨거운 물이, 나머지 하나에는 차가운 물이 담겨 있었다.

하맘에서 대기하고 있던 흑인여자 한 명이 나무통을 두 개씩 운희와 백인여자들에게 나누어 주며 물을 가리켰다. 그것이 무슨 뜻인지를 알아차린 운희와 백인여자들은 따뜻한 물로 오랜 여행으로 더러워진 몸을 말끔히 씻기 시작했다. 사람들이 씻어버린 물을 흘려보내는 하류 쪽에는 시커멓게 변한 물과 피부에서 탈락된 시커먼 때들이 둥둥 떠다녔다.

자신이 앉은 주변 바닥을 씻어내던 운희는 뜻하지 않게 목욕탕의 대리석 바닥이 너무도 따뜻하여 마치 조선의 온돌과 비슷하다는 것을 깨달았다. 운희는 피곤하고 나른한 몸을 대리석 바닥에 눕혀보았다. 그러자 온몸에 온기가 쫙 퍼지며 나른하면서도 편안한 기운이 온몸을 휘감았다. 바닥에 누운 운희는 자신의 몸이 그동안 얼마나 피곤했는가를 그때서야 절실히 깨닫게 되었다. 흑인여자의 재촉으로 여인들은 목욕을 서둘러 마치고 탈의실로 나왔다. 그러한 그들을 기다렸다는 듯이 또 한 명의 흑인여자가 옷 한

벌씩을 내던지듯 지급해 주었다.

입을 것이라고는 방금 지급된 옷뿐이었기에 운희와 백인여자들은 아무런 불평도 없이 서둘러 새 옷으로 갈아입었다. 그 옷은 너무도 어색했다. 전혀 낯선 형태의 희한한 옷이었기에 운희는 옷을 입은 자신의 몸을 연신 돌아보며 매우 멋쩍어했다. 그저 자신의 옷차림이 하렘 안에서 일하고 있는 다른 여느 여인들의 옷차림과 비슷하다는 것을 알 뿐이었다.

조선에서 치마 속에 입던 속바지 외에는 처음으로 입어보는 바지였다. 운희가 입고 있던 면바지는 통이 크고 헐렁해서 몸매를 적당히 감추어주었다. 하지만 단정치 못하게 엉덩이에 낮게 걸려 있어 그녀는 그것이 너무도 신경 쓰였다. 또한 바지 윗부분과 짧은 조끼의 아랫부분 사이에는 하얀 맨살이 그대로 드러나 보였다. 운희는 그것 때문에 심기가 매우 불편했다. 조선이었다면 남우세스러워서 바깥출입은 고사하고 문지방조차 넘지 못했을 것이다. 하지만 어느 누구도 자신의 드러난 속살을 쳐다보고 있지 않다는 것에 안도하며 그녀는 불안한 얼굴로 자신의 몸을 다시 한 번 살펴보았다.

운희와 백인여자들이 다시 원래 있던 곳으로 되돌아오자 그들을 기다린 것은 랄라 할리마의 사나운 시선과 손가락이었다. 랄라 할리마는 운희와 백인여자들을 살펴보더니 코웃음과 함께 차가운 시선으로 운희와 맨 처음 옷이 찢겨졌던 한 백인여자를 손가락 끝으로 가리키며 곁에 있던 흑인여자에게 뭐라고 빠르게 지시했다. 그러자 흑인여자는 머리를 황급히 조아린 후에 운희와 그 백인여자를 데리고 어디론가로 서둘러 걸어갔다. 그들의 뒤에서는 랄라 할리마가 남아 있는 백인여자들을 향하여 손가락으로 가리키며 무엇인가를 빠르게 지껄이고 있었다.

구불구불 복잡한 미로와 같은 복도를 한참 동안 걸어가자 맛있는 음식 냄새가 어디선가 흘러나와 복도를 가득 메웠다. 부엌이 가까운 곳에 있는가 보다 생각하면서 운희는 허기가 몰려오는 걸 느끼며 서둘러 흑인여자의 뒤를 따라 걸었다. 이어 그들이 도착한 곳은 바로 궁전의 대주방이었다. 이 커다란 궁성에는 주방만 하여도 십여 개 이상이 있었다. 두 사람은 그중 한곳에 온 것이었다. 그리고 그날부터 운희와 백인여자는 주방에서 일하는 노예가 되었다. 운희를 기다린 것은 어마어마한 분량의 식재료를 다듬는 일이었다.

✳

운희는 주방의 한구석에 쭈그리고 앉아서 자신의 앞에 산처럼 쌓여 있는 어른 주먹만한 크기의 양파를 까고 있었다. 벌써 두 소쿠리째의 양파를 까면서 운희는 연신 코를 훌쩍거렸다. 벌써 한 달이 흘렀건만 양파의 매운내는 오늘도 그녀의 눈물과 콧물을 짜내고 있었다. 어찌 된 것이 눈물을 흘리면 흘릴수록 더욱 매웠다.

갑자기 주방 안이 떠들썩했다. 무관심하게 양파 까는 일에 전념하고 있던 그녀 곁으로 금발머리의 소녀가 조르르 달려왔다. 소녀는 두리번거리며 주위의 시선을 연신 살피고 있었다.

"우니, 오늘 드디어 술탄이 돌아왔대. 그래서 연회를 한다고 지금 난리법석이야."

소녀는 들뜬 목소리로 입을 열었다.

"그래? 그럼 오늘은 더 많은 양파를 까야겠구나. 휴우. 자, 칼. 너도 거들어. 그리고 우니가 아니고 운희라니까. 다시 해봐, 운희!"

"우니! 헤헤헤."

금발머리의 아름다운 백인소녀 사라는 성격이 서글서글하고 제법 명랑한 편이었다. 운희와 같은 날 술탄의 노예로 궁전의 주방에서 일하게 되면서부터 둘의 사이는 급속도로 가까워졌다.

사라는 가난한 영국 귀족의 딸로 집안의 명령으로 수녀가 되기 위해서 영국에서 외조부가 살고 있는 이탈리아로 가는 길에 지브롤터 해협에서 해적에게 납치되었다고 한다. 키는 운희보다 머리통 높이만큼 훌쩍 컸고, 제법 굴곡이 선명한 성숙한 몸매를 지니고 있었다. 하지만 두 소녀는 동갑내기였다. 둘은 낯선 환경 속에서 빠르게 적응하며 서로를 믿고 의지하게 되었다. 운희가 근 육 개월에 걸쳐 제임스에게서 배웠던 영어는 두 사람의 의사소통을 어느 정도 가능하게 해주었다.

"거기 노랑머리, 창고에 가서 올리브 열매랑 아몬드 좀 갖고 와. 바쁘니까 노닥거리지 말고 빨리빨리 움직여!"

험상궂은 얼굴을 한 뚱뚱한 흑인여성이 조리 기구를 흔들면서 사라에게 소리를 쳤다. 그러자 사라는 황급히 대답을 하며 양파를 까던 칼을 집어 던지고 창고로 달려갔다.

술탄은 운희가 궁전에 노예로 들어오던 날, 갑자기 부하리라 불리는 검은 친위대를 이끌고 반란군을 진압하러 아틀라스 산맥의 산악 지역으로 출정했다.

어릴 적부터 총명하여 돌아가신 아버지로부터 이미 사자소학과 사서삼경을 배웠던 운희는 작은아버지의 슬하에 있으면서도 남몰래 작은아버지가 더 이상 보지 않던 많은 책들을 수시로 탐독하며 지적인 허기를 채워 나갔다. 거기에 더부살이로 자라면서 늘어난 눈치는 운희로 하여금 주위 환경에 대한 남다른 예민한 감각을 갖게 해주었다. 그랬기에 지난 한 달 동안 이런 몇몇의 소식들을 통해 이 제국의 최고 권력자인 신임 술탄의 입지가 그다지 튼튼하지 않다는 것을 대번에 알게 되었다.

넓은 제국은 술탄의 완전한 통치력이 미치는 '빌라드 알 마크잔' 지역과 충성도가 희박한 '빌라드 알 시바' 지역으로 나뉘어져 있어 현재 빌라드 알 시바 지역에서는 끊임없이 신임 술탄에 대한 반란이 일어나고 있었던 것이다.

운희는 주방 안의 어린 흑인노예들과 자주 대화를 나누었다. 그녀들은 겨우 열 살이 갓 넘은 나이에 보육원에서 궁전의 주방으로 들어왔다고 했다. 한 달이 지나면서 운희는 궁전 내에서 반복적으로 자주 사용하고 있는 몇 마디의 아랍어와 베르베르어를 어느 정도는 이해할 수가 있게 되었다.

술탄의 환궁을 축하하는 대연회의 만찬 준비가 막바지에 이르자 주방 안에는 갖가지 양념 냄새와 여러 가지 음식 냄새로 가득 차 있었다. 조리된 음식에 대한 수석 조리장의 확인 작업이 끝나자 족히 수백 명을 먹일 수 있을 만큼의 넉넉한 음식들이 차례대로 커다란 접시에 담겨진 채 수레에 실려 연회의 화려한 천막이 쳐져 있는 궁전 안뜰로 끊임없이 운반되어 가기 시작했다.

연회의 첫 요리인 바스테라가 먼저 실려 나갔다.

바스테라는 달군 철판 위에 반죽된 밀가루를 늘려 반투명하게 비칠 정도로 얇게 만든 수백 장의 파이껍질 속에 뼈 붙은 비둘기 고기, 올리브 열매, 삶은 달걀, 아몬드, 닭, 다양한 채소와 향신료에 조린 음식 등을 속 재료로 넣고 원반형으로 모양을 만들어 화덕에 넣어 구운 후에 파이의 윗부분에는 분말 설탕으로 기하학적인 모양을 그려 완성한 음식이다. 바스테라를 쪼개면 이러한 속 재료인 여러 음식들이 마치 신기한 마술처럼 나오게 되어 있다.

노예들은 안뜰광장에 차려진 연회석을 향하여 줄을 지어 음식이 담긴 접시를 들고 부지런히 걸었다. 타진, 카프타, 메쵸이 등 먹음직스런 음식이 그 뒤를 이어 순서를 맞추어 나갔고, 어느덧 마지막 요리인 쿠스쿠스가 나갈 차례가 되었다.

운희는 사라와 함께 빈 접시들을 열심히 씻고 있었다. 그때 주방 안이 떠들썩하면서 수석 조리장이 마구 화를 내며 길길이 날뛰고 있는 것이 보였다. 그것은 쿠스쿠스를 들고 나갔던 한 노예가 발이 걸려 넘어지면서 뒤에 따라오던 다른 노예와 서로 부딪쳐 요리가 담긴 접시를 모두 땅에 쏟았기 때문이다. 노예들이 땅에 쏟아진 음식을 치우는 동안 얼굴이 하얗게 변한 수석 조리장은 주방에 남아 있던 운희와 사라를 다급히 불러 쿠스쿠스가 담긴 새로운 접시를 수레에 실어주면서 연회석으로 빨리 가져가라고 발을 구르며 재촉했다. 얼떨결에 운희와 사라는 음식이 담긴 수레를 끌고 안뜰광장 연회석으로 걸어가게 되었다.

저녁 바람이 제법 상쾌했다. 화려한 타일이 박혀 있는 천막 아래에 수많은 사람들이 앉아 있었다. 대부분 조관들과 검은 친위대의 상급 병사들이었다. 모인 사람들은 칠팔십 명씩 그룹을 형성하였고 그들은 또 모둠으로 작게 둘러앉아 있었다.

운희는 쿠스쿠스가 아직 놓이지 않은 모둠으로 가서 그들 가운데에 음식이 담긴 접시를 놓아주었다. 천막 안에 모인 사람들의 시선이 일제히 운희와 사라에게로 쏠렸다. 남자들의 시선을 한 몸에 받게 된 운희는 처음 겪는 일이라 매우 당황하고 있었다. 그녀는 얼굴을 붉힌 채 고개를 숙이며 접시를 조심스럽게 놓아주었다. 이윽고 마지막 모둠에 음식 접시를 놓아주고 고개를 들어 몸을 일으키던 운희는 가장 상석에서 자신을 쏘아보고 있는 어느 강렬한 시선과 눈이 마주치게 되었다.

순간 그녀의 목 뒤로 쭈뼛하며 전율이 일었다. 강렬한 시선의 끝에는 술탄이 있었다.

술탄의 위압감 가득한 얼굴은 그늘이 진 채 굳어 있었다. 한 달 전에 보았을 때보다 다소 마르고 수척해 보였다. 하지만 술탄의 바로 앞에 잔뜩 몰려 앉아 있는 나이 든 조관들과 비교되어 처음으로 보았을 때보다 더욱 젊어 보였다.

그 순간 술탄의 표정에서 오래전 처음으로 세자저하를 만났을 때 느꼈던 수심에 찬 우울한 표정이 느껴졌다. 순간 운희의 전신에 강한 충격이 일었다.

당황한 운희는 시선을 돌려 황급히 수레에 빈 접시들을 챙겨 실으며 서둘러 연회석을 빠져나와 주방으로 발걸음을 옮겼다. 웬일인지 가슴이 쿵쾅쿵쾅 뛰었다. 두려움 때문인가 하며 스스로를 진정시키려 노력했지만 왠지 몸은 더욱 긴장하여 좀처럼 진정이 되질 않았다.

그날 밤, 산더미 같이 쌓인 빈 그릇을 씻은 후 주방 옆 쪽방에서 간신히 잠자리에 들 찰나에 운희는 하렘의 여왕 랄라 할리마가 자신을 찾는다는 전갈을 받고 불안한 기색으로 흑인여자의 뒤를 따라갔다.

밤은 이미 깊었기에 칠흑같이 어두운 복도에는 촛대에 꽂힌 밀랍양초들이 짧은 근경을 밝히며 타오르고 있었다.

랄라 힐리마는 매우 언짢은 표정으로 자신 앞에 예의를 갖추며 조아리고 있는 운희를 쌀쌀하게 쏘아보고 있었다. 그녀의 주변에는 할렘 안의 아름다운 여인들이 화려한 치장으로 한껏 멋을 부린 채 우르르 몰려들어 있었다. 모두들 신기한 듯이 동양적인 낯선 외모의 운희를 쳐다보고 있었다.

운희는 또다시 낯선 사람들의 시선을 한 몸에 받게 되자 몸을 움츠리며 긴장하고 서 있었다. 그러면서 저 무서운 여인인 랄라 할리마가 어찌하여 자신을 불렀는지 의아해하며 자신이 주방에서 혹 잘못한 것이 있었는지를 빠르게 되짚어보았다. 하지만 그녀는 자신이 불려온 이유를 도무지 짐작조차 할 수가 없었다.

그때, 출입문 담당 환관으로부터 술탄이 당도했다는 연락이 전해졌다. 랄라 할리마는 금세 굳었던 얼굴색을 환하게 바꾸며 술탄을 기쁘게 맞아들였다. 그녀의 얼굴은 너무도 매혹적으로 빛나고 있었다. 아름다운 여신 같았다.

술탄이 무표정한 얼굴로 하렘 안의 넓은 홀로 들어섰다.

그가 들어서자 랄라 할리마는 사람을 호릴 만큼 매우 아리따운 눈웃음을 지으며 예를 갖추어 술탄을 맞이했다. 그런 랄라 할리마를 바라보는 술탄의 굳은 얼굴에 살포시 미소가 번지며 얼굴빛이 펴지기 시작했다.

그의 얼굴이 부드럽게 변하는 것을 포착한 랄라 할리마는 술탄의 곁에 딱 들러붙어 선 채 그의 시선을 사로잡기 위하여 더욱 매력적인 몸짓을 보였다. 그것은 다른 여인들에게로 향하려는 술탄의 시선을 차단하기 위한 것이었다. 하지만 하렘 안의 다른 여인들도 자신을 드러내기 위하여 랄라 할리마의 뒤에서 술탄의 시선을 끌기 위한 갖은 동작으로 애를 썼다.

술탄은 홀의 상석에 마련되어 있는 호화로운 덩굴 식물의 자수가 놓여 있는 방케트 위에 느긋하게 앉았다. 술탄 곁의 테이블에는 신선한 과일접시와 다과, 그리고 달콤한 음료가 담긴 잔이 빠르게 놓여졌다.

운희는 술탄을 둘러싸고 있는 수많은 아름다운 여인들이 술탄에게 잘 보이기 위하여 서로 앞을 다투어 온갖 교태 섞인 모습으로 간살을 부리는 것을 묵묵히 바라보았다. 여인들의 부드러운 애교에 그의 굳었던 얼굴은 어느새 활짝 밝아져 있었다.

그때 술탄이 하렘 안의 여인들에게 손짓을 하자 여인들이 미소를 띠며 제각각 어디선가 악기를 하나씩 집어 들고 나타났다. 운희로서는 처음 보는 악기들이었다. 조선의 해금과 아쟁이 떠오르기도 하였지만 그와는 사뭇 달라보였다. 현이 세 줄, 네 줄, 혹은 열한 줄로 된 현악기들과 북과 비슷한 타악기들이었다. 악기를 손에 들고 나타난 여인들은 술탄을 향하여 미소를 지었고, 술탄은 여인들을 향하여 살짝 고갯짓을 했다.

그러자 여인들은 손에 들고 있던 악기로 동시에 연주를 시작하면서 또한 노래를 부르기 시작했다. 여인들의 입에서 나온 노랫소리는 절묘한 하모니를 이루어 운희를 깜짝 놀라게 했다. 조선에서 듣던 노랫소리와는 너무도 달랐다. 여인들의 노래와 연주를 들으면서 술탄은 흡족한 듯 미소를 짓고 있었다. 몇 곡의 노래와 연주가 끝나자 이번에는 단순하며 강한 리듬의 곡이 연주되기 시작했다.

그와 함께 랄라 할리마를 비롯하여 허리를 드러낸 화려하며 자극적인 옷차림을 입은 십여 명의 여인들이 술탄의 앞에서 엉덩이를 격렬하게 돌리는 춤을 추기 시작했다. 그 유연하면서도 현란하게 돌아가는 엉덩이의 자극적인 모습에 운희는 너무도 놀라 눈을 떼지 못하고 있었다. 흔들리는 살들의 모습이 저토록 유혹적일 줄은 상상도 못했다. 그 낯선 몸놀림에 운희는 충격을 받았다.

운희는 여인들의 무리 진 곳에서 조금 떨어진 대리석 기둥에 몸을 기대고 있었다. 하렘의 여인들이 펼치는 음악과 황홀경의 춤을 바라보면서 그녀는 입을 가린 손 뒤로 가끔씩 터지는 하품을 간신히 감추었다. 하루 종일 고된 주방 일로 인하여 피곤이 몰려와 서서히 눈꺼풀이 무거워졌다. 간신히 졸린 눈을 비비고 있는데 어디선가 검고 강렬한 시선이 자신을 뚫어질 듯 쳐다보고 있다는 것이 느껴졌다. 살짝 기둥에서 몸을 떼고 고개를 들어 시선을 쫓아가자 시선의 끝에는 술탄이 춤을 추는 여인들 사이로 자신을 뚫어질 듯 쳐다보고 있는 것이 보였다.

순간 온몸의 세포가 화들짝 놀라며 졸음이 순식간에 달아나 버렸다. 운희는 찬물을 뒤집어쓴 듯 자리에서 꽁꽁 얼어붙어 버렸다.

음악은 여전히 연주되고 있었고 춤을 추고 있는 여인들은 골반을 더욱 격렬히 흔들며 무아지경에 빠져 혼신의 힘을 다하여 춤을 추고 있었다. 하지만 운희는 주위의 모든 것이 그대로 정지된 듯 오직 자신을 바라보고 있는 그의 시선만을 느꼈다.

갑자기 운희에게 시선을 여전히 고정하고 있던 술탄이 앉은 자리에서 벌떡 일어났다. 그가 오른손을 들어 단호한 손짓을 하자 한순간에 악기의 모든 연주가 멈추었다. 음악이 끊기자 격렬히 몸을 흔들어대던 춤도 순식간에 멈추어졌다.

술탄은 운희를 향하여 손을 빠르게 뻗으며 손바닥을 아래로 향하고 주먹을 불끈 쥐었다. 그것을 본 운희가 움찔하며 뒤로 한 발 물러서자 술탄은 미간을 빠르게 좁히며 같은 동작을 반복했다. 순간 주위에 있던 모든 사람들의 시선이 술탄의 뻗은 팔의 끝에 서 있는 운희에게로 일제히 쏠렸다. 격렬한 춤을 추어 상기된 얼굴로 연신 거친 숨을 몰아쉬고 있던 랄라 할리마의 얼굴이 어느새 딱딱하게 굳어지며 눈이 뱀처럼 가늘어졌다.

"우니, 아지!"

다시금 술탄은 손을 뻗은 상태에서 손바닥을 아래로 향하고 주먹을 쥐면서 운희에게 소리를 질렀다. 그것은 상대를 오라고 할 때 취하는 동작이었다.

운희는 술탄이 자신을 오라고 하는 것을 알면서도 몸이 긴장으로 굳어져 섣불리 움직일 수가 없었다. 그녀는 그가 자신의 이름을 잊지 않고 기억하고 있다는 그 사실만으로도 온몸의 피가 거꾸로 솟으며 목 뒤로 소름이 쫙 돋았다.

술탄은 운희의 굼뜬 행동에 못마땅한 표정을 지으며 다시금 그녀를 재촉했다. 한동안 굳어져 있던 운희가 어쩔 수 없이 하렘 안의 모든 여인들의 뜨거운 시선을 받으며 천천히 술탄의 앞으로 발걸음을 옮겨갔다.

그녀가 술탄의 앞에 이르러 무릎을 꿇고 허리를 굽혀 머리를 조아리자 술탄은 고개를 들라는 명령 대신에 자신도 황급히 바닥에 쪼그려 앉으며 대리석 바닥에 닿아 있는 그녀의 이마 밑에 손을 넣고 운희의 얼굴을 들어 올렸다. 그녀가 너무도 놀라 고개를 들자 그녀의 턱을 손으로 받쳐 든 술탄이 운희의 앳된 얼굴을 빤히 들여다보았다.

술탄의 시선은 운희에 대한 왕성한 호기심으로 번쩍이고 있었나. 그때 랄라 할리마가 시치미를 떼고 간살스러운 목소리로 두 사람 사이에 끼어들었다.

"술탄이시여, 이 미천한 노예계집이 무슨 잘못을 하였기에 이 늦은 밤에 대령해 놓으라 하셨습니까? 저 계집의 방자함을 신첩이 미처 알지 못하여 술탄께 심려를 끼쳐 드렸다면 부디 용서하여 주옵소서. 차후로는 그러한 일이 없도록 신첩이 신속히 조치를 취하 겠습니다. 하오니 부디 이 노예계집은 신첩에게 맡기시고 이제 그만 침소로 드시옵소서. 밤이 깊었습니다. 오늘 밤은 신첩이……."

"오늘은 이 아이와 침소에 들겠다."

"네에?"

술탄의 단호한 말에 랄라 할리마의 눈이 화등잔만하게 커졌다. 그와 더불어 주위에 있던 모든 여인들도 깜짝 놀라며 절로 거친 신음 소리를 내뱉었다.

운희도 술탄의 말에 너무도 놀라 그만 새파랗게 질려 버렸다. 그녀는 도무지 술탄의 말이 믿기지가 않았다.

"하, 하지만 오늘은 술탄께서 한 달 만에 궁으로 환궁하신 날입니다. 그런데 어찌 저런 미천한 계집과 침소에 드신다 하십니까? 오늘은 신첩이 모실 수 있도록 부디 윤허하여 주옵소서."

랄라 할리마는 사내의 마음을 흔들어놓을 듯한 표정을 지으며 술탄의 발 아래에 꿇어앉았다. 랄라 할리마의 태도에는 오늘 밤만큼은 그 어떤 누구에게도 술탄을 양보하지 않겠다는 굳은 의지가 드러나 보였다. 하지만 술탄은 그런 것은 전혀 관심이 없다는 듯 짜증이 밀려든 표정으로 미간을 심하게 찌푸렸다.

"랄라 할리마 황후, 비록 그대가 왕자 물레이 무하마드의 어미이며, 이곳 하렘의 여왕이지만 저 계집아이를 부른 것은 내 뜻이니 그대가 주제넘게 나서지 마라! 저 아이와 침소에 들 것이니 그대는 그렇게 알고 저 아이를 준비시켜라!"

술탄은 추호의 흔들림도 없이 단호하게 말했다. 순간 랄라 할리마의 얼굴에는 질투의 분노가 화르륵 타올랐다.

"그렇게는 아니 되옵니다!"

랄라 할리마는 싸늘하게 내뱉었다. 순간 술탄의 숱 짙은 눈썹이 꿈틀거렸다.

"저 아이는 이교도입니다. 알라도, 예언자 무하마드도 모릅니다. 그런데 어찌하여 술탄께서는 저 아이를 품으시려 하십니까?"

랄라 할리마가 두 눈을 똑바로 치켜뜬 채 술탄을 정면으로 쏘아보며 강하게 반박했다.

순간 그의 얼굴이 실룩거리며 차갑게 굳어지더니 곁에 있던 과일접시를 사납게 집어 던졌다. 접시가 대리석 바닥에 부딪쳐 깨지면서 과일과 접시의 파편이 사방으로 튀어버렸다.

하렘 안의 모든 여인들이 움찔하며 긴장한 채 한 발씩 뒤로 물러났다. 순간 술탄은 자신 앞에 꿇어앉아 있는 랄라 할리마의 머리채를 한 손으로 강하게 휘어잡으며 싸늘한 목소리로 내뱉었다.

"랄라 할리마, 저 아이는 동양인이야! 저 외모를 보라고. 유럽의 그리스도인은 아닐 터이니 걱정하지 마라. 내가 오늘 밤 반드시 무어인으로 만들어 내 품에 품어버릴 테니까. 하지만 네 눈을 잘 간수하라. 네가 물레이 무하마드의 어미이지만 다시 한 번 그런 시선으로 나를 쳐다본다면 네 눈을 뽑아버릴 테다!"

말을 마친 술탄이 거칠게 랄라 할리마를 밀쳐 내자 그녀는 그대로 대리석 바닥에 나둥그러지고 말았다. 술탄은 긴장으로 바싹 굳어진 채 꿇어앉아 있는 운희를 거칠게 일으켜 세웠다. 그리고는 대뜸 소리를 질렀다.

"알라 후 아크바르(알라신은 가장 위대하다)! 우니, 쉐흐에드, 쉐흐에드! 쿤무라, 쿤무라! 쉐흐에드, 쿤무라(네 손가락을 펴서 무어인이 되어라)!"

운희는 술탄이 무섭게 노려보며 질러대는 소리를 듣자 긴장으로 바짝 굳어져 버렸다. 그는 연이어 같은 소리를 반복하였지만 운희는 못 알아듣는 척 가만히 있었다. 그 와중에도 그녀는 술탄과 랄라 할리마의 대화 속에서 자신을 무어인으로 만들어야만이 술탄이 동침할 수 있다는 사실을 알아차렸다.

지난 제임스와의 만남에서 운희의 가슴에는 제임스가 믿고 있던 어떤 신에 대한 감정이 조금씩 싹트고 있었다. 제임스가 보여준 사람에 대한 따뜻한 애정이 그가 믿고 있는 신에 대한 신뢰로 이어졌다. 더욱이 이 낯선 제국에 도착하여 주민들로부터 받은 야만적인 수모는 그들이 믿고 있던 알라에 대한 강한 거부감을 갖게 만들었다. 그렇다고 해서 특별히 알라에 대한 어떤 악감정이 있는 것은 전혀 아니었지만 술탄이 소리를 지르며 억지로 무어인이 되라고 강요하자 그에 대한 심한 반발과 함께 스스로의 강한 의지에 의해서 무어인이 되지 않기로 그녀는 순간적으로 결심했다.

술탄은 운희가 자신의 말을 아무것도 못 알아들은 듯 무표정한 얼굴로 가만히 있자 답답한 마음에 더욱 화를 냈다. 그리고는 곁에 있던 흑인여자 노예에게 운희를 하맘으로 데리고 가 깨끗이 씻기고 자신의 침실로 데려오라고 명령을 했다.

술탄은 운희가 흑인여자 노예의 뒤를 따라 하맘을 향하여 홀을 빠져나가자 급격히 싸늘해진 시선으로 홀 안을 휘둘러보았다. 술

탄의 시선 끝에 랄라 할리마가 하얗게 질린 채 부들부들 떨고 있
는 모습이 들어왔다. 그는 차가운 시선으로 몸을 일으켜 세우며
하렘 안의 여인들을 뒤로한 채 자신의 침실로 향해 버렸다.

뒤에 남은 랄라 할리마는 입술을 깨물며 자신의 곁에 있는 흑인
시녀의 부축을 받으며 일어섰다. 그리고는 굳어진 표정으로 운희
가 사라진 하맘 쪽을 향하여 날카로운 시선을 던졌다. 그녀의 눈
속에서 강한 불꽃이 일었다.

물기가 덜 마른 운희의 삼단 같은 검은 머리칼이 폭포수처럼 흘
러내려 꿇어앉은 그녀의 발에까지 닿았다. 그녀의 물기 머금은 탄
력 있는 피부는 그녀를 더욱 앳되어 보이게 만들었다.

술탄은 이미 방케트 위의 쿠션에 기댄 채 상체를 벗고 운희를
기다리고 있었다. 구릿빛의 단단한 근육질 몸매가 화려한 세공 장
식이 된 황금촛대의 불빛 아래에 여실히 드러났다.

청초하면서도 단아한 분위기의 운희를 술탄은 뚫어질 듯이 바
라보고 있었다. 그녀를 바라보고 있는 술탄의 눈에는 열정이 가득
담긴 영채가 촛불에 일렁이며 번득이고 있었다.

운희는 무표정한 얼굴로 술탄과 마주했다.

그녀를 내내 기다리고 있던 그의 손이 운희의 온몸을 휘감고 있
는 천 조각을 손쉽게 거두어냈다. 운희의 작은 온몸이 긴장으로
파르르 떨렸다. 흔들리는 촛불 아래에 그녀의 희디흰 나신이 음영
을 드리우며 적나라하게 드러났다.

그녀는 절망이 가득한 표정으로 양손으로 가슴을 황급히 가렸

다. 하지만 술탄은 그녀의 옷을 멀리 집어 던진 채 가슴을 가리고 있던 운희의 연약한 팔을 거칠게 잡아 내렸다. 그러자 아직 채 여물지 않은 그녀의 봉긋한 가슴의 분홍빛 유두가 찬 기운에 닿아 꼿꼿이 세워졌다. 술탄은 욕망이 가득 담긴 일렁이는 시선으로 운희의 덜 여문 나신을 뚫어질 듯 훑었다.

창백한 얼굴의 운희는 온몸의 떨림을 무시하려 부단히 애썼다. 그러면서도 무뚝뚝한 얼굴로 술탄의 시선을 당당히 받아내려 했다. 그것에는 아랑곳없이 운희의 곁으로 바짝 다가선 술탄은 그녀의 턱을 들어 올려 얼굴을 한참 동안 바라보더니 날렵해 보이는 갈색 손가락을 들어 그녀의 반달눈썹에서 콧등을 따라 미끄러지 듯 그려 내렸다. 낯선 감촉에 운희의 온몸이 움찔했다.

그녀의 양 손목은 술탄의 커다란 한쪽 손에 단단히 붙잡혀 있었다.

술탄의 손가락은 운희의 붉고 도톰한 작은 입술의 선을 따라 세심하게 그리며 턱을 따라 밑으로 계속 흘러내렸다. 그의 얼굴에는 운희에 대한 열망이 가득 춤을 추고 있었다. 술탄의 손가락이 그녀의 길고 가느다란 목에서 가냘픈 작은 어깨와 가슴 계곡을 따라 연이어 흘러내리자 운희는 숨도 제대로 쉬지 못한 채 바짝 긴장하고 있었다. 그의 손은 운희의 봉긋한 흰 젖무덤에 이르렀고 그의 호흡도 가빠지기 시작했다.

술탄이 운희의 분홍빛 유두를 손가락 끝으로 튕기자 깜짝 놀란 운희의 몸 안에서 전율이 빠르게 번지며 순식간에 머리끝까지 휘몰아쳐 지나갔다. 너무도 긴장한 그녀는 온몸을 파르르 떨며 마른

침조차 제대로 삼키지 못하고 있었다.

하지만 그녀와는 반대로 술탄의 얼굴은 뜨거운 열기로 가득 차 있었다. 욕망이 들끓는 그의 뜨거운 시선이 운희에게로 가까이 다가오더니 그녀의 창백한 얼굴에서 한참 동안 머물다가 서서히 운희의 목 아래로 내려가기 시작했다. 이윽고 술탄의 뜨거운 입술이 참지 못하고 운희의 가슴에 머물며 그녀의 분홍빛 유두를 삼키려 하자 운희는 황급히 뒤로 물러서며 아랍어로 빠르게 내뱉었다.

"라스투 마그리비—야(저는 무어인이 아닙니다)!"

순간 뜻밖으로 터져 나온 운희의 말에 술탄이 움찔하며 동작을 멈추었다. 그러더니 의아한 표정으로 운희의 얼굴을 빤히 들여다보았다.

"우니, 네가 아랍어를 할 줄 아느냐? 네가 우리말을 할 줄 아는 것이냐?"

그는 너무도 놀란 얼굴로 흥분까지 하며 운희에게 연속적인 질문을 퍼부어댔다. 그의 눈에는 영채가 가득했고, 기대로 들뜬 생기 가득한 강렬한 검은 눈동자가 그녀를 빨아들일 듯 빛나고 있었다. 하지만 운희는 당황한 얼굴로 조심스럽게 고개를 가로저으며 바닥에 있던 얇은 이불을 잡아당겨 가슴을 가렸다. 술탄은 이불을 잽싸게 낚아채어 침상 아래로 집어 던지더니 들뜨고 기대 가득한 목소리로 빠르게 말을 던졌다.

"우니, 너는 이제 무어인이 되는 거야! 그것이 바로 위대하신 알라의 뜻이자 나 술탄 시디 무하마드의 뜻이다. 자, 내 앞에서 무어인이 되기를 시인해라! 그것이 너에게 이득이며 정녕 나를 기쁘게 하는 것이다."

술탄은 달뜬 시선으로 운희를 바라보며 흥분한 채 말을 빠르게 내뱉었다. 하지만 그녀는 긴장된 표정으로 고개를 연신 가로저으며 그의 말을 못 알아듣는 체했다.

"알라 이외는 다른 신이 없으며, 무하마드는 그의 예언자이다! 자, 나를 따라 하라."

술탄은 사뭇 흥분하여 기대 가득한 시선으로 운희를 바라보며 재촉했다. 하지만 그녀는 무표정한 얼굴로 여전히 그의 말을 못 알아들은 척 그의 시선을 외면했다.

이에 술탄이 되풀이 말하며 운희를 재촉했지만 그녀는 입을 꾹 다문 채 고개를 가로저으며 끝내 그가 원하는 대답을 들려주지 않았다. 그녀는 세자저하에 대한 자신의 정조를 지키며 술탄의 잠자리 수청을 들지 않기 위해서라도 결코 무어인이 될 수가 없다고 생각했다.

종내는 술탄의 분노가 머리끝까지 다다랐다.

그는 고함을 지르며 운희를 잡아먹을 듯 사납게 쏘아보았다. 그의 고함 소리에 대기하고 있던 흑인시녀들이 우르르 달려오자 술탄은 운희를 난폭하게 그들의 손으로 밀쳐 내며 크게 소리를 질렀다.

"저 계집아이가 무어인이 되겠다고 할 때까지 족치기를 하라!"

순간 운희는 너무 놀라 움찔했다. 순간적으로 앞이 아득해졌다. 변덕스럽고 잔인한 술탄의 요구를 거절했기에 체벌이 있으리라 예상은 했지만 막상 그의 명령이 떨어지고 보니 너무도 두려웠다.

족치기는 노예에 대한 혹독한 고문 중에 하나로 양 발목을 하나로 묶은 후에 목과 어깨가 바닥에 닿도록 거꾸로 매달아놓은 상태에서 술탄이 명령한 수만큼 모질게 매질을 하는 형벌이었다. 운희도 주방의 어린 흑인 여자아이에게 들어 그 형벌이 어떤 것인지 익히 알고 있었다.

그녀는 득달같이 달려든 흑인시녀들에 의해 어느 작은 방으로 질질 끌려가 양 발목이 비단 끈으로 단단히 묶인 채 형틀에 거꾸로 매달렸다. 피가 아래로 쏠리자 대번에 머리와 코가 아파왔다. 천천히 형틀의 곁으로 다가선 술탄은 운희를 싸늘히 내려다보며 힘 좋아 보이는 덩치 큰 흑인시녀들에게 족치기를 하라고 명령했다. 이에 붉은빛이 돌며 단단하기가 쇠 같은 브라질 나무로 만든 곤봉을 든 흑인시녀들이 운희의 발바닥을 사정없이 매질하기 시작했다. 여인들의 매질은 한 치의 용서도 없었다.

운희는 상상을 초월하는 고통에 너무도 괴로워 딱 죽고만 싶었다. 그녀의 입에서 연신 비명 소리와 울음이 섞인 소리가 흘러나왔다. 방 안에서는 삐걱거리는 형틀의 소리와 운희의 발바닥을 매질하는 여인들의 곤봉 내리치는 소리로 가득했다.

어느새 운희의 형벌 소식을 듣고 왔는지 랄라 할리마가 족치기를 당하고 있는 운희를 매우 흡족한 표정으로 바라보며 출입문 쪽에서 들어서고 있었다. 그녀가 방 안으로 들어서는 것은 짙은 향수 냄새를 통해 알 수가 있었다.

술탄이 운희에게 다가와 다시 한 번 물었다.

"우니, 고통스럽지 않은가? 알라는 위대하고, 알라 이외에는 다른 신이 없으며 무하마드는 그의 예언자이다! 이렇게 사람들 앞에서 외치며 시인해라. 그리하면 내가 너를 풀어줄 것이다."

술탄이 차갑게 내뱉으며 운희의 대답을 재촉했다.

하지만 운희는 고통으로 가물거리는 의식 속에서도 끝내 입을 다물고 열지 않았다. 그녀는 이를 악물며 형틀에 매달려 있었다. 전신에서는 식은땀이 뚝뚝 흘러내렸고, 온몸이 사시나무처럼 부들부들 떨리고 있었다. 어느새 그녀의 발바닥은 살갗이 터지고 피가 흥건하게 배어나왔다. 하지만 운희는 자신의 의지를 꺾지 않았다. 이에 매질은 끊임없이 연속되었고 깊은 고통 속에서 그녀는 이를 견디지 못하고 의식을 잃고 말았다.

운희는 소스라치는 지독한 고통을 느끼며 깨어났다.

몸을 움직일 때마다 전신이 통증으로 찢기는 듯했다. 저절로 이가 악물어졌다. 운희의 신음 소리를 들었는지 한 흑인여자가 낡은 접시에 빵 하나와 물을 갖고 그녀 곁으로 다가와 그녀의 얼굴 바로 곁에 접시와 잔을 놓아주었다. 하지만 빵은 부패했는지 곰팡내가 물씬 풍겨났다. 흑인여자가 아직도 눈을 제대로 뜨지 못하고 있는 운희 옆에 몸을 쭈그리고 앉은 채 안타까운 목소리로 입을 열었다.

"쯧쯧. 앞으로 하루에 썩은 빵 하나와 물만 주라는 술탄의 엄명이셔. 이제 고집 좀 그만 부리고 술탄께서 원하시는 대로 대답해드리지 그래. 어차피 너는 그리스도인도 아니잖아. 그런데 왜 이렇게 고집을 부리는 거야. 나 같으면 그냥 술탄께서 하라는 대로 해서 부귀영화를 얻겠다. 그게 현명한 거 아니겠어? 다시 한 번 잘 생각해 봐. 여긴 술탄의 하렘이야. 술탄의 관심을 얻지 못하면 평생 쪽방 한구석에 처박힌 채 술탄의 얼굴을 제대로 보지 못하게 된다고. 그런데 술탄께서 너에게 관심을 갖고 계시다는 것은 너에게도 더없는 영광이지 않겠어? 그러니 당장 무어인이 되겠다고 술탄 앞에 속히 말씀을 드려. 그렇지 않으면 넌 곧 죽은 목숨이라고!"

흑인여자는 실컷 떠들어대더니 여전히 시체처럼 아무런 움직임이 없는 운희를 희미한 어둠 속에서 바라보며 혀를 찼다. 그리고는 커다란 몸을 일으키어 어둠 속에 그녀만을 남겨둔 채 휑허니 문을 열고 사라져 버렸다.

누워 있던 운희의 눈에 한줄기 눈물이 흘러내렸다. 지독한 고통으로 차라리 죽었으면 좋겠다는 생각이 절로 들었다. 그때 그녀의 감은 눈 속에 정인인 세자저하의 모습이 떠오르며 빠르게 스쳐 지나갔다.

다음날이 되자 랄라 할리마가 힘 좋아 보이는 흑인시녀들을 대동하고 거칠게 출입문을 열면서 힘없이 누워 있는 운희 곁으로 다가왔다. 운희는 화들싹 놀라며 그런 랄라 할리마를 쳐다보았다.

술탄은 오전 일찍 조관들과 함께 궁을 떠나고 없었다.

랄라 할리마는 아직도 운신조차 제대로 하지 못하는 운희에게 무어인이 되겠느냐는 질문을 던졌다. 하지만 그녀가 멍한 시선으로 대답을 하지 못하자 랄라 할리마는 사악한 미소를 지으며 흑인

시녀들에게 운희를 형틀에 매달아 족치기 하라는 명령을 내렸다.

너무도 소스라치게 놀란 그녀가 엉겁결에 몸을 뒤로 뺐으나 우악스런 검은 손들에 의해 발목이 낚아채어졌고 다시 형틀에 거꾸로 매달리게 되었다. 곧이어 튼튼한 곤봉이 사정없이 그녀의 발바닥으로 내리쳐졌다. 아직도 전날의 족치기로 선혈이 낭자하던 발바닥은 얼마의 매질을 견디지 못하고 이내 피가 사방으로 튀기 시작했다. 다시 가해진 매질에 운희는 끔찍한 고통으로 새된 비명소리를 거칠게 내질렀다. 고통이 너무도 극심하여 전신을 사시나무 떨듯 부들부들 떨던 그녀는 또다시 의식을 잃고 말았다.

하지만 랄라 할리마의 명령에 운희의 얼굴에는 이내 찬물이 끼얹어졌고 그녀의 의식이 다시 되돌아오자 끔찍한 매질은 쉴 새 없이 연이어졌다. 랄라 할리마는 꺼져 가는 의식의 끝을 붙잡고 있는 운희의 귀에 대고 조용한 목소리로 속삭였다.

"그래, 그렇게 영원히 무어인이 되지 말고 개 같은 이교도로 남아라. 호호호."

운희의 의식이 완전히 꺼져 버렸다.

"조금만…… 참고 기다려다오."

세자저하의 목소리가 들녘에 메아리쳤다.

세자저하께서 말을 타고 한양을 향하여 달리시며 여전히 슬픈 표정으로 자꾸 뒤를 돌아보신다. 슬픔에 북받친 목소리가 목에 걸려 나오지 않았다. 잘 다녀오시라고. 꼭 돌아오시어 운희를 속히 데려가 달라고 말하고 싶었지만 목에 무엇이 걸렸는지 아프기만

할 뿐 목소리가 도저히 나오질 않았다. 가슴에 너럭바위가 눌린 듯 자지러질 듯 먹먹했다. 하늘 아래 처음으로 뫼신 정인이시며 이제 운희의 단 하나뿐인 의지처이신데 이렇듯 헤어지려 하니 억장이 무너져 곧 죽을 것만 같았다. 이제 헤어지면 언제 다시 보려나. 가지 말라고 잡고 싶은데 발걸음은 왜 이렇게 천근만근 무거운지. 세자저하께서 사라진 황량한 들녘의 남쪽을 바라보며 운희의 애타는 울부짖음이 마주 불어오는 바람 속에 실없이 흩어져 버렸다.

"마, 마마! 으흐흑."

운희는 자신의 울음소리에 깨고 말았다. 그녀의 얼굴은 눈물로 온통 범벅이 된 채 흥건히 젖어 있었다. 꿈에서 깼지만 가슴은 여전히 먹먹하며 절절히 아려왔다. 주르륵 한줄기 눈물이 콧등을 타고 흘러내렸다. 몸을 반대편으로 뒤척이려 하자 칼로 에는 듯한 예리한 통증이 발바닥에서부터 온 전신을 강타하며 흘렀다. 고통으로 숨이 막히고 정수리에서부터 식은땀이 솟았다.

그때 떠들썩한 소리가 가까이에서 들리더니 와락 하고 문이 열렸다. 찬바람이 안으로 들어오며 운희의 몸에 닿았다. 몸이 움츠러들며 살갗에 소름이 돋았다. 그녀는 초점이 잡히지 않는 눈을 찡그리며 사물을 보려 애를 썼다. 간신히 부연 시선으로 주위를 둘러보자 흐릿한 인영이 시야 속으로 들어왔다.

술탄이 서 있었다. 그가 시종들을 이끌고 노여움이 가득한 시선으로 그녀를 내려다보고 있었다. 순간 소름이 쫙 끼치며 두려움이 전신을 엄습했다. 자신도 모르게 온몸이 소스라치게 놀라 덜덜덜 떨려왔다. 또다시 족치기를 당하겠구나 생각하니 이대로 딱 죽고만 싶었다. 고통에 대한 두려움이 그녀를 벼랑 끝으로 몰고 갔다. 그녀는 이를 견디지 못해 눈을 질끈 감아버렸다. 눈꺼풀이 절로 파르르 떨리며 눈물이 스미어 나왔다.

그런데 분노에 찬 술탄의 명령이 떨어지지 않았다. 그는 시종들에게 뭐라고 묻더니 갑자기 성난 목소리로 고함을 질러대면서 거칠게 랄라 할리마를 소리 높여 찾았다.

운희는 무슨 일인가 의아했지만 더 이상 족치기를 견뎌낼 자신이 없었기에 모든 것이 그저 예민하며 두렵게만 느껴졌다. 그녀의 입술은 바싹 마른 채 거칠게 터져 있었고, 그 사이로 피가 엉겨 있었다. 창백하고 핼쑥한 얼굴이 그녀의 상태를 여실히 말해주었다.

시종의 전갈을 받고 황급히 달려온 랄라 할리마가 화려한 구슬이 포도 모양으로 달린 탑을 입고 치맛바람을 일으키며 술탄의 앞에 냉큼 조아렸다. 그녀는 술탄의 분노가 왜 자신에게로 향하여 있는지 너무도 의아했다. 갑작스레 술탄이 랄라 할리마의 목을 커다란 손으로 움켜잡으며 거칠게 소리를 질렀다. 그녀는 소스라치게 놀랐다.

"랄라 할리마! 그대가 이 아이를 족치기 하였는가?"

랄라 할리마는 두려움으로 크게 벌어진 눈으로 빠르게 생각하며 급하게 고개를 끄덕여 자신임을 시인했다. 술탄의 얼굴이 사납게 실룩거리며 눈에서는 살의가 빠르게 번져 나갔다. 그의 얼굴빛이 분노로 인해 갈색에서 더욱 짙은 색으로 변했다. 곁에서 시중을 들고 있는 시종의 검은 피부보다 더욱 검게 보일 정도였다.

"내가 그대에게 우니의 족치기를 명한 적이 있었던가?"

랄라 할리마는 두려움에 벌벌 떨며 목이 죄여 붉어진 얼굴로 간신히 대답을 했다.

"다, 술탄을…… 위해서…… 한 것이…… 옵니…… 다."

어느새 그녀의 눈에는 눈물이 맺혀 있었다.

"나를 위해서라고? 무엇이 나를 위해서라는 말이오! 두 번 다시 주제넘게 내가 명하지 않은 일에 손을 댔다가는 그대의 목숨과 지위를 한꺼번에 잃게 될 줄 아시오! 여기에 있는 모든 자들과 마찬가지로 그대 역시 나의 한낱 노예일 뿐임을 명심하고 앞으로는 주제넘게 더 이상 내 일에 나서지 마시오!"

술탄은 이글거리는 눈으로 랄라 할리마를 매섭게 노려보다 그녀의 몸을 거칠게 내동댕이쳐 버렸다. 바닥으로 쓰러진 랄라 할리마의 목에는 붉은 손자국이 나 있었다. 막혔던 숨이 트이자 그녀는 거칠게 숨을 몰아쉬며 충격으로 하얗게 질려 버린 얼굴로 자신 앞에 분노로 경직된 채 서 있는 술탄을 바라보았다. 그는 랄라 할리마는 쳐다보지도 않은 채 방의 한 켠에 힘없이 누워 있는 운희를 굳어진 표정으로 바라보고 있었다.

술탄은 운희의 곁으로 다가가 쭈그려 앉으며 그녀의 발바닥을 조심스럽게 살펴보았다. 그의 손이 발에 닿자마자 운희는 고통으로 까무러치듯 놀라며 절로 신음 소리를 내뱉었다. 술탄의 눈썹이 꿈틀거리며 미간 사이가 좁혀졌다. 그의 얼굴에는 수심이 가득 차 있었다.

"아아이예트 아아라 따빕(의사를 불러주어라)!"

술탄은 운희를 무겁고 강한 시선으로 바라보며 자리에서 몸을 일으켰다. 입을 굳게 다문 술탄은 무뚝뚝한 얼굴로 곁의 시종에게 그녀가 무어인이 될 때까지 이 작은 방에 머물며 썩은 빵 하나와 물만 주도록 지시했다. 그리고는 자신의 명이 없는 한 그 누구도 운희에게 손을 대지 못하도록 엄중한 명령을 내렸다.

술탄은 몸을 돌리려다 갑자기 스친 어떤 생각에 잠시 머뭇거리며 운희에게 무엇인가를 말하려 했다. 하지만 이내 주뼛거리며 미간을 좁힌 채 시종 하나만을 남겨두고 그녀 앞에서 사라져 버렸다.

닷새가 지났다. 붓기가 덜 빠진 운희의 발은 아직도 퉁퉁 부어 있었고 발의 통증 때문에 제대로 일어서 걷지도 못했다. 운희의 머리맡에는 냉수 한 사발과 곰팡이가 핀 채 말라 있는 빵이 있었다. 그녀의 입술은 여전히 거칠게 일어났고 얼굴은 닷새 전보다 더욱 핼쑥해 보였다.

문이 열리면서 빛과 함께 한 흑인여자가 들어섰다. 운희는 부신 눈을 가늘게 뜨며 흑인여자를 바라보았다. 그리고는 이내 시선을 돌렸다.

"이런 또 안 먹었네. 쯧쯧. 하긴, 나라도 안 먹었겠지만."

흑인여자는 염려 가득한 목소리로 운희의 머리맡에 놓여 있는 냉수와 빵을 새것으로 바꿔놓으며 말했다. 하지만 새 빵에는 여전히 곰팡이가 피어 있어 매캐하고 퀴퀴한 냄새가 코를 강하게 찔렀다. 차라리 마른 빵에서 곰팡내가 덜 났다.

흑인여자는 한숨을 크게 내쉬며 운희의 발치로 가서 아직도 부어 있는 그녀의 발바닥을 조심스레 들여다보았다. 그리고는 언제나처럼 혀를 찼다.

"이런, 아직도 발이 퉁퉁 부어 있네. 잘 먹기라도 해야 발이 빨리 나을 텐데. 쯧쯧. 나도 이러고 싶진 않지만 술탄의 명령이니 어쩔 수가 없다. 어쨌든 네 고집도 어지간하다. 이러다간 얼마 못 살고 곧 굶어 죽겠네. 이제 그만 고집 좀 부리고 그냥 무어인이 되겠다고 한 마디만 하면 되지 않겠니? 조금 있으면 술탄께서 또 오셔서 널 닦달하실 텐데 그땐 또 어떡할래? 그럴 바에야 차라리 그냥 콱 죽는 게 나을 거다. 족치기에 개종하지 않고 살아남은 사람을 내 여태껏 본 적이 없다. 주방의 사라가 요 며칠째 너 때문에 계속 울고 있다. 네가 먹지 않으면 자기도 먹을 수 없다고 벌써 여러 날째 물만 마시고 있는데. 너 정말 어떡할래?"

"⋯⋯!"

"쯧쯧. 그러니 그만 고집 좀 부리고 술탄께서 오시면 그냥 손가락 하나만 이렇게 하늘을 향해서 펴 보여. 그럼 모든 일이 저절로 해결될 거다. 굳이 그게 무슨 뜻인지 궁금해하지도, 알려고도 하지 말고 그냥 내기 시키는 대로만 하면 돼."

흑인여자는 운희 앞에서 동작을 보여주었다. 운희는 그런 흑인여자를 잠시 흘낏 쳐다보다 이내 침울한 얼굴빛으로 벽을 향하여 몸을 돌려 버렸다.

"그런데 네가 무어인이 되고 싶어하지 않는 이유가 대체 무엇인지 어디 그 이유라도 속 시원히 들어나 보자. 혹 그것이 술탄과의 동침 때문이라면 도리어 무어인이 되는 게 나을지도 모르겠다. 전에 어떤 백인여자도 개종하지 않겠다고 우기다가 결국 족치기에 무너져 무어인이 되어버렸지만 술탄이 무어인이 된 그 여자를 거들떠도 보지도 않은 채 그냥 내팽개쳐 버린 적이 있었거든."

흑인여자는 뒤돌아 있는 운희의 가냘픈 몸을 바라보며 한숨을 내쉬면서 말을 했다.

등을 돌리고 있던 운희의 눈이 크게 벌어지며 온몸의 세포가 한꺼번에 깨어남을 느꼈다. 그녀의 가슴은 흑인여자의 말에 어떤 커다란 기대감을 가지며 강하게 쿵쿵 울리기 시작했다.

'세자저하!'

그랬다.

운희가 굳이 무어인이 되기를 거부했던 또 다른 이유 중의 하나가 바로 술탄과의 동침이었다.

자신의 정조를 지키기 위해서 운희는 기를 쓰며 무어인이 되기를 거부하였던 것이다.

"정말…… 술탄께서 동침하지 않은 채 내쳐 버리기도 하시는가요?"

운희는 황급히 몸을 돌리며 흑인여자를 향하여 질문을 했다. 그녀의 눈은 기대감으로 크게 부풀어 있었다. 그리고 어느 때보다 생기를 띠며 반짝이었다. 그것은 실로 오랜만의 일이었다.

"어? 너 드디어 말을 하는구나? 그렇게 입을 꾹 다물고 있더니 웬일이니? 목소리도 이렇게 예쁜데, 아랍어도 제법 잘하는구나.

하긴, 주방 안의 꼬마들이 네가 말을 빨리 배우고 매우 똑똑하다고 하더라. 아무튼 그때의 그 백인여자도 매우 고집이 세었는데 화가 잔뜩 난 술탄께선 고집 센 여자를 싫어하셨는지 그 백인여자가 개종하자마자 그대로 내쳐 버리셨거든."

"저, 정말 그러셨어요?"

운희는 흑인여자의 말에 두 눈을 빛내며 진지한 표정으로 다시 한 번 되물었다.

"그래. 하지만 어디까지나 술탄의 마음이시니 나도 장담은 못한다. 그렇지만 그런 일이 있었던 것은 사실이야. 다른 여자들은 족치기 하고 하루, 이틀을 못 넘겼는데 그 여자는 아슬아슬 나흘을 넘기고 닷새 동안 버텼거든. 아무튼 대단한 여자였지. 그런데 술탄께서는 그것이 못마땅하셨는지 결국 그 여자를 험한 공사장의 노역으로 보내 버리셨거든."

"공사장의 노역이요?"

"그래, 공사장의 노역. 지금쯤이면 술탄께서도 네게 정나미가 떨어지셨을 거다. 그러니 더 이상 고생하지 말고 이제 그 쇠심줄 같은 고집을 버려. 그냥 손가락 딱 하나만 펴 보이면 돼! 이렇게, 알았지? 딱 손가락 하나야!"

흑인여자는 손을 들어 올려 집게손가락 하나를 펴 보이며 운희 앞에서 반복적인 동작을 보여주었다.

그때 문이 와락 열리며 화려한 비단의상을 입은 술탄과 시종들이 우르르 방 안으로 들어섰다. 순간 운희와 흑인여자는 화들짝 놀라며 술탄 앞에 머리를 조아리며 꿇어앉았다. 꿇어앉은 운희의 발은 아직도 부어 있어 너무도 당기고 아팠다. 그녀의 얼굴은 불편한 다리로 인해 절로 찡그려졌다. 무뚝뚝한 표정의 술탄이 방 안의 풍경을 훑어보더니 운희와 흑인여자를 스치고 지나가 그 옆에 놓여 있는 낡은 접시 위의 썩은 빵과 몇 개의 말라 버린 빵들을 훑어보았다. 순간 술탄의 숱 짙은 눈썹이 꿈틀거렸다.

"빵을 먹지 않았느냐?"

술탄의 목소리는 매우 냉랭했다.

"네, 네에……."

운희 대신에 흑인여자가 떨리는 목소리로 대답했다. 순간 술탄의 얼굴이 딱딱하게 굳어졌다.

"우니, 무어인이 되겠느냐? 다시 한 번 묻겠다. 무어인이 되겠느냐? 어서 대답해라!"

술탄이 사나운 시선으로 운희에게 날카롭게 질문을 던졌다.

"……."

하지만 운희는 꿇어앉아 머리를 조아린 채 조금의 미동도 없이 여전히 대답을 하지 않았다. 그러자 술탄의 입가가 심하게 틀어지며 볼이 실룩거렸다.

"그게 네 대답이냐? 그렇다면 너는 저 썩은 빵을 반드시 다 먹어야 한다. 그것이 이교도인 너의 몫이다. 빵을 먹지 않는 것은 결코 용서할 수 없는 일이다. 다시 한 번 묻겠다. 우니, 무어인이 되겠느냐?"

술탄의 말에 운희는 새파랗게 질린 채 온몸을 가늘게 떨었다.

"……."

대답이 없는 운희로 인해 그의 얼굴이 더욱 일그러졌다.

"여봐라, 우니에게 저 썩은 빵을 당장 먹이도록 하라!"

술탄은 분노하여 사납게 소리쳤다. 그러자 곁의 시종들이 대답과 동시에 우르르 운희에게로 달려들었다. 그리고는 그녀의 입을 억지로 벌려 썩은 빵을 입속으로 마구 밀어 넣기 시작했다. 빵의 곰팡내가 훅 하고 코끝으로 뻗쳐 왔다. 너무도 비위가 상하여 구토가 올라왔지만 무섭게 노려보는 술탄의 시선에, 그리고 마구잡이로 밀어 넣고 있는 시종들의 거친 손놀림에 운희는 그대로 질식할 것만 같은 두려움을 안고 빵을 삼켜야만 했다.

곁에 있던 흑인여자가 안타까운 시선으로 내내 지켜보다 황급히 운희에게 냉수 사발을 건네주었다. 목이 메어 냉수를 마셨지만 역한 곰팡내에 욕지기가 그대로 올라왔다. 너무도 괴로웠다. 운희의 눈에는 핑그르르 눈물이 맺혔다. 얼굴은 벌게져 있었고, 빵이 목에 걸려 그녀는 계속 끅끅거렸다.

술탄은 여전히 냉랭한 시선으로 그런 운희를 바라보고 있었다. 그녀가 빵을 삼키고 간신히 숨을 돌리자 그는 기다렸다는 듯 운희에게 무어인이 되겠느냐는 질문을 다시 했다. 하지만 운희는 애절하고 괴로운 표정으로 고개를 가로저으며 쥐어짜는 듯한 목소리로 입을 열었다

"수, 술탄이시여, 위대한 선의를…… 베풀어…… 소인을 단념하여 주옵소서."

하지만 그녀의 말이 채 끝나기도 전에 술탄은 더욱 단단히 분노하여 운희를 당장 족치기 하라는 명을 내렸다. 술탄의 입에서 떨

어진 족치기란 말에 운희의 머릿속이 하얗게 변해 버렸다. 머리에서부터 발끝까지 식은땀이 빠르게 솟으며 핏기가 완전히 사라진 창백한 피부에 걷잡을 수 없는 떨림이 찾아왔다. 곁에 있던 흑인 여자도 놀랐는지 안타까운 신음 소리를 내지르며 운희를 동정 어린 시선으로 바라보다 이내 고개를 돌려 버렸다.

시종들이 떨고 있는 그녀에게로 우르르 달려들어 발목을 형틀에 단단히 묶어버렸다. 또다시 거꾸로 매달린 운희의 입에선 절로 신음 소리가 새어나왔다. 운희는 예상되어지는 지독한 고통에 새파랗게 질린 채 크게 벌어진 눈에서는 두려움의 눈물을 줄줄 흘리고 있었다. 그녀는 그대로 먹은 빵을 토해내고 말았다. 하지만 술탄은 이에 아랑곳없이 무어인이 되겠느냐는 질문을 반복하여 그녀에게 던졌다. 하지만 겁에 질린 운희는 그저 울음소리를 터뜨릴 뿐 머릿속은 이미 새하얗게 변해 있어 아무런 생각도 나지 않았다. 이에 시종들이 단단한 곤봉으로 그녀의 발바닥을 내려치기 시작했다.

뼈가 으스러지는 엄청난 통증이 그녀의 온몸을 곧바로 강타했다. 운희의 작은 입에서 절로 새된 비명 소리가 터져 나왔다. 가혹한 매질은 계속되어졌고, 그녀는 끊임없이 비명을 질러댔다. 삽시간에 그녀의 몸은 땀투성이가 되어버렸다. 술탄은 여전히 노여움이 가득한 시선으로 운희를 노려보았다. 그의 눈빛은 너무도 냉랭하여 일말의 자비심도 없어 보였다.

곁에 서 있던 흑인여자가 안절부절못하며 운희의 얼굴을 향하여 자신의 주먹 쥔 손에 손가락 하나를 펴 보인 채 열심히 흔들어댔다. 온몸이 땀으로 흠뻑 젖은 운희가 고통으로 사그라지는 의식 속에서 흑인여자가 손가락 하나를 펴 들고 열심히 흔들어대고 있는 것을 보았다. 그녀의 눈에서는 여전히 눈물이 흐르고 있었다.

초주검이 된 운희가 피가 엉겨 있는 거친 입술을 벌리며 간신히 말을 내뱉었다.

"수, 술탄이시여……."

순간 운희의 얼굴을 쳐다보던 술탄이 황급히 손짓을 했다. 그러자 열심히 매질을 하고 있던 시종들이 깜짝 놀라며 매질을 멈추었다. 술탄은 무뚝뚝하고 근엄한 표정으로 운희를 바라보며 입을 열었다.

"우니, 말을 해보아라. 이제 무어인이 되겠다는 생각이 들었느냐?"

술탄은 자못 기대 가득한 표정으로 그녀를 바라보았다. 그의 얼굴에는 의기양양함이 가득했다.

"대, 대신에 소인을 술탄의 침실로…… 데려가지 않으신다는…… 약조를…… 해주신다…… 면…… 하아……."

운희는 땀을 뚝뚝 떨어뜨리며 초점없는 시선으로 술탄을 향하여 입을 열었다. 순간 술탄의 얼굴색이 검게 변하며 순식간에 사납게 일그러졌다. 이어 분노로 가득한 술탄이 곁의 시종의 곤봉을 낚아채어 운희가 매달려 있는 형틀을 마구 두드리면서 크게 고함소리를 질러댔다.

"무엇이라? 감히 이 술탄에게 조건을 걸어? 이 괘씸한 것 같으니!"

그의 사납고 거친 모습에 주위에 있던 모든 사람들이 깜짝 놀라며 몸을 움츠린 채 그의 눈치를 살폈다. 운희 역시 자신을 향한 그의 분노를 감지하자 자신에게 떨어질 강도 높은 체벌을 예상하며 이를 악문 채 두 눈을 꼭 감아버렸다. 이대로 맞아죽겠구나 생각하니 덜컥 겁이 났다. 그러면서도 자못 고통스러울 처벌을 두려움 속에서 기다리고 있었다. 고통없이 죽었으면 좋겠다는 생각이 간절했다.

운희가 매달린 형틀을 우악스럽게 흔들어대던 술탄이 난폭한 동작을 멈추었다. 그는 어깨가 들썩일 정도로 거칠게 숨을 몰아쉬며 날카로운 눈으로 형틀에 거꾸로 매달려 있는 그녀를 사납게 쏘아보았다.

"그래, 우니. 허면 네가 무어인이 되겠다는 말이더냐? 대답해 보아라."

운희는 술탄의 단호한 다그침에 대답 대신 힘없는 손을 들어 가만히 오른손을 쥔 채 집게손가락 하나만을 펴 보였다. 그러자 술탄의 얼굴이 갑자기 환하게 밝아지더니 호탕한 웃음소리가 그의 입에서 터져 나왔다.

"알라 후 아크바르(알라는 가장 위대하다)! 하하하!"

동시에 주위에 있던 모든 사람들이 일제히 무릎을 꿇고 두 팔을 높이 치켜들며 술탄의 말을 따라 되뇌면서 자신들의 신을 찬미했다.

"드디어 우니가 무어인이 되었구나! 하하하!"

술탄은 호탕하게 웃으며 마치 어린아이처럼 기쁨에 들떠 곁에 있던 시종과 포옹까지 했다.

"우니, 트바라크— 알라흐(신의 바라카가 너에게 있기를:축하하며 잘되었다는 의미)!"

이어 술탄의 명령에 의해 운희는 형틀에서 신속히 내려졌고, 하렘의 어느 아늑한 방으로 옮겨져 의사의 치료를 받게 되었다.

제 2 장

또 그 꿈이었다. 한 달 전, 이 제국에 들어선 순간부터 꾸기 시작한 꿈은 몇 번씩이나 운희를 찾아왔다.

구름과 안개가 자욱하여 침울한 회색빛 속에 어디서 나타났는지 붉은 용과 검은 용이 나타났다. 두 마리의 용은 처음에는 서로 다투는 듯 보였으나 어느덧 서로 뒤엉킨 채 몸을 뒤틀며 하늘로 올라가고 있었다. 그 광경이 너무 선명하여 입을 벌리고 바라보고 있노라니 갑자기 뒤에서 뜨거운 기운이 느껴졌다. 뒤를 막 돌아보는 순간 커다란 용이 불을 뿜으며 자신을 덮치려 하는 것이었다. 그녀는 있는 힘껏 용을 끌어안았다.

그때 왁자지껄하는 소리에 꿈속에서 깨어났다.

운희가 누워 있는 아늑하며 햇살이 잘 드는 방으로 하렘 안에서 일하고 있는 여자노예 세 명이 들어섰다. 그녀들은 한결같이 이런 저런 좋아 보이는 물건들을 한아름 안고서 운희 곁으로 다가왔다. 그리고는 방케트 위에 누워 있는 그녀를 향하여 생긋 웃음까지 지어 보였다. 심지어는 허리까지 정중히 숙이며 인사를 했다. 운희는 너무 놀라 노예인 자신에게 허리를 굽히며 인사까지 하는 여인들을 크게 벌어진 눈으로 바라보았다.

"이것들은 랄라 할리마 황후께서 보내주신 물건들입니다. 무어인이 되신 것을 진심으로 축하하며 환영한다고 전해 드리라고 하셨습니다. 먼저 식사를 하시고 목욕을 하신 후에 이 옷으로 갈아입으시면 됩니다."

"잠깐만요. 왜 나에게 이런 좋은 물건들과 존대를 하는 것이죠?"

운희는 너무도 놀라 부담스러운 표정으로 여인들의 말을 황급히 가로막으며 물었다. 그러나 여인들은 배시시 미소만 지을 뿐 대답은 하지 않았다.

"부탁이 있어요, 전에 제가 머물던 주방의 거처로 돌아가도 되는지 황후나 술탄께 여쭤봐 주실 수 있는가요?"

운희는 몸을 일으켜 세우며 여인들에게 부탁했다. 그러나 여인들은 애매한 표정을 지으며 묵묵히 자신들에게 주어진 일을 할 뿐이었다.

아직도 퉁퉁 부은 발을 내디딜 때마다 이마에 식은땀이 송골송골 맺혔다. 운희는 도저히 걸을 수가 없어서 걷는 것을 포기한 채 방케트 위에 몸을 뉘어버렸다. 깊은 한숨이 절로 입술 사이를 비집고 새어나왔다.

그녀는 무어인이 된 자신의 환영식치고는 너무도 대접이 융숭하다는 생각을 하며 조금은 불안한 생각에 걱정을 했다. 자신의 발이 낫게 되면 어느 막노동하는 곳으로 보내지겠거니 생각하니 불투명한 자신의 미래에 절로 한숨이 나왔다. 하지만 더 이상 고문을 당하지 않아도 된다는 사실만으로도 적이 안심이 되어 보송보송하고 푹신한 쿠션에 몸을 의지한 채 조용히 눈을 감았다.

한 여자노예가 운희에게 아침식사를 가져다주었다. 제국에 와서 처음으로 받아보는 진수성찬이었다. 가운데가 둥글게 부푼 피타빵과 향신료와 조미료를 알맞게 섞은 양념에 야채와 양고기를 넣고 진하게 익힌, 조선의 국이나 찌개처럼 국물이 있는 타진이었다. 냄새와 맛이 아주 훌륭했다. 영양 좋고 맛도 좋은 음식은 운희의 몸과 마음에 탄력과 활력을 불어넣어 주기에 충분했다.

운희가 식사를 마치자 세 여인이 그녀를 들어 올려 하맘으로 데리고 갔다. 그리고는 전신을 깨끗이 씻어주며 그녀의 온몸을 정성껏 마사지해 주었다.

목욕 후 다시 운희가 있던 방으로 돌아오자 세 여인들은 운희에게 잠자리 날개같이 얼비치는 헐렁한 순백색의 긴 옷으로 갈아 입혀주었다. 그 촉감이 너무도 좋아 운희는 절로 기분이 좋아졌다. 세 여인들은 삼단 같은 그녀의 검은 머리칼을 곱게 빗겨주며 잘 가다듬어 손질해 주었다.

세 여인들이 물러가자 운희는 얼굴에 미소를 지은 채 방케트에 기대어 누웠다. 목욕 후의 나른함과 그동안의 피로에 눈꺼풀이 금세 무거워지더니 눈이 절로 감겼다. 막 잠이 들려는 찰나에 방문이 왈칵 열리며 바람을 휘몰면서 누군가가 안으로 들어서는 것이 느껴졌다. 운희는 졸린 눈을 억지로 뜨면서 흐릿한 눈으로 자신의 방 안으로 들어선 낯선 사람을 흘낏 쳐다보았다.

흐릿했던 초점이 선명해지며 방에 들어선 사람이 누구인지를 인식한 순간 운희는 절로 새어나오는 비명 소리와 함께 졸음에서 완전히 깨어나고 말았다.

술탄이었다.

술탄이 바람을 몰며 화려한 의상에 몸을 감싼 채 운희가 머물고 있는 작은 공간으로 위풍당당하게 들어선 것이다. 운희는 떨리는 가슴을 쓸어내리며 뇌리를 스치는 불안한 예감에 초조히 떨었다. 그녀는 떨리는 자신을 간신히 억누르며 재빠르게 술탄을 맞이했다. 시종들은 술탄의 뒤에서 예를 갖춘 후에 조용히 문을 닫고 사라졌다.

"우니, 발은 좀 어떠하느냐?"

술탄이 처음 듣는 부드러운 목소리로 운희에게 말을 건넸다. 그녀는 너무도 떨리는 마음에 간신히 대답을 했다.

"수, 술탄이시여…… 조금…… 나아졌나이다."

술탄은 고개를 양탄자 바닥에 딱 붙이고 엎드려 있는 운희에게로 가까이 다가갔다. 그리고는 그녀의 발을 살펴보았다. 운희의 발은 아직도 붉고 푸른 얼룩 같은 피멍으로 부어 있었다. 술탄은 그녀의 부은 발을 보면서 미간을 찌푸렸다. 그가 운희에게 고개를 들라고 명하자 그녀는 쭈뼛거리며 천천히 상체를 들었다. 그녀의 윤기 흐르는 삼단 같은 검은 생머리가 폭포같이 흘러내려 와 그녀의 작은 몸을 뒤덮었다. 그런 그녀를 술탄은 두 눈을 가늘게 뜨며 영채 도는 시선으로 바라보았다.

술탄은 운희를 향하여 오른손의 네 손가락들을 엄지손가락에 대고 튕겼다. 그것이 그녀의 외모를 칭찬하는 뜻임을 운희는 잘 알고 있었다. 하지만 그녀는 조금도 기쁘지 않았다. 이어 불안한 마음에 마음속에 숨겨두었던 말을 조심스럽게 꺼내놓았다.

"술탄이시여, 이 미천한 노예계집의 처소에는 어인 발걸음이시옵니까?"

"오늘은 이곳을 내 침소로 정하였느니라."

헉!

운희는 술탄의 말에 너무도 놀라 절로 신음 소리를 내뱉었다. 순간 눈앞이 아득해지며 절로 몸이 움츠러들었다.

"수, 술탄이시여, 소인과 약조하시기를…… 소인을 술탄의 침실에 들이지 않으신다 하셨습니다. 그런데 어떻게……."

운희는 이를 악물며 안으로 말려들어 가는 목소리를 있는 힘을 다해 간신히 뱉어냈다. 순간 술탄의 얼굴에 심술궂은 미소가 가득 떠오르며 운희를 뚫어질 듯 쏘아보더니 천천히 입을 열었다.

"암, 약조했지! 일개 노예계집 주제에 감히 술탄과 흥정을 한 계집은 아마도 네가 이 제국 역사상 처음일 듯싶다. 난 비교적 자비심이 많은 술탄이야. 네 목이 이렇게 붙어 있는 것을 보면 말이다. 그렇지 않나, 우니?"

술탄은 손을 뻗어 운희의 턱을 치켜올리며 심술궂은 표정 아래에 숨겨져 있는 뜨거운 눈빛으로 그녀의 얼굴을 바라보았다.

운희의 눈에 비친 술탄은 조선인과는 너무도 다른 뚜렷한 이목구비에 제임스처럼 비교적 코가 높았다. 다만 다른 것이 있다면 어딘지 거무스름한 데가 있는 갈색 피부와 믿기지 않을 정도로 길고 풍성한 검은 속눈썹, 그리고 그 밑에서 빛나고 있는 흑요석 같은 눈동자였다. 술탄의 몸에서는 금방 씻은 듯한 물의 향기가 났다.

"수, 술탄이시여, 소인을 전에 있던 주방의 제 거처로 돌려보내 주시옵소서. 미천한 계집으로 인해 위대하신 술탄께서 노예계집과의 약조를 깨뜨리는 우를 범하시게 될까 소인은 심히 두렵사옵니다."

순간 술탄의 눈썹이 꿈틀거렸다. 이어 얼굴빛이 굳어지더니 예의 그 매서운 눈빛으로 운희를 잡아먹을 듯 노려보며 소리를 질렀다.

"네가 내 손에서 도망칠 요령을 부리고 있구나! 하지만 걱정하지 마라, 우니야. 네가 이곳에 있어도 너와의 약조를 깨뜨리는 일은 절대로 없을 터이니."

술탄은 능글대며 운희를 거칠게 일으켜 세웠다. 순간 너무도 놀라 절로 비명 소리를 질렀다. 술탄은 그녀의 반응에는 아랑곳없이 뜨거운 손으로 떨고 있는 운희의 삼단 같은 머릿결을 훑고 있었다. 이어 그 손길은 그녀의 이마에서 미간을 지나 천천히 콧등을 따라 이어지며 앙증맞은 입술까지 스치듯 그 모양새를 그려댔다.

술탄이 운희의 귓가에 얼굴을 바짝 대고 뜨거운 입김을 불어넣으며 속삭였다.

"우니, 이곳은 술탄의 침실이 아니라 바로 너의 침실이다. 너의 침실로 술탄이 왔을 뿐이다. 그러니 너와 나의 약조는 깨어지지 않는다. 네게 약조한 것은 술탄의 침실이었느니라."

그와 함께 그의 커다란 웃음소리가 운희의 귓가에서 천둥처럼 울려 퍼졌다. 운희의 눈앞이 샛노랗게 변하며 캄캄해졌다.

"그, 그럴 수는 없사옵니다. 술탄이시여, 미천한 소인이 술탄께 약조한 뜻을 술탄께선 정녕 잘 알고 계십니다. 하오니 소인을 주방의 제 거처로 돌려보내 주시옵소서. 아니면 공사장의 노역으로 보내셔도 좋습니다. 하오니 제발 이대로 소인을 물리쳐 주옵소서."

운희의 간절한 말이 떨어지기 무섭게 술탄은 순간적으로 대노하여 그녀의 어깨를 거칠게 움켜쥐었다.

"무엇이라? 네가 어찌 나를 능멸하려 하느냐! 노예계집에게는 자신의 뜻이란 있을 수 없다. 너에게는 단지 복종만이 있을 뿐이다. 공사장으로 보내는 것도, 주방의 네 지저분한 거처로 보내는 것도 모두 다 나의 뜻이 섰을 때뿐이다. 이리 오라! 정녕 네 소원이 그렇다면 너를 소유하고 곧바로 노역장으로 보내주겠다!"

술탄은 지독히 심술이 돋은 얼굴로 운희를 매섭게 노려보며 으르렁거렸다. 그녀의 발이 바닥에 디뎌지는 순간 살을 에는 고통이 온몸을 강하게 강타했다. 그 지독한 고통에 운희의 이마 위엔 식은땀이 빠르게 송골송골 맺혔다. 그녀의 고통으로 찡그려진 얼굴은 상관이 없다는 듯 술탄은 거칠게 운희의 옷을 풀어헤치기 시작했다. 그녀는 절망에 사로잡혀 허둥지둥 저항을 시도했다. 하지만 술탄은 그녀의 저항을 무시한 채 그녀의 가냘픈 작은 몸을 자신의 품 안으로 단단히 가두어 버렸다. 힘으로는 어림없자 운희는 간절한 말로써 다시 한 번 부탁하며 애원했다. 하지만 술탄은 이미 강한 욕정에 사로잡힌 채 꿈쩍도 하지 않았다.

"나는 술탄이다. 도망치는 것은 허락하지 않는다!"

한 올도 남김없이 운희의 옷을 벗겨 버린 술탄은 그녀를 던지듯 방케트 위에 쓰러뜨렸다. 운희는 이내 다시 몸을 일으키려고 손으로 방케트를 짚었다. 하지만 자신의 몸 위로 덮쳐 올라오는 술탄의 힘에 눌리자 그녀는 놀란 눈을 더욱 크게 뜨며 새된 비명 소리를 질렀다.

"마, 마마!"

운희는 눈을 꼭 감고 절망에 찬 소리를 자신도 모르게 내뱉었다.

순간 그녀의 몸 위로 올라 있던 술탄이 갑작스레 동작을 멈추며 그녀의 얼굴을 빤히 내려다보았다. 그리고는 고개를 돌리려는 운희의 얼굴을 손으로 단단히 잡으며 자신에게로 향하게 했다.

"마마가 무슨 뜻이냐? 그것이 지금껏 궁금했다. 전에도 잠결에 네가 눈물을 흘리며 불러대는 소리를 들었다. 마마가 무엇인지 얼른 소상히 밝히어라. 혹 네 어미를 그리 부르는 것이더냐?"

운희는 술탄의 입에서 나오는 말을 들으며 자신도 모르게 마른침을 꿀꺽 삼키며 눈을 더욱 크게 떴다. 하지만 매서운 눈으로 자신의 대답을 채근하는 술탄의 눈빛에 결국 굴복하여 그의 시선을 피하면서 조심스럽게 입을 열고 말았다.

"소, 소인의 남편…… 이옵니다."

이 한 마디를 내뱉고 운희는 입을 꾹 다물었다. 순간 술탄의 얼굴이 검게 변하며 무섭도록 딱딱해졌다. 그것은 흡사 나무토막과도 같았다. 어째서 술탄이 이리 분노하는지 운희는 알 수 없었지만 그의 분노로 무거워진 분위기에 가슴이 철렁 내려앉았다.

"남편이라고?"

날카로운 소리와 함께 술탄이 거칠게 운희를 방케트에 밀어붙이며 그녀의 몸을 짓눌렀다. 너무도 놀란 운희가 거세게 몸을 비틀며 술탄을 떼어내려고 몸부림쳤지만 술탄은 그녀의 두 손을 한 손에 몰아 잡아쥔 채 자신의 몸 아래에 단단히 가두어 버렸다. 한 손으로 자신의 바지를 급히 벗어 던진 술탄은 부풀 대로 부풀어 단단히 팽창되어 있는 자신의 남성을, 자신의 단단한 구릿빛 다리로 그녀의 가늘고 연약한 다리를 힘차게 벌리며 희디흰 허벅지 사이로 거칠게 밀어 넣었다. 운희의 은밀한 부위에 단단하며 뜨겁고 불쾌한 이물질이 서슴없이 들어서자 그녀는 새된 비명 소리를 내지르며 너무도 괴로워했다. 사나운 남성이 깊이 박히는 순간, 크게 벌어진 두 눈에는 절망의 빛이 가득했다.

술탄은 그녀를 너무도 거세고 거칠게 소유해 나갔다. 짐승처럼 헐떡이며 자신의 아래에서 고통스럽게 버둥거리고 있는 운희의 기분 따위는 무시한 채 오로지 자신의 욕구를 채우기 위해 급급했다. 그녀의 양손은 여전히 술탄의 크고 두터운 손에 사로잡혀 있었고, 그의 여유로운 한 손은 운희의 온몸을 구석구석 유린하며 날렵하게 돌아다녔다. 그녀의 뽀얗고 하얀 젖가슴은 갈색의 빛이 도는 술탄의 손에 점령당한 채 이미 아프도록 주물렸다. 술탄의 손이 지나간 젖무덤에는 붉은 손자국이 흰 피부 위에 또렷이 남아 있었다.

운희는 자신의 은밀한 부위를 헤집고 들어온 묵직한 고통에 절로 얼굴을 찌푸렸다. 그의 남성은 운희의 몸을 가르고 더욱 깊숙이 침투해 들어오려 무단히 애를 썼다. 무자비한 힘으로 아직 가늘고 좁기만 한 물기 하나 없는 그녀의 그곳은 뻑뻑하게 들어찬 고통으로 숨이 차며 입이 절로 벌어졌다. 뼈근한 동통이 순식간에 아랫도리를 점령했다.

운희의 눈가에는 어느새 눈물이 그렁그렁하게 맺혔다. 입술에서는 북받쳐 오르는 울음소리가 새어나지 않도록 앙다물려 있었지만 여전히 자제할 수 없는 오열이 그녀의 내부 깊은 곳에서부터 자꾸만 터져 올라와 그녀의 가냘픈 작은 어깨를 격하게 들썩이게 했다.

술탄은 여전히 거칠게 숨을 몰아쉬며 여유로운 한 손으로 운희의 작은 엉덩이를 꽉 움켜쥔 채 더욱 자신에게로 당기며 그의 남성을 그녀의 몸 안 깊숙이 들이밀기 위하여 그녀의 다리를 더욱 활짝 열었다. 그는 자신의 욕구를 채우기 위하여 온몸을 격렬히 움직여 댔다. 가까이에 이른 자신의 정점에 도달하기 위하여 너무도 급했다.

드디어 높은 정점에 올라선 술탄에게 해방이 찾아왔다. 자신의 모든 욕정을 한 티끌도 남김없이 그녀의 몸 안에서 거칠게 풀어내

버린 것이다. 헉하는 탄성 소리를 내지르며 그의 모든 몸의 움직임이 순식간에 멈추어졌다. 그는 탄성과 함께 너무도 나른한 해방감을 맛보며 그녀의 몸 위에 그대로 무너져 내렸다. 술탄의 거친 숨소리가 운희의 귓가에 크게 메아리치듯 들려왔다. 그녀의 얼굴에는 이미 끊임없이 눈물이 흐르고 있었다. 그녀는 술탄의 어깨 너머로 보이는 허공을 응시하며 공기가 되어 사라져 버렸으면 좋겠다고 생각했다. 지독한 비탄과 수치심에 사로잡힌 생기없는 꺼진 시선은 빈 허공을 정처없이 떠돌았다.

궁성 어디에선가 신성한 기도 시간을 알리는 무에진의 외침 소리가 들려왔다.

어느덧 술탄은 운희 몸 위에서 몸을 떼어내며 서둘러 옷을 입고 있었다. 옷을 다 입은 술탄은 거칠게 그녀의 아무렇게나 벗겨진 옷을 들어 그녀의 배 위로 던져 놓았다. 그리고는 싸늘한 시선으로 운희를 훑어보더니 마치 더러운 것이라도 닿았던 것처럼 서둘러 방을 빠르게 빠져나갔다. 쿵 하는 문이 닫히는 소리를 들으며 운희는 자신의 살아 있던 심장도 같이 떨어져 내리는 소리를 들었다.

그녀는 이대로 땅속으로 스며들었으면 좋겠다는 생각을 하면서 어떻게 죽어야 하나를 끊임없이 생각했다. 손 하나 까딱일 기력조차 없었다. 운희는 떠나온 조선에 대한 생각이 미치자 참았던 오열이 가슴속에서부터 봇물처럼 터져 올라왔다.

'마마, 이제 운희는 두 번 다시 마마를 뵐 수가 없습니다. 살아서 조선에 돌아간다 하여도 이제 다시는 마마를 곁에서 뫼실 수가 없게 되었습니다. 이렇게 더럽혀진 몸으로 어떻게 지존하신 마마께 가까이 다가갈 수가 있겠습니까? 비록 천한 신분의 기생이었지만 소인에게는 오직 마마 한 분뿐이었습니다. 부디…… 만수무강하옵소서……. 흑흑.'

그날 밤 하렘 안에는 운희의 통곡하는 소리가 새벽녘까지 메아리쳤다.

*

날이 밝자 이슬람의 안식일을 나타내듯 멀리 미나레트에서 무에진이 외쳐 대는 아잔(예배시간을 육성으로 알리는 것)이 들려왔다. 그 음성은 마치 아름다운 음악처럼 리듬감있게 들렸다.

알라는 지극히 크고 위대하도다.
우리는 알라 외에 다른 신이 없음을 맹세하노라.
예배하러 오라.
구제하러 오라.
알라는 지극히 크고 위대하도다.
알라 외에 다른 신은 없느니라.

운희는 생기없는 눈으로 무에진의 반복되는 아잔을 들으며 빈 허공에 시선을 두고 누워 있었다. 그때 사람의 발자국 소리가 멀리서 점점 가까이 들려오더니 방문 앞에서 잠시 멈추어 섰다. 그러더니 왈칵 방문이 열리며 누군가가 음식 냄새를 물씬 풍기면서 들어왔다. 운희는 인기척에도 아무런 반응도 보이지 않으며 멍하니 천장에 시선을 놓아둔 채 미동조차 없이 누워 있었다. 방 안으로 들어선 발자국이 갑자기 그녀 곁으로 빠르게 다가섰다.

"우니, 우니!"

낯익은 목소리가 자신을 부르는 소리에 운희는 깜짝 놀라 소리가 나는 방향을 향하여 고개를 황급히 들었다.

그녀의 눈에 사라가 눈에 눈물을 그렁그렁 매단 채 자신을 바라보고 있는 것이 보였다. 정겨운 친구의 얼굴을 보는 순간 운희의 무표정했던 얼굴이 격정으로 일그러지며 봇물이 터지듯 눈물이 주르륵 흘러내렸다. 그런 친구의 모습을 한눈에 훑어보던 사라는 엉망진창인 친구의 모습에 경악하며 커다란 청색 눈망울에서 닭똥 같은 눈물을 뚝뚝 떨어뜨리며 누워 있는 친구에게로 달려들었다. 두 사람은 누가 먼저랄 것도 없이 동시에 서로를 꼭 끌어안으며 큰 소리로 목 놓아 울었다.

운희의 온몸에는 전날 밤 격렬했던 겁탈의 흔적으로 붉고 푸른 멍이 온몸의 곳곳에 남아 있었다. 족치기의 흔적 또한 여전하여 검붉은 보랏빛을 띤 발은 아직도 퉁퉁 부은 상태였다. 사라가 소리를 죽여 흐느끼면서 운희에게 옷을 입혀주었다. 운희는 지난밤 이후로 여태껏 옷을 입지 못하고 있었다. 기력과 의지가 쇠하여 꼼짝조차 할 수가 없었던 것이다. 사라는 핼쑥한 운희의 얼굴을 들여다보며 이마와 뺨에 따뜻한 입맞춤을 하면서 제발 죽지만 말아달라고 연신 흐느끼며 울었다. 사라의 말에 운희는 그저 고개를 숙인 채 아무런 대답도 하지 못했다. 사라는 친구의 고통을 자신의 고통처럼 느끼며 심히 아파했다. 그녀는 자꾸만 치밀어 오르는 서러움과 아픔에 가슴이 천 갈래 만 갈래 찢기듯 아렸다. 간신히 스스로를 자제하면서 애써 친구를 위하여 어설픈 미소를 지어 보였다.

"자, 오늘이 이슬람 안식일이라 쿠스쿠스를 만들어왔어. 뚱땡이 조리장이 다른 사람보고 네 음식을 가져다주라고 하는 것을 내가 재빨리 빼앗아 갖고 왔지. 나, 잘했지? 헤헤. 자, 너 배고플 거야. 어서 이것 좀 먹어봐."

사라는 쟁반에 담아온 음식을 운희의 무릎 위에 올려놓아 주었다. 제국의 관습처럼 오른쪽의 맨손을 이용하여 음식을 먹어야 했지만 사라는 자신의 품속에서 어설프게 만든 나무 숟가락을 하나 꺼내어 내밀었다. 그것은 그녀를 위하여 사라가 서툰 솜씨로 남몰래 주방에서 만든 것이었다. 운희는 울퉁불퉁하며 매끄럽지 못한 나무 숟가락을 보면서 저도 모르게 미소를 지었다. 하지만 그것도 잠시, 생기가 사라진 힘없는 시선으로 사라의 얼굴을 바라보며 가만히 고개를 가로저었다.

"나…… 아무것도 먹고 싶지 않아. 아니, 먹을 수가 없어…….미안해, 사라야."

운희는 눈물 한 방울을 도로록 떨어뜨리며 가로젓던 고개를 이내 떨구었다. 무거운 비애감이 엄습했다.

"안 돼! 그럴 수는 없어. 우니는 먹을 거야. 아니, 우니는 먹을 수 있어. 지금은 몸이 너무 아파서 그런 거야. 내가 먹여주겠어."

사라는 씩씩거리며 눈에서는 연신 눈물을 쏟아내면서 나무 숟
가락도 내던져 둔 채 자신의 손으로 음식을 적당하게 떼어내 그녀
의 입술에 갖다 대었다. 하지만 음식을 외면한 운희는 끝내 입술
을 벌리지 않았다. 사라는 더욱 씩씩거리며 그녀를 야단도 치고
어르기도 하면서 음식을 먹이려고 무진장 애를 썼다. 하지만 그것
은 아무런 소용이 없었다. 결국 사라는 엉엉 소리를 내어 울면서
음식을 내던지고 바닥에 주저앉아 통곡을 하고 말았다.

"너, 나빠. 정말 나쁘다구. 우니는 나쁜 사람이야! 엉엉!"

대성통곡을 하던 사라는 운희를 와락 끌어안으며 연약한 그녀
의 몸을 붙들고 한참 동안을 더 울었다. 운희는 자신을 끌어안은
채 가슴을 들먹이며 통곡을 하고 있는 친구에게 미안한 생각이 들
었지만 지금의 자신으로서는 어쩔 도리가 없었다.

"사라야, 나…… 어쩌면 공사장으로 노역하러 가게 될지도 몰
라. 술탄께서 그러셨어, 노역장으로 보내겠다고……. 차라리 잘됐
어. 이렇게 사느니…… 노역하다가 죽는 게 훨씬 나아. 내가 어리
석었어. 이래 죽고 저래 죽는 것이었다면…… 차라리 무어인이 되
지 말았어야 했는데……. 이제는…… 살아도 조선의 마마 곁으로
되돌아갈 수가 없게 되었어. 이제 나에게 남은 것은 아무것도 없
어. 흑흑."

"우니!"

사라는 운희의 격하게 요동치는 작은 어깨를 바라보며 친구의
참담한 마음을 느끼면서 말없이 지켜보다 더욱 단단히 끌어안아
주었다. 자신의 어떤 말로도 그녀를 달랠 수가 없다는 것을 사라

는 너무도 잘 알고 있었기에 그저 친구의 아픔에 같이 아파하며 눈물을 쏟을 뿐이었다.

갑자기 사람들이 우르르 몰려오는 발자국 소리가 복도에서 크게 울리더니 순식간에 방문이 왈칵 열렸다. 운희와 사라는 깜짝 놀라며 황급히 서로의 몸에서 떨어졌다. 두 사람은 눈물로 얼룩진 얼굴을 황급히 닦고 방 안으로 들어서고 있는 낯선 사람들을 쳐다보았다.

"황후이신 랄라 지다나이시다. 예의를 갖추어라!"

환관의 목소리와 함께 여신과도 같은 화려한 순백색의 비단 의상으로 몸을 휘감은 훤칠한 키에 상체의 골격이 제법 큰 흑인여성이 방 안으로 성큼 들어섰다. 그녀의 곁에는 대여섯 살쯤으로 보이는 옅은 갈색 피부의 사내아이가 화려한 의상으로 온몸을 휘감은 채 노예로 보이는 네 명의 백인여자들과 함께 들어서고 있었다.

운희와 사라는 황급히 예의를 갖추어 랄라 지다나라 불리는 흑인여자 앞에 온몸을 조아렸다. 랄라 지다나는 윤기가 자르르 흐르는 멋진 암갈색의 피부에 랄라 할리마보다 더욱 풍만한 가슴과 육감미가 넘치는 탄력 있는 몸매를 과시하듯 서 있었다. 그녀에게는 낯설지만 짙은 향수 냄새가 났다. 그녀는 화려한 무어식 제국풍의 목걸이와 중부 아프리카풍의 목걸이들을 주렁주렁 무겁게 목에 매단 채 아주 커다란 황금 링 귀걸이를 하고 있었다. 랄라 지다나의 머리칼은 가늘고 섬세하게 땋아져 머리에 납작하게 올려붙여진 채 온갖 진귀한 황금 장신구들로 장식되어 번쩍이고 있었다.

"누가 우니더냐?"

랄라 지다나는 커다란 검은 눈을 빛내며 운희와 사라를 번갈아 쏘아보았다. 랄라 지다나의 얼굴에는 광대뼈가 도드라져 있었다. 운희는 바닥에 납작하게 엎드린 상태에서 긴장하여 몸을 움찔했다.

"하긴, 백인계집이 아닌 동양계집이라고 했으니 바로 너겠구나! 검은머리, 고개를 들라."

운희는 지적을 당하자 창백한 얼굴을 들어 랄라 지다나를 바라보았다. 랄라 지다나는 운희의 전신을 빠르게 훑어보더니 코웃음을 치며 입을 열었다.

"흥, 술탄께서 동양계집 하나를 끈질기게 다루신다고 하길래 소문을 듣고 달려왔더니 정작 별것 아니로구나. 검고 긴 생머리는 제법 보아줄 만하다만 술탄께서는 너같이 마르고 빈약한 가슴의 어린아이는 절대로 좋아하시지 않으신다. 호호호."

랄라 지다나는 매우 기분이 좋은지 쾌활하게 웃으면서 자신의 풍만한 가슴이 더욱 도드라지도록 가슴을 쭉 내밀었다. 그리고는 자신의 손으로 어린아이 머리보다도 더욱 커보이는 가슴을 슬쩍 매만졌다.

"술탄께서 자주 찾으실 만한 외모는 아니니, 너도 네 미래를 걱정하는 것이 나을 듯싶구나. 네가 랄라 할리마가 거느리고 있는 하렘에 있기에 내 오늘에서야 널 보러 왔다만 랄라 할리마가 너같은 어린애를 상대로 눈에 불을 켜고 있다는 것이 참으로 우스울 정도구나. 호호호."

랄라 지다나는 거침없이 내뱉으며 거만한 얼굴에 비웃는 표정을 띠면서 운희와 사라를 다시 한 번 위아래로 훑어보았다. 그러다 문득 시선이 사라에게 고정되었다.

"너는 또 누구이냐? 고개를 들어보라."

사라는 바짝 긴장한 얼굴로 지적을 당하자 고개를 들어 겁에 질린 얼굴로 랄라 지다나를 바라보았다. 사라를 훑어보던 랄라 지다나의 미간이 금세 좁혀지며 찌푸려졌다.

"너는 어디에서 일하는 노예계집이냐?"

"소, 소인은 대주방에서 일하고 있는 사라라고 하옵니다."

사라는 떨리는 목소리로 간신히 대답을 했다. 그녀의 몸이 떨리자 금발의 머리카락도 가늘게 흔들렸다. 하지만 그 모습이 더욱 매혹적으로 보였다.

"그래? 그렇다면 앞으로는 죽 주방에서 일하며 하렘 쪽으로는 절대로 나오지 마라. 만일 내 눈에 두 번 다시 네가 띄게 된다면 그때는 너를 가만두지 않겠다. 알겠느냐?"

"네? 네, 네⋯⋯."

랄라 지다나는 매서운 눈으로 사라를 차갑게 쏘아보았다. 그녀는 사라의 특출한 외모가 심히 눈에 거슬렸다. 백인여자 중에서도 특별한 아름다움이 느껴지는 외모였다. 이런 외모의 젊은 여자가 술탄이 오가는 근처에 있다는 것이 심히 신경이 쓰였다.

사라는 겁에 잔뜩 질린 얼굴로 황급히 머리를 바닥에 조아리며 온몸을 덜덜 떨고 있었다.

랄라 지다나는 운희와 사라를 날카롭게 쏘아본 후에 방을 나서

기 위해 몸을 돌렸다. 순간 언제 왔는지 방문 앞에 서 있는 랄라
할리마와 그대로 마주치고 말았다. 랄라 지다나는 화들짝 놀라고
말았다.

랄라 할리마는 문밖에서 시녀들을 잔뜩 거느린 채 차가운 시선
으로 랄라 지다나와 그녀의 일행을 매섭게 쏘아보고 있었다. 랄라
지다나는 뜻밖의 상황에 직면하게 되자 마른침을 꿀꺽 삼키며 애
써 미소를 지으면서 랄라 할리마에 대한 예의를 갖추어 인사를 했
다. 그녀의 머쓱한 태도의 인사를 받으며 랄라 할리마는 랄라 지
다나와 그녀의 아들인 물레이 에스파를 냉랭하게 쏘아보았다.

"랄라 지다나, 성스러운 안식일에 어딜 그렇게 돌아다니시오?
모스크에서 돌아왔으면 그대의 처소에서 얌전히 칩거해야 함이
마땅하지 않겠소?"

랄라 할리마의 쌀쌀맞은 말을 들으며 랄라 지다나의 얼굴이 순
간적으로 경직되었다. 그녀는 입술을 지그시 깨물며 도도하게 턱
을 치켜들었다.

"현명하신 랄라 할리마의 말씀이 옳습니다. 그런데 랄라 할리
마께서도 이 미천한 동양 노예계집의 처소에는 어인 발걸음이신
지요? 하긴 별 볼품 없는 계집이라 두고 볼 것은 없겠사오나 이 계
집이 여태껏 술탄의 심기를 어지럽혔다 하오니 이곳 하렘의 여왕
이신 랄라 할리마께서도 심려가 여간 크지 않으셨겠습니다. 하지
만 그것은 그리 걱정하지 않으셔도 될 듯합니다. 워낙 볼 것 없는
계집인지라 술탄께서도 그리 오래 저 아이를 품지 않으실 듯하오
니까요. 빠르면 오늘 밤에라도 여느 때와 다름없이 우리들의 처소

로 발걸음을 하시지 않을까 예상이 되어집니다. 그렇기에 저는 이만 물러가 술탄을 맞을 준비를 하겠습니다."

랄라 지다나는 심술이 묻어나는 미소를 지으면서 랄라 할리마에게 예의로 포장했지만 심기를 건드리는 인사로 마무리를 했다. 그것은 랄라 할리마에게 던지는 당당한 도전장이었다.

"하? 술탄을 맞을 준비라? 그것은 내일 해도 늦지 않으니 랄라 지다나, 그대는 오늘 밤 술탄을 기다리지 마시고 편히 주무셔도 좋을 듯합니다. 그 일은 바로 제가 하지요. 아시겠습니까?"

랄라 할리마는 랄라 지다나 못지않은 심술궂은 미소를 지으며 쌀쌀하게 대꾸했다. 순간 두 사람의 사이에는 눈에 보이지 않는 강한 불꽃이 강렬하게 일렁이며 거세게 타올랐다. 랄라 할리마는 랄라 지다나를 더 이상은 받아줄 수 없다는 듯 얼음장 같은 차가운 눈으로 쏘아보며 그녀의 일행이 지나갈 수 있도록 길을 열어주었다. 그것은 더 이상 보기 싫으니 자신 앞에서 썩 사라지라는 무언의 말이었다.

랄라 지다나는 잔뜩 굳어진 얼굴로 입술을 꾹 깨물며 자신의 일행들을 이끌고 랄라 할리마 앞에서 서둘러 사라졌다. 랄라 할리마는 독기 어린 시선으로 한참 동안이나 그들이 사라진 모퉁이를 노려보았다.

잠시 후 랄라 할리마는 운희와 사라가 조아리고 있는 방 안으로 들어섰다. 그녀는 한눈에 운희의 상태를 파악하며 심기 불편한 시선으로 방에 엎드려 있는 두 사람을 쏘아보았다.

지난밤, 술탄이 운희라 불리는 동양계집과 동침했다는 사실이 랄라 할리마는 못내 불쾌하기 이를 데 없었다. 술탄의 지시로 운희를 정결히 준비시켜 놓고 술탄을 맞이하게 하였지만 그녀의 마음은 질투로 드세게 들끓고 있었다. 하지만 랄라 지다나의 생각처럼 랄라 할리마 역시 운희의 파리하면서도 어린애같이 미성숙해 보이는 신체를 바라보자 가슴 한켠이 은근히 내려앉는 것을 느꼈다.

운희의 얼굴은 생기 하나 없고 창백하며 너무 앳되어 보여 여성으로서의 성숙한 매력이 없어 보였다. 랄라 할리마는 온몸이 상처투성이인 운희에게 일말의 동정심을 느끼며 사라에게 특별한 명령이 있을 때까지 운희의 곁에 있도록 허락하여 주었다. 곧이어 랄라 할리마는 정오의 시에스타(낮잠)를 즐기기 위하여 자신의 처소로 발걸음을 옮겼다.

해가 저물고 새로운 날이 시작되는 밤이 찾아왔다. 어둠은 곧 새로운 날을 의미했다.

운희는 사라의 애원과 호소 앞에 마음이 움직여 조금씩 음식을 먹기 시작했다. 밤이 되자 두 소녀는 서로를 꼭 껴안은 채 잠자리에 들었다. 막 잠이 들 찰나에 갑자기 우르르 몰려오는 사람들의 발자국 소리가 복도에서 커다랗게 울리더니 운희의 방문 앞에서 그 발걸음들이 일제히 멈추었다. 그와 동시에 방문이 활짝 열리며 누군가가 바람을 몰고 안으로 들어서면서 촛불을 밝히었다. 어두운 방 안에 빛이 찾아들었다.

"위대하신 술탄이시다. 예의를 갖추어라!"

환관장의 음성이 떨어지기 무섭게 두 소녀는 화들짝 놀라며 잠자리에서 벌떡 일어났다. 술탄이 두 소녀의 앞으로 무뚝뚝한 모습으로 걸어 들어왔다. 운희와 사라는 허둥지둥 술탄 앞에 엎드리며 머리를 조아렸다.

'이제 노역장으로 보내지는 것일까……?'

운희는 떨리는 마음으로 자신에게 떨어질 술탄의 명령을 기다리고 있었다. 술탄은 자신 앞에 꿇어 엎드려 있는 두 소녀를 보자 의아한 표정을 지었다.

"우니 말고 또 한 사람은 누구인가? 두 사람은 고개를 들어라."

술탄의 명령에 두 소녀는 긴장한 얼굴로 술탄 앞에 고개를 들었다. 운희는 고개를 들었으나 시선을 슬쩍 옆으로 비키며 술탄을 똑바로 쳐다보지 않았다. 사라는 두려움이 가득한 표정으로 술탄의 얼굴을 힐끗 쳐다보았으나 그의 시선을 이기지 못하고 곧바로 술탄의 발끝으로 시선을 내려 버렸다.

"우니와 함께 있는 너는 누구이냐?"

술탄의 말이 떨어지기 무섭게 사라는 몸을 벌벌 떨며 술탄의 앞에 고개를 조아리면서 자신을 밝혔다.

"위, 위대하신 술탄이시여, 소, 소인은…… 사라라고 하오며…… 우니와 함께 대주방에서 일하고 있는 미천한 노예계집입니다. 오늘…… 딸라 할리미 황후의 은혜로 우니와 함께 있게 되었습니다."

사라는 겁에 잔뜩 질린 얼굴로 몸을 바닥에 납작하게 붙여 버렸다. 술탄은 사라를 바라보며 이렇게 미모가 빼어난 백인 노예계집이 어찌하여 자신의 기억 속에 없을까를 생각하면서 사라를 다시

한 번 찬찬히 살펴보았다. 하지만 이내 그녀에게서 시선을 돌려 무표정하며 까칠한 얼굴로 자신에게 시선조차 맞추지 않은 채 묵묵히 앉아 있는 운희를 바라보았다. 순간 가슴 한켠이 쿵하며 강하게 흔들렸다. 그는 자신의 가슴을 쓸어내리며 처음으로 겪는 이 낯선 경험에 의아해하면서 천천히 숨을 내쉬었다.

"흠, 흠. 사라는 원래 기거하던 곳으로 돌아가라."

술탄의 엄명에 사라는 깜짝 놀라며 운희에게 안타까운 시선을 보내면서 어쩔 수 없이 자리에서 일어섰다. 그리고는 술탄에게 다시 한 번 예를 갖추어 인사를 한 후에 조심스럽게 그의 앞을 지나 운희의 방을 빠져나갔다. 시종들 또한 술탄에게 예를 갖추어 인사한 후에 조심스런 발소리로 운희의 방에서 빠르게 사라졌다.

운희는 바짝 긴장한 얼굴로 술탄 앞에 여전히 꿇어앉아 있었다. 아직도 꿇어앉은 발과 다리는 심하게 당기며 아프기 그지없었다.

"발은 좀 나았느냐?"

술탄의 질문에 운희는 잠시 머뭇거리다 조용히 입을 열었다.

"조, 조금 나아졌습니다."

술탄은 운희의 썩 반갑지 않아하는 분위기가 영 마음에 들지 않았다. 자신을 반기지 않는 그녀의 태도가 못내 불만스러웠으나 술탄은 운희와 실랑이를 벌이고 싶은 마음이 추호도 없었다. 술탄은 저 작기만 한 소녀가 지금쯤 무엇을 생각하며 하루를 어떻게 지내고 있을까 하는 생각에 하루에도 몇 번씩 긴긴 한숨을 토해내며 운희의 거처를 향하여 신경을 곤두세웠다. 그렇게 운희에 대한 생각은 하루해가 저물도록 끈질기게 따라다니며 술탄을 괴롭혔다.

결국 술탄은 날이 저물자 모든 것을 뒤로하고 그녀의 거처로 발걸음을 옮겼던 것이다.

운희는 분명 그가 지금껏 선호하며 취해왔던 이상형의 여인상이 아니었다. 가슴도 풍만하지 않았고, 신체의 발육도 더디어 아직 어린 소녀의 티가 물씬 풍겼다. 여태껏 그의 주변에는 터질 듯이 출렁이는 가슴과 탱탱한 엉덩이를 가진 신체 굴곡선이 기가 막힌 성숙한 여인들이 그의 총애를 독차지해 왔다.

그런데, 이게 웬일인가?

이 낯선 동양계집이 나타난 순간부터 그의 마음이 이토록 흔들릴 줄은 꿈에도 생각지 못했다. 독특한 분위기의 동양계집이었기에 그저 한 번은 꼭 취해보고 싶다는 생각은 들었지만 무어인이 되기를 이토록 완강하게 거부하며 버텨낼 줄은 꿈에도 몰랐다. 그녀의 고집스러움이 밉기도 하였지만 술탄은 왠지 모르게 더욱 그녀에게로 마음이 이끌렸다. 이것은 오래전 고집스레 개종을 거부하며 버텨내던 한 백인여자에게 느꼈던 그 느낌과는 너무도 달랐다.

운희가 혹독한 족치기를 닷새 동안이나 버티며 완강히 무어인이 되기를 거부했을 때 그의 가슴은 터질 듯이 미어졌다. 이러다 저 여린 몸이 부서지는 것은 이닐까 하는 생각에 날이 갈수록 한숨만 늘어났다. 하지만 닷새를 넘기며 결국 무어인이 되기를 운희가 선언했을 때 그는 지난 반란군과의 전투에서 승리했던 것보다 더욱 큰 성취감을 맛보았다.

하지만 그에 앞서 운희가 무어인이 되겠다는 조건이 자신과의 동침을 하지 않겠다는 이유였을 때 너무도 기가 막혀 활화산처럼 분노가 치솟았다. 그때는 한순간이었지만 분노로 인하여 그녀를 죽이고 싶다는 생각까지 들었다.

하지만 술탄을 더욱 분노케 한 것은 그녀가 어느 곳에 있을지 모를 자신의 남편을 그리워한다는 사실을 알았을 때였다. 술탄은 그 미지의 사내에 대한 들끓는 질투심에 이성을 잃고 운희를 거칠고 난폭하게 소유하였던 것이다. 그러면서 한편으로는 병약한 어린 여자를 난폭하게 다루고 있는 자신을 돌아보고 깜짝 놀랐다.

비록 그의 성정이 급하고 또한 포악한 면도 있었으나 술탄은 침실에서만큼은 다분히 여자의 기쁨을 끌어낼 줄 아는 능숙한 기술을 소유한 온화한 남자라고 자부하여 왔기에 운희에 대한 일방적인 겁탈에 스스로도 깜짝 놀랐던 것이다. 그녀를 정복하고 나자 극도의 수치심에 자신에 대하여 치밀어 오르는 화를 억누르지 못하고 술탄은 운희를 버려둔 채 방을 도망치듯 빠져나왔던 것이다. 그러하였기에 다시 운희를 찾아 그녀의 거처 앞에 섰을 때 술탄은 자신의 발을 찍어버리고 싶을 정도로 참담했다.

술탄은 다시 한 번 운희의 조그마하면서도 탄력 있는 흰 가슴을 자신의 손아귀에 넣고 싶다는 충동을 느꼈다. 그녀의 가슴은 묘하게도 그의 손아귀에 딱 들어왔다. 언제나 넘쳐 나는 커다란 가슴만을 품어왔던 그였지만 한 손 안에 딱 들어차는 그녀의 앙증맞은 젖가슴은 너무도 신선하고 매력적이어 그를 들뜨게 했다. 운희의 살결은 연하고 부드러웠으며 탄력이 있었다.

어느덧 운희를 바라보는 술탄의 얼굴이 뜨거운 열기로 가득 차며 점점 붉게 물들어가기 시작했다. 그의 숨소리도 점점 거칠어졌다.

운희는 술탄의 시선을 무시한 채 여전히 무표정한 얼굴로 그의 처분을 기다리고 있었다. 술탄의 입에서 공사장으로 가라는 명령이 떨어지기만을 초조히 기다리고 있었던 것이다. 그때 술탄이 자신에게로 다가서는 것이 느껴졌다. 그녀의 아래로 내리깐 시선에 술탄의 화려한 양말이 성큼 다가서는 것이 보였다. 운희는 움찔하며 불안한 예감에 얼른 몸을 옹송그렸다. 그녀의 목 뒤로 섬뜩함이 빠르게 흐르며 온몸의 털이 송두리째 서는 것이 느껴졌다.

갑자기 술탄의 커다란 손이 뻗어와 운희의 삼단 같은 머리카락 속을 헤집으며 그녀의 머리카락을 손가락으로 쓸어내렸다. 운희는 소름과 함께 급습해 오는 불안감에 경직되어 온몸을 파르르 떨었다.

그녀는 술탄의 손에서 잽싸게 몸을 뒤로 빼내며 그로부터 멀찍이 벗어나 양탄자 바닥 위에 몸을 완전히 붙이면서 머리를 조아렸다.

"수, 술탄이시여, 공사장으로 가겠습니다. 소인을 보내주옵소서!"

운희는 냉랭하면서도 단호한 목소리로 말을 했다. 운희의 비단결같이 매끄러운 머리카락이 자신의 손을 벗어나자 술탄은 왠지 모를 허전함을 느꼈다. 더욱이 공사장으로 가겠다는 말을 서슴없이 내뱉는 그녀의 말에 충격을 받았다. 또한 그러한 운희가 너무나 얄밉고 여간 섭섭한 것이 아니었다.

운희는 여전히 술탄의 시선을 피한 채 온몸을 양탄자 바닥에 거의 붙이고 있었다. 그녀의 술 좋은 검은 머리카락이 폭포수처럼 흘러내려 그녀의 작은 온몸을 완전히 뒤덮고 있었다. 그 밑으로 삐져나온 작은 발은 여전히 검붉은 피멍으로 퉁퉁 부어 있었다. 순간 술탄의 눈썹이 꿈틀거렸다. 그는 갑자기 치솟는 화로 얼굴이 검붉게 변해 있었다.

"저, 괘씸한 것 같으니라고! 이 못된 것이 내 속을 완전히 뒤집어놓을 요량을 하고 있구나! 그렇게도 내 손을 떠나 공사장으로 가고 싶은 것이냐?"

술탄은 치밀어 오르는 분노를 억누르지 못한 채 고함을 질렀다. 운희는 포효하듯 외치는 고함 소리에 순간 움찔했으나 조금의 미동도 보이지 않은 채 묵묵히 그의 분노를 고집스레 받아내었다. 갑자기 술탄이 우악스럽게 달려들며 그녀의 양팔을 거세게 움켜쥐고서 바닥에서 번쩍 들어 올렸다. 운희는 너무도 놀라 커다랗게 벌어진 눈으로 새파랗게 질린 채 새된 비명 소리를 터뜨렸다. 술탄은 가까이에 있는 방케트에 그녀를 던지듯 내려놓았다.

그녀는 발에 통증을 느끼며 힘없이 모로 쓰러졌다. 하지만 전날 밤의 공포가 물밀듯이 밀려오자 황급히 몸을 일으키며 방케트와 벽이 만나는 곳까지 재빨리 몸을 피했다. 하지만 분노한 술탄의 손길을 피할 곳은 작은 방 안 그 어느 곳에도 없었다.

"바아드믄—니(가까이 오지 마세요)!"

운희는 공포에 질린 채 다가오는 술탄을 향해서 차갑게 내뱉었다. 순간 술탄은 움찔했다. 그 어느 누구도 자신에게 가까이 오지 말라고 말했던 사람은 전대의 술탄 이외에는 그 누구도 없었다. 자신의 하렘 안에 있는 모든 여인들은 어떻게 하면 술탄의 기분을 맞추어줄까 늘상 고민하며 그 앞에서는 온갖 교태로 무장을 한 채 가까이 다가오려 몸부림을 쳤었다. 심지어 고집스레 개종을 거부했던 몇몇의 백인여자 노예들조차도 결국 무어인이 되자 침실 안에서는 마치 얌전한 고양이처럼 굴었던 기억이 났다.

그런데 저 까칠한 동양계집은 대체 무엇이란 말인가?

독실한 그리스도인도 아닌 주제에 무어인이 되기를 거부하고 술탄과 동침하지 않겠다는 선언에 가까운 조건을 걸고서야 겨우 무어인이 되지 않았던가?

심지어 사내들도 험난한 공사장의 노역을 가느니 차라리 죽는 게 낫다고 하는 곳에 저 세상물정 모르는 애송이 동양계집은 자신과 동침하느니 차라리 공사장으로 뛰어들겠다 하니 기가 막혀 말이 나오지 않았다.

술탄은 겁에 질린 얼굴이었지만 냉랭하면서도 앙칼진 시선으로 자신을 쏘아보고 있는 운희를 바라보자 절로 실소가 터져 나왔다. 저 동양계집은 대체 무엇을 믿고 저리 천지분간을 못하며 날뛴단 말인가? 아니면 정말 목숨이 아까운 줄 모르고 사생결단을 하겠단 뜻인 것인가? 술탄은 어이가 없었지만 어찌 되었든 치솟는 분노를 기어코 폭발시키고 말았다.

"나는 위대한 술탄이다. 한낱 궁전노예 따위가 술탄에게 명령을 해? 너에게 더 이상의 자비는 있을 수 없다. 네 목숨이 붙어 있는 것은 오늘까지다!"

술탄은 시퍼런 불똥이 뚝뚝 떨어지는 눈으로 운희를 매섭게 노려보며 소리쳤다. 하지만 그녀는 여전히 기죽지 않은 얼굴로 술탄을 쏘아보고 있었다. 운희의 표정은 모든 것을 초월한 듯 무덤덤해 보였다.

술탄은 다른 여인들에게서는 도무지 느끼지 못했던 분노와 함께 운희에 대한 알 수 없는 강한 욕망으로 들끓고 있었다. 그러면서 자신에게 남아 있던 냉철한 이성의 마지막 끈이 또다시 끊기는 것을 느꼈다. 그는 작은 방의 한구석에 몸을 웅송그리며 앉은 채 사납고도 모진 시선으로 자신을 쏘아보고 있는 운희에게로 맹수처럼 달려들었다.

그는 우악스러운 손길로 그녀의 가벼운 몸을 낚아채어 자신의 양팔 안에 가두었다. 운희는 또다시 찾아든 공포의 순간에 사력을 다하여 거세게 저항을 했다. 하지만 힘으로는 술탄을 도저히 막아낼 수가 없었다. 온몸을 비틀며 심하게 발버둥을 치던 그녀는 도저히 그의 품에서 벗어나질 못하자 이를 못 견뎌하며 굵은 눈물을 뚝뚝 떨어뜨렸다. 그리고는 여전히 그의 몸에서 벗어나기 위하여 온 힘을 다하여 술탄을 밀어내려 애를 썼다.

하지만 운희의 양손은 술탄의 커다란 갈색 손 안에 단단히 잡혀버렸다. 검붉게 상기된 그의 얼굴은 운희에 대한 열망으로 뜨겁게 달아올라 거친 숨을 토해내고 있었다. 그는 한 손으로 자신의 바지를 급하게 벗어 던진 후에 그녀의 여며진 옷을 거칠게 풀어헤쳤다. 운희는 새된 비명 소리를 마구 내지르며 온몸을 심하게 비틀면서 저항했다. 하지만 술탄은 끄떡도 하지 않으며 그의 뜨겁게 달아오른 입술로 그녀의 작은 입술을 금세 삼켜 버리고 말았다.

술탄의 강한 흡입은 운희의 입술을 모조리 봉쇄하였고 너무도 쉽게 유린했다. 하지만 운희의 부드러운 입술을 뚫고 그 안으로 파고들려 안달이 난 그의 뜨거운 혀는 난공불락 같은 그녀의 악다문 치아에 막혀 그 뜻을 펴지 못했다. 이에 술탄은 분노로 씩씩거리며 너무도 거칠게 운희를 대했다. 운희의 풀어헤쳐진 옷을 찢어내듯 걷어내며 술탄은 그녀의 몸 위로 체중을 실었다. 겁에 질려 창백한 운희의 얼굴에는 공포와 함께 처절함이 가득 담겨 있었다. 하지만 술탄은 이를 애써 외면하며 그녀의 흐트러진 검은 머리카락에서 은은히 풍겨오는 향기로운 냄새에 취하여 그녀의 머리카락 사이에 얼굴을 깊이 파묻었다.

운희는 애써 다리에 힘을 주며 오므리려 애를 썼다. 하지만 지난밤처럼 술탄의 강한 근육질의 구릿빛 다리는 그녀의 연약한 다리 사이를 가볍게 파고들어 가 무릎으로 그녀의 희디흰 허벅지를 벌리고 있었다.

"라(안 돼요)!"

운희는 공포로 벌어진 눈을 더욱 커다랗게 뜨며 절망에 찬 비명 소리를 내질렀다. 그녀가 있는 힘껏 다리를 오므리려고 버둥거리며 애를 쓰면 쓸수록 술탄은 자신의 육중한 몸으로 눌러 운희가 꼼짝도 하지 못하게 했다. 이에 운희는 도저히 힘을 쓸 수가 없었다. 그의 이미 팽창할 대로 팽창한 남성은 곧 충족되어질 결합의 욕구를 기대하며 묵직한 통증마저 동반한 채 우람하게 서서 그녀의 여성을 향하고 있었다.

술탄은 그녀의 은밀한 부위를 날렵한 손가락으로 쓰다듬고 희롱하더니 더 이상 참지 못하고 자신의 사나운 남성을 운희의 안으로 깊숙이 밀고 들어갔다. 하지만 그녀의 여성은 여전히 물기 하나 없이 메말라 있었다. 그녀의 건조한 여성에 술탄은 눈살을 찌푸리며 운희가 피하지 못하도록 그녀의 앙증맞은 작은 엉덩이를 움켜쥔 채 그와 맞대어진 운희의 여성을 힘껏 헤집고 강하게 들어섰다.

순간 운희의 눈이 더욱 커지며 얼굴에는 수치심과 고통으로 잔뜩 일그러졌다. 그녀는 그의 남성이 너무도 버거워 인상을 찌푸린 채 고통에 찬 거친 신음 소리를 내뱉었다.

술탄은 이내 자신의 욕구를 풀어내기 위하여 몸을 격하게 움직이기 시작했다. 그의 반복적인 율동은 서서히, 느리게 운희의 몸 안 깊은 곳에서 시작되었다. 하지만 다시금 지난밤처럼 억누를 수 없는 뜨거운 욕구로 인하여 운희에 대한 사려 깊은 배려를 잊은 채 자신의 감각에만 깊이 몰입하며 어느덧 이성의 끈을 또다시 놓쳐 버리고 말았다. 술탄은 그녀의 반응에는 전혀 상관없이 거칠게 몸을 움직여 댈 뿐이었다. 또다시 그는 혼자만의 정점을 향하여 미친 듯이 내달리고 있었다.

어느덧 높은 고지에 이르자 그는 깊은 탄성의 신음 소리를 내지르며 운희 안에서 자신의 모든 욕정을 하나도 남김없이 터뜨려 버렸다. 마지막 한 방울까지 그녀 안에서 말끔히 풀어놓으며 술탄은 거친 숨을 몰아쉰 채 구름 위에 뜬 나른한 해방감을 맛보았다. 그의 모든 움직임은 멈추어졌고 운희 위에서 거친 숨을 몰아쉬던 그의 눈이 그녀의 생기없는 시선과 마주치게 되었다. 순간 운희는 눈물이 그렁그렁한 눈으로 술탄을 잠시 바라보더니 쌀쌀한 표정으로 그를 곧 외면해 버렸다.

순간 술탄은 커다란 충격을 받았다.

그것은 그의 가슴에 이루 헤아릴 수 없는 먹먹한 감정이 자리하게 만들었다. 잠시 맛본 행복한 순간은 여지없이 사라지고 그의 얼굴에는 검은 고뇌의 그림자가 짙게 드리워졌다. 어느 여인도 침실 안에서 이런 적이 없었다. 모두들 술탄의 사랑을 받고 싶어했고, 사랑을 주려 애를 썼다. 그런데 이 낯선 동양계집은 자신을 마치 징그러운 벌레 대하듯, 손을 댈 때마다 움찔움찔 놀라며 어떻게 해서든지 그를 피하려고만 했다.

술탄은 자신을 거부하는 운희에 대한 분노로 그녀의 젖가슴을 희롱하며 다시 한 번 그녀를 거세게 소유하기 시작했다.

술탄은 운희의 목 아래로 한 팔을 집어넣어 그녀의 목을 감고는 그녀의 가슴 위에 다른 한 손을 얹은 채 깊은 잠에 빠져 있었다. 지난밤, 몇 차례에 걸친 운희와의 방사는 그를 깊은 잠의 나락으로 끌고 갔다.

운희는 깊은 숨을 고르게 내쉬며 잠이 든 술탄의 곁에서 잠을 이루지 못한 채 멍한 시선으로 어두운 공간을 응시하고 있었다. 몸을 뒤척일 때마다 아랫도리가 빠개질 듯 아파왔다. 그녀는 몸을 조심스레 웅크리며 술탄의 품 안에서 빠져나가기 위해 서서히 몸을 빼냈다. 깊은 잠이 든 술탄은 그녀의 움직임을 느끼지 못하는 듯 여전히 고른 숨소리를 내고 있었다.

운희는 가슴에 올라와 있는 술탄의 한 팔을 조심스레 들어 올려 그의 가슴 위로 옮겨놓았다. 이윽고 몸이 자유로워진 운희는 술탄의 팔에서 몸을 일으켜 세웠다. 하지만 어느새 그는 그녀의 기척을 느꼈는지 자신을 벗어나려는 것을 허락하지 않는 듯 어둠 속에서 운희를 거세게 끌어당겨 자신의 품 안에 다시 가두어 버렸다. 순간 운희의 가슴 한켠에서 찌릿한 어떤 감정이 뭉클 솟아올랐다.

'마, 마마…….'

이렇듯 자신을 꼭 껴안고 있는 손길이 세자저하라면 얼마나 좋을까 하는 생각이 스치면서 그녀의 코끝이 시큰하여졌다. 이내 목이 메더니 운희의 눈에 빠르게 눈물이 맺히며 주르륵 흘러내렸다. 눈물은 콧등을 지나 귓등으로 흘렀다.

술탄의 팔에 운희의 눈물이 떨어졌다. 갑자기 커다란 술탄의 손이 운희의 얼굴을 더듬어 뻗어오더니 그녀의 눈에서 눈물을 닦아내 주었다. 그러더니 자신의 품에 다시 한 번 꼭 끌어안고는 또다시 깊은 잠에 빠져들었다. 그녀의 가슴은 여전히 먹먹했다. 술탄의 뜻밖의 상냥한 손길이 도무지 믿기지 않았지만 운희의 마음은 다시금 차갑게 굳어버렸다.

'더 이상…… 살고 싶지 않아…….'

그녀는 이 낯선 땅이 너무도 싫었다. 이곳의 낯선 사람들도 지겹도록 싫었다. 자신이 속해 있던 조선이 너무도 사무치게 그리웠다.

그리운 산, 그리운 강, 같은 피부색의 사람들. 가장 행복했던 세

자저하와의 사흘간의 짧은 시간이 마치 꿈결같이 느껴지며 운희
를 더욱 아프게 했다. 어느덧 그녀도 피곤을 이기지 못하고 깊은
잠의 나락 속으로 빨려 들어갔다.

꿈을 꾸었다.

세자저하께서 운희를 향하여 너무도 환한 웃음을 지으시며 박
수를 치고 계셨다. 은밀한 음영을 드리운 등잔불이 세자저하의 너
무도 잘난 얼굴을 더욱 아름답게 만들어주었다.

"네 춤이 최고로다. 하늘에서 내려온 선녀가 따로 없구나. 이
리 오너라, 내 사랑. 오늘 밤 네 화초머리를 올려주겠노라."

세자저하의 뜨거운 손길에 이끌려 그의 넓은 품 안에 따뜻하게
안기자 세자저하의 뜨거운 입술이 운희의 작은 입술을 살포시 덮
었다. 그녀는 떨리는 가슴을 부여잡으며 그의 뜨거운 혀를 조심스
레 받아들였다. 떨고 있는 운희의 옷고름을 곱고도 수려한 세자저
하의 손이 풀어헤치자 수밀도 같은 뽀얀 살결의 봉긋한 가슴이 드
러났다. 세자저하는 그것을 천천히 한입 베어 물으셨다. 그 뜨겁
고 낯선 감각에 그녀는 자지러졌다. 세자저하의 손길이 운희의 뽀
얀 속살을 헤집을 때마다 화인이 찍히듯 그녀의 전신은 뜨겁게 달
아올랐다. 이이 기다란 손이 그녀의 양손을 한 손에 움켜쥐었다.
그리고 잠시 후, 크고 거대한 남성이 운희의 여리디여린 여성 안
으로 거침없이 밀고 들어왔다. 그녀 안의 거센 저항으로 처음에는
진입이 쉽지 않았지만 지독한 통증과 함께 뜨겁고 거대한 남성은
생소하고 낯선 이물감을 주면서 운희 안으로 당당하게 가득 들어

찼다. 마치 달이 자신을 향하여 달려들어 온 느낌이었다. 이어 운희 안에서 열정적이며 뜨거운 율동이 서서히 퍼져 나가기 시작했다. 두 사람은 호흡을 맞대며 함께 절정을 향하여 리듬에 온몸을 맡긴 채 내달렸다. 두 사람은 파도를 넘나들며 험한 준령을 넘고 제일 높은 정점에 이르자 동시에 폭발해 버리고 말았다. 두 사람은 뜨겁고 강렬한 환희를 맛보았다.

순식간에 모든 것이 정화되었다. 이어 찾아든 육신의 나른함 속에서 두 사람은 여전히 거친 숨을 몰아쉬었다. 두 사람은 여전히 포갠 채였다. 그때 누군가가 자신을 뚫어질 듯 쳐다보고 있는 강한 시선이 느껴졌다. 운희는 흠칫하며 시선의 끝을 따라 얼굴을 돌렸다. 그때 옷을 정갈히 입고 계신 세자저하께서 무표정한 얼굴로 그녀의 머리맡에서 뚫어질 듯 자신을 쳐다보고 있는 것이 보였다.

헉!

화들짝 놀란 운희는 자신의 몸 위에 있는 사람을 두려운 마음으로 황급히 쳐다보았다. 갈색 피부의 멋스러운 콧수염이 제일 먼저 눈에 띄었다. 이어 영채 가득한 빛을 뿜어내고 있는 흑요석 같은 눈동자가 그녀의 얼굴을 뚫어질 듯 바라보고 있는 것이 보였다. 바로 술탄이었다!

운희는 너무도 놀라 새된 비명 소리를 질렀다. 그러나 소리는 목 안으로 말려들어 갈 뿐 밖으로는 도무지 나오질 않았다. 그녀는 억장이 무너지는 가슴을 부여안은 채 온몸을 후들후들 떨며 자신에게서 물러서고 있는 세자저하를 애절한 시선으로 쳐다보았다. 하지만 세자저하는 고개를 가로저으며 너무도 슬픈 표정을 지은 채 그녀에게서 등을 돌려 말을 타고 어둠 속으로 빠르게 사라져 버렸다.

'마, 마마!'

운희는 너무도 놀라 꿈속에서 화들짝 깨어났다. 꿈이 너무도 생생하여 눈에서는 눈물이 하염없이 흘러내렸다. 마치 꿈이 아닌 듯 아직도 가슴이 먹먹하며 목이 메었다. 어느덧 새벽녘이 되었는지 희미한 회색빛이 운희가 머물고 있는 작은 방 안에 가득 들어차 있었다. 그녀는 자신의 가슴에 힘없이 올려져 있는 술탄의 손을 징그러운 듯이 잡아 그의 가슴에 거칠게 던져 놓았다. 운희의 움직임에도 술탄은 여전히 깊은 잠에 취했는지 미동조차 없었다. 그녀는 술탄을 싸늘한 시선으로 노려보았다. 아직도 먹먹한 가슴과 함께 그가 그렇게 미울 수가 없었다.

그때 운희의 시야에 빛을 뿜는 물체가 들어왔다. 아무렇게나 벗어 던진 술탄의 옷 사이로 삐죽이 나온 작은 칼집이었다. 그것은 금과 은, 보석으로 화려하게 장식된 멋스러운 칼집이었다. 운희가 칼집에서 칼을 조심스럽게 빼내자 서슬 퍼런 날이 희미한 새벽빛 속에서도 그녀의 눈에 확연히 들어왔다. 운희는 무표정한 얼굴로 칼을 빼들고 한참 동안 멍하니 앉아 있었다.

그를 죽이고 싶었다.

술탄이 지독히도 미웠다. 자신을 괴롭히고, 자신에게 남은 한 가닥 희망마저 빼앗아 버린 그가 죽도록 밉고 싶었다.

운희는 짧게 휘어진 서슬 퍼런 칼을 양손으로 높이 들고 술탄의 가슴을 한껏 노려보았다. 그는 아무것도 모른 채 편안한 숨소리를 고르게 내쉬며 단잠에 빠져 있었다. 연한 갈색 빛의 이목구비 뚜렷한 그의 얼굴은 너무도 평온해 보였다. 칼을 높이 든 운희의 손이 후들후들 떨렸다. 얼마를 그렇게 있었다.

정말 이상한 일이었다. 술탄을 죽이고 싶은 생각이 너무도 간절한데 왜 생각과 달리 칼을 쉽게 내리꽂지 못하는지 스스로도 의아했다. 그녀의 눈에서 도로록 눈물이 흘러내렸다. 운희는 천천히 팔을 내렸다. 도저히 내리꽂을 수가 없었다.

왜 자신이 술탄을 죽일 수 없는지 스스로도 알 수가 없었다. 하지만 가슴 깊은 곳에서부터 북받쳐 오르는 격한 감정에 그녀는 숨을 죽여 한참 동안 울었다.

핏기 없는 창백한 얼굴로 무표정하게 앉아 있던 운희는 갑자기 몸을 일으키어 바닥에 아무렇게나 떨어져 있던 자신의 옷을 집어 들었다. 그녀는 천천히 옷을 입었다. 옷을 정갈하게 입은 운희는 머리도 단정하게 땋았다. 그리고는 조선이 있을 듯한 북동쪽을 향하여 단정히 꿇어앉았다가 천천히 심호흡을 한 후에 네 번의 큰절을 정중히 올렸다. 그녀는 큰 비애감에 젖었다.

'마마, 부디 만수무강하옵소서. 이 못난 운희는 마마를 제대로 뫼시지도 못하고 머나먼 타국에서 이렇듯 먼저 가옵니다. 부디 옥체보존…… 하시옵고…… 이 못난 운희를 잊으시옵소서. 흑흑……'

운희의 생기없는 눈망울에서 금세 굵은 눈물이 후드득 떨어졌다. 운희는 무릎을 단정히 꿇은 후에 곁에 있던 술탄의 칼을 손에 쥐었다. 희미한 새벽빛 속에도 시퍼런 날이 번쩍이었다. 그녀는 왼손의 소매를 걷어 올린 후에 칼을 쥔 손에 힘을 주면서 새벽빛에도 하얗게 빛나는 자신의 손목을 힘껏 그어 내렸다.

찌릿한 통증이 순식간에 손목에서 머리끝까지 온몸으로 빠르게 퍼져 나갔다. 너무 시려 절로 신음 소리가 새어나왔다. 그녀는 다시 한 번 자신의 붉은 피가 뿜어져 나오고 있는 손목을 힘차게 그었다. 지독히도 시렸다. 찌릿한 손목을 내리자 하얀 손가락을 타고 붉은 피가 뚝뚝 떨어지는 것이 새벽빛에도 잘 보였다.

운희는 옷의 소매로 손목을 가리며 양탄자 위에 조용히 누워 있었다. 피가 흐르는 팔의 손끝이 시린 듯 저려왔다.

'이대로 아침을 맞으면 될 거야……'

운희는 자신의 모든 것을 뒤로한 채 조용히 눈을 감았다. 갑자기 자신이 걸어왔던 일생이 자르르 펼쳐지며 빠르게 스쳐 지나가는 것이 느껴졌다. 저 멀리 드넓게 펼쳐진 파아란 초원이 환한 빛과 함께 점점 자신의 앞으로 다가오는 것이 보였다.

'아, 따뜻하다……'

그녀는 그렇게 끝없이 펼쳐져 있는 초원 속으로 달려가기 시작했다.

손이 후들후들 떨렸다.

태어나서 이렇게 충격을 받은 것은 처음이었다. 처음엔 꿈인가 했다. 꿈속에서 운희가 칼을 든 손으로 그를 노려보고 있었다. 그토록 자신을 미워하는구나 생각하니 그의 가슴이 절로 미어졌다. 하지만 얼마 안 가 운희는 그를 찌르는 것을 포기하고 결국 칼을 내린 채 울기만 했다. 그래도 그렇게 죽이고 싶을 만큼 싫어하는 것은 아니구나 생각하니 그의 가슴이 안심이 되면서 절로 가슴 한 켠이 뭉클하며 아려왔다.

문득 눈이 떠졌다.

잠결에 옆 자리가 허전하여 손을 뻗어 더듬어봤지만 아무것도 걸리는 것이 없었다. 분명 있어야 할 누군가가 없었다. 그 덕에 절로 잠이 달아났다. 상체를 일으켜 부옇게 밝아진 방 안을 휘둘러보았다.

발치에서 조금 떨어진 양탄자 위에 흰 옷을 입은 운희가 얌전히 양손을 배 위에 모은 채 잠을 자고 있는 것이 보였다. 순간 괘씸한 생각이 들어 그의 눈썹이 꿈틀거렸다. 감히 술탄인 그의 허락도 없이 품을 떠나 엉뚱한 곳에서 잠을 자고 있는 운희라는 어린 동양계집의 배짱이 상당히 거슬리며 어이가 없었다. 버릇을 고쳐 놓아야겠다는 생각을 단단히 하면서 그는 벗은 몸을 일으켜 세우며 자고 있는 운희의 곁으로 걸어갔다.

그때 발치에 차가운 금속의 물체가 걸리는 것이 느껴졌다. 순간 미간을 좁히고 차가운 금속의 물체를 바라보다 그는 깜짝 놀라고 말았다. 날이 퍼렇게 선 칼에 피가 엉겨 붙어 있는 것이 보였다. 그것은 분명 술탄의 단검. 바로 그의 단검이었다. 순간 뇌리를 스치는 불길한 생각에 잠자듯 누워 있는 운희의 곁으로 황급히 달려갔다.

마치 여신처럼 누워 있는 하얗고 창백한 얼굴의 운희가 조용히 눈을 감고 있었다. 그녀의 배 위로 모아진 손의 소맷부리에는 순백의 흰 옷을 붉디붉은 물이 물들이고 있었다. 운희의 손을 황급히 들어 살펴보았다. 응고된 피가 찐득하게 소매와 배 부분에 달라붙어 있었다.

비릿한 피 냄새가 코끝을 강하게 찔렀다. 그녀의 핏기 없는 파리한 하얀 손에는 힘이 하나도 없었고 차가웠다. 소매를 걷자 그녀의 흰 손목에는 눌어붙은 피와 검붉은 자상이 길게 두 줄이나 나 있었고, 그곳에선 아직도 피가 조금씩 흐르고 있었다. 손이 후들후들 떨렸다. 술탄의 온몸이 충격으로 비틀거렸다.

마음 깊은 곳에서부터 알 수 없는 분노가 걷잡을 수 없는 해일처럼 밀려들어 와 그를 덮쳤다.

술탄은 운희를 정신없이 흔들어 깨웠다.

"우니, 우니! 명령이다. 일어나라!"

하지만 그녀는 축 늘어진 채 그가 흔드는 대로 바람에 나부끼는 연약한 갈대 잎처럼 그저 물결치듯 흔들릴 뿐이었다. 그녀의 창백하다 못해 파리한 흰 뺨을 술탄은 깨어나라며 정신없이 때렸다. 하지만 그녀는 끝내 아무런 반응을 보이지 않았다. 그의 분노가 두려움에 휩싸인 채 극에 달했다.

"네, 네가 감히…… 내 면전에서 죽음으로 달아나려 하느냐? 그, 그럴 수는 없다! 절대로 그럴 수 없느니라! 나는 술탄이다! 나는 위대한 술탄이란 말이다! 네가 죽는 것도 내 허락 없이는 절대로 아니 되느니라! 너는 나의 노예란 말이다!"

술탄의 벌어진 입에서 절로 침이 넘쳤다. 그의 얼굴은 검디검게 변해 있었으며 두 눈은 시뻘겋게 충혈되어 불꽃이 이글이글 뿜어져 나왔다. 그의 쿵쿵 울리는 심장 소리가 귓가에까지 천둥처럼 울렸다.

술탄은 떨리는 손으로 운희의 코앞에 손을 살짝 갖다 대었다. 아주 미세한 숨결이 잡힐 듯 말듯 들락거리는 것이 느껴졌다.

'아직 살아 있어!'

순간 술탄은 벗은 몸을 의식하지 못한 채 방문으로 치달아 문을 활짝 열고 시종들에게 고래고래 소리를 질렀다. 의사를 불러오라며 악을 쓰는 술탄의 고함 소리에 삽시간에 벌집을 쑤셔놓은 듯 복도가 시끄럽게 술렁거렸다.

하렘 안은 너무도 혼란스럽게 아침을 맞이했다.

✳

랄라 할리마는 여간 심기가 불편한 것이 아니었다. 지난밤 술탄이 자신을 찾아올 것이라 확신하며 최선을 다하여 몸단장을 한 채 술탄을 기다렸다. 하지만 자신의 예상을 뒤엎고 술탄이 동양계집의 방에서 또다시 밤을 보냈다는 소식을 접하게 되자 너무나 어이가 없고 기가 막혀 분노가 치밀어 올랐다.

랄라 할리마는 손톱을 질겅질겅 물어뜯으며 끓어오르는 분노를 삭이지 못한 채 안절부절못했다. 아직 족치기로 인해 발에 상처를 입고 있는 몸도 성치 못한 동양계집을 그리 허겁지겁 정복하려하는 술탄의 모습을 상상하는 것만으로도 기가 막히고 어이가 없어 기분이 나빴다. 랄라 할리마는 두 눈을 가늘게 뜨며 분노로 바들 거렸다.

'술탄께선 어찌 그런……'

술탄이 자신을 찾지 않은 것에 대한 원망과 아직 어리고 건강치 못한 계집을 함부로 취했다는 사실과 술탄의 관심을 가져가 버린 그 어린 동양계집에 대한 질투가 뒤섞여 랄라 할리마의 가슴은 태풍이 부는 것처럼 혼란스러웠다.

랄라 할리마가 알고 있는 술탄은 분명 신체 발육이 농익은, 제법 커다란 가슴을 소유한 풍만한 육체의 여인을 좋아했다. 술탄에 즉위하기 십여 년 전부터 모셔왔지만 술탄은 지금껏 단 한 번도 발육이 덜 된 빈약한 여성을 하루 이상 품은 적이 단 한 차례도 없었다. 그런 술탄의 취향을 누구보다도 더 잘 알고 있었기에 낯선 동양계집에게 호기심을 보이는 술탄을 그저 예사롭게 보아 넘겨 왔다. 그런데 몸도 성치 않은 발육 부진의 저 동양계집을 연 이틀째 품고 있는 술탄을 대하고 있노라니 랄라 할리마의 가슴엔 무언가 잘못되어 가고 있다는 석연치 않은 기분을 떨쳐 낼 수가 없었다.

'아니야, 그선 아닐 거야. 이제 거우 이틀째인 걸! 그래, 단순한 호기심이 오늘까지 이어진 것뿐일 거야. 하루만! 그래 하루만 더 기다려 보는 거야. 분명 내일쯤이면 그 동양 계집년을 공사장으로 보내실 게 분명할 테니까. 초조해할 필요 없어. 나는 술탄을 그 누구보다 더 잘 알고 있는 술탄의 제일 황후, 랄라 할리마이니까!'

랄라 할리마는 한쪽 벽면 위에 아랍서체로 멋들어지게 적혀 있는 꾸란의 문구를 시선으로 쫓으며 다시 손톱을 물어뜯었다.

아침을 맞으며 사라트(하루 다섯 번의 기도) 중 첫 기도를 마치고 있을 때 갑자기 하렘 안을 뒤흔드는 부산한 사람들의 웅성거리는 소리가 들려왔다. 이에 눈살을 찌푸리며 출입문 쪽으로 고개를 돌리자 자신의 뚱뚱한 시녀장이 급히 뛰어오는 모습이 보였다.

"아가, 무엇이길래 아침부터 이리 소란스러운 게냐?"

랄라 할리마의 잔뜩 찌푸린 모습에 시녀장은 잠시 주춤하며 황후의 앞에 머리를 조아리며 말을 했다.

"황후이시여, 지난밤 술탄과 함께 침소에 들었던 그 동양계집이 조금 전 자결을 시도하여 중태에 빠졌다 하옵니다!"

"뭐, 뭣이라?"

랄라 할리마는 시녀장의 입에서 나온 뜻밖의 소식에 너무 놀라 입을 쫙 벌린 채 자리에서 벌떡 일어섰다. 시녀장은 랄라 할리마의 앞에서 긴장한 표정으로 다음 말을 이었다.

"그래서 술탄께서 지금 심히 대노하시어 하렘 안이 온통 벌집을 쑤셔놓은 듯 난리라고 하옵니다. 벌써 술탄의 심기에 거슬린 노예 두 명의 귀가 잘렸다고도 하옵고……."

"허!"

랄라 할리마는 너무도 놀란 소식에 그저 탄성을 내뱉을 뿐이었다.

"그게 대체 무슨 소리이더냐? 그래서, 그 동양 계집아이는 살 가망이 있다더냐?"

랄라 할리마의 다그침에 시녀장은 서둘러 말을 했다.

"그, 그것이 저…… 술탄께서 심히 대노하시어 그 계집아이를 벌주기 위해서라도 꼭 살려내야 한다며 만약 살려내지 못한다면 의사들을 모두 다 죽이겠다고 하셨답니다."

"허!"

랄라 할리마는 또다시 탄성의 소리를 내뱉었다.

"아무튼 피를 너무 많이 흘려서 오늘이 고비라는 말을 들었습니다."

"그저 기가 차구나! 쯧쯧."

랄라 할리마는 시녀장이 전하는 놀라운 소식에 기함하였지만 이내 싸늘한 표정으로 인상을 잔뜩 찌푸린 채 혀를 찼다.

"그런 돼먹지 못한 계집을 술탄께선 어찌하여 살리려 하신단 말이더냐. 그런 요망한 것은 그냥 죽게 내버려 두어야 하는 것을. 쯧쯧. 여지껏 술탄이 자결하려는 노예를 살리려 했다는 이야기는 생전 듣도 보도 못한 일이로다. 어찌 이런 일이……."

랄라 할리마의 말에 시녀장은 눈치를 살피며 다음 말을 이었다.

"아무튼 술탄께서 그 계집아이를 다시는 보기 싫다고 하셨답니다. 술탄 앞에서 자살을 시도했다고 하여 심히 대노하시어 그 계집을 살려놓으시고 나시 벌을 주시겠다고 단단히 벼르고 계시다고 들었습니다."

시녀장의 이어진 말에 랄라 할리마는 두 눈을 빛내며 매우 흡족한 표정으로 미소까지 지었다.

"호호호. 그럼 그렇지. 술탄의 성정이 어디 가시겠느냐? 그런 돼먹지 못한 노예계집을 그냥 내버려 두실 리가 없지 않느냐. 아무렴 그렇고말고. 그 계집아이 입장에선 살아나는 것보다 그냥 그대로 죽는 것이 낫겠다고 생각하게 될 것이다. 호호호."

한참을 웃던 랄라 할리마의 얼굴이 갑자기 싸늘한 표정으로 바뀌며 시녀장에게 조용히 입을 열었다.

"그건 그렇고, 랄라 지다나는 지금 무엇을 하고 있다더냐?"

랄라 지다나는 지난밤 술탄께서 자신의 처소에 들지 않았다는 사실에 잔뜩 입이 부어 있었다. 정말 자신의 불길한 예측처럼 랄라 할리마의 처소로 가셨는가 하여 자존심이 상할 대로 상하여 도저히 잠을 이룰 수가 없었다. 하지만 아침식사를 기다리던 자신에게 가져다준 시녀가 전한 동양 노예계집의 자살 시도 소식은 크나큰 충격이 아닐 수가 없었다.

"훗, 어쨌든 술탄께서는 랄라 할리마의 처소에도 들지 않으셨단 말씀이구나. 그것만으로도 다행스런 일이지. 호호호."

랄라 지다나는 커다란 가슴 덕에 허리가 제법 날씬해 보이는 몸을 일으켜 세우며 콧노래를 부르면서 몸을 흔들며 자신의 노예이며 시녀인 다섯 명의 여인들이 준비해 준 치장을 받아들였다. 여인들 중 한 사람은 화장을 담당하였고, 나머지 사람들은 옷과 머리손질과 장신구, 또 향수를 담당하였다.

랄라 지다나는 자신의 윤기 흐르는 암갈색 피부를 돋보이게 하는 순백색의 비단을 휘감은 채 형형색색의 보석 목걸이와 화려한 장신구를 착용하며 마지막으로 아틀라스 산맥의 고지대 출신인 시녀가 섬세하게 그려준 기하학적 무늬인 헤나를 자신의 손등에 마무리했다.

그때 출입문의 시녀로부터 자신의 사랑하는 아들인 술탄의 장남, 물레이 에스파 왕자가 아침 문안 인사를 드리러 왔다는 소식을 전해 들었다. 랄라 지다나는 호들갑스럽게 홀로 뛰어가 자신의 아들을 맞으며 따뜻한 포옹과 함께 뺨과 이마에 연신 입을 맞추었다. 물레이 에스파는 술탄의 첫째 아들이며 첫 번째 황후인 랄라 할리마의 아들, 물레이 무하마드 왕자보다 세 살이나 위였다.

랄라 지다나는 술탄의 두 번째 황후였지만 술탄의 총애를 한 몸에 받고 있는 물레이 에스파 왕자로 인하여 하늘 높은 줄 모르고 늘 기고만장했다. 이로 인하여 랄라 지다나는 랄라 할리마를 우습게 여기는 우를 수시로 범했다. 그런 이유로 두 사람 사이에는 보이지 않는 기 싸움과 암투가 늘 끊이지 않았다.

"사랑하는 아들 물레이 에스파여. 자, 의대를 갖추고 아버지이시며 위대하신 술탄께 아침 문후를 여쭈러 갑시다. 오늘은 어머니인 이 랄라 지다나의 기분이 참으로 좋답니다. 이유가 뭔 줄 아십니까? 요 며칠 술탄의 마음을 후리던 눈에 가시 같던 동양 노예계집이 술탄 앞에서 죄를 범하여 조만간 내침을 당할 것이라는 소식을 들었기 때문이랍니다. 호호호."

기분이 좋아진 랄라 지다나는 화려한 의상을 말쑥하게 차려입은 물레이 에스파의 고사리 같은 손을 잡고 가벼운 발걸음으로 술탄의 처소로 향했다.

술탄의 궁전인 '다르 크리바(큰집이란 뜻)'는 웅대한 규모로 건설된 왕궁 단지의 일부분으로 궁전들이 서로 미로같이 연결되어 있었다. 오십여 개의 궁전에는 술탄의 아내들과 여인들 수백 명이 기거하고 있었으며 오래전 이 궁전을 건설했던 알라위트 왕조의 4대 술탄인 물레이 이스마일은 아내들과 첩 이천여 명을 데리고 살았다고도 전해졌다.

궁전 안에는 모스크와 미나레트, 그리고 아름답게 꾸며진 정원과 화려한 타일이 박힌 대형천막들이 있었고, 막사에는 일만 명이 넘는 보병들이 수용되어 있었으며 마구간만 하더라도 커다란 마을 이상의 크기였다. 전하는 설에 의하면 물레이 이스마일은 프랑스의 베르사이유 궁전보다 더욱 크고 웅장한 규모로 궁전을 세우고 싶어했다고 한다.

그때 랄라 지다나가 물레이 에스파와 함께 술탄의 처소에 다다랐다. 그녀는 환관과 시녀들을 이끌고 술탄의 처소 앞에서 술탄의 허락이 떨어지길 기다리며 화려한 태양의 문장으로 장식된 호화로운 출입문 앞에 대기하며 서 있었다. 출입문과 그 주위의 장식은 제국의 위세를 드러내듯 온통 금으로 장식되어 있었다. 출입문의 환관들로부터 술탄의 심기가 좋지 않으니 조심하라는 언질을 들었지만 그것이 도리어 랄라 지다나의 기분을 좋게 했다.

'흥, 동양 노예계집이 제대로 일을 저지른 모양이로구나. 호호. 좀 더 두고 보다가 여차하면 처리하려 했는데 미리 알아서 스스로 저리 되니 이 얼마나 다행스런 일이란 말인가. 호호호.'

기분이 좋아진 랄라 지다나가 문득 다가오는 발걸음 소리에 고개를 돌리자 랄라 할리마가 그녀의 자녀들과 함께 환관과 시녀들을 이끌고 대리석 복도 앞에 나타난 것이 눈에 들어왔다. 서로의 눈이 마주친 순간, 랄라 할리마와 랄라 지다나는 잘 손질된 눈썹 사이를 좁히며 얼굴을 잔뜩 굳힌 채 서로를 날카롭게 응시했다.

"랄라 지다나가 랄라 할리마께 문후드립니다."

서열이 낮은 랄라 지다나가 랄라 할리마를 향하여 딱딱한 목소리로 가벼운 목례를 했다. 하지만 그녀의 눈빛엔 상대를 업신여기는 기색이 완연히 드러나 있었다. 말과 행동과 얼굴빛이 다른 랄라 지다나의 태도에 끓어오르는 분노를 억지로 누르며 랄라 할리마는 가까스로 입을 열었다.

"그래요, 랄라 지다나. 좋은 아침입니다."

"네, 좋은 아침입니다."

랄라 할리마와 랄라 지다나는 각자 일행들로부터 인사를 주고받으며 억지로 입가에 미소를 짓고 있었다. 하지만 의례적인 인사가 끝나고 더 이상 할 일이 없어진 두 사람은 자신의 자리에 선 채 딱딱하게 굳은 얼굴로 술탄 처소의 출입문을 쏘아보면서 문이 열리고 술탄의 허락이 떨어지기만을 기다리고 있었다.

이윽고 환관의 입을 통하여 술탄의 허락이 떨어졌음을 알려왔다. 환관이 열어준 출입문을 막 들어서려는 찰나에 랄라 할리마가 랄라 지다나를 향하여 입꼬리를 살짝 말아 올린 채 미소를 지으며 싸늘한 목소리로 말을 했다.

"랄라 지다나, 좋은 하루가 되길 바라겠어요."

랄라 지다나는 랄라 할리마의 뜻밖의 말에 그녀를 의아한 듯이 쳐다봤지만 이내 입꼬리를 비틀며 인사를 받았다.

"네, 랄라 할리마. 물론이지요. 신의 바라카가 황후에게 있기를 바랍니다."

랄라 지다나는 말을 마치자 랄라 할리마보다 먼저 출입문 안으로 발걸음을 들여놓았다. 랄라 할리마보다 앞서 걷는 랄라 지다나의 경솔한 행동에 랄라 할리마의 얼굴은 다시금 차갑게 굳어지며 분노로 심하게 일그러졌다. 랄라 지다나는 자신이 먼저 술탄의 처소에 당도했기에 당연히 자신이 먼저 술탄을 알현해야 한다고 생각하였다. 그런 랄라 지다나의 뒤통수를 노려보는 랄라 할리마의 눈에선 시퍼런 불똥이 뚝뚝 떨어지고 있었다.

'그래, 어디 두고 보라지. 네년의 그런 기고만장한 행태도 이제 얼마 남지 않았으니까.'

랄라 할리마의 뒤틀린 입가에는 잔혹한 미소가 어려 있었다.

술탄의 처소 안 상단의 옥좌에 앉아 있는 술탄은 보랏빛 의복을 입고 있었다. 그것은 매우 기분이 좋지 않을 때 입는 술탄의 버릇이었다. 그의 얼굴빛은 옅은 갈색 빛인 평소와는 달리 검붉게 변하여 있었다. 술탄은 기분이 좋지 않을 때는 얼굴색이 짙게 변하였기에 얼굴색만으로도 술탄의 심기를 어느 정도 추측할 수가 있었다. 오늘따라 술탄의 안색은 여지껏 보여왔던 그의 얼굴빛 중에서 최악으로 검게 변해 있었다. 그러하기에 주위의 환관들과 조관들은 술탄의 눈치를 살피며 모두들 긴장한 채 쩔쩔매고 있는 것이 한눈에 들어왔다.

술탄은 딱딱하게 굳어진 얼굴로 무뚝뚝하게 자신의 아내들을 맞았다. 그의 얼굴과 눈에는 영채 가득했던 빛이 사라지고 웬일인지 생기조차 없어 보였다. 그렇게 기운이 빠져 있는 술탄의 모습은 지금껏 처음이었다.

하지만 술탄 앞에 나선 랄라 지다나의 목소리는 밝기 그지없었다. 그녀는 물레이 에스파를 대동하며 랄라 할리마보다 먼저 술탄의 앞에 예를 갖추어 아침 문후 인사를 드렸다. 그러한 그녀를 랄라 할리마와 그녀의 일행들은 불만이 가득한 사나운 눈초리로 쏘아보았다.

랄라 지다나의 인사를 받으면서도 술탄은 별 반응을 보이지 않은 채 손가락만 까딱였다. 그것으로 됐다는 뜻이다. 그런 술탄의 반응에 랄라 지다나도 썩 기분이 좋진 않았지만 이내 체념하며 순순히 술탄 앞에서 물러섰다.

이어 랄라 할리마의 차례가 되었다. 그녀는 천천히 술탄의 앞으로 나섰다. 그런데 갑자기 아뢸 것이 있다면서 술탄의 발치에 넙죽 엎드린 채 꼼짝도 않았다. 그것은 술탄께 아룀에 대한 허락을 구한다는 뜻이었다. 갑작스런 랄라 할리마의 동작에 술탄은 눈썹을 꿈틀거리며 한참을 가만히 있었다. 그러다가 무표정한 얼굴로 자신의 금홀을 랄라 할리마에게 천천히 내밀었다. 그것은 허락을 한다는 뜻이었다. 이에 그녀는 떨리는 목소리로 입을 열었다.

"술탄이시여, 지난밤 신첩의 처소로 어떤 두 사람이 찾아와서 술탄의 하렘 안에 부도덕함이 넘치고 있음을 신첩에게 고하였나이다. 이에 신첩이 그 소식을 접하고 너무도 경악하여 지난밤을 꼬박 새우며 고뇌하였습니다. 한밤을 새워 고뇌한 끝에 감히 술탄께 진실을 고하여야겠다는 결론을 내렸고 이렇듯 술탄 앞에 나서게 되었습니다."

순간 술탄뿐만 아니라 처소 안에 있던 모든 사람들이 깜짝 놀라며 술렁이었다. 술탄의 처소에는 사람들의 어수선한 술렁임으로 가득 찼다. 술탄의 얼굴은 더욱 굳어지며 눈빛은 매섭게 빛났다.

"그것이 대체 무슨 뜻이냐? 고할 것이 있다면 하나도 빠짐없이 소상히 고하라!"

술탄의 단호한 엄명에 랄라 할리마는 슬픈 얼굴 표정을 지으며 눈가에는 눈물조차 그렁그렁 매단 채 조심스레 입을 열기 시작했다.

"꾸란의 말씀에 여인은 남편의 경작지이며 농부의 밭과 같다고 하였습니다. 어찌 밭이 농부이며 주인인 남편을 바꿀 수가 있단 말씀입니까? 만약 그리하게 된다면 꾸란의 말씀에 따라 반드시 벌을 받아야 한다고 하였습니다."

랄라 할리마의 두서없이 길게 이어지는 말을 참지 못하고 술탄이 소리를 질렀다.

"잔소리는 집어치우고 대체 누가 그렇게 하였단 말이냐? 그것을 속히 말하라!"

술탄은 매우 짜증난 목소리로 동물이 으르렁거리는 것처럼 소리쳤다. 이에 랄라 할리마는 한참 동안 말을 선뜻 잇지 못하고 뜸을 들이더니 술탄의 불호령이 다시 떨어져서야 천천히 입을 열었다.

"지, 지난밤…… 술탄께서 동양계집의 처소에 들었을 때에……

랄라 지다나가 자신의 처소에서…… 술탄의 검은 친위대 병사 하나와…… 함께 밤을 지새웠다 하옵니다. 으흐흐흑!"

그 순간 술탄의 처소 안에 있던 모든 사람들은 크게 기함을 하며 일제히 랄라 지다나를 쳐다보았다.

"헉, 무, 무슨 소리…… 아, 아니야!"

랄라 지다나는 충격으로 기함하며 강하게 부정했다. 하지만 별안간 쏟아지는 모든 사람들의 의심에 찬 비난의 시선에 몸이 절로 움츠러들었다. 랄라 지다나는 술탄의 옥좌 앞에 꿇어 엎드려 있는 랄라 할리마를 크게 벌어진 눈으로 무섭도록 노려보며 온몸을 사시나무 떨듯 마구 떨었다. 그녀는 정신이 하나도 없었다. 평소엔 팽팽히 돌던 머리회전이 갑자기 딱 멈춘 듯 머릿속이 엉킨 실타래처럼 뒤죽박죽이 되었다.

으, 음모다!

랄라 지다나는 자신이 랄라 할리마의 음모에 걸려들었다는 것을 뼈저리게 깨달았다. 이내 맹수와 같은 표정으로 랄라 할리마를 잡아먹을 듯 노려보았지만 랄라 할리마는 냉정한 얼굴로 그녀를 싸늘히 바라보고 있을 뿐이었다. 랄라 할리마의 싸늘하면서도 도도한 표정은 마치 '자, 이제 어떻게 빠져나올래? 빠져나올 테면 어디 한번 빠져나와 보시지!' 하는 듯한 표정을 여실히 드러내고 있었다. 고개를 돌리는 랄라 할리마의 입가에는 언뜻 싸늘한 미소가 스치고 있었다.

랄라 지다나는 온몸을 부들부들 떨며 자리에 풀썩 주저앉은 채 두려움이 가득한 시선으로 상좌에 앉아 있는 술탄을 바라보았다.

상좌에 앉은 술탄의 얼굴은 곁의 흑인 시종들의 얼굴보다도 더욱 검게 일그러져 있었다. 그 모습에서 랄라 지다나는 술탄의 거대한 분노를 짐작하고 공포에 떨었다.

그녀는 곁의 아들 물레이 에스파를 부둥켜안으며 큰 소리로 울부짖었다. 하얗게 질린 그녀의 눈에서는 눈물이 폭포수같이 흘러내렸다.

"수, 술탄이시여, 이것은 음모입니다! 신첩은 억울합니다! 단연코 신첩은 술탄의 침상을 더럽힌 적이 없습니다. 이것은 신첩을 시기하여 음해하려는 저 랄라 할리마의 모함입니다. 위대하신 알라께 맹세코 신첩은 그런 적이 단 한 번도 없음을 말씀드립니다. 술탄께서는 신첩을 믿어주셔야 합니다. 속히 저 사악한 랄라 할리마를 문책하시어 이 일의 전모를 소상히 밝혀주시옵소서. 신첩은 억울하고도 억울합니다. 너무도 억울합니다! 으흐흐흑!"

랄라 지다나의 울부짖음이 술탄의 처소 안을 가득 메웠다. 그녀의 품에 안긴 물레이 에스파도 어머니가 울부짖자 영문도 모른 채 덩달아 마구 울어대기 시작했다.

"시끄럽다!"

갑자기 술탄이 입가의 살을 실룩거리며 버럭 소리를 질렀다. 순간 여전히 술렁이고 있던 처소 안에는 일순 적막이 감돌았다. 하지만 랄라 지다나는 오열을 멈추지 않은 채 물레이 에스파와 더불어 여전히 울부짖고 있었다.

갑자기 술탄이 옥좌에서 벌떡 일어나 단을 내려와 화려한 양탄자 위를 걸어 랄라 지다나의 앞에 우뚝 섰다. 전과 다르게 자신을 바라보고 있는 술탄의 싸늘한 시선이 예사롭지 않음을 느끼며 랄라 지다나는 공포로 떨었다. 그의 무시무시한 시선과 마주치자 랄라 지다나는 저도 모르게 소변을 지리고 말았다. 그는 여전히 랄라 지다나를 노려보면서 랄라 할리마에게 낮고 으르렁거리는 음성으로 싸늘하게 되물었다.

"랄라 할리마, 너의 말에 조금의 거짓도 없으렷다?"

"술탄이시여, 여부가 있겠습니까. 혹여 증인을 대라 하시면 신첩이 증인을 대령하겠습니다."

랄라 할리마는 침착한 목소리로 대꾸했다. 랄라 할리마의 말에 랄라 지다나는 괴성을 지르며 온갖 욕설을 퍼부으면서 소리소리 질렀다.

"이 천하에 몹쓸 년! 네년이 나를 모함하려고 아주 작정을 하였구나. 즈, 증인이 있을 턱이 없지! 랄라 할리마, 이 사악한 년. 네년이 거짓 증인을 데려오려고 용을 쓰고 있는 모양이지? 하지만 네년의 더러운 술수를 현명하신 술탄께서 모르실 리가 없다! 암, 그렇고말고. 그러니 지금껏 거짓이었다고 당장 고하지 못할까! 어서 당장 고해! 이 갈아 마셔도 시원찮을 년아!"

입에서 험악한 욕설을 계속 쏟아놓으며 랄라 지다나는 눈물이 가득 담긴 애절한 눈으로 술탄을 바라보았다.

"술탄이시여, 신첩은 정녕 억울합니다. 신첩은 술탄께서 총애하는 물레이 에스파의 어미입니다. 단연코 자식에게 부끄러운 짓을 하지 않았음을 알라께 맹세할 수도 있습니다. 이 일을 소상히 파헤치시어 이 사악한 음모에 연루된 모든 자들을 모조리 잡아내어 처벌하여 주옵소서. 이 랄라 지다나는 억울하고도 억울합니다. 신첩은 단연코 술탄의 침실을 더럽힌 적이 없습니다! 신첩을 믿어주옵소서. 으흐흑."

랄라 지다나는 가까이에 선 술탄의 다리를 부여잡으며 울음을 그치지 않았다. 하지만 술탄은 그녀의 몸을 발길로 걷어차며 거칠게 떼어냈다.

"랄라 할리마, 증인을 불러라! 만약 이에 대하여 조금의 거짓이라도 있다면 너의 목숨은 더 이상 부지하지 못하게 될 것이다!"

술탄은 찡그린 얼굴로 랄라 지다나에게서 시선을 돌려 랄라 할리마를 바라보며 얼음장같이 차갑게 말했다. 이에 랄라 할리마는 조금은 떨리는 목소리로 대답했다.

"여, 여부가 있겠나이까. 알라께 맹세코, 신첩은 거짓을 고하지 않았습니다. 신첩을 믿어주옵소서. 곧 증인을 대령하겠나이다."

랄라 할리마의 말이 떨어지기 무섭게 대기하고 있던 그녀의 시녀들이 출입문 밖으로 빠르게 빠져나갔다. 그리고 얼마 후 네 명의 백인여자들을 데리고 시녀들이 다시 나타났다. 그들이 출입문에서 홀을 지나 술탄의 앞에 엎드려 꿇는 모습을 바라보면서 랄라 지다나는 두 눈을 커다랗게 떴다. 네 여인을 확인하는 순간 그만 기함을 하여 쓰러질 뻔했다. 그녀들은 바로 자신 처소의 시녀들이었기 때문이다.

"너, 너희들은…… 너희들이 어떻게, 어떻게 여기에……?"

랄라 지다나는 너무도 큰 충격에 사로잡혀 제대로 말을 잇지 못하고 온몸을 부르르 떨며 술탄의 앞에 꿇어 엎드려 있는 네 명의 백인여자들을 홀린 듯이 쳐다보고 있었다.

"이럴 수가……."

랄라 지다나의 뇌리에 며칠 전, 자신의 처소에서 있었던 일이 빠르게 스치며 지나갔다. 그녀들은 자신이 소중히 여기던 향유통을 깨뜨렸던 시녀들이다. 그 일 때문에 랄라 지다나는 그녀들에게 모진 매질을 가했었다. 그녀의 눈동자는 걷잡을 수 없이 빠르게 흔들렸다.

술탄은 잔뜩 찌푸린 얼굴로 네 명의 백인여자들을 쳐다보더니 단호하게 입을 열었다.

"만에 하나 한 터럭이라도 거짓을 고하여 이 술탄을 능멸하려 한다면 너희들은 곧 죽음을 면치 못할 것이다. 알겠느냐?"

"예. 여부가 있겠습니까."

"너희들은 누구이며 이 일에 대하여 너희들이 아는 바를 소상히 고하도록 하라!"

술탄의 엄명에 네 명의 백인여자들은 온몸을 덜덜 떨며 어렵사리 입을 떼기 시작했다.

"수, 술탄이시여, 소인들은 랄라 지다나 황후의 처소에 있는 시녀들이옵니다. 지난밤, 술탄께서 동양여인의 침소에 드신 것을 확인하신 랄라 지다나 황후께선 밤이 깊은 시각에 한 사람을 처소로 불러들이셨습니다. 그 사람은 부르카를 뒤집어쓰고 여장을 한 사내로 황후께서는 그를 기쁘게 맞이하셨습니다. 그리고는 은밀히 그와 함께 침실로 드신 후에 새벽녘이 되어서야 그 사내를 다시 여장 시켜 황급히 침실에서 내보내는 것을 저희들이 목격하였습

145

니다. 그러한 일은 비단 이번 한 번뿐인 일이 아니었고, 이미 여러 차례에 걸쳐 빈번히 있어왔습니다."

백인여자들의 입에서 흘러나온 놀라운 말에 술탄의 처소에 있던 모든 사람들은 커다란 충격을 받아 경악하고 말았다. 주위는 삽시간에 벌집을 쑤셔놓은 듯 뒤숭숭하게 웅성거렸다. 그 틈에서 랄라 할리마는 매우 만족스런 미소를 지으며 네 명의 백인여자들을 흐뭇한 시선으로 바라보았다.

"이, 이런 일이……."

술탄의 얼굴은 매우 짙게 검어지더니 급기야는 창백하게 변해 버렸다. 주먹 쥔 갈색 손은 하얀 관절을 드러내며 꽉 움켜진 채 부르르 떨고 있었다. 그의 눈에서는 그 누구도 범접할 수 없는 살기가 강하게 풍겨 나왔다.

랄라 지다나는 거의 사색이 된 얼굴로 전신을 식은땀으로 흠뻑 적시며 부들부들 떨고 있었다. 그녀의 절망에 찬 높은 괴성이 술탄의 처소를 가득 메우며 울려 퍼졌다.

"아, 아니야! 아니옵니다! 수, 술탄이시여! 저, 저것들은 지금 거짓을…… 거짓을 고하는 것이옵니다. 저것들을 문초하시어 진실을 밝혀주시옵소서. 절대로 아니옵니다. 절대로 아니옵니다! 신첩은 그러한 적이 단 한 번도 없었습니다. 저것들의 진술은 모두 다 거짓이옵니다. 술탄이시여, 통촉하여 주옵소서. 저것은 모두 다 거짓이옵니다. 부디 신첩을 믿어주옵소서. 으흐흐흑!"

랄라 지다나는 말을 제대로 잇지 못하며 자신이 밑도 끝도 없는 깊은 함정 속에 빠진 것을 깊이 절감했다.

그때 출입문 쪽이 소란스럽더니 갑자기 랄라 할리마의 시녀들과 환관들이 온몸을 축 늘어뜨린 한 흑인사내를 질질 끌며 들어왔다. 사내는 혹독한 고문으로 이미 온몸이 만신창이가 되어 있었다.

순간 술탄의 처소 안에는 술렁이는 소리가 다시 한 번 드높아졌다. 소란스런 그 틈을 이용하여 랄라 할리마는 랄라 지다나를 슬쩍 곁눈질하여 보았다. 그 얼굴에는 사악한 미소가 잔뜩 묻어 있었다. 랄라 지다나는 그런 랄라 할리마를 바라보며 분노로 전신을 새카맣게 물들였다. 랄라 할리마는 랄라 지다나를 바라보며 싸늘한 미소를 지은 채 턱으로 흑인사내를 가리켰다.

순간 랄라 지다나는 술탄 앞에 꿇어앉혀진 흑인사내를 바라보다 숨이 턱까지 막혀 버렸다. 전에 없던 공포가 커다란 해일이 되어 그녀를 덮쳐 왔다.

'이, 이럴 수는 없어!'

랄라 지다나는 초주검이 된 흑인사내를 바라보며 그만 넋을 잃고 말았다. 공포가 전신을 빠르게 휘감으며 몸서리를 쳤다. 그는 분명 랄라 지다나가 아는 사내였다. 랄라 지다나와 같은 부족 출신인 노예로 검은 친위대의 병사이기도 했다.

술탄은 매서운 얼굴로 만신창이가 된 흑인사내를 쏘아보며 그를 끌고 온 랄라 할리마 측 환관들과 시녀들에게 차갑게 물었다.

"이 사내는 무엇이냐?"

흑인사내는 축 늘어진 채 거칠게 숨을 몰아쉴 뿐 고문으로 인해 거의 인사불성이 되어 겨우 신음 소리만 내뱉을 뿐이었다. 백인여자들이 한목소리로 대답했다.

"위대하신 술탄이시여, 이 사내는 지난밤 랄라 지다나 황후의 처소에 들었던 바로 그 흑인사내이옵니다. 분명 소인들이 기억하고 있던 그 사내와 얼굴이 같사옵니다."

백인여자들의 말이 채 떨어지기 무섭게 랄라 지다나는 새된 비명 소리를 마구 질러댔다.

"꺄아아아악!! 아니야! 아닙니다! 저년들의 말은 모두 다 거짓이며 모함입니다!"

랄라 지다나는 쉰 목소리로 울부짖었다. 그녀는 술탄의 발치 아래로 바싹 기어들어 가 반은 정신이 나간 얼굴로 술탄과 그 앞에 꿇어앉아 있는 흑인사내를 바라보았다. 술탄은 랄라 지다나를 무시하고 꿇어앉은 흑인사내의 턱을 강하게 움켜잡으며 차갑고 싸늘한 목소리로 입을 열었다.

"네놈이 정녕 랄라 지다나와 간통을 하였느냐?"

술탄의 무시무시한 말에 흑인사내는 대답을 하지 못한 채 그저 신음 소리를 내뱉으며 아니라는 듯 힘겹게 고개를 간신히 가로저었다. 흑인사내는 온몸을 부들부들 떨고 있었다. 하지만 술탄의 얼굴에는 노기로 충만하여 마치 폭발할 듯 위험하게 번득였다. 그때 랄라 할리마가 그들 사이로 끼어들며 입을 열었다.

"술탄이시여, 그 사내는 랄라 지다나와 같은 부족 출신입니다. 서아프리카의 기니에서 잡혀온 자로 마구간 노예를 거쳐 최근에 술탄의 검은 친위대에 들었다 하옵니다. 지금껏 같은 부족 출신이라는 연분으로 랄라 지다나와 통간하였습니다."

랄라 할리마는 마치 그렇지 않느냐는 시선으로 랄라 지다나를 바라보았다. 그러한 모습은 술탄의 처소 안에 든 모든 사람들에게 랄라 할리마의 말이 참인 듯 보이게 했다.

순간 이성을 잃어버린 랄라 지다나는 야수와 같은 모습으로 변하여 랄라 할리마를 향하여 괴성을 질렀다. 그리고는 육중한 몸으로 랄라 할리마의 몸 위로 자신을 내던졌다. 그녀는 거칠고 드센 힘으로 랄라 할리마의 머리와 온몸을 온 힘을 다하여 마구 흔들며 쥐어뜯었다. 순식간에 랄라 할리마의 머리카락이 사방으로 흩날렸다. 극도로 분노하고 있던 랄라 지다나는 랄라 할리마의 어깨와 팔을 거칠게 물어뜯었다. 그 모습은 마치 폭주하는 한 마리 맹수처럼 보였다. 랄라 할리마의 고통에 찬 비명 소리가 술탄의 처소 안을 가득 메웠다. 처소 안의 모든 사람들은 그런 두 사람의 모습을 바라보며 당황하여 어쩔 줄 몰라 했다.

그때 술탄이 거친 힘으로 랄라 지다나와 랄라 할리마를 떼어내었다. 그리고는 갑자기 랄라 지다나의 목을 양손으로 거세게 움켜쥐었다. 술탄의 얼굴은 차가운 살기로 가득했다.

랄라 지다나는 너무도 놀라 두 눈을 휘둥그레 뜬 채 입을 벌려 말을 하려 했다. 하지만 술탄에게 잡힌 목이 거세게 눌리며 말 대신 신음 소리만이 새어나왔다. 그는 탄식 같기도 하며 포효 같기도 한 으르렁거리는 소리를 토해내면서 랄라 지다나의 목을 잡고 있던 손에 힘을 더욱 가했다.

"가, 감히 나를 배신해? 노예로 팔려온 주제에, 너를 총애하여 부귀영화를 주었건만, 감히 나를 배신해?"

술탄의 손에 목이 눌린 랄라 지다나는 고개를 절레절레 흔들며 공포에 질린 눈으로 눈물을 줄줄 흘렸다. 그러나 술탄의 딱딱하게 굳은 얼굴은 마치 차가운 얼음장 같았다.

랄라 지다나의 간절한 표정은 술탄의 차가운 시선 아래에 그대로 묵살되었다. 어느덧 숨이 막힌 채 컥컥거리며 버둥거리던 랄라 지다나의 얼굴이 더욱 검붉어지며 검은 눈동자가 돌아가고 흰자 위만이 보이기 시작했다. 그녀의 벌어진 입에서 침이 넘쳐흘렀다.

이를 보자 술탄은 랄라 지다나를 거칠게 대리석 바닥으로 내던져 버렸다. 그의 눈은 피보다 더욱 붉어 보였다.

랄라 지다나는 간신히 숨통이 트이자 거칠게 숨을 몰아쉬며 졸렸던 목에 손을 대었다. 그녀는 시퍼렇게 질린 얼굴로 부들부들 떨면서 두려움 가득한 시선으로 술탄을 바라보았다.

그때 물레이 에스파가 큰 소리로 울음을 터뜨리며 어머니인 랄라 지다나의 품으로 뛰어들었다. 랄라 지다나는 물레이 에스파를 부둥켜안으며 온몸을 격하게 들썩이면서 오열을 터뜨렸다.

"으흐흑, 물레이 에스파!"

그런 두 사람을 매서운 눈으로 노려보던 술탄이 시종들에게 명령을 내렸다.

"여봐라, 물레이 에스파를 왕자의 처소로 데려가라!"

이에 충직한 시종들은 술탄의 명을 받들어 랄라 지다나에게서 떨어지지 않으려 발버둥치는 물레이 에스파를 억지로 떼어내며 술탄의 처소 밖으로 끌고 나갔다.

"아악, 어머니! 어머니!"

시종의 손에 잡힌 채 울부짖으며 끌려 나가는 물레이 에스파를 바라보던 랄라 지다나는 황급히 그 뒤를 쫓아가려 몸을 일으켰다. 하지만 이내 술탄의 시종들에게 저지당한 채 바닥에 주저앉게 되었고, 그저 출입문을 하염없이 바라보며 목을 놓아 울부짖었다.

"흑흑. 물레이 에스파, 물레이 에스파!"

술탄의 처소 안은 무겁게 가라앉았다. 오직 랄라 지다나의 울부짖는 소리만이 가득했다.

랄라 지다나는 오랫동안 온몸을 바닥에 엎드린 채 대성통곡을 했다. 술탄은 그런 그녀를 차갑고 살벌한 눈으로 쏘아보며 곁의 시종들을 향하여 눈짓을 했다. 그리고는 자신의 팔을 랄라 지다나를 향하여 곧바로 쭉 뻗으며 빠르게 손목을 뒤집어 손바닥이 바닥을 향하게 했다.

순간 처소 안에 있던 모든 사람들의 입에서 두려움에 가득 찬 경악의 소리가 새어나왔다. 그 소리에 놀라 랄라 지다나가 고개를 들어 화장이 얼룩진 얼굴로 주위를 둘러보았다. 불길한 예감으로 등골이 송연한 그녀의 시야에 술탄의 충성스런 근위병인 므사카림이 저벅저벅 빠르게 걸어오는 것이 보였다. 그것을 바라보던 그녀는 화등잔만하게 벌어진 눈으로 황급히 술탄을 쳐다보았다. 술탄은 차가운 모습으로 그녀를 향하여 팔을 뻗은 채 손바닥을 아래로 향하고 서 있었다.

그 모습이 무엇을 뜻하는지 단번에 알아차린 그녀는 공포로 새하얗게 질리며 곧 새된 비명 소리를 질렀다. 그리고는 두려움에 사로잡혀 무작정 출입문을 향하여 몸을 내달리려 했다. 하지만 민첩한 브사카림의 강한 손은 그녀보다 먼저 랄라 지다나의 몸을 강하게 움켜잡았다. 그와 동시에 그녀는 거세게 저항하며 몸부림을 쳤지만 냉혹한 브사카림의 두 병사는 그녀의 양팔을 각각 거세게 움켜잡은 채 그녀의 몸이 움직이지 못하도록 단단히 버티고 섰다. 그때 또 한 명의 상급 병사가 냉혹한 표정으로 랄라 지다나의 빠르게 팔락이며 요동치고 있는 목줄기를 우격다짐으로 움켜잡았다. 그리고는 거세게 압박하며 강하게 눌러 버렸다. 이에 랄라 지다나는 숨이 막히면서 고통이 번지자 한동안 거칠게 몸부림을 치며 저항했다. 그렇지만 시간이 점점 흐르면 흐를수록 머릿속이 새하얗게 변해 버렸고, 그와 동시에 온몸에서는 힘이 빠르게 빠져나갔다. 그리고 얼마의 시간이 흐르자 랄라 지다나는 브사카림 병사의 손 안에서 육중한 몸을 축 늘어뜨린 채 힘없이 흐느적거렸다.

멀리 모스크의 미나레트에서 정오의 기도 시간을 알리는 무에진의 외치는 소리가 들려왔다.

랄라 지다나는 화려한 수가 놓여 있는 양탄자 바닥에 반듯하게 뉘어진 채 미동조차 없었다. 그녀는 그렇게 술탄의 처소 안에 있던 모든 사람들이 보는 앞에서 목 졸림을 당하는 형벌을 받아 죽고 말았다.

술탄의 처소 안에 있던 모든 사람들은 침통한 표정으로 숨소리조차 내지 못한 채 시종들이 술탄의 명을 받아 시신에 천을 덮는 것을 지켜보았다. 술탄은 가면을 쓴 듯한 딱딱한 표정으로 랄라 지다나의 발치에 서 있었다. 그리고는 천에 덮인 그녀의 시신을 차갑게 노려보며 나지막이 입을 열었다.

"우니는…… 자신이 두고 온 남편을 위해서 고초도 마다하지 않았는데…… 너는 무엇이냐?"

＊

끝없이 펼쳐진 푸른 초원 위에서 운희는 눈부시게 빛나는 순백색의 옷을 입은 아름다운 젊은 남자를 만났다. 서로의 눈이 마주친 순간 포근한 미소와 함께 말이 필요없는 따뜻함이 전해졌다. 운희는 그가 내미는 손을 기꺼이 맞잡으며 넓은 초원을 기쁘게 뛰어다녔다.

슬픔도 없었고, 고통도 없었다. 모든 것이 기쁘고 모든 것이 평안했다. 한없이 맑고 따뜻한 햇살과 상냥하게 불어오는 미풍은 운희를 감싸며 더없이 행복하게 만들었다. 날아갈 듯한 기분으로 곁의 남자를 쳐다보는 순간 갑자기 그 남자가 점점 희미해지며 대기 속으로 사라지는 것이 느껴졌다. 그와 더불어 주위의 모든 환경도 점점 옅어지면서 대기 속으로 사라지고 있었다. 그때 어디에선가 웅성거리며 흐느끼는 소리가 다가오더니 점점 커다랗게 울리며 기어코 운희를 덮어버렸다.

운희는 시끄러운 소리에 희미한 눈을 간신히 떴다. 몸에서는 기력이 다 빠져나간 듯 기운이 하나도 없었다. 시야는 부옇게 흐려 있었고 좌우로 흔들리기조차 했다. 간신히 초점을 맞춘 눈동자를 들어 주위를 둘러보자 자신의 곁에서 금발머리의 사라가 어깨를 들썩이는 것이 보였다. 그 뒤로는 낯선 남자 두 명이 흑인여자 한 명과 함께 서로 근심스런 표정으로 대화를 나누는 것이 보였다.

밤이 이슥한 듯 촛불이 방 안을 비추고 있었다. 그때 손목이 시큰하니 아려왔다. 순간 운희는 이것이 꿈이 아님을 깨달았다. 이어 자신이 죽지 않고 살아났다는 것을 알게 되자 순식간에 깊은 절망 속으로 다시 빠져들었다.

그때 운희의 팔에 머리를 파묻은 채 흐느끼고 있는 사라의 뜨거운 눈물이 피부에 닿는 것이 느껴졌다. 운희는 힘없는 반대편 손을 들어 사라의 가늘고 매끄러운 머리칼을 만졌다.

순간 사라는 흠칫하며 고개를 들어 자신의 머리칼을 만지고 있는 운희의 손을 놀라운 눈으로 쳐다보았다. 운희가 기나긴 잠에서 깨어나 자신을 바라보고 있다는 것을 깨닫자 사라는 기쁨의 환호성을 내질렀다. 이어 그녀의 두 눈에서는 뜨거운 눈물이 펑펑 쏟아졌다. 사라는 기쁨에 겨워 운희를 강하게 끌어안았다.

"우니, 드디어 깨어났구나. 깨어나서 정말 다행이야. 정말 다행이야!"

이에 주위에 있던 낯선 사람들도 매우 놀라며 운희 곁으로 빠르게 다가왔다. 그리고는 사라를 운희에게서 떼어내며 반가운 목소리로 운희에게 말을 걸었다. 그들은 들뜬 표정으로 운희의 상태를 점검하면서 여러 가지 질문을 빠르게 쏟아놓았다.

운희는 어둡다는 것만 알 뿐 지금 시간이 정확히 어느 때쯤인지 분간조차 되지 않았다. 그녀가 일어나 앉으려 하자 사라가 황급히 그녀의 상체를 일으켜 세워주며 등 뒤에 쿠션을 넣어주었다. 운희는 방케트 위에 앉은 채 사라의 눈물이 그렁그렁하게 맺힌 주근깨

가득한 얼굴을 바라보며 희미한 미소를 지어 보였다. 사라의 눈물을 닦아주려 손을 올리자 손목이 시큰한 통증으로 아려왔다. 손목을 조심스레 내려다보자 그곳에는 깨끗한 흰 천이 정갈하게 둘러져 있었다. 그것을 바라보던 운희의 얼굴 표정이 무겁게 굳어지며 입술이 꼭 다물어졌다. 그런 그녀를 바라보며 사라는 흑인 여성이 가져다준 아타이를 재빨리 그녀에게 건네주면서 해맑게 웃었다.

"자, 우니가 제일 좋아하는 아타이야. 벌꿀을 진하게 넣어서 정말 맛있을 거야. 어서 마셔봐."

사라의 말대로 아타이는 운희가 이 제국에 와서 제일 좋아한 음료였다. 그것은 따뜻한 물에 박하잎을 넣어 알맞게 우려낸 후에 많은 양의 설탕이나 벌꿀을 넣는 것으로 조선말로는 박하차라 부르면 딱 좋을 듯한 음료였다. 운희는 사라가 재촉하며 건네주는 아타이를 힘없이 받아 들며 어색한 미소를 지어 보였다.

"두 번 다시는 그런 바보 같은 몹쓸 짓은 하지 마. 다시 한 번 그랬다간…… 내가 너를 영원히 미워할 거야."

사라는 촉촉이 젖은 눈가를 흘기며 운희에게 짐짓 화난 어투로 말했다. 그런 사라를 바라보며 그녀는 힘없는 미소를 지은 채 천천히 시선을 내리깔았다.

"미…… 안해, 사라야. 하지만…… 지금도 난…… 깨어나지 않았으면 좋았을 거라는 생각이 들어."

천장으로 시선을 돌리는 그녀의 핏기 없는 하얀 얼굴에 도로록 눈물 한 방울이 볼을 따라 흘렀다.

"그런 바보 같은 말이 어디 있어! 두 번 다시 내 앞에서 그런 소리를 했다간 가만두지 않겠어! 자, 빨리 아타이도 마시고 기운을 내서 맛있는 음식을 잔뜩 먹는 거야. 뚱땡이 조리장이 네가 좋아하는 메추라기 구이를 해주겠다며 메추라기를 잔뜩 구해다 놓았다니까. 이건 분명 서쪽에서 해가 뜰 일 아니겠어?"

사라는 흐르는 눈물을 닦으며 짐짓 쾌활한 목소리로 말을 했다. 운희가 천천히 아타이를 마시고 있을 때 갑자기 우르르 몰려드는 사람들의 발자국 소리가 방문 밖의 복도에서 울려 퍼졌다.

운희는 섬뜩한 기분에 사로잡혀 두려운 시선으로 방문을 쳐다보았다. 그녀의 가슴은 불길한 예감으로 터질 듯이 두근거리기 시작했다. 곧이어 방문이 왈칵 열리며 환관장의 목청을 돋운 소리가 그녀의 귓가를 때렸다.

순간 방 안의 모든 사람들은 허둥지둥 양탄자 바닥에 거의 몸을 붙이다시피 바짝 엎드린 채 안으로 들어서고 있는 술탄을 맞이했다. 운희도 새파랗게 질린 얼굴로 방케트에서 일어서려 했다. 하지만 갑자기 방 안이 핑그르르 돌며 현기증과 함께 눈앞이 노랗게 변해 버렸다.

아차 하는 순간 어느새 운희의 몸은 기우뚱하더니 양탄자 바닥의 기하학적인 무늬를 바라보면서 누워 있었다. 온몸이 긴장으로 후들후들 떨렸다. 어떻게 하든 일어서 보려 무진 애를 써보았지만 그녀의 몸은 머리의 지배를 거부한 채 도무지 말을 듣지 않았다. 식은땀으로 온몸을 적시며 후들후들 떨고 있는 그녀의 시야에 술탄의 화려한 양말이 성큼 다가섰다. 그 발을 쳐다보는 운희의 눈은 공포로 질려 버렸다.

갑자기 커다란 손이 운희의 가냘픈 몸을 가볍게 들어 올려 안으며 두어 걸음을 걸어가 방케트 위에 사뿐히 내려놓아 주었다. 그리고는 그녀의 등 뒤에 쿠션을 단단히 받쳐 주면서 운희의 몸 위로 부드러운 얇은 천을 덮어주었다. 그리고는 그녀의 땀에 젖어 흐트러진 검은 머리칼을 정성스럽게 귀 뒤로 쓸어 넘겨주었다. 그 손길은 사뭇 따뜻하며 다정하기조차 했다.

운희는 술탄의 너무도 뜻밖인 따뜻한 손길에 어리둥절하며 두 눈을 커다랗게 벌린 채 의아한 시선으로 자신 앞의 술탄을 바라보았다. 술탄 곁의 시종들도 휘둥그렇게 벌어진 눈으로 처음으로 보는 술탄의 낯선 모습에 입을 벌린 채 쳐다보고 있었다.

운희는 떨리는 시선으로 자신이 기억하고 있는 체취를 강하게 풍기고 있는 술탄을 조심스럽게 바라보았다. 그의 얼굴은 사뭇 굳은 듯 보였다. 마치 무엇엔가 심통이 잔뜩 난 얼굴 같았다. 하지만 그의 눈빛은 잔잔하며 왠지 평안해 보였다.

순간 술탄과 운희의 시선이 서로 마주쳤다. 그녀를 바라보는 술탄의 시선은 너무도 강렬하여 그녀를 순간적으로 떨게 만들었다. 그 시선은 마치 운희를 빨아들일 듯 강하면서도 은밀하게 빛나고 있었다. 그녀는 술탄의 검은 눈동자에서 깊은 호수를 발견하고 그 속에 빠져드는 자신을 깨닫고는 깜짝 놀라 그의 시선을 황급히 피해 버렸다.

술탄은 운희의 흰 천에 감싸인 손목을 조심스럽게 들여다보았다. 그리고는 이내 미간을 좁히고는 그녀의 핏기 없는 하얀 손을 강하게 움켜쥐었다. 그의 따뜻한 온기가 운희의 차가운 손으로 소리 없이 흘러들어 왔다. 술탄은 한참 동안 강하게 움켜쥐고 있던 그녀의 손을 거칠게 내려놓으며 몸을 돌려 짐짓 화난 어투로 크게 말했다.

"술탄 앞에서 죄를 범하고 복종하는 법을 모르는 이 노예계집 따위에게 자비를 베풀 요량은 추호도 없다. 차라리 깨어나지 않는 게 좋았다는 걸 뼈저리게 느끼며 후회하도록 만들어주겠다. 술탄의 허락없이는 절대로 죽을 수 없다는 것을 우니는 반드시 알아야 한다!"

술탄은 눈빛을 날카롭게 빛내며 운희를 다시 한 번 쳐다보았다. 그의 눈빛에는 경고를 알리는 빛이 가득 차 있었다. 그의 강렬한 시선에 운희는 마른침을 꿀꺽 삼키며 긴장했다. 술탄은 시선을 돌려 의사와 시종들에게 운희가 최대한 빠른 회복을 할 수 있도록 최선을 다하라는 엄명을 내렸다. 그리고는 사라에게 운희 곁에서 함께 기거하며 그녀가 딴전을 하지 못하도록 감시하라는 명령을 내렸다.

"만에 하나 우니가 또다시 자살을 시도한다면 그때에는 사라의 온몸이 찢어질 때까지 말에 매단 채 끌려 다니는 형벌을 내릴 것이다. 그러니 엄밀히 감시하여 두 번 다시 이런 일이 없도록 주의하라. 나, 술탄 시디 무하마드의 심기를 거스르는 일이 없도록 주의하란 말이다. 알겠느냐?"

술탄은 매서운 눈으로 사라에게 으름장을 놓았다. 사라는 겁에 질려 온몸을 사시나무 떨듯 떨며 그의 앞에 머리를 깊이 조아린 채 간신히 대답했다. 그것은 사라에게 뿐만 아니라 운희에게 두

번 다시 허튼짓을 하지 말라는 경고라는 것을 운희는 뼈저리게 깨
닫고 있었다.

"저 괘씸한 노예계집은 보기도 싫으니 완쾌될 때까지 이 방에
서 단 한 발자국도 나오지 못하도록 철저하게 감시하며 지키도록
하여라. 알겠느냐?"

술탄은 운희 처소의 출입문을 담당하는 환관에게 다시 한 번 엄
중한 명령을 내렸다. 이에 환관은 급히 부복하며 알겠다는 대답을
했다. 술탄은 말을 마치자 다시금 운희를 날카로운 눈으로 쏘아보
았다. 그의 눈빛은 날카로웠으나 그다지 차가워 보이지는 않았다.
그는 방 안을 한번 휘둘러보고는 시종들을 이끌고 화려한 비단옷
을 펄럭이며 방문을 빠져나갔다.

술탄의 침실 베란다에서 궁중 시인은 악기를 뜯으며 자신의 비
음 섞인 목소리로 고음과 저음이 길게 반복되도록 하여 일정한 리
듬에 맞춰 즉흥시를 읊조렸다. 궁중 시인들은 언제나처럼 술탄의
비위를 맞추기 위하여 술탄을 위한 찬양의 시를 오늘도 열심히 읊
조리고 있었다.

술탄은 입이 썼다. 마음을 달래기 위해서 궁중 시인을 불렀지만
그닥 효과가 없었다.

고통과 절망으로 마음이 무거웠다. 비록 랄라 지다나가 네 명의
여자 증인에 의해 간통이 고발되어졌고, 꾸란에 의해 당연히 죽음
으로써 벌을 받았지만 그녀와 함께했던 지난 세월이 물밀듯 스쳐
지나며 술탄의 심기를 괴롭혔다.

술탄은 랄라 지다나를 아꼈다.

그녀는 이복동생 소유의 노예였다. 우연히 이복동생의 궁을 방문했다가 음식 접시를 들고 나타난 여러 여자노예 중 남들보다 머리 높이 하나만큼 더 큰 키에 윤기 흐르며 탄력 있는 몸매를 지니고 있던 그녀에게 반하여 선뜻 자신의 애마와 맞바꿨던 것이다. 스스로 값을 지불하고 여자를 취한 것은 그때가 처음이었다. 한동안은 그녀에게 푹 빠져 버려 헤어나지도 못할 지경이었다. 또한 그녀는 술탄의 장남인 왕자 물레이 에스파의 어미이기도 했다. 물레이 에스파를 총애하는 술탄의 마음을 이용하여 가끔은 술탄의 말을 거스르는 일도 서슴없이 저지르며 이에 기고만장하여 술탄의 첫 번째 아내인 랄라 할리마를 수시로 자극하면서 항상 하렘 안의 문제를 야기하기도 했다. 단순하면서도 고집이 센 그녀였지만 이렇듯 다른 사내와 통간까지 하여 그를 배신하리라고는 꿈에도 생각지 못했다. 랄라 지다나의 배신은 술탄에게 있어서 엄청난 충격이 아닐 수가 없었다. 때문에 술탄은 걷잡을 수 없이 폭주하여 끝내 이성까지 잃고 세밀한 조사도 없이 그녀에 대한 사형을 언도하였던 것이다. 이것은 운희의 자살 시도에 이어진 커다란 충격이었기에 랄라 지다나의 입장에서는 크나큰 불행이 아닐 수가 없었다.

술탄은 자신을 향하여 매혹적인 눈웃음을 지으며 교태를 부리는 랄라 할리마의 얼굴이 순간적으로 역겹게 느껴졌다. 하지만 마치 기억을 떨쳐 버리기라도 하려는 것처럼 그는 자신의 넓은 침실로 삼십여 명의 여인들을 불러들였다. 그리고는 한데 뒤엉켜서 환락의 밤을 보내려 생각했다. 하지만 가슴 깊은 곳에서부터 끓어오르는 알 수 없는 분노를 더 이상 견뎌내지 못하고 그는 랄라 할리마를 비롯한 모든 여인들을 내쳐 버렸다.

그는 넓은 침실의 한구석에 있는 방케트 위에 혼자 덩그러니 앉아 있었다. 모든 것이 귀찮고 의욕이 없었다. 아무런 생각도 없이 무기력하게 천장의 무늬를 눈으로 좇으며 그리고 있을 때 환관장으로부터 전해진 뜻밖의 소식에 술탄은 너무도 놀라 자리에서 벌떡 일어났다. 그의 우울하여 구겨졌던 얼굴에 단번에 생기가 넘치며 곧 희색만면해졌다.

술탄은 운희가 깨어났다는 소식을 전해준 환관장을 거세게 끌어안았다. 그리고는 기쁨에 찬 얼굴로 소식을 전해준 환관장에게 난생처음으로 '고맙다'라는 말을 전했다는 사실도 모른 채 서둘러 옷을 걸치고 그녀가 누워 있던 궁전 내 병원으로 황급히 달려갔던 것이다.

병원 내 운희가 묵고 있는 방 안으로 한 발 들어섰을 때, 그는 운희의 창백하며 파리한 얼굴을 보자마자 숨이 막히며 가슴이 저려왔다.

그가 방문 안으로 들어서자 술탄에 대한 예를 갖추기 위해서 그녀가 방케트에서 일어나려 하다가 그대로 기운없이 쓰러질 때엔 너무도 놀라 조마조마한 가슴이 철렁 내려앉는 줄 알았다. 운희의 새털처럼 가벼운 몸을 안아 올렸을 때엔 이렇게 야위었는가 생각하며 왠지 가슴 한켠이 뭉클해지면서 알 수 없는 감정에 휩싸여 목이 메기까지 했다. 대체 이런 감정은 무엇이란 말인가? 운희를 대할 때마다 느껴지는 자신의 너무도 낯선 감정에 그는 스스로도 의아했다. 그것은 설명하기조차 너무도 어려운 감정이었다.

쓰러진 운희를 들어 올려 방케트에 뉘이며 자세를 정리해 줄 때에 문득 그녀가 자신의 눈을 빤히 들여다보는 것을 알게 되었다. 그때 쿵하며 가슴이 걷잡을 수 없이 뛰는 것을 느꼈다. 그러면서 이유없이 콧등이 시큰하며 뜨거운 감정이 끓어올랐다. 하지만 자신의 눈을 바라보던 그녀가 갑작스레 시선을 피해 버렸을 때엔 가슴 한켠이 급속도로 싸늘해지며 이내 먹먹해졌다.

또한 그녀의 자상이 있던 흰 천이 둘러 있는 손목을 보았을 때엔 당시의 일이 갑자기 떠오르며 뜨거운 분노로 가슴이 터질 것처럼 벌렁거렸다. 일부로 그녀에게 거칠게 엄포를 놓으며 짐짓 사라까지 끌어들여 그녀를 감시하게 했던 것도 어쩌면 운희에 대한 불안한 마음을 도저히 감출 수가 없었기 때문일 것이다. 운희가 죽음으로써 자신의 곁을 떠나려 했다는 생각만으로도 술탄은 치가 떨릴 정도로 너무나 싫었다.

운희를 온전히 소유하고 싶다!

이것이 현재 그의 마음이었다. 하지만 그녀의 부서질 듯한 현재의 상태를 돌아보면 어떻게 손을 써야 할지 도무지 알 수가 없었다. 강압적으로 소유한 결과가 그녀의 자살 사건으로 이어졌기에 술탄은 이러지도 저러지도 못했다. 하지만 결단코 자신의 손에서 운희를 두 번 다시 잃지 않겠다는 것이 현재 그의 확고한 마음이었다.

술탄은 그녀가 완전히 회복될 때까지 시간을 두고 좀 더 기다려 보기로 했다. 그녀를 눈앞에 두고 보지 않을 자신이 있는지는 스스로도 알 수 없었지만 당분간 그녀와의 거리를 두며 자신이 진정 그녀를 원하고 있는 것인지, 아니면 특이한 외모에 혹한 단순한 호기심인지도 알고 싶었다.

운희의 방을 빠져나온 술탄은 한동안 그녀에 대한 생각에 잠기다가 문득 발걸음을 옮겨 어미를 잃고 홀로 된 물레이 에스파의 거처로 향했다.

해가 저문 지 얼마 되지 않은 듯하였으나 어둠은 이미 주위를 점령하고 있었다. 상현으로 차 오르고 있는 창백하고 얼룩진 달이 술탄의 눈에 들어왔다. 저 멀리 물레이 에스파의 궁에서 창문으로 어른거리는 불빛이 보였다.

물레이 에스파는 자신 곁의 백인시녀에게 온갖 심통을 부리고 있었다. 방 안은 이미 온갖 것들로 어지럽게 널려 난장판이 되어 있었다. 물레이 에스파는 하루 종일 울었다. 사랑하는 어머니가 세상을 떠나게 되자 그 불안감이 극도로 달하여 눈에 보이는 모든 것을 집어 던지며 어머니를 당장에 불러오라고 생떼를 부리고 있었다. 그 덕에 곁에 있던 시녀들은 모두 쩔쩔매며 어쩔 줄을 몰라 했다.

어머니 랄라 지다나의 성정을 많이 닮은 물레이 에스파는 비록 어린 나이였지만 상당히 고집이 세며 이기적이고 교만했다. 특히 랄라 지다나의 끔찍한 사랑을 받으며 자랐기에 그의 성품은 더욱

안하무인격이었다.

술탄이 방문했을 때, 물레이 에스파는 어머니인 랄라 지다나를 데려오라며 악을 쓰면서 자신 곁의 시녀를 브라질나무로 만든 곤봉으로 두드려 패고 있었다. 그런 모습에 술탄은 적잖이 놀라지 않을 수가 없었다.

방 안은 온통 난장판이 되어 깨지고 부서진 물건들이 주위를 잔뜩 어지르고 있었다. 물레이 에스파는 자신의 처소로 술탄이 들어서자 그의 품 안으로 뛰어들지도 못한 채 주춤하며 뒤로 서너 걸음 물러섰다. 그리고는 잔뜩 겁에 질린 얼굴로 울먹이고 있었다.

자신의 어머니에게 죽음을 선사한 아버지였기에 술탄을 바라보는 물레이 에스파의 눈에는 극도의 두려움이 담겨 있었다. 그러한 아들의 모습을 바라보자 술탄의 마음은 썩 편치가 않았다. 희생제 때에 보곤 하였던 죽음을 목전에 둔 양처럼 겁에 잔뜩 질린 모습으로 자신을 바라보는 아들의 모습은 술탄의 가슴을 더욱 아프게 했다. 하지만 술탄은 자신의 감정을 떨쳐 내며 단호하면서도 근엄한 목소리로 입을 열었다.

"물레이 에스파는 잘 들어라! 네 어미인 랄라 지다나는 아버지이며 술탄인 나, 시디 무하마드를 배신하여 알라께서 명한 죗값을 받은 것이다. 그러니 이후에 두 번 다시 네 어미를 찾는 모습을 보인다는 것은 너 또한 아버지이며 술탄인 나를 배신하는 행위나 다를 바가 없을 것이다. 만약에 그러할 경우에 나는 너를 엄단하고 반드시 용서하지 않을 것이다. 그러니 사내답게 눈물을 거두고 네 머릿속에서 네 어미에 대한 모든 잡념을 지워라. 이것은 술탄으로

서 명령하는 것이다. 알아들었느냐, 물레이 에스파?"

물레이 에스파는 잔뜩 겁에 질린 얼굴로 무뚝뚝한 술탄의 얼굴을 부들부들 떨며 바라보았다. 술탄의 근엄한 표정에 물레이 에스파는 울음을 참으려 애를 쓰면서 간신히 고개를 끄덕이었다. 술탄은 눈물을 그치려 애를 쓰며 손으로 눈물을 훔치고 있는 어린 아들의 머리를 쓰다듬으며 그 모습에 대견해했다.

"장하다. 물레이 에스파, 혹 네가 갖고 싶은 것이 있더냐? 술탄이 네 소원을 들어주겠다."

그의 말에 물레이 에스파는 아직도 눈물로 범벅되어 있는 충혈된 눈으로 술탄을 한참 동안 바라보았다.

"소자가…… 갖고 싶은 것이 있을 때에, 그때 말씀드려도 되겠습니까?"

물레이 에스파의 말에 술탄은 기꺼이 호응하며 고개를 끄덕여 주었다.

"오냐, 알았다. 그렇게 하자꾸나. 네 마음에 원하는 것이 생기면 그때에 말하여 보거라. 내 기꺼이 들어주겠노라고 알라께 맹세하노라."

술탄의 말에 물레이 에스파는 고개를 끄덕이었다. 술탄은 물레이 에스파를 향하여 흐뭇한 미소를 지어 보이며 물레이 에스파가 시녀의 시중을 받으며 침실에 드는 것을 확인한 후에야 천천히 물레이 에스파의 궁을 빠져나갔다. 밤공기가 서늘했다.

술탄은 첫 닭이 우는 소리에 잠에서 깼다. 랄라 지다나 사건 이

후 예민해진 술탄은 작은 소리에도 쉽게 깨어 깊은 잠을 이루지 못하게 되면서 잠자리에서 일찍 털고 일어나게 되었다. 이어 멀리 새벽을 가르며 무에진(기도 시간을 외쳐 주는 사람)의 비음 섞인 목소리가 기도 시간임을 알려왔다. 리듬감있는 아잔을 들으며 술탄은 땀에 젖은 머리칼을 뒤로 쓸어 넘겼다.

제국을 다스리는 술탄의 지위에 오르기까지 그는 너무도 많은 피를 보았다. 곳곳에서 일어나는 반란과 음모로 인해 그는 늘 예민해 있었다.

알라위트 왕조의 4대 술탄이었던 위대한 물레이 이스마일 이후로 제국은 그 강력함이 쇠락해지며 검은 친위대를 휘어잡지 못하고 권좌에 올랐던 흐리멍덩한 술탄들에 의해서 삼십 년간 제국의 분열은 거듭되어 왔다. 짧은 수명의 선대 술탄들은 노예를 다루는 데 있어서는 잔혹했지만 방탕한 생활로 검은 친위대와 조관들을 제대로 휘어잡지 못한 채 그들의 그늘에서 허우적거렸다. 마침내 알라위트 왕조의 12대 술탄인 시디 무하마드가 비어 있던 권좌에 오르면서 물레이 이스마일 시대의 영광을 되찾겠다는 단호한 결심을 했다. 그는 자신의 강력한 카리스마로 그들을 압도하며 검은 친위대를 그의 발아래에 서슴없이 조아리게 했다. 술탄 시디 무하마드는 포악했다. 아니, 포악할 수밖에 없었다. 술탄 앞에 조아린 사람의 목숨이란 바람 앞의 등불처럼 그 앞에선 한 치의 앞도 예측할 수가 없었다. 그러한 강한 왕권만이 흐트러진 제국을 굳건히 세울 수 있을 것이라 생각했기에 그는 포악하기를 주저하지 않았다.

술탄은 제일 먼저 하루 다섯 번의 기도 중 첫 번째 기도를 드리기 위해서 모스크로 갔다. 이어 성찬을 마치고 슈라(국회와 같은 기구)에서 조관들의 업무 보고를 들으며 하루를 시작했다. 또한 넓은 지역에 퍼져 있는 건축 현장을 시찰하고 자신이 다스리고 있는 영토의 일부를 한 바퀴 돌아본 후에 왕실 직무를 빠르게 처리해 나갔다. 술탄이 오후 늦게 먼 지역을 시찰하고 전차를 타고 술탄의 궁전으로 되돌아올 때였다.

해거름으로 산 그림자가 길게 늘어져 있었다. 멀리 마지막 기운을 발하는 오후 햇살을 받으며 술탄의 궁전이 희끗하게 빛났다. 궁전에서 반사되는 흰빛이 시야에 들어오자 술탄은 문득 운희가 떠올랐다. 갑자기 심장의 고동이 빨라지면서 거칠게 뛰놀기 시작했다.

술탄은 전차를 모는 시종에게 더욱 빨리 달리라며 재촉했다. 시종은 사력을 다해 말을 몰았으나 술탄은 성에 차지 않는지 시종에게서 채찍을 황급히 낚아채어 잘 달리고 있는 말의 등에 연신 채찍을 휘둘러 댔다. 말들은 입가에 거품을 물면서 미친 듯이 거세게 내달렸다. 누런 흙먼지를 일으키며 궁전 앞에 도착하자마자 술탄은 시종의 도움없이 전차에서 뛰어내려 황급히 운희가 묵고 있는 거처로 발걸음을 옮겼다.

오늘 아침, 운희는 병원의 작은 방에서 술탄이 정한 궁의 이층에 있는 햇살이 잘 드는 환하고 아늑한 방으로 옮겼다. 그 방은 오래전 술탄의 돌아가신 어머니가 잠시 사용하였던 방이었다.

술탄의 발걸음은 마치 날아가는 듯 빠르게 튕겨 올랐다. 왜 그
렇게 마음이 급한지 절로 온몸이 근질거리며 몸의 어느 곳이 찌릿
해졌다. 술탄의 뒤를 따르는 시종들과 므사카림은 그의 마음을 알
기라도 하는 듯 발걸음을 빨리하며 허겁지겁 술탄의 뒤를 쫓았다.
운희의 거처 앞에 다다르자 뒤에 서 있던 환관장이 황급히 앞으로
나서며 목청을 최대한 돋운 채 술탄의 시위 듦을 알렸다.

순간 술탄의 뇌리에 떠오르는 생각이 있었다. 당분간 운희를 찾
지 않겠다고 했던 스스로와의 약속이었다. 온몸의 세포가 곤추섰
다. 자신의 나약함이 순간적으로 너무 싫어 화가 치밀었다. 술탄
은 긴 한숨과 함께 고개를 숙이고 몸을 돌리려 했다. 하지만 어느
덧 열린 출입문의 안쪽에서 윤기 흐르는 검은 머리칼을 부챗살처
럼 펼친 채 머리를 조아리고 있는 운희의 낯익은 모습이 눈에 띄
자 그의 머릿속에 있던 만 가지 생각들은 한꺼번에 자취도 없이
사라져 버렸다.

그녀의 거처에서는 운희와 사라, 그리고 한 명의 흑인여자 노예
가 술탄을 향하여 온몸을 양탄자 바닥에 바짝 붙인 채 머리를 깊
이 조아리고 있었다. 그는 마구 뛰고 있는 자신의 가슴을 진정시
키려 호흡을 길게 가다듬으며 짐짓 헛기침을 했다.

"흠흠, 별일없었는가? 모두들 고개를 들라."

술탄의 명령에 운희와 사라, 흑인여자 노예는 고개를 들었다.
술탄은 운희가 고개를 드는 모습을 마치 시간이 멈춘 듯 넋이 빠
진 채 멍하니 지켜보고 있었다. 천천히 고개를 드는 운희의 유연
한 움직임은 마치 한 마리의 우아한 백조를 연상시켰다. 술탄의

눈에는 오직 그녀만이 보이며 주위의 모든 것들은 시야에서 사라진 지 오래였다.

'운니, 눈을 들어 나를 보아라!'

술탄은 운희를 향하여 마음속으로 부르짖었다. 하지만 그녀는 고개를 들었지만 시선만큼은 여전히 양탄자 바닥을 향하고 있었다. 운희는 술탄의 마음속의 소리를 전혀 듣지 못한 듯 그저 묵묵히 시선을 내리깐 채 새치름히 앉아 있었다. 그래도 전날에 비해 혈색이 제법 좋아 보이는 그녀의 안색을 살피면서 술탄의 마음은 적잖이 안심이 되었다.

"흠, 상처는 좀 어떠하느냐?"

술탄이 일개 노예계집의 형편을 묻는 질문을 하자 사라와 흑인여자 노예는 눈을 동그랗게 뜨며 술탄과 운희를 연신 번갈아 쳐다보았다. 하지만 운희는 전혀 대꾸조차 하지 않았다. 그녀가 입을 꾹 다문 채 가만히 있자 사라와 흑인여자 노예는 화들짝 놀라며 등 뒤로 식은땀을 흘리면서 전전긍긍했다. 두 사람은 술탄과 운희의 눈치를 살피며 어쩔 줄 몰라 했다.

술탄은 자신의 질문에 반응조차 보이지 않는 운희의 태도에 기가 막혔다. 이런 일은 살아생전 처음으로 겪는 것이었다. 일개 노예계집이 술단의 말에 대꾸가 없다? 금세 그의 얼굴빛이 새카맣게 변하며 굳어지더니 입가가 씰룩거렸다. 눈에서는 노기가 줄줄 흐르고 있었다.

매서운 눈빛을 빛내며 술탄은 그녀 앞으로 성큼 다가섰다. 그리고는 와락 운희의 흰 천이 둘러진 손목을 움켜잡으며 소리를 질렀다.

"이 괘씸한 노예계집 같으니! 너에게 자비를 베풀어 위대한 술탄인 나, 시디 무하마드가 네 상처의 형편을 묻기로서니 어찌 가만히 입을 다문 채 대꾸조차 없는 것이냐? 네가 감히 이 술탄을 능멸하려 드는 것이냐? 이, 이 괘씸한……."

술탄의 말이 채 떨어지기도 전에 운희는 몸을 바닥에 넙죽 붙인 채 입을 열었다.

"술탄이시여, 부디 소인을 죽여주옵소서. 술탄께 불충한 노예계집은 죽어 마땅하나이다. 그러니 부디 소인을 죽여주옵소서."

술탄은 운희가 내뱉은 말에 너무도 어이가 없고 기가 막혀 그만 거친 숨을 내뱉으며 입을 벌렸다.

"하! 무, 무어라? 주, 죽여달라……?"

술탄은 검다 못해 하얗게 변해 버린 얼굴로 어금니를 악다물며 운희를 한참 동안 노려보았다. 하지만 그의 몸은 마치 얼어붙은 듯 꼼짝도 할 수가 없었다. 그녀의 말을 듣는 순간 심장이 쿵하며 떨어지는 소리가 들렸다. 가슴은 새까맣게 타 들어갔고, 마치 바짝 마른 땅처럼 쩍쩍 갈라지며 온몸의 신경과 근육은 단단하게 굳어져 버렸다.

술탄의 손가락이 희미하게 떨리고 있었다. 갑자기 주먹을 불끈 쥔 그가 방 안의 벽을 향해 주먹을 힘껏 내려쳤다. 순간 쾅하며 벽이 심하게 울리더니 그 여파로 벽 바로 밑에 있던 방케트 위의 쿠션들이 바닥으로 우르르 굴러 떨어졌다. 방 안에 있던 모든 사람들은 눈을 휘둥그레 뜬 채 술탄의 안색을 살피며 몸을 사리고 있었다.

"그, 그래. 기다려라. 당연히 죽여주지. 우니, 그러니 죽음을 재촉하지 마라. 어차피 네 체력이 받쳐 줘야 너를 괴롭히는 맛이 더욱 살아날 테니. 이 술탄은 단지 그때까지만 기다릴 뿐, 천천히 아주 천천히 너를 죽여줄 것이다. 네 입에서 제발 살려달라는 말이 튀어나오도록 만들어줄 터이니 걱정하지 마라!"

술탄은 차갑고 냉랭한 음성으로 말을 마치자 운희를 싸늘하게 노려보았다. 하지만 그의 표정에는 슬픔이 가득 담겨 있었다. 그러나 머리를 조아리고 있던 운희는 그의 표정을 볼 수가 없었다.

술탄은 몸을 황급히 돌려 바람을 일으키며 거친 동작으로 방을 빠져나갔다. 그와 그 뒤를 따르던 모든 사람들이 방 안을 빠르게 빠져나가자 방 안은 마치 썰물이 빠져나간 듯 공허만이 남았다. 그들이 내는 발자국 소리가 어느새 멀어지더니 전혀 들리지 않게 되었다.

운희는 그때서야 참았던 숨을 힘겹게 몰아쉬었다. 그녀의 이마에는 식은땀이 송골송골 맺혀 있었다. 사라와 흑인여자 노예는 운희가 어찌하여 저러한 말을 하였는지 심히 안타까워하며 그녀의 표정을 조심스럽게 살폈다. 하지만 두 사람은 운희에게 그 어떤 말조차 하지 못했다. 왠지 그녀의 몸에서 배어나오는 슬픔이 순간적으로 터질 것만 같았기 때문이다. 그녀의 눈에는 쓸쓸하면서도 말로 표현할 수 없는 깊은 슬픔이 가득 담겨 있었다.

'제발…… 더 이상은 이 운희를 찾아오지 마세요. 제발 부탁입니다.'

운희는 입을 꼭 다문 채 마음속으로 외쳤다. 그리고는 두 눈을 질끈 감아버렸다.

그녀의 마음은 너무도 참담하며 심란하기 그지없었다.

술탄 앞에서 자신을 죽여달라고 말을 하면서도 가슴 한켠에서는 알 수 없는 통증이 혈관을 타고 온몸으로 퍼져 나갔다.

'나는 술탄을 미워해. 그를 증오해! 그 사람 때문에 세자저하에 대한 나의 정절을 지키지 못했어. 그 사람 때문에 마마 앞에 대죄를 지었다고. 하지만, 하지만 내가 대체 왜 이러는 것이지? 술탄을 볼 때마다…… 가슴이 왜 이토록 미어지며 아픈 것이지?'

운희는 폐부 깊숙한 곳에서부터 올라오는 깊은 한숨을 토해내었다. 머리로는 술탄을 증오하면서도 언제부턴가 그에 대한 생각이 미칠 때면 바닥에 쓰러져 있던 자신을 따뜻하게 안아 올려 방케트 위에 뉘어주면서 쿠션을 받쳐 주고 땀에 젖어 흐트러진 머리칼을 정갈히 쓸어주던 그의 따뜻한 손길이 떠올랐다. 그때의 그의 손길은 거칠지도 폭력적이지도 않았으며 오직 따뜻한 온기만이 가득했다.

운희는 고개를 세차게 가로저었다.

'아니야, 이건 아니야! 비록 몸은 빼앗겼어도 마음까지 허락할 수는 없어! 이건 마마와 조선에 대한 나의 변절이야. 변절자가 되느니…… 차라리 죽는 게 나아. 그래, 죽어버리는 게…… 훨씬 나을 거야.'

운희는 주먹이 하얗게 되도록 관절에 힘을 주며 입술을 꼭 깨물었다. 갑자기 알 수 없는 슬픔이 가슴 깊은 곳에서부터 북받쳐 오르며 코끝이 시큰해졌다. 눈을 껌뻑이며 촉촉이 젖어오는 눈에 힘껏 힘을 주어보았지만 눈물이 더욱 크게 그렁하게 매달리더니 이내 뚝뚝 떨어지고 말았다. 운희는 눈물을 닦으며 정교하면서도 기하학적인 무늬가 현란하게 수놓인 천장의 금박장식을 멍하니 바라보았다.

제 3 장

랄라 할리마는 술탄이 입궁하자마자 자신의 처소를 지나쳐 허겁지겁 운희의 처소로 향하는 것을 멀찍이서 바라보았다. 또다시 랄라 할리마의 가슴에는 뜨거운 질투가 촉발되면서 투기가 거친 파도처럼 일렁이었다. 그녀는 이를 악다물고 매서운 눈으로 술탄이 사라진 운희의 방문을 뚫어져라 노려보았다.

'그렇게는 안 돼!'

랄라 할리마는 오늘 아침에 술탄께서 동양계집의 처소를 병원의 작은 방에서 술탄 궁의 이층에 있는 아늑하며 창밖의 풍경이 궁 안에서 가장 좋기로 소문난 방으로 옮기게 했다는 소식에 무척이나 상심했다.

그 방은 언젠가 기회가 되면 술탄께 청하여 자신에게 하사해 달라고 조르려고 마음먹고 있던 방이었다. 그 방은 술탄의 돌아가신 어머니께서 사용하셨던 방으로 술탄께서 각별히 관리하며 애정을 가지고 아끼던 방이었다. 죽은 랄라 지다나조차도 그 방을 탐내어 두 사람 사이에서는 암묵적으로 대비가 되면 얻어지게 되리라는 은밀한 묵계가 걸려 있었다.

랄라 할리마는 눈을 가늘게 뜨면서 잠시 생각에 잠기다가 황급히 자신의 처소로 발걸음을 옮겼다. 랄라 지다나가 제거된 이후 랄라 지다나가 이끌던 하렘과 전 왕궁의 모든 하렘은 그녀의 차지가 되었다. 이에 랄라 할리마는 쾌재를 불렀다. 이제야 비로소 절대적인 하렘의 여왕이 되었다는 생각이 들었다. 그러던 차에 술탄의 동양계집에 대한 여전한 관심에 랄라 할리마는 얼굴을 찡그렸다.

처소로 돌아온 그녀는 자신을 반기는 왕자 물레이 무하마드를 품에 안았다. 그녀는 술탄의 얼굴을 꼭 빼다 박은 어린 아들의 입에서 흘러내린 침을 손으로 닦아주었다. 그녀는 사랑스런 어린 아들의 얼굴을 바라보면서 다음 대의 보위에는 반드시 자신의 아들인 물레이 무하마드를 앉힐 것을 다시 한 번 다짐했다.

물레이 무하마드는 이제 겨우 세 살인 어린아이였다. 하지만 물레이 무하마드가 술탄의 자리에 앉기 위해서는 랄라 지다나의 아들이며 술탄의 장남인 물레이 에스파가 가장 큰 골칫거리였다. 비록 랄라 지다나가 제거되어 물레이 에스파의 뒷심이 사라지기는 하였지만 술탄의 총애는 여전히 물레이 에스파에게 쏠려 있었다. 랄라 할리마는 그것이 내내 불쾌하고 못마땅하며 언짢았다. 하지만 그의 마음을 강압적으로 돌릴 수도 없는 노릇이었기에 자연스런 방법으로 물레이 에스파를 제거해야겠다는 생각을 하면서 랄라 할리마는 내려달라며 다리를 버둥거리고 있는 자신의 아들을 조심스레 바닥에 내려놓았다.

바닥에 내려선 물레이 무하마드가 랄라 할리마의 긴 치마 끝을 잡아당기며 방 밖으로 나가자고 졸라댔다. 귀여운 아들의 재촉에 그녀는 입가에 따뜻한 미소를 지으며 물레이 무하마드가 무작정 이끄는 대로 발걸음을 옮겨갔다.

물레이 무하마드는 뒤뚱거리는 걸음으로 미로와 같은 대리석 복도를 정신없이 돌아다녔다. 힘들게 계단을 올라 한참을 돌아다니던 물레이 무하마드가 문득 걸음을 멈추었다. 갑자기 복도의 한 끝에서 문이 급하게 열리더니 술탄이 검게 굳어진 얼굴로 랄라 할리마의 앞으로 다가오는 것이 보였다.

랄라 할리마와 시녀들은 조심스럽게 술탄을 향하여 예를 갖추면서 살짝 비켜선 채 인사를 했다. 하지만 술탄은 그들에게는 조금의 눈길도 주지 않은 채 그들의 앞을 빠르게 스쳐 지나가 버렸다. 순간 물레이 무하마드는 낯익은 아버지의 모습에 술탄을 향하여 손짓을 하면서 작은 목소리로 그를 불렀다. 하지만 술탄은 전혀 듣지를 못했는지 아무런 반응조차 보이지 않으며 랄라 할리마와 물레이 무하마드의 앞을 지나쳐 빠르게 멀어져 갔다.

그로 인해 랄라 할리마는 충격을 받아 그 자리에서 딱딱하게 얼어붙었다. 자신뿐만 아니라 사랑하는 아들 물레이 무하마드조차 외면하며 사라져 가는 술탄의 뒷모습에 그녀는 파르르 떨며 입술

을 꼭 깨물었다. 물레이 무하마드를 잡고 있던 그녀의 손에 힘이
꽉 들어갔다. 물레이 무하마드는 자신의 손이 강하게 쥐어지자 얼
굴을 찡그리며 아프다고 징징댔다. 랄라 할리마는 술탄의 모습이
시야에서 완전히 사라질 때까지 그의 뒷모습을 노려보다 몸을 획
돌려 운희가 기거하고 있는 방으로 거친 발걸음을 옮겼다. 그녀의
얼굴 표정은 자못 무시무시했다.

랄라 할리마는 환관이 자신이 온 것을 알리기도 전에 거칠게 운
희 처소의 출입문을 벌컥 열어버렸다. 이에 방 안에 있던 세 여인
들은 화들짝 놀라며 그녀를 잠시 동안 바라보다 눈앞의 여자가 황
후임을 알아보고는 서둘러 랄라 할리마를 향하여 예를 올렸다. 그
녀는 자신의 앞에 조아리고 있는 운희의 작은 몸을 싸늘하고도 냉
랭한 눈빛으로 쏘아보았다.

'대체 술탄께서는 어찌하여 이 비쩍 마른 계집에게 이토록 연
연하신단 말씀인가?'

랄라 할리마는 너무도 속이 풀리지 않아 절로 얼굴을 험악하게
일그러뜨렸다. 운희의 창백한 하얀 뺨을 한 대 후려치고 싶은 강
렬한 욕망이 들끓었으나 왠지 손을 댔다가는 스스로를 절제하지
못할 것 같기에 마른침만 꿀꺽 삼키며 스스로를 힘들게 자제했다.
자신의 기분을 있는 그대로 폭발했다가 지난번처럼 술탄의 분노
가 자신에게로 향하게 될까 봐 두려운 마음도 들었다.

그때 랄라 할리마의 곁에 있던 왕자 물레이 무하마드가 어느 겨
를에 운희에게 다가갔는지 그녀의 기다란 검은 생머리를 헤집으
면서 헤헤거리며 웃고 있었다. 운희가 깜짝 놀라 고개를 살며시

돌려 물레이 무하마드를 바라보자 물레이 무하마드의 호기심 어린 까만 구슬 같은 눈동자가 그녀의 얼굴을 향하여 해맑은 미소를 지어 보였다. 그 모습을 바라보던 랄라 할리마는 그렇게 끝없이 들끓어 오르던 운희에 대한 악감정이 갑자기 서서히 가라앉는 것을 느꼈다. 랄라 할리마는 아들이 기분 좋아하는 모습을 바라보며 다시 한 번 침을 꿀꺽 삼켰다.

"모두 고개를 들어라."

랄라 할리마의 명령에 운희와 사라, 흑인여자 노예는 천천히 고개를 들어 랄라 할리마를 바라보았다. 운희가 고개를 들자 물레이 무하마드는 더욱 신이 난 듯 그녀에 대해 왕성한 호기심을 보이며 심지어 그녀의 얼굴을 자신의 양손으로 잡고 뚫어질 듯 쳐다보았다. 아이의 동그랗고 까만 눈동자는 운희를 향하여 반짝반짝 빛나고 있었다. 운희도 해맑은 어린아이의 웃는 얼굴을 대하자 기분이 좋아져 절로 입가에 미소가 번졌다. 운희의 미소를 보자 물레이 무하마드는 더욱 신이 났는지 깔깔거리며 해맑은 소리로 웃어댔다. 그러한 모습을 지켜보고 있던 랄라 할리마의 잔뜩 흐려졌던 얼굴이 조금씩 펴지기 시작했다.

"우니라고 했던가? 너에 대한 이야기는 들었다. 오늘도 술탄의 심기를 거스른 모양이지? 하지만 술탄의 심기를 거스르는 것은 썩 현명한 일이 아니다. 계집 된 도리로 남자에게 절대 순종하는 것은 알라께서 정하신 일이고, 노예 된 도리로 상전이신 술탄께 절대 복종하는 것은 곧 이 제국의 법이니라. 발의 상처도 아직 덜 아물었는데 몸을 사릴 줄 아는 것이 좋을 터이니 이제부터라도 몸조리를 잘하기 바란다. 왕자 물레이 무하마드가 너를 좋아하는 모양이니 오늘은 네가 잠시 데리고 있으며 보살피도록 하여라."

랄라 할리마의 뜻밖의 명령에 운희는 깜짝 놀라며 잠시 주춤거리다 이내 그러하겠다는 대답을 하였다. 랄라 할리마는 물레이 무하마드와 유모만을 남겨놓은 채 시녀들을 이끌고 발걸음을 돌려 자신의 처소로 되돌아갔다.

그날 밤 술탄이 며칠 만에 랄라 할리마의 하렘에 나타나게 되자 랄라 할리마는 교태 어린 눈웃음을 지으며 술탄을 맞이했다.

그녀는 술탄의 굳어진 몸을 정성껏 마사지하면서 술탄이 나른해진 때를 기다려 운희를 물레이 무하마드의 담당 시녀로 달라고 청을 했다.

술탄은 깜짝 놀랐다. 그는 미간을 좁히며 싸늘한 시선으로 랄라 할리마를 쏘아보았다. 그는 자신의 등을 마사지하고 있던 랄라 할리마의 손을 거칠게 뿌리치며 황급히 방케트 위에서 상체를 일으켰다. 술탄의 몸에는 장미향유의 유분기가 촛불에 반들거리며 빛나고 있었다.

"지금 뭐라고 했소?"

술탄은 상당히 불쾌한 기분을 억누르며 낮게 으르렁거렸다. 랄라 할리마는 그의 갑작스런 기분 변화에 깜짝 놀라며 주춤했다. 그리고는 입 안의 마른침을 꿀꺽 삼켰다.

"우니라는 동양계집을…… 물레이 무하마드의 시녀로 청하는 것이옵니다. 부디……."

랄라 할리마의 말이 채 끝나기도 전에 술탄은 더욱 인상을 찌푸리며 거칠게 소리쳤다.

"랄라 할리마, 혹 오늘 우니의 처소에 갔었소?"

랄라 할리마는 술탄의 뜻밖의 질문에 놀라 대답을 하지 못했다.

"만약 그렇다면 두 번 다시 우니의 처소에 발걸음을 하지 마시오! 그대가 우니의 처소에 가는 것을 내가 원치 않소! 그대가 우니를 만나는 것을 금한단 말이오. 내 말을 알아듣겠소? 이것은 술탄의 명령이니 두 번 다시 사사로이 운희의 처소에 가지 마시오!"

말을 마치자 술탄은 랄라 할리마에게서 고개를 돌려 버렸다. 그의 으르렁거리는 소리를 들으며 랄라 할리마는 그의 공격적인 태도에 크게 놀라지 않을 수가 없었다. 눈치 빠른 그녀는 얼른 술탄의 비위를 맞추기 시작했다.

"여, 여부가 있겠나이까…… 만은…… 우니 또한 신첩의 하렘 안에 머물고 있음을 유념하여 주시옵소서. 오늘 술탄께서 동양계집의 처소에서 언짢으신 얼굴로 나오실 때에 신첩과 물레이 무하마드가 마침 그곳 복도에 있었지 않았습니까."

술탄은 랄라 할리마의 이어진 말에 깜짝 놀라며 그녀를 쳐다보았다. 그리고는 순간 고개를 갸웃했다. 그의 기억에는 운희의 방을 나왔을 때의 끓어오르던 기분만 남아 있을 뿐 자신이 지나친 복도에서 랄라 할리마와 물레이 무하마드를 보았던 기억이 없었다. 그의 의아해하는 표정을 바라보며 랄라 할리마는 미간을 좁힌 채 천천히 말을 이었다.

"기억을 못하시는군요. 신첩과 물레이 무하마드는 분명 그때 그곳에 있었습니다. 이제 술탄께 청하오니 술탄께서는 부디 물레이 무하마드라는 아들도 있음을 유념하여 주시옵소서."

아들에 대한 말을 하자 랄라 할리마는 갑자기 목이 메었다. 하지만 이를 간신히 억누르며 가슴을 쓸면서 얼른 다음 말을 이어나갔다.

"처, 청하옵건대…… 술탄께서는 물레이 에스파에게 쏟으시는 총애의 반의반만이라도 물레이 무하마드에게도 보여주시옵소서."

말을 이어나가던 랄라 할리마의 목소리는 가늘게 떨리고 있었다. 그녀의 목소리는 촉촉이 젖어들며 물기로 가득 찼다. 그녀의 말을 듣고 있던 술탄의 눈썹이 순간적으로 꿈틀거렸다. 그는 입을 꾹 다문 채 굳은 표정으로 감정에 못 이겨 울먹이고 있는 랄라 할리마를 쳐다보았다.

"오늘…… 술탄께서 황급히 신첩의 앞을 지나쳐 가신 후에 물레이 무하마드와 우니의 처소에 잠시 들르게 되었습니다."

그녀는 간신히 목소리를 가다듬으며 말을 했다. 그녀가 운희의 처소에 들렀다는 말을 내뱉자마자 술탄의 얼굴은 금세 다시 딱딱하게 굳어버렸다. 그의 얼굴에는 언짢은 기색이 역력했다. 술탄의 안색이 변했음을 눈치 챈 랄라 할리마는 재빨리 다음 말을 빠르게 이어나갔다.

"그런데…… 물레이 무하마드가 우니라는 동양계집에게 상당한 관심을 보이고 있는 것을 오늘 보았나이다. 물론 우니도 물레이 무하마드를 매우 좋아하는 모습이었고요. 그것은 너무나 당연한 일이지요. 물레이 무하마드같이 귀여운 사내아이는 이 궁성 그 어느 곳에도 없을 테니까요. 오늘 오후에 물레이 무하마드가 우니와 함께 시간을 보내게 되었나이다. 해서⋯⋯."

랄라 할리마의 이어진 말을 듣고 있던 술탄이 깜짝 놀라며 랄라 할리마의 얼굴을 뚫어질 듯 바라보았다.

"지금, 우니가⋯⋯ 오늘 오후에 물레이 무하마드와 함께 시간을 보냈다고 하였소? 그것도 좋아하면서⋯⋯?"

술탄의 얼굴에는 놀랍다는 빛이 역력했다. 그는 입을 벙하니 벌리며 깊은 생각에 빠진 듯 랄라 할리마의 입술을 바라보고 있었다. 한참을 그렇게 멍하니 있던 술탄이 갑자기 정신을 차리며 단호한 표정으로 랄라 할리마의 간절한 청을 순식간에 불허해 버렸다.

"우니를 물레이 무하마드의 시녀로는 줄 수 없소!"

랄라 할리마는 술탄의 단호한 거부의 말에 깜짝 놀랐다.

"하, 하지만⋯⋯ 물레이 무하마드가 그 동양계집을 상당히 좋아하옵니다. 그러니 부디 다시 한 번 생각해 주시옵소서. 어차피 그 동양계집도 노예이지 않습니까? 물레이 무하마드를 돌보는 일을 시키심이⋯⋯."

랄라 할리마는 실망의 빛을 여실히 드러내며 술탄을 향하여 애원을 했다. 하지만 그는 단호한 표정으로 정색조차 하면서 그녀에게 쏘아붙였다.

"랄라 할리마, 이미 술탄이 불허한다고 말하지 않았소! 더 이상 주제넘게 술탄을 재촉하지 마시오!"

랄라 할리마는 어두워진 표정으로 입술을 꼭 깨문 채 한참 동안 그를 침울한 시선으로 바라보았다.

"무, 물레이 에스파가 그랬다면…… 술탄께서는…… 그 청을 들어주셨겠지요?"

눈가에 눈물까지 그렁그렁 매단 채 랄라 할리마는 잠긴 목소리로 나직이 내뱉었다. 그녀의 가슴에는 무거운 돌이 얹힌 듯 내내 묵직하며 먹먹했다. 술탄은 그런 랄라 할리마를 못마땅한 표정으로 바라보다가 귀찮다는 듯 차갑게 내뱉었다.

"랄라 할리마, 그대는 너무 앞서고 있소. 감히 술탄에게 공정치 못하다고 위협을 하는 것이 가당키나 한 일이오? 그대는 참으로 주제넘는 여인이오. 두 번 다시 나, 시디 무하마드 앞에서 옳고 그름을 시비한다면 그때에는 내 그대를 반드시 이 궁성에서 내치고 말 것이오! 그러니 두 번 다시 내 앞에서 주제넘는 말은 삼가하시오!"

술탄은 차갑고 매정한 눈으로 랄라 할리마를 향하여 소리를 질렀다. 그의 살벌하고 무거운 분위기에 랄라 할리마의 얼굴은 금세 하얗게 변해 버렸다. 그는 더 이상 대화하기 귀찮다는 듯 다시금 방케트에 엎드려 누웠다. 랄라 할리마는 입술을 꼭 깨물며 묵묵히 엎드려 있는 술탄의 벗은 등에 장미향유를 살짝 떨어뜨리며 그 등을 다시 마사지하기 시작했다.

그때 그녀의 눈에서 뜨거운 눈물이 한 방울 흘러내리며 술탄의 벗은 몸 위로 떨어졌다. 랄라 할리마는 소리 없이 눈물을 닦아내며 조용히 마사지를 계속했다.

"랄라 할리마, 잠시만 허락하겠소. 우니의 상처가 회복되기 전까지만 물레이 무하마드를 우니가 돌볼 수 있도록 허락하오. 그러니 하루의 해가 저물기 전까지 물레이 무하마드와 우니가 함께 있도록 하시오. 허나, 이번 일 이후로는 그대 역시 우니에 대한 그 어떤 관심조차 머릿속에서 지워 버리기 바라오!"

말을 마치자 술탄은 방케트에서 벌떡 일어나 몸을 씻기 위하여 자신의 개인 욕실을 향하여 거칠게 걸어갔다. 출입문을 나서는 술탄의 뒷모습을 바라보면서 랄라 할리마는 눈을 가늘게 좁혔다. 그녀의 눈은 뱀꼬리처럼 가늘어지며 차갑게 빛나고 있었다.

랄라 할리마는 운희에 대한 술탄의 마음이 제법 깊다고 느껴지자 심한 분노가 가슴속에서부터 용암처럼 뜨겁게 치밀어 올랐다. 장미향유의 유분으로 번들거리고 있는 자신의 손을 면수건으로 거칠게 닦아낸 뒤 그 수건을 방케트 위에 아무렇게나 집어 던졌다.

"그 계집년을 내 손아귀에 잡아 술탄의 눈에 보이지 않는 곳에 처박아놓으려고 했는데. 으, 하지만 기필코 그 계집년을 술탄의 눈앞에서 제거해 버릴 것이야!"

랄라 할리마는 씩씩거리며 마치 자신의 눈앞에 운희가 있기라도 하는 것처럼 무서운 눈으로 허공을 노려보았다.

다음날, 날이 밝고 한낮의 시에스타를 즐긴 랄라 할리마는 물레이 무하마드를 운희의 거처로 유모와 함께 보냈다. 운희는 갑작스런 물레이 무하마드의 방문에 다소 놀라 당황했지만 이내 랄라 할리마의 명을 기분 좋게 받아들이며 어린 왕자를 맞이했다.

물레이 무하마드는 너무나 천진하고 사랑스런 아이였다. 아이의 해맑은 웃음소리는 운희의 기분을 너무도 상쾌하게 만들어주었고 잠시지만 그 모든 시름을 잊게 해주었다. 아이의 짙게 쌍꺼풀진 눈과 옅은 갈색 피부와 살짝 고부라진 고수머리는 영락없이 시디 무하마드 술탄을 닮았다. 너무도 사랑스런 아이를 바라보는 그녀의 가슴이 왠지 떨렸다.

운희는 자신의 발이 어느 정도 나았다는 생각이 들자 외부의 공기가 너무도 그리웠다. 아이도 작은 방에서 답답해하는 것을 느끼자 그녀는 술탄의 엄명이 두렵기는 하였으나 걱정으로 초조해하는 사라와 카디자를 격려하면서 함께 방을 나섰다. 또한 사람 좋아 보이는 환관을 회유하여 같이 쾌락의 정원이라 명명되어진 정원을 향하여 나들이하기로 뜻을 합했다. 일행은 서둘러 하렘을 나섰다. 운희는 술탄의 눈에만 뜨이지 않는다면 별문제가 없으리란 생각이 들었다. 술탄 이외에 가장 위협적인 존재인 랄라 할리마도 자신의 아들과 함께 있는 그녀에게 별 해코지를 하지 않을 것이라는 생각이 들었다. 사라와 카디자는 자신없이 쭈뼛쭈뼛하며 겁에 잔뜩 질린 얼굴로 연신 주변을 살폈다. 그러나 다행스럽게도 달리 눈에 띄는 사람들을 만나지 않게 되자 그때서야 안도의 한숨을 내쉬며 곧 시원하고 상쾌한 바람을 맞으며 즐겼다.

그들은 안뜰광상을 가로질러 체크무늬로 꾸며진 아름답고 기나긴 초록빛 통로를 지나갔다. 잠시 후, 키 큰 삼나무가 둥글게 심어져 있는 곳으로 다가가자 그 안에 엄청난 크기의 푸른 초목이 어우러진 채 형형색색의 아름다운 꽃들과 작은 관목들이 손질이 잘되어 있는 커다란 정원을 만나게 되었다. 가운데에는 커다랗고 하

얀 대리석 연못이 수정같이 맑은 물줄기를 햇빛에 반사하며 뿜어
내고 있었다. 연못의 가운데에는 너무도 시원해 보이는 맑은 물이
방울방울 솟아오르고 있었다. 분수의 물줄기가 화려하게 뿜어지
며 보는 이의 시선을 사로잡았다. 정원에는 온갖 진귀한 새들이
자유롭게 지저귀고 있었다.

운희는 물레이 무하마드의 천진난만한 미소와 해맑은 웃음소리
에 무겁게 가라앉아 있던 자신의 마음이 활짝 개는 것을 느꼈다.
정원에서 그들은 묵었던 기분을 떨쳐 버리며 상쾌한 기분을 만끽
하면서 한가로운 오후의 한때를 즐겁게 보냈다.

어느덧 시간이 흐르고 정원 안에 해 그림자가 길게 늘어졌다.
일행은 서둘러 처소로 향하여 발걸음을 옮기기 시작했다. 막 정원
을 벗어나려 할 때에 물레이 무하마드가 자신의 발에 걸려 넘어지
면서 울음소리를 터뜨리고 말았다. 운희는 황급히 그 작은 몸을
일으켜 세우며 상냥한 목소리로 물레이 무하마드를 어르고 달래
주었다. 그러자 왕자는 울음소리를 그치고 해맑은 미소로 운희의
얼굴을 향하여 예의 그 기분을 좋게 만드는 맑은 웃음소리를 선사
해 주었다. 운희는 왕자의 사랑스러움에 절로 감동했다.

그때 쾌락의 정원 입구에서 자신의 백인시녀에게 골을 잔뜩 부
리며 정원으로 들어서고 있던 물레이 에스파가 운희와 물레이 무
하마드, 그리고 그녀의 일행이 서 있는 곳을 우연히 발견하게 되
었다.

물레이 에스파는 맑게 소리 높여 웃고 있는 물레이 무하마드를
바라보자 순간 더욱 심통이 나버렸다. 일찍이 돌아가신 어머니인

랄라 지다나로부터 수시로 랄라 할리마와 그녀의 아들인 물레이 무하마드에 대한 온갖 험담과 비방하는 욕설을 들으며 자라왔기에 그는 물레이 무하마드에 대해 좋지 않은 감정을 갖고 있었다.

물레이 에스파의 눈에 물레이 무하마드를 보듬어 안고 환한 얼굴로 웃어주고 있는 젊은 여자가 들어왔다. 궁전 안에 단 하나뿐인 동양여자인지라 물레이 에스파는 그녀를 선명하게 기억하고 있었다. 물레이 무하마드와 웃고 떠들고 있는 운희의 모습을 바라보는 그의 얼굴이 못마땅하게 잔뜩 일그러졌다.

"저 노예계집의 이름이 무엇이었지?"

물레이 에스파는 곁의 백인시녀에게 운희를 손가락 끝으로 가리키며 여전히 낯을 찡그린 채 물었다. 그러나 곁의 백인시녀는 미처 운희의 이름을 기억해 내지 못했다. 그러자 물레이 에스파는 허리춤에 차고 있던 곤봉을 빼어 들고 백인시녀를 때리기 시작했다. 백인시녀가 곤봉에 맞으면서 내지르는 신음 소리가 정원 안에 빠르게 퍼져 나갔다.

운희와 그녀의 일행은 황급히 소리가 나는 쪽으로 고개를 돌렸다.

"랄라 지다나의 아들이신 물레이 에스파 왕자이십니다."

물레이 무하마드의 유모가 얼굴을 잔뜩 찌푸린 채 물레이 에스파 쪽을 못마땅한 얼굴로 바라보며 입을 열었다. 어느덧 때리는 것을 멈춘 물레이 에스파는 사나운 표정을 한 채 시중을 드는 사람들을 이끌고 운희 일행 쪽을 향하여 걸어오고 있었다.

물레이 에스파가 가까이 다가오자 운희와 일행은 황급히 술탄의 장남인 물레이 에스파 왕자에 대한 정중한 인사를 하면서 길을 비켜주려 일제히 옆으로 비켜섰다. 운희도 지난번 랄라 지다나와 함께 자신의 처소에 나타났던 이 어린 왕자를 확실히 기억하고 있었다.

하지만 물레이 에스파는 잔뜩 심통이 난 얼굴로 입술을 삐죽이 내밀며 길을 지나치지 않고 오히려 운희 앞으로 성큼 다가서며 단단한 곤봉의 끝으로 운희의 머리에 꾹 누른 채 입을 열었다.

"너의 이름이 무엇이냐?"

물레이 무하마드를 안고 상체를 숙이고 있던 운희의 머리를 물레이 에스파는 곤봉의 끝으로 톡톡 건드리며 앳된 목소리로 질문을 했다. 그의 얼굴엔 불만의 빛이 가득했다. 운희는 이 어린 왕자의 어린아이답지 않은 너무도 거친 행동에 기분이 못내 좋지 않았다. 그러나 정중히 자신의 이름을 아뢰었다.

"소인은 운희라고 하옵니다."

"아, 맞다. 그랬지. 어머님이 우니라고 했었다. 네가 아버지이신 술탄을 유혹하려고 그 앞에서 알랑방귀를 뀌었다던 그 못된 동양 노예계집이로구나? 흥, 그런데 왜 저 나쁜 자식과 네가 함께 있는 것이지?"

물레이 에스파는 찡그린 시선으로 맑은 눈동자를 한 채 천진난만한 얼굴로 자신을 쳐다보고 있는 물레이 무하마드를 사납게 째려보며 운희의 머리를 더욱 거세게 두드렸다.

"오호라 네년이 저놈의 시녀로구나. 그렇지? 그런데 정말 저놈의 시녀가 맞긴 맞는 것이냐?"

못마땅한 목소리로 입술을 삐죽이 내민 채 물레이 에스파는 운희에게 질문을 했다.

"아, 아니옵니다. 소인은 물레이 무하마드 왕자님의 담당 시녀는 아니옵고 다만…… 오늘 랄라 할리마 황후의 명령으로 잠시 물레이 무하마드 왕자님을 모시게 되었습니다."

"그래? 그렇다면 다행이다. 오늘부터 너를 내 시녀로 삼겠다. 그러니 저 기분 나쁜 녀석은 내던져 버리고 지금 당장 나를 따라오너라!"

말을 마침과 동시에 물레이 에스파는 운희의 손목을 거칠게 낚아채며 자신 쪽으로 끌어당겼다. 운희는 깜짝 놀라 아직 품에 안고 있던 물레이 무하마드가 떨어지지 않도록 더욱 꼭 껴안았다. 그녀가 굳어진 얼굴로 물레이 무하마드를 안은 채 자신을 경계하는 시선으로 바라보자 물레이 에스파는 왠지 더욱 심통이 나버렸다. 화가 머리끝까지 난 물레이 에스파는 갑자기 물레이 무하마드를 안고 있던 운희의 양손을 거칠게 풀어헤치며 물레이 무하마드를 내려놓으라고 고래고래 소리를 질러댔다.

"어서 이 기분 나쁜 자식은 내려놓고 나를 따라오라니까! 이 녀석 따원 갖다 버리고 나를 따라오라고!"

물레이 에스파는 붉게 상기된 얼굴로 씩씩거리며 운희의 손을 마구 잡아당겼다. 하지만 끝내 그녀의 손을 풀어내지 못하자 갑자기 주먹으로 물레이 무하마드의 머리를 때리기 시작했다.

"왜 내 말을 듣지 않는 것이냐? 내 명령을 듣지 않으면 너를 당장 죽여 버리겠다!"

물레이 에스파는 마치 사나운 개가 짖어대듯 큰 소리를 질러대며 운희의 손과 팔을 마구 꼬집고 때리면서 할퀴기까지 했다. 그러자 물레이 무하마드가 겁에 잔뜩 질린 표정으로 울먹이더니 결국 울음을 터뜨리고 말았다. 그때 물레이 에스파의 유모가 두려움이 가득한 표정으로 왕자를 애써 진정시키며 만류했다.

"왕자님, 이러시면 아니 되옵니다. 물레이 무하마드 왕자께 해코지를 하시면 랄라 할리마 황후로부터 엄중한 문책을 당하시게 됩니다요. 그러니 제발 그만 하시옵소서. 지금은 어머님이신 랄라 지다나 황후께서 계시지 않으심을 다시 한 번 유념해 주시옵소서. 그러니 부디 진정하시고 이제 그만 왕자님이 좋아하시는 정원을 산책하셔서 기분을 푸시옵소서."

유모가 애처로운 표정을 지으며 물레이 에스파를 달랬으나 유모의 말을 들은 그는 더욱 고집을 부리며 생떼를 썼다. 주위의 모든 시녀들이 말려댔지만 분이 풀리지 않은 물레이 에스파는 물레이 무하마드와 그를 안고 있는 운희를 향하여 사나운 시선으로 노려보며 커다랗게 울어댔다. 기어코 바닥을 구르며 미친 듯이 발광하며 울어대는 왕자를 유모와 주위의 시녀들은 당황한 채 도저히 어찌하지도 못하고 발만 동동 구르고 있었다.

"무, 물레이 에스파 왕자이시여, 소인들은 물레이 무하마드 왕자를 해지기 전까지 랄라 할리마 황후께 모셔다 드려야 할 의무가 있기에 이만 물러갈까 하옵니다. 부디 신의 바라카가 왕자께 있기를 바라며 미천한 소인들은 이만 물러가옵니다."

물레이 무하마드의 유모가 재빨리 말을 마치고 인사를 하면서 서둘러 운희와 일행들을 재촉하여 이끌고 쾌락의 정원을 빠져나갔다. 빠른 발걸음을 놀리는 그들의 뒤에서 물레이 에스파가 악에받친 울음소리로 술탄에게 일러 가만두지 않겠다고 울부짖는 소리가 정원에 크게 메아리쳤다.

운희는 정원을 떠나 처소에 이르기까지 내내 마음이 불편했다. 물레이 에스파의 예사롭지 않은 울음소리가 귓가에 자꾸 남아 신경이 쓰였던 것이다. 하지만 자신의 품에 안기어 커다란 맑은 눈동자로 자신을 바라보고 있는 어린 물레이 무하마드의 천진난만한 눈빛에 그녀의 마음은 절로 풀리며 입가에 미소까지 지어졌다.

"왕자님, 이제는 우리가 헤어질 시간이에요. 해가 저물고 있으니 어머님이신 황후께 돌아가셔야지요. 오늘은 함께 바람을 쐬고 놀아서 너무 좋았어요. 우리 다음에 또 만나요."

운희가 생긋 웃으며 말을 하자 물레이 무하마드도 영문도 모른채 그녀의 얼굴을 바라보면서 마주 웃어주었다. 운희가 물레이 무하마드를 유모에게 넘겨주자 물레이 무하마드는 얼굴을 찡그리며 그녀에게 다시 돌아가겠다고 몸부림을 쳤다. 유모는 운희에게 어깨를 으쓱해 보이며 물레이 무하마드 왕자를 단단히 꼭 껴안고 황급히 랄라 할리마의 처소를 향하여 발걸음을 옮겼다.

그날 저녁, 여전히 홀로 된 아들이 마음에 걸린 술탄은 물레이 에스파의 궁을 찾았다. 하지만 술탄이 물레이 에스파의 처소에 발을 들여놓았을 때에 왕자는 잔뜩 심통이 난 상태에서 방을 어지른채 술탄을 맞이했다.

"저녁도 먹지 않았다고 들었는데 어찌하여 그리한 것이냐? 대체 무슨 일이 있었느냐?"

술탄이 무뚝뚝하지만 근심스런 표정으로 물레이 에스파를 바라보며 입을 열었다. 술탄을 향하여 조금은 겁에 질린 얼굴로 쭈뼛거리고 있던 물레이 에스파는 마음을 다져 먹었는지 조심스럽게 입을 열었다.

"소자, 술탄께 청이 있사옵니다. 지난번에 소자에게 약조를 해주셨으니 꼭 들어주셨으면 합니다."

물레이 에스파의 말에 술탄은 눈썹을 꿈틀거리며 아들의 얼굴을 의아한 표정으로 쳐다보았다.

"어디 무슨 청인지 한번 들어나 보자꾸나. 어서 말해보거라."

술탄의 편안한 어조에 물레이 에스파는 용기를 얻어 그의 안색을 살피면서 조심스럽게 입을 열었다.

"소자가 갖고 싶은 여자노예가 있습니다. 부디 그녀를 소자의 시녀로 주시옵소서."

"호오!"

술탄은 예기치 않은 여섯 살 난 아들의 뜻밖의 말에 얼굴에 호탕한 웃음까지 띠며 어린 아들의 다음 말을 재촉했다.

"넌 아직 어린 나이인데 여자가 필요하더냐? 네 주위에도 제법 많은 시녀들이 있지 않느냐?"

술탄이 크게 웃어대자 술탄의 환한 표정에 물레이 에스파는 더욱 자신감을 갖고 자신이 원하는 바를 속히 고했다.

"소자는 우니라는 동양계집을 소자의 시녀로 갖고 싶습니다.

술탄께서는 약조하신 대로 소자에게 그 여자를 꼭 주십시오. 물레이 무하마드가 그 여자와 같이 있는 것이 소자는 싫습니다. 술탄께서는 소자에게 그 여자를 꼭 주셔야 합니다!"

일찍이 물레이 에스파는 그의 총명함으로 술탄의 사랑과 관심을 한 몸에 받아왔다. 또래에 비해 말을 빨리 배웠고, 어휘력 또한 풍부하여 그 전하고자 하는 바를 여섯 살이라고는 느껴지지 않을 만큼 똑 부러지게 했다. 그러하기에 술탄의 기대 가득한 시선을 지금껏 받아올 수가 있었던 것이다. 이런 아들에 대한 큰 기대는 랄라 지다나를 자만에 빠뜨리며 랄라 할리마를 우습게 여기는 우를 범하도록 만들기도 했다.

물레이 에스파의 입에서 나온 뜻밖의 말에 웃음기 가득했던 술탄의 얼굴이 삽시간에 딱딱하게 굳어버렸다. 그의 얼굴에는 언제 웃음기가 있었느냐 할 정도로 차갑고 냉랭해졌다. 술탄은 매서운 눈으로 물레이 에스파를 사납게 쏘아보며 나직한 저음의 목소리로 입을 열었다.

"지, 지금 무엇이라 했느냐? 우니를…… 네 시녀로 달라고 하였느냐?"

"네, 그러하옵니다. 술탄이시여."

어린 아들의 입에서 나온 말에 방케트에 길게 몸을 무로 누워 있던 술탄은 황급히 몸을 일으켜 세우며 매섭고도 차가운 눈으로 그를 쏘아보았다. 갑자기 굳어진 술탄의 안색에 깜짝 놀란 물레이 에스파는 크게 당황하여 한 발짝 뒤로 주춤하며 물러났다.

"수, 술탄이시여, 어이 그러하십니까?"

"그렇게는 안 된다!"

술탄은 단호한 어조로 말했다.

겁에 질린 물레이 에스파는 전에 없이 차갑게 쏘아보는 술탄의 매서운 시선에 쭈뼛하며 어쩔 줄을 몰라 했다. 하지만 여지껏 자신의 갖고자 하는 바를 거부당해 본 적이 없었던 그였기에 그는 끓어오르는 욕구불만에 얼굴이 시뻘겋게 달아올랐다. 이윽고 볼이 잔뜩 부은 얼굴로 물레이 에스파는 술탄의 안색을 조심스럽게 살피며 다시 입을 열었다.

"하, 하지만…… 술탄께서는 소자의 청을 들어주시겠다고 알라께 이미 맹세하지 않으셨습니까? 그러하니……."

술탄은 물레이 에스파가 고개를 숙인 채 더듬거리며 내뱉는 말에 순간 안색이 굳어졌다. 나름대로 알라에 대한 신앙심이 깊다고 생각해 왔던 술탄이었기에 물레이 에스파가 내뱉은 말은 그에게 충격이 아닐 수가 없었다. 그는 검게 변한 얼굴로 한동안 말없이 물레이 에스파를 뚫어질 듯 쏘아보았다. 그의 눈빛은 너무도 짙고 깊었으며 폭발할 듯 살벌했다. 술탄의 꾹 다문 아래턱은 긴장으로 혈관이 툭 불거져 나왔다.

"수, 술탄께서는…… 알라 앞에서 한 약조를 지키셔야 합니다!"

다시 한 번 물레이 에스파는 술탄의 눈치를 살피며 조심스럽지만 똑 부러진 말투로 자신의 뜻한 바를 주장했다. 눈을 가늘게 뜨고 물레이 에스파를 말없이 노려보던 술탄이 갑자기 벌떡 일어나 거칠게 방케트를 양손으로 집어 들며 벽을 향하여 힘껏 내던져 버렸다. 방 안에는 금세 방케트가 부서지며 구르는 소리로 가득 찼다. 그리고는 아직도 분이 풀리지 않았는지 씩씩거리며 주먹으로 벽을 힘껏 연속적으로 두드렸다. 술탄의 이런 거친 행동에 방 안에 있던 모든 사람들과 물레이 에스파는 너무 놀라 온몸을 웅크린 채 크게 벌어진 눈으로 떨었다.

어느 정도의 시간이 흐르자 술탄이 거칠게 몰아쉬던 숨을 차분히 가라앉히며 여전히 무서운 시선으로 물레이 에스파를 노려보았다. 이윽고 무거운 침묵을 깨면서 술탄은 낮은 목소리로 입을 열었다.

"좋다! 물레이 에스파, 알라 앞에서 네 청을 들어주겠노라고 맹세했으니 당연히 지켜야겠지. 네 원대로 너에게 우니를 시녀로 주겠다. 하지만!"

술탄의 말에 금세 의기양양해진 물레이 에스파의 얼굴은 희색이 만면해졌다. 그런 아들의 얼굴을 두 눈을 가늘게 뜨며 바라보던 술탄은 차가운 눈빛으로 단호히 다음 말을 이었다.

"하지만, 내가 우니를 다시 데려올 수도 있다는 것을 명심하여라. 나는 술탄이다. 무엇이든 내 마음대로 할 수 있느니라. 너에게 일단 보내는 것은 약조가 먼저이기 때문이니라. 하지만 다시 너에게서 데려올 수도 있다는 것을 명심하고 너는 술탄에게 언제든 절대 복종하여야 하느니라. 알겠느냐? 우니익 상처가 회복되어 제대로 거동할 수 있게 된다면 그때에 너에게 보내주기로 하겠다."

술탄의 말이 채 떨어지기도 전에 물레이 에스파는 들뜬 목소리로 크게 소리를 질렀다.

"오늘 우니가 정원에 물레이 무하마드와 산보를 나오는 것을 보았습니다. 분명 거동하는 데는 이상이 없었사오니 당장 데려오겠습니다."

물레이 에스파는 초롱초롱 두 눈을 빛내며 기대 가득한 시선으로 술탄을 바라보았다. 물레이 에스파의 말에 술탄의 숱 짙은 눈썹이 크게 꿈틀거리며 얼굴이 다시 단단하게 굳어졌다.

"무, 무엇이라? 우니가 물레이 무하마드와 정원까지 산보를 나갔었다고?"

"예, 그렇습니다."

운희가 거처를 벗어나지 말라는 자신의 명령을 어긴 것에 대해서 술탄은 불같이 분노가 일었다. 하지만 이내 물레이 에스파에게 운희를 시녀로 주겠다는 청을 허락했기에 끓어오르는 분노를 간신히 잠재우며 침착하게 입을 열었다.

"좋다. 지금은 밤이 늦었으니 내일 우니를 너에게 보내주기로 하겠다. 너는 그리 알고 이만 쉬도록 하여라."

물레이 에스파는 술탄의 말에 다시 얼굴이 찡그려졌지만 이내 평정을 되찾고 자신의 청이 술탄에게 받아들여진 것에 대하여 대단히 흡족해하며 크게 고개를 끄덕이었다.

물레이 에스파의 거처를 나온 술탄은 알 수 없는 상심에 가슴이 타는 듯했다. 그것이 대체 어떤 감정인지도 모른 채 술탄은 어두운 밤길을 걸어 밤의 공기를 타고 꽃향기가 강렬히 풍겨져 오는 쾌락의 정원으로 발걸음을 옮겼다.

✳

키 큰 삼나무가 빙 둘러 담처럼 서 있는 곳을 지나가자 신(新)바빌로니아의 네부카드네자르 2세가 왕비 아미티스를 위하여 건설한 바빌론의 공중정원을 참조하여 만든 공중정원이 나타났다.

아련한 꽃향기가 밤의 대기 중에 은은히 깔렸다. 어디선가 미풍이 불어오자 오렌지 꽃 향이 혹하고 코끝에 닿았다. 술탄은 심호흡을 하면서 바람에 실린 향긋한 꽃향기를 가슴 깊이 들이켰다. 크게 심호흡을 여러 번 하자 그때서야 가슴에 맺혔던 무엇이 쑥 내려간 듯 뻥 뚫린 기분이 들었다.

얼마쯤 걸어가자 흰 대리석이 둘러진 커다란 연못이 나타났다. 어둠 속에서도 붉고 누런, 형형색색의 물고기들이 얌전히 헤엄치고 있는 것이 들여다보일 정도로 물은 맑고 깨끗했다. 꾸란에 의거하여 만든 이 공중정원은 소정원들이 복합적으로 연속된 것으로 하나의 대정원의 형태를 띠고 있었다. 꾸란에서의 낙원과 같은 차갑고 맑은 샘물과 시원한 나무 그늘을 동경하여 지상낙원을 뜻하는 정원을 만들었던 것이다.

술탄 시디 무하마드는 문득 발걸음을 멈추었다. 그곳은 그가 좋아하여 즐겨 찾는 장소였다. 그러나 예전과는 다르게 이곳저곳을 두리번거리는 스스로를 발견하고 깜짝 놀랐다. 그는 혹시 운희가 낮에 이곳에 들르지 않았을까 싶어 그녀의 흔적을 찾고 있었던 것이다. 술탄은 멈칫 서서 멀리 창백한 별이 빛나고 있는 밤하늘을 올려다보았다. 자신도 모르게 손끝이 파르르 떨렸다.

술탄은 자신이 왜 이렇게 운희에게 연연하는지를 가만히 생각해 보았다. 그녀는 참 알 수 없는 계집이었다. 제국 내의 여인들과 외모가 다른 게 이유인가 생각해 보았으나 그것은 아닌 듯했다. 그녀에게서 풍겨져 나오는 그 어떠함이 자신을 이토록 설레게 하며 그녀에게로 이끌고 있다는 결론에 도달했다.

운희는 다른 여인들과 몸을 움직이는 자태부터 달랐다. 그녀의 걸음걸이는 게으르지도, 산만하지도, 그렇다고 방정맞지도 않았다. 조신하며 찬찬히 흐르는 깨끗한 물과 같은 걸음짓이었다. 태도는 노예계집 주제에도 어딘지 모르게 당당하면서 랄라 할리마처럼 결코 사납지 않았다.

문득 운희의 웃는 모습이 궁금하다는 생각이 뇌리를 스치고 지나갔다. 그녀는 방케트 위에서도 쉽게 몸을 뉘이며 열어젖히는 다른 계집들과 달리 언제나 단정하게 앉은 채 몸을 바짝 가다듬고 있었다. 그 모습이 처음에는 긴장되고 어색해 보였으나 다른 계집들과 다른 몸의 동작이나 몸을 거두는 모양새가 단아하여 절로 사람의 시선을 끌었다. 술탄의 눈에는 그녀의 행동 하나하나가 마음속에 절로 새겨졌다. 그러다 그는 자신도 모르게 그녀를 주위에 널려 있는 제국의 여인들과 비교하고 있는 스스로를 발견하고는 또 한 번 놀랐다.

'이것은 변덕스런 기온 탓인 게야!'

술탄은 애써 생각하면서 차가운 밤공기를 저주하는 말을 신경질적으로 내뱉었다. 그리고는 괜히 뒤에서 조심스레 따라오고 있는 시종들에게 험한 발길질을 하며 성질을 부려댔다.

그는 괜스레 씩씩거리며 황급히 운희가 머물고 있는 처소를 향하여 발걸음을 옮겼다. 정원을 벗어나자 일행은 아름답고 기나긴 통로를 지나 안뜰광장을 가로질러 하렘 안으로 들어갔다. 종종걸음으로 술탄의 뒤를 허둥지둥 따라오고 있던 환관장이 술탄이 운희의 처소 앞에 멈추어 서자 황급히 입을 열어 술탄의 시위 듦을 알리려고 했다. 그때 술탄이 환관장의 입을 거센 힘으로 틀어막았다. 환관장이 술탄의 커다란 손에 입과 코가 동시에 틀어 막히자 두 눈을 휘둥그레 뜨며 술탄을 바라보았다.

"말하지 마라."

술탄은 환관장에게 매서운 눈으로 나직하게 말했다. 환관장은 황급히 고개를 끄덕이었다. 하지만 술탄의 손에 어느덧 숨이 막혀 오자 그는 컥컥거리며 몸부림을 쳤다. 그때서야 술탄은 서서히 환관장의 얼굴에서 손을 떼며 말없이 운희의 방문을 짙고 무거운 시선으로 오래도록 바라보았다. 환관장은 입을 크게 벌려 조심스럽게 연신 심호흡을 했다.

운희의 방문을 물끄러미 바라보던 술탄의 얼굴이 나무토막처럼 굳어지더니 퉁퉁 부어오른 손을 관절이 하얗게 되도록 꽉 움켜쥐었다.

"내 오늘부로 이 아이를 잊을 것이다. 이제는 두 번 다시 이곳으로 발걸음을 히지 않을 것이니 환관장은 그리 알라."

술탄은 깊고 낮은 신음 소리를 토해내며 몸을 돌려 왔던 길을 성큼성큼 되돌아갔다.

막 잠자리에 들려고 했던 운희는 갑자기 자신의 방문 앞까지 요란스레 들려오던 발걸음 소리에 잠에서 깨고 말았다. 하지만 잠시 후 다시 멈추었던 발걸음 소리가 방문에서 점점 멀어지자 긴장으로 인해 참았던 숨을 토해냈다. 운희는 몸을 옹송그린 채 가만히 누워 있었다. 그녀의 예민해진 귀는 작은 소리에도 화들짝 반응하며 상당히 거슬렸다. 그날 밤 운희는 알 수 없는 불안감으로 촉각을 세운 채 반쯤은 깬 상태에서 밤을 보냈다.

다음날 아침식사를 마치자 낯선 백인여자 노예가 전해온 뜻밖의 전갈에 운희는 깜짝 놀랐다. 곁에 서 있던 사라와 카디자도 깜짝 놀라며 안타까운 시선으로 운희를 바라보았다.

"수, 술탄의 명령으로 제가 물레이 에스파 왕자의 시녀로 가게 되었다고요? 그것도 바로 지금이요?"

운희의 반문에 낯선 백인여자 노예는 얼굴을 잔뜩 찌푸리며 귀찮다는 듯이 고개를 거칠게 끄덕이었다. 이어 빨리 짐을 챙겨 자신을 따라오라는 말을 시큰둥하게 내뱉었다. 운희는 너무도 당황했다. 전날 정원에서 자신의 시녀로 삼겠다며 악을 써대던 물레이 에스파의 거친 모습이 떠오르자 운희는 길게 한숨을 내쉬었다. 하지만 이내 체념하고 긴장된 얼굴로 자신의 얼마 되지 않는 짐을 천천히 꾸리기 시작했다. 사라와 카디자는 그녀를 도우려 했으나 너무도 간소한 짐이었기에 그저 운희의 하는 양만 멀뚱멀뚱 지켜볼 뿐이었다. 떠날 채비를 끝낸 그녀를 바라보면서 사라는 이미 눈시울을 붉히고 있었다.

"너무 걱정하지 마. 그래도 공사장으로 가는 것보다는 같은 궁성 안에 있으니 자주 볼 수 있을 거야. 알았지, 사라야?"

운희는 벌써 눈물을 흘리고 있는 사라를 바라보며 생긋 웃었다.

사라는 손으로 눈물을 닦아내며 겨우 고개를 끄덕였다.

"내가 없어도 네 곁에는 카디자가 있잖니. 우리는 카디자라는 정말 좋은 친구를 얻었잖아."

운희는 끝내 목이 메어 더 이상 말을 못 이은 채 그동안 자신과 함께 기거했던 두 친구에게 간단한 인사를 나누며 문밖에서 못마땅한 시선으로 자신을 기다리고 있는 백인여자 노예의 뒤를 따라갔다. 몇 걸음 걷지 않아서 뒤에서 부르는 소리에 운희가 뒤를 돌아보자 얼굴이 눈물로 범벅이 된 사라가 황급히 달려와 그녀를 꼭 끌어안았다.

"우니야, 잘 가. 흑흑…… 내 좋은 친구, 잘 가……. 더 이상 아프지 말고……. 알았지?"

결국 둘은 서로를 꼭 끌어안은 채 소리 내어 울음을 터뜨렸다. 그러자 백인여자 노예는 매우 신경질적인 목소리로 소리쳤다.

"아, 빨리 따라오지 못해? 왕자님이 눈이 빠지게 기다리신다니까! 쳇, 누가 죽기라도 했나. 별짓을 다 하고 있네."

백인여자 노예는 가소롭다는 표정으로 두 사람을 바라보며 혀까지 찼다. 운희는 사라에게 살짝 미소를 지어 보이곤 카디자와 함께 주방으로 어서 돌아가라는 손짓을 했다. 그녀가 물레이 에스파의 궁 시녀로 차출되면서 사라와 카디자도 다시 주방으로 되돌아가게 되었던 것이다. 그러곤 이내 백인여자 노예의 뒤를 황급히 쫓았다.

운희와 백인여자 노예는 구불구불한 궁성단지를 한참이나 걸어 물레이 에스파의 궁전에 도착했다. 궁전은 랄라 지다나가 자신의 고향의 정취를 아들에게도 느끼게 해주기 위해서 기니에서 갖고 온 물건들로 꾸며져 있어 이색적이며 매우 이국적인 분위기였다. 물레이 에스파의 궁 출입구 주변에는 기괴한 형태의 나무 조각들이 있었고, 주술적인 냄새가 강한 무시무시한 형태의 이름 모를 동물의 가죽들이 머리까지 온전히 달린 채 한쪽 벽면을 차지하고 있었다. 운희는 그것들로 인해 등골이 절로 오싹했다.

운희가 도착했다는 사실을 시녀로부터 전해 들은 물레이 에스파는 얼굴 가득 웃음을 띠곤 그녀의 이름을 부르며 복도의 끝에서부터 마구 내달려 와 운희의 앞에 우뚝 섰다. 여섯 살 꼬마의 천진난만한 모습 그대로였다. 그러나 이내 물레이 에스파는 예전의 모습으로 돌아와 자신 앞에 조아리고 있는 운희의 머리를 곤봉 끝으로 톡톡 두드리면서 말했다.

"일어나, 우니. 이제부터는 항상 내 곁에 있는 거야."

그 말을 들은 운희가 천천히 몸을 일으켜 세웠다. 그녀를 물끄러미 쳐다보고 있던 물레이 에스파는 그녀에게 네 발 달린 동물의 모양을 하란 명령을 내렸다. 의아한 표정을 지으며 운희가 그 동작을 취하자 물레이 에스파는 여섯 살치곤 제법 통통한 몸을 날려 그녀의 가냘픈 등에 폴짝 올라탔다. 그러더니 곤봉으로 그녀의 엉덩이를 마구 두드리며 말처럼 히잉 울면서 기어가라고 소리 질러 명령했다.

운희는 너무도 놀랐으나 명령대로 움직일 수밖에 없었다. 운희의 무릎은 이내 붉게 멍들고, 연약한 살갗은 쉽게 벗겨지기 시작했다. 그녀는 무릎이 따갑고 아팠지만 이를 악물고 이마에 식은땀까지 흘린 채 홀 여기저기를 열심히 기어다녔다. 신이 난 물레이 에스파는 운희의 등 위에서 엉덩이를 쿵쿵 울려대며 수시로 곤봉을 들어 그녀의 엉덩이를 때렸다.

그날 하루 종일 물레이 에스파는 운희를 곁에 붙들고 있었다. 심지어 말을 타러 가서도 시종이 아닌 그녀를 말 뒤에서 뛰어오게 했다. 아직 발의 상처가 온전히 회복되지 않았기에 운희는 식은땀을 뻘뻘 흘리며 이를 악물고 고통으로 후들거리는 무거운 다리를 질질 끌어야 했다. 너무 늦다며 말을 돌려 되돌아온 물레이 에스파는 운희의 머리를 곤봉으로 때리며 빨리빨리 따라오라고 소리를 질렀다. 물레이 에스파는 장난 삼아 곤봉을 휘둘렀지만 운희는 이에 맞아 금세 온몸이 시퍼런 멍투성이가 되었다.

그녀는 이 어린 왕자의 습관적인 매질에 점점 지쳐 가고 있었다. 속에서는 끓어오르는 분노로 가슴이 새까맣게 타 들어갔다. 물레이 에스파는 상대를 좋아한다는 내색을 너무도 거칠게 했다. 하지만 떠받듦에 익숙한지라 전혀 의식하지 못했다. 운희의 멍이 잔뜩 든 피부는 손만 대도 고통이 느껴질 지경이었다.

오후 늦게 방케트에 앉아서 손질이 잘된 오렌지를 먹고 있던 물레이 에스파는 운희에게 뜬금없는 질문을 했다.

"우나. 내가 좋아, 아니면 나쁜 자식인 물레이 무하마드가 좋아?"

물레이 에스파는 검은 눈동자에 기대를 잔뜩 담고는 운희를 뚫어지게 바라보았다. 그녀는 그 질문에 순간 당황했으나 이내 차분히 대답했다.

"물레이 무하마드 왕자님은 아직 어리고 귀여우세요. 그리고 물레이 에스파 왕자님은⋯⋯."

운희가 채 말을 잇기도 선에 물레이 에스파는 갑자기 얼굴을 산 뜩 일그러뜨리며 두 눈을 꼭 감고 고래고래 악을 써대기 시작했 다. 그러더니 갑자기 곤봉을 집어 들어 운희의 온몸을 마구잡이로 때리기 시작했다.

"어째서 그 나쁜 자식이 귀엽다는 거야? 두 번 다시 그런 말은 입 밖에도 내지마! 물레이 무하마드는 나쁜 자식이야! 물레이 무 하마드는 나쁜 자식이라고! 우니, 물레이 무하마드는 나쁜 자식이 라고 어서 말을 해! 어서!"

물레이 에스파는 거칠게 소리를 지르며 운희의 온몸을 마구 때 려댔다.

"이제 그만 하세요, 왕자님!"

유모가 달려와 물레이 에스파를 말렸지만 그는 잔뜩 흥분하여 벌게진 눈으로 운희의 가냘픈 몸을 여전히 때려댔다. 그녀는 이를 악문 채 쏟아지는 매타작을 간신히 이겨내고 있었다.

운희를 때리던 곤봉이 그녀의 이마에 맞으며 딱 하는 소리와 함 께 쩍하며 피부가 벌어졌다. 그 벌어진 피부 사이로 붉은 핏물이 뭉클뭉클 솟아나더니 금세 창백한 얼굴 위로 빠르게 흘러내렸다. 그때서야 물레이 에스파는 때리는 손길을 멈추었다.

"우, 우니, 두 번 다시 물레이 무하마드가 귀엽다고 하지 마. 우 리 엄마는⋯⋯ 내가 세상에서 제일 귀엽고 멋지다고 하셨단 말이 야. 으앙~"

물레이 에스파는 말을 마치자마자 갑자기 울어대기 시작했다. 그러더니 마구 발광을 하며 바닥을 굴러다녔다. 그 모습에 운희는 순간 울컥했다. 그를 측은히 여기는 마음이 생긴 것이다.

운희는 눈으로 흘러드는 핏물을 손등으로 닦아내며 여전히 버둥대며 울고 있는 물레이 에스파를 조심스럽게 품 안에 안았다. 그러자 물레이 에스파는 그녀의 품에 더욱 꼭 안겨들어 얼굴을 깊이 파묻고 흐느꼈다. 운희는 그런 물레이 에스파를 그저 포근하게 감싸 안아주었다.

그날 밤 운희는 물레이 에스파를 품에 안고서 그의 침상에서 같이 잠이 들었다. 물레이 에스파는 그녀의 품에서 도무지 떨어질 생각을 않았다. 그는 엄지손가락을 입에 물고 그녀의 팔을 베개 삼아 잠이 들었다. 운희는 제법 묵직한 물레이 에스파의 머리 무게로 팔이 저려오자 팔을 살짝 빼내려고 했다. 하지만 약간의 흔들리는 기척에도 선잠이 깬 그는 운희를 향하여 모로 누운 채 자신의 몸을 그녀의 몸에 밀착시키며 그녀의 가슴을 깊이 파고들었다. 운희는 팔이 몹시 저려왔지만 물레이 에스파를 꼭 끌어안으며 흐트러진 그의 머리칼을 상냥하게 쓸어 넘겨주었다.

"엄…… 마……."

물레이 에스파는 얼굴을 운희의 가슴에 깊이 파묻고 눈가에는 눈물을 그렁그렁 매단 채 잠꼬대를 하고 있었다. 그의 몸에서는 아직도 달착지근한 젖비린내가 났다. 운희는 그의 잠든 얼굴을 들여다보면서 깊은 한숨을 내쉬었다. 자신 역시 열 살이라는 어린 나이에 어머니의 애정 어린 손길을 잃었기에 그 뼈아픈 마음을 그 누구보다도 잘 알았다. 더욱이 어머니의 죽음을 목격한 것이나 다름없는 물레이 에스파가 받았을 충격을 생각하니 절로 가슴 한켠이 아려왔다. 그녀는 안타까운 시선으로 눈물이 맺혀 있는 물레이 에스파의 눈가를 살짝 닦아주었다. 얇은 비단이불을 끌어올려 물레이 에스파의 몸에 잘 덮어주었다. 그리곤 한동안 어두운 허공을 응시하던 그녀 역시 하루의 고단함에 지쳐 어느덧 깊은 잠 속으로 빨려 들어갔다.

밤하늘에서 비가 추적추적 내리고 있었다.

술탄은 비가 내리고 있는 어두운 밖을 노려보며 한참을 서성거렸다. 빗방울이 키 작은 무화과나무 잎에 떨어지며 술탄의 옷으로 튀어들었다. 그는 빗방울이 튀는 것도 상관 않고 잔뜩 굳어진 시선으로 여전히 어두운 밖을 응시하고 있었다. 그때 환관장이 술탄의 뒤로 가까이 다가서며 조심스레 입을 열었다.

"위대하신 술탄이시여, 아직 물레이 에스파 왕자께서 주무시지 않은 줄로 아룁니다. 그러니 처소로 발걸음을 하셔도 좋을 듯싶습니다. 소인이 앞장서겠습니다."

술탄의 마음을 이미 읽고 있던 중년의 환관장은 말을 마치자 비가 내리는 어두운 밖으로 성큼 발걸음을 내디뎠다. 그러자 한 흑인시종이 잽싸게 파라솔을 술탄의 머리 위에 씌우곤 그가 움직이기를 기다렸다. 술탄은 시종들의 행동에 어쩔 수 없다는 듯 어깨를 으쓱이며 헛기침을 했다. 그리고는 어둠 속으로 발걸음을 옮겼다. 그의 머리 위에 씌워진 파라솔 위로 후드득 하며 빗방울 튀기는 소리가 요란하게 들렸다.

술탄은 프랑스에서 온 영사 일행의 방문으로 하루 종일 매우 바빴다. 즉위 이후에 처음으로 맞는 타국 영사의 방문이었기에 술탄은 긴장하며 그들을 융숭히 대접했다. 또한 그들을 통해서 세계 정세의 흐름을 전해 들으며 각국의 정세를 예민하게 살폈다. 그는 자신의 힘과 제국의 번화함을 보여주기 위해서 일부러 대규모의 검은 친위대의 연병장 훈련 모습과 미로와 같은 넓디넓은 왕궁단지 안을 관람시켜 주었다. 오후 늦은 시간이 되어서야 그들은 저녁 만찬을 끝냈다. 술탄은 다음날을 기약한 술탄은 시종을 시켜 녹초가 된 영사 일행을 미리 준비해 놓은 화려한 귀빈용 숙소로 안내했다. 그리고 자신도 고단한 하루 업무를 마치곤 처소로 발걸음을 옮겼다.

술탄이 하렘을 통과하자 잠자리를 기대하는 수많은 여인들의 끈적끈적한 눈길이 그의 뒤를 따랐다. 그러나 이에 끄떡도 않은 채 그는 침실로 들어섰다. 적막감이 감도는 넓은 침실. 술탄은 화려한 수가 놓인 방케트 위에 무너지듯 주저앉았다. 하루 동안 쌓인 피로 때문이 아니다. 그의 머릿속은 온통 물레이 에스파와 운희로 가득했다. 잠자리에 들어서도 술탄은 끝내 잠을 이루지 못하고 침실을 나와 발걸음을 옮겼다. 그리고는 오래도록 비가 내리고 있는 어두운 밖을 응시하며 하릴없이 복도를 배회하다, 이내 결심한 듯 어딘가로 발걸음을 옮겼다.

빗방울의 굵기는 여전했다. 자신의 궁전에서부터 제법 먼 거리를 걸어오느라고 술탄을 제외한 환관장과 시종들, 그리고 근위병들의 온몸은 내리는 비에 흠뻑 젖었다.

이윽고 물레이 에스파가 머물고 있는 궁전에 다다랐다. 환관장이 크게 내지른 술탄의 시위 듦을 알리는 소리가 울려 퍼지자 물레이 에스파의 거처에서는 황급히 등불이 밝게 켜지며 아직 잠을 이루지 못한 유모와 시녀들이 우르르 밖으로 나와 술탄을 맞이했다. 술탄은 자신 앞에 엎드려져 있는 여인들을 유심히 훑어보았다. 하지만 어디에도 그녀는 없었다.

"흠흠, 물레이 에스파는 침소에 들었느냐?"

술탄은 아무하고도 눈을 마주치지 않은 채 허공을 향해 물었다. 이에 물레이 에스파의 유모는 머리를 정중히 조아리며 긴장한 목소리로 대답했다.

"네, 그러하옵니다, 술탄이시여. 왕자께서는 이미 침소에 드신 지 제법 오래되었습니다."

"흠, 그렇다면 혼자서 침소에 들었느냐?"

그의 질문에 유모는 잠시 주춤하며 이내 답을 했다.

"혼자가 아니옵고, 오늘 물레이 에스파 왕자님의 시녀로 들어온 노예계집과 함께 침소에 들었나이다."

유모의 말이 떨어지기 무섭게 술탄의 눈썹이 꿈틀거렸다. 그의 기분이 매우 나빠졌다. 무언가 불쾌한 전율이 온몸을 휩쓸고 지나가 머리끝으로 뻗으며 쭈뼛하게 서는 느낌이었다.

술탄은 잔뜩 굳어진 얼굴로 성큼 몸을 돌려 물레이 에스파의 침실로 빠르게 발걸음을 옮겼다. 놀란 환관장과 유모가 허둥지둥 그의 뒤를 따랐다. 물레이 에스파의 침실 앞에 이르자 술탄은 손수 침실의 문을 활짝 열어젖혔다. 방 안의 은은한 촛불 하나가 갑자기 들이닥친 바람에 흔들거렸다.

그의 시선은 재빠르게 침실 안을 훑고는 이내 물레이 에스파가 운희의 품 안에서 포근히 잠들어 있는 침상을 발견하고 그곳으로 향했다.

물레이 에스파는 평온한 얼굴로 곤히 잠들어 있었다. 운희의 품에 꼭 안긴 채 한 손은 운희의 가슴께에 머물러 있었고, 또 다른 손의 엄지손가락은 그의 입속에 물려 있었다. 운희는 그 검고 긴 머리카락을 머리맡 쪽으로 모두 끌어올려 놓은 채 빛의 음영으로 신비롭게조차 보이는 얼굴로 평안하게 잠들어 있었다. 두 사람이 서로 꼭 붙어 자고 있는 모습을 바라보던 술탄은 원인 모를 불편한 감정에 갑자기 심통이 번지기 시작했다.

그는 그들이 덮고 있는 얇은 하얀 비단이불을 거칠게 걷어냈다. 그러나 깊이 잠들었는지 두 사람은 별 미동을 보이지 않았다. 흔들어 깨우려 손을 뻗은 순간, 운희 이마의 상처가 눈에 띄었다. 자세히 보니 곳곳이 푸른빛으로 멍까지 들어 있었다. 상처는 살짝 벌어져 붉은빛이 그대로 드러나 보였으며 가장자리엔 피딱지가 아직도 마르지 않은 채 엉겨 있었다. 이내 술탄의 눈길이 운희의 드러난 팔을 향했다. 눈썹이 꿈틀거리며 더욱 좁아졌다. 그곳에도 푸른빛이 도는 멍 자국이 곳곳에 산재해 있었다.

술탄은 매서운 눈빛을 빛내며 물레이 에스파의 유모를 불렀다. 그는 날카로운 눈으로 유모를 노려보면서 입을 열었다.

"우니의 이마에 난 상처는 무엇이고, 몸에 난 멍투성이는 무엇이냐?"

술탄의 뜻밖의 질문에 유모는 몸을 바닥에 바짝 붙이며 잔뜩 긴
장한 목소리로 대답을 했다.

"무, 물레이 에스파 왕자께서…… 떼를 쓰시다가…… 가끔……
곤봉으로 우니를 때리셨나이다."

"뭣이라고?!"

술탄은 유모의 말이 채 떨어지기 무섭게 갑자기 끓어오르는 분
노를 억제하지 못하고 인상을 험하게 일그러뜨렸다. 그리고는 자
신의 주먹을 힘껏 움켜쥐고 부르르 떨었다. 한참 동안 입을 꾹 다
문 채 그들을 노려보던 술탄은 비단이불을 거칠게 도로 덮어주었
다. 온몸에 분노를 풍기며 몸을 돌린 그는 물레이 에스파의 침실
에서 성큼성큼 나가 버렸다.

침실에서 홀로 이어진 복도를 지나다 술탄은 갑자기 발걸음을
딱 멈추고 뒤따라오던 유모를 향하여 몸을 휙 돌렸다. 유모는 갑
자기 자신의 바로 앞에서 무서운 얼굴로 서 있는 술탄을 바라보자
가슴이 철렁 내려앉았다.

"물레이 에스파에게 이르라. 한 번만 더 우니에게 곤봉을 휘둘
렀다간 나, 술탄이 우니를 다시 데려가겠노라고 말이다! 알겠느
냐?"

말을 마친 술탄이 옆에 있던 장식용 탁자를 거칠게 발로 차버렸
다. 그리고는 출입문을 발로 차서 열고 아직도 비가 내리는 어둠
속으로 향했다. 환관장과 일행들은 허둥지둥 그의 뒤를 따라나섰
다.

술탄은 뒤늦게 자신을 따라와 파라솔로 굵어진 빗줄기를 가려주려는 시종을 거칠게 발로 차버렸다. 발에 채인 시종은 파라솔을 잡은 채 뒤로 밀려 중심을 잡지 못하고 빗길에 넘어지고 말았다. 술탄은 차가운 비를 맞자 그나마 기분이 진정됨을 느꼈다.

그는 왜 이렇게 화가 치미는지 스스로도 너무나 의아스러웠다. 자신이 총애하던 물레이 에스파가 시녀들에게 곤봉을 휘두르는 모습을 본 것은 한두 번이 아니었다. 심지어는 랄라 지다나와 함께 시녀들에게 혹독한 체벌을 가하는 모습도 여러 번 목격했었다. 그런데 자신이 직접 체벌 장면을 목격한 것도 아니었는데 운희의 몸에 난 상처를 바라보자 알 수 없는 분노와 안타까움이 그를 거세게 뒤덮었다. 술탄은 조금 전의 감정이 다시금 치밀어 오르자 시종이 붙들고 있던 파라솔을 빼앗아 거칠게 발로 밟으며 부수기 시작했다.

환관장과 시종들은 그의 변덕스러운 노여움이 자신들에게 튈까 봐 잔뜩 긴장한 채 몸을 사리고 숨죽이고 있었다. 술탄은 완전히 망가진 파라솔을 곁의 시종에게 집어 던졌다. 그러나 아직도 분이 풀리지 않았는지 씩씩거리면서 자신의 처소로 발걸음을 옮겼다.

다음날 술탄은 물레이 에스파의 거처에 머물고 있는 운희에게로 의사를 보냈다. 운희는 지난밤 자신이 잠든 사이에 술탄이 다녀갔다는 이야기를 유모를 통해서 전해 듣고는 깜짝 놀랐다. 더욱이 유모가 물레이 에스파에게 운희를 곤봉으로 한 번만 더 때렸다가는 술탄께서 다시 데려가시겠다는 말을 전해주자 물레이 에스파는 두 눈을 휘둥그레 뜨며 잔뜩 겁에 질려 버렸다. 그리고는 자신의 허리춤에 있는 곤봉과 운희를 번갈아 쳐다보더니 곤봉을 허리춤에서 황급히 빼내 들고 그것을 궁의 현관 출입문에서 멀리 던져 버렸다.

또한 술탄으로부터 보내진 의사가 자신이 때린 운희의 상처를 살피고 있는 모습을 바라보자 잔뜩 긴장하며 그녀가 치료받는 모습을 걱정스레 응시했다.

의사가 운희의 찢어진 이마의 상처에 약을 바르자 그녀는 따끔하며 찌르는 동통에 그만 인상을 찡그렸다. 그 모습을 지켜보던 물레이 에스파는 자신도 인상을 찡그리며 술탄께서 진짜로 그녀를 자신의 곁에서 다시 빼앗아갈 것이라는 막연한 두려움에 사로잡혔다. 그리고 그때부터 물레이 에스파의 운희에 대한 집착은 더욱 강해지기 시작했다.

운희는 치료가 끝나고 의사가 처방해 준 이상한 냄새가 풍겨나는 약물을 마셨다. 처음 느껴보는 독특한 맛에 순간 욕지기가 올라왔으나 꾹 참고 심호흡을 크게 하면서 억지로 약물을 들이켰다. 그리곤 냉수를 마시자 어느 정도 약물이 내려가며 편안해졌다. 그녀는 의사의 치료를 받으면서 내내 알 수 없는 감정으로 가슴 한 켠이 찌릿해짐을 느꼈다. 술탄이 전날 자신의 자는 모습을 훔쳐보고 갔다는 생각만으로도 왠지 얼굴이 붉게 달아오르며 화끈거렸다. 마치 여염집 규수의 방이 낯선 사내에게 염탐되어진 느낌이었다. 또한 의사가 술탄의 명을 받고 자신을 찾아왔을 때는 너무 놀라 가슴이 마구 뛰어오르기까지 했다.

자신의 가슴이 왜 이렇게 빠르게 뛰는지 의아해하면서도 운희는 이 낯선 기분이 싫지만은 않았다. 또한 물레이 에스파에게 자신을 곤봉으로 두 번 다시 때릴 경우에 데려가겠다는 술탄의 말이 너무도 믿기지 않았다.

그녀는 곁에서 자신을 뚫어질 듯 바라보고 있는 물레이 에스파를 바라보았다. 그리고는 그를 향하여 생긋 미소를 지어 보였다. 조금은 초조한 기색으로 그녀를 바라보고 있던 물레이 에스파는 그녀의 미소에 절로 안도하며 어린아이다운 환한 표정으로 마주 웃어주었다. 운희는 물레이 에스파의 작은 몸을 끌어당겨 품에 안고는 유난히 곱슬곱슬한 짧은 머리카락을 손으로 어루만져 주었다. 그러자 그는 운희의 가슴에 자신의 얼굴을 묻고 그녀의 체취를 양껏 빨아들였다.

"우니에게서는 정말 좋은 냄새가 나. 그게 무슨 냄새인지는 잘 몰라도 아무튼 좋은 냄새야. 그런데 엄마 냄새랑 달라. 엄마 냄새는…… 언제나 클라리 세이지 꽃향기가 났었는데."

물레이 에스파는 여전히 운희의 가슴에서 코를 떼지 않은 채 운희의 체취를 들이키며 말했다.

"클라리 세이지? 그게 무슨 꽃이죠? 처음 듣는 이름이지만 꽃향기라면 참 좋은 냄새일 거예요."

운희의 말에 물레이 에스파는 그녀의 무릎에서 바닥으로 깡충 뛰어내렸다. 그리고는 넓은 홀 안에 장식된 수많은 화분 중에서 그녀가 그동안 궁성 안에서 자주 보았던 꽃 한 송이를 꺾어왔다. 분홍빛의 그 커다란 꽃은 가지 끝에 층층으로 많은 꽃들이 다닥다닥 붙어 있었다. 향기는 줄기와 잎에서도 진하게 풍겨 나왔다. 운희는 이 꽃을 안뜰광장뿐만 아니라 우물가, 정원 등에서도 쉽게 보았던 기억이 떠올랐다. 이 제국에는 그녀가 처음 보는 낯선 꽃들이 너무도 많았기에 차츰 시간이 나면 그 이름을 알아보아야겠다는 생각을 하던 차였다.

"이게 엄마 냄새야. 엄마가 이 꽃향기를 바르면 아버지 술탄께서 사랑을 많이 해주실 거라면서 매일 바르셨어."

꽃줄기의 아래 부분을 잡고 꽃을 빙글빙글 돌리며 깊은 생각에 잠겨 있던 물레이 에스파는 갑자기 운희에게로 꽃을 내밀었다.

"자, 이거 가져! 이제부턴 우니가 이걸 발라. 우니 냄새도 좋지만 난 우니가 이 꽃향기를 발랐으면 좋겠어."

물레이 에스파는 사뭇 진지하면서도 기대 가득한 시선으로 운희를 바라보았다. 그녀는 이 어린 왕자가 자신에게서 돌아가신 어머니의 모습을 찾고 싶어함을 깨닫자 절로 가슴 한켠이 아려왔다. 그녀는 물레이 에스파에게 실망을 주고 싶지 않았기에 그가 내민 꽃을 받아 들어 꽃의 향기를 맡아보았다. 약초 향이 나면서도 달콤한 느낌이 들었다. 그러면서도 상당히 자극적이고 강한 향이 느껴졌다.

"그거, 그렇게 오래 맡고 있으면 머리가 아파져요."

언제 왔는지 물레이 에스파의 유모가 편안한 미소를 지으며 고소한 냄새가 풍기는 갓 구운 과자를 접시에 담아들고 나타났다. 그리고는 그것을 운희 앞 탁자 위에 놓으며 입을 열었다.

"지금 막 구웠어요. 이 과자는 왕자님께서 좋아하시는 과자예요. 왕자님과 함께 드셔보세요. 그리고 그 꽃은 냄새를 약간만 맡으면 마음이 가라앉고 기분이 좋아지지만 너무 오랫동안 맡고 있으면 두통이 생겨서 좋지 않으니 조심하세요. 그리고 또……."

말을 이으려던 유모가 무슨 생각에선지 갑자기 은근한 미소를 띠며 말을 딱 멈추었다. 그리고는 의미심장한 눈빛으로 운희를 바라보았다. 그러더니 갑자기 호들갑스런 웃음소리를 터뜨리면서 혼자 배를 잡고 크게 웃어댔다. 그런 유모를 의아하게 쳐다보는 운희의 눈길에 유모는 손사래까지 쳐가며 여전히 참지 못하고 어깨를 들썩이며 웃었다.

"유모, 대체 왜 그렇게 웃는 거야? 이제 그만 웃고 엄마가 쓰시던 거 많이 남았지? 그거 앞으로는 우니가 사용할 거니까 우니에게 줘. 알았지?"

"네, 왕자님. 잘 알았습니다요. 확실히 우니에게 전달하겠습니다. 그러니 너무 걱정하지 마시고 왕자님께서 좋아하시는 이 과자나 어서 드셔보세요."

유모의 재촉의 말에 물레이 에스파는 기분이 좋아진 얼굴로 과자 하나를 집어서 막 입에 넣으려 했다. 그러나 자신의 입으로 향하려던 과자를 운희의 입 앞에 선뜻 내밀었다. 그런 그의 뜻밖의 행동에 유모는 물론 주위에 있던 모든 시녀들까지 깜짝 놀란 얼굴로 이 어린 왕자를 쳐다보았다.

운희 역시 자신에게 먼저 과자를 내밀어주고 있는 이 어린 왕자에게 너무나 놀라 멍하니 물레이 에스파를 쳐다보았다. 그는 수줍은 미소까지 지으며 그녀에게 어서 입을 벌려 먹으라는 재촉까지 했다. 운희는 환한 미소를 지으며 입을 크게 벌려 그 과자를 선뜻 받아먹었다. 그러자 어린 왕자는 매우 흡족해하는 맑은 웃음소리를 내면서 그녀를 수줍게 바라보았다. 물레이 에스파의 기뻐하며 쑥스럽게 웃는 모습은 너무도 천진난만해 보였다.

오랜만에 찾아든 왕자의 밝은 웃음소리와 행복해 보이는 모습에 유모는 절로 편안한 미소를 지었다. 술탄이 운희에게 관심을 갖고 있으며 이미 동침을 했었다는 사실을 유모는 진작부터 알고 있었다. 그렇기에 운희에게는 함부로 하대를 하지 않고 있었다. 술탄께서 운희에게 첩으로서 대우하라는 명을 환관장에게 지시하지는 않았지만 한 번 품고 내치는 다른 노예계집과는 다르다는 것을 확연히 느낄 수가 있었다.

갑작스레 랄라 할리마의 시위가 들었다는 소리가 궁전 출입문 밖에서 크게 울려 퍼졌다.

유모와 궁 안의 모든 시녀들이 깜짝 놀라며 우르르 출입문으로 나가 랄라 할리마를 황급히 맞이했다. 운희도 머리를 조아리고 랄라 할리마를 맞이했다. 여전히 화려한 여신과 같은 치장을 한 랄라 할리마는 위풍당당하게 궁 안으로 들어섰다. 그리고는 거만한 시선으로 물레이 에스파의 궁 안의 이모저모를 샅샅이 훑어보았다. 그녀의 뒤에는 물레이 무하마드와 그를 안고 있는 유모가 서 있었다. 처소 안을 휘둘러보던 랄라 할리마는 미간을 찌푸리며 투덜거렸다.

"이곳은 올 때마다 괴물이라도 뛰어나올 듯하구나. 이게 어디 사람이 사는 곳이더냐? 이 흉측한 짐승 껍질은 왜 아직도 걸어놓고 있는 것인지. 쯧쯧."

랄라 할리마가 차가운 비웃는 표정으로 물레이 에스파의 얼굴을 싸늘히 바라보았다. 어리나 스스로가 당당하다 느끼는 물레이 에스파는 그녀를 쳐다보았다. 랄라 할리마에게 예를 갖추어 인사를 하였지만 표정만큼은 불만이 가득 담겨 있었다. 랄라 할리마는 그런 물레이 에스파를 바라보며 코웃음을 쳤다. 그리고는 그를 위아래로 흘기며 못마땅한 시선을 감추지 않은 채 말을 내뱉었다.

"물레이 에스파, 잘 지냈느냐? 듣자하니 너에게 술탄으로부터 새로운 시녀 하나를 하사 받았다고 하는데. 그것이 맞는가?"

랄라 할리마는 눈을 가늘게 뜨며 물레이 에스파를 쳐다보았다. 조소가 가득 담긴 랄라 할리마의 표정을 역시 불만스러운 표정으로 바라보던 물레이 에스파가 시큰둥하게 받으며 대답했다.

"예, 그렇습니다. 술탄께서 알라 앞에 약조하신 맹세로 제 청에 의해 우니를 주신 것입니다."

물레이 에스파의 말에 랄라 할리마는 놀랍다는 표정으로 눈썹을 치켜올리며 입을 봉긋이 모았다.

"오, 그러셨군. 우니는 참으로 신기한 동양계집이지요. 어쨌든 축하드립니다. 하긴, 내 아들 물레이 무하마드도 우니를 무척 좋아하고 있는데 그것을 물레이 에스파도 잘 알고 있겠지요? 호호호."

랄라 할리마의 간살스런 말에 그의 얼굴이 순식간에 굳어지며 입술이 삐죽이 내밀어졌다.

"그런데 제 거처엔 어떤 용무로 찾으신 겁니까?"

물레이 에스파는 본격적으로 불편한 얼굴을 드러내며 쌀쌀맞게 랄라 할리마에게 물었다. 그러자 랄라 할리마는 어린 왕자의 적대적이며 당돌한 태도에 순간 화가 치밀었다. 랄라 지다나가 살아 있을 때와 조금도 변함없는 없다니!

"찾아온 용건? 허, 그거야 네가 네 생모를 잃고 어찌 지내나 하여 도리상 찾아온 것이지. 어찌 되었든 너 또한 나의 남편이신 술탄의 또 다른 아들이지 않느냐? 그러니 내가 찾아온 것은 너무도 당연한 게지. 그리고 물레이 무하마드가 우니를 보고 싶어하는 듯해서 한번 찾아왔느니라. 이왕 말이 나왔으니 묻자, 우니를 물레이 무하마드에게 잠시 빌려줄 수 있겠느냐?"

랄라 할리마는 요사스런 눈웃음을 지으며 물레이 에스파에게 말했다. 하지만 그는 잔뜩 굳어진 얼굴로 단호히 거절했다.

"그것은 안 됩니다! 우니는 나의 시녀이니 물레이 무하마드에게 빌려줄 수가 없습니다. 오늘은 이만 돌아가십시오."

물레이 에스파는 짙어진 눈에 분노를 가득 담고 랄라 할리마와 물레이 무하마드를 노려보며 소리를 질렀다. 그리고는 고개를 획 돌리며 그녀에게 속히 돌아가라는 확고한 동작을 보여주었다. 이에 랄라 할리마는 너무 놀라 멍하니 두 눈만 크게 뜬 채 어린 물레이 에스파를 노려보았다.

'저것이 여섯 살 먹은 어린아이의 태도란 말인가?'

랄라 할리마는 기가 막혀 입도 다물지 못한 채 그를 사납게 노려보았다. 고개를 당당히 치켜든 그의 모습에서 순간 랄라 지다나의 살아생전의 모습이 겹쳐 보였다. 그녀는 눈을 뱀같이 가늘게 뜨며 물레이 에스파에게 사나운 목소리로 쏘아붙였다.

"물레이 에스파, 감히 어린것이 어디서 눈을 동그랗게 뜨고 웃전의 제안을 그리 단호히 거절할 수가 있단 말이더냐? 네 당돌함이 하늘을 찌르는구나. 내 오늘은 이만 돌아가겠지만 다음에도 이런 태도를 보인다면 너를 가만두지 않을 것이다. 그러니 너는 웃어른을 향한 공손한 태도를 배워야 할 것이니라. 지금의 네 모습은 형편없는 네 어미를 쏙 빼닮았구나!"

랄라 할리마는 물레이 에스파를 향하여 사납고 모진 말을 내뱉었다. 물레이 에스파는 돌아가신 어머니에 대한 비난에 온몸을 부르르 떨면서 마치 잡아먹을 듯이 그녀를 노려보았다. 어느덧 물레이 에스파의 붉어진 얼굴에는 핏발이 서며 눈물이 하나 가득 고였다.

랄라 할리마는 몸을 떨고 있는 물레이 에스파를 가소롭다는 듯이 쳐다보았다. 이어 못마땅한 시선으로 물레이 에스파의 궁을 훑어보더니 천천히 몸을 돌려 일행을 이끌고 물레이 에스파의 궁을 떠나갔다.

랄라 할리마의 일행이 출입문을 완전히 빠져나가자 물레이 에스파는 바닥을 구르며 한참 동안이나 악을 쓰면서 목이 쉬도록 울었다. 그런 물레이 에스파를 운희는 안타까움이 가득한 시선으로 바라보며 오열하는 어린 왕자를 가만히 끌어안아 주었다.

물레이 에스파의 궁을 빠져나온 랄라 할리마는 갑자기 발걸음을 멈추고 몸을 돌려 물레이 에스파의 궁을 사납게 노려보았다.

"저 어린것이 지 어미가 죽었는데도 분수를 모르고 천지분간을 못하는구나. 저런 것은 아예 싹을 짓밟아놔야 내 아들의 앞길에 장애가 되지 않을 것이야!"

그녀는 물레이 에스파의 궁을 한참 동안 노려본 후에 몸을 돌려 자신의 처소로 발걸음을 옮겼다.

✳

물레이 에스파는 사흘 동안 심하게 앓았다.

운희는 물레이 에스파를 간병하느라 한시도 곁을 떠나지 못했다. 물레이 에스파는 운희가 잠시라도 시야에서 사라지면 기겁을 하고 미친 듯이 울어댔다. 열이 펄펄 끓는 와중에도 그녀의 손가락 하나를 기어코 그러쥐고 있었다. 운희는 그런 물레이 에스파가 측은하여 견딜 수가 없었다.

물레이 에스파는 운희가 건네주지 않으면 물조차도 입에 대려 하지 않았다. 이에 유모도 그의 간병을 전적으로 운희에게 맡기고 말았다. 그렇게 운희는 물레이 에스파의 열이 떨어질 때까지 한시도 곁을 떠나지 않고 사흘 밤낮을 지켰다.

물레이 에스파의 열이 최고조로 달하던 밤, 그녀는 전날부터 한숨도 자지 못하여 물레이 에스파가 잠시 잠들었을 때 침상에 엎드려 짧은 토막잠을 잤다. 변덕스런 제국의 기온 차로 밤공기가 내려가자 등이 서늘했지만 너무도 고단하여 운희는 그대로 깊은 잠에 빠져들고 말았다. 그녀는 꿈속에서조차도 등이 춥다고 느꼈다.

가늘게 몸을 떨며 자고 있을 때 누군가 방 안으로 들어서더니 따뜻한 모포로 그녀의 등을 덮어주는 것이 느껴졌다. 운희는 그 따뜻함에 절로 미소를 지으며 다시 깊은 잠 속으로 빠져들었다.

다음날 아침, 운희는 유모가 전해준 말에 깜짝 놀라고 말았다. 술탄이 물레이 에스파가 아프다는 소식을 전해 듣고 프랑스 영사 일행을 위한 불꽃놀이가 끝난 깊은 밤에 처소로 찾아들었다는 것이다. 술탄이 침실로 들어섰을 때 그녀와 물레이 에스파는 곤히 잠든 상태였다고 한다. 술탄은 곤히 잠든 두 사람을 깨우지 않고 한참 동안 살펴보다가 그냥 되돌아갔다는 것이다.

그럼 내게 모포를 덮어준 사람이……! 운희가 설마하며 조심스럽게 입을 열었다.

"혹 유모께서…… 제 등에 모포를 덮어주셨나요?"

운희의 말에 유모는 고개를 절레절레 흔들며 입을 열었다.

"그건 술탄께서 하신 거예요. 지난밤 저도 너무 고단해서 일찍 잠자리에 들었거든요. 갑자기 술탄께서 오실 줄은 몰랐죠. 졸린 눈을 비비며 맞이하였는데 침실로 알아서 성큼 가시더라고요. 그러더니 왕자님의 이마를 짚어보시고 열이 높다 하시며 오늘 새벽같이 주치의를 보내주셨지요. 그리고 그 모포는 술탄께서 이 방에 들어 오시자마자 제일 먼저 하신 일이셨지요. 날이 추운데 감기라도 걸리면 안 된다고 하시며 술탄께서 손수 덮어주신 거랍니다."

유모는 운희를 바라보며 싱긋 미소를 지었다.

"네엣?"

너무도 놀란 운희가 눈을 동그랗게 떴다. 유모가 은근한 눈빛으로 그녀를 바라보자 운희는 저도 모르게 귀밑까지 붉히고 말았다.

아침부터 하늘이 흐렸다. 정오가 가까워지자 먹구름이 몰려와
비를 뿌렸다. 비는 해가 저물 때까지 추적추적 쉬지 않고 내렸다.
운희는 정오 무렵부터 한기를 느꼈다. 창을 통해 간간이 불어오는
바람은 그녀를 소스라치게 만들었다. 몸이 으슬으슬 추웠다. 창밖
은 제법 어두웠다. 비가 내리고 있어 한층 을씨년스럽기도 했다.

운희는 자신의 몸 상태가 예사롭지 않다는 것을 깨달았다. 머리
가 지끈거리며 시야가 흔들렸다. 자꾸 춥다는 생각에 모포를 뒤집
어썼다. 팔다리가 여지없이 쑤시고 느른하며 바닥으로 주저앉을
듯 기운이 없고 심한 오한이 났다.

"몸살인가요?"

유모가 오들오들 떨고 있는 운희의 이마를 짚으며 근심스러운
표정을 지었다.

"이런, 열이 있어요. 이를 어쩌면 좋아요. 어이쿠."

물레이 에스파가 많이 나아졌기에 유모는 운희를 숙소로 보내
려고 했다. 하지만 침상에 있던 물레이 에스파는 인상을 찌푸리며
운희를 가지 못하게 했다. 그리고는 이불을 걷어내곤 자신의 옆에
누우라고 명령을 했다. 이에 유모는 눈을 크게 뜨고 물레이 에스
파를 바라보았다.

"아이구, 왕자님! 우니는 왕자님 병구완하느라 여지껏 잠도 제
대로 못 잤어요. 그래서 이렇게 몸살이 난 거예요. 자기 방에서 편
히 쉴 수 있도록 해주어야 한다고요. 그러니 어서 보내주세요."

유모의 간청 어린 말에도 불구하고 뮬레이 에스파는 고개를 완강히 저으며 자신의 옆 자리를 연신 손바닥으로 두드렸다. 이에 운희는 할 수 없다는 듯 유모에게 옅은 미소를 지어 보이곤 뮬레이 에스파의 침상으로 올라갔다.

운희가 자신의 곁에 눕자마자 뮬레이 에스파는 너무도 좋아하며 함박웃음을 지었다. 그리고는 운희의 몸을 꼭 끌어안으며 그녀의 열에 달뜬 얼굴을 자신의 뺨으로 가만히 비벼댔다.

그러나 그날 밤 운희는 심하게 앓았다.

온몸이 불덩이처럼 들끓었다. 뮬레이 에스파가 간만에 깊은 숙면을 취한 것과 달리 그녀는 도무지 잠을 이루지 못했다. 뮬레이 에스파를 돌보던 의사도 일몰 무렵에 이미 자신의 거처로 돌아간 후였다.

유모가 민간요법으로 만든 약을 가져왔으나 별 소용이 없었다. 그녀는 잇몸이 들쑤시며 혓바닥도 하얗게 갈라졌다. 온몸에는 열꽃이 피어 붉은 점이 돋았다. 운희가 단순한 몸살이 아닌 것을 깨달은 유모는 그녀를 처소로 돌려보내려 했지만 그럴 때면 어떻게 알았는지 뮬레이 에스파가 부스스 눈을 뜨며 운희가 자신의 곁을 떠나지 못하도록 칭얼거렸다. 그렇게 그녀는 밤이 새도록 심한 몸살과 오한에 휘둘렸다.

그날 밤, 밤중에 드리는 마지막 기도인 이샤를 끝낸 술탄이 뮬레이 에스파의 침실로 들어섰을 때 그는 충격을 받았다. 운희가 뮬레이 에스파의 침상 위에서 온몸을 열로 붉게 물들인 채 부들부들 떨고 있었기 때문이다.

술탄은 허겁지겁 달려와 온몸을 늘어진 채 뜨거운 숨결을 뿜어내고 있는 운희의 이마에 손을 얹어보았다. 그의 눈이 크게 떠졌다.

"당장 주치의를 불러오게! 어서!"

술탄은 뒤따라온 환관장에게 다급히 소리를 쳤다. 환관장은 술탄의 험악하고 다급한 모습에 깜짝 놀라 부랴부랴 침실을 빠져나갔다. 운희는 술탄이 자신을 수심이 가득한 얼굴로 내려다보며 뭐라고 중얼거리는 모습을 마지막으로 의식을 잃었다.

그녀가 다시 눈을 떴을 때는 주치의가 제조한 약사발이 기다리고 있었다. 운희는 유모의 부축을 받아 일어나 앉았다. 물레이 에스파도 수심이 가득한 얼굴로 그녀를 바라보고 있었다. 그녀는 자신의 앞으로 다가온 약사발을 기운 없이 받아 들었다. 약을 막 마시려는 순간 약사발을 건넨 사람의 손이 술탄임을 깨닫자 그만 깜짝 놀라고 말았다. 술탄은 잔뜩 굳어진 얼굴로 운희를 바라보고 있었다. 마치 성난 사람 같았다. 운희는 주눅이 들어 약사발을 든 채 굳어버렸다.

운희가 주춤하자 술탄은 약사발을 툭 치며 속히 마실 것을 재촉했다. 그녀가 술탄의 눈치를 살피며 약을 다 들이키자 그때서야 술탄은 낮은 한숨을 내쉬며 유모를 향하여 턱으로 지시를 했다. 그러자 유모는 꿀에 재운 대추야자 열매를 운희의 입에 넣어주었다. 얼떨결에 받아먹은 운희는 그의 배려에 순간 두 볼이 붉어졌다. 그러나 술탄은 안 그래도 열로 인해 붉어져 있는 얼굴이라 미처 깨닫지 못했다.

술탄은 주치의로부터 이제 괜찮을 것이라는 말을 전해 듣고서야 간신히 안도하는 얼굴로 물레이 에스파의 침실을 한 바퀴 휘둘러보았다.

"물레이 에스파는 잘 들어라. 우니가 아프니 내가 데리고 가 치료해 줄까 한다."

술탄의 폭탄발언에 침실 안에 있던 모든 사람들이 깜짝 놀랐다. 그리고 물레이 에스파는 울상이 되어버렸다.

"그렇게는 아니 되옵니다. 술탄께서 우니를 소자에게 주시지 않으셨습니까? 소자가 잘 돌볼 것이옵니다. 하오니 그 말씀은 물려주시옵소서. 흑흑."

물레이 에스파는 어느새 술탄의 다리를 부여잡은 채 애원하였다. 그런 물레이 에스파를 바라보며 술탄은 미간을 좁혔다. 하지만 그의 태도는 자못 단호해 보였다. 그때 운희가 황급히 입을 열었다.

"술탄이시여, 소인은…… 물레이 에스파 왕자의 시녀이옵니다. 이대로 왕자 곁에 머물게 하여주옵소서."

운희는 침상에서 허리를 굽히며 술탄을 향하여 엎드렸다.

술탄은 운희의 뜻밖의 말에 인상을 더욱 굳힌 채 한동안 아무 말도 하지 않았다. 한동안의 정적이 흘렀다. 그의 마음은 당장이라도 운희를 자신의 곁으로 데려오고 싶었으나 물레이 에스파에 대한 약조와 운희가 자신의 곁이 아닌 물레이 에스파의 곁을 선택하자 마치 손가락 사이로 새어나가는 듯한 느낌에 크나큰 아쉬움으로 가슴을 떨었다. 술탄이 깊은 한숨을 내쉬며 천천히 입을 열었다.

"좋다. 그것이 네 원이라면 그렇게 하도록 하라. 물레이 에스파, 우니를 잘 돌보아주어라. 우니가 나을 때까지 내 주치의를 보내주도록 하겠다."

술탄은 운희를 강한 시선으로 쳐다본 후에 침실을 빠져나갔다. 그가 시야에서 완전히 사라지자 물레이 에스파는 안도의 미소를 지으며 운희의 품으로 뛰어들었다. 그리고는 유모가 말리기 전까지 그녀의 얼굴에 자신의 얼굴을 마구 비벼대며 기쁨을 표했다.

"나는 세상에서 우니가 제일 좋아. 언제까지나 우니가 내 곁에 있었으면 좋겠어."

물레이 에스파는 운희가 술탄이 아닌 자신의 곁에 머물겠다고 말을 한 순간 세상을 다 얻은 듯 기쁘기 그지없었다.

이후로 사흘 동안 운희의 열이 떨어지기까지 술탄은 매일 아침 저녁으로 물레이 에스파의 안부를 살핀다며 그의 궁으로 찾아들었다. 하지만 술탄의 방문이 단순히 왕자의 병문안이 아님을 물레이 에스파 궁의 모든 사람들은 알고 있었다. 그저 물레이 에스파의 시녀인 운희만은 모르고 있었다.

겨자색의 긴 트위드 코트에 주름 깃과 주름 장식이 있는 셔츠에 황금색 견장으로 장식된 화려한 제복의 프랑스 영사와 그 일행을 술탄은 정원에서 맞아주었다. 전날의 지하 저수조와 제국의 보물 창고, 무기고 시찰에 이어 정원에서의 엄숙한 행사에 압도된 프랑스 영사는 잔뜩 긴장한 채 술탄을 경외하는 시선으로 바라보았다.

술탄은 슈라의 최고위원 네 명과 카이드(지방총독, 혹은 족장)와 까디(이슬람 법관) 등 궁내의 거물급 인사들과 부하리(검은 친위대)의 상급 장교들이 배석한 가운데 정원에서 프랑스 영사 일행을 우아하게 웃으며 환대해 주었다. 곁에는 므사카림이라 불리는 의장경호대가 방진을 갖추고 긴장한 자세로 술탄을 경호하고 있었다.

이윽고 쾌락의 정원에서 프랑스 영사가 내민 프랑스 국왕의 서찰을 읽은 술탄은 매우 긍정적인 반응을 보였다. 서찰의 주요 내용은 제국에 노예로 잡혀 있는 프랑스인 노예들을 풀어달라는 것으로 술탄은 프랑스 국왕이 이들의 몸값만 제대로 쳐준다면 언제든지 이에 응할 의향이 있다고 전했다.

술탄은 감미롭고 향긋한 향이 가득 차 있는 오렌지 숲과 타일이 박혀 화려하게 빛나는 대형 천막과 커다랗고 아름다운 대리석 연못, 또 그들에게 지극한 호의를 베풀어 궁성 안 동물원에 있는 맹수 우리까지 구경시켜 주었다. 이후 연병장으로 자리를 옮겨 묘기 백출한 부하리들의 화려한 승마 기술을 보여주었다. 그 자리에는 승마를 무척 좋아하는 술탄의 장자인 물레이 에스파도 함께 있었다.

그 시각에 운희는 클라리 세이지 향이 가득 풍기는 작은 방에 갇혀 있었다. 그녀의 다리에는 튼튼한 강철로 만들어진 족쇄가 단단하게 채워져 있었다.

랄라 할리마가 다녀간 이후부터 물레이 에스파는 운희를 절대로 혼자 두지 않았다. 언제나 자신의 시야 안에 있도록 하였고, 그녀가 용변을 보기 위하여 화장실에 갈 때조차도 문 앞에서 기다릴 정도였다. 그런데 이번 행사를 위하여 궁을 비우게 되자 물레이 에스파는 전날부터 전전긍긍하며 안절부절못했다. 급기야는 환관을 통하여 제일 묵직하며 튼튼한 족쇄를 구해오도록 지시했다.

물레이 에스파는 자신의 궁을 떠나기 바로 전에 운희를 작은 방에 가두고 그녀의 발목에 튼튼한 강철 족쇄를 채웠다. 운희와 유모가 절대로 그런 일은 없을 것이라고 간절히 애원하며 어르고 달래보았으나 물레이 에스파는 단호히 고개를 저으며 고집을 부렸다.

"내가 없는 사이에 랄라 할리마가 다녀와서 너를 데려갈지도 몰라. 보고만 있을 순 없어."

물레이 에스파는 가늘게 떨리는 목소리로 말했다. 그는 실망하고 있는 운희의 양손을 꼭 잡은 후 손등에 입을 맞추었다. 그리고는 그녀의 목을 꼭 끌어안으며 그녀의 양 뺨에 입을 맞추고 운희를 향하여 싱긋 미소를 지어 보이며 위로의 눈빛을 보냈다. 이어 시녀들에게 맛있는 과자와 달콤한 과일 주스를 갖다 주라고 명한 후에 다시 한 번 운희가 묶인 기둥과 족쇄를 확인했다. 그리고는 그 튼튼함에 만족해하며 자신을 기다리고 있는 술탄의 시종을 향하여 황급히 방을 빠져나갔다.

물레이 에스파가 방을 빠져나가자 미안한 표정을 한 유모가 운희의 곁으로 다가왔다. 운희가 자신의 저린 다리를 주무르고 있자 유모도 그녀의 저린 다리를 주물러 주기 시작했다. 유모는 운희의 다리를 주무르면서 물레이 에스파에 대한 이런저런 이야기를 하기 시작했다.

"혹시나 해서 말씀드리지만…… 랄라 지다나 황후께선 절대로 통간하지 않으셨습니다. 그때 랄라 할리마 황후께 고문당하여 술탄 앞에 끌려갔던 사내가 랄라 지다나 황후와 같은 고향 부족 출신이기는 했지만 결코 두 사람은 통간하지 않았어요. 그 모든 게 다 모함이었지요. 그때 만약 랄라 지다나 황후께서 조금만 더 겸손하셨더라면 그런 일은 절대로 일어나지 않았을 것입니다. 랄라 지다나 황후께서 술탄의 제1정비이신 랄라 할리마 황후를 자꾸 건드리시는 바람에…… 결국 이런 일을 당하시게 된 거라고 생각합니다. 그 증인으로 나선 계집들은 언젠가 꼭 알라의 노여움으로 천벌을 받을 것입니다. 암요, 꼭 그래야 하고말고요."

유모의 뜻밖의 말에 운희는 깜짝 놀라며 눈을 휘둥그레 떴다.

"그것이 사실이라면…… 왜 그 사람들은 술탄 앞에 거짓 증인으로 나선 것이지요?"

"그것은…… 그 일이 있기 며칠 전에 그 계집들이 랄라 지다나 황후의 심기를 불편하게 만들어 혹독한 체벌을 당했기 때문에 그리한 것이 틀림없습니다."

"혹독한 체벌이요?"

운희가 깜짝 놀라 소리쳤다.

"랄라 지다나 황후께서는 클라리 세이지 향유를 아끼십니다. 그런데 그 클라리 세이지 향유가 담긴 마지막 향유 통을 담당이었던 계집과 그 방에 있던 다른 계집년들이 시시덕거리며 놀다가 그만 실수로 깨뜨려 버렸지요. 하필 그때 술탄께서 반란군을 진압하고 막 궁으로 돌아오실 무렵이라 랄라 지다나 황후께서는 엄청 화를 내셨던 것이지요. 술탄의 앞으로 나갈 때는 언제나 클라리 세이지 향유를 바르셨거든요. 그 중요한 때에 향유가 담긴 마지막 통을 깨뜨려 버렸으니 황후께서 진노하신 것은 너무도 당연한 일이었어요. 더욱이 두 분의 황후께서는 술탄을 누가 모시느냐 하는 것으로 극도로 경쟁하고 계셨기에 황후께선 너무도 예민하셨던 것이지요. 그러니 그 계집들이 심한 문책을 당했던 것도 어찌 보면 너무도 당연한 일이라고 생각되어집니다. 하지만 그 계집들에겐 그것이 지독한 고통이었지요. 결국 그 계집들은 랄라 할리마 황후의 은밀한 회유책에 말려들어 가 자신들의 여주인을 배신한 것이지요."

"아, 그런 일이……."

운희는 유모의 말에 너무도 놀라 그만 안타까움의 탄성을 내뱉었다.

"그 바람에, 왕자께선 어머님이신 랄라 지다나 황후가 사람들이 보는 앞에서 궁지에 몰리며 수욕당하시는 것을 눈앞에서 직접 목격하시게 되었으니…… 비록 술탄께서 사형을 언도하신 것을 목격하지는 않으셨지만 워낙 총명하신 분이라 그 모든 것을 대충 다 알고 있었습니다. 그러니 그 어린 마음이 오죽이나…… 흑."

유모는 말을 채 잇지 못하고 눈물을 흘렸다. 운희는 흐느껴 울고 있는 유모의 등을 살며시 어루만져 주었다.

"저도…… 랄라 지다나 황후께서 좀 혹독한 편이라는 것은 인정합니다. 하지만 그렇다고 죽을 만큼 못되시지는 않으셨다고 봅니다. 랄라 할리마 황후는 정말 무서운 분이십니다. 지금도……
물레이 에스파 왕자를 눈엣가시로 여기고 계시니…… 그동안도
술탄의 마음이 물레이 에스파 왕자께 있다는 것을 매우 못마땅하
게 여기셨는데 이제 랄라 지다나 황후께서도 계시지 않으시
니…… 어쩌면, 어쩌면……. 흑흑."

유모는 목이 메는지 말을 제대로 잇지 못했다.

"어쩌면…… 뭐요?"

운희의 말에 유모는 불안한 얼굴로 연신 눈물을 찍어내면서 간
신히 말을 이었다.

"어쩌면…… 랄라 할리마 황후께서 물레이 에스파 왕자께 위해
를 가할지도 모른다는 겁니다. 저는…… 그것이 늘 걱정이 되어
서……. 흑흑."

"뭐라고요? 위해요?"

운희는 유모의 말에 눈을 동그랗게 뜨며 화들짝 놀라고 말았다.
유모는 입술을 가늘게 떨며 다음 말을 이었다.

"랄라 지다나 황후께서는 랄라 할리마 황후와 달리 서아프리카
기니 출신입니다. 노예로 잡혀왔다가 술탄의 마음을 얻으셔서 물
레이 에스파 왕자님을 출산하시고 두 번째 아내의 위치를 얻게 되
신 것이지요. 그러나 노예 출신이었기에 배경이 없는 반면, 랄라
할리마 황후께서는 정통적인 귀한 집안 출신으로 명문가의 대단
한 배경을 업고 있는 분이십니다. 조관들도 거의 랄라 할리마 황
후의 편이라고 보면 됩니다. 랄라 지다나 황후께서는 오직 술탄의
총애로 지금껏 버텨오셨던 분이신데 이렇게 모함에 걸려 술탄의

의심을 사시게 되셨으니 결국 아무런 힘도 없이 비명을 달리 하실 수밖에 없으셨던 것이지요. 흑흑."

유모는 붉게 충혈된 눈으로 운희를 바라보았다. 어느새 운희도 눈물을 흘리고 있었다.

"도와주세요. 우리 불쌍하신 물레이 에스파 왕자님을요……. 흑흑."

유모는 눈물을 철철 흘리며 운희의 손을 강하게 부여잡았다. 그리고는 운희 앞에 바짝 당겨 앉으며 애절한 시선으로 바라보았다.

"제, 제가 무슨……."

운희는 너무도 놀라 당황하며 어쩔 줄을 몰라 했다.

"저는 알고 있습니다. 조만간 술탄의 사랑을 우니님께서 받게 되실 것을요. 술탄께서 우니님께 보내시는 그 깊은 시선은 결코 예사롭지가 않습니다. 만에 하나, 술탄의 사랑을 받게 된다면…… 부디 물레이 에스파 왕자님의 목숨을 지켜주십시오. 제발…… 제발 부탁드립니다. 이 유모의 간절한 소원입니다. 흑흑."

"하, 하지만 술탄께선 저를 사랑하시지 않아요."

유모는 운희의 양손을 강하게 부여잡은 채 가만히 고개를 가로저었다.

"그렇지 않아요. 분명 술탄께선 우니님께 마음을 쓰고 계십니다. 제 눈에는 다 보입니다. 그러니 그렇게 단정하지 마세요. 지금은 느낄 수 없을지라도 술탄께서 우니님을 마음에 두고 계신 것은 분명한 일입니다. 그러니 제발 도와주세요. 지금…… 물레이 에스파 왕자님의 목숨은 경각에 달려 있다고 봐도 과언이 아니에요.

얼마 전 랄라 할리마 황후께서 이 궁을 떠나시면서 지었던 그 무서운 표정을 저는 아직도 잊을 수가 없습니다. 그분은 정말 무서운 분이세요. 랄라 지다나 황후의 간통 사건 이전에도 한 백인여자 노예를 비명에 보낸 분이셨습니다. 그 이유가 단지 술탄의 시선을 끌었다는, 너무도 단순하지만 치명적인 이유에서요."

"뭐라고요? 그런 일이……! 정말 그런 일이 있었나요?"

운희는 너무도 놀라 두 눈을 휘둥그레 뜬 채 겁에 질린 표정으로 물레이 에스파의 유모를 바라보았다. 유모는 슬픈 표정으로 가만히 고개를 끄덕이었다.

"맞습니다. 랄라 할리마 황후는 조용하신 분 같지만 그 속에는 악마가 가득 들어 있는 무서운 분이십니다. 랄라 지다나 황후는 성정은 불 같으셨지만 결코 상대에게 속임수나 술수를 부리지는 않으셨습니다. 언제나 고집스레 정면 대결이셨지요. 하지만 랄라 할리마 황후께서는 전혀 다른 분이십니다. 그 마음속은 그 어느 누구도 전혀 알 수가 없을 것입니다. 심지어 술탄께서도요. 휴우……."

유모는 크게 한숨을 몰아쉬며 잡고 있던 운희의 손을 더욱 강하게 움켜쥐었다.

"우니님, 약속해 주세요. 만에 하나 술탄께서 우니님을 총애하시어 곁에 두시게 된다면, 만에 하나 정말 그러하시게 된다면 부디 물레이 에스파 왕자의 목숨을 지켜주십시오. 부디 부탁드립니다. 제발 도와주십시오. 네?"

운희는 애원이 가득 찬 얼굴로 쳐다보는 유모의 시선에 그만 자신도 모르게 고개를 끄덕이고 말았다. 유모의 애절한 시선에는 상대를 압도하는 어떤 강렬한 힘이 실려 있었다. 운희를 바라보던 유모는 안도의 한숨을 크게 내쉬며 가만히 입가에 미소를 지었다.

"고맙습니다, 우니님. 정말 고맙습니다…… 정말 고맙습니다. 이젠 되었어요."

유모는 얼굴을 깊숙이 숙이며 그녀 앞에 조아렸다. 그런 유모를 바라보면서 운희는 당황하여 어쩔 줄을 몰라 했다. 유모는 그렇게 엎드린 채 한참 동안이나 눈물을 흘렸다.

물레이 에스파는 연병장에서 펼쳐진 화려하고 멋진 승마 시범을 보자 너무도 흥분하여 가슴을 가라앉힐 수가 없었다. 그는 모든 행사가 끝나고 참석자들을 위한 대대적인 연회가 끝나자 황급히 자신의 궁으로 되돌아왔다. 그리고는 기쁨에 들떠 눈을 반짝이며 운희에게 오늘 자신이 보았던 모든 일에 대해서 낱낱이 설명하기 시작했다. 그런 물레이 에스파의 들뜬 모습을 바라보면서 운희는 입가에 미소를 지었다. 모든 설명을 마친 물레이 에스파는 황급히 그녀의 묶여진 족쇄를 풀어주었다.

"우니, 마구간으로 가자! 나의 말 타는 모습을 네게 보여주고 싶어. 자, 어서 가자!"

그는 운희의 손목을 거칠게 잡아끌며 마구간으로 가자고 성화를 부렸다. 그의 들뜬 모습에 운희는 어쩔 수 없이 방을 나서게 되었다.

유모와 몇몇 시종들, 그리고 운희는 한껏 들떠 있는 물레이 에스파의 뒤를 따라 제법 먼 곳에 있는 마구간을 향하여 발걸음을 옮겼다. 햇살이 맑고 청명한 날이었다. 하늘에는 구름 한 점 없었다.

일행이 마구간에 도착하자 마구간의 수석 마구간지기는 크게 몸을 조아리며 물레이 에스파 왕자를 맞이했다.

"어서 오십시오, 왕자님."

"수석 마구간지기, 그대는 어서 가서 나의 애마를 속히 데려오시오. 내 지금 그 말을 탈 것이오."

그러자 수석 마구간지기는 한눈에 보아도 윤기가 흐르는 어린 말을 끌고 왔다. 말을 바라보는 물레이 에스파의 얼굴엔 애정이 담뿍 드러나 있었다. 그 말은 영국 원산의 말[馬]로서 오래전 영국 국왕 찰스1세가 선대의 술탄에게 선물로 주었던 말이 남긴 후손으로 현 술탄에게 선물로 받은 것이다. 어린 말이었지만 앞다리를 높이 쳐들고 활발하게 걸어가는 걸음걸이가 웅장하면서도 기품이 있어 보였고, 윤기 있는 갈색 갈기가 바람에 흔들리는 모습이 자못 아름답게 보였다. 어린 말의 등에는 오스만 제국의 칼리프가 하사한 보석이 박힌 황금빛 마구가 올려 있었다.

물레이 에스파는 시종이 몸을 구부리며 등자를 잡아주자 말안장에 가뿐히 올라탔다. 그는 호기로운 시서으로 유희를 돌아보며 함박웃음을 지어 보였다. 여섯 살 어린 왕자는 나이에 비해 사뭇 당당해 보였다.

"우니, 나 먼저 마구간 옆에 있는 레몬나무 숲 공터로 갈 테니까 꾸물거리지 말고 속히 따라와!"

물라이 에스파는 말의 고삐를 바짝 쥐며 운희와 그의 일행에게
속히 쫓아오도록 명령을 했다. 그리고는 시종들이 말에 올라타기
도 전에 먼저 말에 박차를 가하여 레몬나무 숲을 향하여 마구 달
려가기 시작했다.

운희와 유모가 레몬나무 숲 안쪽의 공터에 도착한 것은 시간이
얼마 흐른 후였다. 두 여인은 공터 안을 돌아다니고 있는 어린 왕
자에게 시선을 고정했다. 물레이 에스파는 운희와 유모를 향하여
손을 높이 들며 자신을 보라고 외쳐 댔다.

그는 달리는 말에서 운희를 향하여 고삐를 놓고 양손을 높이 들
어 올려 보였다. 운희와 유모가 왕자의 위험한 동작에 깜짝 놀라
앉은 자리에서 벌떡 일어났다. 그러자 왕자는 다시 고삐를 잡고
빠르게 달리다 운희 앞에서 갑자기 급정거를 하여 말의 앞발을 높
이 들어 세워 보였다. 그의 얼굴에는 자신감이 넘쳐흐르고 있었
다. 이어 다시 말을 달리며 공터 곳곳에 있는 나지막한 바위들을
비월했다. 어린 왕자는 자신의 기량을 맘껏 뽐내며 운희와 유모
앞에서 스스로를 자랑했다. 그런 어린 왕자를 운희와 유모는 크게
박수를 치며 응원했다. 두 사람의 응원 속에 물레이 에스파는 기
운이 북돋아 더욱 열심히 말을 달렸다.

그때 갑자기 어린 말이 히잉 하는 높은 소리를 내지르며 앞발을
껑충 높이 들었다. 앞발을 땅에 내리자 이번엔 뒷다리를 마구 차
대더니 온몸을 정신없이 마구 비틀며 길길이 날뛰었다. 깜짝 놀란
물레이 에스파는 고삐를 단단히 그러쥔 채 어린 말의 등에 바짝
붙어 엎드렸다. 그러나 매우 당황하는 모습이 역력했다. 놀란 시

종들이 물레이 에스파의 말을 따라 잡기 위하여 멀리서 빠르게 말을 달려오고 있었다. 그러나 물레이 에스파의 어린 말은 미친 듯이 갈기를 흔들며 레몬나무 숲으로 질주했다. 운희와 유모도 어린 말의 뒤를 정신없이 쫓기 시작했다.

어린 말은 오래된 레몬나무 숲을 통과하며 미친 듯이 나부대고 있었다. 물레이 에스파는 겁을 잔뜩 집어먹은 상태로 죽을힘을 다해 매달려 있었다. 하지만 커다란 고목나무를 앞에 두고 어린 말과 물레이 에스파의 원심력과 구심력이 불균형으로 기우뚱하는 순간, 물레이 에스파는 늙은 레몬나무의 커다란 가지에 머리가 부딪치며 말의 잔등에서 떨어졌다. 공중으로 원을 그리며 날아오른 물레이 에스파의 몸은 중력에 의해 결국 단단한 땅바닥에 머리부터 떨어지고 말았다.

풀썩!

곧이어 레몬나무 숲에는 여인들의 새된 비명 소리가 높이 울려 퍼졌다.

"꺄아악!"

뒤를 따라오던 운희와 유모는 새파랗게 질린 채 화등잔만하게 커진 눈으로 미친 듯이 뛰어왔다. 말에서 뛰어내린 시종들이 물레이 에스파의 곁으로 달려왔으나 어린 왕자는 아무런 미동조차 없었다. 시종들이 연신 그의 작은 몸을 흔들며 이름을 불러댔지만 물레이 에스파의 어린 몸은 그저 흔드는 대로 흔들거릴 뿐이었다. 어린 왕자의 머리에선 선홍색의 붉은 피가 울컥울컥 솟아나고 있었다.

"와, 왕자님!"

운희는 새파랗게 질린 채 연신 비명을 질러댔다. 입술은 달달 떨렸고 눈에서는 하염없이 눈물이 솟아났다. 한참을 정신없이 휘청거리다가 물레이 에스파의 이름을 미친 듯이 불러댔다. 어느덧 운희보다 먼저 그의 곁으로 다가선 유모는 숨결이 멎은 왕자의 얼굴을 부여잡고 온몸을 격하게 들썩이며 목놓아 통곡을 했다.

운희도 그의 곁으로 다가가 아직도 따뜻한 온기가 돌고 있는 작은 얼굴을 가만히 만져 보았다. 코끝에 댄 손에는 어린 왕자의 들숨과 날숨이 전혀 느껴지질 않았다. 서둘러 축 늘어진 물레이 에스파의 손목의 맥을 짚어보았다. 그러나 그 어느 곳에서도 맥박이 치솟는 생동감 넘치는 기운을 느낄 수가 없었다.

"어, 어떻게…… 어떻게…… 어떻…… 게……."

운희는 충격으로 걷잡을 수 없이 후들거렸다. 귀에서는 윙하는 이명 소리가 크게 울리며 주위의 모든 것들이 빙글빙글 돌기 시작했다. 오열하던 유모는 결국 실신해 버렸다. 운희는 떨리는 손으로 물레이 에스파의 작은 몸을 꼭 끌어안았다. 눈물이 하염없이 흘러 물레이 에스파의 작은 얼굴에까지 흘러내렸다. 주위의 모든 웅성거리는 소리가 한꺼번에 사라지며 그녀의 귀에는 아무런 소리가 들리지 않았다.

"이, 이상한 일입니다. 말이 어찌 저렇게 이유없이 날뛰는지…… 이런 일은 흔치 않는 일입니다. 뭔가 이상합니다……."

그때 운희의 귀에 콕 파고드는 단 하나의 소리가 있었다.

운희의 뒤에서 시종들이 침통한 목소리로 서로 낮게 주고받던

말 중에서 한 시종이 내뱉은 말이 그녀의 귓속으로 날카롭게 파고들었던 것이다. 순간 운희의 전신에 소름이 돋았다. 그녀는 황급히 일어나 바로 뒤에 있던 시종의 옷을 거칠게 붙들며 떨리는 목소리로 외쳐 댔다.

"다, 다시 한 번만요. 마, 말이 날뛰는 일에…… 뭔가가 있다는 건가요? 정말 그런 건가요? 그게 무슨 뜻이지요?"

운희는 시종을 뚫어질 듯 쳐다보며 거세게 다그쳤다. 시종은 갑작스런 운희의 반응에 깜짝 놀랐지만 이내 마른침을 꿀꺽 삼키며 침착하게 대답했다.

"이상하잖아. 공터를 달리던 말이 이유없이 몸을 비틀며 날뛴다는 건 있을 수 없는 일이야. 갑자기 뭔가에 놀랐거나 아니면 무엇인가가 아프게 쏘았거나, 혹은 물었거나 하지 않는 이상 절대로 날뛸 이유가 없지. 저 말은 이래 봬도 훈련이 꽤 잘된 말이라고. 그러니 이유없이 저렇게 날뛴다는 건 정말 흔치 않는 일이지. 내 생각에는 뭔가 좀 이상해."

시종의 말에 운희의 눈이 커다랗게 벌어졌다.

"그렇다면 어서 말을 확인해 보세요!"

운희의 날카로운 다그침에 넋 놓고 서 있던 시종들이 황급히 어린 말을 붙잡았다. 갑자기 몰려든 시종들로 인해 겁을 먹은 말이 마구 뒷걸음질치자 한 시종이 고삐를 잡아당기며 달래었다. 남은 시종들은 말의 온몸을 샅샅이 살피기 시작했다. 하지만 딱히 이상한 점을 찾아내지 못했다. 운희는 말의 몸을 덮고 있는 마구를 시종들에게 풀어내 보라고 요청했다. 시종들은 화려한 황금색 마구를 말의 몸에서 떼어냈다. 그러자 안장에 가려졌던 말의 옆구리 부위가 심하게 부어 있는 것이 보였다. 모두들 깜짝 놀랐다.

"무엇에 물린 것이지요?"

그러나 말의 몸 어디에도 이상한 곤충은 보이지 않았다. 그때 한 시종이 입을 열었다.

"이건 아무래도, 독성이 강한 전갈에게 쏘인 것 같아."

"뭐라고요?"

운희와 다른 사람들도 깜짝 놀랐다.

"쏘인 말이 날뛰다가 떨어져 나간 것 같아. 아무렴, 저렇게 요동을 쳤으니 떨어져 나갔고말고. 그런데 어떻게 전갈이 이곳을 쏠 수가 있었을까? 너무 이상하군."

시종의 말에 충격을 받은 운희는 어린 말이 달렸던 길을 되짚어 따라가기 시작했다. 운희는 너무도 어이없이 찾아온 어린 왕자의 허망한 죽음에 미칠 만큼 억울하여 그 원인을 반드시 찾아내고 싶었다.

운희가 길을 샅샅이 살피면서 한참을 내려갔고 있는데 술탄에게 보고를 하기 위해 떠났던 시종이 술탄과 함께 앞에서 달려오고 있었다. 술탄은 애마에 올라탄 채 환관장과 몇몇의 조관들, 그리고 므사카림을 이끌고 누런 황색 먼지를 일으키면서 말을 달려오고 있었다.

그녀는 공터가 시작되는 레몬나무 숲 입구에서 술탄을 만났다. 술탄은 운희를 발견하자 깜짝 놀란 얼굴로 말을 멈추고 그녀를 바라보았다. 그녀는 떨리는 몸으로 천천히 무릎을 꿇고 땅에 엎드려 머리를 조아렸다. 조아린 그녀의 몸은 천천히 들썩이기 시작했다. 이어 운희의 얼굴에는 언제 터져 나왔는지 모를 눈물이 하염없이 흘러내렸다. 술탄을 만나니 알 수 없는 감정이 복받쳐 눈물이 마구 솟아났다. 그녀는 파도같이 밀려드는 감정에 휩쓸려 한참 동안이나 목을 놓아 흐느껴 울었다.

술탄은 비탄에 잠긴 검고 짙은 눈으로 운희를 말없이 바라보았다. 그리고는 나직한 신음 소리를 토해내며 아무 말 없이 멈춰 서 있던 말을 재촉하여 운희 앞을 스쳐 지나갔다. 술탄은 마지막으로 다시 한 번 뒤를 돌아 그녀를 쳐다본 후에 물레이 에스파의 시신이 있는 곳을 향하여 거세게 말을 몰아갔다. 술탄과 그의 일행들이 흙먼지를 일으키며 말발굽 소리와 함께 멀리 사라지자 운희는 힘없이 몸을 다시 일으켜 세웠다.

그녀는 흙먼지가 내려앉고 있는 술탄이 사라진 방향을 향하여 한참 동안 멍하니 서 있었다. 그리고는 눈물을 거칠게 닦아내며 물레이 에스파가 말을 달렸던 장소를 되짚어 다시 길을 훑기 시작했다.

그녀는 이 사고가 인위적인 손길에 의해 발생된 일이란 의구심을 가졌다. 그래서 서둘러 그 원인인 독충을 찾고자 빨리 움직였던 것이다. 하지만 그 무엇도 찾아내지 못하자 그녀는 점점 지쳐 주저앉고 말았다. 그 순간, 아까 보았던 술탄의 비애가 담긴 눈망울이 떠올랐다. 그녀는 다시금 일어났다.

얼마의 시간이 흘렀다. 황색 먼지바람을 일으키며 술탄과 일행들이 말을 타고 되돌아오고 있는 게 보였다. 운희는 다시 한곳으로 비켜선 채 술탄의 일행이 가까이에 이르자 몸을 바닥에 엎드리며 조아렸다. 말발굽 소리가 운희 앞에 다다르자 갑자기 뚝 멈추어 섰다. 그리고는 묵직한 사내의 저음이 그녀를 향하여 울려 퍼졌다.

"우니는 고개를 들라."

술탄의 낮은 목소리에 운희의 등골에 순간 소름이 돋았다. 그녀는 천천히 고개를 들어 술탄을 바라보았다. 술탄의 손과 옷, 그리고 얼굴에는 붉고 선명한 피가 흠뻑 튀어 있었다. 그녀는 술탄을 바라보곤 깜짝 놀랐다. 그의 품속에는 핏기 없는 얼굴의 어린 물레이 에스파 왕자가 안겨 있었다. 물레이 에스파를 바라보자 다시 한 번 가슴이 미어지며 목이 메어왔다. 그리고는 순식간에 눈물이 맺히더니 텀벙텀벙 떨어졌다. 술탄은 그렇게 눈물에 흠뻑 젖어 있는 운희를 묵묵한 시선으로 바라보았다.

"우니는 물레이 에스파의 유모와 물레이 에스파의 궁에서 당분간 머물러 있어라. 무엇보다 오늘 밤 물레이 에스파의 유모를 특별히 잘 돌보아주기 바란다. 아들같이 키운 아이라 그 상실감이 상당할 것이다."

술탄은 강한 시선만을 남긴 채 서둘러 궁으로 사라져 갔다. 그의 일행의 맨 끝에는 두 명의 시종이 술탄의 칼에 베었을 듯한 물레이 에스파의 어린 말의 사체를 질질 끌며 가고 있었다.

술탄의 일행이 황색 먼지 속에서 완전히 사라지자 운희는 다시금 이를 악물고 일어섰다.

'정말, 원인이 전갈이라면…… 여기 어딘가에 떨어져 있을 거

야. 신이시여, 반드시 찾아낼 수 있기를……'

어느덧 해 그림자가 길어졌다. 운희는 몇 번을 돌았던 공터를 여전히 돌고 있었다. 땀과 먼지로 끈적이는 몸에 옷이 달라붙어 여간 불편한 것이 아니었다. 운희는 틈틈이 쉴 때마다 물레이 에스파의 어이없는 죽음이 너무도 원통하여 절로 기가 막혔다. 그때마다 하염없이 눈물이 줄줄 흘러넘쳤다.

해가 지기 전에 다시 한 번 공터와 레몬나무 숲을 돌아야겠다는 생각에 그녀는 눈물을 거칠게 닦고 몸을 일으켰다. 그때 자신의 바로 앞에 놓인 돌덩이 밑으로 작은 그림자가 꿈틀거리는 것이 포착되었다. 순간 황급히 일어나 돌덩이를 들어 올렸다. 그러자 손바닥 크기만한 갈색 곤충이 후다닥하고 긴 꼬리를 말아 올린 채 그늘진 낙엽 사이로 숨어 들어갔다.

운희가 곤충이 숨어 들어간 낙엽을 파헤치자 그 갈색 곤충은 꼬리를 치켜세우고 공격적인 자세를 취했다. 그녀는 그것이 전갈이라는 것을 단번에 알아챘다. 들고 있던 돌을 전갈을 향하여 힘껏 내던졌다. 그러자 전갈은 정확히 날아온 돌에 몸이 찍혀 그대로 터져 버리고 말았다. 돌을 치우자 짓이겨져 진액이 묻어나온 긴 몸체가 그녀의 시야에 들어왔다. 그런데 몸체의 가운데에 털 같이 보이는 가느다란 줄이 묶여 있었다. 순간 그녀의 눈이 커다랗게 떠졌다. 분명 확실한 매듭이 보이는 것으로 보아 누군가가 전갈의 몸통에 가는 줄을 매달아놓은 것이 분명했다. 그 줄은 끊어진 채 한 뼘 정도의 길이만이 남아 있었다.

운희는 떨리는 손으로 그 가느다란 줄의 끝을 잡아 올렸다. 그러자 그 줄의 끝에 몸체가 으깨진 전갈이 여전히 꼬리를 말아 올린 채 대롱대롱 매달려 있었다. 운희는 전갈을 한참 동안 노려보다 어금니를 악물었다. 그녀의 뇌리에서 저주스러운 단 한 사람의 얼굴이 스쳐 지나갔다. 그녀는 물레이 에스파의 억울한 죽음에 끝없는 분노가 치밀어 올라 다시금 오열을 터뜨리고 말았다. 운희는 해거름이 지나도록 한참을 그렇게 앉은 채 울고 또 울었다.

그날 밤, 흔들리는 촛불 아래에서 운희는 죽은 전갈을 물레이 에스파의 유모 앞에 내보였다. 유모는 반은 정신이 나간 얼굴로 랄라 할리마를 죽여 버리겠노라고 악을 써대며 미친 듯이 울부짖었다. 유모를 간신히 진정시킨 운희는 자신이 없던 자리에서 술탄이 어찌하여 어린 말을 즉결처분하였는지에 대하여 물어보았다.

"제가 간신히 정신이 들었을 때 술탄께서 오셨어요. 그때 술탄보다 먼저 도착했던 수석 마구간지기가 시종들로부터 이야기를 듣고는 마구를 다시 말에게 채우게 했어요. 그리고는 술탄께서 오시자마자 말이 미쳐 날뛰어 왕자께서 나뭇가지에 몸이 부딪쳐 말에서 떨어져 즉사하신 거라고 말을 했지요. 결코 말이 독충에 쏘였다고는 단 한 마디도 하지 않았어요. 다른 시종들도 진짜 독충에 의해 말이 날뛴 것인지 긴가민가했기에 거기에 대해서는 언급을 하지 못했어요. 그리고 증거도 없었으니까요. 거기에 수석 마구간지기가 요즘 들어 마구간의 말 중에서 말 한두 마리가 가끔 발작을 일으키기도 한다며 왕자의 어린 말도 그러한 것 같다고 말을 했지요. 그러자 술탄께서는 그저 병이 든 말인가 하여 매우 슬퍼하시며 단칼에 말을 베어죽이셨던 거예요. 흑흑."

유모는 말을 마치자 다시 오열하기 시작했다. 운희는 랄라 할리마의 무서움에 절로 소름이 돋으며 한기가 돌았다. 운희는 내면 깊은 곳에서부터 그녀에 대한 증오가 끓어오르고 있는 것을 느꼈다. 사람의 목숨을 너무 가벼이 여기는 그녀가 너무도 밉고 저주스러웠다.

운희는 공터에서 마주쳤던 술탄의 얼굴이 떠올랐다. 총애하던 아내와 자식을 연이어 잃은 슬픔이 그의 얼굴에 선명하게 드러나 있었다. 운희는 왠지 술탄이 너무도 안타깝게 느껴졌다.

그때 물레이 에스파의 유모가 운희의 손을 강하게 잡았다. 유모의 핼쑥해진 얼굴에 눈물이 주르륵 흘렀다. 유모는 운희를 쳐다보며 입을 열었다.

"우니님, 술탄을 가엾게 여겨주세요. 제 상전의 복수를 해달라는 게 아닙니다. 다만 술탄께서는 참 외로운 분이십니다. 갑작스레 총애하던 아내와 아들을 연달아 잃으셨으니 삶의 낙이 어디 있겠습니까? 저는 아직도 술탄께서 우니님께 보냈던 그 눈길을 잊지 않고 있습니다. 하오니 술탄과 우니님을 위해서라도 술탄께서 내미시는 그 외로운 손길을 부디 거부하지 말아주세요. 이제 랄라 할리마 황후는 우니님을 가만두지 않으려 할 것입니다. 분명 술탄의 관심을 받고 있는 우니님을 제거하기 위하여 엄청난 음모를 꾸미려 들 것입니다. 그러니 술탄의 총애를 받는 것. 그것이 저 사악한 랄라 할리마 황후에게서 우니님, 스스로를 지킬 수 있는 가장 안전한 방법이 될 것입니다. 부디 술탄의 사랑을 확고히 얻어주세요! 그래서 이 궁성 안에서 더 이상 억울한 죽음이 넘치지 않도록 제발 힘을 써주세요. 제발 부탁입니다."

유모는 거의 신음과도 같은 소리를 토해내면서 운희를 바라보았다. 유모의 눈빛에는 운희를 휘어잡는 어떤 강한 설득력이 담겨 있었다.

날이 밝았다.

만 하루가 지나기 전에 장례를 치르는 이슬람 관습에 의해 물레이 에스파의 시신(屍身)이 왕궁 안의 모스크로 운구되어 갔다. 장례 예배 후에는 모스크에서 영묘(靈廟) 물레이 이드리스까지 다시 시신이 운반되었다. 엄숙하며 웅장한 행렬이 영묘 물레이 이드리스로 길게 이어졌다. 파키(이슬람 법학자)가 계속하여 꾸란을 낭송하였고, 한 어린 시종이 꾸란 제30장을 펼쳐 든 채 그 곁에서 걷고 있었다. 상여 행렬에는 어두운 표정의 술탄이 조관들을 이끌고 맨 앞장을 서서 말을 타고 가고 있었다. 그 뒤를 이어 랄라 할리마와 하렘의 여인들과 물레이 에스파의 유모를 포함한 시녀들이 베일 위에 푸른 띠를 동여매고 장례 행렬에 참여하고 있었다. 그리고 네다비라 불리는 여자 대곡자들이 그 뒤를 이어 계속 통곡하며 지나갔다.

운희는 생리가 거의 끝나가고 있었지만 불결한 몸으로 치부되었기에 장례식에 참석할 수가 없었다. 그녀는 퉁퉁 부은 눈을 하곤 덩그맣게 혼자 물레이 에스파의 궁에 남겨진 채 점점 멀어져 가는 장례 행렬의 마지막 운구 소리에 귀를 기울이고 있었다.

그녀는 쪼그리고 앉아 자신 앞에 놓여 있는 말라가는 죽은 전갈을 바라보며 물레이 에스파의 죽음을 애도했다.

"물레이 에스파 왕자님…… 운희가 정말 힘이 있었다면 왕자님을 지켜줄 수 있었을까요? 정말 그랬을까요?"

다시금 투명하고 맑은 눈물이 운희의 붉게 충혈된 눈에서 도로록 흘러내렸다.

"이곳은, 너무 무서워요. 제 스스로 그렇게 죽기를 원했는데도 막상 왕자님의 죽음을 직면하니 죽음이란 것이…… 너무나 두렵고 무섭기만 합니다. 랄라 할리마 황후가 너무 저주스러워요. 그리고 아무것도 모르는 술탄이 그저 불쌍하기만 합니다. 아들의 죽음의 원인을 정확히 알게 된다면 그분은 얼마나 기함을 하실까요? 그리고 만약 제가 진실을 고한다면 그분께서는 과연 제 말을 믿어주시기나 할까요?"

운희는 눈물이 그렁그렁한 눈으로 여전히 천장을 바라보며 기나긴 한숨을 내쉬었다. 그녀 앞에서 어린 말을 달리며 위풍당당하게 자신의 기량을 한껏 뽐내고 있던 물레이 에스파의 밝고도 환한 표정이 떠올라 다시금 가슴이 먹먹해졌다. 운희는 또다시 숨을 죽이며 한참을 울었다.

사흘 밤 동안 왕궁단지 안에는 꾸란을 낭송히는 소리만이 가득했다. 술탄의 장자의 죽음으로 인해 궁 안의 모든 사람들은 서로 조심하며 물레이 에스파 왕자의 죽음을 추도했다. 매장 후 사흘이 지나자 영묘 물레이 이드리스에 있는 물레이 에스파의 묘에서 꾸란을 외우는 추모의식이 행해졌다. 그때서야 술탄은 자신의 처소에서 나왔다. 이후 사십 일 동안 다양한 추모의례가 행해졌고, 특히 매주 금요일에는 물레이 에스파를 기리는 추모예배가 엄숙히 진행되었다.

랄라 할리마는 자신의 숙적이었던 랄라 지다나와 그의 아들인 술탄의 장자 물레이 에스파 왕자를 제거하자 속으로 쾌재를 불렀다. 궁 안에는 나름대로 랄라 할리마에게 힘이 되어주기로 약속했던 조관들과 관리들이 산적해 있었다. 그중에서도 이번 사건의 꾀를 내어준 수석 마구간지기의 도움에 그녀는 매우 흡족해하고 있었다.

"전갈이라······ 호호호."

그녀는 수석 마구간지기의 보고에 기분이 매우 좋았다. 그래서 기분 좋게 금화 백 개를 하사하면서 다시 한 번 뒷수습을 잘하도록 명령했다.

"랄라 할리마 황후이시여, 걱정 마십시오. 아무도 전갈을 보지 못했습니다. 소신이 확인해 보니 진즉에 말안장에서 떨어져 나갔더라고요. 소신이 술탄께서 오시기 전에 말이 전갈에 쏘여 부은 데를 마구로 가려놓았거든요. 시종 중 한 놈이 의아해하는 것은 알았지만 증거가 없으니 그냥 입을 다물고 만 게지요. 그러니 이 문제에 대해서 아무도 의구심을 갖지는 않을 겁니다. 물레이 에스파 왕자가 그저 나무에 부딪혀 바닥에 떨어져서 죽은 것으로 되어 있고, 또 그리 알고 있지요. 거기 있던 시종들이 다 증언하였으니 그 누가 뭐라고 하겠습니까? 그건 너무도 자연스럽게 발생된 하나의 사고였습니다. 그러니 황후께서는 아무런 염려하지 마시고 편히 계시면 되옵니다. 헤헤."

수석 마구간지기의 장담하는 말에 랄라 할리마는 더욱 기분이 좋아졌다. 수석 마구간지기가 돌아가자 그녀는 술탄이 물레이 에스파의 추모를 끝내고 오늘 밤 하렘을 찾을 것이라 예상하면서 기쁜 마음으로 거울을 들여다보며 몸단장을 하기 시작했다.

술탄은 저녁식사를 마치자 울적한 마음에 제법 어슴푸레해진 산책로를 따라 정원으로 발걸음을 옮겼다. 사방은 금세 어두워졌고 풀벌레 우는 소리와 밤새 소리가 들려왔다.

그때 운희는 여전히 우울해하는 물레이 에스파의 유모를 달래어 함께 정원으로 산보를 나갔다. 해가 지고 날이 저물자 길이 제법 어두워져 산보를 마치고 천천히 물레이 에스파의 궁으로 돌아가는 중 정원의 초입에서 술탄과 마주치게 되었다.

갑작스레 마주친 술탄과 그의 일행에 운희와 유모는 너무도 놀라 황급히 흙바닥에 몸을 바짝 붙이고 머리를 조아렸다. 술탄은 두 여인의 모습에 금세 언짢음이 밀려왔다. 환관장을 시켜 저들을 쫓아내라 명령을 할 찰나에 그들이 운희와 죽은 물레이 에스파의 유모임을 알게 되자 그만 그대로 몸이 경직되고 말았다.

술탄은 운희와 유모를 번갈아 바라보았다. 운히를 쳐다보자 물레이 에스파와의 마지막 날에 그녀가 온통 눈물범벅이 된 얼굴로 자신을 바라보던 모습이 떠올랐다. 술탄은 순간 코끝이 시큰해지며 목에 무엇이 걸린 듯 답답해졌다. 물레이 에스파의 죽음 이후에 술탄은 실의에 빠져 모든 일에 무기력하며 우울해하고 있었다.

"우니는 지금도…… 물레이 에스파의 궁에 머물러 있느냐?"

술탄의 말에 운희는 흠칫 놀랐다. 곁의 유모가 어깨를 툭 치자 그때서야 몸을 더욱 낮추며 간신히 대답을 했다.

"수, 술탄이시여, 그, 그러하옵니다."

이에 술탄은 가만히 고개를 끄덕이었다. 그리고는 얼마 후 짐짓 헛기침을 하면서 입을 다시 열었다.

"내 오늘 밤…… 물레이 에스파의 궁에서 머물까 하노라. 우니는 준비를 하고 있으라."

술탄은 떨리는 목소리로 말을 했다. 이에 운희는 너무도 놀라 술탄의 명령에 갑자기 누군가에게 강하게 얻어맞은 듯했다. 술탄의 갑작스런 명령에 긴장하고 있을 때 물레이 에스파의 유모가 그녀의 어깨를 또다시 강하게 툭 치었다. 하지만 운희는 쉽게 대답도 못하고 어쩔 줄을 몰라 했다.

술탄은 운희와 실랑이를 하고 싶은 생각은 추호도 없었다. 하지만 알라의 사도인 술탄이 겨우 한 계집의 감정에 노심초사하며 쩔쩔 매고 있다는 사실이 스스로도 어이가 없었지만 도저히 어찌할 수 없는 감정이었기에 술탄은 운희의 대답을 기다리며 마른침을 꿀꺽 삼키면서 긴장하고 있었다.

운희는 한동안 대답을 하지 못하고 있었다. 다시금 물레이 에스파의 유모가 운희의 어깨를 강하게 툭 치자 그때서야 깊은 한숨을 내쉬며 천천히 대답을 했다.

"며, 명심하여…… 준비하겠나이다."

술탄은 운희의 대답에 순간 깜짝 놀라고 말았다. 어찌하여 그녀가 순순히 자신을 받아들이는 대답을 했는지 이유는 알 수 없었지만 너무도 뜻밖인 대답에 순식간에 온몸 가득 희열이 차 올랐다. 술탄은 들뜬 음성으로 운희에게 다시 명을 내렸다.

"내 오늘은 심히 피곤하니 너와 유모는 속히 궁으로 돌아가 나를 맞을 준비를 하라. 하맘에 들른 후에 내 너를 곧 찾을 것이다. 유모는 속히 궁으로 돌아가 우니를 준비시키라."

술탄의 명이 떨어지기 무섭게 대답을 마친 유모는 운희의 손목을 낚아채어 궁으로 황급히 발걸음을 옮겼다.

물레이 에스파의 궁으로 돌아온 유모는 서둘러 운희를 씻기며 몸단장을 시켜주기에 여념이 없었다. 삼단 같은 머릿결을 곱게 빗어주면서 유모는 운희보다 더욱 들뜨고 환한 얼굴로 쉴 새 없이 떠들며 그녀에게 이러저러한 지시를 내리기에 바빴다. 마지막으로 확인차 운희의 이곳저곳을 살피던 유모는 입가에 은밀한 미소를 지으며 그녀 앞에 작은 도기 그릇을 내놓았다.

"자, 이제 마지막으로 이것을 몸에 바르면 됩니다. 드디어 이것을 사용할 날이 왔습니다."

유모의 말에 운희는 의아한 표정으로 도기 그릇을 보며 입을 열었다.

"이것이 무엇인가요?"

"냄새를 맡아보면 잘 아실 겁니다."

운희의 질문에 유모는 얼굴에 은밀한 미소를 가득 지은 채 살며시 섬세한 모양의 도기 뚜껑을 열었다. 그러자 클라리 세이지의 향이 방 안 가득 퍼져 나갔다. 유모는 클라리 세이지 향유를 찍어

그녀의 손목과 귓불 뒤, 목의 오목한 곳과 팔꿈치 아래로 몸의 곳
곳에 클라리 세이지의 천연 향유를 찍듯이 발라주었다. 그리고는
그녀와 술탄이 묵을 방에 클라리 세이지 향이 배이도록 작은 도기
그릇에 물을 적당히 넣고 클라리 세이지 향유 몇 방울을 떨어뜨렸
다. 그리고는 작은 밀랍양초에 불을 붙여 도기 아래에 두고 서서
히 달구었다. 얼마 안 되어 방 안에는 향기로운 클라리 세이지의
향이 가득 피어났다. 유모는 은밀한 불빛이 흔들리는 작은 밀랍양
초 여러 개를 방 안의 이곳저곳에 피워놓았다. 어두워진 방 안에
은은한 불빛이 흔들리며 길고 작은 그림자를 만들어놓았다.

운희를 바라보며 흡족해하는 유모로부터 몸단장이 끝났다는 이
야기를 전해 듣자 그녀는 갑자기 온몸이 바들바들 떨렸다. 그와
함께 엄습하는 우울함에 가슴이 옥죄었다. 운희의 잔뜩 굳어진 얼
굴을 살피면서 유모는 의아한 표정으로 입을 열었다.

"괜찮으세요? 무슨 걱정되는 일이라도 있으신가요?"

유모의 걱정 어린 시선을 느끼며 운희는 고개를 숙인 채 그저
고개를 절레절레 흔들었다.

"아, 아무것도 아니에요. 단지…… 단지……."

하지만 말을 채 잇기도 전에 운희의 눈에서 도로록 맑은 눈물
한 방울이 볼을 타고 흘러내렸다.

"대체…… 무슨 일이신가요?"

잔뜩 걱정이 앞선 유모는 운희의 얼굴을 바라보며 그녀의 옆에
바싹 앉았다. 그녀는 끝내 눈물을 펑펑 쏟으며 어깨를 들썩이고
말았다. 이윽고 한참을 울던 운희가 코를 훌쩍이며 자신의 얼굴에

흐르고 있던 눈물을 감추지 않은 채 입을 열었다.

"미, 미안해요. 나를 위해서…… 이렇게, 이렇게 애써주셨는데……. 하지만, 나는…… 나는…… 도저히 술탄을 맞을 수가 없어요. 흑흑."

운희의 말에 유모는 깜짝 놀라 그녀를 바라보았다. 그러자 그녀는 유모의 실망스런 얼굴을 회피하며 고개를 푹 숙인 채 어깨를 들썩이며 다시 울었다.

"우니님, 대체 무슨 일이십니까? 대체 무슨 사연이 있기에 이토록 술탄을 피하며 그를 맞을 수가 없다고 하시는 겁니까?"

유모는 속이 타는 표정을 감추지 않은 채 운희에게 질문을 했다. 그녀는 콧등을 타고 흐르는 눈물을 손등으로 닦아내며 쉰 목소리로 간신히 입을 열었다.

"저, 저에게는 사랑하는 사람이 있습니다. 비록 천리만리 떨어진 머나먼 고국에 계시지만…… 그곳에는 분명 제 정인이 살아 계십니다. 그분과 비록 얼굴을 맞대지도 못하고…… 혹은 앞으로 평생 만나지 못한다고 하여도 이렇게 그분이 살아 계신데 제가 어찌 다른 사람 품에 안길 수 있겠습니까? 그것이 너무 기가 막히고 제 스스로가 역겨워 견딜 수가 없습니다. 흑흑."

운희의 울먹이는 소리를 들으며 유모는 어깨를 떨어뜨린 채 기나긴 한숨을 내쉬었다.

"하지만…… 어찌하실 것입니까? 이제 곧 술탄께서 당도하실 것입니다."

여전히 운희는 팔다리를 작게 움츠리고 고개를 무릎 사이에 파묻은 채 앉아 있었다. 그녀의 작은 몸은 미세하게 떨리고 있었다. 그녀의 머릿속에는 두 가지 생각이 서로 치열하게 치받으며 싸우고 있었다. 두고 온 세자에 대한 정절과 랄라 할리마 황후와 대응할 힘을 얻기 위해 술탄을 받아들여야 한다는 생각이 서로 뒤엉킨 채 혈투를 벌이고 있었다.

그때 유모가 조용한 목소리로 말을 했다.

"이미…… 술탄과 두 차례 동침을 했다 하지 않으셨습니까?"

유모의 말에 운희는 겁먹은 표정으로 유모의 얼굴을 바라보며 방어 태세를 취했다. 그리고는 그것이 자신의 뜻이 아니었음을 유모에게 한사코 설명하려 무진 애를 썼다. 그런 그녀를 유모는 안타까운 표정으로 바라보았다.

"하지만 그것이 우니님의 뜻이든 그렇지 않든 이미 우니님은 두고 온 정인에 대한 정조를 잃지 않으셨습니까? 그것은 결코 돌이킬 수 없는 사실입니다. 이미 엎질러진 물이고, 그것이 또한 현실입니다. 그것은 우니님께서 지금 술탄을 맞으시고 맞지 않으시고의 문제가 절대 아닙니다. 우니님 성격에 혹 고국으로 되돌아간다 하시더라도 비록 본인의 의지는 아니었지만 정조를 잃은 몸으로 정인의 앞에 떳떳하게 나설 수가 있으신가요? 분명 그리하지는 못하실 것입니다. 그러할진대 어찌 그리 이미 깨어져 버린 정조에 대해서 그토록 연연하시며 목을 매시는 것입니까? 한 번 깨진 그릇은 다시 붙일 수 없는 법입니다. 그러니 그 그릇은 버리시고 새 그릇을 찾으십시오."

유모의 말은 곧바로 날카로운 비수가 되어 운희의 맘을 후비어 팠다. 그녀는 절로 신음 소리를 내뱉으며 온몸을 경직했다. 그녀의 얼굴은 충격으로 인해 일그러질 대로 일그러져 있었다.

애써 변명하려던 운희는 입술을 바들바들 떨며 커다란 눈물을 펑펑 쏟아내었다.

"아, 아니에요. 아니에요……. 그렇지가……."

운희는 이미 술탄에게 자신의 정조가 유린당한 지 오래라는 것을 뼈저리게 깨닫고 있었다. 하지만 결코 인정하고 싶지 않았다. 아니 인정할 수가 없었다. 자신은 강압적으로 겁탈을 당한 것이지, 정조를 버린 게 아니라며 스스로를 합리화시켜 왔던 것이다. 그래서 더욱 술탄을 거부해 왔다.

하지만 유모의 거침없는 말에 그녀는 보기 좋게 포장되어져 있는 그 무언가가 사상누각처럼 부서져 버리는 듯한 느낌에 소스라치게 놀랐다. 선비 가문의 여식이었으나 환경에 의해 스스로 천한 기생 신분을 선택하였다. 하지만 그것이 조선 여인으로서의 정조 관념을 내던지게 하지는 못했다. 운희는 스스로에게도 너무 한이 되어 있는 정조에 대해서 그토록 질기게 연연하였던 것이다.

그녀는 전신을 부르르 떨면서 대성통곡을 했다.

"흑흑. 알고 있어요. 알고 있었다고요. 하지만…… 내 의지와 상관없이 정조를 잃게 된 것이 너무나 억울하고 괴로워서…… 그래서…… 더욱 인정할 수가 없었던 것이에요. 흑흑."

유모는 안타까운 표정으로 길게 한숨을 내쉬며 운희의 등을 토닥여 주었다.

"한 가지만 물을게요. 술탄께서 우니님께 손을 대는 것이 죽기만큼 싫은가요? 술탄이 그렇게 밉고 저주스러운가요?"

"……!"

운희는 유모의 질문에 순간 당황했다. 웬일인지 쉽게 대답을 할 수가 없었다. 그 모습에 유모는 나지막이 한숨을 내쉬곤 아직도 흐르고 있는 그녀의 눈물을 닦아주면서 다정하게 입을 열었다.

"그것 보세요. 우니님은 술탄을 싫어하지 않으신답니다. 우니님, 기억하시나요? 물레이 에스파 왕자가 우니님께 함부로 곤봉을 휘둘러 우니님의 온몸에 상처와 멍투성이를 만들어놓으셨던 것을요. 그리고 그것을 보셨던 술탄께서 심히 대노하시어 그토록 총애하시던 물레이 에스파 왕자께 우니님을 데려가신다고 윽박지르셨던 것을요. 그러했기에 왕자께서도 두 번 다시 우니님께 곤봉을 휘두르지 않으시게 되었던 거지요. 우니님은 아직 미천한 노예 신분의 여인입니다. 그런 우니님께 친히 의사를 보내시고 추울까 봐 모포로 덮어주시고, 또 약이 쓰다 할까 봐 미리 단 음식을 준비케 하셨던 술탄의 그 마음은 예사로이 치부될 수 있는 그런 마음이 아닙니다. 그리고 일개 노예의 안부를 아침저녁으로 살핀다는 것이 어디 제국의 군주로서 흔히 할 수 있는 그런 일이겠습니까? 하지만 술탄께서는 그렇게 하셨고, 그것인즉 우니님을 향한 깊은 애정 어린 관심이었답니다. 이것은 이 궁 안에 있는 웬만한 사람들은 이미 알고 있는 사실입니다. 그러니 우니님께서도 술탄을 그저 밀어내려고만 하지 마시고 자신의 마음을 다시 한 번 들여다보십시오. 지금껏 곁에서 지켜본 제 눈에도 우니님은 술탄을 결코 싫어하지 않고 계십니다. 다만 의도적으로 거부하려 할 뿐이지요. 어쩌면 우니님께서도 스스로 그 마음을 이미 알고 계셨을지도 모릅니다. 그렇지 않은가요?"

유모의 말에 운희의 얼굴이 순간적으로 새빨갛게 변해 버렸다. 그녀는 심히 당황하였고 유모는 그런 운희를 바라보며 그녀의 흐트러진 옷매무시를 다시 한 번 가다듬어 주었다.

"혹 우니님께서는 소원이 있으신가요? 만약 그렇다면 그 소원은 무엇입니까?"

유모의 뜻밖의 질문에 운희는 주춤하며 눈빛을 흐렸다.

"괜찮으니 어서 말씀해 보세요. 혹 고국에 돌아가는 것입니까? 아니면 정인을 한 번이라도 다시 만나는 것입니까?"

유모의 이어지는 말에 운희는 놀란 얼굴로 유모를 쳐다보았다.

"소원이요? 이미 나에게 소원이란 것은 존재하지 않아요. 하지만 만에 하나, 소원을 말해 그것이 이루어진다면…… 살아생전 꼭 한 번이라도 마마를…… 제 정인을…… 멀리서라도 한 번 뵈었으면 하는 것입니다. 그것이 소원이라면…… 소원일 수 있지요."

운희의 눈에서 쓸쓸한 빛이 빠르게 스치 지나갔다.

운희를 바라보던 유모는 미소를 거두고 진지한 얼굴로 그녀의 얼굴을 들여다보았다.

"그렇다면 그것을 위해서라도 꼭 술탄의 총애를 얻으십시오. 우니님이 사시던 나라와 이곳은 생활과 문화가 많이 다를 것입니다. 하지만 이제 우니님께서 사시는 곳은 이곳입니다. 부디 원하건대 피투성이가 될지라도 강하게 살아남아 주십시오. 그리하여 우니님이 원하시는 모든 것을 술탄을 통해서 반드시 손에 넣으십시오. 그것은 술탄의 황후 자리에 앉아야만 우니님께서 얻을 수 있는 것입니다. 그러니 마음을 열어 술탄을 받아들이고 그를 꼭 품으십시오. 우니님, 그것만이 우니님을 위한 길이라는 것을 반드시 명심하셔야 합니다."

유모는 눈빛을 강하게 빛내며 진지하고도 단호하게 말했다. 유모의 말을 들으며 운희의 가슴은 거칠게 두방망이질치기 시작했다.

'황후의 자리에 앉아 힘을 얻으면 조선으로 돌아가 마마를 뵐 수가 있다……?'

운희는 그것이 실현 가능한 일인지 사뭇 의심스러웠으나 가슴은 이미 알 수 없는 기대감에 격하게 뛰고 있었다.

'그래, 마마 앞에 떳떳이 설 수는 없겠지만 단 한 번만이라도 그 뒷모습을 뵐 수만 있다면 난 더 이상 원하는 게 없어.'

운희는 애절한 눈빛으로 깊은 한숨을 내쉬었다.

운희의 화장을 매만져 주고 있던 유모가 그녀의 귓가에 나직이 속삭였다.

"우니님, 술탄은 총명하신 분입니다. 강하고 명석한 분이시지요. 그분의 사랑을 얻어내어 잘 내조하신다면 우니님은 분명 큰 힘을 얻게 되실 것입니다. 그것은 이 제국에 있는 여인으로서 크나큰 영광이며 복이지요. 꽃을 가꾸듯 그분을 가꿔보세요. 랄라 할리마 황후에게서 빼앗아 이 하렘을 다스리시고 술탄으로 하여금 원대한 제국을 만들 수 있도록 힘을 실어드리세요. 우니님이라면 분명 그리하실 수 있을 것입니다. 우니님은 랄라 지다나 황후와는 달리 매우 현명한 분이시니까요. 저는 그렇게 믿습니다."

유모는 강렬한 눈빛으로 거울을 통하여 운희를 바라보았다. 그런 유모를 바라보며 운희는 긴장된 표정으로 입을 열었다.

"그런데 유모는 대체 어떤 사람인가요?"

그녀는 유모의 너무도 예사롭지 않은 말에 거울 속의 유모를 뚫어질 듯 쳐다보며 물었다. 거울 속에 비친 나이 지긋한 중년의 백인여자는 운희의 얼굴을 쳐다보며 그저 빙그레 미소를 짓고 있을 뿐이었다.

그때 술탄이 도착했음을 알리는 환관장의 시위 소리가 들려왔다. 운희는 화들짝 놀라며 유모를 겁에 질린 표정으로 바라보았다. 유모는 그녀의 양어깨에 손을 얹고 지그시 힘을 주었다.

"마음을 편히 가지세요. 우니님께서는 아무런 죄도 짓지 않았습니다. 우니님은 술탄의 노예이기에 상전의 명령에 그저 순종하며 부응할 따름입니다. 그리고 그 상전은 잔혹하기는커녕 너무 매력적인 남자이지요. 그러니 너무 걱정 마시고, 그저 이 시간을 마음껏 누리시기 바랍니다. 분명 우니님의 인생에 색다른 경험이 될 것입니다. 그리고 제가 발라 드린 이 클라리 세이지 향유가 우니님을 도울 것입니다. 이 향유는 여자인 우니님의 마음에 큰 힘을 북돋아줄 것이니까요."

유모는 운희를 향해 옅은 웃음을 지어 보였다.

거울 속의 운희는 다소 긴장한 듯 보였다. 얼굴은 더없이 창백했으며 몸은 딱딱하게 굳어 있었다. 하지만 유모의 눈에는 청초하면서도 단아하게 보였다. 겁에 질린 맑은 눈동자는 물기로 촉촉이 빛나고 있었고, 말끔하게 빗어 내린 머리칼은 검게 흐르는 윤기로 사람들의 시선을 한눈에 사로잡을 만큼 충분히 매력적이었다. 제국의 뚱뚱하고 펑퍼짐한 여인들과는 달리 가늘고 섬세한 목선과 우아한 어깨선은 같은 여자일지라도 따뜻하게 안아주고 싶은 욕망이 절로 들게 만들었다. 거기에 과하지 않게 빛나는 장신구는 운희를 더욱 돋보이게 만들어주었다.

운희는 몸을 가늘게 떨면서 침을 꿀꺽 삼키며 유모와 함께 술탄을 맞이하기 위하여 방을 나섰다. 두 사람은 긴 복도를 지나 넓은 홀을 향하여 걸어갔다.

술탄은 이미 시녀들이 열어준 출입문을 위풍당당하게 들어서고 있었다. 막 홀로 들어선 운희와 술탄의 눈이 마주쳤다. 술탄을 바라보는 순간 나무토막처럼 긴장하고 있던 운희의 얼굴이 갑자기 붉게 물들었다.

술탄은 심장이 덜컹하며 떨어지는 듯 놀라고 말았다. 너무나 뜻밖이었다. 운희가 자신을 향하여 얼굴을 붉히다니…… 전혀 생각지도 못했던 일이었기에 술탄에겐 너무도 커다란 충격이 되었으며 신선한 자극이었다.

운희는 서둘러 바닥에 몸을 붙이곤 술탄 앞에 머리를 조아렸다. 술탄은 헛기침을 연신 하면서 자신도 모르게 붉어진 얼굴로 운희에게 일어서라고 명령을 했다. 곱게 단장한 운희의 모습에 술탄의 가슴은 터질 듯이 부풀어 올랐다. 술탄에게는 오직 운희만이 보였다. 운희의 우아하게 흐르는 가냘픈 어깨선을 홀린 듯 바라보다 확 끌어안아 주고 싶다는 강한 열망에 휩싸였다.

뒤에서 환관장이 헛기침을 하자 그때서야 술탄은 정신을 차리곤 유모에게 방으로 안내하라고 지시했다. 이에 유모는 서둘러 술탄과 운희를 미리 준비해 놓은, 물레이 에스파의 궁에서 제일 좋은 방으로 안내했다.

운희는 유모의 바로 뒤를 걸으며 술탄의 앞에서 두근거리는 가슴을 부여잡은 채 조심스럽게 걸어갔다. 술탄은 흔들리고 있는 운희의 삼단 같은 긴 검은 머리카락을 홀린 듯이 바라보며 그 뒤를 따랐다. 유모는 술탄과 운희를 예비된 침실로 안내하였고, 이미 준비되어 있던 과일과 음료를 침상 곁 탁자 위에 놓아주며 서둘러 밤 인사를 마치고 두 사람만을 남겨둔 채 방을 빠져나갔다.

어두운 방 안의 곳곳에 놓여 있는 작은 촛불들은 어둠을 조금씩 몰아내며 춤을 추듯 일렁이고 있었다. 따뜻한 주황빛의 촛불은 은밀하면서도 환상적인 분위기를 연출하며 방 안을 낯선 세계로 바꾸어놓았다. 방 안에는 향기로운 클라리 세이지의 달콤하면서도 다소 자극적인 향이 침실 가득 떠다니고 있었다.

운희의 윤기 흐르는 긴 머리칼이 앞으로 흘러내려 와 하얀 얼굴을 살짝 가리고 있었다. 운희는 다소 긴장하여 고개를 차마 들지 못한 채 침상에 다소곳이 앉아 있었다.

헛기침을 하며 운희의 곁에 살그머니 다가앉은 술탄도 떨리기는 매한가지였다. 술탄은 이미 실오라기 하나 걸치지 않은 채 단단하면서도 균형 잡힌 자신의 구릿빛 몸매를 자연스럽게 드러내고 있었다. 하지만 운희는 그러한 술탄을 제대로 쳐다보지도 못한 채 마땅히 시선 둘 곳을 찾지 못해 그저 얼굴을 붉히고 고개만 숙이고 있었다.

술탄은 이미 운희를 두 번씩이나 품었던 경험이 있었다. 하지만 그 기억을 마치 머릿속에서 지워버리기라도 한 것처럼 첫 경험을 목전에 둔 어린 소년마냥 사뭇 온몸을 떨고 있었다.

술탄이 떨리는 손끝으로 운희의 얼굴을 가린 머리카락을 살짝 쓸어 올리자 운희는 화들짝 놀라며 잠시 어깨를 움츠렸다. 하지만 이내 파르르 떨리는 긴 속눈썹을 들어 술탄을 바라보았다. 술탄과 눈이 마주친 운희의 얼굴은 순식간에 더욱 빨개져 버렸다. 화끈거리는 얼굴에 운희 스스로도 놀랍고 민망하였는지 술탄을 바라보다 저도 모르게 배시시 웃고 말았다. 그러한 운희의 모습에 술탄의 가슴은 무어라 표현할 수 없는 떨림과 열망으로 뜨겁게 들끓었다.

운희가 자신을 지난날처럼 거부하지 않는다는 확신이 들어서자 술탄은 가슴 한켠이 뭉클해지며 뻐근해지는 것을 느꼈다.

술탄은 자못 용기를 내어 운희에게 더욱 가까이 다가가 앉았다. 이어 운희의 하얀 얼굴에 손을 뻗어 양 뺨을 어루만졌다. 그리고는 운희의 동그랗고 반듯한 이마에 자신의 입술을 살며시 갖다 대었다. 약간 서늘한 입술이 운희의 작고 하얀 이마에 닿자 운희는 짜릿한 느낌과 함께 온몸에 소름이 돋는 것을 느꼈다. 그의 입술은 서늘하면서도 상당히 부드러웠다. 이내 운희의 미간과 콧잔등을 따라서 서서히 입술이 내려오기 시작했다. 술탄의 입술이 스치듯 운희의 입술에 닿자 운희의 몸은 순간적으로 움츠러들었다. 술탄은 자신의 팔을 운희의 등에 둘러 자신의 안에 가두며 천천히 끌어당겼다.

　술탄은 검고 짙어진 시선으로 운희의 눈을 들여다보았다. 반짝이며 흔들리는 촛불이 운희의 영롱한 동공 안에 담겨 있었다. 그리고 술탄의 모습도 담겨 있었다. 술탄은 그녀의 눈동자에서 뿜어져 나오는 환하고 고운 빛깔에 몹시 감동되어 떨고 있었다. 술탄의 얼굴에선 열기가 뿜어져 나왔고 그 끝에는 운희가 닿아 있었다. 술탄의 뜨거운 시선과 운희의 시선이 서로 얽히자 운희의 내부 깊은 곳에서부터 알 수 없는 열기가 혈관을 타고 전신으로 빠르게 퍼져 나갔다. 술탄의 입술이 그녀의 입술로 다가왔다. 이번에는 좀 더 확실하게, 그러면서도 부드럽게 그녀의 도톰한 윗입술과 아랫입술을 자신의 부드러운 입술로 번갈아가며 살짝살짝 물어댔다. 그러자 운희의 작은 가슴은 숨이 가빠지며 들먹거리기 시작했다. 술탄은 몇 번이고 같은 동작을 반복하며 그녀의 반응을 이끌어내었다.

　운희는 망설이다 자신의 귀여운 입술로 술탄의 입술을 살그머니 물었다. 그러자 술탄의 온몸이 찰나적으로 경직되는 것이 느껴졌다. 하지만 더욱 열기를 띤 술탄의 입술은 그녀의 작고 부드러운 입술을 거세고 강하게 흡입하기 시작했다. 순간 술탄의 뜨거운 혀가 그녀의 살짝 벌어진 입술 사이를 헤집고 들어오며 보드랍고 연한 혀를 탐색하기 시작했다. 깊고도 강렬하게 들이닥치는 술탄의 혀에 운희는 깜짝 놀랐다. 하지만 자신도 용기를 내어 술탄의 혀를 자신의 혀로 감싸 안았다. 그러자 술탄의 손이 운희의 머릿속을 헤집으며 두 손으로 그녀의 머리를 바짝 끌어당겨 자신의 뜨거운 혀를 더욱 깊이 침투시켰다. 순간 서로의 혀가 더욱 깊숙이 뒤얽혔다. 운희의 심장 박동은 이미 터질 듯 격렬하게 뛰고 있었다. 그 천둥같이 울리는 심장 소리가 자신의 심장 소리인지 아니면 술탄의 심장 소리인지 그녀는 분간조차 할 수가 없었다.

어느새 서로의 몸은 한 치의 틈도 없이 맞닿아 서로의 타는 듯한 뜨거운 체온을 느끼고 있었다. 마침내 술탄의 입술이 떨어지면서 술탄의 눈 속에서 뜨겁게 타오르고 있는 갈망을 거침없이 드러내 보였다. 술탄의 입술이 미끄러지면서 그녀의 하얗게 드러난 가녀린 목에 그의 뜨거운 입술을 짓눌렀다. 술탄의 뜨거운 입술을 목에서부터 쇄골 안쪽 오목하게 패인 곳까지 느끼며 운희는 절로 신음 소리를 내뱉었다.

술탄의 손이 그녀가 걸치고 있는 하얀 옷을 조심스레 걷어냈다. 촛불을 받아 따뜻한 빛으로 빛나고 있는 그녀의 하얀 가슴이 음영을 드리우며 나타났다. 술탄은 그녀의 신비한 마술에 취해 있었다. 이어 술탄이 엄지손가락으로 그녀의 도발적인 진분홍빛 유두를 살살 문지르자 운희는 흡 하며 숨을 들이켰다. 그와 함께 자신도 모르게 술탄의 손을 제지하려고 술탄의 단단한 팔을 움켜잡았다. 하지만 술탄은 안심하라는 듯 부드러운 미소를 지으며 운희에게 따뜻한 입맞춤을 해주었다. 운희의 손끝에는 팽팽하게 긴장된, 그러면서도 탄력 있고 매끄러운 술탄의 피부가 느껴졌다. 운희의 유두는 이미 단단하게 솟아올라 술탄의 눈에 너무도 도발적으로 보였다. 술탄의 입술이 그녀의 높이 솟아오른 유두를 격렬하게 빨아들이기 시작했다. 그 강렬함에 그녀는 저도 모르게 가냘픈 신음소리를 내뱉었다. 운희의 가슴을 한참 동안 탐닉하던 술탄의 입술이 다시 입술로 되돌아왔다. 그리고 그녀의 몸을 침상에 조심스레 눕혔다.

술탄의 손길이 운희의 매끄러운 피부를 따라 관능적으로 미끄러져 내려가면서 그녀의 전신을 부드럽게 어루만졌다. 그러자 운희의 몸속에 숨어 있던 뜨거운 열기가 혈관을 타고 온몸으로 빠르게 퍼져 나갔다. 이어 술탄의 입술이 그녀의 몸 곳곳을 누비며 뜨거운 열기로 가득 채웠다. 술탄은 자신의 부드러운 혀로 운희의 전신을 핥기 시작했다. 그녀의 귀에서 어깨를 지나 손가락에 이르자 술탄은 그녀의 손가락을 입 안에 넣고 오랫동안 혀로 놀렸다. 또 복부와 다리를 지나 발가락에 이르자 운희는 그 간지러우면서도 낯선 감각에 크게 소리 내어 웃고 말았다.

운희의 웃음소리에 술탄은 크게 감동했다. 그토록 듣고 싶어하던 웃음소리가 아니던가? 술탄은 그렇게 그녀의 온몸에 공을 들이며 애무를 했다. 그러자 뜨겁고 낯선 기운이 그녀의 몸 안 가득히 퍼지면서 그녀는 자지러지듯 놀라고 말았다. 술탄이 지펴놓은 뜨겁고 황홀한 열기에 운희의 뱃속에서는 어떤 갈망이 스멀스멀 피어오르더니 혈관 속으로 녹아들며 전신으로 빠르게 퍼져 나갔다.

순간 운희는 다시는, 정녕코 돌아오지 못할 강을 건너고 있는 자신을 느꼈다. 문득 세자저하가 떠올랐다. 그녀의 시선이 기하학적인 아라베스크 문양으로 어지러운 천장을 빠르게 스치며 정신없이 휘둘렸다. 그녀의 시선 끝에는 자신을 위해서 정성스런 손길을 펼치고 있는 술탄의 모습이 보였다. 운희는 그런 술탄을 바라보며 조용히 마음속으로 세자저하와의 이별을 고했다.

'마마, 운희를 잊으시옵소서. 운희도 이제 마마를 추억으로, 그리움으로 간직하겠나이다. 그렇지만…… 먼 훗날 기회가 된다면 조선에 돌아가서 마마를 꼭 한 번…… 뵙기를 원하옵니다.'

운희의 살며시 감긴 눈에 투명하고 맑은 물방울이 맺히더니 귀를 향해 도로록 흘러내렸다. 술탄은 운희의 눈물에 의아했지만 곧 자신의 뜨거운 입술로 그녀의 눈물을 핥으며 닦아주었다. 그런 술탄을 바라보며 운희는 작은 미소를 지어 보였다. 운희의 미소를 바라보자 술탄의 얼굴에는 하나 가득 환희가 퍼져 나갔다. 술탄은 그녀를 애무하던 손길에 더욱 박차를 가했다.

아래로 미끄러진 술탄의 손이 이미 축축하게 젖은 그녀의 계곡 사이를 애무하기 시작했다. 순간 운희는 섬뜩 놀랐으나 그녀를 안심시키려고 올라온 술탄의 뜨거운 입술에 입술이 막혀 운희는 자신의 몸을 술탄 앞에 열어놓고 말았다. 술탄의 손길이 천천히 아래로 다시 내려가 운희의 가장 예민한 부위에 뜨거운 열기를 서서히 지펴놓기 시작했다. 술탄의 손가락이 그녀의 부드러운 체모 아래 계곡을 찾아 들어가자 그녀의 입에서 가냘픈 신음 소리가 절로 터져 나왔다. 술탄이 본격적으로 운희의 여성을 애무하기 시작하자 그 격렬한 자극에 그녀는 저도 모르게 거친 신음 소리를 토해내었다. 술탄의 눈동자는 이미 애욕에 불타 더욱 검고 짙게 빛나고 있었다. 술탄의 몸은 이미 흥분할 대로 흥분하였기에 그녀를 소유하고 싶은 강렬한 욕망에 무섭게 떨고 있었다. 그의 남성은 지독히도 묵직한 통증에 시달리며 운희 앞에 우람하게 서 있었다.

술탄은 아직 더 운희의 반응을 끌어내기 위하여 스스로를 참으며 그녀의 머리카락 속으로 자신의 손가락을 깊이 밀어 넣고는 그녀의 목덜미를 따라 짙은 키스를 퍼부었다. 그리고는 혀끝으로 딱딱하게 솟아오른 진분홍빛 유두 주위를 원을 그리며 자극하다 한쪽 유두를 입 안 가득 머금고 한껏 빨아들였다. 운희는 저도 모르게 신음 소리를 내뱉으며 술탄의 머리칼을 그러쥐었다. 술탄은 더 이상 참지 못하고 뜨거울 대로 뜨거워진 자신의 남성을 그녀의 작고 좁은 여성 안으로 천천히 밀어 넣기 시작했다. 그의 남성이 그녀의 안으로 밀고 들어가는 순간 그의 남성을 조이는 압박감에 술탄은 주춤하며 동작을 멈추고 말았다. 운희의 반응을 끌어내려 자신의 육체적 반응을 자제하려 했으나 자신을 휘감으며 조여 오는 그녀의 황홀한 압박감에 술탄은 자신의 의도를 저 멀리 사하라 사막 너머로 날려 버리고 말았다.

운희는 술탄이 진입해 들어오자 그의 커다란 남성에 버거움을 느끼고 그만 신음 소리를 토해내고 말았다. 술탄은 더 깊이, 그리고 더 격렬히 그녀의 모든 것을 소유하고 싶은 욕구에 호흡을 멈추며 순간 동작을 멈추었다. 그리고 잠시 후 자신을 자제하면서 천천히 운희의 안에서 몸을 움직이기 시작했다. 술탄은 부드럽고 세심하게 시간을 들여 그녀 안에서 쾌락의 꽃이 만개하기를 기다렸다. 운희의 작지만 점점 커져 가는 움직임과 높아져 가는 신음 소리에 술탄의 만족감은 이미 보상을 받고 있었다. 술탄은 자신의 양손 가득히 들어오는 앙증맞은 그녀의 엉덩이를 단단히 움켜쥔 채 자신의 엉덩이를 뒤로 물렸다가 깊이 운희 속으로 밀고 들어갔다. 그러한 행동을 강약을 조절하면서 술탄은 수차례 반복했다. 시간이 지날수록 술탄의 움직임은 거세어지며 격렬해졌다. 이에 농밀해진 운희의 반응도 마찬가지로 점차 그 파고가 크고 드세어졌다.

드디어 정점이 눈앞이었다. 더 이상 지연시키려 했던 술탄의 노력은 모두 허사로 돌아갔다. 불거진 혈관이 두드러질 만큼 노력을 했지만 해방을 시켜달라며 아우성치면서 요구하는 육체의 드센 요구에 술탄은 더 이상 외면할 힘조차 없었다. 격렬하게 파고를 넘나들며 쾌감의 경계선에 이르자 드디어 참지 못하고 술탄은 광포하기조차 한 절정에 다다르고 말았다.

술탄은 운희 안에서 자신의 모든 것을 터뜨리면서 한 방울도 남김없이 그녀 안에 자신의 모든 것을 풀어놓았다. 그와 함께 밀려드는 쾌감에 감히 숨조차 제대로 쉬지 못할 지경이었다. 술탄은 그녀 위에서 축 늘어지고 말았다. 술탄에겐 손가락 하나 까닥할 힘조차 남아 있지 않았다. 온몸을 강타한 강렬한 경련에 완전히 기력을 탕진하였기 때문이다.

운희는 땀에 젖어 반들거리는 술탄의 몸을 살며시 쓸어안아 주었다. 술탄은 너무도 만족스런 얼굴로 미소를 가득 지은 채 그녀를 뚫어질 듯 바라보았다. 그의 눈에는 애정이 가득 담겨 있었다. 운희의 눈가는 촉촉이 젖어 있었다. 이윽고 술탄의 뜨거운 입술이 그녀의 도톰한 입술을 덮으며 달콤한 키스를 오래도록 퍼부었다.

운희도 이미 술탄과 함께 황홀한 절정을 맛보았다. 방 안에 가득한 클라리 세이지의 향기는 운희의 몸이 공중에 붕 떠 있는 듯한 환상적인 기분을 만들어주었고, 전에 없던 생소한 쾌락의 기쁨을 그녀의 몸 안에 햇살처럼 터뜨려 주었다. 그녀는 처음 겪어보는 낯선 감각에 깜짝 놀라 어쩔 줄을 몰랐다. 너무도 낯선 강렬한 경험에 운희는 저도 모르게 이유를 알 수 없는 눈물을 흘렸다.

술탄은 그녀의 눈가에 맺힌 촉촉한 눈물을 자신의 엄지손가락으로 살며시 닦아주었다. 그는 운희를 마주 보며 누운 채 다정스레 한쪽 팔을 들어 운희의 몸에 둘렀다. 두 사람은 아무 말도 하지 않았다. 하지만 그것으로 두 사람은 모두 만족스러웠다. 술탄은 운희를 더욱 끌어당겨 자신의 품 안에 강하게 가두었다. 그리고는 그녀의 머리카락에 자신의 얼굴을 묻고 향긋한 그녀의 체취를 흠뻑 들이켰다.

지금껏 수많은 여인들을 안아본 술탄이나 이토록 강한 만족감과 성취욕을 느낀 적은 살아생전 처음이었다. 술탄은 운희를 마치 귀중한 보물 다루듯 살며시 안으며 깊은 만족감에 행복한 미소를 지었다. 그녀는 물레이 에스파의 사망으로 인하여 비탄에 잠겼던 그의 마음에 생기와 위로가 되어주었다. 그날 이후로 술탄은 새로운 세계에 취한 듯 그녀에게 깊이 몰입했다.

술탄은 운희를 탐하면 탐할수록 그녀의 달콤함에 점점 취했다. 운희의 매끄러운 피부에서는 랄라 할리마나 랄라 지다나처럼 특유의 강한 체취가 아닌 상큼하면서도 향긋한 향이 났다. 술탄은 벌거벗은 채 운희의 폭포수마냥 길게 흘러내린 윤기 흐르는 검은 생머리를 손가락 사이에 끼우고 위에서 아래로 쓸어내리고 있었다. 검은 머리카락이 술탄의 커다란 손가락 사이에서 사르륵 빠져나가는 것을 술탄은 물끄러미 지켜보았다. 그리고는 이내 운희의 잘록하며 부드러운 허리를 거칠게 휘어 감았다.

술탄은 지난 사흘간 자신이 알고 있는 모든 밤의 기술을 총동원하여 운희를 녹초로 만들었다. 지난날 자신을 거부하며 막대기처럼 뻣뻣하게 누워만 있던 운희가 점차 술탄이 원하는 바를 깨닫고 몸을 움직이다 그녀 또한 뜨겁게 달아오르며 만족스러운 신음 소리를 내지르자 술탄은 더없이 만족스럽고 뿌듯했다. 자신으로 인해 소녀에서 여자로 성장해 가는 운희의 모습에 술탄은 더없는 행복과 크나큰 성취감을 맛보았다.

"너의 소원이 무엇이냐? 내 너의 소원을 들어주겠다. 혹여 술탄에게 바라는 것이 있으면 속히 말해보아라."

술탄이 조금 전의 방사로 발그레하게 달아오른 운희의 볼을 손으로 살짝 꼬집으며 그녀의 귓가에 대고 뜨거운 입김을 불어넣으면서 속삭였다. 이에 운희는 멈칫했으나 천천히 맑은 눈을 들어 술탄의 영채 가득한 반짝이는 눈을 가만히 들여다보았다. 술탄은 운희의 선명하면서도 검고 맑은 눈동자에 자신도 모르게 깊이 빨려 들어가는 것을 느꼈다. 운희는 살포시 눈가에 미소를 지으며 술탄을 바라보았다. 운희의 미소를 보면서 술탄의 가슴은 또 걷잡을 수 없이 설레었다. 술탄의 쿵쾅거리는 심박동 소리가 거세게 그의 귓가에 울렸다.

"너를 조그맣게 만들어서 내 주머니 속에 항상 넣어 다녔으면 좋겠구나."

술탄은 운희의 귀에 나직이 속삭이며 운희의 귓불을 입술로 깨물었다. 그리고는 혀를 내밀어 운희의 귓바퀴를 핥았다. 이에 운희는 간지럽다며 목을 움츠린 채 맑고 투명한 소리로 깔깔 웃었다. 술탄은 장난기가 발동하여 운희의 겨드랑이며 옆구리를 마구 간질이기 시작했다. 이에 운희는 술탄의 곁에서 몸을 움츠린 채 술탄의 손길을 피해 침상 끝의 모서리를 찾아 뒹굴었다. 방 안을 가득 메우는 운희의 웃음소리를 들으며 술탄은 온몸에 뜨거운 전율을 느꼈다. 술탄은 운희의 나긋한 몸을 거칠게 끌어안으며 운희의 귓가에 다시 한 번 뜨거운 김을 토해내었다.

"내 기꺼이 너의 청을 들어주겠노라. 속히 고하라."

술탄의 말에 운희는 정색을 하며 술탄을 향하여 몸을 돌렸다. 그리고는 그의 얼굴을 진지한 눈빛으로 들여다보았다.

"술탄이시여, 허면 정말 소원을 들어주시는 것입니까? 혹여 그렇다면…… 이 운희에게 청이 하나 있긴 있사옵니다."

술탄의 목을 팔로 감으며 운희가 술탄의 귀에 대고 나직이 속삭였다. 운희의 말에 술탄은 급히 고개를 들어 운희의 수줍은 얼굴을 들여다보았다. 그리고는 자신이 운희를 위하여 무엇인가를 해줄 수 있다는 기대에 들떠 환한 미소를 지으며 운희의 다음 말을 재촉했다.

"속히 고하라. 나 술탄 시디 무하마드가 우니의 청을 들어주겠노라!"

운희는 술탄의 재촉에 맑은 웃음소리를 내며 자신의 원하는 바를 또렷한 목소리로 말했다.

"그렇다면…… 소인은 술탄의 정식 아내가 되고 싶습니다."

운희의 입에서 나온 뜻밖의 말에 술탄은 순간 몸을 경직하고 말았다. 술탄은 깊은 신음 소리를 내뱉으며 숨을 거칠게 몰아쉬었다. 그리고는 운희의 상기된 하얀 얼굴을 조심스레 들여다보며 그녀의 양 뺨을 살며시 어루만졌다.

"정녕…… 정녕 그러하고 싶은 게냐?"

술탄은 진지하면서도 뜨거운 눈빛으로 운희를 바라보았다. 술탄의 목소리는 미세하게 떨리고 있었다. 운희는 눈가에 살포시 미소를 지으며 또렷한 목소리로 다시 한 번 자신의 원하는 바를 말했다.

"그러하나이다, 술탄이시여. 당신의 앞에 있는 이 운희는 술탄의 현숙한 아내가 되기를 원하옵……."

운희의 말이 채 떨어지기도 전에 얼굴이 검붉어진 술탄은 운희를 와락 힘주어 끌어안았다. 이어 술탄의 뜨거운 입술이 운희의 온몸 구석구석을 화인을 찍듯 돌아다녔다. 술탄은 동작을 멈추며 운희의 체취를 가슴 깊이 들이마셨다.

"여지껏 들어온 그 어떤 말보다도 나를 가장 기쁘게 하는 말이로다. 내 너를 어여삐 여기리라. 알라께 맹세코 내 너를 나의 아내로 반드시 맞아들이겠노라!"

술탄은 맹세의 말을 마치자 운희의 도톰한 입술에 자신의 뜨거운 입술을 거칠게 포개었다. 그와 함께 술탄의 몸은 다시금 뜨거워져 거침없이 운희를 사랑하기 시작했다. 운희는 떨리는 손으로 술탄의 검은 머리카락 속으로 자신의 손가락을 깊이 찔러 넣었다.

다음날 운희는 술탄에게 주방에서 일하고 있는 사라와 카디자를 자신의 곁에 두기를 청했다. 이에 술탄은 두 사람을 운희의 시녀로 허락했다. 또한 물레이 에스파의 유모 파티마를 곁에 두도록 허락하며 물레이 에스파의 궁을 대대적으로 보수하는 것 역시 수락했다.

운희는 스스로 진두지휘하여 물레이 에스파의 궁의 대대적인 청소를 시작했다. 어둡고 칙칙했던 장식품과 커튼 대신 화려하면서도 멋진 수공예 장식품들이 걸려졌다. 또한 시야를 좁게 가리고 있는 불필요한 기둥을 가차없이 터버려 공간을 넓게 만들었다. 그리고 다양한 화초들과 잘 손질된 작은 관목들이 터진 공간을 차지하며 일제히 들어섰다. 그중에는 오스만투르크 제국에서 전해진 칼날같이 뾰족한 잎과 아몬드형의 꽃을 갖고 있는 이스탄불이란 이름의 튜울립도 있었다. 운희는 단순하면서도 신비로운 기운이 도는 이 꽃을 무척 좋아했다.

물레이 에스파의 궁은 점차 사랑스런 처녀처럼 밝고 화사한 모습으로 변해갔다.

술탄은 운희가 궁 내부를 미학적이며 실용적으로 바꾸어놓는 것을 보자 감탄해 마지않았다. 그리고는 운희의 뛰어난 감각을 높이 칭찬했다. 술탄의 시선에는 운희에 대한 대견함과 뿌듯함이 담뿍 담겨 있었다. 늘 술탄의 애정이 담긴 시선 안에 들어 있는 운희의 모습은 마치 봄의 여신처럼 화사하게 피어나기 시작했다.

한낮의 시에스타를 운희와 함께 즐긴 술탄은 침상에서 일어서
자 옷을 단정하게 갈아입었다. 그리고는 자신이 마음먹었던 바를
서둘러 진행하기 위하여 운희를 데리고 술탄의 궁으로 발걸음을
옮겼다. 술탄의 궁에 도착한 술탄은 환관장을 시켜 랄라 할리마를
불러들이도록 지시했다. 환관장은 다소 긴장한 모습으로 서둘러
랄라 할리마의 처소로 달려갔다.

랄라 할리마는 자신을 찾는다는 술탄의 전갈에 하루 종일 흐렸
던 기분이 맑게 개는 것을 느꼈다. 랄라 할리마는 절로 들뜬 기분
으로 심혈을 기울여 몸단장에 임했다.

술탄께서 드디어 동양계집의 품을 떠나 정신을 차리셨는가 생
각하면서 절로 가벼워진 발걸음으로 술탄이 기다리고 있는 궁으
로 향했다.

술탄은 집무실에 앉아 그동안 밀려 있던 왕실의 업무를 처리하
고 있었다. 집무실 안에는 몇 명의 조관들이 술탄의 앞에 조아리
고 있었다. 랄라 할리마의 시위를 환관장이 알려오자 술탄은 조관
들을 물리고 랄라 할리마와 일 대 일로 대면했다.

랄라 할리마는 화사한 얼굴로 술탄에게 최대한 예의를 갖추어
인사를 올렸다. 하지만 술탄은 랄라 할리마를 불러 일으켜 세우며
무덤덤한 표정으로 그녀를 바라보았다.

랄라 할리마는 교태 어린 눈웃음을 지어 보이며 자신에게 떨어
질 술탄의 하명을 기다렸다. 하지만 술탄의 입에서 나온 말은 그
런 랄라 할리마를 뭉개 버리며 거칠게 내동댕이쳐 버렸다.

"랄라 할리마, 그대에게 부탁하겠소. 우니를 나의 새로운 아내

로 맞이하고 싶소. 그러니 그대의 동의가 필요하오. 부디 이에 대하여 동의해 주기 바라오. 이것은 청이기도 하지만 또한 술탄의 명이기도 하오."

술탄은 단도직입적으로 내뱉었다.

헉!

그녀는 그대로 차갑게 굳어버렸다.

"수, 술탄이시여…… 신첩에게 이러실 수는…… 없습니다. 너무하십니다……."

랄라 할리마의 눈은 절망에 가득 사로잡혀 있었고, 입술은 파르르 떨리고 있었다. 순간 술탄의 숱 짙은 눈썹이 꿈틀거렸다. 랄라 할리마는 순간 그 자리에 풀썩 주저앉고 말았다. 전신을 지탱하고 있던 다리에 힘이 풀리면서 더 이상 버티지 못하였던 것이다.

"무엇이 그대에게 너무하다는 말이오? 나는 그대에게 그런 말을 들을 하등의 이유가 없소!"

술탄은 눈썹을 사납게 치켜뜨며 언짢은 표정을 역력히 드러내었다. 이에 랄라 할리마는 차가운 대리석 바닥을 짚은 팔로 몸을 지탱하려 애썼다. 무겁게 내리누르고 있는 황금 머리장식들이 몸이 흔들릴 때마다 같이 흔들리고 있었다.

"하, 한동안…… 신첩을 찾으시지도 않으시고 홀로 처박아두시더니 결국 그 동양 노예계집을 품으시고…… 이제는 그 계집년을 아내로 맞아들이시겠다고 하시는 겁니까? 정녕 그러하시겠단 말씀입니까? 그렇다면 모든 것은 이미 술탄의 의중에 결정이 된 상태로군요. 그럼 신첩은 술탄의 뜻에 그저 동의만 하면 되는 것입니까?"

　랄라 할리마는 기가 막힌 억울함에 절로 어깨를 들썩이며 뜨거운 분루를 떨구었다. 분함을 이기지 못하고 온몸을 떨면서 후드득 뜨거운 눈물을 쏟고 있는 랄라 할리마의 모습이 왠지 애처롭게 보였다. 그러나 술탄은 그런 랄라 할리마를 인상을 찌푸리며 바라보고 있었다.

　"랄라 할리마, 그대는 지금 억지떼를 쓰며 추태를 부리고 있다는 것을 아시오? 그대의 그런 모습이 알라 앞에서 부끄럽지도 않은 것이오? 그럼 술탄인 내가 그대만을 바라본 채 다른 여인들에겐 자비를 베풀지 말라는 것이오? 그대가 이토록 어리석고 이기적인 여인인 줄은 내 미처 몰랐소! 예언자 무하마드를 따라 네 명의 아내를 두는 것이 술탄으로서 덕을 행하는 근본이거늘 어찌 랄라 할리마는 술탄을 이리 능멸하려 드는 것이오? 랄라 지나도 사망한 지금 술탄인 나에게 남은 아내는 오직 랄라 할리마, 그대뿐이오. 그러니 이제 예언자 무하마드의 행함을 따라 새로운 아내를 맞아들여야 하는 것이 맞지 않겠소? 하여 우니를 내 새로운 아내로 맞이하려 하는 것인데 그대는 축하는 해주지 못할망정 어찌 그리 편협하게 생각하며 이 술탄의 덕행을 방해하려 하는 것이오. 랄라 할리마, 좀 더 시야를 넓게 보시오. 마음을 넓히어 보다 현숙한 아내로서 황후의 위치에 맞는 소임을 다하여 나, 술탄 시디 무하마드가 더 많은 여인을 거두어 덕과 선을 베풀 수 있도록 도와주길 바라오. 그러니 내가 우니를 아내로 맞아들이는 것을 거부하지 말고 인정하며 받아들이시오. 그리고 우니와 서로 화목하게 지내며 이 술탄을 잘 보필해 주었으면 좋겠소. 아시겠소?"

술탄은 짙은 시선으로 단호히 말했다.

"그, 그럴 수는 없습니다. 너무하십니다! 어찌 그런 미천한 계집과……."

랄라 할리마는 눈물로 얼룩진 얼굴로 사납게 외쳐 댔다.

"뭐라? 지금 정녕 그리할 수 없다고 하였소? 정녕 그대가 그리 나온다면 나도 어쩔 수 없소. 이 일을 못내 받아들이기 어렵고 싫어한다면 나는 알라 앞에서 그대와 이혼할 것을 맹세하겠소. 그대는 투기로 똘똘 뭉친 추악한 여인네의 모습으로 나를 여지없이 실망시키고 있소. 그대는 술탄의 아내로서, 황후로서의 자격이 심히 부족하오. 그러니 앞으로의 생을 더 이상 그대와 함께하고 싶지가 않소. 투기로 똘똘 뭉친 그대의 모습을 더 이상 두고 볼 수가 없단 말이오. 그럼 이제 그대와 나 사이에 남은 것은 이혼뿐이오!"

랄라 할리마는 술탄의 단호하며 강경한 말에 그만 깜짝 놀라고 말았다. 술탄은 차가운 시선으로 바닥에 주저앉아 혼비백산하여 떨고 있는 랄라 할리마를 냉랭하게 쏘아보았다.

술탄의 이혼이란 청천벽력 같은 말에 랄라 할리마는 넋이 나간 얼굴로 온몸을 사시나무 떨듯 떨었다. 술탄은 그런 랄라 할리마를 냉혹한 시선으로 말없이 바라보며 자리에서 벌떡 일어나 랄라 할리마만을 놓아둔 채 미련없이 지나쳐 집무실을 빠져나가려고 했다. 그러자 랄라 할리마는 자신의 앞을 지나치는 술탄의 다리를 다급히 부여잡았다.

"수, 술탄이시여!"

랄라 할리마의 새된 외침이 집무실 안에 가득히 울려 퍼졌다.

"왜 이러시오? 우리 이야기는 이미 끝난 것이 아니었소?"

술탄은 얼음장같이 싸늘한 목소리로 퉁명스럽게 내뱉었다.

이에 랄라 할리마는 술탄의 다리를 부여잡은 채 격정으로 목이 메는지 숨도 제대로 쉬지 못하며 연신 끅끅거렸다.

"자, 어떻게 하시겠소? 나와 이혼하겠소, 아니면 나의 말에 동의하겠소?"

술탄은 랄라 할리마의 의중을 간파하고 재빠르게 내뱉었다. 이에 랄라 할리마는 눈물로 얼룩진 얼굴을 들어 술탄을 두려움 가득한 시선으로 바라보았다. 술탄의 이런 강경한 자세는 여지껏 처음 있는 일이었다. 랄라 지다나조차도 물레이 에스파를 출산한 이후에야 장남 출산이라는 명분으로 조심스럽게 아내의 자리에 앉게 되었던 것이다. 그런데 저 새파란 동양 노예계집은 대체 무엇이란 말인가? 술탄의 강경한 얼굴에는 이에 대한 발론을 재기할 틈 하나조차 내주지 않았다.

이에 절망한 랄라 할리마의 눈동자에는 체념과 함께 깊은 슬픔과 억울함이 담겨 있었다. 랄라 할리마를 말없이 바라보던 술탄은 턱을 거만히 치켜들며 랄라 할리마의 대답을 재촉했다. 랄라 할리마는 결국 고개를 떨구고 얼굴을 일그러뜨리며 힘없는 목소리로 대답을 했다.

"수, 술탄이시여…… 여, 여부가…… 있겠나이까. 술탄께서 옳습니다. 신첩이 잘못하였습니다. 신첩의 불미스런 투기를 너그러이 용서하여 주옵소서. 차후로 이런 일이 없도록 더욱 조심……

하겠나이다. 모든 것은 알라의 뜻입니다……."

랄라 할리마의 말이 채 떨어지기 무섭게 술탄은 언제 그랬냐는 듯 환한 미소를 지으며 랄라 할리마의 양어깨를 강하게 움켜쥐었다가 놓았다. 그리고는 오른손의 엄지만을 세우며 좋다를 연발했다. 그리고는 출입문에 대기하고 있던 환관장에게 수신호를 보냈다. 그러자 여지껏 두 사람의 대화를 조심스레 지켜보고 있던 환관장이 고개를 가볍게 끄덕이고는 서둘러 출입문을 빠져나갔다. 곧 돌아온 환관장은 베일로 얼굴을 가린 채 화려한 제국의 의상을 아름답게 차려입은 한 여인을 데리고 집무실 안으로 들어섰다.

운희는 술탄과 랄라 할리마의 앞에 몸을 깊숙이 조아리며 최대한 예의를 표했다. 술탄이 운희에게 얼굴을 드러내라고 명하자 운희는 천천히 고개를 들어 자신의 얼굴을 가리고 있던 베일을 머리 위로 들어 올렸다. 랄라 할리마는 턱을 높이 치켜들며 매서운 눈으로 운희를 사납게 쏘아보았다. 하지만 운희는 랄라 할리마의 사납고 매서운 시선을 피하지 않은 채 미소까지 지으며 당당하게 마주 보았다.

"우니, 랄라 할리마가 그대를 내 새로운 아내로 맞이하는 것에 동의하였소. 그러니 이제부터 두 사람은 서로 투기하지 말며 친자매처럼 서로 돕고 의지하면서 신의로써 나, 술탄 시디 무하마드를 잘 보필해 주시기를 바라오."

술탄의 말이 떨어지기 무섭게 운희는 단아한 미소를 지으며 술탄의 앞에 조아린 채 그러하겠다는 대답을 했다. 하지만 랄라 할리마는 그런 운희를 사나운 시선으로 흘기며 가슴이 들먹거리는 것을 가까스로 자제하고 있었다. 랄라 할리마는 두어 번의 심호흡으로 자신을 가다듬은 후에야 간신히 술탄의 말에 억지다짐을 했다.

"여부가 있겠나이까…… 신의 바라카가 술탄께 있기를 원하옵니다."

술탄은 자신 앞에 고개를 숙이고 있는 두 여인을 바라보며 매우 흡족한 미소를 지었다.

얼마 후 술탄과 운희를 남겨놓은 채 술탄의 집무실을 나서는 랄라 할리마의 발걸음은 누군가 뒤에서 강하게 잡아당기는 듯 천근만근 무겁게 내려앉았다. 온몸에는 식은땀이 끊임없이 솟아났고, 다리는 마치 무거운 돌덩이를 매단 듯 발걸음을 옮길 때마다 여지없이 후들거렸다.

출입문에서 대기하고 있던 시녀장이 랄라 할리마의 예사롭지 않은 몸 상태를 의식하고 서둘러 몸을 부축했다. 무너질 듯한 발걸음을 간신히 옮기면서 랄라 할리마는 운희에 대한 저주를 피를 토하듯 내뱉으며 이를 갈았다.

"내 기어코 오늘의 수모를 반드시 되갚아주리라. 갈아 마셔도 시원찮을 사악하고 교활한 계집년!"

저주를 내뿜는 랄라 할리마의 눈은 핏빛보다도 더 붉어 보였다.

이슬람의 안식일이 아직 이틀 남은 날이었다. 날은 제법 화창하였고 쾌적한 바람이 불었다.

왕궁 안의 모스크에는 조관들과 카이드, 까디 그리고 검은 친위대의 상급 장교들이 가득 들어차 있었다. 신랑신부는 각각 두 사람의 증인이 참석한 가운데 왕궁 내 가장 신임받는 '까디(이슬람 재판관)'에 의해 결혼의 합법성이 공표되었다. 주례인 까디에 의해 결혼 계약의 구체적인 사실이 일일이 확인되었고, 쌍방의 합의가 모스크에 들어찬 모든 사람들에게 공표되었다. 이로서 결혼의 효력이 발생된 것이다.

술탄은 환한 미소를 지은 채 화려한 전통 혼례복을 입고 베일로 전신을 가리고 있는 운희를 애정이 가득 담긴 시선으로 바라보았다.

결혼의 의미와 이슬람적인 교훈과 가르침에 대한 설법이 한참 진행된 후, 마침내 술탄과 운희가 각자의 오른쪽 엄지손가락을 세워 서로 누르며 깨끗한 하얀 손수건으로 그 위를 덮었다. 그리고 신랑, 신부인 술탄과 운희는 꾸란의 개경장을 함께 낭송하는 것으로 결혼 계약을 끝마쳤다.

"너희 자신들로부터 배필을 창조하여 그 배필과 함께 살게 하심도, 그분 예증의 하나이며 그분은 또한 너희 간에 사랑과 자비를 주셨으니 실로 그 안에는 생각하는 백성을 위한 예증이 있노라."

결혼 계약식을 진행한 까디는 술탄으로부터 엄청난 결혼 주재비를 받았고 운희는 짧은 약혼 기간 동안 오른손 네 번째 손가락에 끼고 있던 가락지를 왼손 네 번째 손가락으로 바꾸어 끼었다.

술탄은 운희에게 결혼 지참금으로 십여 년 전 랄라 할리마가 받았던 것의 열 배 이상인 어마어마한 패물과 금화를 선사했다. 안뜰 광장 연회석에서는 결혼 계약식에 참석한 모든 사람들에게 풍성한 음식과 음료가 제공되었다.

식의 마지막에 부하리들이 하늘로 쏘아대는 축포가 콩 볶듯 요란하게 터지며 한참 동안이나 울려 퍼졌다.

다음날이 되어서 술탄과 운희의 대대적인 결혼 연회가 진행되었다.

전날 운희는 제일 먼저 하라와라 불린 첫 결혼 의식을 치렀다. 그 의식에서 운희는 눈썹과 머리카락을 제외한 온몸의 체모를 제거했다. 체모를 제거하기 위해서 여러 가지를 섞어 끓인 끈적끈적한 용액이 몸 위에 발라졌다. 운희는 체모를 제거할 때 겪은 고통에 몸서리를 쳤다.

제모 의식이 끝나자 이어 헤나 의식을 치렀다. 헤나 의식에 따라 운희의 손과 발은 헤나의 짙은 갈색으로 염색되었다. 헤나는 '순나(예언자 무하마드의 언행과 관습을 말함)'라고 하며 제국의 모든 신부들은 꼭 지켜야 하는 것이었다. 헤나를 바르면서 운희는 마치 조선에서 손톱에 봉숭아 물을 들이는 것과 같다는 생각을 했다. 운희의 검은머리도 헤나로 염색되어 태양 아래에 서자 검붉은 빛이 햇빛에 반짝이었다.

안뜰광장 연회석에서는 광대들과 무희들이 공연을 펼쳤고, 궁중시인들의 찬양과 축복의 시가 넘쳐흘렀다.

당신의 샘에 더 많은 물이 넘쳐 나도록 알라께 기도를 한다오.
그 물은 맑고 깨끗하여 한 번 마시면 평생 마르지 않는다오.
당신의 정원에서 붉은 장미를 찾는다오.
날카로운 가시가 숨겨져 있지만
그 장미는 매우 아름다워 탐이 난다오.

악공들의 음악이 궁전 안을 가득 메우며 참석한 조관들과 유명 인사들, 그리고 수많은 카이드들과 까디들은 인산인해를 이루며 술탄의 결혼을 기쁘게 축하했다. 온 메크네스가 축제 분위기로 들썩였다.

술탄과 운희는 결혼 연회가 끝나자 물레이 에스파의 궁에서 둘만의 달콤한 보금자리를 만들어 꿈결같은 신혼 첫날밤을 보냈다. 이에 반해 랄라 할리마는 자신의 처소에서 두문불출하며 한동안 바깥출입을 하지 않았다.

"이제 우리는 정식 부부가 되었소. 앞으로 술탄이자 남편인 나에게 바라는 것이 있다면 주저하지 말고 말하시오. 내 그대의 뜻을 존중하여 남은 평생을 그대의 뜻에 따를 결심이 되어 있소. 자, 나에게 원하는 것이 있다면 다 말해보시오. 그대의 모든 소원을 다 들어주겠소. 나의 아내, 랄라 우니!"

클라리 세이지 향이 은은히 퍼지고 있는 방 안에서 술탄은 침상에 앉아 빙그레 웃으며 다시 운희의 이름을 불러주었다.

"랄라 운희……?"

운희는 술탄의 말에 두 눈을 휘둥그렇게 뜨고 술탄을 쳐다보았다.

"그렇소. 이제부터 그대는 랄라 우니요. 술탄의 아내이니 랄라 우니라 불리는 게 당연하지 않겠소? 그대에게 너무도 잘 어울리는 칭호요. 하하."

술탄은 운희의 상기되어 빛나고 있는 복숭앗빛 뺨을 부드럽게 어루만졌다. 이에 운희는 술탄을 향하여 살짝 미소를 지어 보였다. 술탄과의 약혼 기간 동안 운희는 왕궁의 법도에 대해서 어느 정도 교육을 받았기에 귀부인들의 극존칭인 랄라의 칭호가 자신의 이름 앞에도 붙는다는 것을 이미 알고 있었다. 하지만 막상 술탄에 의해 그리 불리어지자 기분이 묘했다.

"술탄이시여, 오늘 밤 신첩의 첫 번째 소원은 술탄께서 신첩의 이름을 정확히 발음하여 불러주시는 것이옵니다."

운희는 씨익 웃으며 술탄을 빤히 쳐다보았다. 그러자 술탄은 주춤하며 잠시 어리둥절한 표정을 짓더니 이윽고 얼굴을 붉혔다.

"내, 내 발음이 어, 어때서 그렇소? 흠흠."

"그것은 술탄께서도 이미 오래전부터 알고 계셨습니다. 그렇지 않은가요?"

운희는 은근한 미소를 지으며 눈빛을 빛내었다. 이에 술탄은 운희의 시선을 피해 고개를 돌리며 연신 헛기침을 해댔다.

"자, 신첩을 보시고 따라해 보세요. 운. 희! 운. 희!"

운희의 재촉에 술탄은 어쩔 수 없다는 듯 운희의 이름을 따라 부르기 시작했다.

"우니…… 우…… 니…… 아, 아닌가? 왜 나는 그 발음이 잘 안 되지? 흠흠."

운희가 이내 풀이 죽어 실망하는 빛을 역력히 드러내자 술탄은 어쩔 줄 몰라 하며 황급히 운희의 이름을 되뇌어 부르기 시작했다. 몇 차례 시도 끝에 술탄은 운희의 이름을 정확히 발음하기 시작했다.

"운…… 희!"

"이제 됐어요!"

운희는 술탄이 자신의 이름을 정확히 발음하여 불러주자 기쁨의 환호성을 지르며 박수를 쳐댔다.

"랄라…… 운.희! 랄라 운희!"

술탄은 자신의 입에서 운희의 이름이 자연스럽게 흘러나오자 스스로도 대견한지 매우 기뻐했다. 이에 두 사람은 환호성을 내지르며 서로 얼싸안았다.

"술탄이시여, 감사하옵니다. 신첩의 이름을 정확히 불러주시는 것만으로도 이 랄라 운희는 만족하옵니다."

"아니, 겨우 그것이 소원이란 말이었소? 그것은 너무 약하지 않소. 이래 봬도 난 이 제국의 술탄인데 겨우 그것을 소원으로 내세우다니 내가 도리어 섭섭하오."

술탄의 말에 운희는 다시 빙그레 웃었다.

"그렇다면 술탄께선 정녕 들어주실 수 있는 것인가요? 정말 알라 앞에 맹세하실 수 있는가요?"

운희의 말에 술탄은 짐짓 화난 목소리로 언성을 높였다.

"나는 술탄으로서 허튼소리를 하지 않소! 나를 의심하다니 그것은 나를 능멸하는 것이오. 그러니 두 번 다시 나에게 그런 말투로 되묻지 마시오. 아시겠소?"

"네, 여부가 있겠습니까. 언제나 술탄의 말씀을 의심치 않고 이 랄라 운희는 당연히 받아들이겠습니다."

술탄은 고개를 끄덕이며 짐짓 찡그렸던 표정을 밝게 폈다. 그러자 운희도 빙그레 웃으며 어서 소원을 말하라고 재촉하는 술탄의 말을 받아들여 조심스럽게 자신의 청을 술탄 앞에 내어놓았다.

"위대하신 술탄이시여, 신첩의 또 다른 청은…… 그동안 술탄의 마음을 무겁게 하였던 것이기도 하옵니다. 하오나 무엇보다 그것이 신첩의 소원이기에 감히 술탄 앞에 내어놓습니다. 신첩의 소원은…… 앞으로 이 제국에 해적질로 인한 노예매매가 없었으면 하는 바람입니다."

순간 술탄은 두 눈을 휘둥그레 뜬 채 깜짝 놀랐다. 침실 안에는 한동안 적막과도 같은 정적이 감돌았다.

"랄라 운희, 아무리 알라 앞에서 맹세한 것이기는 하지만 이 제국의 전반을 뒤흔들어 놓을 그러한 원(顯)을 내놓다니…… 그것이 정녕 그대의 진정한 소원이란 말이오?"

술탄의 얼굴에는 이미 부드러움은 사라지고 없었다. 술탄은 매우 긴장하여 딱딱하게 굳어진 얼굴로 운희의 얼굴을 강한 시선으로 바라보았다.

운희는 방 안에 내려앉은 무거운 분위기를 피부로 느끼면서도 이를 결코 피하지 않았다. 운희는 당당한 눈빛으로 조금의 흔들림조차 없이 술탄을 바라보았다.

"그러하옵니다. 술탄이시여, 그것이 신첩의 소원입니다."

운희는 단호한 어조로 말을 했다. 술탄은 운희의 당찬 말에 더욱 긴장했다.

"이제 술탄께서는 약조하신 대로 신첩의 소원을 들어주시겠습니까?"

하지만 술탄은 여전히 무겁게 굳어져 있을 뿐이었다. 아무리 아끼는 여인의 소원이라 하여도 왕조 대대로 지금껏 지지하여 온 나라의 국책사업을 하루아침에 금한다는 것은 객관적으로 생각해 보아도 너무나 큰 무리였고 말도 안 되는 요구였다.

마치 목에 무엇이 걸린 것처럼 술탄의 목은 금세 답답해졌다. 사랑하는 여인과 알라 앞에서의 약조, 그리고 선조 대대로 이어져 온 해적사업. 태산과도 같은 무거운 중압감이 술탄을 짓눌렀다.

순간 운희는 피식하는 웃음소리를 터뜨리며 입가에 손을 가져갔다. 운희의 눈동자는 웃음기가 가득 어린 채 반짝이며 빛나고 있었다. 하지만 술탄은 여전히 어두운 표정으로 대리석같이 굳어진 얼굴로 운희를 응시하고 있었다. 그의 표정에는 짙은 고뇌가 깃들어 있었다.

"술탄이시여, 만에 하나 신첩의 소원이 가당치 않으시다면 이를 없던 것으로 하셔도 좋습니다. 하오나 신첩은 이미 알고 있습니다. 이것이 신첩의 바람이기에 앞서 술탄께서 염원하신 소원이라는 것을요."

운희의 말에 술탄은 더욱 놀라 충격을 받았다. 술탄의 눈은 순간적으로 크게 벌어졌다.

"그것이 대체 무슨 말이오, 랄라 운희?"

"신첩은 알고 있었습니다. 술탄을 곁에서 뫼신 이후부터 술탄께서 이 제국의 해안에 넘쳐흐르는 해적들을 정리하시길 원하신 것과 해상로를 통해 타국과의 직접적인 교역으로 부를 얻어 부국강병을 통하여 이 나라를 다른 유럽 열강처럼 부강하게 만들고 싶어하셨다는 것을요."

운희의 말에 술탄은 다시 한 번 깜짝 놀라고 말았다.

"그, 그것을 어찌……?"

"술탄께서는 가끔 지나가는 말씀처럼 조관들과의 회의나 외국 영사와의 접견이 있던 날에는 처소의 출입문으로 들어서는 순간까지 이에 대하여 말씀하셨습니다. 그리고 간혹 욕실의 홀에서 마사지를 받으실 때도 종종 독언으로 그리하셨기에 신첩은 이미 술탄의 마음속에 품고 계신 생각을 알고 있었습니다. 다만 그 생각을 현실로 이끌어낼 수 있도록 신첩이 결단의 시간을 술탄께 제공해 드리고 싶었을 뿐입니다. 그것이 신첩의 소원이라 생각했기에 감히 용기를 내어 술탄의 앞에 말씀을 드린 것이옵니다. 혹여 신첩이 주제넘었다면 부디 용서하여 주옵소서."

운희는 술탄 앞에 엎드리며 깊이 머리를 조아렸다.

하지만 술탄은 운희의 말에 너무도 놀라 숨조차 제대로 쉬지 못하고 가슴을 크게 부풀렸다. 어느새 운희를 바라보는 술탄의 눈에는 커다란 감동이 넘실거리고 있었다. 술탄의 심장은 자신의 속내를 알아준 운희에 대한 애틋함으로 미친 듯이 두방망이질 치고 있었다.

그랬다. 이것은 이해관계에 얽힌 조정 안의 조관들이나 랄라 할리마, 그리고 선대 술탄을 비롯한 그 어느 누구에게도 환영받지 못하여 늘 좌초되었던 술탄의 꿈이며 가슴앓이였다.

술탄은 운희의 손을 강하게 움켜잡으며 떨리는 목소리로 입을 열었다.

"그대는 어찌하여 그런 생각을 하였던 것이오? 보통 여인네들의 소원이란 패물이라든지 궁이라든지 땅이라든지, 자신이 갖고 싶은 그 어떤 것을 말하기 일쑤이거늘 그대는 그러하지 않으니…… 아무튼 그대는 참으로 놀라운 여인이오!"

술탄은 감동이 일렁이는 눈빛으로 운희를 바라보았다. 술탄의 눈에는 감동에 북받친 뜨거운 열기가 가득 담겨 있었다. 이에 운희는 고개를 들어 술탄을 향하여 빙긋이 미소를 지었다.

"패물은 이미 술탄께서 과분할 정도로 주셨습니다. 신첩도 개인적인 경험으로 해적질과 노예매매를 증오하는 사람입니다. 허나 하늘 아래에 술탄께서 존재하시듯 또한 노예와 같은 낮은 신분의 사람이 있음을 부정하지도 않습니다. 그렇지만 자신의 뜻에 의하지 않고 강제적으로 억압당하여 자신의 운명을 타인의 손에 수탈당한다는 것은 너무도 불행한 일이옵니다. 그리고 그런 불행한 자들은 무엇보다 힘이 없기 때문임을 신첩은 뼈저리게 느꼈습니다. 이는 나라와 나라 간에도 마찬가지라고 생각하옵니다. 그러하기에 술탄께서 강한 제국을 만들고자 하시는 그 뜻에 신첩이 충분히 공감하며 동참하고자 하였습니다. 술탄께서는 알라께 약조하신 신첩의 소원으로 인해 이를 현실로 받아들이시고 실행에 옮기실 수 있을 것입니다. 하오나 만에 하나, 그렇지 않다 하여도 알라는 자비하시다 들었습니다. 그러니 술탄께서는 부디 이 일로 심려치 마시옵소서. 신첩 또한 상관치 않을 것이옵니다."

말을 마친 운희는 술탄을 향하여 상냥한 미소를 지어 보였다. 술탄의 눈에는 이미 운희에 대한 커다란 신뢰가 벅찬 감동이 되어 크게 물결치고 있었다. 술탄의 가슴은 운희에 대한 애틋함으로 터질듯이 부풀어 올라 숨조차 제대로 쉬지 못할 지경이었다.

물레이 에스파의 궁 밖 멀리에서는 아직도 사람들로 떠들썩한 축제의 소리가 한창 들려왔다.

제 4 장

몇 주간의 시간이 흘렀다.

작은 연못 물 위에 비친 맞은편 건물의 아치와 기둥 장식이 베네치아의 수중 도시처럼 보이며 물결에 따라 흔들렸다. 술탄은 자신의 집무실에서 뚫려 있는 아치 사이로 훤히 보이는 맞은편 건물들을 내려다보고 있었다.

활짝 열린 창문 사이로 미소를 지은 운희가 한 궁중 교사로부터 교육을 받고 있는 모습이 보였다. 궁중 교사의 얼굴 역시 밝아 보였다. 술탄은 한 궁중 교사로부터 전해 들은 운희에 대한 칭찬의 말에 절로 입이 벌어졌다.

운희는 랄라 할리마의 결혼 동의를 받은 이후부터 술탄의 배려 아래 약혼 기간이 시작된 시점부터 궁중 교사들로부터 궁중예법과 제국의 역사에 대한 교육을 받았다. 또한 아직 숙달되지 않은 아랍어와 베르베르어에 대한 어학 교육도 함께 받았다. 그리고 궁중 최고의 율법학자들로부터 꾸란과 하디스(예언자 무하마드가 그의 일생 동안 보여주었던 그의 행동 및 사례들을 수록 편찬한 '언행록'으로 순나의 전승), 순나 및 이즈마(꾸란과 순나로 해결할 수 없는 법해석을 위한 울라마들의 '합의'를 의미)에 대한 교육을 병행하여 받았다. 운희를 교육하는 교사들은 한결같은 목소리로 랄라 운희 황후의 총명함에 대해 조심스럽게 칭찬을 했다. 제국의 관습상 칭찬에는 반드시 마가 낀다는 설이 팽배했기에 그들의 칭찬은 너무도 조심스러웠으며 표현도 상당히 은유적이었다. 그러나 술탄은 그들의 작은 칭찬에도 너무나 흐뭇했다.

술탄은 창문 틈으로 얼핏얼핏 보이는 운희의 가냘픈 모습을 바라보며 자신의 심장이 여전히 녹아내리는 것을 느꼈다. 술탄은 잠시의 왕실업무를 보류한 채 창문 틈으로 단아한 옆모습을 드러내고 있는 운희를 홀린 듯이 바라보고 있었다.

술탄이 운희의 이름을 제대로 발음하기 시작한 이후로부터 궁안의 모든 사람들도 술탄을 따라 황후의 이름을 매우 신중하게 발음하기 시작했다.

환관장이 그의 집무실로 들어섰으므로 그의 작은 평화는 깨졌다. 환관장은 살레에서 노예를 데리고 해적선장과 살레의 제독이 막 도착했음을 보고했다. 그날은 성스러운 안식일을 하루 앞둔 날이었다.

술탄은 시종들과 므사카림의 호위를 받으며 반짝반짝 빛나는 대리석 복도를 지나 환상적인 아라베스크 문양의 청동 출입문을 지나쳤다. 그리고는 햇빛에 반사되어 더욱 빛나는 반암기둥이 제일 먼저 눈에 들어오는 안뜰로 걸어나갔다. 술탄은 안뜰광장을 가로질러 연병장으로 들어섰다.

술탄이 모습을 드러내자 구석에 서 있었던 두 남자가 황급히 술탄 앞에 머리를 조아렸다. 그 뒤로는 한 무리의 후줄근하고 비루한 행색의 백인노예들이 겁에 잔뜩 질린 시선으로 서 있었다. 술탄의 모습을 본 검은 노예몰이꾼들은 황급히 노예들을 채찍과 곤봉으로 닦달하며 술탄 앞에 몸을 조아리도록 지시했다. 그리고는 서둘러 자신들도 술탄 앞에 최대한 몸을 바닥에 붙이며 예를 갖추었다.

술탄은 그들 앞에 다다르자 말끔하고 세련된 복장을 한 두 남자에게 일어서라는 명령을 했다. 두 남자는 술탄의 명령을 받자 조심스레 땅바닥에 입을 맞추고, 이어 술탄의 신발과 술탄의 반지에 연이어 입을 맞추면서 일어섰다.

살레의 제독 엘 아흐마드는 조심스레 술탄의 안색을 살피며 매우 호의적인 미소를 입가에 짓고 있었다. 라이스, 압달라 하쳄은 진지한 눈빛으로 얼굴에 변화를 주지 않은 채 자신 앞에 선 신임 술탄을 바라보고 있었다.

그런 두 사람을 술탄은 매우 무뚝뚝한 표정으로 묵묵히 바라보았다. 그러더니 무엇인가를 한참 생각하는 얼굴로 연병장 한쪽 구석에 납작하게 몸을 붙이고 있는 한 떼의 백인노예들에게 시선을 주었다.

이윽고 술탄은 짙고 또렷한 시선으로 두 사람을 향하여 나직한 목소리로 입을 열었다.

"살레에서 먼 길을 오느라 수고들 했소. 곧 해가 질 터이니 함께 저녁식사를 하며 이야기를 나누도록 합시다."

술탄의 뜻밖의 제의에 두 사람은 황급히 읍손하면서 황송한 자세로 술탄의 제의를 받아들였다. 공적인 일 외에 술탄으로부터의 사적인 초대는 결코 흔치 않는 일이었다.

술탄은 이 두 사람을 연회석으로 맞으며 저녁식사와 함께 무희들과 악공들을 불러 두 사람을 위한 연회를 베풀게 했다. 술탄의 정중한 대접에 두 사람은 어리둥절하며 술탄의 낯선 호의에 의아의 마음을 품었지만 이내 흥에 겨운 연회에 취하여 무희들의 매혹적인 춤사위에 시선을 빼앗기고 말았다.

압달라 하켐은 무희들에게서 시선을 돌려 술탄의 주위에 둘러앉은 몇몇의 조관들과 카이드들을 훑어보았다. 그러다 문득 낯이 익은 한 사내를 발견하고는 깜짝 놀랐다.

그는 매끄럽고 날렵한 몸매에 암갈색 피부가 도드라져 보이는 말끔한 백색의 비단옷을 입고 있었다. 술탄의 총애를 받고 있는 듯 술탄의 상좌 지척에 앉아 있었고, 삭발된 머리와 훌쩍 큰 키가 압달라 하켐의 눈에 두드러져 보였다. 그는 너무도 낯이 익은 사내였다.

순간 사내와 압달라 하켐의 눈이 마주쳤다. 흑인사내는 압달라 하켐을 보자 입가에 미소를 지으며 그를 향하여 살짝 고개를 숙이는 동작을 해 보였다. 그리고는 날렵해 보이는 눈썹을 찡긋해 보였다. 그것은 압달라 하켐을 안다는 뜻이었다. 두 사람은 살레에서 단 한 번의 일면식이 있었을 뿐이었지만 그를 알아본 순간 압달라 하켐의 온몸의 피가 거꾸로 역류해 버렸다.

그 사내였다!

지난 몇 달 동안 압달라 하켐이 찾아 헤매며 제국 안을 이 잡듯 뒤졌던 바로 그 사내임이 분명했다. 그런데 이렇게 제국의 수도 메크네스에 있는 술탄의 궁성에서 만나게 되리라고는 꿈에도 생각하지 못했다. 그는 압달라 하켐의 앞에서 점찍어놓은 동양 노예 계집을 낚아채어 홀연히 사라졌던 문제의 바로 그 사내였다. 이 뜻밖의 만남에 압달라 하켐은 바짝 긴장했다. 그의 예민한 감각은 흑인사내를 향하여 곤두서 있었다.

압달라 하켐은 지금껏 해적답게 약탈을 일삼아왔다. 하지만 그 누군가에게 그 무엇을 빼앗겨 본 적은 단 한 번도 없었다. 단 한 번 예외가 있었다면 그것이 바로 이 흑인사내에게 경매에 내놓았다가 취소하였던 동양 노예계집을 빼앗겼다는 것이다. 지금도 그때의 그 순간을 떠올리면 압달라 하켐은 지금도 분노가 머리끝까지 치밀어 올랐다.

흑인사내는 음료가 든 잔을 압달라 하켐을 향하여 높이 들어 보이고는 여유로운 동작으로 음료를 마셨다. 그 모습을 지켜보던 압달라 하켐은 치밀어 오르는 분노에 가슴을 무섭게 떨고 있었다. 하지만 그는 엄청난 자제력으로 태연한 척 내색조차 하지 않았다.

연회의 흥은 한층 고조되어 있었다.

흑인사내는 간간이 술탄이 던지는 질문에 응답하며 그 앞에서 충성스런 몸짓을 보였다. 그런 흑인사내를 노려보면서 압달라 하켐은 흑인사내의 상전인 술탄을 다시 한 번 천천히 뜯어보았다. 자신보다 한 서너 살 어려 보이는 이 신임 술탄은 제법 영민해 보이는 선명하며 보기 좋은 눈매를 갖고 있었다. 그리고 적당한 거만함과 위풍당당함이 풍겨 나왔다.

신임 술탄은 기품 자체부터가 달랐다. 그의 몸가짐에서는 한 올의 흐트러짐조차 보이지 않았다. 얼굴색은 밝고 윤기가 흘렀으며, 총명한 두 눈에서는 영채가 가득 흐르고 있었다. 신임 술탄 이전에 술탄을 선언하며 이곳저곳의 도시에서 스스로 권좌에 올랐던 자들은 일반적으로 얼마의 시간이 지나면 방종을 일삼으며 이슬람에서 금하는 금기를 스스로 깨뜨리면서 알라의 사도로서의 역할을 거침없이 내팽개치곤 했다. 그러하기에 철저한 무어인 신하들에 의해 수시로 내쫓김을 당하기가 일쑤였다.

압달라 하켐은 이 신임 술탄이 얼마나 권좌에서 오래 버티는가 하는 생각을 하면서 호기심 가득한 얼굴로 그를 바라보았다.

술탄의 수신호로 악사들의 연주가 그쳐졌고 동작을 멈춘 무희들은 신속히 자취를 감추었다. 방케트에 길게 모로 누워 있던 술탄은 진지한 눈빛으로 살레의 제독과 해적선장을 뚫어질 듯 쏘아보며 입을 열었다.

"나, 술탄 시디 무하마드가 최근에 새로운 아내를 맞이하여 결혼한 것을 그대들은 알고 계시오?"

술탄의 말이 떨어지기 무섭게 살레의 제독과 해적선장은 화들짝 놀라 몸이 굳어지고 말았다. 그들은 자신들이 미처 술탄에게 예를 갖추지 못한 것을 뒤늦게 깨달았던 것이다. 술탄의 결혼 소식을 전해 들었으나 이미 몇 주간의 시간이 흐르자 그새 잊고 있었던 것이다. 이에 두 사람은 어찌할 바를 모르고 있었다. 그런 그들의 모습을 술탄은 미간을 좁히며 매우 싸늘한 시선으로 바라보았다. 그리고는 화가 났는지 들고 있던 잔의 음료를 거칠게 비우곤 탁자에 소리 나게 내려놓았다.

"해서, 오늘 그대들이 데려온 백인노예들은 내 결혼 선물로 받아주겠소. 그러니 그에 대한 대가를 기대하지 말며 이의 또한 없길 바라겠소."

술탄의 어이없는 말에 두 사람은 깜짝 놀라며 두 눈을 커다랗게 홉떴다. 당했다! 순식간에 두 사람의 얼굴은 딱딱하게 굳어져 버렸다.

"왜, 이의라도 있소?"

술탄이 싸늘한 목소리로 말을 내뱉자 살레의 제독과 해적선장은 그저 마른침을 꿀꺽 삼킬 뿐 그 어떤 대답도 하지 못했다. 이의가 있다 뿐인가? 이 얼마나 어이없는 억지인가? 지금껏 술탄들이 노예에 대한 후한 값을 쳐준 적도 거의 없었지만 이렇듯 생으로 먹으려 든 술탄은 단 한 명도 없었다. 그들을 살레의 노예시장에 경매 매물로 내놓는다면 분명 엄청난 이익을 얻어낼 수 있었다. 그들이 데려온 노예들은 전체 아흔아홉 명으로 선장 세 명과 어린 소년 다섯 명, 그리고 제법 매끈한 백인여자 노예가 열다섯 명씩이나 포함되어 있는 대규모 단위였다. 또한 백인남자 노예의 상품의 질은 거의 최상급이었다. 살레의 제독은 미처 술탄의 결혼 선물을 준비하지 못한 스스로를 힐책하며 자신 앞에 놓여 있던 음료를 거칠게 입 안으로 들이부었다.

그때 단호한 술탄의 말이 뒤를 이었다.

"그리고 두 사람은 잘 들으시오! 이제부터 살레뿐만 아니라 라바트, 그리고 제국의 모든 해안가 항구도시에서의 해적질은 모두 금하겠소! 그러니 그대들은 돌아가 더 이상 해적질로 인한 인신납치와 노예매매를 하지 마시오!"

술탄은 말을 마치자 자신의 앞에 먹음직스럽게 썰어 놓여 있는 멜론 조각 하나를 입으로 가져갔다.

청천벽력과도 같은 술탄의 뜻밖의 요구에 살레의 제독과 해적 선장은 앉아 있던 방케트에서 요란한 소리를 내면서 벌떡 일어서고 말았다. 살레의 제독과 압달라 하쳄은 험악한 시선으로 상좌에 앉아 있는 신임 술탄을 쏘아보았다.

술탄은 매우 단호한 시선으로 벌떡 일어서 있는 두 남자를 싸늘하게 노려보았다. 술탄의 범상치 않은 분위기에 눈치 빠른 압달라 하쳄은 이내 예의를 갖추고 자신의 자리에 도로 앉아버렸다. 그는 이곳이 살레가 아닌 제국의 수도이며 술탄의 영역이라는 것을 재빨리 떠올리면서 몸을 사리었던 것이다. 하지만 매우 흥분한 상태에 있는 살레의 제독은 분노로 얼굴을 붉게 물들인 채 거친 숨을 연신 몰아쉬고 있었다. 그리고는 자신과 조금 떨어진 거리의 방케트에 길게 누워 있는 술탄을 매우 못마땅한 표정으로 쏘아보고 있었다. 살레 제독의 얼굴에서는 적의가 그대로 드러나 있었다. 살레 제독은 드디어 자신의 분노를 참지 못하고 술탄을 향하여 언성을 높였다.

"수, 술탄께서는…… 어, 어찌하여…… 그런 말도 안 되는 말씀을 하시는 것입니까? 그것은 천부당만부당한 말씀입니다. 소신이 못 들은 것으로 하겠으니 제발 그 말씀을 거두어주시옵소서!"

살레의 제독은 여전히 얼굴을 붉힌 채 땀을 뻘뻘 흘리며 뒤룩뒤룩하게 살진 몸을 술탄의 앞에 넙죽 조아리며 말을 했다. 술탄은 살레 제독의 말이 채 떨어지기 무섭게 앞에 놓여 있던 과일접시를 있는 힘껏 바닥에 집어 던지며 벼락같은 소리를 내질렀다.

"무엇이라고? 지금 감히 술탄인 나에게 불복종을 하겠다는 것이냐?"

술탄의 얼굴은 새카맣게 짙어지더니 눈에서는 노여움의 불똥이 뚝뚝 떨어졌다. 술탄의 앙다문 턱은 부들부들 떨리며 힘줄이 툭 불거져 나왔다. 하지만 바닥에 머리를 깊숙이 조아리고 있던 살레의 제독은 그러한 술탄의 얼굴빛을 보지 못한 채 자신의 생각을 이어 말했다.

"그, 그런 것이 아니옵고…… 수, 술탄이시여, 저희 살레는 노예매매가 없으면 무엇으로 먹고 살란 말씀입니까? 해적질을 하지 않으면 노예를 잡아올 수도 없고, 노예매매가 없으면 저희는 모두 굶어 죽습니다…… 그러하니 부디 통촉하여 주시옵소서……. 살레와 인근에 있는 라바트의 주민들은 모두 해적이옵니다……. 술탄의 말씀은 곧 저희더러 모두 굶어죽으라는 하명이나 다를 바가 없습니다……. 그러니 부디 통촉하시여 이 명을 거두어주시옵소서."

살레의 제독은 꿋꿋하게 자신의 생각을 소신껏 술탄의 앞에 고했다. 하지만 이미 분노로 얼룩져 몸을 떨고 있던 술탄은 살레 제독의 말이 귀에 들어오지 않았다.

"저, 저…… 괘씸한 자 같으니라고! 감히 술탄을 능멸하려 들어?"

술탄은 방케트에서 벌떡 일어나 분노로 검게 일그러진 얼굴로 곁에 서 있던 므사카림 병사의 등허리에 둘러 있던 날 선 신월도를 칼집에서 잽싸게 빼내 들었다. 그리고 비단옷을 펄럭이며 마치 성난 노도와 같이 살레의 제독 앞으로 달려들었다. 그 모습은 흡사 야차와 같아 보였다. 그리고는 추호의 망설임도 없이 살레 제독의 목을 단칼에 베어버렸다. 단말마의 비명 소리조차 없이 살레 제독의 머리는 순식간에 오스만 제국산 카펫 위에 붉은 핏물을 뿜어내며 뒹굴었다. 순간 연회석의 여기저기에서 놀라움의 탄성 소리가 산발적으로 새어나왔으나 곧 쥐 죽은 듯 조용해졌다.

"지금 그걸 말이라고 해? 해적질을 못하면 굶어 죽는다고? 흥! 항구도시이니 그 지역의 특산물이나 제국 고유의 물건들로 무역을 하면 될 것이 아니더냐? 이제부터 모든 항구도시에서는 각 나라와 떳떳하게 무역을 하고 그로 인한 가치창출로 이 제국의 번영을 가져올 것이다! 영국이나 에스파냐, 포르투갈도 무역으로 이익을 창출하였고 항로를 개척하여 식민지를 얻었지 않느냐? 우리라고 그들보다 못할 듯싶으냐? 이제부터 바다에서의 모든 해적질과 노예매매는 엄중히 금할 것이며 차후에 해적질과 노예매매를 하는 것이 적발될 경우에는 나, 술탄 시디 무하마드가 조금의 동정도 보이지 않고 가차없이 엄중한 처벌을 내릴 것이다! 그러니 조관들은 이를 제국의 각 지역에 공문으로 조속히 보내며 빠른 시일 내에 이 땅에서 더 이상의 해적질과 노예매매가 사라지도록 하라! 만약 이에 반발하여 반란을 도모하는 세력이 있다면 알라 앞에 맹세컨대 그들을 엄히 심판할 것이다!"

폭풍같이 내뱉는 술탄 시디 무하마드의 엄중하면서도 단호한 말에 대형 천막 안의 연회석에 있던 모든 신하들은 두려움에 가득한 표정으로 술탄 앞에 일사불란하게 몸을 조아렸다. 그들은 하나 된 목소리로 술탄의 명령을 받들겠다는 대답을 했다. 그들의 목소리가 연회석의 화려한 천막 안을 크게 울렸다.

압달라 하켐은 신임 술탄의 광포하면서도 일사불란한 일처리에 깜짝 놀랐다. 자신이 마치 적의 한복판에 떨어진 듯한 느낌으로 몸서리를 쳤다. 그는 주위를 예민히 살피며 곁의 조관들처럼 조용히 술탄 앞에 고개를 숙이고 있었다. 그렇게 몸을 사리고 있는 압달라 하켐을 흑인사내는 입술을 비틀어 올린 조소 어린 얼굴로 바라보고 있었다. 이에 순간적으로 압달라 하켐은 무표정으로 일관했던 얼굴을 일그러뜨리며 매섭고도 사나운 시선으로 흑인사내를 노려보았다. 이에 흑인사내는 어깨를 으쓱해 보이며 천천히 술탄의 곁으로 몸을 옮겨갔다. 술탄은 어느새 평정을 되찾았는지 광분을 가라앉힌 싸늘하면서도 침착한 표정으로 흑인사내를 바라보았다.

그때 흑인사내가 술탄에게 예의를 갖추며 입을 열었다.

"위대하신 술탄이시여, 술탄께서 맞으신 랄라 운희 황후는 원래 저 라이스에게서 소신이 모셔왔던 분입니다. 그러하니 압달라 하켐 라이스에게는 분명 알라의 은총이 있는 줄 아뢰옵니다."

흑인사내의 말에 술탄은 놀랍다는 얼굴빛으로 흑인사내에게서 얼굴을 돌려 압달라 하켐을 바라보았다. 그리고는 이내 굳어 있던 얼굴빛을 환하게 펴며 압달라 하켐을 향하여 따뜻한 미소를 지어 보였다. 술탄의 얼굴 변화는 너무도 놀라웠다. 잠시 전에 보였던 살기 가득했던 얼굴과는 너무도 판이하게 달랐으며 마치 구름을 벗어난 햇살같이 환해 보였다.

"그대가 랄라 운희 황후를 살레까지 데려왔다고? 호오, 내 비록 지금은 해적질과 노예매매를 금하였지만 내 그대 덕에 지금의 랄라 운희를 곁에 둘 수가 있게 된 것 같소. 압달라 하켐 라이스에게는 카이드 알리의 말처럼 알라의 은총이 있다고 생각되어지오. 압달라 하켐 라이스에게 진심을 담아서 감사의 뜻을 전하는 바이오. 그래서 그대의 부탁을 하나 들어줄까 생각하는 중이오. 혹 그대가 원하는 것이 있소? 그렇다면 주저하지 말고 소상히 말해보시오. 랄라 운희 황후를 생각하여 내 들어줄 수 있는 한에서 기꺼이 들어주겠소. 해적질만 빼고 말이오."

술탄의 뜻밖의 제안에 압달라 하켐은 깜짝 놀랐다. 그러나 그토록 행방이 묘연하며 궁금해하던 동양 노예계집이 술탄의 아내가 되었다는 사실에 압달라 하켐은 더욱 놀랐다. 그는 그 믿기지 않는 사실을 확인하고 싶은 강렬한 욕망에 휩싸였다. 이에 눈빛을 번뜩이며 술탄 앞에서 조용히 입을 열었다.

"위대하신 술탄이시여, 소인에게 베풀어주신 술탄의 하해와 같은 호의에 지극히 감사를 드립니다. 알라의 크신 은총이 술탄께 함께 있기를 비옵고 비옵니다. 만약 술탄께서 허하신다면 소인은 감히 지존하신 랄라 운희 황후의 면전에 한 번 서기를 청하는 바입니다."

랄라 할리마는 시녀장으로부터 보고를 들으며 피우고 있던 쉬샤(물담배)의 물부리를 내던지며 기함하여 소리를 질렀다.

"무, 무엇이라? 술탄께서 노예매매와 해적질을 금지시켰다고?"

랄라 할리마는 두 눈을 휘둥그레 뜨며 너무 기가 막혀 절로 허허하는 헛웃음을 터뜨렸다. 한참을 황당한 표정을 짓고 있던 랄라 할리마는 이내 정색을 하며 차가운 시선으로 시녀장을 향하여 쏘아붙였다.

"네년이 지금 내 앞에서 거짓부렁을 말하고 있으렷다?"

랄라 할리마의 말에 시녀장은 두 눈을 휘둥그렇게 떴다.

"네년이 감히 어느 안전이라고 그런 거짓된 망발을 지껄이느냐? 감히 있지도 않은 말을 지어내어 내 앞에서 주절거리는 의도가 대체 무엇이냐? 네년이 이제 동양 계집년의 치마폭에 빠져 버린 술탄을 보고 내가 총애를 잃었다 하여 지금 나를 능멸하려 드는 것이냐?"

랄라 할리마는 찬 겨울의 북풍처럼 매섭고도 사납게 시녀장을 향하여 호통을 쳤다. 이에 시녀장은 울상을 지으며 랄라 할리마 앞에 넙죽 조아렸다.

"아, 아니옵니다. 황후이시여, 알라 앞에 맹세코 소인은 거짓을 고하지 않았습니다. 정녕코…… 술탄께서 노예매매와 해적질을 금하는 공문을 전국에 보냈다 하옵니다. 이것은 술탄 궁의 환관장에게서 소인이 직접 들은 말이옵니다. 그러니 믿어주옵소서. 조금 전에 2)울라마의 합의가 이루어져 이미 술탄의 명이 일사천리로 실행되고 있다고 하옵니다. 그리고 더욱 놀라운 사실은…… 오늘 살레에서 살레 제독과 라이스 한 명이 노예들을 데리고 이곳에 도착했다고 하온데 술탄께서 노예매매와 해적질을 금하시자 살레의 제독이 심히 반발하다가 그만…… 술탄께서 내려친 신월도에 목이…… 잘려 나갔다고 하옵니다…….”

“무, 무엇이라고?”

시녀장의 말이 떨어지기 무섭게 랄라 할리마의 얼굴은 새하얗게 변해 버렸다.

“이, 이것이 대체 무슨 일이냐? 술탄께선 분명 미치신 게야. 그렇지 않고서야 역사에 유래없는 이런 일을 이토록 쉽게 저지르실 분이 아니시지. 정말…… 술탄께서 실성하신 게야. 그렇지 않고서는 제정신에 이런 엄청난 일을 저지르실 리가 만무하다고! 아, 아니. 그걸 걱정할 게 아니다……. 허면, 이제 라바트에 계신 친정아버님과 오라버니는 대체 어찌 되시는 거지?”

랄라 할리마는 자신의 손톱을 물어뜯으며 초조한 안색으로 걱정 가득한 눈동자를 빠르게 굴렸다.

“저, 저기…… 랄라 할리마 황후이시여. 들리는 소문에 의하면 그, 그것이…… 랄라 운희 황후께서 제안하여…… 술탄께서 그리 하시게 되었다고 하옵니다.”

---

2)울라마:이슬람 사회의 신학자(법학자의 총칭)

시녀장의 말이 떨어지기 무섭게 랄라 할리마가 자리에서 벌떡 일어났다. 그리고는 발치에 있던 쉬샤의 용기몸통을 걷어차 버렸다.

"그게 대체 무슨 말이냐? 이번 일을 그 사악한 계집년이 제안했다고? 그 어마어마한 일을 술탄께?"

랄라 할리마의 얼굴이 검게 굳어지며 호흡이 거칠어지더니 갑자기 허리를 굽혀 자신의 발치에 구르고 있던 묵직한 쉬샤의 용기를 번쩍 들어 시녀장의 머리를 향하여 힘껏 내던졌다. 쉬샤의 용기는 시녀장의 머리를 아슬아슬하게 스쳐 지나간 채 요란한 소리를 내며 벽에 부딪히며 떨어졌다. 하지만 파편이 튀어 시녀장의 이마를 스치면서 상처를 냈다. 시녀장은 작은 소리를 토해내며 자신의 이마를 손으로 감쌌다.

"이, 이번 일을…… 그 계집년이 만들었다고……? 나, 랄라 할리마는 이 제국의 황후가 된 도리로 이렇게 술탄께서 어리석은 우를 범하도록 그냥 놔둘 수는 없다. 속히 이 사태를 바로잡아야겠다. 그렇지 않다면 반드시 온 나라가 술탄께 들고일어날 것이 불을 보듯이 뻔할 테니까. 내가 가서 술탄을 찾아뵙고 눈에 가려진 덮개를 걷어내어 술탄을 바로 세울 것이다!"

랄라 할리마는 시녀장에게 자신의 몸단장을 준비토록 일렀다. 이에 시녀장은 화장과 의상을 담당하는 시녀들을 서둘러 불러 모았다. 랄라 할리마는 커다란 황금 거울 앞으로 걸어가 의자에 앉았다.

운희는 물레이 에스파의 유모였던 시녀장 파티마의 도움으로 엷은 베일을 두 눈만 내놓은 채 둘러썼다. 그리고는 자신을 기다리고 있던 술탄의 손에 이끌려 연회석의 상석으로 인도되어 갔다. 술탄과 운희는 화려한 수가 놓여 있는 최고급 방케트에 길게 모로 누우며 서로 다정한 미소를 주고받았다. 압달라 하켐은 그러한 두 사람의 모습을 나무토막 같은 얼굴로 쳐다보았다. 그리고는 갑자기 몸을 벌떡 일으켜 세우며 운희 앞으로 성큼 다가섰다.

"신 압달라 하켐 라이스가 입후(入后) 되심을 축하드리며 황후 랄라 운희께 문후드리옵니다."

압달라 하켐 라이스는 운희 앞에 엎드리며 머리를 조아렸다. 운희는 얼굴에 미소를 가득 지으며 압달라 하켐 라이스의 고개를 들도록 명했다. 천천히 고개를 들어 자신을 바라보는 낯선 술탄의 손님과 눈이 마주친 순간, 운희의 얼굴에서 미소가 빠르게 사라지며 하얀 얼굴이 굳어졌다.

"다, 당신은…… 해적선장……?"

압달라 하켐은 운희와 눈이 마주치자 눈빛을 짙게 드리우며 입가에 옅은 미소를 지어 보였다. 그는 운희에게서 시선을 떼지 않은 채 차분한 목소리로 입을 열었다.

"그러하옵니다. 영광의 자리에 계신 운희 황후를 이렇듯 다시 뵈오니 신 압달라 하켐 라이스는 알라의 크신 은총에 감사를 드릴 뿐이옵니다."

압달라 하켐의 말이 채 떨어지기 무섭게 술탄은 호탕한 웃음소리를 내며 운희의 하얗고 가녀린 손을 잡아 자신의 입술에 살며시 갖다 대었다.

"그렇소. 그건 압달라 하켐 라이스의 말처럼 알라의 크신 은총이오. 랄라 운희, 그대가 내 곁으로 오기까지 라이스의 공이 없다할 수가 없었소. 해서 하켐 선장이 우리의 결혼을 축하하며 그대에게 문후를 드리고 싶다 하기에 이렇듯 허락한 것이오."

운희는 술탄의 즐거워하는 모습에 절로 입가에 미소를 지었다. 그러나 해적선장을 뜻하지 않은 자리에서 다시 만나게 되니 마음이 여간 불편한 것이 아니었다. 그의 해적선으로 인해서 시작된 이 제국 안에서의 수많았던 어려움들이 마치 주마등처럼 빠르게 스치며 지나갔다.

운희는 고개를 돌려 가슴을 진정시키려 심호흡을 했다.

운희의 손을 잡은 술탄은 자신의 손가락으로 운희의 부드러운 작은 손가락을 연신 쓸어대며 잠시라도 손을 놓을 줄 몰랐다.

운희는 침착한 낯빛으로 압달라 하켐을 싸늘히 바라보며 입을 열었다.

"압달라 하켐 라이스는 들으시오. 알라께서 그대를 통하여 나를 술탄께 인도하심을 감사드립니다. 하지만 술탄께서 이미 공표하셨듯이 차후로 지브롤터 해협에서의 타국의 상선에 대한 해적질은 더 이상 하지 않으시길 바랍니다. 이는 많은 해적두시들이 자신의 이익을 쫓아 술탄의 통치권에서 벗어나 세금도 내지 않은 채 복종치 않는 빌라드 알 시바 지역이 되어가고 있기 때문인 것을 그대도 잘 알고 있을 것입니다. 그러하기에 더더욱 타국과의 무역을 통한 상거래로 세금을 내는 것이 술탄을 위하는 길임을 잊지 말길 바랍니다. 살레로 돌아가시면 다시는 타국의 원성을 사는 해적질과 노예매매를 하지 말고 이 제국에서 생산되는 수많은 특산물들로 타국과 원만한 교역을 하십시오. 그것만이 살레와 라바트와 같은 항구도시들이 살아남으며 이 제국이 번영하는 길임을 반드시 명심하여 주시기를 바랍니다."

운희는 차분하면서도 냉정한 어조로 추호의 흐트러짐 없이 자신의 생각을 또박또박 내어놓았다.

'이, 이것이 그 어려 보이기만 했던 애송이 동양계집이란 말인가······?'

압달라 하켐은 너무도 똑 부러지는 술탄의 어린 황후를 바라보며 심장이 덜컹하며 내려앉는 기분을 느꼈다. 그는 운희에 대한 알 수 없는 욕망이 들끓는 것을 느끼며 뜨거운 시선으로 운희를 바라보았다.

"랄라 운희 황후이시여, 소인은 살레의 힘없는 일개 해적선장일 뿐이옵니다. 술탄께서 명하신다면 당연히 따름이 옳사오나 몇 대를 걸쳐 생업으로 이어온 일이었기에 살레뿐만 아니라 기타 수많은 해적도시에서 갑자기 생업을 바꾼다는 것은 결코 쉬운 일이 아님을 유념하여 주시길 바랍니다."

압달라 하켐의 말에 술탄의 낯빛이 갑자기 싸늘히 바뀌며 얼굴에 위험한 빛이 일렁였다. 술탄은 사납고 험상궂은 얼굴로 그를 매섭게 노려보며 입을 열었다.

"지금 무엇이라 하셨소? 라이스는 그 입을 닥치시오! 랄라 운희의 말대로 해적도시들이 제국의 번영에는 관심조차 없이 자신들의 잇속만 챙기기에 급급했다는 것을 내 이미 오래전부터 알고 있었소. 영국을 포함한 타국으로부터의 원성도 이제는 지긋지긋하오. 선대 술탄께서는 노예들의 몸값을 요구하며 타국과 정상적인 무역거래를 하지 않으셨지만 그것으로 나라의 부를 일으키지는 못하였소. 또한 일으킬 수도 없었소. 폐쇄적인 정책으로는 이 제국을 더 이상 살리지 못한단 말이오! 그러나 나, 술탄 시디 무하마드는 영국과 에스파냐나 포루투갈보다 더 강대한 무역 강국을 세우기를 원하고 있소. 아니, 반드시 그렇게 할 것이오. 그렇기 위해서라도 각 나라들이 이 제국의 항구도시를 쉽게 찾아와야만 하오. 허나 그 길을 해적들이 막고 있지 않소? 그러니 그 어느 나라에서 이 제국을 찾아와 교역을 하고 싶어하겠는가 말이오. 나 술탄 시디 무하마드는 해적들에 의해서 이 제국과 타국의 무역로가 차단되는 것을 더 이상 원치 않는단 말이오. 아시겠소?"

술탄의 단호한 말에 압달라 하켐은 조금은 시간을 두었다가 슬며시 입꼬리를 말아 올리며 조용히 입을 열었다.

"술탄이시여, 허나 그들은 이교도들입니다. 알라를 모르는 어리석은 자들과 무역을 함이 웬 말이란 말씀입니까? 저희들은 비록 해적들이나 알라의 뜻에 의해 이 제국을 넘나드는 이교도들을 섬멸하는 것뿐입니다."

순간 술탄의 눈이 벌어지며 몸이 경직되었다. 갑작스레 홀 안 가득히 차가운 정적이 찾아들었다. 압달라 하켐 라이스와 술탄 사이에는 얼음장같이 차가운 기운이 감돌았다. 자신들의 해적질이 마치 신에 대한 신앙심에 근거하여 행하는 것처럼 말하는 압달라 하쾜의 말은 술탄을 자극했다. 그것은 술탄 아킬레스에게 상처받기 쉬운 발꿈치였다. 눈에서 불꽃이 튀며 점차 짙은 색으로 변해가는 술탄의 안색을 살피던 랄라 운희가 나섰다.

"압달라 하쾜 라이스는 혹시 머스킷(구식 소총)을 갖고 계십니까?"

운희의 뜻밖의 질문에 압달라 하쾜 라이스는 눈썹을 꿈틀거리며 의아한 시선으로 운희를 바라보았다.

"그렇습니다만……."

"허면 한번 보여주시겠습니까?"

운희는 상냥한 미소를 지어 보였다. 이에 압달라 하쾜은 어깨를 으쓱하며 연회석으로 들어오기 전에 출입문의 시종에게 빼앗기다시피 맡겼던 자신의 여러 무기 중에서 머스킷을 가져오도록 부탁했다. 이에 금박으로 장식된 화려한 머스킷이 시종에서 압달라 하쾜을 통하여 운희에게 정중히 건네졌다.

운희는 예사롭지 않은 금박 장식에 보석까지 박혀 있는 고급스런 머스킷을 이리저리 천천히 살펴보았다. 그리고는 매우 만족스런 표정을 지으며 곁에서 관심을 두고 지켜보고 있던 술탄에게도 머스킷을 보여주었다. 술탄 역시 세련된 장식의 머스킷에 호기심 어린 표정을 지으며 한참 동안 유심히 살펴보았다. 그런 후에 압달라 하쾜의 손에 머스킷이 되돌려졌다. 압달라 하쾜에게 돌려진 머스킷은 다시 시종의 손에 들려져 밖으로 반출이 되었다.

"압달라 하쾜 라이스, 머스킷이 제법 화려하고 제국의 문양이 아닌 것으로 보아 타국의 제품인 모양입니다."

압달라 하켐은 뿌듯한 미소를 지으며 입을 열었다.

"그것은 지난주 영국 선박과의 전투에서 얻어진 진귀한 물품입니다. 영국에서 만들어진 최신식형으로 총신의 길이가 전의 제품에 비해 좀 더 작아졌고, 성능은 배나 뛰어나게 만들어졌습니다. 휴대하기에도 훨씬 간편하게 만들어진 정말 좋은 제품입니다. 이것은 영국 선박의 선장이 소지하던 것으로 포로로 잡히면서 소인이 수거한 것입니다. 선장이 귀족 출신이라 그런지 배 안에는 그외에도 제법 값진 물건들이 상당히 있었습니다. 그중에서도 이 머스킷이야말로 가장 탁월한 물건으로 최고 중에 최고라고 할 수 있었지요. 물론 그 영국선장은 노예가 되어 오늘 술탄께 두 분의 결혼선물로 바쳐졌습니다."

압달라 하켐의 눈에는 의기양양한 빛이 가득했다.

그때 베일 위로 드러나 있던 운희의 검은 두 눈이 반짝하며 차갑고 이성적인 빛을 발했다.

"그렇다면 압달라 하켐 라이스께서는 알라를 모르는 이교도의 물건을 사용하고 계신 것입니까? 어찌 신앙심 깊은 라이스께서 그런 일을 하실 수가요! 도무지 있을 수 없는, 있어서도 안 되는 정말 믿기 어려운 일입니다."

"……!"

"하긴, 물건이 저리 진귀하고 좋으니 우리 같은 무슬림도 혹하여 사용하지 않고서는 배길 수가 없겠습니다. 이는 알라처럼 전지전능하지 못하고 유혹에 약한 우리 인간이기에 그리 할 수밖에 없었을 것입니다. 자비하신 알라께서는 분명 압달라 하켐 라이스의 그런 마음을 아시고 널리 용서하여 주실 것입니다. 그런데, 이 랄라 운희가 알기로는 라이스의 성능 좋은 배도 이교국인 에스파냐 배를 강탈하여 지금껏 사용하여 오셨던 것으로 기억하고 있는데…… 혹 맞지 않습니까?"

운희의 베일에 가려진 작은 입술에서 쏟아져 나오는 거침없는 말에 압달라 하켐은 그만 기함하고 말았다. 이 뜻하지 않은 봉변에 압달라 하켐은 순간적으로 얼굴을 붉히며 어쩔 줄을 몰라 했다.

술탄은 운희가 총명하다는 것은 이미 짐작하고 있었으나 아직 앳되어 보이는 자신의 황후에게 이런 탁월한 총명함이 깃들어 있을 줄은 꿈에도 몰랐기에 내심 혀를 내둘렀다.

술탄은 마치 자신이 그의 면상을 한 방 날리기라도 한 듯 의기양양하고도 매우 가소로운 표정을 드러내 보이며 압달라 하켐 라이스에게 이기죽거렸다.

"과연 랄라 운희의 말대로 이교도의 물건을 이리 귀하게 여기며 사용하고 있는 압달라 하켐 라이스에게 실망하였소. 허나 그것이 인간의 마음인 것을 어찌하겠소. 라이스는 잘 들으시오! 우리는 신앙의 관점에서 선조 대대로부터 이교도들을 배척하여 왔소. 하지만 그들을 이기기 위해서는 우리에게 보다 나은 기술과 무기가 필요하오. 그러기 위해서라도 우리는 저들을 알아야 하며 그들의 발달된 기술이 우리에게 흘러들어 와야만 하는 것이오. 그리하게 된다면 우리 제국은 분명 더욱 부강해질 것이고 저들을 반드시 능가하게 될 것이오."

술탄은 사뭇 진지한 눈으로 압달라 하켐을 뚫어질 듯이 바라보며 말했다.

"혹 두 분께서는 동방에 있는 청나라를 아시는지요?"

운희가 두 사람의 사이에 끼어들며 술탄의 말을 조심스럽게 이었다.

"그곳에 청나라보다 훨씬 오래전에 있었던 어느 나라에서 전해진 교훈이 있습니다. 그 교훈은 적을 알고 나를 알면 백 번 싸워도 위태롭지 않다고 하였습니다. 그러나 적을 알지 못하고 자신만 안다면 한번 이기고 한번 지게 되며, 또한 적을 알지 못하고 자신도 알지 못하면 싸울 때마다 반드시 패한다고 하였습니다. 그러하기에 우리는 적이며 이교도인 그들의 나라에 대해서 알아야 한다고 생각합니다. 그들의 최신식 무기에 대해서도 알아야 하며, 그들이 관심을 가지고 발전시키고 있는 기술에 대해서도 알아야 한다고 생각합니다. 그러기 위해서는 각 나라와의 교역과 사신을 통한 왕래는 마땅히 적극 장려되어야 한다고 생각합니다."

압달라 하켐은 이 자그마한 풍채의 어린 동양여인이 너무도 크게 느껴졌다. 그녀의 머리에서 솟아나는 지혜로운 말은 지금껏 이 세상의 여인들에게 갖고 있던 남자에 비해 한 수 아래라는 선입관을 단번에 날려 버려주었다.

이윽고 술탄과 운희 앞에서 정중히 물러난 압달라 하켐은 자신을 안내하는 시종의 뒤를 따라 연회석의 출입문을 나섰다. 막 출입문이 닫히기 직전에 압달라 하켐은 다시 한 번 뒤로 돌아 방케트에 앉아 있는 운희를 눈여겨보았다.

'랄라 운희, 다시 뵙기를 바랍니다. 우리는…… 아마도 곧 그리 될 것입니다!'

압달라 하켐은 날카로운 눈빛을 빛내며 서둘러 시종의 뒤를 따라갔다. 미로 같은 기나긴 대리석 복도를 지나 완전히 밖으로 빠져나오자 서늘한 바람이 그를 맞이했다.

술탄의 배려로 압달라 하켐 라이스는 다르 엘 마크젠이라 불리는 조관들과 환관들이 거처로 삼고 있는 궁전의 귀빈용 숙소에 머물게 되었다.

"에잇!"

압달라 하켐의 발길질에 발치에 있던 쿠션이 날아가 창문가 소탁자 위에 놓여 있던 화분을 떨어뜨렸다. 난생처음 변명의 여지없이 궁지에 몰렸던 상황을 떠올리자 그간 참았던 화가 치밀어 올랐다. 더욱이 술탄의 편에 서서 술탄을 지지하고 있는 운희의 모습을 떠올리자 더더욱 심기가 불편하며 밸이 꼬였다.

그녀를 갖고 싶다!

압달라 하켐의 마음에는 운희에 대한 뜨거운 갈망이 미친 듯이 솟구치며 날뛰고 있었다.

한참 동안 분을 못 이겨 하던 그는 곁에 있던 침상에 몸을 내던졌다. 장거리 여행과 술탄과의 대면으로 긴장했던 육체는 어느덧 근육이 이완되며 하루의 피곤이 한꺼번에 몰려왔다. 압달라 하켐은 가슴 깊은 곳에서부터 끓어오르는 한숨을 토해내며 화려함의 극치를 이루며 어지럽게 춤을 추고 있는 천장의 문양을 물끄러미 바라보았다.

그때 작은 노크 소리가 들려왔다. 압달라 하켐은 미간을 찌푸리며 늘어질 대로 늘어져 귀찮은 몸을 억지로 일으켜 세워 출입문 쪽으로 걸어갔다. 찌푸린 얼굴로 문을 열자 한 명의 환관이 젊은 여인을 데리고 문밖에 서 있었다. 여인은 술탄의 궁전을 찾는 손님에게 의례껏 넣어주는 잠자리 시중을 드는 여인이었다.

환관이 잠자리 시녀가 필요한지를 조심스럽게 물었다. 압달라 하켐은 눈썹을 꿈틀거리며 환관의 곁에 서 있는 젊은 여인을 쳐다보았다. 그녀는 적당한 중간 키에 꽤 탄력 있는 몸매를 갖고 있는 밝은 갈색 피부의 여인이었다. 부모 중에 흑인이 있었음을 보여주는 곱슬곱슬한 검은 머리칼과 좁은 코에 커다란 갈색의 눈동자, 그리고 두꺼운 입술이 나름대로 균형을 이룬 꽤 아름다운 물라토였다.

압달라 하켐은 미간을 좁히며 입맛을 다셨다. 운희와 너무도 다른 외모를 갖고 있는 이 여인에게 그는 왠지 거부감이 들었다.

"됐소. 먼 길을 와서 그런지 너무 피곤하오. 오늘은 그냥 자고 싶소."

압달라 하켐은 환관에게 거부 의사를 확실히 밝히고 곧바로 문을 닫아버렸다.

막 침상에 누워 잠이 들 찰나, 출입문 밖에서 기척이 들리며 또다시 문을 두드리는 작은 소리가 들려왔다.

압달라 하켐 라이스는 걷잡을 수 없는 짜증이 치솟았다. 그는 욕설을 퍼붓곤 거칠게 출입문을 열었다. 문밖에는 머리부터 발끝까지 신체의 모든 부위를 부르카로 가린 한 사람이 서 있었다.

부르카 속의 사람이 압달라 하켐을 향하여 나지막한 목소리로 입을 열었다.

"압달라 하켐 라이스이시오? 황후이신 랄라 할리마께서 지금 만나뵙기를 청하십니다. 이것을 걸치고 속히 따라오십시오."

손에 들고 있던 옷을 내미는 부르카 속의 나이 지긋한 여인의 목소리에 압달라 하켐은 눈을 가늘게 좁혔다.

"흥, 어이하여 이 늦은 시각에 황후께서 이 미천한 자를 찾는단 말씀이시오? 우선 미천한 소인을 찾기 전에 술탄의 허락은 받았는 지도 묻고 싶습니다. 술탄의 하렘에 술탄의 허락도 없이 들어가는 사내라니. 그것은 바로 나 죽여주시오 하는 것과 전혀 다를 바가 없지 않습니까?"

압달라 하켐은 자못 거만한 태도로 부르카 속의 여인을 냉랭하게 바라보며 입꼬리를 말아 올렸다. 부르카 속의 여인은 압달라 하켐의 태도에 순간 움찔하더니 이내 못마땅한 숨을 몰아쉬며 말을 이었다.

"압달라 하켐 라이스, 랄라 할리마 황후께선 라이스를 은밀히 뵙길 청하시는 것입니다. 그 연유는 직접 만나뵙고 여쭈어보시길 바랍니다. 자, 속히 저를 따라오시지요."

부르카 속의 여인은 제법 정중하게 압달라 하켐에게 상체를 숙이며 말을 했다. 이에 압달라 하켐은 날카로운 눈빛을 빛내며 이 상황에 대하여 머릿속으로 빠르게 계산을 했다. 그는 입가의 한쪽 끝을 비틀어 말아 올린 채 미소를 지으며 울림 좋은 목소리로 입을 열었다.

"후후…… 어련하시겠습니까. 그럼 그리하지요."

압달라 하켐은 출입문을 닫고 밖으로 나섰다. 부르카 속의 여인
이 그에게 손에 들고 있던 옷을 건넸다. 여인이 건네준 젤라바와
망토를 입고 젤라바의 두건으로 머리를 가린 압달라 하켐은 부르
카 속 여인의 뒤를 황급히 쫓았다.

달이 구름에 가려 주위는 제법 어둑했다. 하지만 부르카 속의
여인은 거침없이 길을 내달렸다. 제법 오랜 시간을 미로와 같은
궁성 단지 안을 걸어간 후에 그들은 랄라 할리마가 이끌고 있는
하렘이 있는 궁에 도착했다.

하렘의 문지기들은 부르카 속 여인의 목소리에 주저없이 출입
문을 열어 통과시켜 주었다. 몇 번의 철통 같은 문을 통과하자 화
려하게 장식된 하렘의 넓디넓은 공간 속으로 들어서게 되었다. 화
려한 구슬로 이루어진 주렴을 헤치며 그 안으로 성큼 들어섰다.
방 안에는 향긋한 꽃향기와 밀랍양초의 향이 가득했다.

그때 조금은 쉰 듯한 여인의 낮고 거만한 음성이 들려왔다.

"압달라 하켐 라이스께서는 이리 가까이 오시오."

나이가 제법 되어 보이는 뚱뚱한 여인이 압달라 하켐 앞에 나
타났다. 그녀는 그를 침착한 시선으로 바라보더니 정중하게 말을
했다.

"황후께 예를 갖추십시오."

압달라 하켐은 조금 전 들었던 부르카 속 여인의 목소리와 비슷

한 나이 지긋한 여인을 한번 훑어본 후에 시선을 돌려 자신이 들어선 낯선 공간을 한번 휘둘러보았다.

화려한 양탄자와 약간 희끗희끗한 바탕에 검은 매화무늬 반점이 있는 표범의 가죽이 제일 먼저 눈에 들어왔다. 또한 연한 황갈색 털 빛깔의 풍성한 갈기가 있는 수사자의 가죽도 한곳을 장식하고 있었다. 방 안에는 제법 많은 맹수의 가죽들이 멋진 모습을 유지한 채 자리를 차지하고 있었다.

하켐 해적선장은 방 안을 빠르게 훑어보며 이 방 안의 여주인의 취향을 빠르게 분석했다. 그녀는 분명 호전적이며 완고한 성격이라 추측되어졌다.

랄라 할리마는 엷은 자줏빛 니캅으로 눈을 제외한 얼굴 전체를 가리고 홀의 상석에 앉아 있었다. 하지만 코흘로 눈 주위에 검은 선을 그려놓아 그녀만의 독특한 매혹적인 눈매를 여실히 드러내었다.

압달라 하켐은 화려한 방케트에 길게 몸을 모로 뉘이고 있는 랄라 할리마를 머리에서 발끝까지 빠르게 훑어보았다.

"신 라이스 압달라 하켐이 랄라 할리마 황후께 문후를 여쭙니다."

그는 최대한의 경의를 담아 머리를 조아렸다.

"어서 오시오, 압달라 하켐 라이스. 일어나 곁의 자리에 편안히 누우시오."

랄라 할리마는 그에게 최대한의 배려 섞인 권유를 했다.

천천히 몸을 일으킨 압달라 하켐은 랄라 할리마의 배려에 읍손하며 곁에 비어 있는 방케트에 편안한 자세로 길게 모로 누웠다. 그리고는 호기심 어린 시선으로 황후를 바라보았다.

랄라 할리마의 수신호가 있자 방 안에 있던 모든 시녀들은 발빠르게 사라져 버렸다.

"압달라 하켐 라이스, 단도직입적으로 말하겠소. 랄라 운희를 어찌 생각하시오?"

랄라 할리마는 싸늘한 눈빛으로 압달라 하켐을 향하여 말을 했다. 그는 두 눈을 커다랗게 홉뜬 채 랄라 할리마를 바라보았다. 이어 두 사람 사이에는 적막과도 같은 정적이 빠르게 감돌았다.

"황송하옵게도 황후께서 말씀하시는 뜻을 미천한 소인은 잘 알지를 못하겠나이다."

압달라 하켐은 짐짓 시치미를 떼며 랄라 할리마에게 시선을 고정한 채 입가에 미소를 지어 보였다. 랄라 할리마는 아무것도 모르는 척 미소를 짓고 있는 압달라 하켐을 미간을 좁히며 바라보았다. 그녀의 싸늘한 목소리가 니캅 속에서 울려 퍼졌다.

"흥, 그렇소? 그럼 물읍시다. 압달라 하켐 라이스는 이제 살레로 돌아가면 무엇을 하실 작정이시오? 술탄의 명령처럼 살레의 주민들과 물고기나 잡거나 이교도들을 상대로 무역을 시작하며 그렇게 살겠단 말씀인 것이오?"

랄라 할리마의 쉰 듯한 거친 목소리를 들으며 압달라 하켐은 짙은 눈에 광채를 뿜어내며 은근한 시선으로 앞에 있는 황후를 응시했다.

"그것을 어찌 황후께서 걱정하시는 것입니까? 술탄의 엄명이시니 제국의 백성으로서 당연히 따라야 함이 옳지 않겠습니까?"

"하!"

압달라 하켐의 말이 채 떨어지기 무섭게 랄라 할리마는 코웃음을 세차게 치면서 정색을 했다. 그녀의 눈빛은 짙고도 싸늘했다.

"압달라 하켐 라이스, 오늘 술탄께 목이 떨어진 살레 제독과 그대가 사촌지간이라는 것은 이미 다 알고 있는 사실이오. 살레는 해적도시이지 않소? 해적질로 수대를 걸쳐 살아온 사람들이 어느 날 갑자기 해적질과 노예매매가 아닌 생뚱맞은 장사를 시작하며 살겠다는 생각이라니, 지나가는 개가 웃을 일이오!"

압달라 하켐은 차분한 눈매로 입을 열었다.

"그래서 황후께서 소인에게 원하시는 것이 무엇이옵니까?"

압달라 하켐 라이스는 눈빛을 짙게 빛내며 랄라 할리마를 진지하게 바라보았다. 랄라 할리마는 방케트에서 몸을 일으켜 세우며 사뭇 진지한 얼굴로 입을 열었다.

"농부는 농사를 지어야 하고, 목자는 가축을 쳐야만 하는 것이오. 이것은 불변의 진리이지 않소? 그러니 해적은 해적질을 해야 하는 것이 당연한 일이오! 그대와 살레의 주민들이 지금처럼 변함없이 해적질을 할 수 있도록 내가 도와주겠소!"

랄라 할리마의 뜻밖의 말에 압달라 하켐은 흠칫 놀라며 방케트에서 몸을 황급히 일으켜 세웠다. 랄라 할리마는 그런 압달라 하켐의 얼굴을 미소 가득한 차가운 시선으로 바라보았다.

"이미 술탄께서 이 제국 안에 해적질과 노예매매를 금하는 전체 공문이 보내졌습니다. 울라마에서도 이미 합의된 사실이고 이미 실행에 들어갔습니다. 그런데 어찌 황후께서는 그것을 막으실 수가 있단 말씀이십니까? 혹여 그것을 뒤집을 비책이라도 있단 말씀이십니까?"

압달라 하켐의 말에 랄라 할리마는 니캅 뒤로 매혹적인 눈웃음을 지었다. 하지만 눈빛은 차가웠다.

"그것은 걱정하지 마시오. 그러기 위해서는 그대가 해야 할 일이 단 한 가지가 있소. 그것이 그대와 나의 이번 거래가 될 것이오!"

압달라 하켐은 랄라 할리마의 말에 다시 한 번 놀랐다.

"그리고 내가 이리하는 이유는…… 내 친정이 라바트임을 압달라 하켐 라이스도 잘 아실 것이오."

두 사람의 시선은 길게 얽히며 한동안 주위가 정지한 듯 멈추어 있었다.

압달라 하켐이 먼저 입꼬리를 올리며 음흉한 미소를 지어 보였다.

"거래를 하시겠소?"

랄라 할리마는 매혹적인 눈빛을 빛내며 압달라 하켐 라이스를 다시 한 번 채근했다.

그는 시큰둥한 표정으로 자신의 앞에 놓여 있는 소탁자 위의 과일접시에서 포도 한 알을 떼어 살며시 입 안에 넣었다. 그리고 두 번째 포도 알을 다시 떼어내어 입으로 가져가 껍질째 씹으며 랄라 할리마를 흔들림 없는 시선으로 바라보았다.

무덤덤한 시선으로 자신을 바라보고 있는 압달라 하켐의 태도에 랄라 할리마는 양미간을 찌푸리며 일순 짜증 섞인 목소리로 다시 한 번 물었다.

"라이스, 그대와 살레의 주민이 지금껏 해오던 해적질을 여전히 할 수 있도록 도와주겠단 말이오. 이러한 조건으로 나와의 거래를 트시겠소?"

랄라 할리마는 압달라 하켐을 다시 한 번 채근했다.

하지만 그는 포도를 삼키곤 다시 한 알의 포도를 떼어내려 손을 과일접시 위로 내밀었다.

순간 랄라 할리마는 잔뜩 험악한 시선으로 압달라 하켐의 손을 거칠게 내려쳤다. 그와 동시에 그의 손에서 포도 알이 떨어지며 양탄자 바닥 위로 도로록 굴러 떨어졌다.

랄라 할리마는 사나운 시선으로 압달라 하켐을 노려보며 으르렁거렸다.

"압달라 하켐 라이스, 지금 황후를 능멸하려는 것이오? 대체 이게 무슨 태도이오?"

랄라 할리마는 두 눈을 사납게 치켜뜬 채 압달라 하켐을 노려보며 니캅 속의 입가를 씰룩거렸다. 그녀의 사나운 시선을 받자 압달라 하켐은 앞으로 숙여 있던 상체를 뒤로 물리며 천천히 어깨를 으쓱해 보였다. 본색을 드러낸 표독스런 랄라 할리마의 시선이 그를 따랐다.

"황후이시여, 소인은 일개 해적선장일 뿐이옵니다. 살레에는 죽은 제독의 동생인 제 사촌이 있습니다. 그가 곧 제독의 자리를 위임 받아 살레를 다스리게 될 것이 분명하옵니다. 황후께서는 소인이 아닌 그와 거래를 트시는 것이 옳지 않을까 사료되옵니다. 소인은 해적질을 하지 않는다 하여도 평생을 먹고사는 데 지장이 없으며 또한 해적질도 슬슬 지겨워지고 있던 찰나였습니다. 이 제국의 백성 된 도리로서 위대하신 술탄의 엄중한 명령을 지키며 주위를 살피면서 자중하는 것이 소인에겐 도리어 해가 되지 않을 듯 싶습니다. 황후께서는 부디 통촉하여 주시옵소서."

압달라 하켐은 조금도 흔들림 없는 시선으로 랄라 할리마를 쳐다보며 천천히 고개를 숙여 보였다. 니캅 속에 가려진 랄라 할리마의 얼굴은 압달라 하켐이 자신의 계산과 다른 반응을 보이자 당황하며 분노로 일그러졌다.

압달라 하켐은 자신이 추측한 반응을 그대로 보이고 있는 랄라 할리마의 모습에 속으로 쾌재를 불렀다.

랄라 할리마는 끓어오르는 감정을 주체하지 못하고 연신 심호흡을 했다. 니캅 위로 드러난 그녀의 눈은 어느새 흐려져 있었다.

"압달라 하켐 라이스, 그대의 말이 옳소. 하지만 이 황후가 살레의 후임 제독이 아닌 그대를 선택하여 부른 이유는……."

갑자기 랄라 할리마는 채 말을 잇지 못하며 숨을 거칠게 토해내면서 말꼬리를 흐렸다. 압달라 하켐은 그녀의 목소리의 변화에 눈썹을 예민하게 꿈틀거렸다.

"내가 그대를 선택하여 부른 이유는 그대의 탁월한 해적으로서의 재능을 믿기 때문이오. 나에게 그 재능을 보여주시오. 바다에서뿐만 아니라 뭍에서도 뛰어난 그대만의 재능을 이 황후인 랄라 할리마가 후한 값으로 사고 싶다는 것이오! 그대에 대한 소문은 이미 라바트의 처녀일 적부터 익히 들어 잘 알고 있었소."

압달라 하켐은 두 눈을 번뜩이며 어느새 방케트 위에서 일어나 똑바른 자세로 앉아 있는 랄라 할리마를 진지한 시선으로 바라보았다.

"황후이시여…… 술탄을 적으로 돌리는 일은 상당히 위험한 일이옵니다. 황후께서 소인에게 원하시는 것이 술탄의 분노를 사는 일이라면 그에 대한 대가를 황후께선 어떻게 지불하실 생각이시옵니까?"

압달라 하켐은 랄라 할리마의 눈을 똑바로 쳐다보며 심중을 찌르는 말을 거침없이 내뱉었다. 랄라 할리마는 그의 단도직입적인 말에 그제야 두 눈을 번뜩이며 생기 가득한 눈으로 압달라 하켐을 바라보았다.

"라이스, 나의 의중을 간파한 것이오?"

랄라 할리마는 가늘게 떠는 목소리로 입을 열었다.

"황후께서 소인에게 충분한 대가를 지불하여 주신다면 소인은 황후의 명을 받들 것이옵니다."

압달라 하켐은 거침없이 말하고는 랄라 할리마를 향하여 몸을 깊숙이 수그리며 경의를 표했다. 그녀는 희색이 만면한 얼굴로 매혹적인 눈웃음을 지어 보이며 압달라 하켐을 기대 가득한 시선으로 바라보았다.

"좋소. 그럼 라이스께서 원하는 대가를 속히 말해보시오. 그대의 조건을 들어주도록 하겠소."

랄라 할리마의 말이 채 떨어지기 무섭게 압달라 하켐은 옅은 미소를 지으며 랄라 할리마를 바라보았다.

"소인······ 술탄의 두 번째 황후이신 랄라 운희를 얻기 원하옵니다!"

압달라 하켐의 말이 채 떨어지기 무섭게 랄라 할리마는 두 눈을 휘둥그레 떴다.

"대, 대체······ 그게 무슨 말이오?"

랄라 할리마의 탁한 목소리가 방 안에 가득 울려 퍼졌다.

압달라 하켐은 짙고 강한 눈에 광채조차 뿜어내며 다시 한 번 강한 어조로 말을 했다.

"말씀드렸듯이 랄라 운희 황후를 얻길 원합니다. 소인, 랄라 할리마 황후의 마음을 잘 알고 있사옵니다. 소인과의 첫 대면에서 물으셨던 질문에서 이미 모든 것을 간파하였습니다. 오늘 술탄께서 보여주신 랄라 운희 황후에 대한 깊은 애정을 소인조차 피부로 느낄 정도였습니다."

압달라 하켐의 직설적인 말에 순간 랄라 할리마는 흠칫 놀라고 말았다. 그녀는 술탄이 랄라 운희를 총애하고 있다는 것을 다른 누군가가 안다는 사실에 무척 기분이 상했다. 그녀의 시선이 급격히 싸늘해졌다.

압달라 하켐은 그런 랄라 할리마를 날카로운 눈빛으로 주시하며 주저없이 말을 이었다.

"하여······ 랄라 할리마 황후께서는 소인에게 랄라 운희 황후를 제거해 달라는 청을 하시려던 것이 아니셨습니까? 황후이시여, 소인의 말이 맞지 않사옵니까?"

랄라 할리마는 하켐 해적선장의 날카로운 시선을 느끼며 떨리는 목소리로 말했다.

"그렇소, 그대의 말이 다 옳소. 랄라 운희를 없애달라고 하려던 것을…… 인정하겠소. 내 친정이 해적도시 라바트이며 친정 오라버니가 라바트 제독이라는 것도 있지만 그보다는 이번 사단을 불러일으킨 랄라 운희를 술탄 앞에서 없애려는 것이 내 진실한 속마음이었소. 헌데 그대는…… 그것을 할 수가 있다는 말씀인 것이오?"

황후의 떨리는 목소리와는 달리 흔들림 없는 눈빛을 바라보며 하켐 해적선장은 입가에 보기 좋은 미소를 지어 보였다.

"후에 소인에게 살레 제독의 자리를 주시옵소서. 그리고 랄라 운희를 죽이는 대신 소인에게 주시옵소서. 그것만 약조하여 주신다면 소인, 황후를 위하여 충성을 맹세할 수도 있습니다."

"정말…… 랄라 운희를 달라고 하셨소?"

랄라 할리마는 갈라진 목소리로 높게 소리쳤다.

"그렇습니다. 황후께서 그것만 약조해 주신다면 알라께 맹세코…… 소인은 충성을 다할 것입니다."

압달라 하켐은 진지한 눈빛으로 추호의 흐트러짐 없이 말을 했다.

랄라 할리마는 당당한 태도로 자신을 바라보는 압달라 하켐을 한참 동안이나 바라보았다. 그리고는 방케트에서 벌떡 일어나 방 안을 한참 동안 걸어다녔다.

방 안을 한참 동안 우왕좌왕하며 헤매던 랄라 할리마는 황금색 갈기를 늘어뜨린 채 벽에 걸려 있는 사자 가죽 앞에서 우뚝 멈추어 섰다. 그러더니 갑자기 몸을 휙 돌리며 입을 열었다.

"좋소. 아니, 내 솔직한 진심으로는 싫소. 하지만 이 일을 할 수 있는 자가 그대밖에 없기에 내가 한발 양보하기로 하겠소. 랄라 운희를 술탄과 내 눈앞에서 보이지 않게 해주는 것만으로 나는 만족하기로 하겠소. 허나 두 번 다시 이 궁성에서 그 동양 계집년의 그림자도 보이게 해서는 아니 되는 것이오. 이것을 반드시 명심해준다면 그대와의 거래를 확실히 트겠소. 그대가 할 수 있는 대로 그년의 생명을 끊어준다면 더 바랄 것이 없겠지만…… 그 동양 계집년을 그대가 원한다고 하니 나로서도 어쩔 수가 없구려. 어찌하여 그 비쩍 곯은 동양 계집년을 그대가 탐하는지 알 수야 없지만 내 앞에서 그년의 찢어진 눈매를 더 이상 보고 싶지가 않소! 허니 최대한 빨리 소리 소문 없이 이 궁성에서 그 누런 계집년을 없애주기를 바라오."

압달라 하켐은 은밀한 미소를 지으며 고개를 끄덕이었다.

"이것으로 된 것입니다. 황후의 뜻과 소인의 뜻이 맞물려 떨어졌으니 이제 황후와 나, 압달라 하켐은 알라 앞에서 이 계약을 체결한 것임을 맹세합니다. 그러니 황후께서는 부디 아무런 염려 마시옵고 이 압달라 하켐을 믿고 편히 계시옵소서. 여기에 알라의 축복이 있기를 바라옵니다. 함둘라흐."

랄라 할리마의 굳었던 얼굴에 서서히 안도의 빛이 일렁이었다.

그때부터 두 사람은 한 시진가량 은밀한 밀담을 나누었다.

압달라 하켐은 랄라 할리마의 배려 아래 은밀히 하렘을 빠져나왔다. 밖은 칠흑같이 어두웠으며 별빛마저 구름 속에 가려 있었다. 부르카를 두른 시녀장의 뒤를 신속히 따르며 그는 얼굴 가득 미소를 지은 채 한 손을 불끈 쥐었다.

밤공기는 싸늘했으며 가까운 풀숲에서 풀벌레 소리가 밤의 장막을 가르고 멀리까지 울려 퍼졌다.

✳

첫 기도 시간을 마치고 술탄은 운희의 처소에서 아침식사를 했다. 그리고 왕실업무를 위하여 운희의 배웅을 받으며 처소를 빠져나와 집무실로 향했다.

운희는 자신의 처소에서 차를 앞에 놓고 자신의 시녀장이 된 파티마와 마주 앉았다. 차를 마시고 있던 파티마의 손엔 바느질감이 들려 있었다. 그녀는 운희를 바라보며 빙그레 미소를 지은 채 조용히 입을 열었다.

"두 분 너무 뜨거우신 거 아니에요? 그러하시다가 조만간 회임을 하시는 것은 아닐지 모르겠어요. 호호."

파티마의 놀림이 섞인 농담조에 운희는 얼굴을 붉히며 짐짓 딴전을 피우면서 엉뚱한 질문을 했다.

"그, 그런데 회임 이야기가 나와서 하는 말인데…… 파티마는 아이가 없습니까?"

랄라 운희의 말에 파티마는 순간적으로 몸을 움찔했다. 얼굴빛을 흐린 파티마는 운희가 입을 전통 의상인 젤라바의 솔기를 섬세한 박음질로 장식하고 있던 바쁜 손놀림을 멈춘 채 멍하니 그 놓인 수를 바라보고 있었다.

그런 파티마의 모습에 당황한 운희는 조용히 한숨을 내쉬며 말을 이었다.

"무언가 말 못할…… 사연이 있는가 봅니다. 괜찮아요, 말하지 않아도. 괜스레 말을 꺼낸 내가 미안한걸요."

"아닙니다. 황후이시여, 다 지난 과거입니다……."

파티마의 입가에 억지로 걸린 미소에는 어딘지 모를 슬픔이 묻어나고 있었다.

"황후께서도 지난 과거를 소상히 알려주셨으니…… 오늘은 소인의 이야기를 할 때인가 봅니다. 그래요…… 그런가 봅니다……."

파티마는 기나긴 한숨을 내쉰 후 햇빛이 밝게 들어오는 작은 창을 응시했다.

"소인은 네덜란드 귀족 출신으로 호의호식하며 자랐지요. 열여덟 살에는 가문에서 정해준 촉망받는 젊은 장교와 약혼까지 하였습니다. 하지만…… 소인은 타국에서 들어온 뜨내기 집시남자와 사랑에 빠지고 말았답니다. 당연히 주위의 극심한 반대에 부딪혔고, 우리는 어쩔 수 없이 타국인 프랑스로 넘어와 살아야만 했습니다. 지독히도 가난했지만 서로에 대한 애정이 있었기에 버틸 수 있었습니다. 그렇지만 낭트 가까운 어촌마을에서 살았던 것이 비운이라면 비운이었지요……."

"그게 무슨……?"

랄라 운희의 말에 파티마는 깊은 한숨을 내쉬며 자신의 기구했던 운명에 대해서 말했다. 어느 해 여름, 남편이 마을 어부들과 고기잡이를 떠난 이후에 갑자기 들이닥친 해적들에게 납치되어 이 제국에 이르게 되었고, 힘든 노예살이를 하다가 제국의 술탄에 의해 흑인남자와 짝이 맺어져 세 아이를 낳게 되었으며 해적이 되어 나타난 남편에 의해 흑인남자와 세 아이가 모두 살해를 당했다는 너무도 놀라운 이야기를 털어놓았다.

"그는 술탄의 신임을 받는 유명한 해적이 되어 살레 남쪽에 있는 사피항의 제독이 되었습니다. 그를 사랑했지만…… 그의 만행까지 사랑할 수는 없었습니다. 그리고 소인은 막 아이를 해산한 랄라 지다나 황후의 유모로 선택되어져 물레이 에스파 왕자를 소인의 죽어버린 아이 대신으로 여기며…… 키워왔던 것입니다……."

랄라 운희는 너무도 놀라 기함하고 말았다.

"그, 그토록 가슴 저린 사연을 품고 있었을 줄은 꿈에도 몰랐어요. 미안해요. 정말 미안합니다…… 파티마가 물레이 에스파에게 어떤 마음을 갖고 있었는지 이제야 조금은 알 것 같습니다……. 파티마, 물레이 에스파를…… 지켜주지 못해서…… 정말 미안합니다. 흑흑."

운희는 물기 젖은 목소리로 눈물을 떨어뜨렸다.

파티마는 운희의 눈가에 흐르고 있는 눈물을 부드러운 손길로 닦아주며 말을 했다.

"아닙니다. 그런 말씀 마시어요. 물레이 에스파 왕자는 비록 짧은 시간이었지만 랄라 운희 황후로 인해 정말 행복한 시간을 보내었다고 소인은 생각합니다. 그러니…… 눈물을 거두소서…….”

파티마의 하얀 얼굴에 밝은 햇살이 닿으며 물기 머금은 청색의 눈동자를 더욱 투명하게 만들었다. 파티마는 운희에게서 만감이 교차하는 눈길을 들어 따뜻한 햇살이 들고 있는 작은 창을 말없이 바라보았다.

“조심…… 하십시오.”

“……?”

운희는 뜻밖의 말을 내뱉고 있는 시녀장 파티마의 옆얼굴을 의아한 표정으로 바라보았다. 파티마는 여전히 무덤덤한 얼굴로 흔들리지 않는 바위처럼 앉은 채 작은 창을 조용히 바라보고 있었다.

“그분은…… 랄라 할리마 황후는…… 무서운 사람입니다. 지금도 어떤 음모를 꾸미고 계실지 모르는 일이지요.”

파티마는 차갑게 내뱉었다.

“파, 파티마!”

운희는 두 눈을 휘둥그레 뜬 채 작은 창을 하염없이 바라보고 있는 파티마를 뚫어질 듯 바라보았다.

“웃음이 맑았던 한 소녀가 있었답니다. 갓 성숙한 몸에 얼굴에는 주근깨가 가득한, 참으로 귀여운 소녀였답니다. 같은 하렘의 주방에서 만났지요. 소인과 같은 네덜란드 출신이었기에 더욱 애정이 남달랐던 건지도 모릅니다. 조금은 우습게 들릴지 모르겠지만…… 소인 또한 그 아이를 통해서 많은 위로를 받았답니다. 그

뒤 소인이 물레이 에스파의 유모로 차출되어 가면서 한동안 우리
는 서로 만나지를 못했답니다……. 그런데 그사이에 너무도 우연
찮게 당시엔 왕자이셨던 시디 무하마드의 눈에 그 아이가 뜨이게
되었던 거지요. 그리고 그 아이는 선대 술탄의 허락을 받고 시디
무하마드 왕자의 궁으로 들어가게 되었답니다. 하지만 그 모든 것
은 비운의 시작에 불과했습니다……."

"네? 그게 대체 무슨 말이지요?"

따뜻한 햇살이 비춰들고 있는 작은 창을 바라보면서 파티마는
마치 오래된 구전동화를 읊조리는 듯 조용히 말을 이어갔다.

"그 아이는 금세 왕자의 아이를 회임하게 되었고, 당시에 왕자
비였던 랄라 할리마의 들끓는 질투를 받아…… 어느 날 독살을 당
하고 말았습니다. 그것도 너무 어이가 없을 정도로 쉽게……."

"말도 안 돼! 어떻게…… 그런 일이……."

운희는 너무도 놀라 심장이 덜컥 내려앉았다.

"우유였어요…… 독이 든 우유. 그날…… 날이 무척 더웠지요.
그 아이는 시녀들과 함께 정원에 산보를 나갔다가 땀에 젖어 처소
로 돌아왔답니다. 막 처소에 드니 누군가 떠다 놓았는지 모를 신
선한 우유가 있었답니다. 그 아이는 심한 갈증에 아무런 의심도
없이…… 그것을, 독이 든 우유를 단 한 번에 마셔 버렸던 것입니
다. 그리고는 그렇게 세상을 떠나고 말았습니다."

파티마는 마치 전혀 모르는 남의 이야기를 하는 듯 평이한 음색
으로 조용히 말을 이었다.

"그, 그럴 리가…… 하지만 독살한 사람이…… 랄라 할리마라

는 증인이나 증거가 있었던가요?"

운희는 마구 두근거리는 가슴을 진정시키지 못한 채 떨리는 목소리로 파티마에게 물었다.

"후후…… 증인이요? 증거요? 글쎄요, 그런 게 있었던가요? 그것은 오직 소인의 육감일 뿐입니다. 하지만 너무도 정확한 육감이라는 것에 소인은 확신을 두고 있습니다."

파티마는 두 눈에서 빛을 뿜어내며 단호하게 말을 했다.

"하, 하지만…… 파티마……."

"시디 무하마드 왕자는 무척 슬퍼하셨지만 증인도, 증거도 없었으니 그 무엇도 할 수가 없었습니다. 그냥 그렇게 슬퍼하신 채 장례는 치러졌고…… 모든 것은 세월 속에서 소리없이 묻혀 버렸습니다. 이곳은 음모와 권모술수가 난무하는 제국 제일의 궁성입니다. 하루에도 한두 명씩 유명을 달리하고 있다고 봐도 과언이 아니죠. 너무도 흔한 사람들의 죽음에 궁성 안의 사람들은 너무도 익숙해져 있습니다. 그런 곳이 바로 이 술탄의 궁성이지요. 그 아이에 대한 기억은…… 단 한 사람, 소인의 가슴속에만 평생토록 남아 있을 뿐 이 궁성 안 그 누구도 마음에 두고 있지 않을 것입니다. 심지어 짧은 순간이었지만 그 아이를 어여삐 하신 술탄께서도요…… 그 아이의 일생은 마치 바람 속에 흩어진 제 날숨처럼 이렇게 흩어진 채 허무하게 사라져 버렸던 것입니다."

파티마는 매우 자조적인 표정으로 입가를 일그러뜨리고 있었다.

"파…… 티마……."

운희는 시녀장의 말에 가슴이 먹먹해짐을 느꼈다. 알 수 없는 그 무엇이 무거운 바위돌이 되어 가슴을 짓누르며 운희는 안타까움에 절로 얼굴을 찡그리고 말았다.

"그렇지만 파티마, 단지 육감만으로 누군가를 범인으로 몰기에는…… 그것은 너무도 위험한 발상이라고 생각합니다. 혹여 진실이 그렇지 않다면, 랄라 할리마 황후는 너무 억울할 수도 있잖습니까? 그렇지 않은가요?"

운희의 조심스런 말이 채 떨어지기도 전에 파티마는 두 눈을 날카롭게 빛내며 운희를 똑바로 쳐다보았다. 그 눈빛에는 진지하면서도 단호함이 깃들어져 있었다.

"분명 랄라 할리마이십니다. 소인이 똑바로 기억하고 있습니다. 그래요, 증거나 증인은 없습니다. 그분은 참으로 용의주도한 분이시니까요. 하지만 그 아이가 죽고…… 주방에 있던 친분이 있는 한 흑인여자로부터 전해 들은 이야기가 있습니다. 하필이면 그 흑인여자가 그날…… 우유를 짤 시간이 아닌데 갑자기 우유를 짜라는 윗사람으로부터의 명령에 우유를 짜서 랄라 할리마의 수족인 한 시녀에게 건네주었다고 합니다. 그리고 얼마 지나지 않아 그 신선한 우유는 한 사람의 생명을 앗아가 버린 것이지요. 그리고 그 일로 그 흑인여자는 심히 괴로워했습니다……"

운희는 너무도 놀라 무엇인가가 자신의 가슴을 강하게 옥죄는 느낌을 받았다. 술탄의 사랑을 받는 여인들은 하나같이 허무하게 죽어 나갔다는 생각이 불현듯 뇌리를 스치고 지나갔다.

왕자인 시디 무하마드의 아이를 임신한 백인소녀와 랄라 지다나, 그리고 술탄의 총애를 한 몸에 받았던 장자 물레이 에스파까지…… 그리고 그 다음은……?

문득 운희는 전신에 소름이 쫙 돋으며 온몸이 쭈뼛해지는 것을 느꼈다.

이제는 자신의 차례이지 않는가 하는 생각에 온몸이 떨려왔다. 운희는 온몸을 격하게 떨며 파르르 떨리는 손으로 한동안 자신의 얼굴을 감싸고 있었다.

그런 운희를 바라보며 파티마는 차분한 목소리로 다시 입을 열었다.

"황후이시여, 그렇다고 너무 초조하지 마십시오. 아직 아무 일도 일어나지 않았습니다. 아직 일어나지 않은 일에 대하여 근심하는 것은 몸에 해롭습니다. 다만, 긴장을 할 필요는 있다는 것이지요. 소인이 황후께 드릴 수 있는 말은…… 술탄의 신임을 확실히 얻으시라는 것입니다. 그 점에 있어서는 소인도 어느 정도 안심을 하고 있습니다. 황후를 대하시는 술탄의 모습에서 깊은 애정을 엿볼 수 있으니까요. 지금 이 궁성 안의 모든 사람들은 황후께서 술탄의 총애를 가장 많이 받고 계시다는 것을 다 알고 있습니다."

파티마는 눈가에 잔잔한 잔주름을 잡으며 미소를 지었다. 파티마의 말에 운희는 어느 정도 긴장이 풀리는지 얼굴을 붉히었다.

"하지만 그것으로는 결코 랄라 할리마의 마수에서 벗어날 수는 없습니다. 그때에 술탄께서 물레이 에스파 왕자와 함께 레몬나무 숲 공터에 계셨다 하여도 분명 물레이 에스파 왕자는 죽음을 면치 못하셨을 것입니다. 너무도 용의주도한 랄라 할리마 황후이니까요. 그러하니……."

파티마는 눈빛을 강하게 빛내며 운희를 뚫어질 듯 쳐다보았다.

"궁 안에…… 랄라 운희 황후의 눈과 귀를 심으십시오. 그 길만이 랄라 운희 황후께서 이 궁성 안에서 순발력있게 대처하며 생명을 유지시켜 나갈 수 있는 길일 것입니다."

"파, 파티마…… 과, 과연 그럴까요?"

운희는 두려움에 흔들리는 시선으로 파티마를 바라보았다. 파티마는 마치 확신을 한다는 듯이 운희를 뚜렷한 시선으로 바라보며 천천히 고개를 끄덕였다. 두 사람 사이에는 한동안 말없는 고요가 흘렀다.

적막을 깨며 운희가 조심스럽게 입을 열었다.

"술탄께서 이 랄라 운희의 청은 무엇이든지 들어주신다고 하셨습니다. 그래서 하는 말인데…… 물레이 에스파 왕자를 죽음으로 몰고 간 전갈에 대해서 말씀을 드려도 좋을까 하고…… 요 며칠 내내 그것을 생각하고 있었어요."

운희의 말에 파티마는 깜짝 놀라며 운희를 쳐다보고는 한동안 무엇인가를 골몰히 생각하더니 이윽고 입을 열었다.

"황송하옵게도 소인의 생각에는 좀 더 때를 기다리심이 좋을 듯하옵니다. 언제고 분명 랄라 할리마는 움직일 것입니다. 그것도 랄라 운희 황후를 제거하기 위해서요."

운희는 파티마의 말에 흠칫 놀라며 몸서리를 쳤다. 파티마는 눈빛을 짙게 빛내며 차분하게 다음 말을 이었다.

"하지만 아직은 때가 아니라고 생각합니다. 지금 무턱대고 전 갈에 대해서 이야기하여도 이미 죽어버린 어린 말은 들녘 맹수들의 먹이로 사라진 지 오래입니다. 증거가 되는 말의 부어버린 곳을 보여 드리기엔 이미 시간이 지나 버린 것이지요. 수석 마구간 지기도 랄라 할리마의 편이니…… 전갈의 몸에 실로 묶은 채 전갈을 죽이고는 자신을 모함하려고 꾸몄다며 도리어 반박하여 온다면 랄라 운희 황후께서 더 어려워지실 것입니다. 하지만 분명 랄라 할리마는 랄라 운희 황후를 제거하려 움직일 것이라고, 알라 앞에 맹세라도 하라 한다면 소인은 할 수가 있습니다. 그분의 성품으로는 결코 랄라 운희 황후를 견뎌하지 못한 채 제거하려 하실 게 분명하니까요. 그러니 때를 기다리십시오. 랄라 할리마가 움직일 때를 포착하여 랄라 운희 황후께서도 움직이십시오. 덮치려 들 때에 함정을 파고 도리어 기다리는 것입니다. 비록 추상적인 말처럼 들릴지 모르겠지만…… 그러하기 위해서라도 빨리 랄라 운희 황후의 눈과 귀를 이 궁성 안 곳곳에 심을 필요가 있습니다. 그러하니 속히 움직이십시오."

"하, 하지만…… 랄라 운희는 궁성 안에 인맥이 전혀 없습니다. 그것을 어찌해야 할지……."

파티마의 말에 운희는 자신없는 표정으로 입을 열었다. 이에 파티마는 따뜻한 시선으로 운희를 바라보며 차분히 말을 이었다.

"소인에게 약간의 금화를 내려주십시오. 일단 주방 안의 주요 자리에 있는 몇몇의 사람들을 소인이 포섭할 수도 있습니다. 이미 소인과 친분이 있던 자들이며 랄라 할리마에 대한 좋지 않은 반감을 품고 있는 자들이 꽤 있습니다. 그리고 몇몇의 환관들과도 이미 오랜 친분이 있기도 합니다. 소인이 이 궁성 안에 머문 지도 꽤 오랜 시간이 되었습니다. 다행스럽게도 소인과 반목이 있는 자들은 거의 없음을 알라께 감사드릴 따름입니다. 심지어 랄라 할리마의 시녀들 중에서도 소인과 꽤 안면을 트고 지내는 사람들도 있으니까요. 랄라 할리마의 시녀들 중에 절반 이상은 주방에 있다가 차출되어 간 사람들이 대부분입니다. 그러니 그 점에 대해서는 너무 심려치 마시옵소서."

파티마는 조용히 웃으며 운희를 향하여 살짝 고개를 끄덕여 보였다. 그런 파티마를 바라보며 운희는 절로 혀를 내둘렀다. 파티마 역시도 랄라 할리마 못지않게 용의주도한 사람이라는 생각이 빠르게 머리를 스쳤다.

그때 출입문을 담당하고 있던 시녀로부터 랄라 할리마가 찾아왔노라는 전갈이 전해졌다.

두 사람은 뜻밖의 기별에 화들짝 놀라고 말았다. 이내 서둘러 술탄의 제1정비인 랄라 할리마를 예를 갖추어 맞이했다.

랄라 운희의 넓고 쾌적한 공간 안으로 성큼 들어선 랄라 할리마는 안으로 발을 들여놓자마자 미간을 찌푸리며 평가하는 시선으로 재빠르게 홀 안의 이곳저곳을 훑어보았다. 하지만 자신을 맞이하는 운희와 눈이 마주치자 언제 그랬냐는 듯 인상을 밝게 펴며 눈가에는 미소까지 짓고 있었다.

"랄라 할리마이시여, 어서 오시옵소서."

랄라 할리마는 짐짓 거만한 미소를 입가에 흘리며 서 있었다.

랄라 할리마의 손끝에는 왕자 물레이 무하마드가 눈가에 수줍은 미소를 지은 채 랄라 할리마의 치맛자락 뒤에서 얼굴을 빼죽이 내밀고 서 있었다.

물레이 무하마드와 운희의 눈이 마주치자 물레이 무하마드는 구슬이 굴러가는 듯 맑은 웃음소리를 내며 랄라 할리마의 몸 뒤로 황급히 숨었다. 그러다가 수줍은 얼굴을 빼죽이 다시 내밀며 운희를 향하여 사슴같이 맑은 눈으로 바라보았다. 그런 물레이 무하마드를 바라보며 어느덧 운희의 얼굴에는 해맑은 미소가 절로 지어졌다.

랄라 할리마와 물레이 무하마드는 시녀장 파티마의 안내로 최고급 방케트가 세련되게 배치되어 있는 쾌적한 공간으로 안내되었다.

랄라 할리마와 운희는 느긋한 대화를 나누기 위하여 방케트 위에 나란히 모로 누웠다. 마냥 어리기만 한 물레이 무하마드는 처음 들어선 낯선 공간이 매우 신기한 듯 운희의 처소를 정신없이 돌아다니기 시작했다.

파티마의 지시로 빠르게 주방에서 내어온 신선한 과일과 갓 구운 과자들이 달콤한 음료와 함께 방케트 옆 소탁자 위에 정갈하게 놓여졌다. 이어 모든 시녀들은 물러났고 아가라 불리는 랄라 할리마의 시녀장과 운희의 시녀장인 파티마만이 두 황후의 근처에 머물러 있었다. 랄라 할리마가 두 눈을 빛내며 진지한 시선으로 운희를 바라보면서 입을 열었다.

"랄라 운희 황후, 오늘 이 할리마가 그대를 방문한 연유는……

술탄의 제1정비로서 그동안 품위를 잃은 채 그대에게 못난 모습을 보인 것을 사죄하는 마음으로 찾아온 것입니다."

랄라 할리마의 뜻밖의 말에 운희는 깜짝 놀라고 말았다. 또한 여주인의 발치에 조심스레 앉아 있던 파티마의 두 눈도 커다랗게 벌어졌다.

랄라 할리마는 시선을 살그머니 아래로 내리며 자신 앞에 놓여 있는 과일접시에서 포도를 한 알 떼어내며 낮은 목소리로 말을 이었다.

"그래요. 술탄의 말씀처럼 랄라 할리마는 투기가 좀 많은 여인이랍니다. 후후⋯⋯."

랄라 할리마의 자조적인 말에 운희는 더욱 놀라고 말았다. 이 거만한 여인이 대체 어떤 이유로 이렇듯 스스로의 치부를 드러내는 말을 서슴없이 하는 것인지 운희는 놀란 표정을 감추지 못한 채 랄라 할리마를 바라보았다.

랄라 할리마는 막 씻어내어 물기가 어려 있는 신선한 포도를 입에 넣으며 조심스럽게 말을 이었다.

"포도가 참 신선하네요⋯⋯ 그러고 보니 오늘은 날씨가 제법 더웠지요?"

랄라 할리마는 포도에서 벗긴 껍질을 빈 작은 접시에 내려놓으며 운희를 향하여 매혹적인 눈웃음을 지어 보였다. 같은 여자가 볼 때에도 랄라 할리마의 눈웃음은 상당히 매혹적이었다.

"네⋯⋯ 그러한 듯하옵니다. 본격적인 더위가 시작될 모양인 듯 요즘은 전날에 비해 조금씩 더 무더워지고 있는 듯하옵니다."

랄라 할리마는 입가에 미소를 거만하게 지으며 말을 이었다.

"랄라 운희는 라바트 친정에 있는 나의 막내 여동생과 어딘지 모르게 닮은 구석이 많은 듯합니다. 그 아이도 랄라 운희처럼 소박하고 단아한 아름다움을 갖추고 있었지요. 그리고 보니 랄라 운희와 정말 비슷한 구석이 또 있습니다. 그 아이도 이번에 사피항의 제독과 결혼을 하여 출가하였답니다. 랄라 운희와 서로 연치도 엇비슷한데 결혼도 비슷한 시기에 하니 왠지 더욱 나의 동생과 비슷한 느낌이 들어 친근함이 더해집니다. 호호호."

랄라 할리마의 뜻밖의 말에 운희도 입가에 어설픈 미소를 따라 지었다. 그러면서 자신을 편안하게 대하려고 애쓰고 있는 랄라 할리마의 뜻밖의 모습에 순간적으로 고개를 갸웃했다. 운희의 발치에 앉아 있던 파티마는 두 사람의 대화를 무표정한 얼굴로 시선을 내리깐 채 엿듣고 있었다.

"랄라 운희 황후, 그동안 내가 적조했음을 널리 이해해 주기 바랍니다. 그대가 남편 되신 술탄의 새로운 아내로 입후된 것을 늦게나마 진심으로 축하하며 환영하는 바입니다. 그대가 나와 같은 위치에서 술탄을 보필하게 되었으니 이제 서로 돈독히 의지하며 술탄께서 번영된 제국을 이끌 수 있도록 우리 힘껏 보필하도록 합시다. 그리고 보니 문득 이 랄라 할리마가 술탄을 만났던 그 먼 옛날이 떠오릅니다. 나와 술탄이 처음 만났던 것은 술탄께서 연치 열 셋의 어린 나이에 나의 고향인 라바트에 처음으로 방문하셨을 때입니다. 라바트항의 해안에 끝도 없이 펼쳐진 오렌지나무 숲에서 우리는 우연히 처음으로 만나게 되었지요. 그때의 나는 나무에서 갓 딴 오렌지를 먹고 있었는데 그런 나를 당시 왕자이셨던 이 븐 압델라께서 보시고 정말로 오랫동안 어여삐 여겨주셨답니다. 그 이후로 나와 이븐 압델라 왕자는 지금까지의 세월을 함께하게 되었습니다. 왕자께서는 험난한 과정을 극복하시고 드디어 만승 지존인 술탄의 자리에 즉위하시게 되자 이 랄라 할리마를 황후의 자리에 앉혀주셨지요. 오늘 문득 지난날을 되돌아보니 술탄과 함 께해 왔던 그 모든 세월들이 마치 꿈결처럼 느껴집니다."

랄라 할리마는 꿈을 꾸는 듯한 몽환적인 시선으로 먼 허공을 바 라보며 입가에는 미소를 가득 짓고 있었다.

"이븐 압델라……?"

랄라 운희의 되뇌는 말에 랄라 할리마는 정신이 돌아온 듯 싱긋 웃으며 낮은 톤의 목소리로 말을 했다.

"이븐 압델라…… 선대 술탄이셨던 물레이 압델라 이븐 이스마 일의 아들이란 뜻으로 이븐 압델라라 불리셨지요. 시디 무하마드 이븐 압델라. 운희도 이미 잘 아시고 계시리라 생각합니다."

랄라 할리마는 찻잔을 들어 차를 한 모금 마신 후에 운희를 향 하여 입을 열었다.

"나와 술탄이 함께한 세월은 참으로 길고도 길었답니다. 술탄 께서 올해 연치 스물여섯이시니 동갑내기였던 우리가 함께한 세 월이 자그마치 십삼 년이 넘어 십사 년이 되어가네요. 호호호."

어느새 랄라 할리마는 턱을 치켜들며 당당한 시선으로 운희를 바라보았다. 하지만 입가에는 왠지 억지스러운 미소가 가득 담겨 있었다. 랄라 할리마의 모습에서는 마치 나와 술탄의 사이에는 이렇듯 함께한 시간이 오래이니 네까짓 것은 함부로 끼어들지 말고 자중하라는 경고가 담긴 듯 느껴졌다. 운희는 긴장한 얼굴로 랄라 할리마를 차분히 마주 바라보았다.

순간 랄라 할리마는 무슨 생각에선지 갑작스레 시선을 흐리며 이유없이 고개를 옆으로 돌렸다. 그러더니 아무 말 없이 찻잔을 들어 남은 차를 천천히 마시기 시작했다.

그렇게 두 사람 사이에 얼마간의 시간이 흐르자 랄라 할리마는 주위에 흐르던 어색한 고요를 깨며 어설픈 미소를 지었다.

"랄라 운희…… 그렇게 술탄과 함께한 오랜 시간이 대체 무슨 소용이랍니까?"

갑자기 랄라 할리마는 목소리의 톤까지 바꾸며 힘없는 안색으로 슬픔이 가득 담긴 눈빛을 들어 운희를 바라보았다. 그런 랄라 할리마의 목소리는 자못 떨리기까지 했다.

"미안합니다, 랄라 운희. 괜스레 쓸데없는 말을 했습니다. 후후…… 정말 지난 과거가 다 무슨 소용이랍니까. 사랑을 잃으면 다 소용없는 것을요……. 후후."

랄라 할리마의 힘없이 내뱉는 말을 들으며 운희는 놀란 표정을 지었다. 그녀는 갑자기 눈시울을 붉히더니 이내 물기가 차 오른 시선으로 운희를 바라보았다.

"랄라 운희, 부탁이 있어요. 그래요, 이 천하의 랄라 할리마가 여지껏 그 누구에게도 애원해 본 적이 없었지만…… 랄라 운희, 그대에게 부탁이 있어서…… 이렇듯 찾아왔습니다. 흑."

갑자기 목소리를 떨며 말하는 랄라 할리마의 커다란 눈에서 한

줄기의 맑고 투명한 눈물이 뺨을 타고 도로록 흘러내렸다. 그러더니 이내 고개를 푹 숙이며 어깨를 들썩거렸다.

랄라 할리마의 뜻밖의 모습을 바라보면서 운희는 물론 시녀장 파티마까지 깜짝 놀라 뜨악해진 시선으로 랄라 할리마를 바라보았다.

잠시 후 고개를 든 랄라 할리마는 눈가에 흐르고 있는 눈물을 천천히 닦아내었다.

"라, 랄라 운희. 그대의 시녀장을…… 밖으로 물려주실 수 있겠습니까? 차마 아랫것들에게까지 이러한 나의 모습을 보이는 것이…… 흑흑……."

랄라 할리마는 말을 채 잇지 못하고 울음을 터뜨리고 말았다. 당황한 운희는 어쩔 줄 몰라 하며 자신의 발치에 앉아 있던 파티마를 말없이 쳐다보았다. 파티마는 운희를 걱정이 가득 담긴 시선으로 바라보았다. 하지만 랄라 할리마의 시녀장인 아가가 황급히 일어나 자신의 여주인의 곁에서 물러나는 동작을 취하자 파티마도 어쩔 수 없이 몸을 일으켜 두 황후의 곁을 물러나고 말았다.

모든 시녀들이 사라지고 두 명의 황후만이 남게 되자 랄라 할리마는 가슴을 들먹이면서 물기 가득한 애절한 시선으로 운희를 바라보았다. 그리고는 정성스레 손질이 잘된 매끄럽고 화사한 손을 뻗어 운희의 작고 가냘픈 손을 부여잡았다.

"랄라 운희, 이 제국 안에서 부러울 것이 없는 술탄의 제일 황후인 이 랄라 할리마가 그대에게 청이 있어 이렇듯 찾아왔습니다. 그대가 흉을 보아도 어쩔 수 없습니다. 부디 오늘 밤…… 술탄을 이 랄라 할리마에게로…… 보내주세요. 제발 부탁입니다. 흑흑."

랄라 할리마의 너무도 뜻밖인 말에 운희는 어떻게 처신해야 할지 몰라 당황하고 있었다. 랄라 할리마는 운희의 손을 더욱 강하게 부여잡으며 눈물이 줄줄 흐르는 얼굴로 애처롭게 울먹이었다.

"그래요…… 술탄의 말씀처럼…… 술탄의 아내로서 알라의 사도이며 예언자인 무하마드의 본을 따라…… 술탄의 곁에 나를 제외한 세 명의 아내를 더 두도록 협조하여야 하는 것이 황후의 도리로서 마땅합니다. 하지만 나는…… 지금껏 그렇질 못했어요. 랄라 지다나도 그렇고, 랄라 운희 그대도 그렇고, 술탄의 간청에 의해 어쩔 수 없이 아내로 들이는 것을 허락했지만…… 나의 솔직한 심정은 그러고 싶지 않았답니다. 나의 이러한 마음은…… 술탄에 대한 지극히 끓어오르는 사모의 정 때문이었음을 랄라 운희가 알아주었으면 합니다. 하지만 술탄께서는 이러한 나의 마음을 도무지 알아주시지 않으시니 그것이 이 랄라 할리마는 너무 힘이 들어 미칠 것 같습니다. 그리고…… 공평하셔야 할 술탄께서는 랄라 운희를 품으신 그 순간부터 지금껏 술탄의 또 다른 아내인 이 랄라 할리마를 잊고 계신 듯하니…… 그것이 못내 아쉽고 섭섭하여…… 아무리 참고 참으려고 했지만 술탄을 향한 나의 마음이 너무도 사무쳐서…… 이렇듯 랄라 운희를 찾아와 간청하는 것입니다. 부디 술탄께서 공평히 그의 또 다른 아내인 이 랄라 할리마를 잊지 않도록…… 랄라 운희가 제발 협조를 해주세요. 오늘 밤, 이 랄라 할리마가 술탄을 모실 수 있도록…… 부디 술탄을 나에게로 보내주세요. 부탁입니다. 흑흑."

랄라 할리마의 뜨거운 눈물을 자신의 손등에 느낀 운희는 결국 안색을 흐리고 말았다. 같은 여자의 입장에서 랄라 할리마가 이해되어 운희는 기나긴 한숨을 토해내었다.

'조선이나 이곳이나…… 한 낭군을 바라보는 여러 여인들의 가슴은 이렇듯 찢어지는군요. 조선 송시열 선생의 계녀서에서 이르던 일백의 첩을 두어도 시기하지 말라는 글귀가 왠지 현실성이 없음을 느낍니다. 낭군을 바라보는 아낙의 마음은 이렇듯 다 똑같은 것을…… 이 운희 역시 랄라 할리마의 입장이었다면…… 어쩌면 그리하였을지도 모를 일입니다. 허나 술탄께서 그대에게 가신다 하여도 이 운희는 시기하지 않으렵니다. 그대의 모습에서 또 다른 나의 모습을 읽을 수가 있었으니까요.'

"걱정하지 마시어요, 랄라 할리마 황후. 오늘 밤 내 분명히 술탄께 청하여 랄라 할리마 황후의 처소로 발길을 돌려주십사 부탁드릴 것이옵니다. 하오니…… 이제 그만 눈물을 멈추시고 환한 미소로 술탄을 맞을 준비를 하시어요. 이렇듯 마음을 열고 이 랄라 운희를 찾아와 주시어 정말 감사하옵니다. 앞으로도 친자매같이 친언니같이 따를 터이니 이 랄라 운희를 많이 가르쳐 주시고 보듬어 주시기 바랍니다."

운희는 싱그러운 미소를 보이며 랄라 할리마의 검게 얼룩이 진 눈가를 살며시 손으로 닦아주었다. 랄라 할리마는 고개를 가볍게 끄덕이고는 서둘러 몸을 일으켜 세웠다.

"고맙소, 랄라 운희 황후. 내 오늘 밤 그대의 말을 믿고 단장을 하여 술탄을 기다릴 터이니, 부디 약속을 지켜주시기 바랍니다."

랄라 할리마는 눈가에 반짝 스치는 빛을 발하며 환한 미소를 지은 채 밝은 목소리로 말을 했다.

그때 물레이 무하마드가 한 시녀의 손에 이끌려 들뜬 목소리로 랄라 할리마 앞에 나타났다. 랄라 할리마는 기쁜 표정으로 물레이 무하마드를 끌어안고 운희에게 희미한 눈웃음을 지어 보였다. 그리고는 자신의 시녀들을 이끌고 서둘러 운희의 처소를 빠져나갔다.

그들이 떠나자 운희의 처소는 조용해졌다.

파티마가 조심스러운 발걸음으로 운희의 앞에 나타났다. 그녀는 근심 어린 시선으로 운희를 바라보았다. 운희는 파티마의 시선에 조금은 움츠러드는 기분이 들었지만 곧 랄라 할리마와의 이야기를 말해주었다. 그러자 파티마는 한탄이 섞인 한숨을 내쉬며 고개를 절레절레 흔들었다.

"소인도 랄라 할리마로부터 그러한 이야기를 들었다면 분명 랄라 운희처럼 대답하였을 것입니다. 허나, 소인의 생각에는 무언가 자꾸 의심스러운 구석이 느껴지니 황후께서 부디 긴장을 늦추시지 않으시길 바라옵니다."

파티마의 근심 어린 말을 들으며 운희도 무언가 알 수 없는 불안감에 한숨을 길게 내쉬었다. 운희는 자신의 패물함에서 묵직한 비단 주머니를 꺼내어 파티마의 손에 얹어주었다. 파티마는 비단 주머니를 묵묵히 바라보더니 이내 정중하게 고개를 숙여 예를 갖추어 그것을 받고는 갈무리했다.

그날 오후에 늦은 저녁식사를 마친 술탄이 운희의 처소로 발걸음을 했다. 운희의 단아한 모습을 보는 것만으로도 술탄은 그저 기분이 좋았다.

방케트 위에 길게 모로 누운 채 하루 중 있었던 기억에 남는 이야기를 나누면서 술탄은 자신 앞에 우아하게 앉아 있는 운희의 작고 하얀 손을 연신 쓰다듬고 있었다. 그때에 운희가 조심스럽게 술탄 앞에서 입을 열었다.

"술탄이시여, 오늘 밤은 랄라 할리마 황후의 처소로 옮기심이 어떠하신지요?"

마른침을 꿀꺽 삼키며 술탄의 잘난 얼굴을 쳐다보면서 운희는 떨리는 목소리로 말을 했다. 술탄은 뜻밖의 말에 황급히 상체를 일으켜 앉으며 정색을 하면서 운희를 바라보았다.

"지, 지금 무어라 하였소? 랄라 할리마의 처소로 이 술탄보고 가라 하였소?"

두 눈을 부릅뜬 채 자신을 채근하는 술탄의 말에 운희는 바짝 긴장하며 조심스럽게 고개를 끄덕이었다.

"그, 그러하옵니다…… 술탄이시여."

운희의 너무도 뜻밖의 말에 술탄은 어이없는 탄성을 내뱉은 채 허허 하고 헛웃음을 터뜨렸다.

"지금껏 살아오면서 다른 여인의 침소로 들라는 여인은 오직 그대밖에 없었소. 하하."

연신 헛웃음을 터뜨리던 술탄은 이내 무서운 시선으로 운희의 얼굴을 강하게 쏘아보았다.

"갑자기 그대가 어이하여 이러한 생각을 하게 되었는지 묻고 싶소. 지금 당장 소상히 대답하시오. 대체 무슨 연유에서 그러한 것이오?"

술탄의 단호한 말에 운희는 한동안 대답도 못한 채 쩔쩔매고 있었다. 하지만 결국 얼굴 가득 수심을 드러내며 나지막이 입술을 열었다.

"술탄이시여, 오늘 술탄의 제1정비 되신 랄라 할리마 황후께서 신첩의 처소를 방문하시어 잠시 진중한 대화를 나누었나이다. 그때에 술탄께서는 두 아내 사이에 공평한 사랑을 주셔야 한다는 무하마드의 말씀을 실행치 못하고 있음을 신첩이 깨달았습니다. 이모든 것이 신첩의 불찰이옵니다. 술탄께서 덕을 세우도록 두루 살피지 못한 신첩의 잘못이옵니다. 또한 랄라 할리마 황후의 술탄에 대한 애끓는 사모의 마음을 알았기에 신첩이 이를 무심코 넘길 수가 없었습니다. 해서 신첩은 랄라 할리마 황후께 오늘 밤 술탄께서 랄라 할리마 황후의 처소로 발걸음을 하시도록 협조하겠다 약조하였나이다."

"허, 허!"

술탄은 고개를 돌려 허공을 바라보며 기가 막힌 심정에 탄성을 터뜨렸다.

"랄라 운희, 지금 그대는 나를…… 이 술탄을 다른 여인과 나누어 가지려 하는 것이오? 그래도 그대는 별 상관이 없단 말인 것이오?"

운희의 말이 채 끝나기도 전에 술탄은 벼락같은 고함을 지르며 방케트에서 벌떡 일어났다. 운희는 성난 파도처럼 진노하는 술탄의 모습에 너무도 놀라 바싹 긴장했다.

"좋소. 그대가 청하는 것은 무엇이든지 들어주겠다 하였으니 이 또한 내가 들어주겠소. 오래도록 랄라 할리마의 처소에 들지 않은 것도 사실이오. 허나, 그대가 이토록 쉽게 나를 보내리라고 는 전혀 생각지도 못했소. 그대는 나만큼이나…… 나를 아끼지 않는 모양이구려!"

술탄은 거칠게 방케트를 걷어차고는 겉옷을 손에 집어 든 채 쿵쿵 발걸음을 울리며 출입문을 향했다. 그리고는 시종을 소리 높여 부르면서 거칠게 출입문을 걷어찼다. 술탄은 분노에 찬 악 소리를 끊임없이 내뱉으며 시종이 황급히 열어준 출입문 밖으로 사라져 버렸다.

뒤에 남겨진 운희는 온몸을 후들후들 떨며 술탄이 사라진 출입문을 멍하니 바라보았다. 출입문 너머 어둠 속으로 사라진 술탄의 뒷자취를 쫓으며 운희는 갑자기 옥죄어오는 가슴에 고통을 느끼며 자신도 모르게 손으로 움켜쥐었다.

"여자가 지아비 섬기는 중…… 투기 아니함이 으뜸 행실이니. 일백 첩을 두어도 불만(不滿)하고, 첩을 아무리 사랑하여도 노기(怒氣) 두지 말고 더욱 공경하여라. 일백 첩을 두어도 절대…… 시기하지 않으며…… 하아……."

운희는 기나긴 한숨을 거칠게 토해내며 조선의 기생청에서 익힌 송시열 선생의 계녀서의 일부분을 읊조렸다. 운희의 창백한 눈가에 이슬이 맺혔다.

술탄은 화려하게 치장을 한 채 환한 미소로 자신을 맞이하는 할리마의 얼굴을 잔뜩 인상을 찌푸린 채 바라보았다. 할리마의 정성을 다하여 치장한 모습에서 그녀의 마음을 읽을 수 있었으나 술탄은 굳이 그녀의 마음을 헤아리고 싶은 생각이 추호도 없었다.

술탄은 무뚝뚝한 시선으로 언제나처럼 익숙한 하렘 안을 쓰윽 훑어본 후에 자신 앞에 머무르고 있는 수많은 여인들을 물리치고 할리마의 처소를 향했다. 술탄의 뒤를 할리마가 기쁨이 가득한 얼굴로 황급히 좇았다. 이어 할리마의 침실에서 두 사람은 서로 마주 보고 침상 위에 앉았다.

할리마는 기쁨의 빛을 숨기려 들지 않으며 오래전 술탄의 마음을 사로잡았던 예의 그 아름답고 매혹적인 눈웃음을 지어 보였다.

"랄라 할리마, 이제 만족하오?"

술탄은 심드렁한 표정으로 할리마를 바라보며 말을 내뱉었다. 술탄의 뜻밖의 말에 할리마는 순간적으로 멈칫하였으나 이내 매우 기쁜 표정을 지으며 입을 열었다.

"술탄께서 신첩을 찾아주시니 신첩은 너무나 기쁘기 그지없사옵니다."

할리마는 웃음기 가득한 홍조 띤 얼굴로 술탄을 향하여 방긋 웃어 보였다. 하지만 술탄은 여전히 무뚝뚝한 나무토막 같은 표정으로 양미간을 좁힌 채 할리마를 차가운 시선으로 바라보았다.

술탄은 침상 위에 거칠게 몸을 뒤로 뉘이며 한숨과 함께 두 눈을 질끈 감아버렸다. 그리고는 미동도 않은 채 그대로 잠을 청하려 했다.

할리마는 그러한 술탄의 모습에 기운이 빠져 절로 어깨가 축 늘어졌다. 그러나 기회를 이렇게 흘려보낼 리 없는 할리마는 몸을 일으키어 거추장스러워 보이는 술탄의 겉옷을 벗겨내려 했다. 그러나 할리마의 손길이 술탄의 몸에 닿자마자 술탄은 짜증난 얼굴로 할리마의 손길을 거칠게 떨쳐 내어버렸다.

"됐소. 오늘은 몹시 피곤하니 나를 이대로 놔두시기 바라오."

술탄은 짜증이 가득한 찌푸린 얼굴로 할리마의 손길을 무시한 채 스스로 자신의 겉옷을 벗어 침상 아래로 아무렇게나 던져 버렸다. 그리고는 할리마에게서 반대편으로 몸을 돌려 누워버렸다.

그러한 술탄의 모습에 할리마는 충격을 받아 창백하게 질린 채 입술만 파르르 떨었다. 서글픔이 밀려왔다. 어느덧 할리마의 창백한 뺨에 소리 없이 눈물이 흘렀다.

"어, 어찌하여…… 신첩을 이리 대하시나이까…… 흑흑."

할리마는 북받쳐 오르는 감정을 주체하지 못하고 결국 입을 틀어막은 채 울음을 터뜨리고 말았다.

소리 죽여 한참을 울고 있는 할리마의 손가락 사이로 자연스레 새어나온 울음소리를 듣고 있던 술탄은 견디다 못하고 거칠게 몸을 일으켜 세웠다. 그리고는 깊은 한숨을 토해내었다.

"랄라 할리마, 대체 그대가 울고 있는 연유가 무엇이오?"

술탄의 목소리엔 짜증이 가득 묻어나 있었다.

"어, 어찌하여…… 신첩을 이리도 하찮게 대하십니까? 흑흑. 지난 시절…… 신첩께서 약조하셨던 그 사랑은 이제 다 사라진 것이

옵니까? 흑흑…… 너무 야속하시어요. 술탄께선 너무 야속하시옵
니다…… 흑흑."

할리마는 두 손으로 얼굴을 가린 채 어깨를 격하게 들썩이며 더
욱 서글프게 흐느껴 울었다. 술탄은 잔뜩 찌푸려진 얼굴로 랄라
할리마의 얼굴을 가린 손을 거칠게 떼어내며 단호한 목소리로 으
르렁거렸다.

"무엇이 야속하단 말이오? 오늘 그대의 처소로 발걸음을 옮긴
것이 야속하단 말이오? 아니면 그대와 잠자리를 하지 않는 것이
야속하단 말이오? 허면 내가 그대의 처소를 찾았다 하여 반드시
그대와 살을 섞으며 잠자리를 하여야 한단 말이오? 오늘은 내가
몹시도 지쳐 있소. 그러니 그대도 그리 알고 나를 편안히 대해주
면 안 되겠소? 오늘 그대를 찾은 것이 정녕 나의 뜻이 아닌 줄은
그대도 잘 알 것이 아니오!"

술탄의 너무도 거친 말에 깜짝 놀란 할리마는 눈물로 얼룩진 얼
굴로 술탄을 바라보았다.

"내 이미 다 알고 있소. 그대가 랄라 운희를 충동질하여 어쩔 수
없이 나를 그대 곁으로 이끌도록 만든 것이 아니었소? 그렇다면
그것으로 된 것이 아니오? 나는 이렇게 그대의 곁에 있지 않느냔
말이오. 대체 나에게서 더 이상 무엇을 바란단 말이오? 우리의 지
난 시절, 그대와 꿈결 같은 시간을 보냈던 한때가 우리에겐 분명
있었소. 허나, 그때 나는 무척 어렸고 그대 역시 어렸소. 처음 그
대를 품었던 황홀감에 우린 함께 몇 년을 침상에서 뒹굴었고, 랄
라 지다나를 아내로 맞이한 후에도 나는 또 그렇게 수개월을 랄라

지다나와 함께 침상에서 있었소. 그것은 신이 인간에게 부여해 준 특권으로 너무도 자연스러운 일이었소. 하지만 그때에도 그대는 랄라 지다나와 나 사이를 심각할 정도로 투기를 하였소. 내 모를 줄 아시오? 그대는 온갖 있지도 않은 말까지 만들어 랄라 지다나를 모함하려 했었소. 어디 그뿐이었던가, 한때 내가 총애했던 백인소녀도 그대는 심각할 정도로 투기하여 그녀를 못내 괴롭혔지 않았소. 랄라 할리마, 그렇지 않소?"

술탄이 거침없이 쏟아놓는 말에 할리마는 기함하며 창백히 질리고 말았다. 그녀는 떨리는 입술을 손으로 간신히 가린 채 말없이 자신을 무서운 시선으로 쏘아보고 있는 술탄의 검은 눈동자를 긴장하며 바라보고 있었다.

"랄라 할리마, 내가 술탄으로 즉위하기 전부터 나는 이복형제들뿐만 아니라 스스로 술탄을 자처하며 득세한 수많은 세력들과 살벌한 경쟁을 벌여왔던 것을 그대는 기억할 것이오. 또한 술탄으로 즉위하고 나서도 제국 내 곳곳에서 일어나는 반란과 음모 세력에 대해서 나의 모든 신경이 쏠려 있었다는 것을 그대 또한 너무도 잘 알 것이오. 허나, 그렇다고 해서 궁성 안 하렘에서 일어나고 있는 일련의 모든 사건들에 대해서 나의 눈과 귀가 멀었다고 생각한다면 그것은 그대의 커다란 착각이며 오산이오. 그 일련의 사건들 중심에는 언제나 그대가 있다는 것을 나는 이미 오래전부터 잘 알고 있었소!"

술탄의 입에서 터져 나오는 거침없는 말에 할리마는 너무도 놀라 순간 헉하며 숨을 멈추고 말았다. 이미 화등잔만하게 커진 할리마의 눈은 충격으로 격하게 흔들리고 있었다.

"허나 랄라 할리마, 이것만은 잘 알아두시기 바라오. 지난 세월 그 십여 년의 세월 동안 나와 함께한 그대를…… 나 술탄 시디 무하마드는 무척이나 아끼고 아꼈소. 지금도 그것을 소중한 추억으로 여기고 있소. 그러하기에…… 내가 그대 외에 사랑했던 다른 여인들보다 그대를 택하며 그 모든 사건들을 들추지 않고 묻어버렸다는 것을 그대는 알고나 있는 것이오? 이러한 나의 마음을…… 그대는 헤아려 본 적이나 있었소?"

술탄은 슬픈 눈빛으로 할리마를 바라보았다. 할리마는 충격으로 새파랗게 질린 채 전신을 오들오들 떨었다.

"그…… 그게 대체…… 무슨 말씀이시옵…… 니까……?"

할리마는 새파래진 입술과 창백한 얼굴로 술탄을 바라보았다. 술탄은 한참 동안 할리마를 말없이 바라보더니 천천히 입을 열었다.

"랄라 할리마…… 이제 더 이상 그대의 투기로 인해 다른 여인들이 다치지 않기를 나는 바라고 있소. 이것은 물론 당신을 위해서 하는 조언이오. 특히, 랄라 운희에게 손을 대었다가는 내가 더 이상 그대를 참아내지 못할 것 같소. 그러하니 더 이상 나의 사랑을 얻겠다는 명목하에 그 어떤 피도 부르지 마시오! 그것으로는 나의 관심을 더 이상 얻을 수가 없다는 것을 그대가 깨달았으면 좋겠소. 내가 그대에게 바라는 것은 그대가 하렘 안을 평안히 다스려 주는 것뿐이오. 제발 이 술탄의 간곡한 부탁을 명심하며 들어주시기 바라오. 그리고 랄라 운희뿐만 아니라 앞으로 나, 술탄 시디 무하마드가 얻게 될 세 번째, 네 번째 아내들에 대해서도 그대의 너그럽고 깊은 마음씨를 보여주시기 바라오."

"수, 술탄이시여…… 그런……."

할리마는 겁에 질린 눈에 눈물을 글썽이면서 반은 정신이 나간 표정으로 술탄을 바라보았다. 술탄은 흔들림 없이 마음에 품고 있었던 말을 마저 이었다.

"그리고 술탄 시디 무하마드의 아내들은…… 랄라 할리마, 그대가 정하는 것이 아니라 나 시디 무하마드가 정하는 것이오. 어찌하여 그대는 지난 몇 년간 그대의 수족처럼 움직이는 여인들을 나의 아내로 천거하려 그토록 기를 쓰는 것이오? 그러기에 그대와 나는 더욱더 어긋나기만 했다는 것을 아시오? 제발 더 이상 간섭하지 말고 나를 이대로 가만히 놔두시오. 나를 그대의 손아귀에 움켜쥐며 그대의 품 안에 가두려 하지 말란 말이오! 왕자 시절에 알았던 순진한 그대의 성품이 나는 너무도 그립소. 점점 변해가는 그대를 대하는 것이 이제는 정말 두렵단 말이오!"

술탄의 말에 더욱 큰 충격을 받은 할리마는 거의 정신을 잃고 쓰러질 지경으로 앞이 노래졌다. 온몸이 사시나무 떨리듯 마구 떨려오며 전신에서 식은땀이 솟아났다.

"아, 아니옵…… 니다. 술탄께서 무언가 잘못 알고 계신 것이옵니다……. 신첩은, 신첩은 그런 적이……."

할리마의 두 눈에서 눈물이 줄줄 흘러내렸다. 그런 할리마의 모습을 안타까운 표정으로 바라보던 술탄은 나지막이 말을 내뱉었다.

"내가 왜 랄라 운희에게 점점 더 빠져드는지, 그대는 그 이유를 아시오?"

뜻밖의 질문에 할리마는 깜짝 놀라며 황급히 술탄의 얼굴을 바라보았다.

"랄라 운희에게는 그대에게 없는 편안함이 있소. 그녀는 주위 사람을 배려하는 놀라운 힘을 갖고 있소. 내가 보기에도 막무가내였던 물레이 에스파를 품어주었던 여인이오. 높은 지혜를 갖고 있는 여인이지만 한편으로는 마음이 여려 그대가 나를 보내라 한다고 이렇게 선뜻 보내주는 그런 바보 같은 일면을 갖고 있는 여자이기도 하오. 이 하렘 안의 여인들 중에 누가 나를 보내라 한다고 하여 다른 여인의 품에 보내줄 사람이 과연 몇몇이나 있겠소?"

"……."

"랄라 할리마, 그대 역시 결코 할 수 없는 일일 것이오. 이번 일도 그대가 그러한 랄라 운희의 성품을 이용한 것이 아닐까 하는 생각이 들고 있소. 그대는 이러한 나의 말을 어떻게 생각하시오?"

술탄은 여전히 차갑고 냉랭한 시선으로 할리마를 바라보며 말을 내뱉었다.

"수, 술탄이시여……."

술탄의 말에 할리마는 상처 입은 짐승처럼 짙은 신음 소리를 내뱉었다. 그리고는 기운을 잃고 침상 위로 널브러지고 말았다. 그런 할리마를 바라보면서 술탄은 할리마를 추스르지 않은 채 자신 역시 지친 표정으로 할리마의 곁에 드러누워 버렸다. 눈에 익숙한 천장 무늬를 바라보며 술탄은 깊은 탄식을 내뱉었다.

"랄라 할리마, 그대를 아끼오. 오래전엔…… 그대를 나의 한 부분으로 느꼈던 적이 참으로 많았었소. 술탄에 즉위하기까지 그대와 함께했던 일들을 나는 결코 잊을 수가 없소. 그대가 나의 외로움을 채워주었기에 오늘의 내가 있는 것이오. 허나 이제는 그대로 인해 심중에 부담을 느끼고 있소. 부디 내 곁의 다른 여인들을 그대가 투기하지 않기를 바라오. 어떤 사건이 일어나고 그 뒤에서 그대의 기운을 느낄 때면 나는 진저리를 치며 그대보다도 나 자신을 위해서 모든 일을 덮어두었던 것이오. 허나 더 이상 방관하기에 그대는 너무 변해 버렸소. 오래전 그대에게서 느꼈던 감정을 지금 나는 랄라 운희에게서 느끼고 있소."

"……."

"내가 이렇게 말했으니 이제 그대는 랄라 운희를 투기하겠소? 랄라 운희에게 위해를 가하겠소? 제발 그러지 마시오. 그대의 마음이 아프다는 것은 알고 있소. 허나, 나를 이렇게 만든 것은…… 랄라 운희도, 나도 아닌 랄라 할리마, 바로 그대이오."

한 마디 한 마디 가슴을 후비는 날카로운 말에 할리마는 숨조차 멈춘 채 양손으로 얼굴을 거세게 감쌌다. 어느새 침실 안에는 할리마의 울음소리가 가득 울려 퍼졌다.

"랄라 할리마, 울지 마시오. 내 이야기는 아직 끝나지 않았소. 나는 랄라 운희와 결혼한 지 채 한 달도 지나지 않았소. 아직 신혼이란 말이오. 그대와의 신혼 때는 몇 년의 시간을 우리 둘이 함께하지 않았소. 허나 랄라 운희에게 주어진 시간은 우리의 지난 시간에 비하면 턱없이 부족하오. 그러니 랄라 운희에게도 시간을 주어야 함이 마땅하다고 나는 생각하오. 그러니 랄라 할리마, 더 이상 이 궁성 안에서 그 어떤 문제도 야기하지 마시오! 어릴 적 그대에게서 느꼈던 그대에 대한 안식의 추억을 더 이상 일그러뜨리지 말란 말이오."

할리마는 마치 오장육부가 끊어지는 듯한 지독한 고통을 느꼈다.

술탄은 기나긴 한숨을 내쉰 채 침상에서 내려와 달팽이처럼 말려 있는 자신의 겉옷을 집어 들었다.

"랄라 할리마, 그대에게 혼자 있는 시간을 주는 것이 좋겠구려. 그러니 나의 말을 깊이 생각하고 그대와 나의 관계를 개선시키기 위해서는 어떻게 생각하며 행동해야 하는지를 다시 한 번 잘 생각해 보시기 바라오. 그럼 나는 이만 나의 처소로 돌아가 보겠소."

술탄의 말이 채 떨어지기 전에 할리마는 황급히 침상에서 일어나 눈물범벅인 얼굴로 침상 아래로 뛰어내렸다. 그리고는 술탄의 옷을 단단히 부여잡은 채 거세게 고개를 저었다.

"아, 아니옵니다. 아니옵니다. 술탄이시여, 오늘 밤은…… 그냥 신첩의 곁에서 잠만 주무셔도 되오니…… 신첩에게 팔베개를 해 주옵소서. 신첩의 소원이옵니다. 술탄의 품 안에서 잠들 수 있게 해주옵소서…… 흑흑."

술탄은 잔뜩 부어오른, 화장이 엉망이 된 얼굴로 자신에게 애원하는 할리마를 바라보자 절로 측은한 마음이 들었다. 언제나 흐트러짐 없는 매무시를 보이던 할리마였기에 이렇게 머리며 얼굴이며 옷이며 할 것 없이 잔뜩 흐트러진 상태에서 자신을 바라보자 술탄은 너무도 안타까운 마음이 들어 절로 코끝이 시큰했다.

술탄은 잠시 할리마를 바라보다 가만히 고개를 끄덕였다. 그리고 다시 자신의 겉옷을 방케트 위에 내려놓으며 할리마의 눈물로 얼룩진 얼굴을 직접 손으로 닦아주었다.

술탄은 할리마와 함께 침상 위로 올라가 누웠다. 그리고는 살며시 자신의 팔을 내밀어 할리마를 뉘인 채 그렇게 누워 있었다. 할리마는 어미 품을 찾는 작은 새처럼 술탄의 품 안에 자신의 얼굴을 깊이 묻었다.

운희는 떨리는 손길로 자신의 손톱을 쉴 새 없이 물어뜯고 있었다. 파티마로부터 몇 번의 주의를 듣고 나서야 자신의 손톱을 내려다보았다. 그러나 이미 몇몇의 손톱은 들쭉날쭉하게 치아에 뜯겨 나간 채 짧아질 대로 짧아져 있었다.

운희는 한숨을 길게 내쉬며 자신이 왜 이토록 불안해하는지 의아하게 생각하며 가만히 자신의 마음을 들여다보았다. 그 끝은 언제나 술탄과 랄라 할리마가 함께 있는 그녀의 처소에 머물러 있었다. 생각이 그곳으로 미치자 다시 가슴이 거세게 뛰기 시작했다. 운희는 붉어진 얼굴로 억지로 자신의 감정을 추스르려 애를 썼다.

파티마는 그런 운희의 모습을 바라보며 길게 한숨을 내쉬었다.

시간이 제법 깊어졌다. 어느새 방 안에는 여러 개의 촛불이 켜져 있었고 밀랍양초의 촛불이 사람들이 움직일 때마다 일으키는 바람에 의해서 여지없이 흔들렸다. 촛불이 일으킨 음영에 운희의 이목구비가 더욱 뚜렷하게 보였다. 전날부터 수를 놓고 있던 젤라바를 내려놓으며 파티마는 손에 들고 있던 바늘을 반짇고리 함에 던져 넣은 채 입을 열었다.

"황후이시여, 어찌 그리 땅이 꺼질 듯 저녁 내내 한숨을 내쉬는 것이옵니까?"

파티마의 말에 그제야 운희는 화들짝 놀라며 얼굴을 붉혔다.

"파, 파티마…… 내가 왜 이럴까요? 오늘 저녁 내내 마음이 불안하고 기운이 하나도 없는 것이 꼭 체한 것마냥 가슴에 돌이 앉은 듯 답답하기만 합니다. 대체 내가 뭘 잘못 먹었는가요?"

운희의 말에 파티마는 슬그머니 미소를 지었다. 그런 파티마의 모습에 운희는 얼굴을 더욱 붉히며 부루퉁하니 입술을 비죽이 내밀었다.

"파티마는 왜 웃어요? 그 표정은 마치 나를 놀리는 것 같잖습니까."

그런 운희의 어린아이 같은 모습에 파티마는 더욱 큰 소리로 웃음을 터뜨렸다. 운희는 더욱 얼굴을 붉히며 당황한 채 입술을 비죽이 내밀었다.

"그것 보셔요. 왜 랄라 할리마의 말은 들어서 이렇듯 혼자 전전긍긍하고 계신 겝니까? 은애하시는 술탄을 랄라 할리마에게 보내니 기분이 썩 좋지 않으신 모양이지요?"

파티마는 웃음기 가득한 얼굴로 촛불이 일렁이는 눈을 빛내며 재미있다는 표정으로 운희를 바라보았다.

이에 운희는 화들짝 놀라며 전혀 그런 것이 아니라고 외치며 양손을 휘저었다.

"무, 무슨 말을…… 소, 소화가 아니 되어서 그런 것이오. 파티마는 잘 알지도…… 못하면서……."

파티마와 시선이 마주치자 운희는 붉어진 얼굴을 황급히 돌리며 말을 더듬거렸다. 그리고는 자신의 숨결에 흔들리고 있는 밀랍양초의 불꽃을 하염없이 바라보며 등을 웅크린 채 앉아 있었다.

"황후이시여, 이제는 그러지 마십시오. 어디까지나 아내들에게 사랑을 나누어 주시는 것은 술탄의 몫이랍니다. 헌데 랄라 운희 황후를 찾아오신 술탄을 이리 내쫓은 것은 황후께서 잘못하신 일이십니다. 다시는 어느 누구의, 심지어 랄라 할리마의 부탁일지라도 그러한 부탁은 들어주시는 것이 아닙니다. 그것은 술탄의 권한을 넘어서 술탄을 능멸하는 일이 될 수도 있으니까요. 더욱이 이하렘 안에서…… 언제까지 술탄의 사랑을 받아 그 총애를 누릴 수있을지는 아무도 모르는 일입니다. 심지어 술탄, 당신께서도 언제자신의 마음이 변하여 다른 여인을 또 사랑하게 되실지 모르는 일입니다. 그러하니 술탄의 사랑을 한껏 받을 수 있는 때에 그 사랑을 주저없이 받아 누리시는 것이 랄라 운희 황후를 위하시는 길입니다. 이 하렘 안에는 술탄께서 내려주실 그 사랑을 갈망하는 아름다운 여인들이 너무도 많이 있습니다. 그 여인들은 어찌하든 술탄의 눈에 들기 위해서 지금 이 순간에도 고군분투하며 애쓰고 있음을 황후께서는 잠시라도 잊으시면 아니 됩니다. 두 번 다시 이런 실속없이 남만 좋은 일을 하시면 더더욱 아니 되는 것입니다. 아시겠지요?"

운희는 파티마의 말에 바짝 긴장하며 슬픈 얼굴로 촛불을 바라보았다. 이어 땅이 꺼질 듯한 긴 한숨을 내쉬며 어느새 세운 양 무릎 위에 팔을 두르고 그 위에 턱을 괴면서 몹시 씁쓸한 표정으로 입을 열었다.

"파티마의 이야기를 들으니, 이 궁성 안의 여인들 운명이 너무도 슬프고 가슴이 아프네요."

파티마는 운희의 뜻밖의 말에 동작을 멈추고 작은 몸을 더욱 움츠리고 있는 자신의 여주인을 안타까운 시선으로 바라보았다.

"그러게 말입니다. 이러한 환경 속에 너무 익숙하여 한동안 소인이 그런 생각을 해보지 못하였습니다. 하지만 황후의 말씀이 옳습니다. 이 궁성 안뿐만 아니라 이 제국의 모든 여인들은 각각의 하렘에 갇혀 슬프고 가슴 아픈 삶을 살고 있습니다. 자유도 없고 자신의 의지도 없고…… 오로지 자신을 구속하고 있는 남자들에 의해서 그 주어진 삶을 살게 되니까요. 대체 이 제국의 여자들에겐 언제쯤 자유가 찾아올까요? 휴우."

길게 한숨을 내쉬던 파티마는 다시 반짇고리 함에서 바늘을 찾았다. 그리고 종일토록 들고 있던 젤라바를 다시 들어 바느질하기 시작했다. 방 안에는 적막이 흐르고 있었다. 얼마 후 젤라바의 이곳저곳을 훑어보던 파티마가 활달한 목소리로 운희를 향하여 입을 열었다.

"자, 이리로 와보세요. 그렇게 한숨만 내쉬고 있으면 바닥이 꺼져 버린답니다. 소인이 만든 젤라바를 한번 입어보세요. 오늘에서야 솔기 부분의 수를 다 놓았답니다. 황후께 드리려고 만들었으니 어서 입어보세요. 마음에 드실지는 잘 모르겠지만요."

파티마는 생긋 웃으며 운희에게 다가가 몸을 일으키어 속히 옷을 입어보도록 재촉했다. 기운 없이 앉아 있던 운희는 파티마의 활달한 몸짓에 살짝 미소를 지으며 어쩔 수 없이 천천히 몸을 일으켜 세웠다. 그리고는 파티마가 건네준 두건이 달린 젤라바를 살펴보았다.

젤라바의 솔기에는 파티마의 성품을 그대로 드러내 보이듯 꼼꼼히 박힌 화려한 수가 예사롭지 않게 수놓아 있었다. 순백색의 비단옷에 놓여 있는 자수는 운희의 마음을 흡족하게 만들었다. 랄라 운희는 기분 좋은 웃음을 입가에 지으며 연신 너무 마음에 든다며 파티마를 칭찬했다.

파티마의 도움의 손길로 운희가 젤라바를 막 입었을 때에 갑자기 두 여인이 구슬주렴을 활기차게 헤치며 허둥지둥 안으로 들어섰다.

두 여인은 연신 거친 숨을 몰아쉬며 운희의 앞에 몸을 조아리고 엎드렸다. 그리고는 운희가 고개를 들라는 명을 내리자 잔뜩 흥분한 얼굴로 운희를 바라보며 입가에 커다란 웃음을 지었다. 두 여인의 눈동자에는 무언가에 대한 기대로 반짝반짝 빛나고 있었다.

"두 사람은 무슨 좋은 일이 있기에 얼굴에 그리 화색이 돕니까?"

운희의 말에 두 여인은 잔뜩 흥분한 어조로 운희를 향하여 입을 열었다.

"황후이시여, 오늘 밤 하렘 밖 안뜰광장 근처에서 오늘 들어온 곡예사들이 곡예를 펼친다 하옵니다. 간만에 들어오는 곡예단이

라 랄라 할리마 황후의 하렘 쪽 여인들도 잔뜩 들떠 있다 하옵니
다. 우리도 구경을 하러 가면 어떨까요?"

고갯짓을 할 때마다 촛불에 반짝이는 금발머리의 사라가 하얀
뺨을 분홍빛으로 물들이며 기대에 부푼 벽안의 눈동자를 빛내면
서 말을 했다. 이에 곁에 있던 암갈색 피부의 카디자도 커다란 검
은 눈망울을 빛내며 잔뜩 흥분한 어조로 입을 열었다.

"그러하옵니다. 늘상 보아오던 궁중의 곡예단이 아니라 하오니
소인들도 무척 보고 싶사옵니다. 황후이시여, 소인들과 함께 밤나
들이를 하여주시옵소서. 이렇듯 소녀들이 간청하옵니다. 오래도
록 하렘 안에만 갇혀 있다 보니 소인들은 너무 무료하옵니다."

두 시녀의 간곡한 청에 운희는 매우 당황하며 순간 파티마를 바
라보았다. 파티마는 한숨을 길게 내쉬며 두 시녀를 못마땅한 낯빛
으로 바라보았다. 그리고는 운희를 향하여 고개를 절레절레 흔들
어 보였다. 그런 파티마의 모습에 운희는 물론 두 시녀는 몸을 축
늘어뜨리며 다소 원망이 담긴 눈빛으로 파티마를 바라보았다. 하
지만 파티마는 무뚝뚝한 얼굴로 두 시녀를 날카롭게 쏘아보았다.

이에 운희는 파티마를 대신하여 얼른 입을 열었다.

"하지만…… 술탄께서 밤에 외출하는 것을 금하셨다는 것을 다
들 알지 않습니까? 그러하니 다들 참고 내일 낮을 기약합시다."

운희의 말에 두 시녀는 깊은 탄식을 내뱉으며 얼굴에는 실망의
빛을 역력히 드러낸 채 우울한 표정을 지었다. 그러한 두 친구의
모습에 운희는 절로 미안한 생각이 들어 시선을 피하고 말았다.

"하, 하지만…… 랄라 할리마의 하렘 쪽에서는 오늘 밤 외출을

허가했다고 합니다. 그래서 우리보고 함께 나가자고 먼저 말을 걸어왔는걸요. 그래서 너무 기쁜 나머지 소인들도 서둘러 황급히 달려온 것입니다. 휴우~"

사라는 여전히 애원이 담긴 시선으로 운희를 바라보며 입을 열었다. 그 옆의 카디자도 사라의 역성을 들며 이미 마지막 기도 시간이 끝나는 시각에 하렘의 바깥 출입구에서 서로 만나기로 약속했다며 운희의 허락을 다시 한 번 간구했다.

파티마는 나지막이 탄식의 소리를 내뱉으며 조용히 입을 열었다.

"의외이옵니다. 랄라 할리마 쪽 하렘에서 오늘 밤 외출을 허락했다니…… 하긴, 술탄께서 그쪽으로 드셨으니 아마도 허락이 가능하였던 모양이옵니다."

고개를 갸웃하던 파티마는 미간을 좁히며 잠시 생각을 했다. 그러더니 고개를 들어 운희에게 제안했다.

"만약 술탄께서 허락하신 것이 맞다면 황후께서도 잠시 바람을 쐬심이 어떠하실지요? 그렇다면 소인이 동행하겠습니다. 잠시 바깥바람을 쐬시면 속에 얹혔던 것도 좀 나아지지 않을까 하는 생각이 드옵니다."

"그, 그렇지요?"

파티마의 말이 떨어지기 무섭게 운희를 비롯한 세 여인들은 환한 목소리로 동시에 대답을 했다. 그리고는 서로가 내뱉은 말이 우스운지 한참이나 서로를 바라본 채 깔깔거리며 웃어대었다. 운희의 처소 안에는 삽시간에 활기찬 분위기가 넘쳐흘렀다.

카디자가 데려온 랄라 할리마 처소의 한 시녀가 조심스럽게 술탄의 허락이 떨어졌음을 랄라 운희 앞에 고했다.

밖은 제법 어두웠다.

하렘의 바깥 출입문을 막 나서자 십여 명의 여인들이 한데 어우러져 나지막이 웃고 떠들고 있었다. 그들은 운희의 일행을 만나자 곧 예의를 갖추어 황후에 대한 인사를 한 후에 곡예사들이 기다리고 있다는 곳으로 서둘러 발걸음을 옮겨갔다.

달무리만이 희미하게 빛을 발하고 있어 시야는 더욱 어두웠고 날씨 또한 전날에 비해 더욱 싸늘하게 느껴졌다. 여주인들을 모신 시녀들은 제각기 손에 등불을 든 채 앞장을 서 발길을 비추며 서둘러 발걸음을 재촉했다.

한참을 걸어가자 앞에서 어둠을 뚫고 두 개의 불빛이 점점 다가오는 것이 보였다. 불빛이 점점 확대되어 두 명의 여인이 등불을 들고 오는 것이 보였다. 일행과 어둠 속에서 서로 마주친 두 여인들은 운희와 일행에게 허리를 굽혀 인사를 했다. 그리고는 조심스레 아뢰었다.

"소인들은 랄라 할리마 황후 처소의 시녀들입니다. 황송하옵게도 곡예단들이 오늘은 곡예를 하지 않는다 하옵니다. 그리하여 다시 되돌아가는 중이었습니다."

두 여인의 말에 일행들은 화들짝 놀라며 저마다 안타까움의 탄식을 내뱉었다. 그렇게 한동안 길 위에서 실망의 소리를 쏟아내고 있을 때 별안간 일행 중의 한 명이 큰 소리로 외쳐 댔다.

"어차피 나온 거 수크로 밤나들이를 가는 것이 어떨까요? 이미 외출 허락도 떨어졌으니 몰래 시장 구경이나 하고 옵시다!"

랄라 할리마의 시녀로 보이는 여인의 목소리에 주위에 서 있던 술탄의 승은을 입었던 여인들과 그들의 시녀들이 동시에 함께하겠다는 동의의 의사를 표했다. 이에 순식간에 여인들은 들떠 왁자지껄하며 제일 지위가 높은 운희를 향하여 함께할 것을 권했다.

그때 시녀장 파티마가 이를 가로막으며 속히 하렘으로 되돌아갈 것을 운희에게 권했다. 이에 운희도 파티마의 의견에 동의하며 하렘으로 돌아갈 것을 일행에게 명했다. 그러나 이미 마음이 들떠 있던 여인들은 운희에게 자신들이 밤나들이를 할 수 있도록 눈감아줄 것을 간곡히 부탁했다. 사라와 카디자도 이에 동조하며 밤나들이를 할 수 있도록 허락을 애원하자 운희는 기나긴 한숨을 내쉬며 자신의 두 시녀와 일행들을 나둔 채 시녀장 파티마와 함께 조용히 왔던 길을 되돌아 하렘으로 향했다.

운희와 파티마의 등 뒤로 여인들이 내지르는 환호성이 들려오더니 곧이어 부산한 발걸음이 어둠 속으로 사라졌다. 점점 멀어져가는 여인들의 발자국 소리를 들으며 두 사람은 천천히 하렘을 향하여 발걸음을 옮겼다. 서늘한 바람이 답답했던 기분을 가라앉혀 주었다.

그때 등 뒤에서 서둘러 달려오는 부산한 발걸음 소리가 다시 들려왔다. 문득 여인들 중에서 되돌아오는 누군가 하여 운희와 파티마는 잠시 발걸음을 멈추었다. 하지만 여인네의 발걸음 소리치고는 재빠르고 무거운 어떤 느낌이 예민한 귀를 자극했다. 이에 운희와 파티마는 의아한 시선으로 어둠 속에서 점점 다가오는 정체

불명의 형체에 신경을 곤두세운 채 사람이 다가오는 방향으로 등불을 내밀었다.

어둠을 뚫고 나타난 형상은 모두 넷이었다.

그들은 하나같이 검은 천으로 머리끝부터 발끝까지 휘감고 있었다. 등불 사이로 보이는 것은 위험한 빛을 가득 뿜어내고 있는 형형한 안광의 두 눈뿐이었다. 순간 위험을 알아차린 운희와 파티마는 서둘러 몸을 돌렸으나 남자로 느껴지는 낯선 괴한들의 몸놀림은 이들보다 빨랐다.

낯선 괴한들은 두 사람에게 순식간에 달려들어 다짜고짜 운희와 파티마의 눈과 입을 틀어막았다. 두 사람의 입에는 재갈이 물려졌고 연이어 커다란 자루에 씌워진 채 낯선 사내들의 어깨에 황급히 들쳐 메졌다. 비명 한 번 내지를 겨를조차 없었다. 모든 것이 너무 빠르고 순간적으로 이루어졌다.

궁성의 담장과 면한 산길을 따라 한 무리의 괴한들이 어둠을 밟고 있었다. 밤하늘에는 여전히 흐릿한 달의 주위를 둥그런 옅은 띠가 둘러 있었다.

"비가 오겠는데……."

괴한 중의 한 사람이 어둠 속에서 쉰 목소리로 나지막이 내뱉었다. 그러자 쉿 하는 소리가 무리 여기저기에서 터져 나왔다. 이내 말을 내뱉은 사내는 머쓱하여 흠하는 신음 소리를 내뱉으며 곧 입을 다물어 버렸다.

달빛이 제 역할을 하지 못한 밤길은 사뭇 어둡기만 했다.

레몬나무 숲 음침한 곳에 이르자 갑자기 한 무리의 다른 괴한들이 앞의 능선에서 나타났다. 하지만 두 무리는 문답암호로 서로를 확인하자 깊은 친분이 있는 듯 나직하게 서로 짧은 인사를 주고받으며 한데 어울렸다.

자루를 둘러메고 왔던 괴한들은 무리 중 지도자로 보이는 한 사내 앞으로 다가가 자루를 내려놓고 입구를 풀어내었다. 그러자 운희와 파티마의 모습이 어둠 속에서 드러났다. 두 여인은 숨 쉬기가 힘든지 가슴을 크게 들먹거리고 있었다. 두 여인을 바라보던 지도자가 재갈을 풀어주라는 명령을 짧게 내뱉자 괴한 중의 하나가 민첩한 동작으로 두 여인의 눈과 입을 틀어막았던 천들을 풀어내 주었다.

운희와 파티마는 아주 혼이 빠져나간 얼굴로 잔뜩 겁을 먹은 채 어둡고 낯선 주위를 둘러보았다.

무리의 지도자가 손에 들고 있던 횃불을 운희의 얼굴 가까이로 들이밀자 운희는 갑자기 환하게 다가온 불빛에 눈이 시려 고개를 숙인 채 찡그리고 말았다.

"무, 무엄하오! 이분이 누구신지 알고 이런 해괴망측한 짓을 벌인 것이오? 목숨이 귀한 줄 안다면 어서 썩 우리를 풀어주시오!"

시녀장 파티마는 노기충천한 목소리로 자신들의 앞에 서 있는 사내들을 향하여 일갈을 터뜨렸다. 그러나 사내들은 가소롭다는 듯한 웃음만 내뱉을 뿐 자신들의 앞에 서 있는 지도자를 응시하며 그의 지시를 기다렸다.

역시 검은 천에 두 눈만 내놓고 있는 지도자는 갑자기 운희의 앞에 쭈그리고 앉아 그녀의 턱을 들어 올렸다. 그러자 운희의 숙였던 고개가 들리며 두 사람의 시선이 마주쳤다.

"그동안 평안하셨는지요, 황후 랄라 운희."

지도자는 눈가에 매혹적인 잔주름을 지으며 미소 띤 얼굴로 운희를 그윽이 바라보았다. 나직하면서도 잔잔한 것이 듣기에 좋은 목소리였다.

순간 운희는 너무도 귀에 익은 그 목소리에 깜짝 놀랐다. 잘못 들었는가 하여 눈에 힘을 주며 그를 자세히 살펴보았다. 운희의 눈에 낯익은 눈매가 선명하게 들어왔다.

"다, 당신은…… 설마……!"

운희가 화등잔만하게 커진 눈으로 지도자를 바라보며 엄청난 충격에 말을 잇지 못하고 그대로 얼어붙었다. 그는 즐거운 듯 운희를 향하여 다소 장난스러운 동작을 취하며 인사를 했다.

"황후이시여, 소인 압달라 하켐 라이스이옵니다. 다시 뵙게 되어 영광이옵니다. 하하."

압달라 하켐은 매우 깊숙이 숙였던 허리를 펴며 코까지 얼굴을 가리고 있던 검은 천을 턱 아래로 끌어 내렸다. 횃불 앞에 이목구비 뚜렷한 선 굵은 남자의 얼굴이 여지없이 드러났다. 너무도 낯이 익은 얼굴이었다.

운희는 떨리는 목소리로 간신히 입을 열었다.

"압달라 하켐 라이스…… 어찌하여 이토록 무모한 일을 벌이셨습니까? 술탄의 진노가 그대의 목전에 닿을까 심히 염려가 됩니다. 지금 당장 나와 나의 시녀장을 풀어주세요!"

운희는 두려움으로 자꾸 갈라지려는 목소리에 힘을 주며 압달라 하켐을 향하여 사납게 소리쳤다. 하지만 그는 사뭇 유쾌하다는 듯 크게 웃으며 랄라 운희의 자못 도도해 보이는 턱을 손으로 쓸면서 이죽거리듯 말했다.

"하하, 술탄께서는 랄라 운희가 사라진 줄은 꿈에도 모르고 계실 것입니다. 그러니 무슨 걱정이 있겠습니까? 지금쯤 랄라 할리마 황후의 치마폭에서 허우적거리고 계실 분인데 소인은 하나도 겁나지 않사옵니다. 하하!"

압달라 하켐은 자못 유쾌한 듯 멀리 퍼지는 자신의 웃음소리에는 신경조차 쓰지 않으며 큰 소리로 웃어댔다. 그런 압달라 하켐을 바라보며 운희와 파티마는 경악을 금치 못했다.

"어, 어찌 그런……."

"설마 소인이 아무런 정보도 없이 황후를 이리 모셨겠습니까? 하하."

압달라 하켐 라이스의 말에 운희는 몸에 남아 있던 모든 기력이 손가락 사이로 다 새어나간 듯 꼼짝을 할 수가 없었다. 운희는 창백하게 질린 얼굴로 입술을 부들부들 떨었다.

"그, 그랬군요. 어쩐지…… 곡예단을 구경해도 좋다는 술탄의 허락까지 떨어졌는데, 하렘 출입문 밖에서 만난 여인들의 숫자가 의외로 적다 싶었습니다. 허나, 그저 들뜬 분위기에 휩쓸려 그만……. 황후이시여, 이 모든 것이 어리석은 소인의 불찰로 발생된 일입니다. 부디 소인을 용서치 마시옵소서…… 흑흑."

시녀장 파티마는 입술을 파르르 떨며 물기 젖은 목소리로 흐느껴 울었다. 운희는 안타까운 한숨을 내쉬며 파티마를 위로했다.

"파티마, 그것이 어찌 파티마의 잘못입니까? 아직도 어린 티를
벗지 못하고…… 이렇듯 유흥에 들떠서 나는 물론이고 파티마 그
대까지 이런 어려움에 빠뜨렸으니 이 모든 것이 어리석은 여주인
인 나의 불찰 때문입니다. 그대의 잘못이 아니니 제발 울지 마세
요. 파티마가 울면 이 랄라 운희의 마음은 더욱 찢어집니다……
흑흑."

운희마저 결국 파티마의 어깨에 얼굴을 파묻은 채 어깨를 들썩
이며 흐느끼고 말았다.

그러한 모습을 양미간을 좁히며 지켜보던 압달라 하쳄은 깊은
한숨을 내쉬면서 자리에서 벌떡 일어섰다.

"정말 눈물겨운 모습입니다. 허나, 이제 가야 할 길이 멀기에 서
둘러 떠나야겠습니다. 자, 모두 일어서시지요."

"압달라 하쳄 라이스! 대체 우리를 어디로 데려가겠다는 말입니
까? 그리고 우리를 납치한 연유는 대체 무엇입니까? 그 연유라도
알아야 덜 억울하겠습니다. 속히 그 속내를 밝혀주세요!"

운희는 수심이 가득한 눈빛으로 압달라 하쳄을 바라보았다.

압달라 하쳄은 운희의 말에 싱긋 미소를 지으며 입을 열었다.

"랄라 운희, 연유는…… 너무도 간단합니다. 나는 그저 처음부
터 내 것이었던 여인을 되찾았을 뿐입니다. 비록 술탄이라고 하여
도 내 수중 안에 든 것을 다시 나에게서 빼앗아갈 수는 없을 것입
니다! 그리고 우리는 나의 터전인 살레로 가고 있습니다. 자, 이제
궁금한 것이 모두 풀리셨습니까?"

압달라 하켐은 빙긋이 웃음을 흘리며 주위를 둘러서고 있던 괴한들에게 출발하도록 명령을 내렸다. 그러자 민첩한 두 명의 수하가 운희와 파티마의 입에 다시 재갈을 물렸고, 두 여인들의 가녀린 손목에는 단단한 밧줄이 꽁꽁 동여매졌다.

수하들에 의해 운희와 파티마는 너무도 쉽게 준비된 말의 안장에 올려졌고, 말의 고삐는 곁에 나란히 걷고 있는 다른 말에 올라탄 수하들의 손에 쥐어진 채 그들이 이끄는 대로 서서히 끌려갔다.

압달라 하켐으로부터 속히 출발하라는 재촉의 말이 떨어지자 수하들은 말에 박차를 가하며 서둘러 어둠 속을 내달리기 시작했다.

운희와 파티마는 달리는 말의 등에서 떨어지지 않기 위해 묶인 손으로 말의 갈기를 힘껏 움켜쥐고 안장에 튀어나온 가죽 돌출부에 다리를 감았다. 두 사람은 이를 악물며 흔들리는 말의 리듬에 온몸을 실었다. 그들은 아직도 어둡기만 한 산길을 빠르게 내달렸다.

사라와 카디자는 실망을 감추지 못하고 터벅터벅 하렘을 향하여 걸어가기 시작했다. 생각했던 곡예단의 곡예도 보지 못하고 또한 갑작스런 일로 한참이나 경비병들과 실랑이를 벌인 터라 영 기분이 좋지 않았다. 왜 함께했던 여인들이 경비병들을 붙잡고 쓰잘머리없는 농지거리를 벌였는지 사라는 영 찜찜한 게 기분이 좋지 않았다.

"그 랄라 할리마 쪽 애들 정말 이상하지 않니? 제정신이 아닌 게 분명해. 성문지기에게 푼돈이나 쥐어주고 살짝 성문을 빠져나가면 되는 것이지 왜 멀쩡히 순시를 돌고 있는 경비병들은 붙잡고 해괴한 짓거리를 한 것인지 도통 이해가 가질 않아. 이게 대체 무슨 꼴이니? 수크로 밤나들이 가자고 꼬드긴 것들도 자기들이면서 구경은 고사하고 이게 뭔지. 아이, 신경질나고 기분 나빠!"

아직도 분이 풀리지 않았는지 사라는 입을 비죽이 내민 채 볼멘소리를 했다. 곁에 있던 카디자도 역시나 부은 입으로 랄라 할리마의 시녀들이 오늘따라 이상하다는 둥 사라의 말에 맞장구를 치며 같이 그들의 흉을 보았다.

힘이 빠져 늘어진 어깨로 터덜터덜 어둠 속을 걷고 있는 두 사람의 뒤로 누군가가 두 사람의 이름을 부르며 빠르게 뒤쫓아왔다. 발걸음을 멈추고 뒤를 돌아보자 사라와 카디자의 앞에 조금 전에 헤어졌던 랄라 할리마 측의 한 시녀가 허겁지겁 달려오고 있었다.

그녀는 숨을 헐떡이는 와중에도 연신 미안하다는 말과 함께 밤나들이를 망치게 한 것을 사과하는 뜻에서 박하차와 다과를 대접할 테니 자신의 처소에 들렀다 가라며 한사코 청했다.

두 사람은 몇 번을 사양하였지만 워낙 강경하게 청하며 두 사람의 손목을 억지로 끌고 가는 여인의 힘에 눌려 할 수 없이 여인이 처소로 발걸음을 옮겼다.

한 사람이 겨우 지낼 만한 아주 작은 방에서 세 사람은 한참 동안 수다를 떨었다. 어쩐 일인지 여인은 제법 풍성한 다과와 설탕이 듬뿍 들어 있는 달콤한 아타이를 선뜻 대접해 주었다. 한창 때의 아가씨인 활달한 세 사람이 모이자 순식간에 웃음꽃이 피었다. 그녀들은 눈꺼풀이 제법 무거워질 때까지 오랫동안 수다를 나누었다.

시간이 꽤 흐르자 그때서야 누가 먼저랄 것도 없이 서로 하품을 하면서 잠자리에 들어야겠다는 말을 시작으로 서로 아쉬운 작별 인사를 나누었다.

사라와 카디자는 여인의 배웅을 받으며 여인의 작은 방을 기분 좋게 나섰다. 제법 부른 배를 쓸어내리며 포만감으로 기분이 좋아진 사라와 카디자는 랄라 운희의 처소로 천천히 발걸음을 옮겼다.

달무리진 어두운 밤하늘에는 희미한 별조차 보이지 않았다. 흐린 밤이었다.

하렘의 출입문을 통과할 찰나에 문지기로부터 들은 뜻밖의 소리에 사라와 카디자는 그만 발걸음을 멈추고 눈을 휘둥그레 뜨고 말았다.

"어? 같이 나가셨던 랄라 운희 황후께서는 왜 아직 안 들어오시나? 아직 볼일이 있으신 것인가? 제법 오래 계시네."

하품을 연신하며 부정확한 발음으로 말을 내뱉는 문지기의 소리에 두 사람은 정신이 번쩍 들며 크게 벌어진 눈으로 서로를 바라보았다. 두 사람은 너무도 놀라 한동안 그 자리에서 얼어붙었다.

"무, 무슨 소리예요? 지금 장난하시는 겝니까? 랄라 운희 황후께서 아직 처소에 들지 않으셨다니? 에이~ 썰렁한 장난일랑 하지 마소. 괜스레 사람을 놀래키고 있습니다. 그 말을 들으니 갑자기 가슴이 철렁 내려앉지 않습니까? 황후께선 진즉에, 아까아까 전에 밖으로 나서자마자 시녀장과 함께 다시 처소로 되돌아가셨는걸요. 혹 문지기께서 잠시 졸아서 깜박하신 거 아닌가요? 호호."

"그래, 맞아. 분명 그럴 거야."

사라와 카디자는 문지기가 무언가 잘못 알았을 것이라며 잘 기억해 보라고 목소리의 톤을 높였다. 그럼에도 문지기는 연신 고개를 갸웃거렸다. 사라와 카디자는 무언가 자신들의 뒷골을 잡아당기는 미심쩍은 기분에 문지기를 뒤로한 채 서둘러 랄라 운희의 처소로 발걸음을 옮겼다. 영 개운치 않은 기분에 두 사람은 거의 뛰다시피 빠른 걸음으로 랄라 운희의 처소에 당도했다. 한달음에 달려간 출입문을 거세게 열면서 사라는 졸고 있던 출입문 담당 시녀에게 속사포같이 질문을 쏟아놓았다.

"화, 황후께서는 들어오셨니? 랄라 운희 황후께서는 들어오셔서 안에 계신 거지? 그런 거지, 그렇지? 응?"

사라는 잔뜩 흥분한 얼굴로 자다가 벼락을 맞은 듯한 멍한 얼굴로 자신을 쳐다보는 시녀를 다그쳤다.

시녀는 어이없는 표정을 지으며 얼굴을 찌푸렸다. 그러더니 잠시 후 두 사람의 질문의 의미를 파악하자 시녀는 화들짝 놀라며 사라와 카디자를 하얗게 질린 얼굴로 뚫어져라 쳐다보았다.

"무, 무슨 소리야? 황후께서는 너희들과 함께 파티마 시녀장과 나가셔서 아직 돌아오지 않으셨잖아. 그런데…… 너희들이 말하는 것은 무엇이고, 왜 너희들만 들어온 거니? 혹 지금 날 놀리고 있는 거니? 그런 거야?"

출입문 담당 시녀의 황당하다는 말에 사라와 카디자는 그만 핏기 없는 얼굴로 그 자리에 풀썩 주저앉고 말았다. 온몸이 후들후들 떨렸다. 사라는 간신히 자신의 곁에 있는 카디자를 바라보며 겁에 질린 얼굴로 입을 열었다.

"이, 이것이…… 대체 무슨 일이지? 응? 황후께서 처소에 들어오지 않으셨다니…… 이게 대체 무슨 소리냐고, 응? 이 밤에 달리 가실 곳도 없으시잖아. 두 분의 성품으로 봐서 이 어두운 밤을 함부로 쏘다니거나 하실 리도 없잖아. 그렇지?"

사라는 크게 벌어진 눈에 눈물까지 글썽이며 외쳐 댔다. 카디자 역시 불안에 떨고 있기는 마찬가지였다.

"호, 혹시…… 무슨 변고라도 당하신 것이 아니실까?"

카디자의 말에 깜짝 놀란 사라는 새파랗게 질린 얼굴로 부들부들 떨었다. 이어 벽안의 투명한 눈에서 닭똥 같은 눈물이 텀벙텀벙 쏟아져 내렸다.

"마, 말도 안 돼! 절대 그럴 리가 없어. 랄라 운희 황후께 무슨 변고라니…… 절대로 그럴 리가 없단 말이야. 아닐 거야. 아닐 거라고! 엉엉~"

사라는 끝내 참지 못하고 소리 내어 오열하고 말았다. 곁에 있던 카디자도 몸을 덜덜 떨면서 커다란 검은 눈에서 눈물을 줄줄 흘렸다. 두 사람의 대화를 엿듣고 있던 출입문 담당 시녀는 새파랗게 질린 얼굴로 당황하여 어쩔 줄을 몰라 했다.

그때 갑자기 사라가 랄라 운희의 침실로 허둥지둥 달려갔다. 그리고는 랄라 운희를 부르며 처소의 곳곳을 샅샅이 뒤지기 시작했다. 하지만 그 어느 곳에서도 운희와 시녀장의 그림자조차 발견하지 못하자 사라는 홀의 양탄자 바닥 위에 털썩 주저앉은 채 다시 큰 소리로 울음을 터뜨리고 말았다.

"우, 우리가 나갔던 시간이 대체 언제인데…… 아직까지 돌아오시지 않으시다니. 으흐흑. 분명 무슨 변고를 당하신 게야. 분명 그러한 게야. 그렇지 않고서는 이렇게 늦도록 돌아오시지 않을 리가 없어. 그분들은 절대로…… 밤마실 따위를 늦도록 돌아다니실 분들이 아니란 말이야…… 흑흑흑."

출입문 시녀는 황후가 사라졌다는 충격적인 말에 망연자실하여 하염없이 울고 있는 두 사람을 멍하니 바라보았다. 사라와 카디자는 이미 어깨를 들썩이며 대성통곡을 하고 있었다.

"이, 이것은 우리들의 잘못이야. 우리가 억지로 밖으로 나가자고 하여서 생긴 일이라고. 만에 하나 황후께 무슨 문제라도 생긴다면…… 나는, 나를 결코 용서하지 못할 거야…… 나를 정말 용서하지 못할 거라고. 으흐흑."

사라의 비탄이 섞인 자책의 말에 카디자도 연신 고개를 끄덕이며 사라의 들썩이는 어깨를 꼭 끌어안았다.

"너희들, 정말…… 언제까지 그렇게 울고만 있을 거니? 너희들의 말이 사실이라면 이러고 있을 게 아니라 경비병에게라도 빨리 알리든지 아니면 술탄께라도 속히 알려야 하는 거 아니니? 그런데 그렇게 울고만 있으면 황후께서 이 양탄자 속에서라도 뛰어나오시든? 빨리 황후를 찾아낼 방도를 구해야지! 황후를 너희들이 모시고 나갔으니 너희들이 빨리 책임을 지고 어서 빨리 방도를 알아보라고! 어서!"

출입문 담당 시녀의 호된 꾸지람에 두 사람은 그제야 화들짝 놀라 정신을 차리며 허둥지둥 처소의 출입문을 빠르게 빠져나갔다. 두 사람은 누가 먼저랄 것도 없이 머릿속에서 제일 먼저 떠오른 환관장의 처소를 향하여 빠르게 달려갔다.

기나긴 미로와 같은 대리석 복도의 어둠을 뚫고 사라와 카디자는 정신없이 달려가 환관들의 구역까지 단숨에 다다랐다.

두 사람은 구역의 경계를 나타내는 경비가 딸린 출입문을 미친 듯이 두드렸다. 출입문을 담당하고 있던 환관은 꾸벅꾸벅 졸고 있다가 몹시도 사납게 울려대는 문소리에 화들짝 놀라 선잠에서 깨어나 버렸다.

환관이 여전히 잠이 덜 깬 눈으로 출입문에 뚫린 작은 창을 통하여 밖을 내다보자 두 시녀가 눈물범벅이 된 얼굴로 환관장을 만나게 해달라며 고래고래 소리를 지르고 있었다. 환관은 무언가 다급한 일이 벌어진 것을 본능적으로 깨달았다. 잠이 확 달아나 버린 환관은 두 시녀에게 어찌 된 영문인지를 빠르게 물었다.

사라와 카디자는 서로 앞을 다투어 랄라 운희 황후가 외출한 후에 여태껏 돌아오지 않았으며 시간이 너무 오랫동안 지체되어 무슨 일이 있는 거 같다고 빠르게 고하였다. 환관은 결코 예사롭지 않은 일이란 예감에 벼락같이 일어나 황급히 출입문 안쪽으로 사라져 버렸다.

잠시 후 사라와 카디자는 잠에서 막 깨어난 환관장의 앞에 머리를 조아리며 엎드려 있었다. 눈물로 범벅이 된 사라와 카디자로부터 자초지종을 들은 환관장은 예사롭지 않은 긴박한 상황에 얼굴을 딱딱하게 굳혔다.

환관장은 재빠르게 곁에 서 있던 환관에게 서둘러 경비병을 두 배로 강화하여 궁성 안 그 어느 곳에 있을지 모를 랄라 운희 황후를 찾아내도록 지시했다. 그리고는 사라와 카디자에게 모든 시녀들을 총동원하여 금남구역인 하렘 안을 샅샅이 찾아보도록 지시를 했다. 그리고는 서둘러 옷매무시를 다듬으면서 황급히 랄라 할리마의 처소에 있는 술탄을 찾아가기 위하여 허둥지둥 출입문을 나섰다.

삽시간에 온 궁성 안의 곳곳에는 환한 횃불과 등불들이 어둠을 밝히며 흔들리었다. 궁에서 쏟아져 나온 많은 사람들이 랄라 운희 황후를 부르며 이곳저곳에서 북적거렸다.

랄라 할리마의 처소를 찾은 환관장은 서둘러 술탄께 알현을 청했다. 이에 잠에서 먼저 깬 랄라 할리마는 매우 불쾌한 얼굴로 시녀에게 짜증을 내었다. 그리고는 서둘러 겉옷을 걸치고 얼굴을 베일로 가린 채 처소의 중앙에 있는 홀로 나갔다. 랄라 할리마는 자신을 보자 허리를 굽힌 채 바닥에 엎드려 있는 환관장을 매우 사나운 시선으로 노려보았다. 그리고는 구슬주렴이 커튼처럼 늘어져 있는 차단막 안에 앉은 채 입을 열었다.

"환관장, 이 깊은 밤에 무슨 해괴한 짓이오? 무에 그리 급한 일이 있다고 환관장께서 술탄의 단잠을 방해하려 한단 말이오? 어디 반란이라도 일어났단 말이오? 만에 하나 그렇지 않다면 내 환관장을 엄중 문책할 것이니 촌음을 다투는 일이 아니라면 속히 썩 물러가시오!"

랄라 할리마의 쌀쌀맞은 냉대에 환관장은 깊은 한숨을 몰아쉬었다. 그리고는 술탄의 제2정비이신 랄라 운희 황후께서 밤길에 나섰다가 어디론가 흔적조차 없이 사라져 버렸다는 것을 고했다. 이에 랄라 할리마는 눈썹을 꿈틀거리며 매우 놀란 표정을 지은 채 환관장을 뚫어질 듯 바라보았다. 하지만 그 눈에는 섬광 같은 빛이 찰나적으로 빠르게 스치며 지나갔다.

"흥, 그 무슨 해괴망측한 소리란 말이오? 랄라 운희가 사라졌다니? 아니, 황후 된 자가 어찌 이 야심한 밤중에 술탄께서 금하신 밤길을 나돌아다닌단 말이오! 쯧쯧. 정말 한심하기 짝이 없는 여인이구려. 어찌 그리 철없는 짓을 서슴없이 저지르는지, 환관장의 말을 들으니 내가 정말 어이가 없어 한숨이 절로 나오는구려. 어찌 그런 불충한 여인이 황후의 자리에 앉게 되었는지…… 쯧쯧쯧. 아무튼 환관장의 말은 잘 알았으니 아침에 술탄께서 깨어나시는 대로 속히 고해 올리겠습니다. 그러니 환관장은 안심하고 속히 처소로 돌아가 좀 더 주무시도록 하구려. 나도 좀 더 잠을 청해야 할 것 같소."

랄라 할리마는 자신의 말만 다 마치곤 황급히 몸을 일으켜 자신의 침실로 발걸음을 옮겼다. 이에 환관장은 너무도 어이없어 두 눈을 화등잔만하게 뜬 채 황급히 랄라 할리마를 다시 불렀다.

"화, 황후이시여…… 허나, 아침이 되면 혹 늦을 수도 있사옵니다. 그리되면 술탄께서 너무 늦게 고한 것을 아시고 더욱 진노하시게 될 것이옵니다. 부디 통촉하여 주옵소서. 속히 술탄께 소인의 알현을 고하여 주옵소서. 소인의 간곡한 청이옵니다."

환관장의 간곡한 부탁에도 랄라 할리마는 속으로 코웃음을 치면서 환관장을 사납게 흘겨보았다. 그리고는 못 들은 척 자신의 침실로 발걸음을 옮겼다. 랄라 할리마는 희미한 어둠 속에서 입가에 미소를 짓고 있었다. 하지만 랄라 할리마가 술탄을 깨울 필요도 없이 그는 잔뜩 찌푸린 얼굴로 침실에서 나와 그들 뒤에 서 있었다.

선잠에서 깬 술탄은 초점이 잘 잡히지 않는 눈을 게슴츠레 뜨며 홀 바닥에 엎드려 있는 환관장을 바라보았다.

랄라 할리마는 하얗게 질린 얼굴로 서둘러 술탄의 어깨를 끌어안으며 침실로 함께 들어가 다시 잠을 청할 것을 권했다. 하지만 환관장의 눈과 마주치자 술탄은 랄라 할리마의 손길을 뿌리치고 성큼 환관장의 앞으로 다가섰다. 술탄은 자못 짜증이 서려 있는 목소리로 환관장을 쏘아보며 말했다.

"이 깊은 시각에 환관장이 웬일이오? 그대가 나를 찾은 것을 보니 매우 급한 일이 생긴 게 분명하겠군. 주저 말고 어서 속히 고하시오."

환관장은 바닥에 머리를 조아리면서 랄라 운희 황후의 행방이 묘연해졌음을 고했다. 이에 깜짝 놀란 술탄은 묵직한 둔기로 한 대 뒤통수를 얻어맞은 듯 숨소리조차 멈춘 채 환관장을 쳐다보았다. 어느새 술탄의 두 주먹은 관절이 하얗게 보이도록 힘껏 쥐어져 파르르 떨리고 있었다. 랄라 할리마와 환관장은 몸을 움츠리며 긴장하여 술탄을 주시했다.

술탄은 갑자기 거친 숨을 몰아쉬며 순식간에 검게 물든 얼굴로 두 눈을 매섭게 부릅뜨고 환관장을 노려보았다. 그의 악다문 어금니로 인해 관자놀이의 힘줄이 불끈하니 불거져 나왔다. 술탄의 모습은 마치 야수의 성난 모습과도 흡사해 보였다. 분노로 일렁이는 검은 얼굴빛에 가슴을 들썩이며 거친 숨을 몰아쉬고 있는 술탄은 너무도 무시무시해 보였다. 술탄은 마치 짐승의 신음 소리와도 같은 고함 소리를 거칠게 내질렀다.

"어, 어서 랄라 운희를 찾아내도록 하라!"

온몸을 부들부들 떨고 있던 술탄은 갑자기 홀 안을 정신없이 왔다 갔다 하며 거친 숨을 몰아쉬었다. 그렇게 한참을 서성이던 술탄은 자신의 감정을 제대로 추스르지 못하고 그만 홀의 구석에 놓여 있던 탁자를 거칠게 발로 걷어차 버렸다. 이어 홀 안의 물건들을 닥치는 대로 발로 차고 부수며 집어 던졌다. 이렇게 엉뚱한 곳에 분풀이를 하는 술탄에 의해 홀 안에는 술탄이 마구 부숴놓은 물건들의 파편이 가득 찼다. 그렇게 폭주하는 술탄의 모습을 홀의 한구석에서 지켜보던 랄라 할리마는 입술을 가늘게 떨며 석고상처럼 굳어 있었다.

"술탄이시여, 신첩의 앞에서 자꾸 그러한 모습을 보이지 마시옵소서. 술탄께서 그러하실수록 이 할리마는 더욱…… 슬퍼지며 랄라 운희가 미워집니다……."

그러나 랄라 할리마의 나직이 내뱉은 말을 술탄은 전혀 듣지 못했는지 연신 이미 부숴놓은 물건들을 계속 발로 차거나 짓밟고 있었다.

갑자기 술탄은 걷어차던 발길질을 뚝 멈추고 몸을 휙 돌려 아직도 멀찍이서 부복하고 있는 환관장을 무시무시한 눈으로 노려보며 입을 열었다.

"네놈은 거기서 뭘 하고 있는 거냐! 랄라 운희를 당장 찾아내라니까! 온 궁성 안을 이 잡듯 뒤져서라도 반드시 찾아내란 말이다. 랄라 운희를 찾아내지 못하면 내 너를 가만두지 않을 것이다. 무슨 일이 있어도 랄라 운희를 찾아내어 내 앞에 대령하라! 알겠느냐?"

술탄의 울부짖음과도 같은 엄명에 환관장은 더욱 머리를 조아리며 대답을 했다.

"이미 온 궁성 안을 이 잡듯 뒤지고 있사옵니다…… 허나, 아직도 좋은 소식이 들리지 않고 있으니 혹시……."

환관장의 말이 채 끝나기도 전에 술탄은 매서운 시선으로 환관장의 입을 쳐다보았다.

"혹시 무엇이냐?"

사나운 시선의 술탄의 재촉에 환관장은 마른침을 꿀꺽 삼키며 조심스레 입을 열었다.

"이미…… 궁성 안을 떠나 외부로 나가신 것은 아니실는지……."

환관장의 말이 채 끝나기도 전에 술탄은 두 눈을 무섭게 홉뜨며 순간 멈칫했다. 그리고는 핏빛 같은 눈으로 이를 악문 채 몸을 휙 돌려 발치에 뒹굴고 있던 부서진 소탁자를 거칠게 걷어차 버렸다.

"랄라 운희가 외부로? 외부로 나갔다? 이런 일이…… 환관장,

그를 부르시오! 속히 그를 불러 이 궁성 안에서 벌어진 이번 일의 전모를 속히 밝혀내도록 하시오. 어서 그를 불러오시오!"

"술탄이시여…… 그, 그라 하시면……."

"환관 탐정 이븐 이스마일을 불러오라! 카이드 알리도 부르라! 성문 수문장을 통해 작금 동안 성문을 빠져나간 모든 자들의 기록을 하나도 빠짐없이 속히 가지고 오라 하시오. 특히 지난밤 마지막 기도 시간 이후 성문을 빠져나간 자들에 대한 모든 것을 샅샅이 가져오도록 하고, 궁성을 순시하는 순리들의 이상 여부도 속히 확인하여 알아오시오."

술탄이 무서운 기세로 내리는 엄중한 지시에 환관장은 속히 실행에 옮기겠노라는 대답 후 읍손을 한 채 서둘러 랄라 할리마의 처소를 빠져나갔다.

어둠을 뚫고 말을 달린 지 얼마 되지 않아 흐릿한 밤하늘에서 차가운 빗방울이 한두 방울씩 떨어지기 시작했다. 이윽고 얇은 천을 뚫고 들어온 차가운 물기는 운희의 온몸에 소름을 돋게 했고, 날숨을 내쉴 때마다 허연 김이 뭉게뭉게 뿜어져 나왔다. 아직도 어두운 밤길을 압달라 하켐과 그의 수하들은 잘 훈련된 병사들처럼 조금의 흐트러짐조차 없이 빠르게 내달렸다.

운희와 파티마는 여전히 나부대는 말 등에서 흔들리는 말의 리듬에 맞추어 몸을 싣기 위해 부단히도 애를 썼지만 익숙지 않은 경직된 자세는 허벅지의 근육을 더욱 당길 뿐이었다.

게다가 손목에 묶여진 밧줄은 말이 흔들릴 때마다 연약한 살갗을 거칠게 파고들어 시린 상처를 내주었다. 온몸에서는 기온 차로 인해 생긴 희부연 김이 마치 뜨거운 음식에서 오르는 김처럼 모락모락 피어올랐다. 한 시진쯤을 달리자 빗방울은 거세어졌다. 하지만 압달라 하쳄은 일행에게 비를 피하라는 명령을 내리지 않은 채 묵묵히 앞을 향하여 내달리고 있었다. 운희와 시녀장은 차가운 비에 전신을 오들오들 떨며 힘겹게 말 위에서 버티고 있었다.

선두 말의 긴 장대 끝에 매달려 있는 현등에 빗물이 스며들었는지 불꽃이 칙칙거리는 소리를 내며 흔들리고 있었다. 갑자기 압달라 하쳄이 짧은 외마디 소리를 높이 지르며 말을 세웠다. 그러자 말을 달리고 있던 일행들도 황급히 고삐를 당겨 일제히 말을 세웠다. 일행들은 모두 의아한 시선으로 압달라 하쳄의 흐릿한 인영을 바라보았다.

압달라 하쳄은 아무 말 없이 말에서 내렸다. 그리고는 자신의 말 뒤에 쌓아놓은 뒷짐에서 두터운 모포를 빼내 들더니 아직 말 위에 앉은 채 오돌오돌 떨고 있는 운희의 머리부터 허리 아래까지 덧씌워 주었다. 그리고는 자신의 허리춤에 매달려 있던 칼집에서 단도를 꺼내 들어 운희의 어깨와 손목에 묶여 있던 밧줄을 끊어주었다. 그리고는 다시 흘러내리려는 모포의 끝을 끈으로 단단히 고정시켜 주며 빗물로 인해 연신 눈을 껌벅이고 있는 운희의 하얀 얼굴을 아직 따뜻한 기운이 감돌고 있는 자신의 손으로 살며시 쓸어주었다. 그런 압달라 하쳄 라이스를 운희는 말없이 바라보았다.

압달라 하쳄은 이번에는 파티마에게로 다가가 그녀의 손목과 어깨에 묶여 있던 밧줄을 끊어주었다. 그리고는 뒤에 서 있던 수하에게 모포를 꺼내어 시녀장에게 덮어줄 것을 명령했다. 그러자 바로 뒤의 사내가 자신의 짐 속에서 모포를 꺼내어 파티마의 떨고 있던 어깨에 덮어주었다. 압달라 하켐은 파티마에게 덧씌워진 모포를 어깨에서 머리 위로 끌어올려 비로부터 머리를 가려주었다. 그리고는 모포의 끝이 흘러내리지 않도록 단단히 끈으로 고정시켜 주었다. 모포로 무장된 운희와 파티마를 바라보던 압달라 하켐은 말의 고삐를 쥐고 있던 수하의 손에서 고삐를 받아내어 운희와 시녀장의 손에 각각의 말고삐를 건네주었다.

"이 빗길에 대오에서 벗어나는 것은 어리석고 무모한 짓입니다. 엉뚱한 생각일랑은 일절 품지 않는 것이 현명할 터이니 부디 딴마음은 갖지 않기를 바랍니다. 하긴, 달아난다고 해도 그 몸으로는 얼마 가지도 못하고 곧 잡힐 테지만 말입니다."

압달라 하켐은 어둠 속에서도 하얗게 빛나는 이를 드러내고 씨익 하고 웃었다. 운희는 천천히 깊은 한숨을 내쉬며 압달라 하켐을 향하여 시녀장과 자신에게 모포를 씌워준 것에 대해서 고맙다는 말을 퉁명스럽게 내뱉었다. 하지만 그 시선은 여전히 적대적이었다. 압달라 하켐은 잠시 동안 운희를 바라보다 일행의 선두로 말을 몰고 갔다. 대오는 다시 정렬이 되었고 다시 말에 올라탄 일행들은 압달라 하켐의 지시에 따라 말에 날이 새기까지 단 한 번도 쉬지 않은 채 앞만 보고 길을 내달렸다.

동트기 직전, 저 멀리 얇은 비늘 같은 어스름한 달빛에 나지막한 언덕 뒤로 연이은 낮은 산봉우리들이 보였다. 흙빛을 드러낸 건조한 산줄기는 노쇠한 당나귀의 등처럼 굽은 채 뻗어 있고, 태고적부터 있었을 듯한 오래된 길이 힘줄처럼 돌아 산을 잇고 있었다. 키 큰 떡갈나무 사이로 올리브나무 숲 속이 펼쳐졌고, 그 안에 분홍빛을 드러낸 네모난 카스바(성채, 성곽도시)가 있었다.

제일 먼저 카스바의 관문과 미나레트가 눈에 들어왔다. 카스바는 주변의 시골을 한눈에 바라볼 수 있는 산비탈 요충지에 자리 잡고 있었다. 마치 천혜의 요새처럼 보이며 언덕에서 솟아오른 듯 보였다. 나무가 무성한 비탈에는 작은 관목들과 향나무, 떡갈나무, 종려나무와 빨간 열매를 단 이름 모를 나무가 듬성듬성 서 있었다.

그 아래 계곡에는 강으로 흘러드는 실개천들이 간밤에 내린 폭우로 엄청나게 불어나 거품이 일렁이는 황토빛 흙탕물을 격하게 토해내며 계곡 주변에다 뻘처럼 토사를 쌓고 있었다.

햇빛과 비바람에 바랜 밝은 분홍빛의 홍벽들, 카스바의 정면 아래에는 네모난 흙벽돌과 각진 돌들로 방어적인 외벽을 쌓았고, 그 외벽 사이사이에는 무거운 대포의 포대가 될 탑들이 세워져 있었다. 출입구의 작은 관문도 역시 대포로 수비되어 있었다. 그 왼쪽에는 키 낮은 집들이 줄지어 늘어서 있었고 초록빛 타일로 지붕을 덮은 작은 모스크가 한눈에 들어왔다. 카스바는 다소 공격적이면서도 방어적으로 보였다.

어느새 거세게 퍼붓던 빗줄기는 점점 줄어들더니 부슬부슬한 안개비가 되어 연기가 깔리듯 하늘과 땅 경계가 없이 가득 메우며 자욱이 퍼지고 있었다. 일행들은 서둘러 말에서 내리며 수문장과 쾌활한 인사를 주고받았다. 그리고는 너무도 쉽게 카스바의 출입문 안으로 당당히 들어섰다. 그들의 대화와 행동으로 보아 카스바의 지배자와 압달라 하켐은 두터운 친분이 있다는 것을 쉽게 눈치챌 수가 있었다.

말에서 내린 압달라 하켐은 환영의 인사말을 줄줄이 쏟아내는 사람들 속으로 너털웃음을 터뜨리며 걸어갔다. 남은 수하들도 말에서 내려 지쳐 있는 말들을 영접의 손길을 뻗치는 카스바의 사람들에게 맡기며 자신들이 걸치고 있던 모포와 젤라바를 일제히 벗어 물기를 짜거나 탁탁 털어내고 있었다.

압달라 하켐의 지시로 말에서 내린 운희와 파티마는 사뭇 경계의 눈빛으로 천천히 주위를 둘러보았다. 그때 운희와 파티마 앞으로 고급스런 옷감으로 전신을 휘감은 한 풍채 좋은 사내가 다가와 두 여인을 매우 의아한 시선으로 바라보았다. 사내는 자신의 곁에 있는 압달라 하켐에게 두 여인이 누구인지에 대해서 호기심 가득한 질문을 빠르게 쏟아놓았다. 그는 이국적인 운희의 모습이 신기한 듯 탐욕이 일렁이는 시선으로 운희의 전신을 빠르게 훑고 있었다.

압달라 하켐이 짙고 단호한 시선으로 그러한 사내의 모습에 일침을 놓듯 강하게 말했다.

"영국 선박에서 잡아들인 여인들이옵니다. 나의 노예이며 여인들이니 태수께선 손댈 생각일랑 일찌감치 접어두시는 것이 좋을 듯싶습니다. 다음에 들를 때에 태수의 마음에 꼭 들 만한 아름다운 어린 계집들을 데리고 올 터이니 오늘은 너무 실망하지 마시고 조금만 더 기다려 주시면 감사하겠습니다."

카스바의 태수는 압달라 하켐의 말에 입맛을 다시며 아깝다는 시선으로 운희를 연신 쳐다본 후 압달라 하켐을 이끌고 흙벽돌집 근처에 있는 천막을 향하여 발걸음을 옮기기 시작했다. 압달라 하켐은 시중을 들기 위해 곁으로 다가선 한 시종에게 두 여인을 정중히 모시라는 명을 했다. 이에 시종은 그에게 예를 표하고 운희와 파티마를 이끌고 어느 건물 안으로 들어섰다.

운희와 파티마는 자신들을 이끄는 시종의 뒤를 쫓아갔다. 가옥은 네모난 통로에 가운데에 구멍이 나 있어 겉으로 보기에는 별반 커보이지 않았다. 하지만 시종이 허리를 굽혀 낮고 무거운 문을 열고 좁은 통로를 지나자 아주 색다른 공간이 나타났다. 바로 엄청나게 탁 트인 공간이었다. 집의 한가운데에 자리한 그 특별한 공간은 하얀 대리석 연못과 싱싱한 식물들이 작은 정원을 이루고 있는 안뜰이었다. 이곳의 세 면은 회랑으로 둘러싸여 있었고 회랑을 지탱해 주는 벽과 기둥은 아름다운 문양이 조각되어 있거나 벽토로 치장이 되어 있었다. 사적인 여유를 즐기기에는 무엇보다 안성맞춤으로 보이는 아름다운 공간이었다.

시종은 운희와 파티마를 여인들만이 사용하는 응접실로 안내하고는 발빠르게 사라졌다. 응접실에는 화려한 수가 놓여 있는 카펫이 깔려 있었고, 벽을 따라 길게 두툼한 방석이 바닥에 앉아 기댈 수 있도록 벽과 바닥에 붙어 있었다. 그 옆에는 화려한 수가 놓여 있는 방케트가 주인을 기다리듯 놓여 있었다.

운희와 시녀장은 방케트 위에 조심스레 앉았다. 그리고는 서로 축축하게 젖어 있는 상대의 얼굴을 쓸어내려 주었다. 얼굴에는 여전히 찬 기운이 돌고 있었다.

"황후이시여, 소인의 어리석은 불찰을 용서하여 주옵소서. 아니, 용서치 마옵소서. 이런 엄청난 일을 겪게 하여서…… 소인은 너무도 송구하여 딱 죽기만을 원하옵니다……"

파티마는 슬픔이 가득한 눈으로 운희를 바라보았다. 그리고는 감정이 격해졌는지 이내 고개를 떨구고 눈물을 흘렸다. 그런 파티마의 어깨를 꼭 끌어안으며 운희는 조심스럽게 입을 열었다.

"파티마, 그런 말 마세요. 그게 어찌 파티마의 잘못입니까. 내가 들뜨지만 않았어도 이러한 일은 결코 일어나지 않았을 것입니다. 술탄께서 우리가 사라진 것을 아시고 곧 찾으러 오실 것이니 우리는 그때까지 잘 견디어내며 이겨내도록 합시다."

운희의 차분한 말에 파티마는 더욱 격정적인 눈물을 쏟고 말았다. 운희는 그런 파티마의 흐트러져 내린 젖은 머리카락을 따뜻한 손길로 쓸어 올려주었다. 파티마는 고개를 들어 눈물 젖은 눈으로 운희를 바라보며 비장한 목소리로 입을 열었다.

"랄라 운희 황후이시여, 소인의 목숨이 붙어 있는 한…… 무슨 일이 있어도 황후를 지켜 드릴 것입니다. 알라이시여, 간절히 신의 도우심을 구하옵니다. 랄라 운희 황후께 알라의 축복으로 권세가 세세토록 이어지게 하옵소서…… 알라 후 아크바르. 알라 후 아크바르!"

시녀장 파티마는 운희에게 최대의 경의를 표하며 발치에 머리를 조아리며 운희의 발에 입술을 맞추었다. 그리고는 운희의 반지에 떨리는 입술을 맞추었다.

그때에 인기척이 들리며 히잡을 뒤집어쓴 두 명의 젊은 여인이 응접실 안으로 들어왔다. 한 여인의 손에는 깨끗한 의복이 들려 있었고, 다른 한 여인의 손에는 먹음직스러워 보이는 음식과 향긋한 박하향이 풍겨나는 잔 두 개가 쟁반 위에 놓여 있었다.

두 여인은 운희와 파티마에게 보송하게 마른 옷을 건네주며 젖은 옷과 바꿔 입기를 권했다. 그리고는 양탄자 위에 음식을 놓아두고는 재빠르게 응접실을 빠져나갔다.

파티마는 두 여인이 사라지자 서둘러 운희의 젖은 옷을 벗겨내었다. 그리고는 여인들이 가져다준 마른 새 옷으로 갈아입혀 주었다. 고급스럽고 질 좋은 천이 피부에 닿자 상당히 기분이 좋아졌다. 뒤이어 파티마도 마른 옷으로 갈아입었다. 그리고 두 사람은 허기진 배를 채우기 위해 바닥에 놓인 음식 주위로 둘러앉았다.

"비쓰밀라 하르라흐마 니르라히—힘(자비로우시고 자애로우신 알라의 이름으로)."

파티마는 진심으로 알라의 가호를 구했다. 운희가 먼저 음식을 떠먹기를 기다리면서 파티마는 작고 가냘파 보이는 자신의 어린 여주인을 은근한 시선으로 바라보았다.

그때 막 허기진 배를 채우기 위해 음식을 가까이 대하려던 운희가 음식의 강한 냄새에 뻗친 손을 입으로 거두며 헛구역질을 했다.

"욱! 우욱!"

그녀는 순간적으로 양미간을 좁히며 치밀어오는 오심을 어찌하지 못하고 연신 헛구역질을 했다. 그리고는 간신히 몸을 가누자 얼른 음식에서 몸을 뒤로 물렸다.

그러한 운희의 모습에 파티마는 깜짝 놀랐다.

"괜찮으십니까?"

파티마의 안타까운 말에 운희는 허겁지겁 고개를 끄덕였다.

"힘드시더라도 조금만 음식을 드셔보십시오."

너무도 허약한 자신의 여주인을 안쓰럽게 바라보며 파티마는 너무 지쳐 있어 그런가 보다 생각하면서 다시 한 번 음식을 드셔보기를 강권했다. 그러나 운희는 고개를 강하게 절레절레 흔들었다.

"도, 도저히 참을 수가 없어요. 나도 억지로 먹어보려 했지만 냄새가…… 너무 고약해서 도저히 가까이할 수가 없어요."

그리고는 잔에 담겨 있던 박하향 가득한 아타이만 손에 들고는 음식에서 멀리 떨어진 응접실의 구석으로 갔다. 그리고는 가까운 곳에 있던 방케트를 끌어당겨 그 위로 올라갔다. 운희는 방케트에 앉아 따뜻한 잔의 온기를 느끼며 그 박하향을 가슴 깊이 들이켰다.

파티마는 운희가 음식을 거부하자 탄식의 한숨을 내쉬며 음식에 코를 가까이 대고 음식의 향을 맡아보았다. 조리장의 정성이 들어간 음식의 향은 너무도 훌륭하였고 입 안 가득 군침이 돌기 시작했다. 파티마는 조심스럽게 음식을 떠서 입 안에 넣어보았다. 맛은 향 못지않게 너무도 훌륭했다.

"황후이시여, 궁에서 먹던 음식과 별반 다르지 않게 맛과 향이 너무나 뛰어난 타진이옵니다. 그러니 다시 한 번 드셔보시옵소서. 허기진 상태에서 말잔등에 휘둘린 채 먼 길을 가시기에는 황후의 옥체가 너무 미편해 보이시니 조금이라도 음식을 드시길 청하옵니다. 소인의 원이오니 부디 거절치 마시고 소인의 청을 가납하여 주옵소서."

운희는 파티마의 애절한 간청에 한숨을 길게 내쉬며 어쩔 수 없다는 듯 다시 방케트에서 내려와 음식을 먹어보기 위해 시녀장 앞에 앉았다. 그러나 또다시 강한 음식의 향을 견디지 못한 운희는 인상을 황급히 찌푸린 채 손으로 입을 가리며 연신 헛구역질을 했다. 그리고는 진절머리를 치면서 황급히 음식에서 멀리 있는 방케트 위로 허겁지겁 도망을 쳤다. 그리고는 찻잔을 움켜쥐고 향긋한 아타이의 향을 정신없이 맡아댔다.

그런 운희의 유별난 모습을 멍하니 지켜보던 파티마는 갑자기 뇌리를 스치는 어떠한 생각에 화들짝 놀라며 두 눈을 커다랗게 뜨고 말았다.

"미, 미안해요. 하지만 나로서는 그 냄새를 도저히 맡을 수가 없어요. 오늘따라 유난히 향신료의 향기가 왜 이렇게 거북하고 불쾌한지…… 가슴속이 거북하고 울렁거려 구역질이 자꾸 올라오니 도저히 냄새뿐만 아니라 그 음식을 먹을 수가 없어요. 나도 내 몸이 요즘 들어 대체 왜 이런지 도무지 모르겠어요. 그러니 나는 내버려 두고 파티마라도 나 대신 맛있게 먹어준다면 나는 그것으로 대만족이에요……."

운희는 눈가에 눈물까지 매단 채 타진이 담긴 음식을 슬쩍 쳐다보다가 마치 끔찍한 것을 보기라도 한 것처럼 얼른 고개를 돌려 버렸다.

"화, 황후이시여…… 혹 근래에 들어 싫어하는 냄새나 음식 같은 것이 갑자기 생기지 않으셨는지요?"

파티마는 자리에서 벌떡 일어나 방케트에 앉은 운희의 발치에 무릎을 꿇고 앉았다. 파티마의 얼굴은 상기되어 생기가 가득했다. 그런 파티마의 갑작스런 행동에 운희는 깜짝 놀라며 벽에 몸을 바짝 기댄 채 얼떨떨한 표정으로 파티마를 내려다보았다. 그리고는 잠시 생각을 하더니 이내 고개를 끄덕이며 대답을 했다.

"그, 그렇지 않아도 요즘…… 향신료가 많이 들어간 음식들이 너무나 싫어지고 있어요. 특히 아침에 일어나면 왜 이렇게 속이 울렁거리는지 기분이 너무 나쁘답니다. 한 일주일쯤 된 것 같아요. 특히 생강, 마늘, 강황, 양파 같은 향이 강한 것들이 너무너무 싫습니다. 내가 대체 왜 이런지 도무지 모르겠어요. 하지만 향긋한 아타이는 지금도 너무 좋기만 합니다."

랄라 운희는 싱긋 웃으며 손에 든 따뜻한 음료를 호로록하고 한 모금 마셨다. 그런 운희를 바라보며 파티마는 울상에 가까운 표정을 지으며 운희의 차가운 발을 조심스레 어루만졌다. 그리고는 눈물을 뚝뚝 흘리며 운희의 발치 아래 엎드린 채 결국 흐느껴 울었다. 그런 파티마를 보면서 운희는 깜짝 놀랐다.

"겨, 경하드리옵니다. 랄라 운희 황후이시여, 다시 한 번 경하드리옵니다. 흑흑흑."

파티마의 울먹이며 내뱉는 말에 운희는 두 눈을 커다랗게 홉뜬 채 뜨악한 시선으로 파티마를 바라보았다.

"파티마, 대체 무슨 말입니까? 경하라니요? 그것은 대체? 그리고 어이하여 그대는 울면서 그런 말을 하는 것입니까?"

운희는 파티마의 묘한 분위기에 몸을 긴장하면서 도무지 짐작이 가질 않자 답답한 얼굴로 파티마를 바라보았다. 파티마는 눈물로 얼룩진 얼굴을 들어 연신 웃다가 울다가를 반복하며 자신의 얼굴에 흐르고 있는 눈물을 닦아내었다.

"하, 너무 좋사옵니다. 너무 좋아서 어쩔 줄을 모르겠습니다. 지금 이곳에…… 술탄께서 계셨더라면 너무 기뻐하셔서 그 크신 몸으로 분명 춤이라도 덩실덩실 추셨을 겝니다."

너무도 뜬구름 잡는 식의 알 수 없는 파티마의 말에 운희는 양미간 사이를 좁히며 파티마에게 입술을 비죽이 내밀었다.

"파티마, 심히 답답합니다. 어찌하여 술탄께서 춤이라도 추신다는 겝니까? 내 헛구역질하는 모습을 보고 무엇이 좋아서 춤이라도 추신다는 겝니까? 그대도 참 답답하고 너무합니다. 지금 나를 놀리는 겝니까?"

운희가 짐짓 삐친 표정을 짓자 파티마는 웃음이 터져 나오려는 표정을 지은 채 입을 열었다.

"아기씨입니다요, 아기씨! 랄라 운희 황후이시여…… 다시 한번 경하드리옵니다. 이것은 분명 황후께서 아기씨를 회임하신 증상이옵니다. 아무렴요. 그렇고말고요. 호호호."

파티마는 너무 즐거워하며 결국 커다란 웃음소리를 터뜨리고 말았다. 파티마의 말에 너무도 놀란 운희는 충격으로 온몸을 굳히고 말았다. 두 눈을 화등잔만하게 뜨고 있는 운희를 바라보며 파티마가 조심스럽게 입을 열었다.

"이제 옥체를 더욱 소중히 보중하셔야 합니다!"

진지하게 말을 하는 파티마의 목소리는 가늘게 떨리고 있었다. 그리고는 운희의 찬비를 맞아 아직도 얼어 있는 몸을 두 손으로 꼭꼭 누르고 주물러 주었다. 파티마의 뺨에는 어느새 눈물 한 방울이 주르륵 흘러내렸다.

"파, 파티마는 내가 잠시 헛구역질을 하였기로 어찌 그것이 회임이라 장담을 하시는 겁니까? 이 증상이 꼭 회임이 아닐 수도 있지 않습니까? 요즘 들어 몸이 고단하기도 하고, 오늘은 특히 말까지 탔으니⋯⋯."

운희는 아직도 얼떨떨한 표정으로 파티마를 바라보며 근심 어린 눈빛으로 입을 열었다.

"송구하옵게도, 황후께서는 아직 이달 들어 달거리를 하지 않으셨습니다. 전달에 비해 보름도 넘게 달거리가 비치지 않으시니 소인이 가벼이 여기고 아직 연치 어리셔서 불규칙하다 치부했던 것은 모두 이 못난 소인의 불찰이옵니다."

파티마는 연신 운희의 앞에 머리를 조아렸다.

"아니요, 그것은 파티마의 잘못이 아닙니다. 전에 내가 말했잖아요. 나는 파티마와 달리 달거리가 불규칙한 편이라고. 그리고 이달 들어 달거리가 비치지 않기에 내심 얼마나 좋아했는지 파티마는 모를 것입니다. 달거리 때마다 찾아오는 복통은 너무 괴로워서 정말 싫거든요. 달거리 자체도 너무 번거롭고 지겨웠습니다.

오죽하면 신께 달거리를 일 년에 한 번쯤으로 줄여주시면 안 되겠느냐는 그런 기도까지 했을까요."

운희의 말에 파티마는 갑자기 손으로 입가를 가린 채 쿡하고 웃음을 터뜨렸다. 그런 파티마의 모습에 운희는 얼굴을 붉히며 파티마를 향해 살짝 눈을 흘겼다. 파티마는 미소 띤 얼굴로 운희의 수족을 열심히 주무르기 시작했다. 운희는 파티마의 손길에 전신을 맡긴 채 깊은 생각에 잠겼다.

"정말…… 이 뱃속에 아기씨가 들어 있을까요? 이렇게 아무런 느낌도 들지 않는데?"

파티마의 말을 들은 순간부터 운희는 너무도 신기하고 묘한 기분에 휩싸여 마치 전신의 세포가 화들짝 일어난 듯했다. 운희는 손으로 자신의 납작한 배를 조심스럽게 쓸어보았다.

얼마 후, 응접실로 찾아든 한 여인이 음식 그릇을 내가면서 일행들이 곧 출발한다는 말을 전해주었다. 이에 두 사람은 짧디짧은 휴식의 시간이 끝났음을 아쉬워했다.

온몸을 붉은 원색의 히잡으로 둘러쓴 여인은 운희와 파티마가 말이라도 건네려 하자 화들짝 놀라며 마치 아무 말도 듣지 않는다는 경계의 태도를 보이곤 서둘러 응접실을 빠져나갔다. 그러한 여인의 태도에 파티마는 적잖이 실망하며 궁성 안의 술탄에게 자신들이 처한 상황에 대하여 그 어떠한 정보조차 보낼 수 없다는 사실에 깊이 절망했다.

'어떻게 해야 술탄께 우리의 소식을 전할 수가 있을까? 대체 어찌해야……'

살레까지는 아직 사나흘의 시간이 더 필요했다. 하지만 그 노상에서 자신의 여주인에게 어려움이 닥치지 않을까 걱정하며 파티마는 노심초사했다.

제 5 장

랄라 할리마는 술탄의 범상치 않은 모습에 이성을 잃고 있었다. 사태의 근황을 살피러 떠났던 시녀장 아가가 막 랄라 할리마의 처소로 들어섰을 때에는 침실 쪽에서 무언가 부서지는 소리가 요란하게 들려왔다.

랄라 할리마는 온몸을 땀으로 적신 채 침실 안의 모든 물건들을 내팽개치며 광분하고 있었다. 아가가 기척을 하였으나 랄라 할리마는 그에는 전혀 개의치 않으며 침상 위로 올라가 얇은 이불을 두 손으로 힘껏 내리찢고 있었다. 어느 순간 랄라 할리마는 허리를 구부리며 갑자기 악 하는 비명 소리를 내질렀다. 그녀는 얼굴이 점점 붉어지며 혈관이 불거지도록 기나긴 비명 소리를 내질렀다.

아가는 황급히 랄라 할리마에게로 다가가 손에 잡고 있던 천을 빼앗아냈다. 그리고는 안타까운 마음에 랄라 할리마의 어깨를 감싸주려 했다. 하지만 랄라 할리마는 아가의 뺨을 있는 힘껏 후려쳤다. 찰싹하는 소리와 함께 아가는 침실의 양탄자 위에 나뒹굴었다. 아가의 뺨에는 랄라 할리마의 반지로 인해 긁힌 붉은 상처가 길게 나 있었다. 그 상처 위로 선홍빛의 핏물이 스멀스멀 배어 올라왔다. 랄라 할리마는 가슴을 들썩이면서 거친 숨을 몰아쉬며 아가를 사납고 모진 시선으로 쏘아보았다.

"수, 술탄께서 어찌하여 나에게, 이 랄라 할리마에게 이러실 수가 있단 말이더냐? 술탄께서는 나에게 정녕 이리할 수는 없느니라. 그래, 원래의 술탄께서는 나에게 이러시지 않으셨다. 이 문제에는 분명 원인이 있다…… 이 모든 것의 원인은 그 간악한 동양 계집년, 그년 때문이 분명하니라! 그년이 분명 마물인 굴의 저주를 불러들여 술탄에게 덧씌운 채 술탄의 영기를 흐렸을 것이 분명하니라! 그년이 압달라 하켐 라이스에게 잡혀간 것은 정말 잘된 일이다. 라이스가 그년을 찢어발겨 죽였으면 좋겠다."

랄라 할리마의 거침없이 쏟아내는 말에 아가는 깜짝 놀라며 뜨악해진 시선으로 랄라 할리마를 바라보았다. 그리고는 머리를 조아리며 입을 열었다.

"황후이시여, 제발 진정하시옵소서. 벌써 환관 이븐 이스마일이 술탄 앞에 불려간 후에 빠르게 이번 사건을 조사하고 있습니다. 곧 이곳으로도 들이닥칠지 모르는 일이오니 그리되면 지난밤 황후의 명을 받고 밤길에 나섰던 시녀들이 속속들이 잡혀 들어갈 것이 뻔하옵니다. 그리되면 황후께서도 큰 봉변을 면키 어려우시게 될 터이오니 부디 지체치 말고 이번 일에 대한 뒷수습을 하셔야 하옵니다. 이번 일이 이대로 발각이 된다면 술탄의 지엄한 분노를 우리들은 감당하지 못하게 될 것이옵니다. 하오니 부디 정신을 차리시어 혹시 있을지 모를 위험에 대비하여 빠져나갈 길을 모색하셔야 하옵니다. 제발 이 소인의 간절한 청을 들어주시옵소서."

그러나 시녀장 아가의 진심 어린 충언에도 랄라 할리마는 아랑곳하지 않으며 여전히 독기 가득한 시선으로 조금의 미동도 않은 채 아가를 노려보았다.

"닥쳐라! 네년이 무엇을 안단 말이더냐? 술탄께서는 이 랄라 할리마의 마음이 어떠하다는 것을 아실 필요가 있느니라. 그래, 어쩌면 이번 일의 전모에 내가 있다는 것을 아실 필요가 있다. 아니, 절대로 아셔야 하느니라! 랄라 운희뿐 아니라 그 어떤 간악한 계집이라도 술탄의 성총을 받기 위해 술탄의 두 눈을 흐리려 든다면 이 랄라 할리마가 결코 가만히 있지 않을 것이다. 술탄께선 오로지 나만의 사람이 되셔야 하느니라! 술탄께서는 오래전 그리하시겠다고 이미 나와 약조를 하셨기에 반드시 그리하실 것이다. 그러니 술탄께서는 이번 일에도 언제나 그렇듯 이번 일의 배후로 내가 드러난다 하여도 이 랄라 할리마를 어찌하지 못하실 것이다. 나는 그렇게 믿고 있다."

"화, 황후이시여! 어찌 그런 말씀을…… 누, 누가 들을까 심히 두렵사옵니다. 제발 고정하시옵소서. 어서 이번 일의 뒷수습을 하셔야 하옵니다⋯⋯. 부디 이 미천한 소인의 청을 들어주시옵소서. 흑흑."

오래전 라바트에서부터 줄곧 함께했던 시녀장 아가는 자신이 모시는 여주인의 광기 어린 모습에 심장이 오그라들 지경이었다. 익히 오래전부터 무엇이든 남과 나누는 것을 극단적으로 싫어했던 황후의 성품이었지만 이 일부다처제의 관습사회에서 유달리 술탄에게 집착하는 모습을 보이자 그 안타까움에 눈시울이 붉어졌다.

"지금의 술탄께선⋯⋯ 랄라 운희 황후를 많이 생각하시는 듯하오니 부디 몸을 사리시어 훗날을 기약하시옵소서. 제발 소인의 간청을 가납해 주옵소서, 랄라 할리마 황후이시여⋯⋯. 흑흑."

아가는 견디다 못해 흐느끼며 랄라 할리마의 발끝에 입술을 댄 채 어깨를 들썩이었다. 하지만 랄라 할리마는 턱을 치켜든 채 아가를 차갑게 노려볼 뿐이었다.

"아니, 괜찮다. 랄라 운희가 술탄과 나의 눈앞에서 영원히 사라져 준다면 나는 이번 일을 절대 후회하지 않을 것이다. 그것으로 된 것이니라. 술탄께선 나를 결코 어쩌지 못하실 것이니 너는 더 이상 걱정하지 말라. 십여 년을 함께한 정분을 단 몇 개월짜리 계집의 정분과 어찌 비교할 수가 있단 말이더냐? 지금껏 그러셨듯이 술탄께선 이번 나의 일도 곧 눈감아주실 것이다. 그리고는 확연히 아시게 될 것이다. 이 랄라 할리마만이 언제나 술탄의 곁에서 함께할 수 있다는 그 사실을 말이다. 그 어느 계집도 술탄의 옆자리를 차지할 수는 없느니라! 오호호호."

"화, 황후이시여. 제발······ 흐흑흑."

랄라 할리마의 말에 아가는 절망 어린 표정으로 두 눈을 흐리고 말았다. 랄라 할리마는 아가의 간절한 애원을 뒤로한 채 자신의 처소를 쓱 둘러보곤 두려움에 덜덜 떨고 있는 시녀들을 불러 모아 처소를 깨끗이 치우도록 명령을 했다. 그리고는 하맘에 들러 정성을 다하여 향수 목욕을 한 후에 가장 화려한 치장으로 몸단장을 했다.

카이드 알리가 술탄의 앞으로 불려왔을 때 술탄의 용안은 검디검게 변해 있었다. 두 눈은 퀭하니 깊었으며 살기가 뿜어져 나오듯 무시무시한 섬광이 번뜩였다. 술탄의 복식의 빛깔에서 술탄의 불편한 심기가 그대로 표현되었다. 한동안 알현하는 자에게 좋은 징조였던 총애의 색인 취록색 의상은 온데간데없이 사라졌고, 분노의 색인 짙은 보랏빛 의상으로 의관을 정제한 모습이 자못 폭풍 전야와도 같은 위협적인 분위기를 물씬 풍기고 있었다.

카이드 알리는 그 날렵하며 민첩해 보이는 몸을 술탄 앞에 조아리며 최대한 경의를 표하고 있었다. 술탄이 낮고 무거운 목소리로 몸을 일으키라 하명을 하자 카이드 알리는 꿇어 엎드렸던 바닥에 입술을 맞추고 연이어 술탄의 발치 가까이로 무릎걸음으로 기어가 그 발에 입술을 맞추었다. 그리고 다시 술탄의 반지에 입술을 맞추어 자신이 술탄의 충직한 노예임을 증명해 보였다.

카이드 알리는 일찍이 포로로 잡혀와 검은 친위대인 부하리를 거쳐 술탄의 이장 경호대인 므사카림으로 선발되었으며 뛰어난 검술 실력으로 현 술탄의 눈에 띄어 카이드가 된 사나이였다. 그는 제국 내 제일의 살수로 제국뿐만 아니라 인근 주변의 타국에서도 그 이름을 날리고 있었다. 그의 술탄에 대한 충성과 헌신은 타의 추종을 불허하며 술탄을 위해서라면 자신의 목숨도 선뜻 내놓을 만한 인물이었다.

"황후 랄라 운희를 찾아오라! 그대의 야수와 같은 육감을 믿노니 더 늦기 전에 속히 황후를 찾아 내 앞에 데려오라. 황후를 찾아오면 그대에게 보상이 있다. 환관 이븐 이스마일을 만난 후에 속히 떠나라."

간단명료한 술탄의 짧은 명을 듣고 카이드 알리는 부복한 채 받들겠다는 대답을 했다. 이미 카이드 알리는 자신에게 명을 받고 달려온 술탄의 환관을 통하여 모든 상황을 듣고 있었다.

"신 카이드 알리, 술탄의 명을 받들어 정예부대에서 빼어난 삼십 인을 선발하여 곧 출발하겠습니다."

카이드 알리는 짧은 알현을 마치고 술탄의 집무실을 빠져나와 흰 비단옷을 휘날리며 환관 이븐 이스마일을 만나기 위해 잰걸음으로 긴 대리석 복도를 내달리기 시작했다.

술탄은 카이드 알리가 사라진 집무실의 출입문을 바라보며 깊은 생각에 잠겼다. 그는 한참 동안 출입문의 도드라진 태양 장식을 잔뜩 노려보며 깊은 생각에 빠져 있었다. 술탄의 입술 사이로 나지막한 한숨이 새어나왔다. 술탄은 자신의 머릿속을 스치는 단 하나의 생각에 고개를 좌우로 저으며 나지막이 내뱉었다. 술탄의 눈에는 짙은 고뇌의 그림자가 드리워져 있었다.

"달라 할리마, 이 일의 배후에 그대가 있지 않기를 나는 진심으로 바라고 있소……."

회색과 분홍빛 구름 밑에서 고고한 자태를 뽐내는 거친 황야가 끝없이 펼쳐져 보였다. 작은 물웅덩이에서는 몇 마리의 사막참새가 종알종알 지저귀며 부산히 움직이는 날갯짓 소리가 고요한 아침의 대기를 가르며 울려 퍼졌다. 멀리 점점이 보이는 천막 어딘가에서 새벽을 알리는 첫 닭 울음소리가 마치 황야의 아침을 깨우듯 활기차게 울려 퍼졌다.

길은 끝없이 구릉으로 이어져 끊어질 듯 이어지고 있었다. 황야는 끝없는 구릉에서 그 끝이 하늘에 닿은 듯하였고 대지의 흙빛, 간간이 이어지는 갈색의 흙벽돌집과 베르베르족의 정통적인 검은 천막으로 이루어진 마을이 긴 여정에 머물고 있는 나그네들에게 순간순간 반가움을 던져 주고 있었다. 운희도 빈 황야에서 발견한 몇 개의 가옥에 감동하기도 했다.

압달라 하켐이 이끄는 일행들은 술탄의 별장인 움 에솔탄 궁전 근처에서 지친 말을 낙타로 갈아탄 후에 티플리트강을 건너갔다. 한차례 비가 내린 이후에 비는 더 이상 내리지 않았다. 한낮의 기온은 사뭇 뜨거웠다. 대지에서 이글거리는 지열과 체내에서 뿜어져 나오는 체열은 숨조차 제대로 쉬지 못하게 할 정도였다.

파티마는 일행들이 잠시잠깐 쉴 때마다 운희가 아타이를 마실 수 있도록 최대한 노력을 기울였다. 여인의 풀이라고 불리는 박하가 들어 있는 아타이가 그나마 제일 손쉽게 구할 수 있는 산모를

위한 음식이자 약차였던 것이다. 또한 운희는 아타이 이외의 음식
은 입덧으로 인하여 잘 섭취하지 못하였기에 파티마로서도 달리
방법이 없었다.

파티마는 운희의 회임을 그 누구에게도 눈치 채지 못하도록 주
의하며 매번 쉴 때마다 압달라 하켐과 그의 수하들에게 아타이를
운희와 자신에게 만들어줄 것을 당당히 요구했다. 수하들은 처음
에는 귀찮은 듯 얼굴을 자주 찌푸렸으나 그들 역시 긴 행로에 지
쳐 있던 터라 설탕이 듬뿍 들어간 아타이를 즐겨 만들어 마시게
되었다.

일행은 가는 내내 천막을 치고 그 안에서 잠을 잤다. 또한 그들
은 길 위에서 만나는 모든 사람들을 극히 꺼려했다. 일행의 모든
움직임이 비밀스럽고 극히 은밀했다. 아마도 두 여인 때문인 듯했
다. 운희와 파티마는 도망가지 못하도록 잠을 자는 시간에는 양
발목이 족쇄에 채워졌다. 하지만 그 어느 누구도 무방비 상태에
있는 두 여인의 천막에 함부로 접근하는 사람은 없었다. 수하들의
압달라 하켐에 대한 충성심은 거의 절대 맹신에 가까웠고, 운희를
공손히 대하는 그의 태도에 그들 역시 운희와 파티마에게 절대적
으로 공손히 대했다.

드디어 살레 외곽의 오래된 숲을 지나게 되었다. 궁성을 떠난
지 꼬박 나흘의 시간이 경과한 후였다. 숲을 빠져나오자 제법 번
화한 항구도시인 살레를 피부로 느낄 수가 있었다. 바람을 타고
비릿한 바다의 냄새가 향신료 냄새와 뒤섞인 채 물씬 풍겨오고 있
었다. 뜨거운 태양빛에 빛이 바랜 희끄무레한 성벽들이 제일 먼저

눈에 띄었고, 그 안에 시가지인 메디나가 복잡한 미로로 구불구불하게 연결된 모습이 언덕 위에서 한눈에 들어왔다.

운희는 몇 달 전 자신이 처참한 모습으로 이곳에 노예로 끌려왔던 생각이 스치자 순간적으로 얼굴이 창백해졌다. 그런 운희를 바라보며 파티마 또한 안타까운 마음에 절로 인상을 찌푸리고 말았다.

여전히 해적의 항구도시인 살레의 거리와 골목길, 그리고 도시 성벽들은 오물로 지저분했다. 가는 곳곳마다 인분이 산더미처럼 쌓여 있어 고약한 악취와 함께 파리들이 들끓고 있었다.

운희는 역겨운 냄새에 더 이상 참지 못하고 헛구역질을 하기 시작했다. 낙타 위에서 허리를 꺾은 채 연신 헛구역질하는 모습을 바라보며 파티마는 안타까움에 쩔쩔매며 어쩔 줄을 몰라 했다.

메디나의 밥 므리사 문을 통과하여 한참 낙타를 타고 지나가자 메디나의 가운데에 있는 수크와 만나게 되었다. 한참을 지나 압달라 하켐과 일행들은 도시의 북부 쪽에 위치해 있는 흰 벽에 녹색 지붕이 호화롭고 장대한 한 건물 앞에 이르자 일제히 낙타에서 내렸다. 압달라 하켐은 아직 낙타에 머물고 있는 운희에게로 성큼 다가섰다. 그리고는 헛구역질로 얼굴이 창백해진 운희의 너무도 가벼운 몸을 사뿐히 안아 내렸다. 파티마도 그의 수하 중 한 명의 도움으로 낙타에서 땅으로 내려섰다. 두 사람은 오랜만에 땅을 밟아 다리가 후들거리며 전신이 휘청거렸다.

얼마 후 일행의 떠들썩한 소리와 문지기의 커다란 고함 소리를 듣고 시종들이 서둘러 달려나와 압달라 하켐 일행에게 허리를 최대한 굽히며 인사를 했다. 시종들은 낙타의 고삐를 빠르게 건네받아 낙타들을 이끌고 커다란 대문 안으로 사라져 갔다. 뒤늦게 달려나온 몇몇의 시종들도 서둘러 허리를 굽혀 '비쓰밀라'를 외치며 압달라 하쳄과 그 일행을 공손히 맞으며 안으로 인도했다.

운희와 파티마는 압달라 하쳄의 특별하면서도 엄중한 지시를 받은 한 흑인소녀의 뒤를 따라갔다. 흑인소녀는 매우 신중한 자세로 두 사람을 조심스럽게 안내했다. 정신없이 얽힌 미로식 복도를 얼마 동안 따라 걸어가자 제법 호화로운 출입문 앞에 이르게 되었다. 흑인소녀가 방문을 열어주자 고급스런 가구들이 들어차 있는 환하고 넓은 방이 두 사람을 맞이했다. 흑인소녀에게 안내된 방으로 들어서자마자 운희와 파티마는 보송보송한 양탄자 위에 거의 무너지듯이 쓰러져 그대로 깊은 잠에 빠져들고 말았다. 두 사람은 낯선 곳에 대한 긴장감도 잊은 채 지친 여행에서 온 여독으로 인해 깊은 잠의 나락으로 빨려 들어갔다.

청동처럼 윤기 흐르는 암갈색 피부의 카이드 알리는 하얀 비단옷을 펄럭이며 환관 이븐 이스마일의 방에서 재빠르게 뛰어나와 어딘가로 향했다. 그의 기다랗고 날씬한 하반신은 매우 민첩하게 움직이며 조각 같은 그의 몸매에 속도를 더해주었다.

"카이드 알리이시여, 아직 모든 조사가 다 끝난 것은 아닙니다. 하지만 소인의 육감에 의하면 이번 일의 배후에는 랄라 할리마 황후께서 계신 듯하옵니다. 모든 조사와 정황에 딱 맞아떨어지는 증거를 찾기까지 미리 앞서 단정을 지을 수는 없지만…… 소인으로

서는 이렇게밖에 말씀드릴 수가 없습니다. 랄라 운희 황후의 시녀
들과 랄라 할리마 황후의 시녀들, 그리고 함께 밤길에 나섰던 하
렘의 여인들과 그 시녀들의 말이 많은 부분에서 서로 일치하지 않
고 있습니다. 일단 랄라 운희 황후 측 시녀들의 말에 의하면 지난
밤, 랄라 할리마 황후 측 시녀들로부터 궁성에 입성한 외부 유랑
곡예단의 곡예가 있을 것이란 말을 전해 들은 랄라 운희 황후와
시녀장, 그리고 두 시녀가 함께 하렘을 벗어났다 하옵니다. 이때
주목할 점은 술탄께서 밤마실을 허락하셨다는 말을 전해 들었기
때문이라고 하는데 이를 확인해 주었다는 랄라 할리마 황후 측의
시녀는 전혀 그런 적이 없다 하며 모든 것을 강력 부인하고 있습
니다. 또한 다른 여인들과 시녀들도 처음 술탄의 허락이 떨어졌다
는 말을 도대체 누구에게서 듣기 시작했는지를 서로 모르고 있었
습니다. 허나, 랄라 할리마 측 시녀의 진술이 매번 조금씩 번복되
며 허점이 엿보이고 있기에 잠시 전에 소인이 랄라 할리마 황후의
시녀와 랄라 운희 황후의 시녀들에 대한 대질심문을 일차적으로
가져보았습니다. 헌데 많은 부분에서 랄라 할리마 황후 측 시녀의
거짓된 부분을 포착할 수 있었습니다. 허나, 그녀의 완강한 부인
으로 소기의 성과는 얻지 못하였습니다. 그리고 아직 확증이 될
만한 증거를 찾지 못한 것이 현재로서 제일 어려운 부분으로 남아
있습니다. 소인에게 좀 더 시간이 주어진다면 이 부분에 대해서
분명 어떠한 증거라도 찾아낼 수가 있을 듯하옵니다.”

　“허나, 그대가 모든 것을 알아낼 때를 기다리기엔 나에게는 너
무 시간적 여유가 없소. 나는 지금 당장 누가 랄라 운희 황후를 납

치해 갔는지를 속히 알아야 하오. 나, 카이드 알리는 카이드 알리
만의 방식으로 이 일을 시작하겠소!"

카이드 알리는 이븐 이스마일의 처소를 빠져나오자 곧바로 환
관장과 함께 랄라 할리마의 처소가 있는 하렘으로 향했다. 몇 차
례의 출입문 문지기들의 경계하는 눈빛을 받았으나 그때마다 환
관장의 보증에 의하여 특별한 검색 없이 쉽게 하렘 안으로 들어설
수가 있었다. 맹수와도 같은 눈빛을 빛내며 카이드 알리는 환관장
과 함께 질풍노도처럼 랄라 할리마의 처소에 다다랐다. 환관장은
출입문 담당 시녀에게 이븐 이스마일 환관의 재조사에 따라 방금
조사가 끝났던 시녀를 다시 불러내 줄 것을 강하게 요청했다. 이
에 출입문 담당 시녀는 잔뜩 겁에 질린 표정으로 황급히 출입문
안으로 사라졌다.

한참의 시간이 흐르자 새치름한 표정의 한 시녀가 마른침을 꿀
꺽 삼키며 출입문 앞에 나타났다. 시녀는 매우 당돌한 시선으로
환관장과 카이드 알리를 쏘아보았다. 고양이 눈매를 닮은 시녀는
환관장을 쳐다볼 때까지도 자못 당당한 태도를 보였으나 카이드
알리를 보자마자 갑자기 두 눈이 벌어지며 순간적으로 눈동자가
흔들렸다. 시녀에게 있어서 카이드 알리의 등장은 너무도 뜻밖이
며 예상 밖인 일이었다.

카이드 알리는 사람을 꿰뚫는 듯한 날카로운 눈빛으로 시녀의
얼굴을 쏘아보았다. 그러자 시녀는 마치 혼이 달아나기라도 한 것
처럼 하얗게 질린 채 몸을 움츠리고 시선을 피해 버렸다. 환관장
이 헛기침을 하자 그때서야 시녀는 간신히 두 사람에 대한 예의를

표하며 몸을 굽혔다.

"소, 소인을…… 어찌하여 다시 부르신 것입니까요? 소인은 방금 진술을 마치고…… 돌아가도 좋다는 이븐 이스마일님의 허락을 받고 되돌아온 것인데……."

시녀는 가늘게 떨리는 목소리로 시선을 피한 채 들릴 듯 말 듯 한 작은 목소리로 입을 열었다.

"잠시 네 거처로 자리를 옮기자."

카이드 알리의 음산한 음성에 시녀는 흠칫 놀라며 두 눈을 화들짝 떴다. 그런 시녀의 모습을 날카롭게 쏘아보며 카이드 알리는 속히 거처로 안내할 것을 명했다. 카이드 알리의 어조는 매우 냉랭하면서도 단호했다.

시녀는 겁에 질린 표정으로 어쩔 수 없다는 듯 깊은 한숨을 내쉬며 천천히 자신의 거처로 두 사람을 안내하기 시작했다. 몇 개의 아치와 기둥을 지나 한참을 구불구불한 대리석 복도를 지나가자 점점 좁아지는 복도의 사이로 수많은 문들이 다닥다닥 붙어 있는 밀집구역이 나타났다. 시녀는 똑같은 방문 중에서 한 방문 앞에 멈추어 서더니 품에서 열쇠를 꺼내어 문을 열었다. 시녀는 겨우 한 사람이 지낼 만한 크기의 작은 방 안으로 두 사람을 안내하며 들어섰다.

세 사람이 방 안으로 들어서자 카이드 알리는 등 뒤로 조용히 방문을 닫았다. 그의 행동은 조용했고 민첩했으며 또한 은밀했다. 방 안은 아직 어둠이 채 가시기 전인 새벽녘이었기에 비교적 어두웠다. 시녀는 황급히 반토막 남은 밀랍양초에 불을 붙였다. 양초의 심지에서 타오르는 매캐한 향기가 작은 공간을 금세 메웠다. 촛불의 불빛에 방 안에 들어선 세 사람의 기나긴 그림자가 벽면에 꽉 드리워진 채 음침하게 흔들리고 있었다.

갑자기 카이드 알리가 근육질의 단단한 팔을 뻗어 시녀의 하얀 목을 휘감아 조였다. 그것은 너무도 순식간에 일어난 일이었다. 카이드 알리는 일말의 온기조차 느껴지지 않는 차갑고 매서운 눈빛으로 시녀의 목을 뱀처럼 조인 채 자신의 허리춤에 둘렀던 칼집에서 시퍼렇게 날이 선 단도를 꺼내 들었다. 어둑한 방 안에 금속 칼이 칼집에서 스르릉 빠지는 소리가 들렸다. 시녀의 몸은 이미 나무토막처럼 경직되어 있었다. 카이드 알리는 칼끝을 시녀의 턱에 쿡 찌르며 지그시 눌러댔다. 음침한 목소리가 어두운 방 안에 나직하게 울려 퍼졌다.

"난 복잡한 것은 싫어한다. 살고 싶으면 즉각 말하라. 경비병과 수문병을 매수하여 랄라 운희 황후를 납치해 간 자들이 대체 누구이며 그들은 어디로 갔느냐?"

카이드 알리는 차갑게 말을 내뱉으면서 쥐고 있던 칼에 힘을 더욱 주었다. 그러자 시녀의 턱에 박혀 있던 칼끝이 시녀의 피부를 뚫고 들어가 따뜻한 액체가 배어나왔다. 시녀의 입에선 너무 놀라새된 비명 소리가 흘러나왔다. 하지만 금세 카이드 알리의 커다란 손에 의해 입이 틀어막혔다. 시녀는 갑작스레 찾아온 고통과 공포로 인해 온몸을 사시나무 떨듯 떨어댔다. 카이드 알리는 검은 눈썹을 꿈틀거리며 단도를 시녀의 피부 더욱 깊숙이 박아 넣었다. 이에 시녀의 턱에서는 따뜻한 액체가 거침없이 흘러내렸다.

어느덧 시녀의 여린 살을 파고든 단도의 끝은 시녀의 턱 뼈에 단단히 박혀 있었다. 통증에 시녀는 온몸을 사시나무 떨듯 떨며 식은땀까지 삐질삐질 흘리고 있었다. 시녀의 눈에서는 어느새 굵은 눈물방울이 줄줄 흘러내리고 있었다. 하지만 카이드 알리는 자신이 기다리던 시녀의 대답이 속히 나오지 않자 손에 쥐었던 단도에 더욱 힘을 주며 시녀의 목을 더욱 단단히 조이기 시작했다.

"난 기다리는 것은 딱 질색이다. 너 하나쯤 죽인다 하여 술탄께서 나를 어찌하지는 않으실 것이다. 너의 목숨과 나의 목숨은 그 값어치조차 다르니 말이다. 너 역시 모르는 바는 아니겠지."

이제 카이드 알리는 손에 쥐고 있던 단도를 옆으로 비스듬히 뉘이며 서서히 그어 나갔다. 그러자 시녀는 고통에 찬 신음 소리를 내질렀다. 시녀 턱의 살집이 점점 벌어지면서 시뻘건 핏물이 줄줄 흘러나오고 있었다. 시녀는 거의 초주검이 된 상태로 공포에 떨며 이미 두 눈은 거의 풀려 있었다. 식은땀에 흠뻑 젖어 있는 시녀의 턱에서는 여전히 붉은 핏물이 쉴 새 없이 흐르고 있었다.

"사, 살려주소서…… 제발 살려주소서…… 흑흑…… 말하겠…… 나이다. 소인이 아는 것은…… 다만 그들이…… 해적이라는 것과…… 흑흑. 그들의 거주지로 향했다는 것뿐이옵니다…… 흑흑흑. 그 이외에는 소인도 아는 것이 없사옵니다. 으흐흐흑."

시녀가 폐부 깊은 곳에서부터 터져 나오는 울음소리를 터뜨렸다. 카이드 알리는 더욱 시녀의 목을 힘껏 조이며 얼음장같이 차가운 목소리로 말을 했다.

"해적이라…… 그렇다면 그자는 이틀 전에 노예들을 이끌고 술탄 앞에 왔던 바로 그 해적이더냐?"

카이드 알리의 매서운 질문에 시녀는 황급히 그렇다는 미세한 몸의 움직임을 보였다. 카이드 알리는 원하는 답을 얻어내자 거칠게 시녀를 내동댕이쳐 버렸다. 시녀는 몸이 벽에 부딪히며 둔탁한 소리와 함께 이내 방바닥으로 뒹굴었다.

시녀로부터 원하는 답을 얻은 카이드 알리는 소기의 성과에 만족해하며 곁에서 두 눈을 흡뜬 채 지금까지의 과정을 지켜보고 있던 환관장에게 랄라 운희 황후를 데려간 자가 살레의 압달라 하켐 라이스라는 것을 말했다. 모든 것을 알게 된 환관장도 이내 고개를 끄덕이었다.

카이드 알리는 환관장에게 자신은 이대로 압달라 하켐 라이스의 뒤를 쫓아 살레를 향할 것이니 술탄께 속히 보고해 줄 것과 시녀의 신변을 랄라 할리마 황후에게서 멀리 떼내어 환관 탐정 이븐 이스마일이 조사할 때까지 잘 지켜주길 청했다. 그리고는 황급히 시녀의 작은 방을 빠르게 빠져나갔다.

카이드 알리는 일각도 지체하지 않고 검은 친위대 중에서 특별히 선발된 소수 정예 삼십 인을 데리고 신속히 말을 달려 압달라 하켐이 앞서 달려갔을 길을 빠르게 뒤따라갔다. 카이드 알리와 일행은 사냥꾼의 본능으로 길을 예측하며 험한 산길을 힘껏 내달렸다. 희부연 어둔 하늘에서 제법 굵어진 빗방울이 내리기 시작했다.

랄라 할리마의 시녀장인 아가는 가슴을 쓸어내렸다. 환관 탐정 이븐 이스마일의 조사를 받은 시녀가 잠시 전에 처소로 되돌아왔건만 출입문 시녀로부터 환관장이 찾아와 다시 시녀를 불러내 달라는 전갈을 전해 듣자 불안 초조하여 다시 한 번 랄라 할리마 앞에 온몸을 조아리며 간청을 했다.

"황후이시여, 이제 곧 모든 것이 들통이 날 지경이옵니다. 저 아이가 아주 혼이 난 얼굴로 들어오는 것을 황후께서도 보시지 않으셨습니까? 하온데 어찌 이리 가만히 놔두라 하시옵니까? 이렇게 역정만 내시고 가만히 계시다간 술탄의 불같은 진노를 피할 수 없게 되옵니다. 부디 통촉하여 이 사태를 속히 수습하여 주옵소서. 소인의 간청이옵니다. 제발 시간이 없사옵니다…… 흑흑."

하지만 랄라 할리마는 아가의 간청에도 불구하고 마치 황금의 여신과도 같은 화려한 금색으로 온통 치장을 한 채 우아한 자태로 방케트 위에 온몸을 길게 모로 뉘이고 있었다. 랄라 할리마의 표정은 자못 도도하며 시니컬했다. 랄라 할리마는 여전히 아가를 무시한 채 곁의 소탁자에서 오렌지 조각 하나를 우아한 손놀림으로 집어 들었다.

그러나 아가의 울음 섞인 간청이 계속 이어지자 랄라 할리마는 미간을 사납게 좁히며 아가의 머리를 향하여 오렌지 조각을 힘껏 내던졌다. 오렌지 조각은 아가의 엎드려 있는 평퍼짐한 등에 맞은 채 그대로 바닥으로 튕겨나갔다.

"시끄럽다! 모든 일은 내가 다 알아서 한다고 하지 않았더냐? 너는 더 이상 잔소리하지 말고 내 앞에서 썩 꺼져 버리란 말이다!"

랄라 할리마는 노기충천한 눈빛으로 아가에게 소리를 질렀다.

하지만 아가는 여전히 울먹이는 목소리로 간청을 했다.

"카이드 알리가 벌써 술탄께 불려갔답니다. 그는 압달라 하켐 라이스의 뒤를 쫓게 될 것이 분명하옵니다. 그리되면 랄라 운희 황후도 곧 돌아오게 될 것이고…… 이 모든 일의 전모가 속속들이 드러나게 될 것이옵니다. 황후이시여, 제발 소인의 청을 가납하여 속히 손을 써주시옵소서…… 흑흑."

아가는 바닥에 납작하게 붙은 채 어깨를 들썩이었다.

"시끄럽다! 내 앞에서 썩 꺼지라고 하지 않았더냐? 당장 내 앞에서 사라져라! 에이, 재수없는 계집 같으니라고. 여봐라, 당장 저 괘씸한 계집을 속히 이 방에서 내쫓아 버려라."

랄라 할리마는 방케트에서 몸을 일으켜 앉으며 신경질적으로 마구 소리를 질러댔다. 그러자 주위에 있던 시녀들이 아가의 등에 손을 얹은 채 살살 흔들어댔다. 이에 아가는 한숨을 길게 내쉬며 눈물로 얼룩진 얼굴을 들어 랄라 할리마를 안타깝게 바라보았다. 그리고 천천히 몸을 일으키어 랄라 할리마에게 최대한 예의를 표한 후 무거운 발걸음으로 구슬주렴을 헤치고 밖으로 걸어나갔다.

그때 아가와 엇갈리며 환관장에게 호명된 시녀가 구슬주렴을 헤치고 들어가 랄라 할리마 앞에 무너지듯이 꿇어 엎드렸다.

"황후이시여, 소인은 이제 어찌해야 하옵니까? 환관 이븐 이스마일의 질문은 너무 예리하고 집요하며 예측하기가 어려워 본의 아니게 자꾸 실수를 하게 되었습니다. 그는 이미 모든 것을 다 알고 있는 듯하옵니다. 제발 소인을 살려주옵소서, 부디 소인을 살려주옵소서…… 흑흑."

시녀의 울먹이는 소리를 들으며 랄라 할리마는 짜증이 가득한 목소리로 신경질적으로 소리를 질렀다.

"어리석은 것! 처음에 말했던 그대로 환관의 질문에 모르쇠로 일관하면 될 것이 아니더냐. 네년의 주둥이를 잘 간수하라. 네년의 주둥이에 네년뿐만 아니라 나와 이곳에 딸린 모든 사람들의 목숨이 붙어 있다는 것을 명심하고 동양 계집년의 아랫것들에게 이 모든 책임을 덮어씌워야 하느니라. 그것만이 너와 나를 포함한 이곳의 우리 모두가 살아남을 수 있는 길이니라. 그리 알고 너는 가서 초지일관하여 결코 흔들리지 마라. 밖에 있는 환관장을 오래 기다리게 하면 더욱 의심이 깊어질 터이니 너는 속히 일어나 이제 그만 나가보거라."

랄라 할리마의 단호하면서도 냉정한 말에 시녀는 절망감에 휩싸인 채 깊은 한숨을 내쉬었다. 시녀는 모든 것을 포기한 얼굴로 눈물을 닦으며 힘없이 몸을 일으켰다. 시녀는 어깨를 축 늘어뜨린 채 랄라 할리마의 앞을 물러나 멀찍이서 이 모든 것을 지켜보고 있던 아가보다 조금 앞서 처소의 출입문을 나서게 되었다.

시녀의 뒤를 따라 밖으로 나서려던 아가는 출입문 사이로 시녀가 환관장과 카이드 알리와 함께 대면하는 것을 목격하고 깜짝 놀라고 말았다. 이윽고 세 사람이 서둘러 복도를 걸어가자 아가는 긴장하며 뒤를 은밀히 밟았다. 세 사람은 시녀의 처소로 들어갔다. 세 사람이 시녀의 처소로 들어가자 방문은 이내 닫혔고 문은 한동안 열리지 않았다. 복도 모퉁이에 서서 이를 지켜보는 시녀장의 가슴은 심히 불안했다. 시녀의 처소에서는 간간이 나직한 남자의 목소리와 작은 신음 소리가 틈틈이 새어나왔다. 얼마의 시간이 흐르자 쿵 하는 소리와 함께 카이드 알리가 흰 옷의 앞자락에 붉은 피를 묻힌 채 서둘러 시녀의 처소를 빠져나오는 것이 보였다. 그의 얼굴은 딱딱하게 굳어 있었으며 맹수와 같이 빛나는 눈으로 어딘가를 향하여 황급히 뛰어갔다. 아가는 이러한 모든 것을 숨을 죽인 채 지켜보며 예사롭지 않게 흘러가는 상황에 대하여 불안한 마음이 들었다.

아가는 카이드 알리의 굳어진 표정과 옷에 묻어 있던 예사롭지 않은 피에 불안한 예감을 떨칠 수가 없었다. 마치 가슴을 뚫고 뛰어나올 것만 같은 거친 심장 소리를 들으며 아가는 호흡을 간신히 가다듬고 있었다. 아가는 마른침을 삼키며 시녀의 처소를 예리한 눈으로 예의 주시하고 있었다.

잠시 후, 환관장과 시녀가 카이드 알리의 뒤를 이어 시녀의 처소에서 나오는 것이 보였다. 아가는 시녀를 보자마자 그만 비명을 내지를 뻔했다. 시녀의 아래턱은 날카로운 흉기에 베어진 듯 붉은 속살이 드러나 있었고, 그곳에서는 많은 피가 줄줄 흐르고 있었다. 시녀의 얼굴은 마치 혼이라도 빠져나간 듯 공포에 질린 모습이었다. 그 기가 막힌 모습에 아가는 경악을 금치 못했다.

환관장은 그런 시녀를 거칠게 끌며 어디로인가로 가려 했다.

두 사람의 모습을 지켜보던 아가는 거친 숨을 몰아쉬며 잠시 깊은 생각에 잠겼다. 이윽고 아가는 비장한 눈빛으로 두 사람을 바라보다 입술을 질끈 깨물고 황급히 두 사람의 앞에 모습을 드러내었다.

갑작스런 시녀장 아가의 출현에 환관장은 깜짝 놀라며 두 눈을 부릅뜬 채 잔뜩 경계를 했다. 아가는 우연히 두 사람을 발견한 것처럼 시녀를 보고 기절할 듯한 신음 소리를 내질렀다. 그리고는 득달같이 달려들어 시녀의 피에 얼룩진 얼굴을 부여잡았다. 아가의 눈에는 어느새 눈물이 거침없이 쏟아져 흐르고 있었다. 아가는 환관장의 경계하는 시선에는 아랑곳하지 않으며 시녀의 몰골을 떨리는 손으로 어루만졌다. 그리고는 어찌하여 이리된 것이냐고 크게 울부짖었다.

"이게 대체 어찌 된 일이랍니까? 이 아이를 조사하신다 하여 보내드렸기로서니 이게 대체 무슨 일이란 말입니까? 세상에 무슨 증거가 있다고 아이를 이리 대하시는 겁니까? 턱이 이게 대체 뭡니까? 이것은 분명 랄라 할리마 황후에 대한 모욕입니다. 이 아이는 랄라 할리마 황후를 모시는 시녀입니다. 그런데 아무런 증거도 없이 이런 일을 하시다니 부디 소인에게 어찌하여 이런 일을 하신 것인지 그 연유를 소상히 설명해 보시어요. 그전에는 소인이 이 아이를 절대로 놓을 수가 없습니다. 으흐흑."

아가는 시녀의 턱에서 계속 흘러내리는 피를 자신의 니캅을 벗어내어 시녀의 턱을 지그시 누르며 지혈했다. 하지만 환관장은 아가를 매섭게 노려보며 노기 어린 목소리로 단호히 말을 했다.

"시녀장 아가, 드디어 랄라 운희 황후께서 누군가에게 납치되셨는지를 알게 되었소. 그것도 바로 이 랄라 할리마 황후의 시중을 드는 이 시녀를 통해서 말이오. 이는 매우 긴박하고 중대한 사건이니 그대는 끼어들지 말고 썩 길을 비키시오!"

환관장의 말이 채 떨어지기 무섭게 아가는 화들짝 놀란 듯 대리석 바닥에 온몸을 내던지며 환관장의 앞에 온몸을 조아렸다.

"아, 아니옵니다. 그것은 무언가 잘못된 것입니다. 저 아이가…… 저 아이가 그럴 리가 없습니다. 환관장께서 무엇인가 잘못 아신 것입니다. 소, 소인이 잠시 확인할 수 있도록 저 아이와 잠시의 시간을 허락하여 주옵소서. 흑흑…… 소인이 정확히 알아야 랄라 할리마 황후께 이 변고를 알려 드릴 수가 있지 않겠사옵니까……? 특히 저 아이는 소인의 품 안에서 성장한 아이인지라 소인과의 사이에 남다른 정이 있사옵니다. 부디 소인의 청을 가납하여 주옵소서…… 흑흑."

아가의 애원에 환관장은 떨떠름한 표정으로 입맛을 다셨다. 아가는 계속하여 애절하게 읍소하며 환관장의 동정심을 유발했다.

"이제 저 아이가 랄라 운희 황후의 납치 사건과 연루가 되었다면 우리는 두 번 다시 만날 수가 없을 것이 분명하옵니다. 잠시의 시간을 허락하셔서 소인과 저 아이와의 마지막 정을 나눌 수 있도록 허락하여 주옵소서…… 흑흑."

아가는 환관장의 발목을 부여잡은 채 눈물을 펑펑 쏟아내며 그 발에 입술을 맞추었다. 이에 환관장은 더 이상 어찌하지 못하고 시녀의 처소에서 두 사람만의 짧은 시간을 허락했다. 아가는 연신 고맙다는 인사를 하면서 서둘러 시녀의 처소로 시녀를 이끌고 들어갔다. 환관장은 어깨를 한번 으쓱해 보이며 맞은편 벽에 기대어 선 채 시녀 처소의 출입문을 말없이 바라보며 두 사람을 기다렸다.

아가는 방으로 들어서자마자 시녀를 벽에 몰아세워 놓은 채 은밀한 목소리로 나직이 속삭였다.

"너는 주의하여 내 말을 잘 들어라. 이제 너는 저 환관장의 손에 이끌려 술탄의 앞에 끌려가게 될 것이다. 네년이 이미 랄라 운희 황후의 납치에 대해서 나불거렸으니 이제 네년의 목숨은 죽은 것이나 진배없다. 이것은 네 스스로 자초한 일이니 누구를 탓할 수도 없을 것이다. 술탄께선 너에게 가장 혹독한 고문을 통하여 반드시 죽이려 들 것이 분명하다. 허니 내가 그동안 너와의 정을 생각하여 너를 도울 것이다. 어차피 죽을 목숨이지만 고통없이 죽어야 하지 않겠느냐? 너의 여주인이신 랄라 할리마 황후에 대한 충성을 알라께서도 잘 알고 계시니 너는 분명 낙원에서 안식하게 될 것이니라. 그러니 두려워하지 말고 내 말을 잘 듣고 따르라!"

시녀장 아가의 입에서 나온 뜻밖의 말에 시녀는 너무도 놀라 핏기 가신 하얀 얼굴로 온몸을 사시나무 떨듯 마구 떨었다. 시녀의 두 눈에는 이미 엄청난 공포가 자리하고 있었다. 아가는 차갑고 냉랭한 시선으로 시녀를 싸늘히 노려보며 낮은 목소리로 단호히 말을 했다.

"내가 이 문을 나서게 되면 너는 이것을 곧바로 복용하여라. 때를 놓치지 않고 신속히 네 입에 털어 넣어야만 하느니라. 그리하면 너는 고통없이 이 세상을 떠나게 될 것이다. 만에 하나, 실수를 하여 그때를 놓치게 된다면…… 네 앞에는 지옥의 화염보다도 더 무서운 술탄의 잔혹한 분노만이 너를 기다릴 것이다. 그러니 잘 명심하여 반드시 실행에 옮기도록 하여라. 알겠느냐?"

아가는 냉혹한 표정으로 자신의 손가락에 끼워져 있던 반지의 굵은 보석 알을 잡아당겼다. 그러자 반지 속의 빈 공간에서 금박으로 입혀진 작은 알약들이 보였다. 아가는 이중에서 두 개를 꺼내어 시녀의 손에 건네주었다. 시녀는 누런 알약 두 개를 바들바들 떨고 있는 손으로 받았다. 시녀의 눈은 시뻘겋게 충혈되어 있었다. 아가는 시녀의 손을 오므려 주며 힘껏 힘을 주고 잡았다. 시녀의 눈을 바라보는 아가의 눈에 순간적으로 연민의 빛이 스치고 지나갔다. 하지만 아가는 이내 표정을 단단히 굳히며 시녀를 향하여 가만히 고개를 끄덕여 보였다. 그리고는 서둘러 시녀를 놓아둔 채 방문을 활짝 열고 밖으로 나가 버렸다.

밖으로 나온 아가의 가슴에는 무거운 돌이 얹힌 기분이었다. 아가는 심호흡을 하며 갑자기 커다란 소리로 울음을 터뜨리며 자신의 얼굴을 손으로 가리고 어깨를 들썩이었다. 그리고는 환관장을 향하여 눈물이 가득한 얼굴을 들어 끅끅거리며 입을 열었다.

"저, 저…… 어리석은 아이를 어찌하면 좋사옵니까. 그 어떤 말도 하지 않은 채 벙어리가 된 듯 반정신을 놓고 있사옵니다. 자기가 이 일과 연루되지 않았다면 분명 아니라고 부정할 텐데 그 어떤 반응도 없는 것을 보니…… 흑흑. 랄라 할리마 황후께서 이 사실을 아신다면 분명 기함을 하실 터인데, 이번 저 아이의 일로 인하여 랄라 할리마 황후께서 술탄의 오해를 사시게 될까 봐 소인은 그것 또한 심히 두렵고 걱정이 되옵니다. 정말 저 아이가 도대체 어떤 연유로 이러한 엄청난 일을 벌인 것인지 소인은 도무지 알수가 없사옵니다. 대체 이 무슨 엄청난 변고란 말이옵니까……?

흑흑."

아가는 눈물을 줄줄 흘리며 환관장 앞에서 연신 거짓 울음을 터뜨렸다. 그리고는 비치적거리는 동작으로 환관장 앞을 떠나 천천히 랄라 할리마의 처소를 향하여 걸어가기 시작했다.

그런 아가를 지켜보던 환관장은 아가가 시야에서 어느 정도 멀어져 가자 시선을 황급히 돌려 시녀 처소의 출입문을 거칠게 열었다. 그리고는 넋이 나간 채 서 있는 시녀를 황급히 끌어내어 시녀의 손목을 단단히 움켜잡고 술탄의 집무실을 향하여 서둘러 발걸음을 옮기기 시작했다.

아가는 복도의 한 모퉁이를 돌아서서 벽에 기대어 몸을 숨긴 채 곧이어 벌어질 그 어떤 사태를 초조한 마음으로 기다리고 있었다.

두 사람의 발걸음 소리가 자신이 숨어 있는 곳으로 점점 가까워졌다. 아가는 터질 듯이 두근대는 가슴을 손으로 지그시 누르며 호흡을 조절했다. 환관장의 억센 손에 억지로 끌려오는 듯한 시녀의 발걸음 소리가 점점 느껴지는 듯하더니 갑자기 철퍼덕 하며 무언가가 쓰러지는 소리가 들려왔다. 이어 환관장의 새된 외마디 소리가 대리석 복도에 공명되며 멀리 울려 퍼졌다.

아가는 자신이 원하던 소리가 들려오자 곧 고개를 끄덕이곤 랄라 할리마의 처소를 향하여 잰걸음으로 걸어갔다. 아가의 등 뒤로 환관장의 신음과도 같은 커다란 외침 소리가 복도 끝에서 메아리쳤다.

술탄은 점점 난폭해졌다. 잠을 설친 그의 퀭한 두 눈에서는 광포한 살의의 빛이 쏟아져 나오고 있었다. 그것이 단지 잠을 설친 단순한 이유가 아니기에 조관들은 술탄의 무시무시한 공포 분위기 속에 숨 한 번 제대로 쉬어보지 못한 채 눈치를 살피며 최대한 몸을 사리고 있었다.

카이드 알리가 술탄의 명을 받고 신속히 집무실을 빠져나갔지만 술탄의 마음은 여전히 좌불안석이었다. 머리가 아팠다. 이렇듯 불안 초조했던 기억은 선대 술탄의 사망 소식을 접한 그 두렵고 긴장했던 순간을 제외하고는 이번이 처음이었다. 운희가 괴한의 손에 납치되었다는 충격적인 소식을 접한 순간부터 술탄의 가슴은 마치 태풍이 강타한 바다처럼 거세게 요동을 치었다. 그 강도는 점점 심해져 어느 순간부터는 귀 안쪽에 지끈거리는 동통을 느낄 수가 있었다. 한시도 떠나지 않는 운희에 대한 불안한 마음은 술탄의 가슴을 수시로 조바심나게 만들며 거의 미칠 듯한 격정의 풍랑 속으로 밀어 넣었다.

술탄은 환관 이븐 이스마일의 보고만을 기다릴 수 없다는 생각에 더 이상 견디지 못하고 거칠게 옥좌에서 몸을 일으켜 세웠다.

그때 집무실의 출입문을 담당하는 환관의 소리가 들려왔다.

"술탄이시여, 궁성 경비대의 대장 아시프와 수문장 아미르께서 드셨습니다."

순간 술탄의 눈이 뱀처럼 가늘어졌다.

"안으로 들게 하라!"

술탄은 살의에 가득한 눈을 번득이며 소리를 질렀다. 경비대장과 수문장이 잔뜩 겁에 질린 모습으로 환관의 안내를 받으며 안으로 들어섰다. 이들은 막 이븐 이스마일로부터 조사를 마치고 온 것이었다. 정신이 반쯤 나간 경비대장과 수문장은 온몸을 사시나무 떨듯 떨며 무릎걸음으로 술탄의 옥좌까지 기어가기 시작했다.

술탄은 그들을 보자마자 옥좌를 박차고 두 사람을 향하여 득달같이 달려들었다. 그 모습에 경비대장과 수문장은 공포에 떨며 황급히 술탄의 앞에 온몸을 바닥에 붙인 채 완전히 조아렸다. 하지만 술탄은 다짜고짜 두 사내의 머리를 단단한 구둣발로 거세게 걷어차 버렸다.

순간 둔탁한 소리와 함께 그들의 육중한 몸에서 신음 소리가 절로 흘러나왔다.

"그러고도 너희들이 경비대장이며 수문장이더냐!"

술탄은 눈에서 불똥을 떨어뜨리며 그들을 향하여 연이은 구둣발 세례를 쏟아 부었다.

퍽! 퍽! 퍼억!

"으…… 으윽!"

"아악!"

집무실 안에는 술탄의 구둣발 소리와 두 사내들이 내지르는 거친 신음 소리만이 가득 울려 퍼졌다.

술탄의 거듭된 강렬한 발길질을 피하지 못한 두 사내의 머리는 이미 터질 대로 터져 버렸고, 눈두덩은 시야가 제대로 보이지 않을 정도로 통통 부어올랐다. 얼굴의 곳곳에 찢긴 상처에서는 붉은 피가 스멀스멀 피어올랐다. 또한 부러진 이빨이 시뻘건 핏물과 섞인 채 부어터진 입술 사이로 흘러나왔다. 두 사내는 최소한의 저항조차 포기한 채 술탄의 쏟아지는 발길질에 묵묵히 전신을 내맡기고 있었다.

술탄은 가슴을 들먹거리며 거친 숨을 몰아쉬었다. 술탄의 이마에는 어느덧 구슬땀이 배어나오고 있었다. 술탄은 아직도 분이 풀리지 않았는지 살벌한 눈빛으로 검붉은 얼굴 가득 노기를 뿜어내며 피범벅이 되어 대리석 바닥에 무너져 나뒹굴고 있는 두 사내를 매섭게 노려보았다.

"두 사람은 고개를 들라!"

술탄의 무시무시한 지엄한 명령에 두 사내는 온몸을 부들부들 떨면서 간신히 고개를 들어 술탄을 바라보았다. 하지만 그들의 눈동자에는 이미 모든 것을 포기한 듯 절망만이 가득 담겨 있었다.

술탄은 독기 가득한 눈으로 두 사내를 노려보며 이를 갈면서 말을 했다.

"제국 안의 경비를 철통처럼 지켜야 할 네놈들이 감히 술탄의 면전에서 황후가 납치를 당하도록 수비에 무력한 채 지금껏 허수아비 노릇을 하며 제국의 녹을 받아먹었다는 말이더냐?"

술탄은 살기 가득한 눈으로 무시무시한 일갈을 터뜨리며 어느새 시퍼렇게 날이 선 신월도를 높이 빼 들고 있었다. 그리고는 어느새 휘둘렀는지 번쩍하는 빛과 함께 경비대장의 한쪽 귀가 몸에서 분리된 채 너무도 쉽게 떨어져 나갔다.

"아악!"

경비대장의 입에서 고통에 찬 단말마의 소리가 터져 나왔다.

연이어 수문장의 한쪽 귀도 너무도 쉽게 몸에서 분리된 채 하얀 대리석 바닥에 붉은 피를 내뿜으며 나뒹굴었다. 두 사내는 귀가 떨어져 나간 곳을 부여잡으며 온몸을 대리석 바닥에 뒹굴고 있었다.

술탄은 싸늘한 시선으로 두 사내를 노려보며 운희 황후가 납치된 이번 일에 괴한과 내통한 경비병과 수문병이 있으면 속히 잡아낼 것과 궁성 안의 누군가로부터 은밀한 협조를 구하는 접촉의 손길을 받은 자가 있다면 반드시 색출해 낼 것을 엄하게 명령했다. 두 사내는 자신들의 목숨이 아직 붙어 있다는 것만으로도 너무나 감사하며 떨리는 몸으로 술탄의 명령에 연신 머리를 조아려 읍하고 무릎걸음으로 술탄의 집무실을 빠져나갔다. 두 사람이 빠져나간 자리에는 붉은 핏물이 뚝뚝 떨어져 있었다. 술탄은 싸늘한 시선으로 두 사람이 빠져나간 출입문을 무섭게 노려보았다. 한 시종이 술탄의 명에 따라 떨어진 귀를 치웠다.

랄라 할리마의 처소에 다다른 아가는 거칠게 출입문을 열어젖히며 다급한 목소리로 황후를 찾았다. 잠시도 쉬지 않고 서둘러 달려온 터라 아가의 얼굴은 붉게 상기되어 있었고, 가쁜 숨으로 상체가 거칠게 들썩이었다. 아가의 얼굴에선 비장한 분위기가 물씬 풍겨 나왔다.

시녀들은 잠시 전에 상전의 앞에서 내쫓김을 당했던 시녀장이 다시 처소로 되돌아오며 랄라 할리마 황후를 급하게 찾아대자 아가에게 선뜻 다가서지도 못하고 쭈뼛거리고 있었다. 한 시녀가 살며시 다가와 턱으로 침실을 가리키자 아가는 서슴없이 랄라 할리마의 침실로 발걸음을 옮겼다.

랄라 할리마는 한 시녀에게 헤나를 받고 있었다. 식물의 줄기와 잎이 검은색의 기하학적인 문양으로 아름답게 형상화된 그림이 그려질 때마다 랄라 할리마는 자신의 피부에 닿는 시원한 느낌에 점점 기분이 좋아지고 있었다. 시녀는 벙어리였지만 헤나 실력으로 랄라 할리마에게 총애를 받았다.

그때 숨을 헐떡이며 허락도 없이 침실로 들어선 아가의 모습에 랄라 할리마는 깜짝 놀라며 이내 짜증이 가득한 얼굴로 미간을 찌푸렸다. 랄라 할리마가 막 입을 열어 호통을 치려는 순간에 아가는 황급히 랄라 할리마의 앞에 온몸을 조아리며 심각한 목소리로 시녀들을 모두 내쳐 주시기를 단호히 청했다. 랄라 할리마는 아가의 뜻밖의 분위기에 동작을 멈추었다. 왠지 범상치 않은 아가의 분위기가 마음에 걸렸던 것이다. 이에 랄라 할리마는 헤나를 그리고 있던 시녀를 포함한 모든 시녀들을 주위에서 물리고 시큰둥하게 앉아 있었다. 모든 시녀들이 사라지고 두 사람만이 남게 되자 아가는 고개를 들어 강한 눈빛으로 랄라 할리마를 바라보면서 단호한 어조로 입을 열었다.

"황후이시여, 시간이 없사옵니다. 소인의 말을 결코 가벼이 여기지 마시고 잘 들어주시기를 바라옵니다. 지금 술탄의 명을 받은 카이드 알리가 랄라 운희 황후를 납치한 괴한이 압달라 하켐 라이스란 것을 알아냈고, 삼십 인의 특수 정예요원들을 이끌고 그 뒤를 추적하여 살레로 출발하였습니다. 이미 황후께서도 카이드 알리의 실력을 잘 아실 터이오니 이제 랄라 운희 황후가 이 궁성으로 되돌아온다는 것은 시간문제이며 기정사실로 받아들이셔야 할 줄로 아옵니다."

아가의 말에 랄라 할리마는 외마디 비명 소리를 지르며 자리에서 벌떡 일어났다. 랄라 할리마의 창백하게 질린 두 눈빛은 몹시 흔들리고 있었다. 한눈에도 큰 충격을 받았다는 것을 쉽게 알 수가 있었다. 랄라 할리마는 간신히 숨을 내쉬며 쉬어 갈라진 목소리로 어렵게 입을 열었다.

"그, 그것을 어찌 알게 되었다 하느냐……? 그, 그것을 대체 어떻게……? 어, 어떻게…… 하악."

랄라 할리마는 충격으로 가슴이 죄어오자 어려운 숨을 간신히 토해내곤 양어깨를 감싸며 몸을 떨었다. 아가는 나직하면서도 차분한 목소리로 다음 말을 이었다.

"이미 모든 상황은 황후에게 불리한 채로 급박하게 돌아가고 있사옵니다. 조금 전 환관장에게 불려갔던 시녀 아이가 카이드 알리에게 위협을 받아 모든 것을 고백한 듯하옵니다."

아가의 말에 랄라 할리마는 삽시간에 얼굴빛이 검게 변한 채 온몸을 부들부들 떨었다.

"그, 그럼…… 곧 술탄께서 아시게 될 것이 아니더냐? 허, 허면 이제 나는 어찌 되는 것이지? 이제 나는…… 어찌해야 하는 것이지? 하아, 하아."

랄라 할리마의 두려움에 크게 벌어진 눈이 희번득 돌아가며 파르르 떨렸다.

"그래, 나도 알고 있었어. 술탄께서 그 계집에게 처음 봤을 때부터 혹하셨다는 것을. 심지어 생전 처음 그 계집 때문에 내 목을 조른 적도 있었지. 그 죽여도 시원찮을 년 때문에 내가 받은 수모를 생각하면 정말 찢어죽이고 싶어! 하지만 이 모든 것은 술탄 때문이지. 술탄께서 그 계집을 예사로이 대하시지 않는다는 것을 알았기 때문에 나로서도 이번 일은 정말 어쩔 수가 없는 선택이었다고. 그것을 술탄께 알게 하고 싶었어! 하지만…… 일이 이렇게 빨리 발각될 줄은 꿈에도 생각지 못했어. 그 계집을 쥐도 새도 모르게 술탄 앞에서 사라지게 하려고 했던 것뿐인데…… 이렇게 빨리 발각이 되다니……. 이제 그 계집이 납치된 것이 나 때문임을 안다면 술탄께선 아마도 나를…… 죽이려 드시겠지? 지난번 랄라 지다나처럼…… 그, 그럼 물레이 무하마드는 어찌 되는 것이지? 하아, 하아."

랄라 할리마는 급격하게 조여오는 가슴의 통증에 얼굴을 잔뜩 일그러뜨렸다. 제대로 숨조차 쉬지 못하는지 허리를 꺾으며 입을 벌린 채 침상 위를 뒹굴었다.

아가는 그러한 랄라 할리마를 바라보며 안타까워했다.

"하, 하지만 걱정하지 마시옵소서. 소인이 술탄 앞에 증인이 될 그 아이를 이미 처리하였습니다. 환관장의 손에서 술탄께 넘겨지기 전에 소인이 그 아이의 목숨을 끊어놓았사오니 황후께서는 심려치 않으셔도 될 듯하옵니다."

아가가 은밀한 미소를 지으며 랄라 할리마를 바라보자 랄라 할리마는 화들짝 놀라며 급격히 허리를 편 채 아가를 뚫어질 듯 쳐다보았다. 그리고는 다급히 질문을 쏟아놓았다.

"네, 네가 그 아이를 처리했다고? 그것이 정말이더냐? 헌데 그것이 어떻게 가능했단 말이더냐?"

반신반의의 복잡한 얼굴 표정을 지으며 랄라 할리마는 아가를 바라보았다.

"황후께서 오래전 소인에게 하사해 주셨던 한 알만으로도 급살을 한다는 그 약을 기억하시옵니까? 평소 소인이 반지 속에 휴대해 왔던 것을 이번 기회에 그 아이에게 적절히 사용하였습니다. 한 알도 아닌 두 알을 먹여 그 즉각적인 효과를 소인이 직접 확인할 수가 있었습니다. 그러하오니 황후께서는 너무 심려하지 마시옵고, 지금 당장 술탄을 알현하시옵소서. 무슨 일이 있어도 환관장보다 먼저 알현하셔야만 합니다. 여기에 소인이 득달같이 달려온 이유가 있사옵니다. 그 아이가 해적과 내통하여 랄라 운희 황후의 납치에 동조했다 하시오면 술탄의 진노는 황후에게서 비켜갈 것입니다. 아직 시간적으로 환관장이 그 아이의 사체에 매달려 있을 것입니다. 그러니 지금이 기회입니다. 소인이 기회를 보아 그 아이의 처소에 금전 몇 닢을 숨겨놓고 오겠사오니 차후에 이것을 찾아내어 해적과의 내통으로 몰고 가시옵소서."

시녀장의 말을 듣고 있던 랄라 할리마는 고개를 가만히 끄덕이었다. 어느덧 기분이 많이 안정이 된 듯 숨소리가 차분해졌다. 그때 시녀장이 랄라 할리마에게 바짝 다가서며 낮고 조용한 말로 입을 열었다.

"그리고…… 소인이 황후께 간곡한 청이 하나 있사옵니다."

시녀장의 말에 랄라 할리마는 잠시 주춤하며 눈썹을 꿈틀거렸다.

"지금 이 시기는 황후께 너무나도 중요한 순간이옵니다. 그러하오니…… 부디 이번 일로 황후에 대한 술탄의 사랑을 확인하려드시지 마시옵소서. 조금만 더 기회를 보신 연후에 때를 기다리십시오. 혹여 운이 나빠 랄라 윤희 황후가 되돌아온다 하여도 너무애태우지 마시고 이번 일이 어느 정도 수그러들 때까지 참고 기다리시면 반드시 좋은 기회가 올 것입니다. 그러니 부디 소인의 청을 들어주시옵소서."

아가의 간곡한 말을 들으며 랄라 할리마는 천천히 크게 숨을 들이켜고 내쉬었다. 그리고는 언제 전전긍긍하였냐는 듯 자못 도도한 시선으로 돌아가 침상에서 몸을 벌떡 일으켰다. 그리고는 거울앞으로 다가가 자신의 옷매무시를 살피며 뒤에 서 있는 아가에게말을 내뱉었다.

"자, 이제 술탄께 알현을 청하러 가자꾸나."

말을 마치며 랄라 할리마는 거만한 동작으로 침실을 빠져나갔다. 그런 황후의 뒷모습을 바라보며 아가는 안도의 한숨과 함께회심의 미소를 지었다.

랄라 할리마가 시녀장과 몇몇의 시녀를 대동하고 술탄의 집무실에 막 다다르게 되었을 때에 술탄 집무실의 화려한 출입문이 거칠게 열리더니 한쪽 귀를 움켜쥔 채 피비린내를 역겹게 풍기면서두 명의 사내가 튕기듯이 뛰쳐나왔다. 그들의 피범벅 된 흉측한모습에 랄라 할리마는 니캅 위의 두 눈으로 잔뜩 긴장하며 바라보았다.

랄라 할리마는 자신의 바로 뒤에 서 있는 아가를 향하여 불안한 기색이 감도는 목소리로 나지막이 물었다.

"저 두 사내는 혹 경비대장과 수문장이 아니더냐? 설마…… 이번 일에 우리 쪽과 직접적인 관련이 있는 자들은 아니겠지?"

"황후이시여, 걱정하지 마시옵소서. 이번에는 당일 번을 섰던 어리석고 욕심 많은 수문병 두 놈만을 은밀히 포섭했다 들었사옵니다. 그자들을 족친다 하여도 우리에 대해서는 아무것도 나오지 않을 것이라 하옵니다. 하오니 황후께서는 너무 심려치 마시옵고 그저 술탄의 진노를 피하시고 술탄의 성총을 얻도록 부디 최선을 다하여 주옵소서. 소인은 이만 그 아이의 처소에 다녀올까 하옵니다."

아가는 랄라 할리마의 바로 뒤에서 은밀한 목소리로 나직이 속삭였다. 이에 랄라 할리마는 가볍게 고개를 끄덕이었다. 어느새 랄라 할리마의 얼굴은 평상시의 얼굴로 되돌아가 있었다.

안으로 듭시오! 하는 출입문 담당 환관의 말이 들려오자 랄라 할리마는 우아한 걸음걸이로 서슴없이 출입문 안쪽으로 발걸음을 옮기기 시작했다. 랄라 할리마가 집무실 안으로 완전히 사라지는 것을 바라본 후에 아가는 발걸음을 돌려 복도의 한 모퉁이 뒤로 순식간에 사라져 버렸다.

상아와 흑단으로 만든 옥좌에 앉아 있는 술탄은 위압감이 물씬 풍겨 나오는 보랏빛 의복을 입고 있었다. 옷에는 붉은빛 핏방울이 점점이 얼룩져 있어 더욱 위협적인 분위기를 풍기고 있었다. 이슬람의 색이자 기쁨과 평화의 빛인 취록색이 아닌 분노와 살의의 빛인 보랏빛 의상에 검붉게 얼룩져 있는 핏물은 보는 이로 하여금 절로 오금이 저리게 했다. 하얀 대리석 바닥을 닦고 있는 시종들의 손놀림 사이로 채 닦이지 않은 붉은 핏물이 묽게 번져 있었다.

랄라 할리마는 마른침을 꿀꺽 삼키며 옥좌 앞으로 발걸음을 옮겨 술탄을 바라보았다.

그러나 옥좌에 앉아 있는 술탄의 시선은 너무도 차갑고 냉랭했다. 살의가 서린 험악한 눈빛에 랄라 할리마는 심장이 오그라들며 몰골이 송연해졌다. 술탄의 눈빛에는 마치 랄라 할리마도 예외일 수 없다는 강한 그 무엇을 풍기고 있었다. 랄라 할리마의 전신에는 소름이 빠르게 돋고 있었다. 랄라 할리마는 간신히 스스로를 진정시키며 술탄을 향하여 애써 매혹적인 미소를 지어 보였다. 하지만 술탄은 여전히 그 어떤 반응조차 보이지 않았다. 랄라 할리마는 술탄에게서 느껴지는 그의 지독한 분노에 덜컥 겁부터 들기 시작했다.

지금껏 술탄의 욱하는 성정을, 특히 분노에 차 있을 때의 모습을 너무나도 많이 보았고 잘 알고 있었다. 하지만 이렇듯 자신을 향하여서 무시무시한 분노를 거침없이 뿜어내고 있는 것은 정말 간만이었다. 아니, 지금껏 자신 앞에서 보여준, 분노를 담고 있던 모습 중에서 최고로 불길한 모습이었다.

랄라 할리마는 전혀 예상치 못한 술탄의 모습에 절로 오금이 떨려왔다. 시녀장인 아가가 그토록 자신에게 주의를 주었던 이유를 이제서야 피부로 알게 된 것만 같았다. 랄라 할리마는 순간적으로 후들거리는 다리를 이를 악물어 간신히 버티고 있었다.

지금껏 술탄은 비록 분노에 떨고 있을지라도 언제나 랄라 할리마를 나름 배려해 주었다. 그것은 마치 한가족, 한핏줄이 나누는 그러한 기운이었다. 하지만 지금 자신 앞에서 분노를 거침없이 뿜어내고 있는 술탄은 너무나도 낯설게만 보였다. 그것은 마치 이방인과 다름없는, 생면부지의 타인에게서나 느낄 수 있는 배척의 기운, 바로 그것이었다.

랄라 할리마의 동물적인 육감이 몸을 사리도록 강하게 명령을 하고 있었다. 랄라 할리마는 전신을 가늘게 떨며 아가의 시나리오에 나름 충실하기로 순간적으로 마음을 굳혔다. 순간 랄라 할리마는 절망적인 얼굴로 술탄의 발치에 몸을 털썩 무너뜨리듯 엎드렸다. 그리고는 거친 숨을 몰아쉬며 술탄 앞에 조심스레 입을 열었다.

"위, 위대하신 술탄이시여…… 알라께서 술탄의 권세를 세세토록 축복하시기를 원하나이다."

술탄은 랄라 할리마의 말에도 여전히 싸늘한 시선으로 매섭게 쳐다볼 뿐 아무 말도 하지 않았다. 랄라 할리마는 술탄의 말없음에 더욱 몸을 긴장시키며 갑자기 눈물을 주르륵 쏟기 시작했다.

"수, 술탄이시여, 신첩을…… 부디 용서하여 주옵소서. 술탄의 마음을 잘 알지 못한 어리석은 여인이옵니다. 시난밤 술탄께서 신첩께 보여주신 너그러운 마음을 신첩의 용렬함으로 그때에는 미처 깨닫지 못하였습니다. 이에 술탄께서 신첩의 처소를 떠난 이후에 신첩은 그 의미를 뒤늦게 깨닫고 술탄의 그 넓으신 마음을 알게 되었습니다. 신첩의 아둔함을 용서하여 주옵소서…… 흑흑."

랄라 할리마는 어깨까지 들썩이며 온몸으로 울음을 터뜨렸다. 그런 랄라 할리마의 격앙된 모습에 술탄은 눈썹을 꿈틀거리며 천천히 살의로 가득했던 눈빛을 거두면서 조금은 온화한 눈빛으로 랄라 할리마를 바라보았다.

"황후는 울음을 거두라. 어찌하여 그리 서글프게 우는가? 그대의 깨달음이 진심이라면 나 술탄 시디 무하마드는 그대에게서 더 바랄 것이 없노라. 허나……."

문득 밝아진 술탄의 목소리에 반가움을 표하려던 랄라 할리마는 다시 말의 끝을 흐리는 술탄의 말에 당황했다. 랄라 할리마는 가늘게 울음소리를 내뱉으며 술탄의 반응을 조심스럽게 살폈다.

"랄라 운희 황후가 괴한에게 납치된 배경에는 이 궁성 안 그 어딘가에 납치에 대한 배후세력이 있을 것이라 여겨지고 있소. 헌데…… 그 배후에 혹여 그대가 있는 것은 아닌지 나는 심히 그대가 의심스럽소."

술탄의 말에 깜짝 놀란 랄라 할리마는 충격으로 얼굴은 차가운 대리석 바닥만큼이나 하얗게 변해 버렸고 척추를 따라 소름과 식은땀이 빠르게 돋아났다.

술탄은 자신이 내뱉은 말에 전혀 반응을 보이지 않는 랄라 할리마를 날카로운 시선으로 바라보며 양미간 사이를 찌푸렸다.

"그대는 어찌 말이 없소? 허면 그대는 나의 말처럼 이 사건과 깊이 연루되어 있단 말이오?"

술탄의 매서운 말에 그제야 랄라 할리마는 깜짝 놀라며 목소리를 가늘게 떨면서 간신히 입을 열었다.

"마, 말도 아니 됩니다. 신, 신첩이 어찌 그런 엄청난 일을……
사주할 수가 있겠습니까? 신첩은 지난밤…… 술탄의 곁에 있지 않
았습니까? 그런 신첩이…… 어찌 그런 일을 벌일 수가 있었겠습니
까? 제발 신첩을 오해하지 말아주시옵소서. 신첩은 지난 시절 술
탄 앞에서 어리석게 자행했던 그 모든 투기를 이미 뉘우치며 반성
하고 있었습니다. 헌데 이러한 일이 벌어지니…… 술탄의 신첩에
대한 오해하심은 어찌 보면 지당하신 일입니다. 이 모든 것이……
신첩이 지난 시절 어리석게 굴었던…… 그 연유로 인함이옵니다.
하오니 모든 것이 신첩의 잘못이옵니다. 흑흑흑."

랄라 할리마는 눈물과 콧물을 쏟으며 한참 동안 소리 내어 울었
다. 이에 술탄은 랄라 할리마를 내려보며 조용히 입을 열었다.

"황후, 이제 그만 우시오. 어찌 되었든 조만간에 환관 이븐 이스
마일의 조사가 곧 끝나게 될 것이오. 그리되면 모든 것이 백일하
에 온전히 드러나게 될 것이오. 그때에 배후로 드러나는 자가 혹
여 돌아가신 대비라 하여도 이 술탄 시디 무하마드의 진노를 결코
벗어날 수는 없을 것이오!"

술탄은 단호한 목소리로 검고 짙은 눈빛을 빛내며 자신의 심중
에 대해 말했다. 이에 랄라 할리마는 다시금 죄어오는 가슴을 억
누르며 천천히 기나긴 호흡을 내뱉으면서 입을 열었다.

"지, 지당하신 말씀이오나…… 술탄이시여, 오늘 신첩이 중대
한 사실을 알게 되어…… 이렇듯 술탄께 황급히 달려온 것이옵니
다. 혹여 신첩께 떨어질 술탄의 의심의 눈초리도 사뭇 걱정스럽사
오나…… 술탄을 향한 신첩의 마음을 술탄께서 알아주시리라 믿

기에 이렇듯 충심을 다하여 술탄 앞에 이른 것이옵니다. 하오니 부디 신첩을…… 통촉하여 주시옵소서. 흑흑."

랄라 할리마의 뜻밖의 말에 술탄은 눈썹을 꿈틀거리며 자세를 고쳐 앉았다.

"허면 그대는 속히 고하라!"

"부디…… 신첩에 대한 노여움만은 거두어주시기를 먼저 술탄께 청하옵니다. 오늘…… 신첩의 아래에 거느리고 있는 시녀 중에 한 계집이 이번 랄라 운희 황후의 납치 사건에 깊이 개입이 되었다 하는 것을 조금 전 소인의 시녀장을 통하여 들었사옵니다. 으흐흐흑."

"무, 무엇이라고?"

술탄은 충격으로 깜짝 놀라며 옥좌에서 벌떡 일어났다. 그리고는 랄라 할리마에게로 빠르게 다가와 거칠게 양어깨를 움켜잡으며 다급한 목소리로 외쳐 댔다.

"그 무슨 소리요? 어서 속히 고하시오! 그 계집이 대체 어떤 계집이며 대체 어떤 자와 깊이 내통을 하였단 말이오?"

술탄은 랄라 할리마의 양어깨를 거세게 흔들며 랄라 할리마에게 소리를 질러댔다. 랄라 할리마는 눈물로 얼룩진 얼굴을 좌우로 황급히 흔들며 울먹이는 목소리로 간신히 입을 열었다.

"그, 그 계집이…… 그만…… 이틀 전…… 랄라 운희 황후가 술탄을 위해 베풀어준 연회에 참석했던 그 해적 놈과 깊이 내통이 되었다 하옵니다. 으흐흐흑…… 신첩의 그늘 아래에 머물러 있던 계집이 그런 죽일 짓을 저질렀을 줄은 꿈에도 모르고 있었기에 신첩은 그저…… 술탄의 사랑만 달라 투정을 부렸다는 것이…… 이렇듯 어리석고 후회가 될 줄은 미처 몰랐습니다. 아흐흐흑. 술탄이시여, 신첩을 부디 용서하여 주옵소서…… 흑흑흑."

랄라 할리마는 눈가의 화장먹이 검은 눈물이 되어 빗물처럼 흘러내린 얼굴을 들어 술탄 앞에서 한참 동안이나 흐느껴 울었다. 그런 랄라 할리마를 술탄은 차갑게 굳은 얼굴로 무섭게 노려보았다. 술탄은 포효하듯 거세게 소리를 질러댔다.

"그 계집은 대체 어디에 있소? 지금 당장 데려오시오! 내 이 계집을 찢어 죽이고 말 것이오!"

술탄의 눈에는 이미 이성을 잃은 광포한 야수와 같은 살기가 넘쳐흘렀다. 랄라 할리마는 술탄의 무시무시한 기운에 하얗게 질린 얼굴로 숨조차 제대로 쉬지 못하며 온몸을 떨고 있었다. 술탄은 랄라 할리마를 거칠게 내동댕이치며 거친 목소리로 환관을 불러댔다.

"당장 랄라 할리마의 처소에 있다는 그 계집을 잡아오라!"

술탄의 노도와 같은 지엄한 명령에 대기하고 있던 두 명의 환관들이 황급히 읍손하며 빠르게 대답을 했다. 이에 랄라 할리마가 화들짝 놀라며 입을 열었다.

"그 계집은 지금 환관장에게 불려갔나이다. 신첩의 시녀장이 환관장을 통하여 그 계집이 이실직고한 것을 들었다 하옵니다……. 하여 신첩이 그 소식을 듣자마자 술탄께 달려온 것이옵니다…… 흑흑."

하지만 술탄은 미심쩍은 표정으로 랄라 할리마를 무섭게 노려보며 입을 열었다.

"허면 왜 환관장은 내 앞에 그 계집을 데려오지 않는 것이냐? 왔어도 벌써 그 계집을 데리고 왔어야 하지 않느냐?"

두 눈을 무섭게 부라리던 술탄은 극심한 분노가 치밀었는지 갑자기 집무실 한곳에 놓여 있던 화병을 과격하게 내동댕이쳐 버렸다. 순간 집무실 안에는 쨍하는 소리와 함께 유리병의 파편이 대리석 바닥에 흩어졌다.

그때 집무실의 출입문을 통하여 환관장이 당도했다는 출입문 담당 환관의 말이 전해졌다. 술탄은 더욱 날카로운 눈빛으로 환관장은 당장 들라 하는 큰 소리를 질러댔다. 이어 막 출입문을 통하여 집무실 안으로 환관장이 들어섰다. 하지만 출입문을 들어선 환관장의 모습은 어딘지 모르게 기운이 하나도 없어 보였다. 그는 마치 반쯤 얼이 빠져나간 사람 같아 보였다. 술탄은 날카로운 눈빛으로 그러한 환관장의 모습을 위아래로 사납게 쏘아보며 양미간을 모은 채 자신 앞에 머리를 조아리고 있는 환관장을 향하여 일갈을 터뜨렸다.

"환관장은 어찌하여 랄라 운희 황후를 납치한 자가 일전에 왔던 해적이란 것을 알아내고도 왜 속히 보고를 하지 않는 것이냐?"

잔뜩 못마땅한 표정으로 자신을 노려보고 있는 술탄의 입에서 나온 뜻밖의 말에 환관장은 깜짝 놀라며 자신도 모르게 어깨를 움츠렸다. 그리고는 서서히 고개를 들어 상좌에 앉아 있는 술탄을 바라보았다. 분노에 가득 찬 술탄의 모습은 범접치 못할 무서운 기운을 발하고 있었다. 그리고는 술탄의 발치에 움츠리고 있는 랄라 할리마 황후를 바라보고는 더욱 놀라고 말았다.

"화, 황송하옵니다……. 수, 술탄께선 그것을 어찌 그리 빨리 아시게 되셨는지는 모르겠사오나 소인이 알게 된 것도 바로 지척의 일이었기에 술탄께 알릴 시간적 여유가 없었습니다. 허면 술탄께선 혹여 이번 일과 깊이 관계되어 있던 랄라 할리마 황후의 시녀가 조금 전에 자살했다는 소식도 이미 알고 계신 것이옵니까?"

창백한 얼굴로 목소리를 떨며 말하고 있는 환관장의 말에 술탄은 깜짝 놀라며 두 눈을 화등잔만하게 떴다.

"무, 무슨 소리이냐? 그 계집이 자살을 했다고?"

술탄은 너무도 놀란 표정으로 환관장을 사납게 쏘아보았다.

"화, 황송하옵니다. 소인을 부디 죽여주시옵소서……. 카이드 알리께서 그 계집의 자백을 받아내시고 살레에서 왔던 해적선장의 뒤를 쫓아 급히 추적에 나섰습니다. 헌데 그 이후에 그 계집이 자신의 처소에서 랄라 할리마 황후의 시녀장과 잠시 만난 후에 소인의 손에 끌려 이곳, 집무실을 향하여 걷던 중 갑작스레 쓰러지면서 급살을 하고 말았습니다. 너무도 창졸간에 벌어진 일이었기에…… 소인이 그만 당황하여 지금에서야 술탄께 고하게 되었나이다. 그러하니 술탄께서는 소인을 속히 죽여주시옵소서. 이 중요한 순간에, 그 중요한 죄인을 이렇듯 소인의 관리 소홀로 인하여 잃게 되었음을 소인은 죽음으로써 그 책임을 다할 것입니다. 으흐흑."

환관장은 진땀을 쏟으며 술탄의 앞에 온몸을 조아리고 있었다. 술탄의 커다랗게 벌어진 두 눈에는 힘이 잔뜩 주어졌다. 술탄의 검게 변한 얼굴에 툭 불거져 나온 힘줄이 술탄의 분노를 짐작하게 해주었다.

"으아아아악!"

술탄은 갑자기 사자의 포효와도 같은 고함 소리를 내지르며 정신없이 하얀 대리석 바닥을 마구 굴러댔다. 그러더니 자신의 발치에 엎드려 있는 환관장의 온몸을 단단한 구둣발로 걷어차기 시작했다. 이렇듯 한참을 폭주하던 술탄은 온몸을 땀에 적신 채 거친 숨을 몰아쉬며 피투성이가 되어 널브러져 있는 환관장을 무섭게 노려보았다.

"만약, 랄라 운희 황후가 무사히 돌아오지 못한다면 네놈의 목숨은 그 즉시 끊어질 줄 알아라! 네놈은 속히 전 군대의 장수들을 소집하여 부하리(검은 친위대)의 출정식을 준비토록 총리대신에게 전하라! 이 술탄 시디 무하마드가 친히 그 간덩이가 부어오른 해적 놈을 잡으러 갈 것이다! 내 반드시 그 해적 놈을 잡아 그 간과 심장을 내어먹고 그 머리는 잘라 성문에 효시하며 까마귀의 밥이 되게 할 것이다. 그리고 그 삼대를 멸족하며 이 술탄에게 대항하여 술탄의 것을 탐내어 반역을 꿈꾸는 자에게는 그 죗값을 톡톡히 치르게 할 것이다. 환관장은 한 시진 후에 쾌락의 정원에서 출정식을 가질 수 있도록 속히 움직이라!"

술탄의 명령을 받은 환관장은 피투성이가 된 몸으로 간신히 술탄의 앞에 읍손을 하면서 다리를 절뚝이며 집무실의 출입문 밖으로 사라져 갔다. 술탄은 시종들에게 출정식을 위한 군복을 준비토록 명했다. 그리고는 아직 대리석 바닥에 앉아 있는 랄라 할리마에게 잠시 눈길을 주며 말을 했다.

"내 솔직히 그대에 대한 모든 의구심을 접고 있는 것은 아니나 그대가 지금 나에게 했던 모든 말들이 참이길 바라는 마음 또한 너무나 간절하오. 내가 랄라 운희 황후를 그 해적놈의 손아귀에서 찾아올 때쯤이면 환관 이븐 이스마일도 모든 조사를 마무리하였을 것이오. 솔직히 그대의 시녀장이 그 사악한 계집을 마지막으로 만났다는 것도 심히 의심스럽소. 허나, 이번 일은 랄라 운희 황후가 무사히 궁성으로 돌아온 후에 그 모든 것을 소상히 밝히도록 할 것이니 그대는 그리 알고 좀 더 자숙하며 내가 없는 동안 하렘 안을 평안히 다스리며 나와 랄라 운희 황후를 기다리고 있어주길 바라겠소."

말을 마친 술탄은 므사카림과 시종들을 이끌고 황급히 집무실을 빠르게 빠져나갔다. 술탄이 사라진 집무실에 덩그마니 혼자 앉아 있게 된 랄라 할리마는 싸늘한 시선으로 술탄이 사라진 집무실의 출입문을 무섭게 노려보았다. 그리고는 서서히 몸을 일으키며 텅 빈 집무실을 한 바퀴 휘둘러본 후에 입가에 싸늘한 미소를 지었다. 출입문을 향하여 서서히 발걸음을 옮기는 랄라 할리마의 표정은 마치 가면을 쓴 듯 딱딱하게 굳어 있었다.

쾌라익 정원에 있는 넓디넓은 공터에는 이미 수많은 군이 수니부들과 군 장교들이 빼곡히 들어차 있었다. 바람에 실려 향긋한 꽃향기가 은은하게 퍼졌다.

술탄은 출정에 앞서 마라부트(거룩한 성자, 혹은 영적 지도자)에게 자문을 구하였고, 전쟁에서 신의 가호를 구하는 기도를 부탁했다.

이에 마라부트가 출정해도 좋다는 미리 준비된 형식적인 조언을 하여주자 술탄은 기부금의 명목으로 많은 금화를 마라부트에게 보답했다. 이에 마라부트는 술탄에게 숫양 한 마리를 선물로 주었고 술탄은 출정식에서 이맘의 입회하에 할랄 의식에 따라 '비쓰밀라 하르라흐마 니르라히—힘'을 외치며 알라의 축복을 구했다. 그러면서 친히 양의 머리를 도끼로 내리쳐 잘라냈다. 그리고는 핏물을 빼낸 후에 양의 머리와 내장, 다리, 뱃가죽을 벗기고 몸통 가운데를 두 쪽으로 잘라 제단에 태워 버렸다. 양을 태운 냄새가 정원에 가득 찼다. 이렇게 형식에 의한 종교적인 모든 절차가 끝나면서 출정식은 마무리되었고, 화려한 군복을 입은 술탄의 명령에 따라 금도금 된 갑옷을 입은 일만여 명의 부하리는 서둘러 살레를 향하여 출발하기 시작했다.

✳

운희는 사람들의 소곤거리는 소리에 예민히 잠에서 깨어났다. 꿈자리가 예사롭지 않았다. 어슴푸레한 주위를 둘러보자 익숙지 않은 낯선 공간에 순간적으로 온몸이 움츠러들었다. 긴장한 시선으로 주위를 더 둘러보자 시녀장 파티마가 낯선 두 여인과 소곤소곤 말소리를 줄인 채 대화를 나누는 것이 보였다.

운희는 너무도 선명한 꿈자리에 가슴이 두근두근 뛰었다. 가슴을 진정시키며 몸을 일으키는 기척을 내자 낯선 두 여인과 대화를 나누던 파티마가 몸을 돌려 운희를 향하여 환한 미소를 지어 보였다.

"이제 기침하셨습니까? 조금 전 끼니가 들었으나 황후께서 너무 곤히 주무시고 계시기에 미처 깨우지를 못하였습니다. 이제 식사를 하실 수 있겠습니까?"

운희는 시녀장의 따뜻한 말에 미소를 지으며 천천히 고개를 끄덕이었다. 어둠이 찾아든 방 안에는 금촛대에 꽂힌 양초가 밝게 타오르고 있었다.

운희는 배에서 울리는 꼬르륵 소리에 갑자기 허기를 느꼈다. 이에 파티마는 서둘러 방 안에 있는 두 여인을 향하여 운희에게 얼른 음식을 가져다 줄 것을 부탁했다. 그러자 두 여인 중 한 여인이 가볍게 고개를 끄덕이며 서둘러 방을 빠져나갔다.

"황후께서 언제 기침하실지 몰라 소인은 먼저 식사를 마쳤습니다. 소인이 허기를 참지 못하고 황후께서 기침하시는 것을 지켜보지 못한 채 먼저 끼니를 들었음을 부디 용서하여 주옵소서……"

파티마가 머리를 조아리며 운희에게 짐짓 사죄의 몸짓을 보였다.

"파티마, 그것이 무슨 허물이겠습니까? 내가 기침치 않았다 하여 파티마가 마냥 허기진 배를 끌어안고 나를 기다렸을 생각을 하니 도리어 아찔합니다. 그러니 참 잘하셨습니다. 그런 사소한 일로 너무 심중에 부담을 갖지 마세요."

운희는 파티마를 향하여 미소를 지으며 말했다.

"황후의 은혜…… 너무도 망극하옵니다."

파티마는 운희를 향하여 더욱 몸을 조아렸다. 그런 파티마를 바라보며 운희는 미소를 지었다.

"헌데 황후께서는 이제 여독이 조금은 풀리셨습니까?"

파티마의 상냥한 말에 운희는 가볍게 고개를 끄덕이며 방 안에 앉아 있는 여인을 살짝 곁눈으로 바라보며 입을 열었다.

"혹 곁에 있는 여인은 파티마와 아는 사이입니까? 왠지 조금 전에 세 사람이 대화를 나누는 것을 보니 서로 안면이 있는 사람인 듯싶었습니다."

운희의 말에 파티마는 살짝 곁에 있던 여인을 돌아보며 밝은 미소를 지었다. 그러자 방 안에 앉아 있던 낯선 여인이 황급히 운희를 향하여 최대한의 경의를 표하며 온몸을 양탄자 바닥 위에 넙죽 엎드렸다. 그리고는 자신의 신상에 대해서 운희 앞에 고했다.

"소인은 아이샤라 하옵니다. 이 궁성 안의 여자노예들을 관장하고 있으며 오늘부로 랄라 운희 황후를 모시게 되었습니다. 소인 아이샤가 랄라 운희 황후께 문후드리옵니다."

운희는 얼굴에 미소를 가득 지으며 아이샤라 불리는 여인에게 고개를 들고 편히 앉도록 명했다. 이에 아이샤가 고개를 들자 반듯한 백인여인의 얼굴이 드러났다. 아이샤는 파티마에 비해서 대여섯 살 젊어 보였다.

"아이샤는 소인과 오래전 술탄의 하렘에서 같은 주방에서 일하였습니다. 선대 술탄께서 짝짓기 행사를 하신 이후에 아이샤는 그때 정해진 남편을 따라 이곳 살레까지 오게 되었다 하옵니다. 아이샤의 남편은 선대 술탄께서 살레 제독의 결혼선물로 제독에게 주었고 또 제독은 총애하던 압달라 하켐 라이스에게 몇 년 전, 이 궁성과 함께 아이샤와 그의 남편을 선물로 주었다 하옵니다."

파티마의 설명에 운희는 가만히 고개를 끄덕였다. 그러다 문득 떠오르는 어떤 생각에 운희는 얼굴을 굳히며 파티마와 아이샤를 둘러본 채 황급히 입을 열었다.

"허, 허면 그 제독이…… 얼마 전에 술탄께서 목을 치셨던…… 바로 그 살레의 제독이던가요?"

운희의 말에 파티마는 천천히 고개를 끄덕이었다.

"예. 그는 최근에 압달라 하켐 라이스와 함께 제국의 수도, 메크네스에 왔던 바로 그 살레의 제독이옵니다. 선대 술탄께서는 제독이 이끄는 살레의 해적단들이 이교도들의 배를 많이 침몰시키며 노략질을 잘했다 하여 매우 총애하셨다 하옵니다."

"허, 헌데 그런 제독을 현 술탄께서 살해를 하셨는데…… 이곳 살레의 주민들이 가만히 있겠습니까? 혹여 이곳 살레의 주민들이 반란을 일으키는 것은 아닌지 심히 걱정이 됩니다. 혹 이곳 주민들의 반응이 어떠한지 알고 있습니까?"

운희는 긴장을 감추지 못한 표정으로 파티마와 아이샤를 번갈아 바라보았다. 이에 파티마와 아이샤는 낯빛을 굳힌 채 서로 말을 하지 못했다. 잠시 후 아이샤가 천천히 입을 열어 운희에게 고했다.

"그, 그것이…… 현 술탄께서 제국의 해안가에 산재해 있는 수많은 항구도시의 해적단들에게 해적질을 금하셨다는 소식이 삽시간에 퍼지면서 온통 벌집을 들쑤셔 놓은 듯 난리가 났습니다. 수대를 걸쳐 해온 짓이라고는 오직 해적질뿐인데 그것을 단번에 금하셨으니……. 지금 살레에서는 현 술탄에 대한 반대 움직임이 일어나고 있습니다. 더욱이 제독이 술탄께서 해적질을 금한 것에 대하여 반대하다 술탄의 손에 살해당했다는 소문이 퍼지면서 지금 살레의 주민들은 용광로 같이 들끓고 있사옵니다."

아이샤의 말에 운희는 너무도 놀라 두려움에 온몸이 뻣뻣이 굳어졌다. 이에 파티마가 긴 한숨을 내쉬며 조용히 말을 잇기 시작했다.

"송구하옵게도…… 그 선두에 압달라 하켐 라이스가 있다 하옵니다. 그는 이곳에 도착하자마자 여독조차 채 풀지 않은 상태로 곧바로 살레의 영적 지도자인 마라부트를 찾아갔다 하옵니다. 그리고는 술탄의 손에 살해당한 제독의 죽음을 공표하고 술탄께서 내린 공문을 일시에 조목조목 반박하면서 살레의 울라마와 모든 힘있는 단체들을 포섭하기 위하여 분주히 움직이고 있다 하옵니다. 무엇보다 술탄에 대한 반대 움직임을 적극적으로 선동하고 다닌다 하오며 현재 제독의 빈자리는 압달라 하켐 라이스의 사촌인 일야스가 임시로 차지하고 있다 하는데 그자는 오래전부터 압달라 하켐 라이스를 존경하여 따랐던 자라 하옵니다. 또한 그는 죽은 제독의 아우이기도 하답니다. 아무튼 이런 현재의 분위기로 봐서는 조만간 압달라 하켐 라이스가 그 강력한 지지 세력들을 등에 업고 제독의 자리에 추대될 듯하옵니다. 지금 살레의 주민들도 대부분 그의 말에 동조하고 있습니다…… 해서 이러다간 조만간에……."

"조, 조만간에 뭐요?"

파티마의 끊어진 말에 그 뒷말을 재촉하면서도 운희는 불길한 예감을 감추지 못했다. 파티마는 마른침을 꿀꺽 삼키며 조심스럽게 입을 열었다.

"혹여 술탄께서 랄라 운희 황후의 뒤를 쫓아 살레에 군사를 파병하게 되신다면…… 아마도……."

"아마도……?"

운희의 흐려진 두 눈은 미세하게 떨리고 있었다.

"술탄과 살레 간에 대대적인 전쟁이 벌어지지 않을까 심히 염려되고 있습니다."

헉!

운희는 파티마의 입에서 나온 전쟁이란 말에 갑자기 숨이 탁 막히며 그만 숨을 멈추고 말았다. 운희의 눈과 입은 화등잔만하게 벌어졌고, 얼굴빛은 사색이 다 되어 하얗게 질려 버렸다.

"그, 그게 대체 무슨 소리입니까? 전쟁이라니…… 그, 그것은 말도 안 됩니다. 하지만 만약…… 정말 만에 하나 전쟁이 벌어진다면…… 그것은 모두 나 때문에 벌어지는 일인 것입니까?"

운희는 목소리를 떨며 외쳐 댔다. 파티마와 아이샤는 당황한 얼굴로 운희를 바라보았다.

"오, 안 돼요! 신이시여……. 그럴 수는 없습니다. 나 때문에, 이 랄라 운희 때문에 그런 일이 생기다니…… 어찌 되었든 이 모든 일은 다 나로 인해 생긴 일입니다. 이 내가 해적질을 금하도록 술탄께 청하였고, 또 이리 납치되어 왔으니…… 이 모든 일의 원인은 바로 나, 나 때문에 생긴 일입니다. 아, 이러한 내가 너무도 원망스럽습니다…… 흑흑."

깊은 절망감에 사로잡힌 운희는 검은 눈망울에 커다란 눈물방울을 그렁그렁 매달았다. 결국 운희는 어깨를 들썩이며 감정을 가누지 못하고 격하게 흐느껴 울기 시작했다.

"황후이시여, 고정하시옵소서. 이것이 어찌 황후의 잘못이라 하겠습니까? 이것은 저 악랄한 압달라 하켐 라이스가 언감생심 높은 보체이신 황후에 대한 욕심으로 이리 악독한 일을 행한 것이오니 이 모든 것은 저 압달라 하켐 라이스 때문입니다. 그리고 술탄께서 황후의 뒤를 쫓는 것은 너무도 당연한 일이오며 황후께서는 아무런 잘못도 없사옵니다. 그러니 너무 심려치 마시옵고 부디 고정하시옵소서."

파티마의 말이 이어졌으나 운희는 눈물을 그치지 못하고 한참 동안 소리 죽여 울었다. 파티마는 한숨을 가늘게 내쉬며 운희의 얼굴에서 눈물을 닦아주며 그 가냘픈 어깨를 살며시 끌어안아 주었다.

"황후께서 이리 심히 우시면 태내에 계신 아기씨께서도 우울해하십니다. 하오니 자, 눈물을 거두시고 억지로라도 기분을 좋게 하시어요. 사람의 기분도 어느 정도는 마음먹기에 달렸다 하옵니다. 기분이 좋다라고 계속 그리 생각하시다 보면 기분이 반드시 좋아진다고 하옵니다. 그러니 아기씨를 위해서라도 기분을 밝게 가져보시어요. 이제 소인의 바람이라면 속히 술탄께서 황후를 찾으시어 아기씨를 회임하신 것을 속히 아셨으면 하는 것입니다. 그리되면 술탄께서 얼마나 기뻐하실까요? 휴우. 생각만 해도 소인조차 절로 신이 납니다. 그리되면 정말 소원이 없겠습니다. 아마도 지금쯤이면 술탄께서도 황후를 납치한 자가 누구인지 아셨을지도 모릅니다. 소인의 예감에는 조만간…… 무슨 일이 터질 것만 같은 생각이 자꾸 드옵니다."

파티마의 말에 운희는 깜짝 놀라며 뚫어질 듯한 시선으로 파티마를 바라보았다.

"파티마, 그건 또 무슨 소리입니까? 무슨 일이 터질 것만 같다니요? 그것이 대체 무슨 말입니까?"

운희의 말에 파티마는 살짝 고개를 가로저으며 슬며시 말의 꼬리를 내렸다.

"아, 아무것도 아니옵니다. 황후께선 너무 심려치 마시옵소서. 오직 태내에 계신 아기씨만을 생각하시어 몸을 더욱 보중하옵소서. 무엇보다도 지금은 그것이 급선무이옵니다. 소인이 가장 두렵게 여기는 것은 혹여 이 혼란한 와중에 압달라 하켐 라이스가 황후께 음심을 품고 좋지 않은 짓을 하려 들지 않을까 하는 것이…… 그것이 가장 큰 근심거리이옵니다. 혹시 모를 일에 대하여 어찌 대비를 해야 할지도 모르겠고…… 휴우……."

파티마의 말이 떨어지기 무섭게 운희는 잔뜩 굳어진 얼굴로 손을 가늘게 떨었다.

"파, 파티마…… 하긴, 나도 그것이 지금 가장 큰 고민입니다. 이곳에서 누가 나를 지켜줄 수가 있겠습니까? 이곳은 메크네스도 아닌 압달라 하켐 라이스의 소굴인 살레인 것을요. 또한 술탄께서 살레에 도착하신다 하여도 이 깊은 미로와 같은 곳에 있는 나를 어찌 찾아내어 지켜주실 수가 있다는 말이겠습니까."

운희의 두려움에 가득한 표정을 바라보며 갑자기 아이샤가 온 몸을 바닥에 넙죽 엎드린 채 조심스럽게 입을 열었다.

"황후이시여, 황후의 회임을 진심으로 경하드리옵니다. 헌데 소인이 황후께 긴히 한말씀 여쭙기를 청하옵니다."

아이샤는 진지한 얼굴로 운희를 바라보았다. 아이샤의 정색을 한 모습에 운희는 가만히 고개를 끄덕이며 아이샤의 청을 허락했다. 아이샤는 천천히 몸을 일으켜 앉으며 조용히 입을 열었다.

"황후이시여, 소인의 주인이신 압달라 하켐 라이스의 일로 송 구한 마음을 심히 금할 길이 없사옵니다. 하오나 소인이 바라옵건 대 부디 소인의 주인을 용서하여 주시옵소서. 이런 불미스런 일을 행하신 주인에게 황후께서 차후에 어떤 벌을 가하신다 할지라도 소인은 그것은 당연한 일이라 생각하옵니다. 허나 어찌 되었든 소 인은 제 주인 되신 압달라 하켐 라이스의 그늘 아래에 머물고 있 는 여인이옵니다. 해서 제 주인의 불미스런 행동을 부디 용서하여 주시기를 다시 한 번 청하옵니다. 소인은 주인께서 황후에게 행하 시는 이러한 일을 소인 역시 찬성할 수가 없사옵니다. 더욱이 아 기씨를 회임하신 황후를 소인의 주인께서 함부로 탐하신다면 소 인은 알라께 맹세코 소인의 상전에 대한 처벌을 간구히 청할 생각 이옵니다. 해서 황후께 소인의 주인에 대해서 몇 말씀드리고자 하 옵니다."

운희는 아이샤의 진지한 말에 얼굴을 딱딱한 얼굴로 가만히 이 야기를 들었다.

"소인의 주인 되신 라이스께서는 성품이 그리 비뚤어진 분이 아니옵니다. 어찌하여 이러한 일을 저지르신 지는 소인 역시 알 길이 없사오나 독선적이시며 고집이 상당히 강하기는 하시지만, 자신의 그늘 아래에 있는 노예들에 대해서는 자비와 아량을 베푸실 줄도 아는 좋은 주인이십니다. 또한 혹 황후께서 회임하셨다는 것을 아시게 된다면…… 분명 라이스께서는 황후께서 아기씨를 해산하시기까지 결코 황후의 옥체에 손도 대지 않으실 것입니다. 소인의 주인 되신 압달라 하켐 라이스는 알라에 대한 신앙심 또한 투철한 분이시기에 꾸란에 명시되어 있는 일은 무슨 일이 있어도 지키려 하는 사람이옵니다. 아무리 아름다운 여인이 있어도 유부녀이거나 회임한 여성이거나 달거리를 하는 여인에게는 결코 손도 대지 않는 그런 분이시옵니다. 허니……."

그때 파티마가 중간에 끼어들며 입을 열었다.

"허니? 그럼 아이샤의 생각은 황후의 회임을 압달라 하켐 라이스에게 알리자는 말인 것이오?"

파티마는 잔뜩 의심이 어린 표정으로 아이샤를 바라보았다. 파티마의 경계 가득한 시선을 느낀 아이샤는 황급히 정색을 하며 다시 말을 이었다.

"파티마께서는 소인을 잘 아시지 않사옵니끼? 소인은 결코 아닌 것을 그렇다 하며 말하지는 않는 사람이옵니다. 소인을 한번 믿어주시옵소서…… 소인의 주인은 분명 황후께서 해산을 하시기까지 결코 손도 대지 않으실 것이옵니다. 그러니 부디 소인을 믿어주시옵고 혹 황후께서 회임하신 것을 들키게 된다 하더라도 너무 노심초사하시지 않기를 바라는 마음에서 드리는 말씀입니다."

아이샤의 단호하며 진지한 말에 운희와 파티마는 한동안 조용히 앉아 있었다. 하지만 세 사람 사이에는 어느새 묘한 분위기가 감돌기 시작했다.

그때 방문이 열리며 조금 전에 나갔던 여인이 손에 맛있는 냄새가 풍기는 음식을 가득 들고 들어왔다. 방 안으로 들어선 여인이 운희의 앞에 쟁반을 얌전히 내려놓자 순간적으로 풍겨오는 음식의 역한 냄새에 운희는 저도 모르게 움찔했다. 순식간에 구토가 몰려왔다. 운희는 스스로도 어찌할 새도 없이 헛구역질을 하기 시작했다. 얼마의 시간이 흐르고 간신히 숨을 들이킨 운희는 하얗게 변해 버린 얼굴로 등의 벽에 기대고 앉았다. 어느새 음식이 담긴 쟁반 앞에서 멀리 떨어져 방의 한구석에 앉았던 것이다.

그런 운희를 바라보던 아이샤는 송구하다는 말을 연신으로 내뱉으며 다른 음식으로 다시 가져오겠다는 말을 남긴 채 횅하니 쟁반을 들고 방문을 나서 버렸다. 이에 연신 헛구역질을 하고 있는 운희의 모습에 의아한 표정을 짓고 있던 여인도 아이샤의 뒤를 쫓아 황급히 방을 나가 버렸다.

운희의 구토가 어느 정도 가라앉기를 기다리며 파티마는 방 안의 소탁자 위에 놓여 있던 주둥이가 긴 은주전자에서 황급히 잔에 물을 따라 운희에게 건네주었다. 냉수가 넘어가자 자꾸 치밀어 오르던 구토가 어느 정도 잠잠해지기 시작했다. 운희는 힘겹게 깊은 숨을 들이쉬며 간신히 몸을 일으켰다.

"왜 이렇게 음식 냄새에 힘이 드는지 모르겠습니다. 하아……

정말 아기씨가 들어선 게 맞긴 한 건가요? 아니면 내 몸의 어딘가에 몹쓸 병이라도 있는 것은 아닌지……."

힘에 겨워 말끝을 흐리는 운희의 말에 파티마는 단호한 목소리로 말을 했다.

"황후이시여, 분명 아기씨이오니 나쁜 생각일랑은 일절 하지 마시옵소서. 분명 회임하신 증상이오니 좋지 않은 생각은 의식적으로라도 머릿속에서 밀어내셔야 하옵니다. 항상 좋은 생각, 좋은 감정을 갖도록 마음을 다스려 주옵소서. 황후의 옥체에 몹쓸 병이 있는 것이 분명 아니오니 부디 옥체 보중하시어 태교에 더욱 힘을 써주옵소서."

파티마의 간곡한 말에 운희는 살포시 미소를 지으며 가만히 고개를 끄덕이었다.

"잘 알겠습니다. 파티마가 이리 정색을 하고 말을 하니…… 나도 내심 마음이 놓입니다. 이 모든 것이 처음 겪는 몸의 증상이라 많이 걱정이 앞선 때문인 모양입니다. 그러니 파티마가 널리 이해해 주세요. 헌데 파티마는 꿈에 대해서 혹 아는 것이 있습니까?"

"꿈? 꿈이라 하셨습니까?"

운희의 뜻밖의 말에 파티마는 두 눈을 반짝이며 입을 열었다. 운희는 고개를 크게 끄덕이며 자신이 조금 전의 짐자리에서 꾸었던 너무도 생생한 꿈에 대하여 이야기하기 시작했다.

"그렇답니다. 내가 너무 지쳐 있어서 그런 꿈을 꾸었는지는 모르겠지만 어찌 되었든 엄청 생생하게 느껴지는 매우 신기한 꿈이었습니다. 그래서 왠지 그 꿈에 대해서 알고 싶다는 생각이 들었습니다."

"소인이 비록 꿈에 대해서 크게 아는 바는 없사오나 지금껏 이곳저곳에서 들은 것들로 아는 한에서 황후께 말씀드리겠습니다."

운희는 파티마의 말에 빙긋이 웃으며 조심스레 자신의 꿈에 대해서 이야기하기 시작했다.

"참 신기한 꿈이었습니다. 내가 꽃이 흐드러지게 핀 커다란 아름드리나무 아래에 서서 커다랗고 영롱한 황금빛 보름달을 보았습니다. 그런데 그 아름다운 보름달이 갑자기 나를 향해서 뚝 떨어질 듯 달려들지 않겠습니까? 내가 너무도 놀라 그만 그 아름다운 보름달을 엉겁결에 품에 꼭 끌어안는 그런 꿈을 꾸었답니다. 이게 대체 무슨 꿈입니까?"

운희는 얼굴을 붉히며 잔뜩 기대에 가득한 시선으로 파티마를 바라보았다. 파티마는 자신의 얼굴을 뚫어질 듯 쳐다보는 운희의 모습을 바라보면서 얼굴에 하나 가득 미소를 지었다.

"태몽인 듯하옵니다!"

운희는 파티마의 뜻밖의 말에 깜짝 놀라며 되물었다.

"태몽이오? 이곳에도 조선처럼 태몽이란 것이 있습니까? 정말 그런가요? 만약 그렇다면 너무 신기합니다…… 그런데 이 꿈의 내용은 대체 무슨 꿈입니까?"

운희의 이어지는 질문에 파티마는 빙긋이 웃으며 입을 열었다.

"아기씨를 태내에 가졌을 때 꾸는 선명한 어떤 꿈을 태몽이라 부른다고…… 오래전 어느 떠돌이 집시에게서 들은 적이 있사옵니다. 동방의 어느 나라에서는 이러한 꿈을 그렇게 부른다지요?

하지만 이곳에서는 태몽이라 부르지는 않지만 어떤 특별한 꿈으로 인식을 하고 있기도 합니다. 오래전 지중해 일대를 떠돌고 다니던 신화와 전설 속에서도 가끔씩 등장을 하고 있지요. 예로 들어 오래전 어느 나라에 왕자가 있었는데 그는 트로이란 나라의 프리아모스 왕의 아들로 태어났답니다. 허나 그가 태어날 때 어머니인 헤카베는 횃불이 도시 전체를 불태우는 신기한 꿈을 꾸었다고 하였습니다. 헤카베는 임신 중이었으니 여기서의 이 꿈이 바로 태몽인 듯하옵니다. 헌데 불행히도 이 꿈의 해몽이…… 트로이의 멸망을 뜻한다는 불길한 전조라 하여, 이 왕자가 태어나자마자 곧 하인을 시켜 이데산이란 깊은 산에 버리게 하였답니다. 그러나 다행스럽게도 이 왕자는 양치기들의 손에 기적적으로 구조되어 파리스라는 이름의 양치기로 성장하게 되었습니다. 그리고 먼 훗날……."

파티마는 말을 하다가 갑자기 말의 끝을 흐리고 말았다.

"먼 훗날? 오우, 너무 궁금합니다. 그래서 어찌 되었는데요? 너무 재미있는 이야기라 다음이 궁금합니다. 속히 말해주세요."

운희는 파티마의 말에 두 눈을 초롱초롱 빛내며 다음 이야기를 재촉했다. 하지만 어쩐 일인지 파티마는 안색을 흐리며 말의 꼬리를 흐려 버렸다.

"소, 송구하옵게도 황후이시여, 소인의 기억이 흐릿하여……그 뒷이야기가……."

파티마가 갑작스레 당황한 표정을 지으며 말의 꼬리를 흐린 채 얼른 말을 바꾸려 하자 운희는 묘한 기분에 미간을 꿈틀거렸다.

"아니, 대체 왜 그러는 것입니까? 이야기를 잘하다가 뜬금없이 생각이 안 난다니요? 다시 한 번 잘 생각해 보세요. 뒷얘기가 너무 궁금하네요."

랄라 운희의 이어지는 재촉에 파티마도 결국 어쩔 수 없다는 한숨을 내쉬며 조심스레 입을 열었다.

"그냥 재미있으라고 드리는 말씀이오니 소인의 이야기를 듣고 달리 생각하시지는 않길 바라옵니다. 이 전설 속의 이야기는 이렇답니다. 테티스라 불리는 바다의 여신 결혼식에 많은 신들이 초대되었는데 그만 불화의 여신인 에리스만 제외되었답니다. 너무 분노한 여신은 '가장 아름다운 여신에게'라고 적힌 황금의 사과를 연회석에 던져 버렸고 그렇게 불화의 씨앗을 심었답니다. 여기에 스스로를 가장 아름답다고 생각했던 세 여신인 헤라, 아테나, 아프로디테가 이 황금사과를 두고 서로 자신의 아름다움을 뽐내며 심각히 다툼을 벌이게 되었답니다. 그 다툼이 어찌나 심각한지 이에 견디지 못한 제우스 신이 그 심판을 이데산에 살고 있던 양치기 목동인 파리스에게 맡기게 되었습니다. 이에 세 여신들은 이데산의 파리스에게 달려가 자신들이 줄 수 있는 능력으로 파리스를 유혹하며 자신을 선택해 주기를 간절히 갈망하였습니다. 전쟁과 지혜의 여신인 아테나는 전투에서 무적의 힘으로 무사의 영광을 주겠다 하였고, 제우스의 아내인 여신 헤라는 세계의 주권을 주겠다 하였답니다. 그리고 마지막으로 미의 여신인 아프로디테는 인간 중에서 가장 아름다운 여인을 아내로 주겠노라고 약속을 하였답니다……."

"오우, 너무 재미있습니다. 이렇게 재미있는 이야기인 줄은 몰랐어요. 그래서 그 다음은 어찌 되었습니까? 파리스 왕자가 어떤 선택을 했을지 심히 궁금합니다. 어서 속히 다음 이야기를 해주세요."

랄라 운희는 처음 듣는 신기한 이야기에 넋이 나간 듯 파티마가 내뱉는 이야기 속으로 깊이 빠져들었다.

"결국 파리스는…… 아프로디테 여신을 선택했답니다. 그리하여 그에게는 세상에서 가장 아름다운 여인이었던 스파르타의 헬레네가 주어지게 되었고, 아프로디테의 도움으로 파리스는 헬레네를 스파르타에서 트로이로 데리고 왔답니다. 허나, 헬레네는 유부녀로 이미 스파르타의 왕이었던 메넬라오스의 아내였기에 그리스인들은 헬레네를 되찾기 위하여 트로이를 상대로 결국 트로이 전쟁을 일으키게 되었습니다. 그리고 양국 간 십 년 동안 지속된 이 전쟁에서 결국 계책을 세웠던 그리스군의 승리로 전쟁은 끝나게 되었습니다. 어느 날 그리스군은 거대한 목마를 남기고 모두 철수하는 위장 전술을 폈는데 여기에 속아 넘어간 트로이군은 목마를 성 안으로 들여놓고 승리의 기쁨에 흠뻑 취하여 방심을 하게 되었답니다. 이에 새벽이 찾아들자 목마 안에 숨어 있던 그리스군이 목마에서 몰래 빠져나와 닫혀 있던 성문을 열어놓자 밖에 숨어 대기하고 있던 그리스군이 밀물처럼 쳐들어와 결국 트로이성은 순식간에 함락되어 결국 트로이는 망하게 되었다 하옵니다."

파티마의 이야기에 흠뻑 몰입되어 있던 운희는 양미간을 좁히며 못내 안타까운 표정으로 혀까지 찼다. 그러다 갑자기 머릿속에 떠오른 어떤 생각에 넋이라도 빠져나간 표정으로 파티마를 멍하니 바라보았다.

"무, 무엇입니까? 이야기가…… 한 여인 때문에 두 나라가 전쟁을 하다가 결국은 한 나라가 망했다는 그러한 이야기입니까? 이, 이것은 마치 내 이야기와 너무나 흡사하지 않습니까?"

랄라 운희는 마치 상처 입은 동물처럼 가슴 깊은 곳에서부터 울려나오는 신음 소리를 내뱉었다. 그런 운희의 말에 파티마는 화들짝 놀라며 양손과 고개까지 크게 저으며 강하게 부정했다.

"아, 아니옵니다. 황후이시여, 이곳은 아직 아무런 전쟁도 일어나지 않았사옵니다. 그리고 이것은 어디까지나 그냥 전설로 내려오는 이야기로, 하늘 아래 유일한 신이 알라 한 분뿐이신데 이 세상에 제우스나, 헤라나, 아프로디테와 같은 신이 어디 있다 하겠습니까? 그러하오니 전설뿐인 허무한 이야기로 생각하시고 이 이야기는 잊어버리십시오. 이 모든 것은 소인의 불찰이옵니다. 소인이 태몽에 대한 예를 잘못 들어 이 이야기를 처음 꺼냈을 때부터 황후께서 오해하실까 봐 심히 걱정이 되었습니다. 그런데 결국 이렇듯 황후의 마음을 아프게 하고 말았으니…… 부디 주제넘게 입을 나불거린 이 불충한 죄인을 황후께서는 용서하지 마옵소서."

파티마는 자리에서 풀썩 무너지듯 엎드린 채 운희를 향하여 몸을 조아렸다. 하지만 운희는 깊은 시름에 젖은 채 어두운 표정으로 불빛이 닿지 않는 어두운 방구석을 찾아가 앉았다. 그리고는 몸을 최대한 웅크린 채 무릎을 세우고 얼굴을 파묻었다. 미동조차 않은 채 돌처럼 가만히 굳어 있는 황후의 모습에 파티마는 안타까운 마음에 어쩔 줄을 몰라 했다.

그때 출입문이 열리며 아이샤가 커다란 쟁반에 다양한 종류의 음식을 담아가지고 들어왔다. 방 안에 들어선 아이샤는 방 안의 예사롭지 않은 무거운 분위기에 어리둥절한 표정으로 어두운 구석에 웅크리고 앉아 있는 운희와 바닥에 온몸을 엎드리고 있는 파티마의 모습을 번갈아 바라보았다.

"황후이시여, 소인이 새로이 만들어온 음식들이옵니다. 입맛에 맞으실는지는 잘 모르겠사오나 태내의 아기씨를 위해서라도 조금 드셔보시기를 청하옵니다."

아이샤는 음식이 담긴 쟁반을 내려놓으며 말을 했다. 하지만 운희는 조금의 미동조차 보이지 않았다. 이에 파티마는 떨리는 목소리로 황후와 태내의 아기씨를 위해서 제발 식사하시기를 간곡히 청했지만 운희는 아무런 반응조차 보이지 않았다. 하지만 파티마는 포기하지 않고 운희의 여린 몸을 조심스럽게 흔들며 여러 차례 식사하시기를 간곡히 청했다. 그러자 결국 운희는 천천히 고래를 들어 눈물에 얼룩진 얼굴로 파티마를 바라보며 입을 열었다.

"먹는 게 다 무슨 소용이겠습니까? 차라리 내가 죽는 게 낫지 않겠어요? 나 한 사람으로 인해서 이 제국 안에 전쟁이 일어나다니…. 나는 그것을 결코 원하지 않았습니다. 나는…… 이런 무서운 상황이 올 줄은 정말 몰랐어요. 이 일촉즉발의 긴장된 상황이 너무나 두렵고 두려워 견딜 수가 없을 정도입니다…… 흐흑."

랄라 운희는 격정을 견디지 못하고 파티마를 끌어안으며 크게 오열했다. 이에 파티마도 눈물을 글썽이며 운희를 달래기 시작했다.

"아니옵니다. 아직 전쟁은 일어나지 않았습니다. 이렇게 일어나지도 않은 일에 걱정을 하시는 것은 몸에 해를 가져올 뿐이옵니다. 만에 하나…… 혹여 황후께서 지금 이 순간 자결을 하신다 하여도 이 상황은 결코 변하지 않을 것이옵니다. 술탄께서는 더욱 격노하실 것이 분명하고 살레는 술탄의 분노를 방어하기 위해 최선을 다하여 저항할 터이니 어찌 되었든 결국 전쟁은 터질 것이옵니다. 그러니 단단히 마음먹으시고 뱃속의 아기씨만을 생각하옵소서."

파티마의 말에 운희는 울음소리를 점점 죽였다. 어느 정도 격정이 사라지자 두 사람은 서로를 바라보았다. 절로 눈물이 주르륵 흘러내렸다. 파티마는 운희의 눈물을 떨리는 손으로 닦아내며 고개를 끄덕이었다.

"알라흐 이스테르, 신께서 우리를 보호하실 것이옵니다. 자, 이제 식사를 하시옵소서. 아이샤가 황후를 위하여 특별한 음식을 준비해 온 모양이오니 음식이 황후의 입맛에 맞는지 한번 드셔보시옵소서."

운희는 파티마의 손에 이끌려 천천히 몸을 일으켜 세우며 그 뒤를 따라갔다. 아이샤는 두 사람이 음식이 담긴 쟁반 가까이로 다가오자 입가에 미소를 지으며 다시 허리를 굽힌 채 황후께 예를 올렸다.

아이샤가 새로이 만들어 온 음식은 강한 향신료가 배제되었으면서도 그 풍부한 맛이 제대로 살아난 하리라라는 수프였다. 그리고

버터와 소금을 발라 통째로 구운 메쵸이라 불리는 양고기 요리와 마치 소라 맛과 비슷한 껍질째 끓여낸 달팽이가 있었다. 그리고 포도와 오렌지와 피타빵이 곁들여 나왔다.

랄라 운희는 차려진 여러 음식 중에서 달팽이 요리가 있는 것을 보고 매우 기뻐했다. 제국에 와서 얼마 되지 않았을 때 사라와 함께 주방에서 맛본 달팽이 요리는 참으로 맛이 좋았다. 별 재료를 넣지 않고 얼마의 채소를 넣고 끓인 서민들이 즐겨먹는 간단한 요리라고 했었다. 운희는 달팽이 요리를 먹으며 시원하고 깔끔한 맛에 기분이 좋아졌다. 그 맛은 조선을 떠올리게 하는 그런 맛이었다. 그 시원하면서도 감치는 맛에 순간 알 수 없는 향수가 강하게 밀려왔다. 껍질 속의 부드러우면서도 쫄깃한 속살을 빼내어 먹고 그 남은 국물을 마시자 흰 쌀밥을 말아 먹고 싶은 강한 욕망에 사로잡혔다.

"이것은 정말 맛이 좋습니다. 소라 맛과 많이 비슷하네요. 대체 이것은 어찌 만든 것입니까? 메크네스 궁성 안에서도 이렇게 끓인 달팽이 요리는 거의 나오지 않았던 것 같은데."

운희가 아주 맛있게 먹는 것을 흐뭇한 시선으로 바라보고 있던 아이샤가 황급히 입을 열었다.

"황송하옵게도 그 달팽이 요리는 살레의 시민들이 즐겨먹는 음식이옵니다. 수크나 사람들이 많이 드나드는 광장 같은 곳에 가면 많은 노점상들이 이 달팽이 요리를 잔에 담아 팔고 있지요. 달팽이와 여러 가지 신선한 야채를 넣고 푹 끓인 음식이온데 소인도 오래전 아이를 잉태했을 때에 이 음식을 먹고 입덧을 면한 적이 있었사옵니다. 해서 황후께서도 혹여 저와 같지 않을까 하여 소인이 한번 내놓아보았습니다."

아이샤의 말에 운희는 활짝 미소를 지으며 아이샤의 배려에 칭찬을 아끼지 않았다.

"정말 여러모로 마음써 줘서 고맙습니다. 이제야 오랜만에 허기를 면한 기분이 듭니다. 이렇게 구토도 하지 않고 음식을 많이 먹어보기도 정말 간만인 듯합니다. 두 사람 모두…… 고맙고 정말 감사합니다. 여기에 빵이 아닌 흰 쌀밥이 있었다면 더 바랄 것이 없겠지만 이 제국 안에는 쌀을 많이 재배치 않으니 어쩔 수가 없겠지요. 아무튼 정말 간만에 잘 먹었습니다."

운희는 흡족한 얼굴로 아이샤에게 다시 한 번 고마움을 전했다. 이에 파티마와 아이샤는 상냥한 황후의 칭찬에 감동하며 입가에 미소를 지은 채 황후를 바라보았다. 음식을 다 먹은 운희는 포만감과 함께 다시 잠이 몰려오자 연신 하품을 했다. 이에 파티마는 운희의 잠자리를 보살펴 주고는 아이샤와 함께 방을 나섰다.

방을 나서자 출입문 입구에 조금 전에 아이샤와 함께 있었던 여인이 작은 의자에 앉아 있었다. 마치 방을 감시하는 느낌이었다. 이에 파티마는 다소 굳어진 얼굴로 여인을 바라보다 아이샤를 따라 얼마를 걸었다. 아이샤는 파티마를 응접실로 안내한 후에 서둘러 빈 접시가 담긴 쟁반을 들고 부엌으로 사라져 갔다.

아무도 없는 응접실에는 누가 켜놓았는지 은촛대에 촛농이 반이나 흘러내린 밀랍양초가 은은한 빛을 내며 타오르고 있었다. 파티마는 잠시 깊은 생각에 잠긴 채 비교적 밝은 촛대 곁에 앉아 있었다. 얼마 후에 아이샤가 조심스레 응접실로 돌아왔고 손에는 향긋한 아타이 두 잔이 쟁반에 받쳐 들려 있었다. 두 사람은 서로를 마주 보고 앉은 채 잠시 아타이를 음미하며 곁에서 흔들리고 있는 촛불을 바라보았다. 한동안 서로 아무 말 없이 차를 마시다가 이윽고 먼저 파티마가 아이샤를 바라보며 입을 열었다.

"정말 오랜만에 만나게 되니 너무나 반가웠소. 그래, 그동안 아이샤는 어찌 지냈습니까? 아이들은 몇이나 되며 모두 건강은 한가요? 그리고 남편은 누구이며 서로 잘 지내고 있습니까?"

시녀장의 쏟아지는 질문에 아이샤는 빙긋이 미소를 지으며 김이 모락모락 오르고 있는 아타이 잔을 들여다보며 입을 열었다.

"물론이지요…… 저는 잘 지내고 있습니다. 저도 파티마를 이렇듯 다시 만나게 될 줄은 꿈에도 몰랐어요. 이렇게 오래 살다 보니 다시 만나게 되어 지금은 그것이 너무 기쁠 뿐입니다. 아이는 모두 셋이에요. 위로 둘은 사내아이이고 막내는 여자 아이랍니다. 모두 귀엽고 사랑스런 아이들이지요. 남편 압둘라힘은 주인이신 압달라 하켐 라이스께서 이 궁성을 비울 때마다 궁성 안의 모든 일을 총책임지는 집사의 일을 하고 있습니다. 정말 충직한 사람이지요. 나 이외에도 그에게는 두 명의 아내가 더 있는데 모두 좋은 여인들입니다. 조금 전에 황후께서 드신 방 입구에 앉아 있던 여인이 그의 세 번째 아내인 라일라입니다."

아이샤는 잔잔한 미소를 지으며 말을 했다.

"허면 아이샤는 지금…… 행복한가요?"

파티마의 말에 아이샤는 뜻밖이라는 표정을 지으며 순간 움찔했다. 그리고는 곧 씁쓰레한 미소를 지었다. 아이샤는 아타이를 한 모금 마신 후에 파티마의 눈을 들여다보며 천천히 입을 열었다.

"행복이요? 모든 것이 인샬라…… 알라의 뜻이지요. 알라께서 이 아이샤에게 원하신 것이 이러한 삶이라면 아이샤는 그것으로 행복하다 말할 수 있겠지요……."

아이샤의 대답은 마치 모든 것을 초월한 듯했다.

"휴우…… 아이샤도 이제 이 제국 사람이 다 되었는가 봅니다. 모든 것이 인샬라, 인샬라라…… 하긴, 모든 것이 신의 뜻이지요. 그대와 내가 이 제국을 떠나 고향인 이탈리아와 네덜란드로 돌아간다 하여도 우리가 과연 행복할 수 있을지는 오직 신만이 아실 것입니다. 우리는 이미 행복을 포기한…… 사람들이니까요."

파티마는 말을 마치자 고개를 숙이며 아직 김이 오르고 있는 찻잔을 말없이 들여다보고 있었다. 그리고는 천천히 한 모금 음미했다.

"파티마……."

아이샤는 잔뜩 흐려진 눈에 슬픔을 담은 시선으로 파티마를 바라보았다.

"나에게는 이제 미래가 없소. 허나, 나에게 남은 미래라고 한다면 그것은 오직 하나, 바로 랄라 운희 황후뿐입니다. 그분만이 나의 미래이며 희망이지요. 아이샤, 부디 이 파티마를 도와주시기 바랍니다. 이 파티마를 도와 랄라 운희 황후를 이 살레가 아닌 메크네스로, 술탄의 품으로 돌려보내 주세요. 제발 부탁입니다! 이 파티마가 이렇게 부탁하겠습니다!"

갑자기 파티마는 황급히 아이샤의 앞에 온몸을 조아리며 무릎을 꿇고 앉았다. 이에 아이샤는 깜짝 놀라며 두 눈을 휘둥그레 뜬채 파티마를 만류했다. 그리고는 매우 걱정이 가득한 시선으로 파티마를 바라보았다.

"파, 파티마…… 아무리 우리의 친분이 오래되었고 깊긴 하지만…… 제가 주인 되신 압달라 하켐 라이스를 배신할 수는 없는 일이지 않습니까? 그대가 황후께 충성을 다하듯 나 역시도 나의 주인 되신 라이스께 충성을 다하는 것이 맞는 이치입니다. 제발 나를 더 이상 어렵게 만들지 말아주세요. 그리하지 않으셔도 나는 이미 이러한 상황에 충분히 괴로워하고 있습니다."

아이샤는 고개를 숙이며 파티마의 시선을 황급히 피해 버렸다. 하지만 파티마는 아이샤의 고개를 손으로 돌려 자신을 향하게 하며 단호하면서도 간곡한 어조로 말을 했다.

"엄밀히 말하여 나의 주인은 술탄이십니다. 허나, 그대의 주인이신 압달라 하켐 라이스와 나의 주인이신 술탄으로 인하여 가장 피해를 보는 사람이 누구라고 생각하고 있습니까? 그것은 다름 아닌 바로 랄라 운희 황후이십니다. 저 회임까지 하신 분을 그대는 어찌 이도록 매정하게 모른다 하십니까? 오래전 내가 알고 있던 아이샤는 결코 그렇게 비정한 사람이 아니었습니다. 허면 그대의 삶이 곤하고 곤고하다 하여 지금 다른 이의 삶도 그리되기를 바라는 것입니까?"

"……."

"조금 전 나는 아이샤의 얼굴빛에서 슬픔을 읽었습니다. 랄라 운희 황후께서는 이곳, 압달라 하켐 라이스의 곁이 아닌 술탄의 곁으로 돌아가셔야만 그나마 행복할 수가 있으신 분입니다. 황후께서는 술탄을 마음 깊이 사랑하고 계십니다. 허나 황후께서 계속 이곳에 머무르게 되신다면 황후뿐만 아니라 결국 압달라 하켐 라이스께도 불행이 초래될 것입니다. 황후께서는 라이스에 대한 아무런 마음도 없단 말씀입니다. 또한 뱃속에 계신 아기씨는 이제 앞으로 어찌 되란 말씀입니까? 꾸란에 의하면 생명을 가벼이 여기지 못하게 되어 있거늘 뱃속의 아기씨를 신앙심 깊다 하는 압달라 하켐 라이스께서 결국은 죽게 해야만 그대는 속이 시원하겠습니까?"

파티마의 매서운 말에 아이샤는 파랗게 질렸다.

"파티마, 어찌 그리 무서운 말씀을 하시는 겝니까? 아무리 그래도 나의 주인이신 압달라 하켐 라이스께서는 그리 모진 분이 아니십니다."

"흥, 그런 분이 어찌 황후를 납치하셨단 말씀입니까? 어디 아이샤가 말씀해 보시구려. 이게 어디 될 법이나 한 일이랍니까? 지금 황후께서는 자결까지 결심하고 계신데 결국 이곳에서 황후의 송장을 내야만이 아이샤의 속이 후련하시겠습니까?"

아이샤는 깜짝 놀라며 커다랗게 벌어진 눈에는 겁이 찼다.

"그, 그게 대체 무슨 말씀이십니까? 자결이라니오?"

파티마는 아이샤를 더욱 매서운 시선으로 바라보았다.

"조금 전 그대가 들어오기 전에 황후께서 자결하시겠다 하시며 한차례 어려움을 겪었습니다. 내 황후를 말리느라 얼마나 진땀을 뺐는지 그대는 정녕 모를 것입니다. 내가 어찌어찌 달래어 지금은 잠시 그 마음이 가라앉았지만 언제 또 그 마음이 동하게 되실지는 아무도 모르는 일입니다. 허니, 아이샤가 제발 랄라 운희 황후를 도와주시오. 우리가 이 궁에서 빠져나갈 수 있도록 도와만 준다면 후에 이 은혜를 꼭 갚을 것입니다. 이렇게 부탁합니다."

파티마는 말을 마치자 아이샤의 앞에 다시 머리를 조아렸다. 아이샤는 자신 앞에서 연신 머리를 조아리고 있는 파티마의 간곡한 청에 이러지도 저러지도 못한 채 깊이 고뇌했다. 아이샤의 얼굴에는 괴로운 빛이 역력하며 수심의 그림자가 가득했다. 그때 어둠 속에서 누군가가 기척을 나타내었다.

어둠 속에서 밝은 곳으로 모습을 드러내는 사람을 돌아보며 아이샤와 파티마는 두 눈을 커다랗게 홉떴다. 촛불에 빛나는 흑단색 피부의 키가 크고 덩치 좋은 사내가 매서운 눈빛을 빛내며 두 여인을 노려보고 있었다.

"아, 압둘라힘!"

사내는 성큼 두 여인에게로 다가서더니 창백하게 질려 있는 아이샤의 뺨을 다짜고짜 커다란 손으로 후려쳤다.

"아익!"

아이샤가 비명 소리를 내지르며 양탄자 바닥에 쓰러졌다. 압둘라힘은 아이샤의 얼굴을 주먹으로 난타하며 커다란 발로 온몸을 마구 짓밟았다. 너무도 순식간에 벌어진 일이었다.

"감히 내 허락도 없이 오늘 외출을 했다지? 대체 어느 놈을 만나고 온 거야? 성스러운 말씀에 의거해서 너는 남편의 매질을 당함이 마땅하다."

"아, 아닙니다. 그것은…… 손님 되신…… 황후께서 입맛이 없다 하시기에…… 아악."

아이샤가 황급히 말을 내뱉었으나 압둘라힘은 전혀 듣지 않은 채 더욱 거세게 발길질을 퍼부었다. 파티마가 달려들어 만류하였으나 압둘라힘은 성난 야수와도 같은 눈빛으로 파티마를 거칠게 밀쳐 냈다.

"감히 외간 여자가 재수없게 남의 가정사에 끼어들려 하다니 이는 무슨 연고이오? 이것은 살레 최고의 마라부트가 찾아온다 하여도 말릴 수 없는 정당한 일이란 말이오!"

압둘라힘은 두 눈에 불똥을 뚝뚝 떨어뜨리며 사납게 으르렁거렸다.

눈과 입술이 퉁퉁 부어버린 아이샤가 파티마를 향하여 힘없는 손으로 끼어들지 말라며 천천히 흔들어댔다. 이에 파티마는 두 눈에 벌건 핏발을 세우며 압둘라힘을 쏘아보았다.

"나는 랄라 운희 황후를 모시고 있는 시녀장 파티마이오. 압둘라힘은 심히 잘못하고 있소. 분명 꾸란에 명시된 것처럼 남편이 아내를 다스리는 구절의 말씀을 전혀 모르는 바가 아닙니다. 허나 주제넘게 들릴지 모르겠지만 지금 압둘라힘께서는 무언가 크게 오해를 하고 있는 것입니다."

파티마의 말에 압둘라힘은 순간적으로 때리던 동작을 멈추었다.

"오늘 아이샤가 오후 늦게 외출을 하였던 것은 압달라 하켐 라이스의 손님 되신 랄라 운희 황후께 접대를 잘하라는 지시를 받고 황후를 위하여 입맛에 맞는 음식을 마련하기 위해서 밖으로 나갔던 것입니다. 그 노고 덕에 오늘 황후께서는 요 근래 처음으로 음식을 양껏 드시게 되었습니다. 이 일로 황후께서는 아이샤를 크게 칭찬까지 하셨습니다. 헌데 이리 훌륭한 일을 한 아이샤를 압둘라 힘께선 어찌 이리 대하시는 것입니까? 그것은 아이샤에게 대접을 받은 황후와 이를 지시한 압달라 하켐 라이스께 수치를 돌리는 일이 아닙니까? 제가 이 일에 대해서 한번 압달라 하켐 라이스께 말씀을 드려봐야겠습니다. 과연 상전의 명령을 잘 수행한 아이샤가 그에 따라 단지 외출했다는 이유로 남편에게 매를 맞는 것이 타당한 일인지를요."

압둘라힘은 화들짝 놀라며 아이샤에게서 물러섰다. 흑단색의 얼굴이 촛불 밑에서 더욱 새카맣게 변해 버렸다.

"그, 그것은……."

"압달라 하켐 라이스께서 황후의 처소에 방문하시게 된다면 이 일에 대해서 반드시 말씀드려 보도록 하겠습니다."

파티마의 너무도 단호한 말에 충직한 집사인 압둘라힘은 어쩔 줄을 몰라 하며 쩔쩔매었다. 궁여지책으로 자신의 발치에 몸을 웅크리고 있는 아이샤를 서둘러 일으켜 세워주었다. 그리고는 다 기어들어 가는 목소리로 아이샤에게 미안하다는 말을 내뱉었다. 얼마의 시간을 두고 아이샤가 천천히 고개를 끄덕이자 압둘라힘은 기다렸다는 듯 이번에는 파티마를 향하여 안타까운 표정으로 다시 한 번 애원을 했다.

"한 번만 봐주시오. 내가 뭔가를 잘못 안 모양입니다. 그러니……."

파티마는 매섭게 압둘라힘을 노려보았다.

"하, 한 번만 그를 봐주세요. 압둘라힘이 무언가를 잘못 알았던 모양입니다."

아이샤가 침울한 표정으로 파티마에게 부탁했다.

파티마는 못마땅한 표정으로 여전히 압둘라힘을 쏘아보았지만 다시 한 번 애원하는 아이샤의 부탁에 한숨을 내쉬며 고개를 끄덕였다. 이에 압둘라힘은 환한 표정으로 두 사람을 뒤로한 채 서둘러 응접실을 빠져나가 버렸다.

"내, 자이나, 이년을!"

응접실의 출입문 뒤에서 압둘라힘의 성난 소리가 들려왔다.

"압둘라힘의 두 번째 아내예요. 자이나…… 좀 투기심이 많은 아직 젊은 여인이지요. 오전에 주방에서 입을 잔뜩 내밀고 볼멘소리로 투덜거리더니 결국 오늘도 한 건 했군요. 참 대단한 여인이지요. 훗."

아이샤의 씁쓸한 얼굴빛을 바라보며 파티마는 아이샤의 퉁퉁 부어 오른 눈두덩과 입술을 살며시 살펴보았다.

"여태껏 이리 살았소?"

파티마의 이 한마디에 아이샤는 흠칫 놀라며 크게 벌어진 눈으로 파티마를 바라보았다. 어느새 아이샤의 청색 눈에서 주르륵 한 줄기 눈물이 흘러내렸다.

복도는 제법 어두웠다.

복도에 홀로 남아 서늘한 밤공기에 소름이 돋은 팔을 쓸고 있던 압둘라힘의 세 번째 아내 라일라는 어둠을 뚫고 갑작스레 나타난 인영의 기척에 소스라치게 놀라고 말았다. 떨리는 가슴을 끌어안고 기척을 살피자 그 인영이 곧 이 궁의 주인인 압달라 하켐 라이스임을 깨닫고 나서야 안도의 한숨을 내쉬었다.

여인은 서둘러 앉은 자리에서 일어나 주인에 대한 최대한의 예의를 갖추었다. 압달라 하켐은 매혹적인 낮은 목소리로 입을 열었다.

"황후께서는 어찌하고 계시더냐?"

"저녁식사를 뒤늦게 마치시고 조금 전에 다시 잠자리에 드셨나이다."

"그래? 흐음."

여인의 대답을 들으며 압달라 하켐은 그 앞에서 한참을 서성이며 왔다 갔다 했다. 그런 그의 마음을 눈치 챘는지 여인은 조심스레 입을 열었다.

"황후께서는 지금 혼자 주무시고 계시옵니다. 시녀장께선 잠시 아이샤와 함께 여인들의 응접실로 가셨으니 얼마의 시간이 걸릴 듯하옵니다. 주인님께선 안으로 드시겠습니까?"

여인의 말에 압달라 하켐은 잠시 멈칫하며 망설였다. 하지만 곧 눈빛을 빛내며 천천히 고개를 끄덕였다. 여인은 입가에 희미한 미소를 지으며 압달라 하켐 라이스를 위하여 방문을 조심스럽게 열어주었다.

　방문을 열자 희미한 불빛이 제일 먼저 압달라 하켐을 맞이했다. 방 안의 한 컨에 마련된 침상 위에는 운희가 아이보리색의 윤기 흐르는 천을 덮은 채 깊은 잠에 빠져 있었다. 압달라 하켐은 마른 침을 꿀꺽 삼키며 방 안으로 발걸음을 옮겨놓았다. 그의 가슴은 쿵쾅거리며 미친 듯이 날뛰고 있었다. 조심스럽게 운희가 잠들어 있는 침상 곁으로 다가갔다. 여인이 조심스레 문을 닫는 소리가 들려왔다.

　압달라 하켐은 떨리는 가슴을 내리누르며 잠에 취해 있는 운희의 모습을 정신없이 훔쳐보았다. 단아한 이마에서 앙증맞도록 귀여운 코와 살며시 벌려진 도톰한 입술, 그리고 턱에서 목을 타고 이어진 움푹 들어가 있는 날렵한 쇄골의 오목한 선까지. 하얗게 빛나는 백옥의 피부에 촛불의 음영이 자못 신비한 기운을 드리우며 흔들리고 있었다. 침상에는 은은한 주황빛이 가득했다.

　시선을 아래로 내리자 반쯤 걷어진 이불 아래로 흐트러진 헐렁한 잠옷이 보였고, 그 느슨한 앞여밈 사이로 봉긋한 젖무덤이 도드라져 보였다. 보일 듯 말 듯한 진홍빛의 젖꼭지로 인해 압달라 하켐의 가슴은 더욱 거칠게 요동쳤다. 시선이 젖가슴에 머문 순간부터 그의 얼굴은 붉게 달아오르며 열이 났다. 그는 자신 내부의 뜨거운 기운에 순간적으로 주먹을 불끈 쥐었다.

　참으로 신비한 여인이었다.

　영국 선박에서 처음 보았을 때의 그 앳된 모습에 처음에는 어린 아이인가 했다. 묘한 눈빛의 동양여자. 하지만 어딘지 낯이 익으며 묘한 끌림이 있었다.

그렇지만 이를 인정하고 싶지 않았기에 살레의 노예시장에 이 어린 여인을 매물로 내놓기 까지 애써 무시하며 무관심한 척했다. 하지만 막상 경매대에 선 그녀를 보자 그 어느 누구에게도 빼앗기고 싶지 않다는 강한 본심과 소유욕에 불타올랐다. 그러나 어이없게도 낯선 흑인사내에게 그녀를 빼앗기게 되자 그 치욕적인 감정을 잊지 못하고 두 사람의 행적을 쫓았다. 하지만 그 어디에서도 그들의 흔적조차 발견하지 못했다.

불과 얼마 전, 제국의 수도 메크네스의 깊은 술탄의 궁에서 이 어린 여인이 술탄의 두 번째 황후가 되어 있다는 사실을 알게 된 순간, 그의 심장과 온몸은 격하게 떨렸다.

'술탄의 정식 두 번째 아내! 황후, 랄라 운희.'

그는 지금도 살레의 노예시장에 이 어린 여인을 매물로 내놓았던 그때를 발등을 찍어대며 후회하고 있었다. 자신이 못내 잊지 못하고 그 행적을 지금껏 수소문하며 찾아 헤매던 그녀가 바로 술탄의 곁에 있다는 것을 알았을 때 그는 상당히 위축이 되었다. 그의 가슴은 절망으로 녹아내렸고 지옥 같은 심화에 기력이 쇠하여졌다.

'그녀를 되찾고 싶다!'

자신과 함께 앉은 술탄이 그녀를 넋을 놓은 채 바라보고 있는 것에 심한 질투가 끓어올라 도저히 견딜 수가 없었다. 거침없이 그녀를 탐하는 술탄의 모습에 그는 술탄에 대한 모든 충성심을 일시에 거두어 버렸다. 술탄에 대한 충성심 대신 그에 대한 적대감이 빠르게 자리를 잡으며 거세게 타올랐다. 그는 술탄 곁의 황후를 반드시 자신의 것으로 되찾고 말리라 하는 확고한 결의를 다지며 술탄 앞을 떠나왔다. 그리고 메크네스를 떠날 때 그의 곁에는 그녀도 함께 있었다.

운희는 이상한 기운에 선잠에서 눈을 떴다. 아직 시야가 밝지 않아서 희부연 빛 속에서 누군가 자신을 뚫어질 듯 바라보고 있다는 것을 알고 있을 뿐이었다. 아무런 의심도 않은 채 두 눈을 비비며 자신을 여전히 바라보고 있는 사람을 올려다보았다. 시야의 흐릿한 초점에 마주한 사람이 들어서는 순간 두 눈이 크게 벌어지며 악, 하는 소리가 절로 뛰어나왔다. 온몸이 굳어졌다.

"꺄악!"

압달라 하켐은 운희가 내지르는 소리에 깜짝 놀라고 말았다. 그녀는 하얗게 질린 얼굴로 황급히 배 아래까지 내려가 있는 이불을 끌어 올려 자신의 앞을 단단히 여몄다.

그녀의 창백하게 질린 얼굴을 본 압달라 하켐은 기분이 순간적으로 나빠졌다. 자신이 마음에 담고 있는 여인이 자신을 향하여 눈에 적대의 빛을 가득 담은 채 경계의 몸짓을 보인다는 것은 썩 유쾌한 일이 아니었다.

"쉿!"

압달라 하켐은 집게손가락 하나를 세워 자신의 입술에 대면서 나직이 소리를 내었다. 하지만 운희는 여전히 겁에 질린 표정으로 침상에서 최대한 멀리, 그로부터 한참 뒤로 몸을 뺀 채 이불을 온통 휘감았다. 두 눈만 빠끔 내놓은 채 압달라 하켐을 사납게 노려보았다.

"황후께 위해를 가하려 드는 것이 아닙니다. 잠시 뵈러 왔을 뿐입니다. 신 압달라 하켐 라이스가 랄라 운희 황후께 문후드립니다."

압달라 하켐은 입가에 미소를 지으며 천천히 몸을 숙여 보였다. 매력적인 주름이 잡힌 흑단색의 눈을 무섭게 쏘아보며 운희는 입을 열었다.

"압달라 하켐 라이스, 이 야심한 밤에 이렇듯 아녀자의 방에 기별도 없이 드는 것은 무례입니다. 음심을 품지 않고서야 신앙심 깊은 라이스께서 이런 일을 저지르실 분이 아니잖습니까? 허니, 이 방에서 속히 물러나세요! 나는 지금 라이스를 보고 싶지 않습니다. 파티마는? 파티마는 어디 있습니까?"

운희는 두려움에 떠는 목소리로 황급히 파티마를 찾았다. 하지만 그 어느 곳에서도 파티마의 음성은 들리지 않았다. 압달라 하켐은 어깨를 으쓱해 보이며 매혹적인 저음의 목소리로 입을 열었다.

"랄라 운희 황후이시여, 소인이 시녀장을 어찌한 것이 아닙니다. 잠시 황후를 돌봐주었던 여인과 방을 나선 것 같은데 하필 소인이 당도했을 때 시녀장이 자리에 없었을 뿐입니다. 그러니 너무 심려치 마시고 긴장을 푸십시오. 소인이 살레에 도착한 이후에 너무도 바빠 황후께 문후를 드리지 못한 것이 생각이 나 비록 늦은 밤이지만 결례를 무릅쓰고 이렇듯 잠시 찾아든 것입니다. 결례였다면…… 소인을 용서하십시오."

압달라 하켐은 다시 허리를 굽히며 정중히 사과를 했다.

그의 정중한 말에도 운희는 긴장을 늦추지 않으며 앙칼진 목소리로 쏘아붙였다.

"다 필요 없습니다. 나는 그대를 믿을 수가 없습니다! 파티마는 어디에 있습니까? 라이스께서 이번 일에 어떤 생각을 갖고 있는지 나는 잘 모르지만 나와 시녀장을 속히 술탄이 계신 궁성으로 돌려보내 주신다면 그대가 지금껏 행한 그 어떤 일도 일절 불문에 붙일 것을 알라와 그대 앞에서 맹세합니다. 허니, 어서 나와 파티마를 메크네스로 돌려보내 주세요!"

운희는 단호한 표정으로 압달라 하켐을 향하여 소리를 질렀다. 하지만 그는 별 반응도 보이지 않은 채 살며시 다가와 얼굴의 절반을 덮고 있는 이불을 아래로 힘껏 잡아당겨 내렸다. 깜짝 놀란 운희의 얼굴이 드러나자 압달라 하켐은 그녀의 얼굴을 천천히 살폈다. 겁에 질린 검은 눈망울과 시선이 마주치자 압달라 하켐은 입가에 부드러운 미소를 지으며 매혹적인 목소리로 천천히 입을 열었다.

"송구하옵게도…… 소인은 그럴 뜻이 전혀 없사옵니다. 랄라 운희께서는 처음부터 술탄이 아닌 나, 압달라 하켐 라이스의 곁에 머물러 있어야 했습니다. 모든 것이 알라의 뜻으로 잠시 술탄의 곁에 머물게 되었으나 다시 이렇게 소인의 곁으로 돌아오시지 않았습니까? 이 모든 것은 인샬라. 즉 알라의 원하시는 뜻입니다."

압달라 하켐은 손을 가슴에 얹은 채 살짝 상체를 굽히면서 미소를 지었다.

"말도 안 됩니다! 어찌 이것이 알라의 원하시는 뜻이란 말씀입니까? 성스러운 꾸란 제4장에 의하면 정식으로 남편이 있는 유부녀와는 결혼을 금한다는 구절이 분명히 있음을 신앙심 깊은 압달라 하켐 라이스께서도 잘 알고 계실 것이 아닙니까? 헌데 어찌하여 꾸란의 성법까지 어겨가며 혼인 상태에 있는 황후를 이렇듯 억지로 곁에 두려 하는 것입니까? 나, 랄라 운희는 술탄의 정식 아내로, 그대의 오른손이 소유하는 노예나 전쟁포로가 아닙니다. 이렇듯 나를 그대의 곁에 억지로 두려 한다는 것은 남편인 술탄과 알라 앞에 해서는 안 될 큰 죄를 범하고 있다는 것을 유념하셔야 합니다. 그러니 속히 술탄의 곁으로 되돌려 보내주세요. 그것만이 알라와 술탄 앞에 라이스께서 참회를 하는 것입니다."

운희의 단호하면서도 거침없는 말에 압달라 하켐은 양미간을 좁히며 묵묵히 바라보았다. 그의 얼굴은 딱딱하게 굳어 있었다.

"랄라 운희, 그대는 매우 영특하오. 그대의 지혜가 탁월함은 내이미 경험하여 잘 알고 있소. 이렇듯 벌써 꾸란의 세세한 부분까지 마음에 새겨놓았을 줄은 몰랐소. 허나, 랄라 운희의 바람처럼 나는 그대를 술탄의 곁으로 돌려보낼 생각은 일절 갖고 있지 않소. 여기까지 와서 그대를 돌려보낼 생각이었다면 메크네스에서 그대를 납치하여 데려오진 않았을 것이오. 그대는 처음부터 술탄의 여인이 아닌 나, 압달라 하켐 라이스의 여인이었소. 다만 우리의 어긋난 운명으로 잠시 떨어져 있게 되었지만 이제부터 우리의 어긋난 운명은 다시 맞춰지게 될 것이오. 그러니 우리의 관계는 이제부터 시작이오. 나는 그대가 나의 곁에 있다는 사실만으로도 심히 만족하며 그것으로 되었소. 그대의 감정이 지금은 다소 격앙되어 있겠지만 차차 시간이 흐르게 된다면 그대는 반드시 마음을 열고 나를 받아들이게 될 것이오."

압달라 하켐은 강하고 흔들림 없는 시선으로 진지하게 말을 했다.

어느새 그의 말투는 상대를 높이는 정중한 어투에서 상당히 달라져 있었다. 압달라 하켐의 강렬한 시선에 운희는 흠칫 놀라며 내려진 이불을 황급히 다시 올려 얼굴을 가렸다.

"하, 하지만 압달라 하켐 라이스에게도 아내들이 있을 것이 아닙니까. 헌데 어찌하여 나에게 이렇듯 집착을 하시는 겝니까?"

랄라 운희는 이불을 뒤집어쓴 채 다급하게 내뱉었다.

"글쎄요…… 나에게 아내가 있던가? 후후…… 송구하게도, 이 압달라 하켐 라이스에게는 아직 정식 아내가 없사옵니다."

살짝 허리를 굽히며 말을 내던지는 다소 장난기 어린 말투를 들으며 운희는 두 눈을 동그랗게 뜬 채 믿기지 않는 표정을 지었다.

"아니, 정확히는 한때 한 명의 아내가 있었소. 허나, 십여 년 전에 병으로 사별한 이후로 지금껏 그 어떤 여인도 아내로 맞아들이지 못하였소."

감정 없는 딱딱한 어투였다. 운희가 동그란 눈으로 쳐다보자 압달라 하켐은 조용한 목소리로 말을 이었다.

"그 이유는 그동안 세력을 확장하기 위한 정략결혼이 그닥 필요치 않았기 때문이오. 나의 오른손이 소유한 노예와 해상에서 사로잡은 전쟁포로들이 즐비해 결혼의 필요성을 느끼지 못하였던 것도 이유라면 이유였겠소. 허나, 더 정확히는 그다지 마음에 드는 여성을 만나지 못했다는 이유이오. 나는 예언자 무하마드와 달리 한 명의 아내로도 족하다는 생각을 갖고 있는 사람이오. 예언자께선 자비를 베풀기 위하여 많은 여인을 생활고의 어려움 속에서 구제하여 거느리셨지만 나는 굳이 결혼하지 않아도 얼마든지 여인들에게 자비를 베풀 수 있다는 생각을 하였소. 나의 궁성에서 일자리를 주며 평생을 어려움 없이 살게 해준다면 그것으로 족한 것이 아니겠소? 허니 딱히 구제의 의미에서 여인들을 아내로 취하고 싶은 생각은 없었소. 바로 내 그늘 아래에서 세 여인을 거느리고 있는 압둘라힘을 보아도 그 모습이 그다지 좋아 보이지는 않았소. 한 남자를 둘러싸고 세 여인이 벌이는 각축전은 자못 무시무시할 정도였으니까 말이오. 헌데 이제 그대를 만났으니 나는 그대를 나의 운명의 여인으로 생각하며 때가 된다면 나의 아내로 맞이하고 싶소. 이것은 분명 알라께서도 허락해 주실 것이라 굳게 믿고 있소!"

압달라 하켐의 놀라운 말에 운희는 기함하며 그만 입을 크게 벌렸다.

그는 전과 다름없는 표정으로 그녀를 쳐다보고 있었다.

"라이스께선 무언가 잘못 생각하고 계신 듯합니다. 이것은 분명 알라의 뜻이 아니며 나, 랄라 운희의 뜻도 아닙니다. 나는 술탄의 여인입니다. 내가 술탄의 아내인 것은 절대로 변하지 않는 진실이며 사실입니다. 나는 알라와 제국의 사람들 앞에서 술탄과 결혼식을 올렸습니다. 헌데 압달라 하켐 라이스께서 일부러 이 부분을 부인하신다면 그것은 결코 옳은 일이 아닙니다. 그것은 결코 변할 수 없는 사실이기에 나는 그대의 곁에 머물지 않고 반드시 술탄의 곁으로 되돌아갈 것입니다. 그러니 라이스께서는 부디 다른 마음은 품지 마시고 나와 시녀장을 속히 메크네스로 돌려보내 주시기 바랍니다."

운희는 눈에 힘을 주고 단호한 표정으로 말했다. 하지만 압달라 하켐은 입꼬리를 말아 올리며 커다란 웃음소리를 터뜨렸다.

"하하하. 그렇소? 랄라 운희, 그대의 마음을 이해하오. 허나 곧 전쟁이 끝나게 되면 현 술탄의 아내로서의 황후 위치에 있게 되지는 않을 것이오. 그때는 남편 잃은 미망인으로서 성법에서 정한 일 년여의 미망인으로서의 기간을 채우게 될 것이고 그것이 끝나면 곧 나, 압달라 하켐 라이스의 아내의 위치에 있게 될 것이오. 그때의 나는 또 어떤 위치에 있게 될는지 그것은 잘 모르겠지만 그때의 그대의 마음도 지금과는 확연히 달라져 있을 것이오. 그러니 모든 것을 너무 속단하지 말고 천천히 느긋하게 기다리며 이번 사태를 지켜보기 바라오. 아시겠소? 하하하."

압달라 하켐은 호탕한 웃음소리를 터뜨리며 자못 당당했다.

"그것이 대체 무슨 말씀입니까? 또 전쟁이라 하셨습니까? 기어코 전쟁을 하실 작정입니까?"

운희의 입술이 파르르 떨렸다.

"아마도 곧 그리될 것이오. 이제 곧 술탄의 군대가 살레를 향하여 달려오겠지만 현재 신임 술탄의 입지는 그다지 안정되어 있지 않소. 모든 항구도시가 해적도시이거늘 해적질을 금하였으니 바로 선전포고와 다를 바가 없지 않겠소? 이미 살레는 술탄의 군대를 맞을 준비가 철저하게 진행되어 있소. 만약 전쟁이 발발하게 된다면 살레에는 같은 입장에 놓인 인근의 해적도시들로부터 많은 원군을 지원 받게 될 것이오. 술탄은 이번 전쟁에서 반드시 패할 것이고 또한 권좌에서 밀려나게 될 것이오. 그리고 나는 살레의 제독, 혹은 술탄이 되어 남편을 잃은 미망인인 그대를 성법에서 명한 과정을 거쳐 떳떳하게 나의 여인으로 삼을 것이오!"

압달라 하쳄은 두 눈에서 광채를 뿜어내며 뚫어질 듯 쳐다보았다. 운희는 너무도 큰 충격을 받아 전신을 부들부들 떨었다.

"그, 그럴 수는 없습니다. 정녕 그런 일을 하여서는 아니 됩니다!"

엄청난 충격에 두 눈에서는 눈물이 주르륵 흘렀다. 압달라 하쳄은 눈물까지 흘리며 겁에 질린 표정으로 떨고 있는 운희를 바라보자 갑자기 짜증이 걷잡을 수 없이 밀려들었다.

"그대가 그런 표정을 짓고 있다는 것이 나는 못내 싫소! 그대가 그렇게 할수록 나는 술탄에 대한 증오가 강렬히 끓어오를 뿐이오. 그러니 두 번 다시 내 앞에서 내가 아닌 다른 누군가를 위한 그런 표정 따위는 짓지 마시오."

잔뜩 화가 난 압달라 하쳄은 침상에서 한 걸음 뒤로 물러났다.

"랄라 운희, 이만 주무시오. 이제 밤이 깊었으니 나는 돌아가 보겠소."

차가운 목소리로 말을 내뱉고 성큼 출입문을 향하여 걸어갔다.

하지만 막 문을 열려던 찰나에 압달라 하켐은 잠시 멈칫하며 운희를 바라보았다.

"혹시나 해서 하는 말인데…… 나의 궁성 안에서 그대를 도울 사람은 아무도 없소. 그러니 도망갈 생각일랑 일절 하지 않기를 바라오. 이것은 랄라 운희, 그대를 위하여 하는 말이니 나를 격노치 말고 얌전히 모든 일이 끝나기까지 조용히 기다리고 있으시오. 나를 더 이상 자극하여 그대에게 이로울 것은 단 하나도 없을 뿐이니 그것은 헛된 꿈에 불과하오. 그럼 편히 주무시오."

번쩍이는 눈빛으로 잠시 동안 운희를 바라보던 압달라 하켐은 몸을 돌려 황급히 출입문 밖으로 사라져 갔다.

방 안에 홀로 남겨진 운희는 장마철의 소나기처럼 후드득 떨어지는 눈물을 주체하지 못하고 떨려오는 온몸을 움츠린 채 끝내 오열을 터뜨리고 말았다. 문득 수도 메크네스의 궁성에 있을 술탄을 떠올리자 그의 앞에 어려움이 닥치지 않기를 기도하며 앞으로 닥쳐올 전쟁의 그림자로 인하여 심히 가슴을 떨었다.

순간 술탄이 그립다는 생각이 들었다. 갑자기 걷잡을 수없이 끓어오르는 격한 감정에 전신이 휩싸이며 긴장이 되면서 배가 끊어질 듯 조여왔다. 운희는 배를 움켜쥔 채 고통에 찬 신음 소리를 내뱉고 말았다. 눈물이 맺힌 두 눈가에 촛불의 상이 일렁이며 오렌지 빛으로 길게 방사되었다.

"술탄이시여, 오지 마소서…… 살레로 오시면 아니 되옵니다. 흑흑."

랄라 운희는 다시 조여오는 복통에 이를 악물며 식은땀에 젖은 창백한 얼굴을 찡그린 채 두 눈을 질끈 감아버렸다.

데려다 주겠다는 파티마의 제안을 한사코 거절한 아이샤는 절
뚝이는 다리를 이끌고 자신의 처소로 돌아갔다.

아이샤의 모습이 복도의 모퉁이 끝으로 사라지자 파티마는 길
게 한숨을 내쉬며 단잠에 빠져 있을 황후를 생각하면서 천천히 발
걸음을 옮겼다. 처소 가까이에 이르자 예의 그 압둘라힘의 세 번
째 아내가 여전히 방문을 지키고 앉아 있었다. 무심코 발걸음을
옮기던 파티마는 순간 깜짝 놀라고 말았다.

갑자기 처소의 방문이 활짝 열리며 낯선 검은 인영이 툭 튀어나
오는 것이 보였다.

너무도 놀라 두 눈이 커다랗게 떠졌고 온몸은 삽시간에 굳어졌
다. 불안한 예감으로 시작된 두려움이 전신을 강타하며 걷잡을 수
없는 공포가 되어 온몸을 휘감았다. 낯선 인영은 압둘라힘의 세
번째 아내의 간살 섞인 인사를 받으며 파티마와 반대 방향인 복도
의 끝으로 서둘러 사라졌다.

파티마는 황급히 걸음을 내달리며 이내 압둘라힘의 세 번째 아
내의 앞에 다다랐다. 거친 숨을 몰아쉬며 압둘라힘의 세 번째 아
내의 옷을 거칠세 움켜삽았다.

"지, 지금 이 방에서 나온 저자는 대체 누구이오? 저자는 대체
누구냔 말이오?"

파티마의 거센 기세에 움찔 놀란 압둘라힘의 세 번째 아내는 띄
엄띄엄 대답을 했다.

"어쩌시려고 그러십니까……? 아, 아무 일도 없었습니다요. 지금 그분은 주인님이십니다요. 이 궁의 주인이시니 이 방에 들어가시는 것이 무에 그리 잘못된 것입니까?"

찰싹!

말이 끝나기도 전에 파티마는 압둘라힘의 세 번째 아내인 라일라의 뺨을 힘껏 내려쳤다.

"무슨 잘못이냐고? 이 방에 계신 분이 대체 누구이신 줄 알고 감히 그따위 요망한 주둥이를 놀리느냐? 이 방에 계신 분은 압달라 하켐 라이스라도 함부로 할 수 없는 이 제국의 지존하신 랄라 운희 황후이시란 말이다! 만에 하나, 황후의 몸에 그 어떤 변고라도 생겼다면 내 목숨을 걸고 네년을 요절낼 것이다! 그러니 이 방에는 나의 허락이 없이는 그 누구도 들어갈 수 없느니라. 그것이 아무리 압달라 하켐 라이스라도 말이다. 알겠느냐?"

파티마의 무시무시한 호령에 라일라는 잔뜩 기가 죽은 채로 아직도 얼얼한 뺨을 부여잡고 있었다.

"아, 알겠습니다요…… 하지만 주인님께서 들어가신다는 것을 저로서는 앞으로도 도저히 말릴 수가 없습니다. 그것은 이해해 주셔야 합니다……."

라일라의 말에 파티마는 더욱 독기 어린 눈으로 사납게 쏘아보았다.

"어림없는 소리! 차후로는 내가 이 방을 떠나지 않을 것이다. 내죽기 살기로 황후를 모실 것이니 너는 그리 알고 네 상전에게 고하여라. 다시는 나의 허락 없이는 이 방 안에 단 한 발자국도 발을 들여놓을 수 없노라고. 알겠느냐?"

라일라의 대답을 듣지도 않은 채 파티마는 황급히 문을 열고 처소 안으로 들어가 버렸다. 뒤에 남은 라일라는 황망한 표정으로 멍하니 서 있었다.

따뜻한 불빛이 은은히 퍼져 있는 방 안으로 들어서자 파티마는 예사롭지 않은 기척에 깜짝 놀라고 말았다.

어인 일인지 운희는 온몸을 뒤척이며 신음 소리를 내뱉고 있었다. 파티마는 서둘러 침상에 누워 있는 운희의 곁으로 달려갔다. 침상 위의 운희는 식은땀에 흠뻑 젖어 있었다. 검은 머리칼은 물기를 머금고 얼굴의 여기저기에 달라붙어 있었고 땀과 눈물로 얼룩진 얼굴은 하얗게 질려 있었다.

"어인 일이십니까? 황후이시여, 대체 무슨 일이십니까? 대체 어디가 아프신 것입니까?"

이불을 돌돌 말아 칭칭 감고 있는 운희를 바라보며 두려움에 가득한 목소리로 파티마가 물었다. 파티마의 목소리에 가늘게 두 눈을 뜬 운희는 갑자기 눈물을 펑펑 쏟으며 흐느껴 울기 시작했다.

"대체 어디 갔었소? 대체 어디에 갔다 이제야 오는 겁니까? 내 무서워 죽는 줄 알았습니다. 흑흑."

운희가 자신을 책망하사 파티마는 몸 둘 바를 몰라 했다.

"무슨 일이 있었습니까? 황후이시여, 제 오랜 벗과 잠시 담소를 나눈다는 것이 시간이 이렇게 지체된 줄도 몰랐습니다. 소인을 죽여주옵소서. 그 사이에 압달라 하쳄 라이스가 다녀갈 줄은 정말 몰랐습니다. 이 모든 것은 소인의 어리석은 불찰이옵니다. 부디 용서치 마옵소서. 흑흑."

랄라 운희의 앞에 넙죽 엎드리며 파티마는 스스로를 자책했다.

"파, 파티마…… 배가 아픕니다……. 배가 끊어질 듯 아파옵니다. 나 좀 어찌해 주세요…… 흑흑."

랄라 운희의 말에 파티마는 벌떡 일어나 사색이 다 된 얼굴로 황급히 운희의 온몸을 살폈다. 차고 단단해진 배를 살피며 파티마는 손을 가늘게 떨었다.

"어찌 된 일입니까? 왜 갑자기 몸이 이리되신 것입니까? 혹 무슨 변고라도 겪으신 겝니까?"

입술을 가늘게 떨며 두려움에 가득 찬 목소리로 말을 했다. 이에 운희는 인상을 찌푸리며 가만히 고개를 저었다.

"그런 것은 아니에요…… 다만 압달라 하켐 라이스와 이야기를 나누다 보니 너무 긴장하고 감정이 격해져 그가 돌아간 후부터 배가 이리 아팠습니다."

식은땀을 흘리며 창백한 얼굴로 운희가 말을 하자 파티마는 그녀의 단단해진 배를 열심히 원을 그리듯 쓸어주기 시작했다.

"혹 아래의 속옷으로 흐르는 것이 있사옵니까?"

파티마의 질문에 운희는 가만히 고개를 가로저었다. 파티마는 다소 안도의 한숨을 내쉬며 다시 운희의 배가 따뜻해질 때까지 열심히 쓸면서 어루만져 주었다.

"아직도 배가 아프옵니까?"

파티마의 질문에 운희는 아직도 미간을 좁히며 가만히 고개를 끄덕이었다.

"혹 의사라도 불러달라 하오리까?"

운희는 화들짝 놀라며 강하게 고개를 내저었다.

"그, 그것은 아니 됩니다. 만에 하나, 압달라 하쳄 라이스의 귀에 내 회임 소식이 들어간다면 나는 살기를 포기할 것입니다. 그러니 그것만은 아니 됩니다."

"무, 무슨 일이 있으셨군요. 그렇지요?"

근심이 가득한 파티마의 눈을 보면서 운희는 그저 고개를 가로저을 뿐이었다.

"파티마, 그대의 첫 남편이었던 그 해적선장은 지금도 그대를 기억하며 주위를 맴돌고 있습니까?"

운희의 뜻밖의 질문에 파티마는 화들짝 놀랐다. 그리고는 말의 저의를 짚어보면서 천천히 입을 열었다.

"그것은 잘 모르겠사오나…… 그렇진 않은 줄 아옵니다. 한 삼사 년 전에 한 번 소식을 들은 이후부터 줄곧 그에 대한 소식은 듣지 못하였습니다. 사피항의 제독으로 지금도 잘 지내고 있는 줄 알 뿐입니다. 하온데 그것은 어찌하여 왜……?"

"조금 전 압달라 하쳄 라이스와 대화를 나누면서 문득 그대의 지난 이야기가 떠올랐답니다. 그 사람의 나에 대한 알 수 없는 집념에 니무 놀라 문득 그대의 첫 남편이었던 자가 그대에게 행했던 일들이 무섭도록 떠오르며 나를 몸서리치게 만들었습니다. 그래서 나는 압달라 하쳄 라이스에게 나의 회임 소식은 절대로 알리고 싶지가 않아졌습니다. 그로 인하여 나와 나의 아이가 그 어떤 해코지라도 당하게 된다면 나는 그를 절대로 용서치 못할 테니까요."

파티마는 잔뜩 굳어진 얼굴로 조용히 한숨을 내쉬었다. 그리고
는 멀리서 빛나고 있는 촛불을 하염없이 바라보았다.

"미, 미안합니다. 파티마. 갑자기 쓸데없는 말을 하여 그대의
심기를 불편하게 만들었다면 부디 용서하세요. 내가 나만 생각하
는 짧은 생각으로 그대의 아픈 상처를 건드린 것 같습니다……."

운희는 고개를 살며시 숙이며 진심으로 미안해했다.

파티마는 화들짝 놀라며 이내 고개를 저었다. 지금껏 황후가 일
개 아랫것에게 용서를 구한다는 것은 유례가 없을 뿐만 아니라 있
을 수도 없는 일이었다.

"아, 아니옵니다. 황후이시여, 소인은 이제 더 이상 지난날에
대하여 마음에 두지 않고 있습니다. 더 이상 소인에 대하여 괘념
치 마시옵소서. 따뜻한 아타이를 마시면 배가 덜 아프리라 생각되
어집니다. 곧 대령하겠습니다."

파티마는 출입문 밖에 있는 라일라에게 아타이를 부탁했다.

라일라는 퉁퉁 부은 얼굴로 입술을 주욱 내민 채 커다란 엉덩이
를 실룩실룩 흔들며 주방을 향하여 걸어갔다. 커다란 덩치에 툭
불거진 엉덩이가 온몸을 덧씌운 길고 헐렁한 천속에서도 유독 출
렁이어 시선을 사로잡았다.

라일라는 칙칙 끓는 주전자의 요란한 소리에 문득 정신을 차리
며 여전히 거친 욕설과 볼멘소리를 중얼거렸다.

"자기가 시녀장이면 메크네스 궁성에서나 시녀장이지 무슨 이
곳에서까지 시녀장인 게야. 그게 무슨 대단한 벼슬이라고 나에게

이래라저래라 시키고 지랄이야, 지랄이! 아이, 재수 더럽게 없네. 뜬금없이 뺨을 맞지를 않나…… 아침부터 오늘의 점괘가 영 좋지 않더니 이게 대체 뭔 일이래. 아휴, 성질나. 에이, 퉤!"

라일라는 연신 꿍얼거리며 박하잎을 잔뜩 넣은 커다란 잔에 뜨거운 물을 들이부었다. 김이 모락모락 오르고 있는 두 개의 잔을 쟁반에 받쳐 들고 큰 한숨을 내쉬었다. 주방에 켜놓았던 촛불의 심지를 끄고 주방문을 나섰다.

그때 주방문 앞에 소리도 없이 검은 인영이 나타났다. 소스라치게 놀란 라일라는 그만 손에 들고 있던 쟁반을 떨어뜨리고 말았다.

쨍그랑!

단단한 대리석 바닥에 떨어진 쟁반과 잔이 요란한 소리를 내며 어둠 속에 시끄럽게 울려 퍼졌다.

이내 소리를 지르려는 라일라의 입이 괴한의 두툼한 손에 입이 틀어 막히고 말았다. 라일라는 몸을 허우적거리며 반항했으나 괴한의 손에 목이 졸리자 급격히 찾아온 통증에 힘이 쭉 빠지고 말았다.

"쉿! 조용히 하고 따라오라. 그렇지 않으면 너를 이대로 죽여 버리겠다."

괴한의 음침하며 살기 가득한 말에 라일라는 공포에 질린 채 황급히 고개를 끄덕이었다. 갑자기 방광에 가득 차 있던 소변이 질질 흘러나오는 것이 느껴졌다.

괴한은 혼자가 아니었다. 어둠 속에 두 사람의 기척이 더 느껴졌다. 괴한들은 라일라를 이끌고 미로와 같은 복도를 지나 창고로 사용하고 있는 어느 작은 방으로 데리고 들어갔다.

방 안에 들어서자 또 다른 누군가가 있는 듯 낯선 사람들의 몸에서 풍겨 나오는 냄새와 사람의 온기가 느껴졌다. 라일라는 육중한 몸을 덜덜 떨며 괴한들이 바닥에 거칠게 꿇어앉히자 힘없이 철퍼덕 주저앉았다.

"카이드이시여, 주방에서 홀로 있던 여인을 잡아왔나이다."

라일라를 잡고 위협했던 괴한이 방 안에 있는 또 다른 괴한에게 나직이 고했다. 이에 카이드라 불린 사내가 어둠 속에서 무시무시한 인광을 뿜어내며 음산한 목소리로 입을 열었다.

"여자여, 살고 싶으면 랄라 운희 황후가 어디에 있는지 말하라. 그렇지 않으면 네가 죽을 것이다. 나는 참을성이 그리 많지 않다. 속히 고하지 않으면 너를 죽이고 황후가 있는 곳을 알려줄 다른 누군가를 찾아보겠다."

말을 마침과 동시에 라일라는 자신의 뺨에 무언가 서늘한 것이 빠르게 스쳐 지나가는 것을 느꼈다. 날카로운 동통이 느껴지며 주르륵하고 따뜻한 액체가 흘렀다.

"쉿!"

라일라는 너무도 놀라 비명 소리를 내지르려 했으나 카이드란 사내의 음산한 목소리와 함께 어느덧 괴한의 손에 다시 입이 틀어막혔다. 이어 반대편 뺨 위로 서늘하며 날카로운 흉기가 깊이 파고들어 오는 것이 느껴졌다.

라일라는 엄청난 공포와 고통에 그만 질질 지리고 있던 소변을 줄줄 쏟아놓고 말았다. 작은 방 안에 온통 오줌 지린내가 진동했다. 라일라는 눈물을 펑펑 쏟으며 전신을 부들부들 떨면서 낯선 손에 틀어 막힌 입으로 연신 살려달라 소리를 질렀다.

"그럼 말하라. 랄라 운희 황후가 어디 있는지 아느냐?"

카이드란 사내의 질문에 라일라는 황급히 고개를 끄덕이었다. 그러자 라일라의 입을 틀어막고 있던 낯선 손이 금세 떨어지며 라일라는 자유로이 숨을 쉴 수가 있게 되었다.

"어느 방이냐? 또한 그 방은 누가 지키고 있느냐?"

여전히 음산하고 낮은 목소리가 물었다.

"대, 대답하겠습니다요…… 헌데 소인을 죽이지 않는다는 약속을 꼭 지켜주십시오…… 흑흑."

"대답하라!"

카이드 알리는 엄하고 냉랭하게 내뱉었다. 그러자 라일라는 마른침을 꿀꺽 삼키며 뺨에서 흐르고 있는 액체를 손으로 닦아내며 랄라 운희가 머물고 있는 처소의 위치와 번을 서고 있는 사람이 하필이면 자신인 것을 소상히 알려주었다.

라일라의 말이 끝나자 카이드 알리는 다시 입을 열었다.

"그렇다면 네 말은 번을 서는 너 외에는 다른 경비가 달리 없다는 말이더냐?"

"아직까지는 그러하옵니다요. 황후께서 오늘 막 궁으로 들어오신지라…… 아직 다른 것은 잘 모르옵니다. 소인보고 번을 서라하기에 그런가 하고 아무 생각 없이 번을 선 것입니다. 그 이외에는 소인이 아는 바가 없습니다요."

라일라는 크게 고개를 끄덕이며 서둘러 말을 했다.

"물려라!"

카이드 알리의 말에 라일라의 입에는 어느새 재갈이 단단히 물려졌다. 라일라는 두 눈을 휘둥그레 뜨며 저항하였지만 그녀의 두 손과 두 발은 억센 사내들에 의해 억압당한 채 빠르게 묶여졌다. 묶여진 줄은 꿈쩍도 하지 않았다.

낯선 사내들은 라일라를 뒤로한 채 작은 방을 황급히 떠나갔다.

어둠 속에 홀로 남겨진 라일라는 빨리 궁성 사람들에게 발견되기를 바라면서 무엇보다 소변을 보지 않고 오래도록 참았던 자신을 두고두고 후회했다.

카이드 알리는 부하들과 함께 서둘러 작은 방을 빠져나와 여인이 가르쳐 준 대로 미로와 같은 복도를 소리를 죽인 채 발빠르게 달려갔다.

처음 살레에 도착하자마자 카이드 알리는 압달라 하켐 라이스의 뒤를 캐기 시작했다. 하지만 그것은 의외로 쉽지 않았고 이에 부하들을 상인으로 변장시켜 사람들의 왕래가 잦은 지역으로 뿔뿔이 염탐을 보냈다. 해질 무렵이 되어서야 한 부하가 그가 살레 북부에 있는 한 궁성에 머물고 있다는 것을 알아왔다.

벌써 어둠이 찾아왔다.

어느 정도를 걷자 어느덧 복도의 맨 끝에 이르렀고 위로 올라가는 계단이 한눈에 들어왔다. 막 계단을 오르려던 찰나에 계단 위에서 아래로 내려오고 있던 일련의 사내들과 카이드 알리의 일행은 맞닥뜨리고 말았다. 두 무리들은 누가 먼저랄 것도 없이 허리춤에 차고 있던 신월도를 일제히 꺼내 들고 서로를 향하여 칼끝을 겨누었다. 상대는 네 명이었다. 우람한 덩치에 민머리의 사내들은 거친 욕설을 내뱉으며 황급히 덤벼들었다. 하지만 그들은 결코 카이드 알리의 적수가 될 수가 없었다. 순식간에 세 사내의 몸이 분리된 채 단말마의 외마디 소리가 터져 나왔고 그들은 계단으로 굴러 떨어졌다. 하지만 그 와중에도 맨 뒤에 서 있던 사내는 잽싸게 몸을 돌려 크게 소리를 외쳐 대며 계단 뒤 어둠 속으로 빠르게 사라졌다.

"침입자다! 침입자다! 모두 무장하라!"

어둠 속의 여기저기에서 황급히 방문이 열리는 소리와 왁자지껄, 떠들썩한 소리가 연이어 들려왔다. 궁 안 곳곳에서 불이 밝혀지기 시작하더니 한밤중임에도 불구하고 순식간에 어둠이 물러갔다.

카이드 알리는 매우 난처했다. 하지만 머뭇거릴 시간적 여유가 없음을 알기에 목표를 향하여 발걸음을 더욱 빨리 놀렸다. 계단을 날듯이 올라가자 긴 복도가 길게 이어졌다. 한달음에 얼마쯤 달려가자 왼쪽으로 꺾인 복도가 눈에 들어왔다. 그 복도를 따라 또 얼마쯤을 달려가자 왼쪽과 오른쪽으로 동시에 꺾이는 교차된 복도가 나타났고 황급히 왼쪽으로 꺾으려는 찰나에 불이 켜진 오른쪽 복도에서 상체를 벗은 십여 명의 우락부락한 사내들이 요란한 소리를 내지르며 한꺼번에 몰려나왔다.

순간 당황했다. 하지만 다섯 명의 부하들을 뒤에 남겨놓은 채 카이드 알리는 혼자서 왼쪽 복도로 날듯이 달려갔다. 뒤에 남은 부하들은 압달라 하켐 라이스의 부하들과 격렬히 싸우며 카이드 알리가 목표된 곳으로 갈 수 있도록 시간을 벌어주었다.

카이드 알리는 최대한 빠르게 발걸음을 놀렸다. 긴 복도를 꺾어 들자 제법 화려한 장식으로 이루어진 방문들이 한눈에 들어왔다. 여인이 알려준 대로 방문의 숫자를 세기 시작했다. 하나, 둘, 셋!

'바로 이곳이다!'

카이드 알리는 황급히 세 번째 방문을 거칠게 열어젖혔다. 순간 방 안에 있던 두 사람이 화들짝 놀라며 비명을 내지르는 소리가 들려왔다. 방 안에서는 은은한 옅은 불빛이 아늑하게 흘러나오고 있었다.

두 번의 생각 없이 성큼 안으로 들어섰다. 아직 잠이 들지 않았는지 두 사람은 커다랗게 벌어진 눈으로 방 안으로 차가운 바람을 몰고 들어선 카이드 알리를 바라보았다.

"카, 카이드 알리?"

방 안의 두 여인은 동시에 외쳤다.

카이드 알리는 침상 위에 앉아 있는 낯이 익은 한 여인을 바라보았다. 아직 소녀의 풋풋함이 채 가시지 않은 앳된 얼굴의 여인이었다. 풍파에 시달렸는지 전에 비해 창백하며 훨씬 여윈 모습이었다.

카이드 알리의 미간이 순간 좁혀졌다. 어디가 아픈 것인가? 하는 생각이 들었지만 그에 앞서 랄라 운희 황후 앞에 머리를 황급히 숙이며 서둘러 입을 열었다.

"황후이시여, 신 카이드 알리가 술탄의 지엄하신 명을 받들어 랄라 운희 황후를 뫼시러 왔습니다. 속히 옷을 걸치시고 신을 따르시옵소서. 시간이 없습니다."

"수, 술탄께서 보내셨다고요? 술탄께서 그대를……?"

카이드 알리는 빠르게 고개를 끄덕이었다.

운희의 가슴에 진한 통증이 찾아들었다. 코끝이 시큰해지면서 두 눈에서는 커다란 눈물이 그렁그렁하게 맺혔다.

파티마가 황급히 겉옷을 걸치며 운희 곁으로 다가와 긴 겉옷을 서둘러 입혀주었다. 세 사람은 누가 먼저랄 것도 없이 서둘러 방을 나섰다.

하지만 몇 걸음을 채 걷지도 못하여 세 사람 앞에는 압달라 하켐의 부하들이 우르르 몰려들었다. 피로 앞자락이 얼룩진 세 명이 제일 앞서 달려오고 있었고 그 한참 뒤로 또 한 무리가 요란한 소리를 내지르며 복도를 울리면서 몰려오고 있었다.

"벌써 당한 것인가?"

눈살을 찌푸리며 카이드 알리는 다가오는 세 사람을 무섭게 노려보았다. 그의 얼굴은 매섭게 굳어졌으며 조금은 씁쓸한 빛을 띠고 있었다. 하지만 적을 노려보는 그의 눈은 야생 맹수의 눈처럼 차갑고 냉랭하게 빛나고 있었다.

"잠시 뒤에 계십시오."

카이드 알리는 적에게서 눈을 떼지 않으며 허리춤에서 드 알 히카르라 불리는, '척추를 끊는 것'이란 이름의 명검 신월도를 빼내들었다. 그 제국 내에서 단 두 자루뿐인 귀한 칼로 술탄에게 하사 받은 검으로 술탄과 카이드 알리가 하나씩 나눠 갖고 있는 쌍둥이 보검이었다.

첫 번째로 다가오는 사내를 향하여 드 알 히카르가 미간과 한쪽 눈두덩이 사이를 사선으로 그어 내리자 붉은 피를 뿜어내며 한 사내가 밀짚단처럼 쓰러져 버렸다. 이어 또 한 번의 손놀림으로 뒤에 서 있던 두 번째 사내의 한쪽 귀에서 입술을 뚫고 드 알 히카르가 지나가자 그 역시 비명 소리 한 번 제대로 지르지도 못한 채 붉은 피를 분수처럼 뿜어내며 나무토막 처럼 쓰러져 버렸다.

카이드 알리는 붉은 피를 보자마자 마치 더욱 흥분한 듯 두 눈에는 무시무시한 살인적인 광채를 뿜어내고 있었다. 그는 자신의 뒤에서 주춤하며 망설이고 있는 사내들을 향하여 거침없이 신월도를 휘둘렀다. 또 한 번의 일격에 한 사내의 팔이 잘린 채 커다란 비명 소리와 함께 그 자리에서 그대로 나뒹굴고 말았다. 카이드 알리는 조금의 동정도 보이지 않은 채 고꾸라진 사내의 목을 향하여 드 알 히카르를 꽂아버렸다.

카이드 알리의 차가우면서도 살벌한 눈빛은 그를 마치 살인귀처럼 보이게 했다.

제국 내 제일의 살수. 카이드 알리는 예의 그 단 한 번의 동작으로 상대의 명을 끊어놓는 전광석화의 빠른 손놀림을 펼쳐 보였다. 복도 중간 중간에 켜 놓은 촛불에 비친 그의 동작은 마치 한 마리 나비와도 같았고 우아한 무희의 날렵한 춤을 보는 듯했다.

카이드 알리는 앞에서 몰려오는 압달라 하켐의 부하들을 피하여 운희와 시녀장을 반대편 복도로 재촉하며 달려나갔다. 하지만 얼마 가지 못해 맞은편 복도의 모퉁이를 돌고 나타난 압달라 하켐 라이스와 곧바로 마주치게 되었다.

압달라 하켐은 분노로 일그러진 얼굴로 사나운 맹수와도 같은 눈빛으로 운희와 시녀장, 그리고 검은 옷을 입은 키 큰 흑인사내를 쏘아보았다. 흑인사내가 카이드 알리라는 것을 알게 되자 압달라 하켐의 두 눈이 순간적으로 벌어지며 숱 짙은 눈썹이 크게 꿈틀거렸다.

압달라 하켐과 카이드 알리의 시선이 허공에서 마주쳤다.

두 사내의 시선은 한순간에 서로 얽히며 마치 용과 범이 서로 맞상대하듯 주위 분위기를 압도했다. 한순간에 모든 것이 멈추며 폭풍전야처럼 무겁게 가라앉았다.

"그대였나?"

압달라 하켐이 굳어진 표정으로 나직이 읊조렸다. 카이드 알리는 조금의 미동도 없이 그를 차갑게 노려보고 있었다. 두 사람의 시선은 추호의 흔들림이 없었다.

"다시 뵙는군요, 압달라 하켐 라이스."

카이드 알리의 음산한 목소리가 복도를 따라 울려 퍼졌다. 그 와중에도 재빨리 앞뒤에서 쫓아오는 압달라 하켐의 부하들의 인수를 파악했다. 그리고는 천천히 드 알 히카르를 앞으로 바짝 당기며 손에 힘을 주었다. 카이드 알리의 눈이 더욱 가라앉으며 매섭게 빛나고 있었다.

"하필이면 나의 거처에서 그대를 다시 만나게 되다니, 뜻밖이며 생각지 못한 일이오. 어찌 되었든 이렇듯 그대를 다시 만나게 되니 이 또한 반갑기 그지없소. 카이드 알리! 그대를 환영하오."

압달라 하켐은 한쪽 입꼬리를 말아 올리며 차가운 시선으로 입가에 미소를 지었다. 카이드 알리가 절대적으로 불리한 일대 다수의 상황에 압달라 하켐은 자못 웃음까지 새어나오려는 것을 참았다. 그때 카이드 알리의 뒤에서 창백한 얼굴로 몸을 움츠리며 서 있는 운희를 바라보았다. 순간 기분이 언짢아졌다. 운희의 표정에는 궁지에 몰린 이 상황에 대한 두려움과 공포가 역력히 드러나 있었다.

"허나 카이드 알리, 이쯤에서 환영인사는 마치고 그대에게 작별인사를 해야겠소. 부디 랄라 운희를 남겨두시고 그대 혼자 돌아가시오. 그대 혼자라면 순순히 보내 드릴 수도 있소."

압달라 하켐은 진지한 목소리로 입을 열었다. 하지만 그 말이 떨어지기도 전에 카이드 알리는 랄라 운희와 파티마를 향하여 나직이 속삭였다.

"잘 들으십시오. 무조건 소인의 보폭 두 걸음 안에 머무르셔야 합니다. 하지만 먼저 천천히 방으로 다시 들어가시길 권합니다. 방 입구에서라면 소인의 혼자 힘으로도 어찌해 볼 수가 있겠습니다."

카이드 알리의 말에 운희와 파티마는 황급히 조금 전에 나섰던 자신들의 방으로 뒷걸음질쳐 슬금슬금 되돌아가기 시작했다. 아직 뒤에서 쫓아오던 무리가 채 방문 입구까지 다다르지 않았음에 감사하며 운희와 파티마는 황급히 방문을 열고 안으로 들어갔다. 이어 카이드 알리가 방의 문고리를 잡은 채로 음산한 목소리로 짧게 외쳐 댔다.

"압달라 하켐 라이스, 이제 해볼 만하겠소."

그와 동시에 뒤에서 쫓아오던 무리의 선두에 섰던 한 사내가 카이드 알리를 향하여 겁없이 돌진해 들어왔다. 하지만 카이드 알리가 매섭게 칼을 뿌리치듯 휘두르자 사내는 비명과 함께 쏟아지는 내장을 손으로 받아들며 그대로 뒷걸음질쳐 버렸다.

그때 또 다른 성질 급한 사내가 카이드 알리를 향해 번쩍이는 신월도를 내리그었다. 하지만 그보다 빨리 카이드 알리의 드 알히카르가 사내의 열린 가슴을 가로질러 스쳐 지나갔다. 사내는 가슴에서 피를 쏟으며 그대로 쓰러졌다. 이를 지켜보던 압달라 하켐의 부하들이 광분의 소리를 내지르며 카이드 알리를 향하여 거칠게 밀려들었다.

하지만 일 대 일, 혹은 일 대 이의 상황에선 카이드 알리를 그 누구도 당해낼 수가 없었다. 그는 연이어지며 달려드는 사내들의 빈틈을 여지없이 파고들어 가 머리에서부터 다리까지 신체의 각 부분을 빠르게 유린했다. 그의 이러한 모습은 마치 꼬리를 말아 올린 채 사냥에 몰입하고 있는 한 마리 사나운 전갈을 연상시켰다.

어느덧 방문 앞에는 비릿한 피 냄새를 물씬 풍긴 채 죽거나 상처 입은 사내들로 가득 찼다. 압달라 하켐의 무리들은 절반 이하로 뚝 줄어들었고, 카이드 알리의 거침없는 검무를 지켜보던 사내들은 두려움에 휩싸여 서슴없이 다가서던 발걸음을 어느 순간 멈추고 말았다. 해적질로 실전 경험이 풍부한 그들이었지만 카이드 알리의 신기에 가까운 빠른 검술의 묘에 두려움 가득한 시선으로 그를 바라보았다.

"저것은 사람이 아니야. 저것은 살인귀라고. 지옥에서 올라온 악마야……."

사내들은 무의식중에 중얼거렸다. 주춤주춤 그나마 용기있게 다가서려던 사내들은 압달라 하켐의 눈치를 연신 살피며 드 알 히카르에 잔뜩 묻어 있는 피를 자신들의 죽은 동료들의 옷에 쓱쓱 닦아내고 있는 무덤덤한 표정의 흑인사내를 쳐다보았다. 그들은 오금이 저린 표정으로 카이드 알리를 쳐다보고 있었다.

차가운 시선으로 이를 지켜보고 있던 압달라 하켐 역시 카이드 알리가 펼친 신기에 가까운 검술은 생전 처음이었다. 그는 마치 전설 속의 유명한 암살자, 아사신으로 보일 정도였다. 이에 압달라 하켐은 쓴 입맛을 다셨다.

벌써 두 번째인가?

문득 살레의 노예시장에 이어 또다시 조롱의 눈빛을 띄우고 있는 그를 바라보자 압달라 하켐의 가슴은 분노로 끓어오르는 시작했다. 더욱이 자신의 앞에서 운희를 데리고 사라지려 하는 불순한 의도에 그에 대한 감정은 극도로 나쁘게 치달았다.

"카이드 알리, 그대의 뛰어난 검술 솜씨에 그저 놀라움을 금할 수 없소. 그대는 분명 제국 제일의 살수임이 분명하오. 그에 비하면 나 압달라 하켐 라이스의 검술은 너무도 부족하여 그대와 겨루기에 창피할 지경이오. 허나, 전투란 이기면 되는 것이고 무기는 칼뿐만이 아님을 나는 너무도 잘 알고 있소. 검술 솜씨는 그대가 한 수 위이나 이번 전투는 나의 승리이오. 언제나처럼!"

압달라 하켐은 어느 틈에 장전을 완료했는지 최신식 영국식 머스킷을 꺼내 들어 카이드 알리를 향하여 조준하고 있었다. 카이드 알리가 깜짝 놀라 그를 향하여 고개를 돌렸을 땐 머스킷에는 이미 불이 번쩍이며 탄알이 뿜어져 나오고 있었다. 순간 카이드 알리의 몸이 크게 흔들렸고 칼을 잡고 있던 오른쪽 어깨에선 붉은 피가 뿜어져 나왔다. 놀라움에 황급히 왼손을 들어 탄알이 박힌 어깨를 감쌌다.

무표정했던 카이드 알리의 두 눈이 크게 흔들렸다. 압달라 하켐은 다시 빠른 손놀림으로 화약을 머스킷에 들이붓고 꽂을대로 쑤시고 있었다. 이어 납탄을 넣어 장전하는 사이에 자세가 흔들리고 있던 카이드 알리를 향하여 세 명의 상체 벗은 사내들이 요란한 소리를 내지르며 득달같이 달려들었다.

황급히 왼손으로 칼을 바꿔 들며 카이드 알리는 자신을 향하여 맹렬한 기세로 달려드는 두 사내의 허점을 향하여 단숨에 칼로 그어버렸다. 하지만 미처 세 번째 사내의 날카로운 칼끝을 피하지 못하여 등에 기다란 상처를 입고 말았다. 그러나 금세 허리를 틀며 방어 없이 활짝 열려 있는 세 번째 사내의 골반 부위를 빠르게 지나가 버렸다. 그러자 사내는 끔찍한 비명 소리를 내지르며 먼저 쓰러져 있던 두 사내의 몸 위로 붉은 피를 뿜어내며 거칠게 쓰러졌다. 복도에는 역한 피비린내가 진동했다.

압달라 하켐은 입술을 악다물며 입가를 분노로 실룩인 채 장전이 끝난 머스킷을 카이드 알리를 향하여 겨냥했다. 검에 탁월한 재능을 갖고 있는 카이드 알리였지만 머스킷 앞에서는 그 역시도 무방비할 수밖에 없었다. 그의 암갈색의 얼굴빛이 순간 검게 변하며 눈동자에는 짙은 그림자가 드리워졌다. 그는 어려운 상황에 두 눈을 찌푸리며 압달라 하켐을 노려보았다. 카이드 알리의 오른쪽 손가락을 타고 붉은 피가 뚝뚝 떨어졌다.

갑자기 방문이 활짝 열리며 운희가 카이드 알리 앞으로 뛰어나왔다.

압달라 하켐과 카이드 알리는 자신들 사이에 끼어든 랄라 운희를 깜짝 놀란 눈으로 쳐다보았다. 운희는 문틈으로 밖의 동태를 살피다 사태의 위급함을 느끼자 자신의 안전은 생각지도 않은 채 황급히 카이드 알리 앞으로 뛰어나왔던 것이다. 그리고는 총구를 겨누고 있는 압달라 하켐과 신월도를 들고 있는 카이드 알리의 중간을 가로막으며 떨리는 목소리로 입을 열었다.

"압달라 하켐 라이스, 이 사람을 보내주세요! 제발 부탁입니다."

운희는 하얗게 질린 얼굴로 두 눈을 크게 뜨고 압달라 하켐에게 말했다.

"그럴 수는 없소. 나는 이미 그로 인하여 너무도 많은 부하를 잃었소. 그를 절대 살려 보낼 수는 없단 말이오! 부하들의 복수를 위해서라도 그를 돌려보낼 수는 없는 일인 것이오. 허니 랄라 운희는 그자 앞에서 썩 비키시오. 그렇지 않으면 그대 역시도 무사할 수가 없소!"

압달라 하켐은 분노로 일렁이는 얼굴로 맹수처럼 으르렁거렸다.

랄라 운희는 여전히 꼿꼿이 선 채 고개를 가로저으며 카이드 알리를 방어했다. 그때 불안한 표정의 파티마가 방에서 뛰어나와 운희의 옆에 서며 카리드 알리를 가로막았다. 운희는 자신의 뒤에 서 있는 카이드 알리를 향하여 낮게 입을 열었다.

"카이드 알리, 어서 몸을 피하세요. 그대의 생명을 구하는 것이 지금은 우선입니다. 그대를 잃는다는 것은 술탄께 크나큰 손실입니다. 속히 이곳을 떠나 술탄을 도우세요. 어차피 이대로는 나와 시녀장이 함께 빠져나갈 수는 없습니다. 먼저 그대의 몸을 살피는 것이 우선입니다. 그리고……"

순간 운희는 목이 메는지 잠시 숨을 멈추었다.

"압달라 하켐 라이스는 살레를 주동하여 술탄과의 전쟁을 대비하고 있으니…… 만에 하나, 술탄께서 살레에 아무런 대책 없이 도착하신다면 이는 분명 크나큰 위험에 빠질 것입니다. 그러니 속히 가서 술탄을 도우세요. 술탄을 돕는 것이 이 랄라 운희를 위하는 것이며 그것이 랄라 운희보다 먼저입니다. 압달라 하켐 라이스는 나를 어쩌지 못할 것이니 어서 가세요!"

카이드 알리의 몸을 팔꿈치로 거세게 밀며 재촉했다. 카이드 알리는 한순간 망설였으나 압달라 하켐이 분노로 일그러진 얼굴로 머스킷의 총구를 겨냥하며 거리를 좁혀오자 입술을 잘근 씹은 채 황급히 랄라 운희에게서 멀찍이 몸을 떼어내며 반대편 복도를 향하여 잽싸게 내달리기 시작했다. 랄라 운희의 말처럼 압달라 하켐은 그녀에게 그 어떤 위해도 가하지 않을 것이란 생각이 들었다.

압달라 하켐의 머스킷에서 불이 뿜어졌다. 압달라 하켐도 카이드 알리가 운희에게서 떨어지는 순간을 기다렸던 것이다. 하지만 탄알은 명중하지 못하였고 카이드 알리는 흰 대리석 바닥에 점점이 피를 떨어뜨린 채 복도의 모퉁이를 돌아 순식간에 사라져 버렸다.

압달라 하쳄의 부하들이 빠르게 카이드 알리의 뒤를 추적하기 시작했다. 그들이 모퉁이를 돌아 요란한 소리와 함께 사라져 버리자 뒤에 남은 압달라 하쳄은 아직도 연기가 뿜어져 나오고 있는 머스킷을 천천히 아래로 내리며 카이드 알리가 사라진 복도의 모퉁이를 한참 동안 노려보았다.

얼마 후 천천히 운희를 향하여 시선을 돌린 그의 얼굴은 매우 굳어 있었고 눈에선 분노가 일렁이고 있었다.

운희에게로 거칠게 다가가 단단한 조각 같은 팔을 높이 들어 때릴 듯이 올렸다. 하지만 겁에 질린 채 자신을 바라보는 운희를 보곤 그저 사납게만 노려볼 뿐 위로 올렸던 손을 불끈 쥔 채 천천히 아래로 내렸다. 그의 눈에는 아직도 분노가 가득했다.

갑자기 운희의 얼굴을 자신에게로 잡아당긴 압달라 하쳄은 겁에 질려 벌어져 있던 운희의 도톰한 입술을 순식간에 빼앗아 버렸다. 너무도 놀란 운희가 거세게 반항하였으나 그의 강한 힘은 그녀를 손쉽게 놓아주지 않았다. 그가 입술을 떼어내자 운희는 황망한 표정으로 입술을 손으로 가린 채 황급히 한 걸음 뒤로 물러섰다. 파르르 떨고 있는 운희의 눈에는 수치심과 분노가 크게 일렁이고 있었다. 곁에 선 파티마도 안타까운 표정으로 운희를 바라보았다.

분노로 벌게진 얼굴로 입술을 잘근 깨문 채 운희는 압달라 하켐을 사납게 노려보았다. 그리고는 그의 뺨을 있는 힘껏 후려쳐 버렸다. 찰싹하는 소리가 복도를 울렸다.

운희의 앙칼진 반응에 압달라 하켐은 두 눈을 커다랗게 홉뜬 채 운희를 매섭게 노려보았다. 그리고는 성난 얼굴로 갑자기 운희의 가는 두 손목을 한 손에 움켜쥔 채 거칠게 이끌며 어디론가 발걸음을 옮기기 시작했다.

"압달라 하켐 라이스, 이 무슨 짓이오! 대체 어디로 가는 겁니까? 압달라 하켐 라이스! 이 손을 놓아주세요."

운희는 겁에 잔뜩 질린 채 소리를 질렀다.

압달라 하켐 라이스는 사나운 표정으로 앞만 바라본 채 아무런 대꾸도 없이 성큼성큼 앞서 걸어갔다. 깜짝 놀란 운희는 거의 비명에 가까운 소리로 파티마를 불렀다.

"파티마, 파티마! 나 좀 도와주세요!"

파티마가 힘껏 달려 앞서고 있는 압달라 하켐의 앞을 황급히 가로막으며 소리쳤다.

"이, 이게 무슨 짓이오? 압달라 하켐 라이스께서 랄라 운희 황후께 이런 무례를 저지르시다니. 황후를 이리 대하시는 법이 어디에 있습니까? 속히 그 손을 놓아주세요!"

압달라 하켐은 파티마를 날카롭게 쏘아보며 거칠게 밀어버렸다. 그는 성큼성큼 가던 발걸음을 마저 옮겼다.

"압달라 하켐 라이스!"

대리석 바닥에 쓰러진 파티마가 황급히 몸을 일으키며 아무리 불러댔지만 압달라 하쳄은 아무런 대꾸도 없이 갈 길을 갔다. 그렇다고 다시 쫓아오는 파티마를 쫓아내지도 않은 채 운희의 손목을 단단히 그러쥐고 어디로인가로 쉬지 않고 빠르게 걸어갔다.

한참을 미로와 같은 복도를 지나 나선형의 많은 계단을 올라가자 그들이 당도한 곳은 궁 안 제일 깊은 곳에 위치해 있는 첨탑에 있는 어느 아늑한 방이었다.

방은 오래도록 사용되지 않았는지 꿉꿉한 곰팡내가 물씬 풍겨 나왔다. 하지만 안에 장식된 가구들은 제법 세련되고 화려하여 고귀한 신분의 어느 여인이 사용한 듯 느껴졌다. 압달라 하쳄은 운희와 시녀장을 방 안으로 몰아넣은 후에 낮은 목소리로 입을 열었다.

"앞으로도 피비린내 나는 일이 많이 일어날 것이오. 허니 모든 일이 끝나기까지 두 사람은 이곳에서 머물며 조용히 기다리고 있으시오. 비록 카이드 알리가 다시 찾아온다 하여도 이곳을 쉽게 찾아낼 수는 없을 것이오. 랄라 운희, 이것이 그대가 나를 격동시킨 벌이오. 이곳에서는 그대가 몸부림을 친다 하여도 달리 그 어느 곳으로도 도망갈 수가 없으니 말이오."

압달라 하쳄은 허리춤에서 빼낸 열쇠를 일부러 보여주듯 만지작거리며 말을 이었다.

"랄라 운희, 그대는 나에게 빚이 있소. 카이드 알리는 내 많은 부하들의 피를 흘린 대가로 그 자리에서 목숨이 끊어져야만 했소. 헌데 그러한 기회를 그대가 가로채 버렸으니 만에 하나 카이드 알리가 우리의 손에 붙여지지 아니한다면 이에 대한 대가를 그대가 대신하여 치러야 할 것이오. 지금은 모든 상황이 심히 어수선하고 급박하게 돌아가지만 모든 일이 끝나게 된다면 나의 부하들이 피의 복수를 위해 그의 목숨을 내어놓으라 난리를 칠 것이 분명하오. 아무튼 그때는 그때고 지금은 지금이니 모든 것에 결말이 날 때까지 그대는 이곳에서 조용히 머물며 기다리고 있으시오."

압달라 하쳄은 자신의 화등잔만하게 커진 눈으로 자신을 바라보고 있는 운희와 파티마의 시선을 외면한 채 크고 묵직한 나무문을 닫아버렸다. 연이어 열쇠 돌아가는 소리가 들렸다. 그의 멀어지는 발자국 소리를 들으며 운희와 파티마는 나무문을 바라보면서 어둠 속에서 멍하니 앉아 있었다.

카이드 알리는 여전히 피를 흘리며 간신히 궁 외벽 너머에 있는 정원으로 나올 수가 있었다. 하지만 어쩐 일인지 정원의 분위기가 심상치 않았다. 구름에 가려졌던 달빛이 드러나자 달빛에 노출된 정원의 풍경은 예사롭지가 않았다.

잘 손질되어 있던 많은 꽃나무들이 꺾여 있었으며 정원의 이곳저곳에 어지럽게 짓밟힌 흔적이 곳곳에 드러나 있었다. 좀 더 안쪽으로 들어가자 검은 옷을 입은 사람과 위통을 벗고 있는 사내들의 시신이 여기저기 나뒹굴고 있었다.

대략 검은 옷의 시신들을 헤아리자 눈에 띄는 숫자만도 이십에 가까웠다. 그리고 상체를 드러내거나 이런저런 옷을 입은 시신들은 그보다 배나 많은 숫자라는 것을 헤아렸다. 카이드 알리는 순간 사태파악을 했다. 그는 자신의 부하 중 살아 있을 수를 가늠하며 조금도 주저하지 않은 채 처음 궁에 들어왔던 곳을 되짚으며 몸을 바짝 낮추었다.

그와 동시에 궁에서 횃불을 든 사람들이 쏟아져 나왔다. 대략 오십여 명 정도의 사내들이 횃불에 반사되는 검붉은 눈들을 희번덕거리며 정원을 샅샅이 뒤지기 시작했다.

그는 그들보다 빠르게 궁의 높은 담을 훌쩍 뛰어넘어 밖으로 나올 수가 있었다.

아직도 통증과 함께 끊임없이 흐르는 피를 의식하자 점점 기력이 빠져나가는 것을 느꼈다. 잠시 압달라 하켐 라이스의 궁을 되돌아보며 이를 악물었다. 카이드 알리는 그의 궁을 한참 동안 노려본 후에야 혹 살아 있을지 모를 자신의 부하들과 약속된 장소를 향하여 비척거리는 발걸음을 옮겼다.

새벽의 희부연 안개 속을 뚫고 말발굽 소리가 요란하게 울렸다. 카이드 알리는 세 사람의 부하만을 이끈 채 아직도 통증이 가시지 않은 상체를 말 위에 얹은 채 살레를 벗어나 거친 모래 바람이 일고 있는 황야를 내달리고 있었다. 그때 저 멀리 안개 속을 뚫고 많은 현등이 보이며 술탄의 군대가 서서히 살레를 향하여 다가오고 있었다.

✳

술탄은 일만여 명의 검은 친위대를 이끌고 좁은 산길이 아닌 황

야를 우회하여 예상된 시간에서 반나절의 시간을 더 허비한 후에
야 카이드 알리의 뒤를 쫓아 살레의 초입에 다다를 수가 있었다.
나흘이 넘는 강행군에 술탄뿐만 아니라 검은 친위대의 대부분이
지쳐 있었다. 하지만 술탄의 마음은 너무나 조급했다. 살레는 왜
이리 멀며 준마의 발걸음은 왜 이리 더딘지 압달라 하쳄 라이스와
살레의 해적들에 대한 분노를 곱씹으며 술탄의 마음은 터질 듯이
요동치고 있었다.

랄라 운희!

술탄은 자신이 누군가를 이토록 그리워하며 미칠 듯이 원하고
있다는 사실에 적잖이 놀라고 있었다. 자신의 품 안에 언제까지고
마냥 손만 뻗으면 닿는 곳에 있을 것 같았던 운희가 마치 새장을
벗어난 한 마리의 새처럼 훌쩍 자신의 곁을 떠나 그 어딘가로 날
아가 버린 것만 같아 술탄의 마음은 망연자실하여 크나큰 실의에
빠져 있었다. 자신이 이토록 한 여인을 그리워하며 못내 괴로워하
고 이렇게까지 가슴이 아릴 줄은 꿈에도 생각지 못했다. 술탄은
운희에 대한 그리움으로 가슴이 터질 지경이었다.

술탄의 주위에는 너무도 많은 여인들이 있었다. 각양각색 자신
만의 아름다움으로 중무장한 그녀들은 술탄의 눈길을 단 한 번이
라도 사로잡기 위하여 무던히도 애를 써왔다는 것을 그는 너무도
잘 알고 있었다. 그렇지만 하렘 안에 머물고 있는 수백 명의 여인
들에게 공평한 손길을 뻗친다는 것은 그 얼마나 어려운 일인가!
이미 인간으로서 그것이 거의 불가능하다는 것을 술탄은 진작부
터 깨닫고 있었다.

선대의 술탄들 역시 그것이 지극히 어렵다는 것을 알았기에 자신의 취향에 맞는 여인들을 선호하며 그 외의 여인들에 대해서는 무신경했다. 술탄 시디 무하마드 역시 하렘 여인들을 위한 공정한 하룻밤을 진작에 포기한 채 자신의 눈에 들어오는 여인들을 그날의 기분에 따라 한 끼의 식사를 대하듯 그렇게 선별하여 밤을 보내왔다. 그러한 술탄이었기에 한 여인에 대한 오랜 관심은 긴 시간 함께한 정에서 비롯된 것이라는 생각이 그의 마음속에 들어 있었다. 특히 랄라 할리마에 대한 술탄의 각별한 정은 어린 시절 첫 정인으로서 시작하여 십여 년의 세월을 함께하며 마치 혈육과 같은 짙고 끈적거리는 기나긴 애증의 관계로 다져져 있었다.

랄라 할리마의 기본적인 성정이 표독하다는 것을 술탄은 진작부터 이미 알고 있었다. 또한 그녀로 인해 스러져 간 젊은 여인들이 한둘이 아님을 술탄은 익히 알고 있었다. 하지만 랄라 할리마의 술탄에 대한 집요한 독점욕에, 그녀가 자신을 사랑한다는 그 이유만으로도 술탄은 그녀를 충분히 용서하며 배려할 수가 있었다.

랄라 할리마는 술탄에게 마치 어머니이자 누이와 같은 커다란 존재였다.

왕자 시절, 어린 나이에 어머니를 일찍 여의고 술탄의 자리에 앉기까지 랄라 할리마는 언제나 그의 곁에 있었다. 선대 술탄의 총애를 받았던 그는 이복형제들뿐만 아니라 그들의 어머니들로부터 쏟아지는 끊임없는 모략과 시기, 질투 속에서 살아남아야만 했다. 특히 자신을 죽이려는 계모들에 의해서 술탄은 기나긴 고통을 당해야만 했다. 결국 선대 술탄이 붕어하시자 피비린내 나는 암투가 수면 위로 올라왔고, 이복형제들과의 피 터지는 싸움 끝에 술탄은 비어 있던 권좌에 오를 수가 있었다.

마침내 선대 술탄의 여인들을 세상과 동떨어진 눈물의 궁전으로 몰아넣으면서 그는 쾌재의 미소를 지으며 기쁨의 환호성까지 내질렀다. 그러한 술탄이었기에 그는 그 누구에게도 자신의 마음을 쉽게 열어주지 않았다. 단 한 사람 예외가 있었으니, 그 여인이 바로 랄라 할리마였다.

하지만 그를 자신의 손바닥 안에 넣어 간섭하고 싶어하는 랄라 할리마의 도를 넘는 행실에 술탄의 마음은 점점 그녀에게서 멀어져만 갔다. 하지만 술탄의 마음이 멀어지면 멀어질수록 랄라 할리마의 그에 대한 집착은 더욱 대범해지며 술탄이 자신을 쉽게 어찌하지 못한다는 심리를 이용하여 그를 더욱 조이며 궁지로 몰아넣었다. 이 악순환으로 인하여 술탄의 성정은 점점 더 신경질적이며 황폐해져 갔다.

그 전환점의 끝에 랄라 할리마의 랄라 지다나에 대한 음모가 있었다.

술탄은 랄라 지다나를 아꼈다.

랄라 지다나의 성정이 단순 무식하며 포악한 면도 있었으나 그녀의 본바탕은 순진하며 활달함이 넘쳤다. 질투로 인해 자신을 달달 볶아대는 랄라 할리마로 인해 찌푸려졌던 마음도 랄라 지다나의 재미난 얼굴 표정을 보면 그의 마음도 순간적으로 좋아지곤 했다.

그렇지만 랄라 할리마와 함께했던 어려웠던 시절을 결코 떨칠 수가 없었기에 랄라 할리마에 대한 어찌할 수 없는 감정을 언제나 가슴 한켠에 넣어둔 채 랄라 할리마와 랄라 지다나 사이에서 방황하며 안식을 찾지 못하고 있었다. 두 여인의 술탄에 대한 공공연한 쟁탈은 이들의 시기와 질투를 더욱 부채질하며 그 수위가 점점 높아져 갔다. 이에 단순하던 랄라 지다나조차도 랄라 할리마에 대응하면서 점점 교활하게 변하여 갔다.

어느덧 두 여인의 모습은 서서히 닮은꼴로 변해갔고, 하렘 안에서 벌어지는 사건 대부분에는 이 두 여인이 늘 존재하게 되었다.

시디 무하마드가 신임 술탄으로 즉위하자마자 곳곳에서 반란이 일어났다. 그는 자신의 입지를 굳히기 위하여 무력을 동원하여 강압적인 진압에 나섰고, 자신의 권위를 드러내기 위하여 부단히도 노력했다. 하지만 두 여인은 이러한 술탄의 외조에는 전혀 도움이 되질 못한 채 서로의 밥그릇 싸움으로 하렘 안을 언제나 어지럽게 만들었다.

왕자 시절, 외국의 영사들이 방문할 때면 당시 재위에 있던 술탄이나 그 어느 왕자보다도 시디 무하마드는 영사들과의 대화를 적극적으로 즐기며 세계 정세에 대한 밀도 높은 적극적인 공부를 했다.

그는 영민하였지만 항상 외로웠다. 제국의 해안가에서 횡횡하는 타국 선박에 대한 제국의 해적질이 결국은 제 살 깎아먹기라는 것을 시디 무하마드는 왕자 시절부터 이미 알고 있었다. 그렇지만 현실적으로 이를 개선하기가 극히 불가능하다는 사실 때문에 그는 늘 좌절하며 괴로워했다. 아버지인 술탄을 비롯하여 왕궁 내 조관들과 궁중교사인 지식인들조차도 그의 생각에 힘을 실어주지 않았다. 이는 해적질이 이교도들과는 결코 함께할 수 없다는 뿌리 깊은 이슬람 신앙을 근거로 하고 있었기 때문이다. 그 역시도 신앙과 제국의 미래 사이에서 늘 갈등하며 깊이 번민하며 고뇌했다.

예언자 무하마드의 뜻과 일치하지 않는 술탄은 울레마(이슬람 학자들로 구성된 위원회)에서 왕위를 보유할 자격이 있는지를 심의하며 검은 친위대와 함께 술탄을 축출해 내기도 했다. 이러하였기에 술탄은 섣불리 그 어떤 개혁도 단행할 자신을 갖추지 못했다. 하지만 계속되는 제국 내 반란군과의 싸움에서 얻어진 승리와 검은 친위대로부터의 쌓여가는 신뢰는 술탄의 입지를 점점 강화시켜 주었다.

술탄은 4대 술탄인 물레이 이스마일과 같은 강한 힘을 원했다. 조관들과 검은 친위대의 절대적인 충성을 얻는다면 그는 제국을 번영의 길로 이끌 자신이 있었다. 하지만 그는 아직 즉위한 지 얼마 되지 않은 신출내기 술탄에 불과했다. 그는 술탄의 절대적인 권위를 회복하고자 물레이 이스마일이 그랬던 것처럼 의복의 색깔로 자신의 기분을 전하며 조관들을 무언 중에 다스리고자 했다. 또한 카이드 알리와 같이 특출한 검은 친위대 출신을 카이드로 봉하며 그와 그의 세력에게서 절대적인 충성을 받아내었다. 그 효과는 대단하여 검은 친위대로부터 추앙받고 있는 제국 제일의 살수인 카이드 알리가 술탄께 절대적인 충성을 맹세하자 검은 친위대는 자발적으로 술탄 앞에 무릎을 꿇었다.

그러하던 때에 술탄은 운희를 만나게 되었다. 첫 대면부터 결코 흔치 않은 외모에 묘한 매력을 갖고 있던 앳된 동양계집은 술탄의 구미를 자극했다. 카이드 알리가 어떻게 자신 스스로도 몰랐던 이성에 대한 취향을 파악하고 운희를 자신에게 바쳤는지는 모르겠지만 운희는 당시에 보기 드문 외모의 소유자였고, 술탄의 관심을 끌기에 충분했다. 단지 외모만 그러했다면 술탄의 오랜 관심을 받지 못하였을 것이다.

하지만 그녀의 범상치 않은 분위기와 고집은 술탄으로 하여금 더욱 그녀에게로 이끌었고, 운희가 물레이 에스파를 포용하며 보여준 너그러운 마음씨는 술탄에게 놀라움과 감탄을 자아내게 했다. 하지만 그러면서도 그녀는 결코 손에 쉽게 잡히지 않았다. 그녀는 다른 여인들과 달리 술탄의 사랑을 얻고자 몸부림치지도 않았고 관심을 끌 조금의 의도조차 보이지 않았다. 하지만 그러한 그녀의 모습에 술탄의 모든 관심은 더욱 집중되었고, 술탄의 시선은 언제나 운희의 일거수일투족에 맞추어져 있었다.

마침내 운희가 술탄을 받아들인 순간부터 많은 것들이 변하기 시작했다. 그녀는 영민하며 당찬 여인이었다. 그 작은 몸 어디에 깃들어 있는 당당함에는 술탄도 놀랄 정도였다. 그녀는 술탄의 여자가 되기를 스스로 받아들이자 그의 아내가 되기를 당당히 원하였고 결국 그것을 성취했다. 또한 언뜻 스친 술탄과의 대화 속에서 술탄의 개혁 의지를 영민하게 파악하여 술탄이 선뜻 행하지 못하며 주춤하던 거사를 그녀의 입을 통하여 술탄으로 하여금 행동에 옮기게 했다.

선조 대대로 이어져 오던 제국 내에서의 모든 해적질과 노예매매를 금하게 만든 것이었다. 그것은 술탄의 숙원이었기도 했다. 이 얼마나 놀라운 여인인가! 또한 운희는 그에게 더없는 조언자이며 마음껏 이야기를 풀어놓을 수 있는 친구가 되었다. 술탄은 여지껏 눌러왔던 가슴속의 모든 응어리들이 한순간에 뻥 뚫리는 환희를 맛보았다. 그것은 이루 말할 수 없는 해방감을 주었다. 술탄은 운희 안에서 자유를 누렸고 깊은 안식을 맛보았다. 이미 운희는 그에게 있어서 모든 것이 되어버렸다. 하지만 그 대가는 너무도 크고.비쌌다. 또한 지독히도 가혹했다.

술탄이 그녀를 더욱 소중히 품을 찰나에 마가 끼어들어 그녀를 앗아가 버린 것이다. 그 대가로 그녀는 지금 술탄의 곁이 아닌 찢어 죽여 버려도 시원치 않을 압달라 하켐 라이스의 손아귀에 납치된 채 술탄의 곁을 떠나 살레의 알 수 없는 곳에 머물러 있는 것이다. 술탄의 가슴은 끓어오르는 분노와 사모의 정으로 터져 미칠 지경이었다.

문득 운희가 눈앞에 서 있는 듯 그녀의 살포시 옮겨지는 걸음걸이가 아른거렸다. 그녀의 하얀 이가 살포시 드러난 어여쁜 입가가 떠오르며 그녀가 못 견디게 보고팠다. 운희의 총기 가득한 검은 눈망울이 떠오르자 갑자기 심장이 빠개질 듯 아파왔다. 숨조차 제대로 쉬지 못할 정도의 고통이 뒤따랐다. 술탄은 누군가를 이렇듯 그리워하며 절절한 아픔을 겪어보기는 난생처음이었다. 온몸에서 식은땀이 났다.

지난밤 한두 시진 정도의 짧은 휴식을 마치고 술탄은 일만여 명의 검은 친위대를 이끌고 살레를 향하여 부옇게 피어난 안개 속을 헤치며 열심히 말을 달렸다. 살레가 가깝게 다가올수록 그들은 더욱 긴장을 하였고, 술탄은 살레의 주민들이 운희와 압달라 하켐 라이스를 순순히 내놓아주기만을 학수고대하며 신께 기도를 드렸다.

저 멀리 까마득한 황야의 끝에 살레의 성벽이 아주 흐릿하게 들어왔다. 술탄의 눈빛이 더욱 짙어졌다.

그 무렵, 그들의 앞에 낯선 인마의 그림자가 희부연 안개 속을 헤치고 나타나더니 점점 다가왔다. 순간 술탄은 달리던 말을 멈추고 앞에서 달려오는 인마를 긴장한 시선으로 바라보았다. 이에 술탄의 뒤를 따르던 검은 친위대도 걸음을 멈추었다. 술탄의 손짓을 받은 므사카림의 한 병사가 술탄을 대신하여 자신들을 향하여 점점 다가오고 있는 네 인마의 그림자를 향하여 달려갔다.

얼마 후, 다섯 인마의 그림자가 안개 속을 헤치며 한데 어울린 채 술탄의 앞을 향하여 달려 왔다. 다섯 마리의 말이 안개 속에서 짙은 입김을 뿜어내며 술탄의 앞에서 발걸음을 멈춘 채 연신 푸르륵거렸다.

술탄은 자신 앞에 모습을 드러낸 정체불명의 사내들을 바라보다 그만 깜짝 놀라 소리를 질렀다.

"카이드 알리?"

카이드 알리는 다친 몸을 수그려 말의 등에서 떨어지듯 내려오더니 술탄 앞에 바로 꿇어 엎드렸다. 뒤이어 말 위에 앉아 있던 사내들도 카이드 알리를 따라 말에서 내려와 술탄 앞에 머리를 조아렸다.

"신, 카이드 알리…… 위대하신 술탄 앞에 죄를 범한 채 이렇듯 돌아왔사옵니다. 술탄이시여, 소신을 죽여주옵소서"

카이드 알리의 피로 얼룩진 모습을 들여다보며 술탄은 가슴이 덜컥 내려앉는 충격을 받았다.

"이게 어찌 된 일이오? 카이드 알리, 그대가 다친 것이오? 그렇다면, 그렇다면…… 랄라 운희는 어찌 되었소?"

술탄은 걱정으로 휘둥그레진 눈으로 카이드 알리를 노려보며 크게 외쳤다. 카이드 알리는 신음과도 같은 소리를 내뱉으며 깊은 한숨을 토했다. 그리고는 지난밤에 있었던 일을 소상히 아뢰었다.

"소신을…… 죽여주옵소서. 황송하옵게도 랄라 운희 황후의 도움으로 사지에서 겨우 벗어났습니다. 소신과 함께했던 정예병들은 압달라 하켐 라이스의 수하들에 의해 모두 척살되었고, 겨우 소신을 포함한 넷만이 살아남아 술탄의 명예를 더럽혔습니다. 부디 주저 마시고 소신을 죽여주옵소서. 크흑."

카이드 알리는 말을 내뱉자마자 술탄 앞에 고꾸라지듯 온몸을 더욱 조아렸다.

"무엇이라? 랄라 운희 황후의 도움으로 겨우 사지에서 벗어났다? 그게 대체 무슨 소리이오? 그게 천하의 카이드 알리의 입에서 나올 수 있는 소리요? 그렇다면 랄라 운희는? 랄라 운희는 대체 어찌 되었단 말이오? 카이드 알리, 속히 말해보시오!"

술탄은 붉게 충혈된 눈으로 소리를 높였다. 술탄의 긴장감이 공기를 타고 물씬 전해졌다.

"황송하옵게도 랄라 운희 황후께서는 소신의 안전이 황후 당신을 위하는 것이라며 극구 소신을 보내셨습니다. 아직 건강에는 이상이 없어 보였으나 살레까지의 긴 여행으로 여독이 풀리지 않으셨는지 매우 지쳐 보이셨습니다. 하지만 시녀장이 황후의 곁에 머물고 있기에 조금은 안심할 수가 있었습니다. 또한 황후께서 소신을 극구 보내신 것은 소신을 통하여 술탄께 전하는 말씀이 있기에 이렇듯 황후를 대신하여 술탄께 올리옵니다."

술탄은 두 눈을 커다랗게 홉뜨며 풍성한 속눈썹을 파르르 떨었다.

"무엇이라? 랄라 운희 황후가 나에게 전하는 말이 있었다고? 카이드 알리는 속히 전하라!"

술탄은 두근거리는 마음을 진정시키지 못한 채 재촉했다.

"황후께서는 압달라 하켐 라이스가 살레의 주민들을 선동하여 술탄과의 전쟁을 도모하고 있다 하셨습니다. 혹여 술탄께서 아무런 대책도 없이 살레에 입성하시다 큰 변이라도 당하시지 않을까 몹시 노심초사하시며 황후의 안전보다도 술탄의 옥체 보중하심을 더욱 걱정하셨습니다. 소신을 보내신 것도 술탄을 도우라는 명령이셨습니다. 신, 카이드 알리. 술탄의 지엄하신 명을 제대로 받잡지 못하고 랄라 운희 황후를 사지에 놓아둔 채 홀로 돌아왔습니다. 술탄께서는 주저 마시고 소신을 죽여주옵소서. 허나, 랄라 운희 황후의 명을 받잡고 이렇듯 위대하신 술탄께서 살레와의 대전을 앞두고 철저히 준비하시기를 적극 청하는 바이옵니다."

"랄라 운희 황후는…… 사지에서도 이렇듯 현명함을 보이는구려. 자신의 안전보다도 이 술탄의 옥체와 전쟁에서 이기기를 원하는 그 마음을 내 절실히 알 것만 같소. 카이드 알리, 그대가 술탄의 명을 완수하지 못한 것을 무척 못마땅히 여기며 심히 책망하오. 허나, 랄라 운희 황후가 그대의 목숨을 중히 여기며 보호한 것을 내 가벼이 여길 수가 없소. 해서 그대의 목숨을 보장할 것이오. 그대는 그대의 목숨을 보전해 준 랄라 운희 황후께 감사하며 이번 살레와의 전투에서 반드시 책임을 다하여 황후를 적의 손아귀에서 무사히 구해내야만 할 것이오. 만약 그렇지 못할 경우엔 알라께 맹세코 그대의 목숨을 빼앗아 육시하여 들녘의 개 떼에게 던져 버릴 것이오! 알겠소?"

술탄은 강하고 무거운 표정으로 카이드 알리를 쏘아보며 말을 마쳤다.

"신, 카이드 알리. 무슨 일이 있어도 술탄의 지엄하신 명을 온 생명을 다하여 받들겠나이다!"

카이드 알리는 폐부 깊은 곳에서부터 우러나오는 말을 토해내었다.

"일단 그대의 상처가 중한 것 같으니 속히 의무병에게 상처를 보이도록 하시오. 그리고 곧 살레로 진격할 것이오."

술탄의 말이 떨어지자마자 진작부터 곁에서 대기하고 있던 의무병이 카이드 알리에게로 황급히 다가섰다. 술탄은 카이드 알리가 치료 받는 모습을 지켜보면서 곁에 서 있던 검은 친위대의 대장들을 긴급 소집했다.

새벽빛이 밝아오는 동쪽을 등진 채 술탄은 아직 어두운 살레를 향하여 두 눈을 가늘게 떴다. 동쪽의 산등성 위로 해가 산뜻한 빛을 발하며 서서히 솟아오르고 있었다. 주위는 온통 붉은 주황빛이었다.

이각(二刻) 후, 술탄의 검은 친위대는 살레가 멀리 내려다보이는 언덕에 올라 진을 쳤다. 곧이어 술탄은 두 명의 병사를 살레의 마라부트에게 보냈다. 술탄의 깃발을 든 두 명의 병사가 살레로 누런 먼지를 일으키며 달려갔다. 이어 세 명의 병사가 삼만의 지원병을 요하는 술탄의 친서를 들고 메크네스를 향하여 말을 내달렸다.

압달라 하켐 라이스는 서둘러 첫 새벽기도를 위하여 모스크를 향했다. 그의 목적은 단순히 기도에 있지 않았다.

아직 채 어둠이 가시지 않은 새벽이었다. 살레 북부에 위치한 웅장한 모스크에는 반암 기둥이 늘어서 있는 회랑이 있고 그 회랑 한쪽에는 네 개의 미나레트가 높이 솟아 있었다. 안뜰에는 청정의식인 우즈아를 행하는 샘물이 흰 대리석 분수대 안에서 맑게 솟아나고 있었다. 초록색 타일로 온통 뒤덮인 거대한 돔형 사원의 내부에는 키브라라 불리는 메카의 방향을 나타내 주는 아치형 벽감인 미흐라브가 벽 안쪽으로 움푹 들어간 채 화려하게 장식되어 있었다. 그리고 약간 높직한 작은 무대에는 예배 인도자인 이맘이 이미 자리하고 있었다. 또 미흐라브의 오른쪽에 있는 계단 꼭대기에는 설교자가 단으로 사용하고 있는 앉는 자리가 있었다.

압달라 하켐 라이스는 청정의식에 따라 얼굴과 손, 발을 정결히 씻은 후에 화려하게 수놓인 여러 모양의 양탄자와 깔개들이 다닥 다닥 연이어 붙어 깔려 있는 중앙홀로 들어섰다. 적당한 양탄자에 이르자 맨발로 무릎을 꿇고 앉은 채 꾸란의 인용 구절들로 장식되어 있는 벽의 높은 곳을 깊은 시선으로 바라보았다.

이미 기도 시간은 끝나 있었다. 모스크 안에는 전날과 달리 압달라 하켐 라이스가 의도한 대로 수많은 사람들이 꽉 들어차 있었다. 금요일 정시예배가 아닌 새벽기도 시간임에도 불구하고 이렇듯 많은 사람들이 모이기는 오래전 모스크를 건축하여 입당 새벽기도를 한 이후로는 처음 있는 일이었다.

이맘이 압달라 하켐 라이스를 호명하자 모스크 내의 모든 사람들의 시선이 일제히 그에게로 쏠렸다. 압달라 하켐은 얼굴 표정 하나 바꾸지 않은 채 천천히 자신의 자리에서 일어서며 자신보다 더 긴장한 얼굴을 한 이맘이 있는 단을 향하여 당당한 걸음으로 걸어갔다.

그가 걸어가는 동안 모스크 내의 사람들은 곁의 사람들과 빠르게 쑥덕이었다. 단 위에 서게 된 압달라 하켐은 모스크 내를 빠르게 휘둘러본 후에 예의 그 듣기 좋은 목소리로 첫말을 하기 시작했다. 그가 입을 열자 좌중은 찬물이 끼얹어진 듯 압달라 하켐 라이스의 말에 귀를 기울였다.

"우리의 형제들이여, 우리와 믿음을 함께하고 운명을 함께할 살레의 동포들에 대한 사랑을 잊지 마시길 바랍니다. 우리의 형제들은 예언자 무하마드의 가르침에 따라 지금껏 제국의 앞바다를 지키며 이교도들을 물리쳐 왔습니다. 우리는 결코 이교도들과 한

멍에를 멜 수 없음을 우리의 형제들은 이미 잘 알고 있습니다. 헌데 우리의 이런 흔들림없는 신앙을 비웃듯 우리의 귀에 메크네스로부터 청천벽력과도 같은 저주를 부르는 소리가 들려오고 있습니다. 그것은 바로 눈앞의 이익에 현혹된 현 술탄 시디 무하마드가 형제인 우리의 믿음과 사랑을 저버린 채 우리로 하여금 저 사악한 이교도들과 손을 맞잡을 것을 강력하게 주장하고 있는 것입니다!"

압달라 하켐의 말에 모스크 안은 삽시간에 술렁이기 시작했다. 사람들은 비명을 지르기도 하고 저주의 말을 내뱉기도 하면서 험한 파도처럼 출렁이었다. 성격이 급한 일부 사람들은 황급히 몸을 일으켜 현 술탄을 타도하는 말을 외쳐 댔다. 이에 압달라 하켐은 재빨리 양손을 펼쳐 좌중을 진정시키는 동작을 취해 보였다. 그러자 일순간에 좌중은 소리를 죽이며 다시 가라앉았다.

"현 술탄인 시디 무하마드는 예언자 무하마드의 가르침을 쫓지 않는 사리사욕에 눈이 먼 위선자이며 위험한 인물입니다. 그렇지 않고서야 살레의 조상들이 지금껏 지켜왔던 대 이교도들을 상대로 펼친 성전(聖戰)을 어찌 하루아침에 그만두라 할 수가 있겠습니까? 그것도 이교도들과 손을 잡기 위한, 명분조차 타당하지 않는 불분명한 이유를 들어서 말입니다. 현재 우리의 형제들은 지금껏 알라의 뜻에 따라 그 목적이 뚜렷하며 동기를 분명히 알 수 있는 성전에 임해왔습니다. 헌데 시디 무하마드는 술탄의 자리를 악용하여 살레의 우리 형제들에게 위대하신 알라께서 원치 않는 일을 주장하며 악마의 일을 사주하려 하고 있는 것입니다! 하지만 우리는 위대하고 자비로우신 알라를 결코 배교하며 저버릴 수가 없습니다."

모스크 내 좌중은 또다시 일렁거리기 시작했다. 압달라 하켐은 자신의 의도대로 술렁이고 있는 모스크 내의 사람들을 빠르게 훑어보았다. 그의 입가에 희미한 미소가 걸렸다.

"살레에서 나고 자란 우리는 수대에 걸쳐 해적으로서 살레와 제국과 알라를 위하여 충성하여 왔습니다. 헌데 하루아침에 우리는 우리의 생업을 잃은 채 알라께서 금한 이교도를 상대로 교역을 해야만 하는 처지로 전락하게 되었습니다. 이는 위대한 알라의 뜻을 저버리며 능멸하는 일로써 형제라면 당연 절대로 해서는 안 되는 저주스러운 일인 것입니다! 헌데 지금의 술탄은 악마와 타협하여 우리를 지옥의 불꽃으로 몰고 가고 있습니다. 살레의 형제들이여, 살레의 형제들이 알고 있듯이 살레의 제독 엘 아흐마드와 나 압달라 하켐 라이스는 최근에 메크네스로 최상의 이교도 노예들을 데리고 술탄을 방문하였습니다. 허나, 술탄은 탐욕스런 욕심으로 아흔아홉 명에 달하는 최상의 노예들을 아무런 대가도 지불치 않고 우리의 손에서 앗아갔을 뿐만 아니라 제국 내 모든 해안도시에서의 대 이교도를 상대로 한 바다 위에서의 성전과 이교도 노예들을 상대로 한 노예매매를 일시에 금하고 말았습니다. 이 얼마나 통탄할 일입니까! 이미 이것은 온 제국 안에 술탄의 칙명으로 공표되었으며 이에 살레의 제독 엘 아흐마드는 술탄이란 악마에게 분연히 반대의사를 표하다 불복종이란 명목으로, 사악한 술탄의 칼에 목을 잘리고 말았습니다."

"뭐, 뭐라고?"

"그럴 수가!"

제독의 살해 부분에 대하여 말을 하자 모스크 내의 모든 사람들은 경악을 금치 못하며 벌떡 일어나 일제히 분노의 함성을 내질렀다. 그들은 앉은 자리에서 모두 일어선 채 마치 사나운 폭도와 같은 모습으로 술탄에 대한 저주의 말을 서슴없이 내뱉고, 알라의 이름과 함께 술탄을 처단하여야 한다며 악을 쓰면서 외쳐 댔다. 이에 압달라 하켐은 좌중을 향하여 또다시 양손을 펼쳐 보이며 좌중을 진정시키는 말을 하였지만 그 말은 도리어 그의 의도대로 전혀 반대의 결과로 표출되었다.

"살레의 형제들이여, 진정하고 이 압달라 하켐 라이스의 말을 들어주시기 바랍니다. 현재 술탄의 군대가 이 압달라 하켐 라이스의 뒤를 밟고 있음을 살레의 형제들에게 알리며 동시에 도움을 구하고자 합니다."

그의 말에 모스크 내의 좌중들은 더욱 화들짝 놀란 눈으로 압달라 하켐을 뚫어질 듯 바라보았다. 여기저기에서 외마디의 비명 소리와 사람들의 웅성거리는 소리가 점차 크게 확산되면서 장내는 소란스런 소리로 가득 차버렸다.

"술탄은 자신의 뜻을 거역했다는 명목으로 이 압달라 하켐 라이스를 죽이고자 지난밤에 벌써 자객을 한 부대나 보냈습니다. 다행스레 충성스런 알라의 형제들에 의해 그들은 궤멸되었고, 이 압달라 하켐 라이스는 무사할 수가 있었지만 술탄은 언제 또다시 많은 자객을 보내어 나를 죽이려 할지 모릅니다. 사랑하는 우리의 형제들이여, 술탄은 이 압달라 하쳄 라이스 하나로는 결코 만족하지 않을 것입니다. 살레에서뿐만 아니라 항구도시의 곳곳에서 의로운 형제들이 들고 일어설 것입니다. 하지만 그들이 일어설 때마다 술탄은 가차없이 그들을 응징하기 위한 사악한 칼날을 휘두를 것이며 살레와 각 항구도시로 그의 사악한 개인 검은 친위대를 파병할 것입니다. 그러하기에 우리는 혼자가 아닌 살레의 동포, 그리고 각 항구도시의 모든 동포이며 형제들인 우리가 하나로 뭉쳐 일제히 일어서야 할 때라고 생각합니다. 사랑하는 형제 여러분! 이미 라바트와 사피를 비롯한 많은 항구도시의 뜻있는 형제이며 제독들이 이 압달라 하쳄 라이스의 뜻에 동조하는 움직임을 보이고 있습니다. 다시 한 번 말하노니 사랑하는 형제들이여, 우리는 알라 안에서 한 형제이며 지금껏 살레 안에서 믿음을 함께 나누어 왔고, 또한 바다 위에서 운명을 함께해 왔습니다. 그러하기에 부디 나 혼자 살아 보겠다 하는 눈앞의 이익에 현혹되어 우리의 동포에 대한 믿음과 사랑을 저버리지 말고 단결하여 주십시오. 그리하여 우리 조상들의 업을 이어받아 바다 위에서 알라를 위한 이교도들과의 성전을 끊임없이 치러 나가야 할 것입니다. 그러하기 위해서는 반드시 사악한 술탄의 손아귀 아래서 이 살레를 지켜내야만 합니다. 술탄의 폭정 아래에서 살레와 위대하신 알라의 뜻을 수호하기 위해서라도 우리는 반드시 뭉쳐 저 악의 화신, 술탄과 당당히 맞서 싸워야만 합니다!"

"와아! 옳소! 우리는 살레와 알라의 뜻을 지켜내며 반드시 뭉쳐야 합니다!"

압달라 하켐의 말이 끝나자마자 모스크 내 여기저기에서 거센 함성의 소리가 울려 퍼졌다. 사람들은 일제히 그를 연호하며 술탄에 대한 응징의 말을 서로 앞을 다투어 토해내었다.

"그렇습니다. 살레와 알라의 뜻을 위하여 반드시 뭉쳐 저 사악한 술탄을 응징합시다!"

"그럽시다. 저 어리석고 포악한 술탄을 몰아내며 알라의 뜻을 거역한 술탄을 처단합시다!"

"옳습니다! 살레와 알라를 위하여 악의 화신인 술탄과 맞서 싸웁시다!"

모스크 안은 마치 벌집을 쑤셔놓은 듯 요란한 소리로 드글드글 끓었다.

"사랑하는 우리의 형제들이여, 형제들의 뜻을 알았습니다. 이 압달라 하켐 라이스는 형제들로 인하여 더없이 기쁩니다. 우리는 어리석은 두려움과 사소한 불화가 아닌 우리의 단결을 반드시 보일 것입니다. 우리의 불화는 술탄이 원하는 바요, 인자하시고 자애로우신 알라께서 극히 싫어하시는 일입니다. 그러하기에 우리는 반드시 뭉쳐 술탄을 상대로 이 살레를 지켜 나갈 것이고 전쟁에서 승리할 것입니다. 그리고 우리에겐 알라의 보호하심이 있습니다! 오, 인자하시고 자애로우신 알라이시여, 현세에서도 복을 주시고 내세에서도 복을 주시옵소서! 저희를 불지옥으로부터 보호하여 주시옵소서! 알라 후 아크바르! 알라 후 아크라르! 알라께 찬미를! 불신자들을 벌하소서!"

말을 마친 압달라 하켐이 단에서 내려서자 주위에 몰려든 사람들은 알라의 이름을 연호하며 압달라 하쳄의 이름을 외쳤다. 어떤 이들은 뭐라 형용할 수 없는 끓어오르는 감동과 통한의 울분에 휩싸인 채 눈물을 쏟아내었고, 어린 사내아이들조차 사뭇 진지하면서도 엄숙한 표정으로 성스러운 꾸란의 성구를 읊조리며 자신들의 뜻이 압달라 하쳄 라이스와 하나임을 드러내었다.

압달라 하쳄은 숨진 제독의 동생이자 현 임시 제독인 사촌 일야스와 함께 모스크의 새벽기도에 많은 사람들을 모으기에 힘을 써 준 자신의 수하들에게 휩싸인 채 살레의 영적지도자인 마라부트의 거처로 바삐 걸음을 옮겨갔다.

『술탄의 여자』 2권에 계속…

『선비와 애기마님』

조선 후기, 명가의 자손으로 났으나 투전판에 미쳐

사흘을 넘지 못해 담을 넘는 왈자 선비 권.

귀한 아기씨를 대신해서 활옷을 입게 된 소아.

애기마님 소아의 남편 바로잡기 고군분투는

이제 막 시작되었다.

● 이정숙 지음 값9,000원

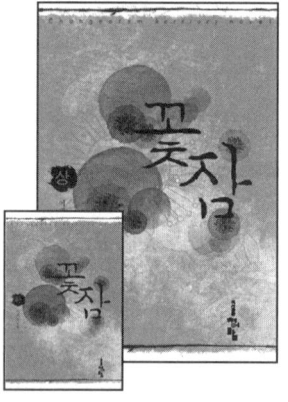

『꽃잠』1, 2

도련님은 오늘 제 앞에 나타나지 않으셨어야 했습니다.

이제 내가 당신을 유혹하고,

그리고 내가 당신을 잡겠습니다.

그래서 죽음처럼 잔인하게 은애하고,

죽는 것보다 더 무섭도록 처절하게 부숴주겠습니다.

● 이혜경 지음 값 각 9,000원

『청랑』 1, 2

고구려 태조, 건국 이후 가장 세력 확장이 왕성했던 태왕의 시대.

알지 못한 사랑과 원치 않았던 사랑.

잔인한 운명으로 얽힌 두 사람의 만남이

그들을 둘러싼 암살과 음모의 소용돌이 속에서 펼쳐진다.

● 이금조 지음 값 각 9,000원

『서언』

발해 732년 초 여름.

문예·견훤의 화급 문제 대립을 두고 사이에 낀 가진과 하련.

같되 같지 않은 마음을 품은 두 남녀가

당나라 안서를 향한 여정 길에 오른다.

● 이승연 지음 값 9,000원

도서출판 **청어람**   chungeoram@chungeoram.com
☎ 032-656-4452   FAX 032-656-4453

『그녀는 챔피언』

제주도 처녀 여승은이 취업을 위해 상경했다.

그리곤 휘의 비서이자 웅의 부하직원이 되는 데 성공했다.

바람 같은 사장님, 곰 같은 실장님, 귀여운 여 비서.

그들이 만들어내는 시끌벅적한 동화 한자락.

● 이현숙 지음 값 9,000원

『대마왕과 도둑고양이』

이역만리 떨어진 폴란드 크라코프에서 만난 유재운과 이루리!

그러나 그가 6살 아래인 막냇동생과 동기동창임을 알게 된

루리는 그대로 도망을 가는데……. 너무 용감한 대마왕과

너무 걱정 많은 도둑고양이의 알콩달콩 러브스토리!

● 채현 지음 값 9,000원

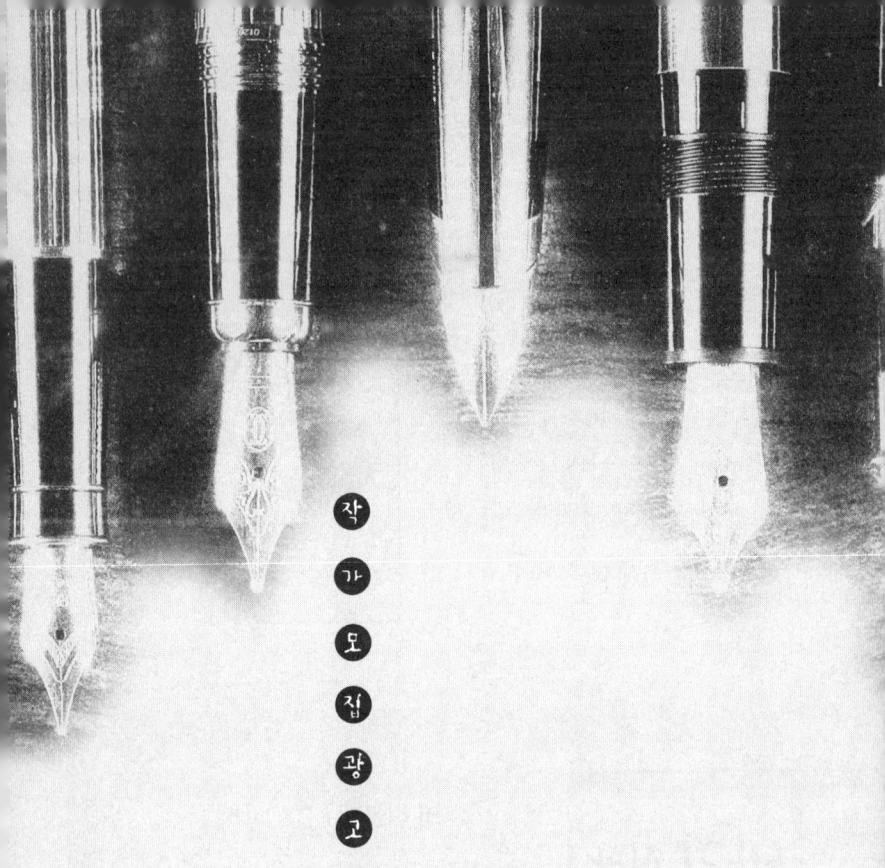

작
가
모
집
광
고

도서출판 청어람의 문은 항상 열려 있습니다.
실력있는 작가 분들의 많은 관심 부탁드립니다.

TEL:032-656-4452 • FAX:032-656-4453
http://www.chungeoram.com
http://chungeoram.egloos.com
e-mail:romance-eoram@hanmail.net